KB154367

조의 아이들

작은 아씨들
The Complete Series

·<·<·<·<·< /·<·<·<·<·

작은 아씨들

루이자 메이 올컷

◆

조의 아이들

루이자 메이 올컷

Little Women

조의 아이들

루이자 메이 올컷 지음 · 김재용, 오수원 옮김

윌북

일러두기

1. 표지에 쓰인 그림과 제목 서체는 모두 애나 본드의 작품입니다.

2. 총 4부로 이루어진 『작은 아씨들』의 원서 제목은 1부 Little Women, 2부 Good Wives, 3부 Little Men, 4부 Jo's Boys입니다. 윌북판은 1부와 2부 합본이 『작은 아씨들』로, 3부와 4부 합본이 『조의 아이들』로 출간되었습니다.

3. 국내에 번역출판된 국외서는 원어를 함께 표기하지 않았습니다.

◆ 차례 ◆

4부

30년 만에 제대로 만난
『작은 아씨들』 완결판

◆

곽아람(기자)

내 책장에는 낡아 빛바랜 노란 표지의 책이 꽂혀 있다. 1990년 중원문화사에서 나온 책의 제목은 '별난 학교 작은 신사들'로, 부제는 'Little Men(추억의 작은 아씨들 제3편)'이다. 멜빵 바지를 입고 베레모를 삐딱하게 눌러 쓴 노먼 록웰 풍의 소년 그림 옆에는 '국내 최초 완역판'이라는 광고 문구가 붙어 있다. 고향 진주의 시내 서점에서 초등학교 5학년이던 1990년에 나는 이 책을 샀다. 익히 아는 『작은 아씨들』이 단 한 권으로 끝나는 것이 아니라 네 권짜리 시리즈라는 걸 그때 처음 알게 되었다.

네 자매의 둘째 조가 덩치는 곰 같으나 우직한 독일 남자 바에르 교수와 결혼을 하고, 학교를 세워 운영하는 이야기를 즐겁게 읽었다. 책날개에 '출간 예정'이라 적혀 있던 『작은 아씨들』 시리즈 완결편 『플럼필드의 아이들(Jo's Boys)』이 나오길 학수고대했지만 출판사의 사정이 있었는지 결국 4권은 나오지 않았다. 그리하여 『작은 아씨들』을 끝까지 읽지 못한 것이 내 어린 날의 커다란 아쉬움 중 하나로 남았다.

『작은 아씨들』이 네 권의 대하드라마라는 사실을 아는 사람은 흔치 않다. 대개 메그가 로리의 가정교사 존 브룩과 결혼하는 결말의 1부가 전부인 줄 안다. "로리는 에이미와 결혼하잖아."라고 하면 깜짝 놀라는 사람도 많다. 윌북 출판사의 『작은 아씨들』 전권 완역 출간은 방대한 이야기를 온전히 국내 대중에게 알린다는 것만으로도 의미 있다고 생각한다. 나 개인에게는 어릴 석 너무나 읽고 싶었지만 읽지 못했던 완결판을 마침내 끝까지 제대로 읽게 되었다는 기쁨을 안겨 주었다. 미국 원어민인 친구가 "『작은 아씨들』을 4부까지 다 읽었는데 어릴 때 1부만 읽었을 때와는 전혀 다르게 읽히더라."라며 벅찬 감동을 이야기할 때 가졌던 부러움을 드디어 해소하게 되었다.

『작은 아씨들』 2부의 끝자락에서 조는 소년들을 위한 학교 '플럼필드'를 세운다. 이 학교가 점점 여자아이들에게도 문호를 개방하고 남녀공학으로 거듭나는 이야기가 3부와

4부의 줄기를 이룬다. 3부에서 조와 바에르 부부는 갈 곳 없는 부랑아 소년들을 데리고 와 자기 아들들, 조카들과 함께 교육한다. 4부는 이 아이들이 성인이 된 이후의 이야기를 이들 간의 로맨스와 함께 그렸다.

『작은 아씨들』은 오랫동안 가벼운 소녀 소설로 여겨졌다. '어리지만 강한 여성들'이라는 뉘앙스의 원제 'Little Women'을 '아씨들'이라 옮긴 번역부터가 책을 강인한 여성들의 이야기가 아니라 다소곳한 아가씨들의 이야기로 여기게 한다. 그렇지만 시리즈를 모두 읽는다면 이 책이 네 권에 걸쳐 꾸준히 여성의 권리를 이야기하고 있는 본격 페미니즘 문학이라는 사실을 알 수 있다. 메그의 딸 데이지에게 친구를 만들어주기 위해 조가 학교의 첫 여학생으로 특별 입학시킨 말괄량이 소녀 낸은 자라나 의사가 된다. 이 씩씩한 여성에 대해 올컷은 이렇게 썼다.

"젊은 신사들이 애를 써보기도 했지만 낸은 웃기만 할 뿐, 흠모의 말을 속삭이는 혀를 한 번 진찰해 보자고 하거나, 수락을 구하며 내미는 커다란 손을 잡고 의사처럼 맥을 짚으려고 들면서 접근하는 남자들을 쫓아냈다."

나이 든 독신녀를 '남겨진 여자'라 부르던 시절, 조는 메그와 함께 운영하는 바느질 학교의 학생들에게 "남겨진 여자보다는 쓸모 있는 여자가 되어야 한다."라고 강조한다. 학생 중 한 명인 넬리는 말한다.

"이런저런 생각을 해보면 전 독신으로 살아야 할 듯해요. 독신으로 사는 여성은 독립적이니까요."

조를 결혼시킬 생각이 없었으나 독자들의 성화 때문에 짝을 지어주었고, 그 사신이 평생 독신으로 살았던 올컷의 여성관이 투영된 구절들이다. 그렇지만 열혈 페미니스트처럼 보이는 올컷의 진정한 미덕은 작가이자 학교를 운영하는 조와 의사 낸, 미술에 재능이 있는 에이미를 통해 가사만이 여성의 일이 아니라는 깃을 보여주면서도 가사노동의 가치를 폄훼하지 않는다는 것이다. 학식 깊은 조에게만 교사의 지위를 부여하지 않고 메그에게도 젊은 여성들에게 바느질을 가르치는 역할을 맡긴다. 이야기 전반부에서 현모양처가 꿈인 메그를 응원했던 것과 마찬가지로, 올컷은 후반부에서 전문직 여성인 낸을 힘주어 그려내면서도 '작고 예쁜 집과 보살필 가족'을 소중히 여기는 데이지도 긍정적이고 따스한 시선으로 묘사한다.

'작은 아씨들' 전반부인 1~2부가 짐을 지고 길을 떠난 순례자들이 바르게 살아간 끝에 그 짐을 벗는 이야기인 존 버니언의 『천로역정』을 주제로 한다면, 후반부인 3~4부의 테마는 "아흔아홉 마리 양보다 길 잃은 한 마리 양을 구하는 것이 더 소중하다."라는 성경 구절이라 할 수 있겠다. 조 스스로가 19세기 중반 미국 여성들에게 부여된 미덕과는 거리가 먼 '검은 양'이었다. 그래서 그녀는 언제나 "무리 속 검은 양"인 댄을 변호한다. 플럼필드의 풍부한 결실인 다른 아이들의 성취를 자랑스러워하는 것과 마찬가지로, 방황 끝에 살인을 저지른 반항아 댄의 회개를 소중히 여기며 "회개하는 죄인 한 사람이 여러 성인의 존재보다 훨씬 더 기쁨을 준다."라고 말한다.

시리즈 전권을 관통하는 기독교적 근면함의 강조가 어떤 이들의 눈에는 고루해 보일 수도 있겠다. 그렇지만 『작은 아씨들』의 애독자라면 금력(金力)이 판치는 요즘 세상에서 돈보다 더 소중한 곧은 마음을 소중히 여기는 이 낡은 이야기에서 위안을 얻으리라 믿는다.

일도 하고 싶고 결혼도 하고 싶은데 둘 다 이루지 못할까 조바심 내는 바느질 학교 학생들에게 조는 말한다.

"이 속담을 지침으로 삼으면 어떨까? '실감개를 준비하면 주님께서 실을 내려주신다.'라는 말 들어봤지?"

독신 여성이 독립적이라던 담대한 넬리가 응답한다.

"어쨌거나, 난 실감개를 준비할 거야. 그리고 운명이 내려주는 실이 무엇이든 받아들여야지. 한 가닥 실이든 두 가닥 꼬인 실이든 그분이 좋으실 대로 말이야."

운명을 개척하면서도 회피하지 않는 적극적이고 용감한 여성들과 그 여성들의 도움으로 꿈을 이루어가는 소년들의 이야기가 여기 있다.

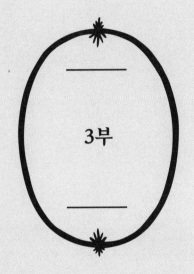

3부

냇

"저기, 선생님. 여기가 플럼필드인가요?" 허름한 옷을 입은 한 아이가 커다란 대문 앞에 선 승합마차에서 내리고는, 대문을 열어준 사람에게 물었다.

"그래, 맞아. 누가 보내서 왔니?"

"로런스 선생님요. 부인께 전할 편지를 갖고 왔어요."

"그래. 그럼 집 쪽으로 쭉 올라가서 편지를 전하거라, 꼬마야. 거기 가면 부인을 뵐 수 있을 테니까."

남자는 유쾌하게 말했고, 그 말에 힘을 얻기라도 한 듯 아이는 집 쪽으로 올라갔다. 이제 막 움트기 시작한 잔디와, 꽃봉오리가 돋아나는 나뭇가지 위로 부드러운 봄비가 내렸고, 빗속 저편으로 크고 네모난 저택이 보였다. 구식 현관과 넓은 계단, 창문에서 반짝이는 불빛이 냇을 환영하고 있는 것처럼 보였다. 커튼과 덧문 틈 사이로 흥겹게 반짝이는 빛이 잘 보였다. 냇은 문을 두드리려다 잠시 멈칫했다. 아이들이 뛰노는 그림자가 벽에 비쳐 보이고, 즐겁게 떠드는 소리도 들렸기 때문이다. 밝고 따뜻하고 편안한 분위기는 자기처럼 집 없는 '꼬마'와는 아무 상관도 없는 것처럼 느껴졌다.

'부인께서 만나주시면 좋겠는데.' 냇은 이렇게 생각하면서 커다란 사자 머리 모양의 청동 문고리를 잡고 조심스럽게 문을 톡톡 두드렸다.

장밋빛 얼굴의 하인이 문을 열어주더니 냇이 잠자코 내미는 편지를 건네받고 미소를 지었다. 낯선 아이들이 찾아오는 일이 잦았는지 익숙한 모양이었다. 하인은 턱짓으로 거실에 있는 의자를 가리키며 말했다.

"저기 앉아서 발판에 빗물을 좀 털고 있어요. 편지는 부인께 갖다드릴게요."

기다리는 동안 냇은 아이들이 재미있게 노는 모습을 바라보며, 호기심 어린 눈으로 주위를 둘러보았다. 문 옆 어둑한 곳이라 남의 눈에 잘 띄지 않아 다행이라고 생각했다.

집에는 남자아이들이 온갖 즐거운 놀이를 하고 있었다. 어디에나 아이들이 보였다. 위층이나 아래층, 안쪽 방 모두 마찬가지였다. 열린문틈으로, 아주 요란한 모습은 아니지만 즐거운 저녁 시간을 보내는 크고 작은 아이들 무리를 볼 수 있었다. 책상, 지도, 칠판, 책이 어지럽게 널려 있는 오른쪽 커다란 방 두 곳은 틀림없이 교실인 모양이었다. 불이 활활 타오르는 난롯가에서는 아이들 몇몇이 바닥에 누워 두 발을 공중에 흔들어대면서 새로 생긴 크리켓 경기장 이야기를 주고받았다. 한쪽 구석에서는 다른 아이들이 떠드는 소리에도 아랑곳하지 않고, 키 큰 아이가 플루트 연습을 하는 중이었다. 또 다른 아이들 몇은 책상 위를 뛰어다니다가 잠시 멈춰서 숨을 고르고는, 한 꼬마가 칠판 위에 그리는 우스꽝스러운 가족 모습을 보며 웃고 있었다.

왼쪽 방에는 저녁 식사를 차린 기다란 식탁이 보였는데, 신신한 우유가 든 병, 갈색 빵과 흰 빵을 담은 바구니, 아이들이 너무나도 좋아하는 윤기 나는 생강빵 한 더미가 놓여 있었다. 방 안 가득 토스트와 구운 사과 냄새가 풍겼다. 배가 고팠던 냇은 견디기가 힘들었다.

하지만 무엇보다도 가장 눈길을 끈 곳은, 아이들이 신나게 술래잡기를 하고 있는 거실이었다. 층계참에서는 구슬 놀이가, 다른 곳에서는 체스가 한창이었다. 계단에서는 남자아이 한 명이 책을 읽고 있었고, 여자아이 한 명은 인형, 강아지 두 마리, 고양이 한 마리에게 자장가를 불러주는 참이었다. 어린 남자아이들은 옷이 해지거나 다치는 것에 아랑곳하지 않고 계속해서 난간을 타고 내려왔다.

냇은 이 재미있는 놀이에 완전히 마음을 빼앗겨, 자신도 모르게 구석 자리에서 일어나 거실 쪽으로 다가갔다. 그때, 기운 넘치는 아이 하나가 머리를 바닥에 부딪혀 요란한 소리를 냈다. 계단 난간을 타고 내려오다가 멈추지 못하고 계단 아래로 굴러떨어진 것이었다. 11년 동안 난간을 타고 놀다가 부딪히기를 반복한 덕분에 머리통이 대포알처럼 단단해져 있었기에 망정이지, 그렇지 않았다면 머리가 부서졌을지도 몰랐다. 그 정도로 요란한 소리였다. 냇은 넘어진 아이가 꼼짝 못 할 거라 생각하면서 뛰어갔다. 하지만 그 아이는 잠깐 눈을 깜빡거리더니, 아무 일도 없었다는 듯 바닥에 누운 채로, 처음 보는 얼굴을 올려다보면서 반갑게 인사했다.

"안녕!"

"안녕!" 냇이 대답했다. 무슨 말을 해야 할지 몰랐지만, 짧고 간단하게 대답하는 게 좋다고 생각했다.

"너 새로 왔니?" 그 아이는 바닥에 누워 움직이지도 않고 물었다.

"아직 몰라."

"이름이 뭐야?"

"냇 블레이크."

"난 토미 뱅스야. 너도 올라가서 해볼래?" 토미는 갑자기 누워 있는 게 새로 온 친구에게 예의가 아니라는 생각이라도 난 듯 벌떡 일어났다.

"그건 좀 그래. 여기 있게 될지 아닐지 아직 모르거든."
이곳에서 지내고 싶은 마음이 자꾸만 커지는 걸 느끼면서 냇이 대답했다.

"여기 봐, 데미. 여기 새로 온 애가 있어. 이리 와봐." 그러더니 토미는 지친 기색도 없이 하던 놀이를 계속하러 돌아갔다.

토미가 부르는 소리에 계단에서 책을 읽던 남자아이가 갈색 눈을 크게 뜨고 바라보더니, 수줍은 듯 잠시 머뭇거리다가 책을 겨드랑이에 끼고는 새로 온 친구를 환영하러 얌전하게 계단 밑으로 내려왔다. 냇은 늘씬한 체격에 눈이 선한 이 아이의 밝은 얼굴이 왠지 마음에 들었다.

"조 이모는 만나봤어?" 데미는 뭔가 중요한 의식이라도 되는 듯 물었다.

"너희 말고는 아직 아무도 못 만났어. 지금 기다리는 중이야." 냇이 대답했다.

"로리 이모부가 널 여기로 보낸 거야?" 데미는 조심스럽지만 중요한 일인 양 말을 이었다.

"아니, 로런스 선생님이 보내셨어."

"로리 이모부가 바로 로런스 선생님이야. 로리 이모부는 항상 좋은 애들을 보내주셔."

이 말을 듣자 냇은 기쁜 표정을 지으며 빙그레 웃었고,

야윈 얼굴도 밝아졌다. 두 사람은 그저 다정하게 서로를 바라보았다. 그때 어린 여자아이가 인형을 안고 다가왔다. 키만 좀 더 작을 뿐 데미와 꼭 닮은, 동그란 장밋빛 얼굴에 눈이 파란 아이였다.

"내 동생 데이지야." 데미는 마치 희귀하고 귀중한 보물이라도 보여주듯이 말했다.

아이들은 서로 고개를 끄덕였다. 여자아이는 보조개가 팬 얼굴로 웃으며 상냥하게 인사했다.

"여기서 같이 살면 좋겠다. 이곳은 아주 재미있거든. 그렇지, 데미 오빠?"

"물론이야. 그래서 조 이모가 플럼필드를 만든 거야."

"여긴 정말 좋아 보여." 냇은 이 친절한 아이들에게 무슨 말이든 해야 할 것 같아서 이렇게 말했나.

"여긴 세상에서 가장 좋은 곳이지, 오빠?" 데이지는 무슨 일이건 오빠가 가장 잘 안다고 생각하는 모양이었다.

"아니, 그린란드가 더 재미있는 곳 같아. 빙산이나 물개도 있거든. 하지만 플럼필드도 괜찮아. 여긴 정말 지내기 좋으니까." 데미가 대답했다. 마침 그린란드에 대한 책을 재미있게 읽던 데미가 냇에게 책에 실린 그림을 보여주면서 설명하려는데, 하인이 돌아와서 냇에게 말했다.

"잘됐네요. 여기서 살게 되었어요."

"와, 신난다! 내가 조 이모한테 데려다줄게." 데이지가 다정하게 냇의 손을 잡아끌자, 냇은 금방 마음이 편해졌다.

데미는 다시 자기가 좋아하는 책을 읽기 시작했고, 동생 데이지는 새로 온 아이를 뒤쪽 방으로 안내했다. 그 방 소파에서는 체격이 다부진 신사가 어린 남자아이 둘과 놀고 있었고, 책상 앞에 있던 호리호리한 부인은 편지를 막 다 읽은 참이었다. 편지를 여러 번 다시 읽고 있던 모양이었다.

"여기 그 애예요. 이모!" 데이지가 소리쳤다.

"네가 바로 새로 온 아이구나? 만나서 반갑다, 애야. 이곳에서 잘 지내렴." 조는 냇을 끌어안고 머리를 쓰다듬으며 말했다. 따뜻한 손길과 어머니 같은 눈빛에, 냇은 외로움도 잊은 채 뭐라 말할 수 없는 마음이 되어 조를 바라보았다.

조는 미인이라고는 할 수 없었지만, 아이 같은 천진함이 얼굴에 드러났고, 목소리와 태도도 마찬가지였다. 설명하기 쉽지는 않지만, 한번 보면 금방 느껴지는 상냥함과 편안함 덕분에 누구나 쉽게 다가갈 수 있는 사람이었다. 조가 머리를 쓰다듬어주자 냇의 입술이 약간 떨렸다. 그것을 본 조는 더 부드러운 표정을 지었고, 허름한 옷을 입은 냇을 더 가까이 끌어당기고는 미소를 지으며 말했다.

"나는 조 바에르, 이쪽은 남편인 프리츠 바에르야. 그리고 여기 둘은 우리 아이들이지. 자, 여러분. 이리 와서 냇과 인사해야지."

소파에서 씨름하던 바에르 교수와 로브, 테드는 곧장 그 말을 따랐다. 몸이 다부진 남자는 양쪽 어깨에 통통한 두 남자아이를 짊어지고 새로 온 아이를 환영하러 다가왔다. 로브와 테드는 냇을 보고 싱긋 웃기만 했지만, 바에르 교수는 악수를 하고서는 난롯가 근처 낮은 의자를 가리키며 따뜻한 목소리로 말했다.

"애야. 여기 앉아도 된단다. 앉아서 젖은 발을 말리도록 하렴."

"젖었다고? 그렇구나! 지금 신발을 벗으렴. 신을 걸 금방 가져다줄게." 조는 이렇게 외치더니 재빠르게 움직였고, 눈 깜짝할 사이에 냇은 조가 가져다준 새 양말과 따뜻해 보이는 실내화를 신고 아늑한 의자에 앉게 되었다. 냇은 그저 "고맙습니다."라고 말했다. 이 말에서 너무나 고마워하는 마음이 느껴지자 조는 다시 다정한 표정으로 쾌활하게 말했다. 사랑스럽다는 생각이 들면 더 밝게 말하는 것이 조의 버릇이었다.

"이건 토미 뱅스의 실내화란다. 그런데 토미는 집 안에서 신발 신는 걸 매번 잊어버려. 그래서 개한테는 없어도 될 거야. 너한테는 좀 크지만, 차라리 그게 낫겠다. 너무 딱 맞으면 이걸 신고 도망갈 수도 있으니까."

"도망가고 싶지 않아요." 냇은 이렇게 말하며 편안하게 난로 앞에 앉아 더러워진 작은 손을 녹였고, 만족스러운 듯 긴 숨을 내쉬었다.

"좋아! 이제 널 따뜻하게 보살펴 줄게. 그리고 그 못된 기침을 없애버려야겠다. 언제부터 기침을 했니?" 조는 이렇게 물으면서 커다란 바구니를 뒤적거려 길쭉한 플란넬 천을 꺼냈다.

"겨우내 그랬어요. 감기에 걸렸는데, 왜 그런지 잘 낫지 않아요."

"무리도 아니겠네요. 다 해진 옷마저도 제대로 걸치지 못하고 눅눅한 지하실에서 살았다고 하니까요." 조는 작은 목소리로 남편에게 말했다. 바에르 교수는 아까부터 주의 깊게 아이를 보고 있었다. 냇의 여윈 볼과 열이 오른 입술, 쉰 목소리, 그리고 기침을 할 때마다 덧댄 웃옷 속 구부정한 어깨가 흔들리는 모습을 알아차린 것이다.

바에르 교수는 조와 눈빛을 주고받은 뒤 이렇게 말했다. "로빈, 홈멜 아주머니한테 가서 기침약을 받아 오렴."

냇은 약이란 말에 조금 불안해졌지만, 조가 재미있는 표정을 짓자 두려움을 잊고 기분 좋은 웃음을 터뜨렸다. "우리 꼬마 악당 테드도 기침을 하려고 하네. 네가 먹을 감기약에 는 꿀이 들었어. 테드도 그걸 먹고 싶은가 봐."

억지로 기침을 하던 어린 테드는 약병을 가져왔을 즈음에는 얼굴이 새빨갰다. 냇이 씩씩하게 약을 다 먹고 플란넬 천을 목에 두른 뒤에, 테드도 약이 묻은 숟가락을 조금 빨아 먹을 수 있었다.

약을 먹고 나서 바르는 약을 꺼내기도 전에 큰 종소리가 울렸고 복도에서 시끄러운 발소리가 들리면서 저녁 식사 시간을 알렸다. 수줍음 많은 냇은 낯선 아이들 여럿을 만난다는 생각에 몸을 떨었지만, 조가 손을 내밀어 주고 로브도 어른이라도 된 듯 이렇게 말해주자 마음을 진정시킬 수 있었다. "무서워하지 마. 내가 옆에 있어줄게."

아이들 열둘이 여섯씩 양쪽 의자 뒤에 서 있었다. 다들 빨리 밥을 먹고 싶은 마음에 종종거렸고, 플루트를 불던 키 큰 아이가 이들을 달래고 있었다. 하지만 조가 찻주전자 앞에 있는 자리에 가기 전까지는 아무도 의자에 앉지 않았다. 테드는 조의 왼쪽에, 냇은 오른쪽에 자리를 잡았다.

"이번에 새로 온 냇 블레이크예요. 저녁을 먹은 뒤에 서로 인사를 하도록 합시다. 자, 조용히 해요."

조가 말하자 모두 냇을 쳐다보았고, 그러고 나서 재빨리 자리에 앉았다. 다들 예의 바르게 행동하려고 노력했지만 사실 좀 어수선한 편이었다. 바에르 부부는 아이들에게 식사 예절을 가르치려고 최선을 다했고, 아이들도 꽤 잘 따라주었다. 식사 규칙은 몇 개 되지 않았고 아이들도 받아들일 만한 것이었다. 아이들은 바에르 부부가 이곳 생활을 편리하고 행복하게 만들려고 노력하고 있다는 사실을 알고 있었기 때문에, 최선을 다해 규칙을 지키려고 했다. 그러나 배고픈 아이들이 도저히 차분하게 있을 수 없는 때도 있었다. 휴일 같은 하루를 보낸 토요일 저녁이 바로 그랬다.

"어린 영혼들이 하루만큼은 소리를 지르고 떠들면서 마음껏 뛰어놀게 해준답니다. 하고 싶은 놀이를 마음대로 하지 못한다면 그건 휴일이 아니니까요. 일주일에 한 번은 마음껏 지내도록 해주죠." 한때는 점잖은 곳이었던 플럼필드의 지붕 아래에서 난간 타기나 베개 싸움처럼 온갖 요란한 놀이가 어떻게 허락되는지 고지식한 사람들이 의아해할 때마다 조는 이렇게 말하곤 했다.

앞서 말했듯이 가끔은 지붕이 날아가는 게 아닌가 싶기도 했지만, 그런 일은 벌어지지 않았다. 바에르 교수가 한마디만 하면 어떤 소란이라도 금방 가라앉았고, 아이들도 제멋대로 굴어서는 안 된다는 사실을 알고 있었다. 이런저런 뒷말이 나오는데도 학교는 성공적으로 커졌고, 예의 바른 태도가 학생들에게 알게 모르게 스며들었다.

토미 뱅스가 바로 옆자리에 앉았고, 조도 옆에 있어서 접시와 찻잔이 빌 때마다 곧바로 새로 채워주었기 때문에 냇은 커다란 주전자 앞에 앉아서 다행이라고 생각했다.

"저쪽 끝 여자애 옆에 앉은 애는 누구야?" 냇은 모두 웃는 틈을 타서 옆에 있는 토미에게 조용히 물었다.

"데미 브룩이야. 바에르 교수님이 쟤 이모부야."

"무슨 이름이 그래?"

"모두 데미 존이라고 부르긴 하는데, 진짜 이름은 존이야. 걔네 아빠도 존이라서 물려받은 거래. 재밌지 않아?" 토미는 친절하게 설명해주었다. 냇은 무슨 말인지 알아듣지는 못했지만 예의 바르게 미소를 지으며 이것저것 물어보았다.

"좋은 애야?"

"물론이지. 뭐든지 알고 있고 책도 많이 읽어."

"그 옆의 뚱뚱한 애는?"

"너무 많이 먹어서 다들 스터삐라고 불러. 꽉 차 있다는 뜻이잖아. 원래 이름은 조지. 바에르 교수님 옆에 앉은 작은 애는 로브야. 교수님 아들이지. 그 옆은 교수님 조카 프란츠야. 프란츠도 우리한테 많은 걸 알려줘. 또 우리를 돌봐준다고 해야 하나? 아무튼 그런 일을 해."

"아까 플루트를 불고 있었지?" 냇이 이렇게 물었을 때 토미는 구운 사과를 통째로 베어 물던 터라 토미는 말 대신에 고개를 끄덕였다. 그러고는 도저히 믿을 수 없을 정도로 재빨리 사과를 삼키고는 대답했다. "응, 맞아. 우린 가끔 춤도

추고 음악에 맞춰 체조도 해. 난 북을 좋아해. 조만간 배울 생
각이야."

"난 바이올린이 제일 좋아. 켤 수도 있어." 냇은 좋아하
는 것 이야기가 나오자 편안하게 자기 이야기를 했다.

"정말?" 토미는 놀랍다는 듯이 눈을 동그랗게 뜨고는 마
시던 컵을 내려놓고 쳐다보았다. "바에르 교수님은 오래된
바이올린을 갖고 계셔. 하고 싶다면 켜게 해줄 거야."

"그래도 될까? 정말 그러고 싶어. 있잖아, 아버지가 돌아
가시기 전에는 아버지랑 니콜로 아저씨랑 바이올린을 연주
하면서 다녔거든."

"재미있었겠다!" 토미는 크게 감탄하면서 소리쳤다.

"아니, 끔찍했어. 겨울은 춥고 여름은 더웠어. 너무 힘들
었고, 아버지와 아저씨가 화를 낼 때도 있었어. 먹을 것도 별
로 없었고." 냇은 잠시 말을 멈추고는 커다란 생강빵 조각을
입에 넣었다. 마치 힘든 일은 다 끝났다고 스스로 확인하는
듯한 몸짓이었다. 그러고는 아쉽다는 투로 덧붙였다. "난 그
조그만 바이올린을 좋아했어. 지금은 갖고 있지 않지만. 아
버지가 돌아가시고 니콜로 아저씨가 가져갔거든. 내가 아프
니까 니콜로 아저씨는 그냥 가버렸고."

"너, 바이올린 실력이 좋으면 악단에 들어올 수도 있어.
그렇게 잘하지 못해도 상관없을 거야."

"여기 악단이 있어?" 냇의 눈이 반짝였다.

"물론이지. 우리 모두 즐겁게 같이 연주하는 악단이야. 연주회 같은 것도 해. 내일 밤에 볼 수 있을 거야."

조는 컵에 차를 따르고 어린 테드를 돌보면서도 두 아이의 이야기를 들었다. 테드는 너무 졸린 나머지, 숟가락을 눈에 갖다 대고 장밋빛 양귀비꽃처럼 고개를 꾸벅꾸벅 흔들었고, 결국은 부드러운 빵이 베개라도 되는 듯 뺨을 대고는 잠들어 버렸다. 조는 토미가 아직 어리기는 하지만 솔직하고 사교적인 성격이라 수줍음 많은 냇의 마음을 끌 거라 생각해 일부러 옆에 앉힌 것이었다. 조의 생각대로 냇은 저녁 식사 시간 내내 마음속 이야기를 토미에게 털어놓았고, 조는 자신이 직접 이야기를 나눈 것보다 더 분명하게 새로 온 아이의 성격을 파악할 수 있었다.

냇이 갖고 온 로리의 편지에는 이렇게 적혀 있었다.

내 친구 조에게

여기 네 보살핌이 필요한 아이를 보낸다. 이 불쌍한 아이는 고아인 데다가 아프고 외톨이야. 지금까지는 거리의 악사였어. 어느 지하실에서 아버지를 잃고 슬프게 울고 있는 아이를 발견했지. 바이올린까지 잃어버렸다더군. 이 아이에게는 무언가가 있는 것 같아. 그래서 우리가 이 아이가 올라설 발판을 마련해 주면 어떨까 하는 생각이 들었어. 넌 아이의 지친 몸을 보살펴 주고, 바에르 씨는 방치된 마음을 치유해 주었으면 해. 그래서 회복이 된다면 나도 이 아이가 천재인지, 그게 아니라면 자기 밥벌이를 할 만한 재주라도 있는 아이인지 살펴볼게. 그렇게 해줘. 네 변함없는 친구인 나를 위해서 말이야.

테디(로리의 이름 시어도어의 애칭—옮긴이)

"물론 그래야지!" 조는 편지를 읽고 외쳤다. 그리고 냇을 보자마자 느꼈다. 음악의 천재냐 아니냐는 중요하지 않았다. 여기 있는 외롭고 아픈 아이야말로 가정과 어머니의 사랑이 필요했다. 조와 바에르 교수는 냇을 가만히 살펴보았다. 옷은 허름하고 태도는 어색한 데다 얼굴은 지저분했지만, 마음에 드는 점도 많았다. 야위고 창백한 열두 살짜리 아이, 냇은 헝클어진 머리카락 아래로 잘생긴 이마가 시원하고 푸른 눈이 빛나는 아이였다. 누군가에게 혼나거나 얻어맞을까 봐 때때로 불안하고 겁을 먹는 것 같지만, 다정한 눈길로 보면 가냘픈 입술이 떨리고, 고마워하는 표정이 떠올랐다. 너무나도 사랑스러운 아이였다. "가엾은 이 아이에게 주님의 은총이 있기를. 바이올린을 연주하고 싶다면 종일이라도 할 수 있게 해줘야지." 조는 토미가 악단 이야기를 할 때 냇의 얼굴에 나타난 간절하고도 행복한 표정을 생각하며 혼잣말을 했다.

저녁 식사가 끝난 뒤 아이들은 더 신나게 놀 작정으로 우르르 교실로 몰려들었고, 조는 바이올린을 가지고 나와서 남편에게 한마디 속삭이고는 냇에게 다가갔다. 냇은 한쪽 구석에 앉아 호기심 어린 눈으로 아이들이 뭘 하는지 살펴보았다.

"냇, 한 곡 연주해 주렴. 우리 악단에는 바이올린 연주자가 없어. 아마 너라면 살할 수 있을 기야."

조는 냇이 머뭇거릴 거라고 생각했다. 그런데 아이는 곧바로 낡은 바이올린을 받아들더니 애정 어린 손길로 쓰다듬었다. 냇은 음악을 정말 좋아하는 게 분명했다.

"열심히 해볼게요." 냇은 그렇게만 말하고는 바이올린 줄에 활을 올렸다.

방 안은 왁자지껄하게 시끄러웠지만 냇은 자신이 내는 소리 말고는 아무것도 귀에 들어오지 않는 듯, 홀로 기쁨에 넘쳐 부드러운 선율을 연주했다. 거리의 악사가 자주 연주하는 단순한 선율이었을 뿐이지만 금세 아이들을 사로잡았고, 다들 하던 놀이를 그만두고는 놀랍고 기쁜 마음으로 조용히 귀를 기울였다. 아이들은 점점 더 가까이 냇 쪽으로 다가갔고, 바에르 교수도 다가와 냇을 바라보았다. 냇은 연주에 너무도 열중해서 그 누구도 신경 쓰지 않는 듯했다. 눈은 반짝였고, 두 뺨은 붉게 달아올랐으며, 가느다란 손가락이 바이올린 줄 위에서 날아올랐다. 냇은 낡은 바이올린을 통해 자신이 사랑했던 언어로 모두의 마음에 말을 건넸다.

뜨거운 박수가 쏟아졌다. 거리에서 동전을 던져주던 사람들보다 더 열렬한 반응이었다. 연주를 끝내고 주위를 힐끗 둘러보는 냇의 모습은 이렇게 말하는 것 같았다. '열심히 했어요. 마음에 드세요?'

"내가 말했잖아. 넌 최고야." 토미는 마치 자기가 냇의 보호자라도 되는 듯 소리쳤다.

"우리 악단 악장이 되어도 괜찮을 것 같은데?" 프란츠도 그렇게 해주겠다는 듯이 미소를 지으며 말을 이었다.

조는 남편에게 속삭였다.

"로리가 옳았어요. 저 아이에게는 무언가가 있어요." 바에르 교수는 힘차게 고개를 끄덕이더니 냇의 어깨를 두드리면서 진심을 담아 말했다.

"아주 잘했다. 자, 이번에는 우리가 노래할 수 있는 곡을 연주해 보렴."

이 안쓰러운 아이의 삶에서 가장 자랑스럽고 행복한 순간이었다. 아이들은 냇의 낡은 옷은 아랑곳하지 않고 곁에 둘러서서 존경을 담은 눈길로 바라보며 다시 연주가 시작되기를 간절히 기다렸다.

아이들은 냇이 아는 노래를 골랐다. 시작 부분에서 한두 번 삐끗했지만, 바이올린, 플루트, 피아노 반주에 맞춰 아이들의 목소리가 플럼필드의 낡은 지붕 아래 울려 퍼졌다. 하지만 스스로 생각한 것보다 마음이 연약했던 냇에게 이런 시간은 감당하기 힘들었던 모양이었다. 합창의 마지막 음이 사라질 무렵, 냇의 얼굴이 점점 일그러지더니 마침내는 바이올린을 놓고 벽 쪽으로 얼굴을 돌리고 어린아이처럼 흐느껴 울기 시작했다.

"냇, 왜 그러니?" 조가 물었다. 방금까지도 조는 큰 소리로 노래하고 있었고, 그러면서도 어린 로브가 구두로 박자를 맞추는 걸 말리던 참이었다.

"다들 너무 친절해서요. 그리고 정말 아름다워요. 근데 왜 눈물이 나는지 모르겠어요." 냇은 숨을 못 쉴 정도로 꺽꺽 흐느꼈다.

"이리 오렴. 침대로 가서 좀 쉬어야겠다. 많이 피곤하지? 여기는 네가 있기에 너무 북적거리는구나." 조가 작은 목소리로 말하며 냇을 자기 방으로 데려갔다.

냇은 조에게 어떤 고생을 했는지 모두 털어놓았다. 이전에도 비슷한 경우를 겪었지만, 이번에도 조는 눈물을 글썽이며 냇의 가련한 이야기를 들었다.

"애야. 너도 이제 아빠와 엄마가 생겼단다. 여기가 네 집이야. 슬펐던 날들은 더는 생각하지 말자. 그리고 튼튼해지고 행복해져야지. 다시는 고통스러운 일은 없을 거라고 믿어봐. 우리가 도와줄게. 이 집은 모든 아이가 재미있게 지내면서 스스로 돕는 방법을 배워 쓸모 있는 사람이 되게 도와주는 곳이야. 네가 원한다면 얼마든지 바이올린 연주를 해도 좋지만, 먼저 몸부터 추슬러야겠다. 자, 훔멜 아주머니한테 가서 목욕부터 하고 푹 자야지. 그리고 내일의 멋진 계획을 함께 세우자."

냇은 조의 손을 꼭 잡았지만 뭐라고 말해야 할지 몰랐고, 그저 고마워하는 눈빛으로 말을 대신할 뿐이었다. 조는 냇을 큰 방으로 데리고 갔다. 그곳에는 둥글고 환한 얼굴이 마치 해님 같고, 모자의 주름 장식은 햇살 같은 독일인 아주머니가 있었다.

"이분이 훔멜 아주머니야. 목욕을 시켜주고 머리도 잘라 줄 거야. 저쪽이 욕실이란다. 토요일 저녁에는 큰 아이들이 노래를 부르는 동안 어린아이들이 먼저 씻고 자러 간단다. 자, 로브랑 같이 들어가자."

조는 이렇게 말하면서 로브의 옷을 벗기고는, 작은 방에 있는 욕조에 풍덩 담갔다.

그곳에는 욕조 두 개가 있었고, 옆에는 발 씻는 대야, 세

면대 등 욕실에 있을 법한 온갖 것들이 있었다. 냇도 한쪽 욕조에 편안하게 몸을 담그고 조와 훔멜 아주머니가 무엇을 하는지 바라보았다. 두 사람은 네다섯 아이를 씻기고 깨끗한 잠옷을 입혀 침대로 보냈다. 물론 그동안에도 아이들은 신이 나서 떠들어댔다. 잠자러 가기 전에 아이들 모두가 요란스럽게 놀아도 조와 아주머니는 꾸중은커녕 말리지도 않았다.

아주머니는 목욕을 마친 냇을 난롯가로 데리고 가서 담요를 둘러주고는 머리카락을 잘라주었고, 그러는 동안 다른 아이들 한 무리가 욕실로 들어갔다. 아이들은 새끼 고래 떼만큼 한껏 물을 튀기며 시끄러운 소리를 냈다.

"냇은 여기서 재우는 것이 좋겠어요. 그러면 밤중에 기침이 날 때 아주머니가 아마인 차를 한 모금 먹여줄 수도 있으니까요." 조는 활기찬 새끼 오리들을 몰고 다니는 정신없는 어미 오리처럼 여기저기 뛰어다니며 말했다.

훔멜 아주머니는 그 생각에 찬성하고는 냇에게 플란넬 천으로 만든 잠옷을 입혀주었다. 그리고 따뜻하고 달콤한 음료를 마시게 한 뒤, 그 방에 있는 작은 침대 세 개 중 한 곳에 눕혔다. 냇은 만족스럽게 미라처럼 가만히 누워, 더 이상 좋을 수는 없을 거라고 생각했다. 청결이라는 것은 그 자체로 새롭고 기분이 좋았다. 플란넬 잠옷을 입자 냇은 이제까지는 몰랐던 편안한 감촉을 느꼈다. 아마인 차 한 모금은 기침을 가라앉혔고, 친절한 말은 외로운 마음을 기분 좋게 달래주었다. 누군가로부터 보살핌을 받는 느낌은 집이 없던 아이 냇에게 이 평범한 방을 천국처럼 보이게 해주었다. 마치 아늑한 꿈 같았다. 냇은 잠에서 깼을 때 이 모든 것이 사라져버리면 어쩌나 걱정하면서 몇 번이고 눈을 꼭 감아보았다. 너무나도 기쁜 나머지 냇은 잠을 이룰 수가 없었다. 그런데 사실은, 자려고 해도 잠들 수가 없었을 것이다. 얼마 지나지 않아 플럼필드의 특별 행사가 냇의 눈앞에서 시작되었기 때문이다. 그 행사 때문에 냇은 깜짝 놀랐고, 또 감탄했다.

욕실 소동이 끝나자, 갑자기 베개가 사방에서 날아들기 시작했다. 침대에서 뛰쳐나온 하얀 도깨비들이 베개를 집어 던지고 있었다. 이 방 저 방에서 베개 싸움이 정신 사납게 벌어졌고, 2층도 난리 법석이었다. 심지어 싸움에서 밀린 아이들이 냇이 누운 방까지 계속해서 들어왔다. 아무도 이런 소동에 개의치 않는 모양이었다. 말리는 사람도 없었고 놀라는 기색조차 없었다. 홈멜 아주머니는 수건을 널 뿐이었고, 조는 아무 일도 없다는 듯 평온하게 세탁한 옷을 갰다. 그뿐 아니라 조는 방 안으로 들어온 맹랑한 아이를 쫓아내면서, 아이가 장난스럽게 던진 베개를 낚아채 되돌려 던지기까지 했다.

"다치지는 않을까요?" 냇은 그 모습을 보고 누운 채로 배꼽을 잡고 웃으며 물었다.

"괜찮아. 토요일 밤은 베개 싸움을 해도 되는 날이야. 오늘만 그런 거야. 목욕한 뒤에는 몸이 달아오르기 마련이니까. 나도 꽤 좋아하거든." 양말을 정리하느라 바쁜 조가 말했다.

"여긴 정말 좋은 학교예요!" 냇이 감탄하며 말했다.

"이상한 학교지." 조는 웃었다. "우리는 너무 많은 규칙을 만들거나 공부를 강요해서 아이들을 힘들게 하는 게 좋다고 생각하지 않아. 처음에는 잠옷 파티를 못 하게 했어. 그런데 아무 소용도 없더구나. 아이들은 침대로 보내기가 여간 어려운 게 아니었지. 뚜껑을 열면 팍 튀어나오는 용수철 달린 인형을 제자리로 넣는 것만큼 어려운 일이었어. 그래서 아이들과 약속했지. 매주 토요일 밤은 15분 동안 베개 싸움을 할 수 있고, 다른 날은 정해진 시간에 자야 한다고 말이야. 그랬더니 별문제 없이 지낼 수 있었어. 약속을 지키지 않으면 다시는 놀 수 없으니까. 난 그냥 거울을 돌려놓고 램프도 위험하지 않은 곳에 올려놓고 나서, 아이들이 원하는 만큼 뛰어놀도록 해준단다."

"좋은 생각이네요." 냇이 말했다. 같이 놀고 싶다는 생각이 들었지만, 첫날부터 그런 말은 할 수 없었다. 그래서 그냥 누워서 지켜보기만 했다. 확실히 요란스러운 광경이었다.

공격하는 편 대장은 토미 뱅스였다. 데미는 끈질기게 자기 방을 지켰다. 포위된 아이들은 적의 탄약이 다 떨어질 때까지 날아온 베개를 잽싸게 뒤에 모아놓았고, 상대편은 무기를 다시 빼앗으려고 맨몸으로 달려들어야 했다. 조그마한 상처 따위는 아무도 신경 쓰지 않았다. 다들 너무나도 즐거워하면서 '픽픽!' 소리를 냈고, 베개는 커다란 눈송이처럼 날아다녔다. 그러다 조가 시계를 보고는 큰 소리로 외쳤다.

"시간 다 됐다, 얘들아. 자러 가도록 해요, 모두. 안 그러면 벌칙이 있다!"

"벌칙이 뭐예요?" 아주 별나면서도 항상 아이들을 생각하는 이 선생님이 자신의 말을 듣지 않는 어린 악당들에게 어떤 벌을 내릴지 궁금한 마음에, 냇은 침대에서 일어나 앉으며 물었다.

"다음에는 이렇게 놀 수 없게 되지." 조가 대답했다. "5분 동안 진정할 시간을 줘. 그러고 나서 불을 끄면 조용해진단다. 모두 훌륭한 아이들이야. 약속을 잘 지키거든."

정말 그랬다. 이 전투는 시작했을 때처럼 순식간에 끝났다. 데미는 물러나는 적들에게 일곱 번째 베개를 던졌고, 몇 번 반격이 있었다. 그러고는 금방 조용해졌다. 이따금씩 킥킥 웃는 소리나 소곤거림이 들리기는 했지만, 토요일 저녁 소동 뒤에 찾아온 고요함을 아무도 깨뜨리지 않았다. 조는 새로 온 아이에게 플럼필드에서 행복하게 지내는 꿈을 꾸라는 마음을 담아 입맞춤을 하고는 방을 떠났다.

아이들

냇이 곤히 자는 동안, 우리 어린 독자들을 위해 이곳 아이들 이야기를 하려고 한다.

이미 만난 아이부터 시작하자. 프란츠는 독일계로 이제 막 열여섯 살이 되었다. 키가 크고 덩치도 좋은 이 금발의 소년은 책을 즐겨 읽고 음악을 좋아했다. 외삼촌인 바에르 교수는 프란츠를 공부시켜 대학에 보낼 생각이었고, 조는 프란츠가 나중에 행복한 가정을 꾸릴 수 있도록 많은 것을 가르쳤다. 품위 있는 태도, 아이들에 대한 사랑, 나이가 많거나 적거나 상관없이 모든 여성에 대한 존중, 가정을 꾸리는 방법 등을 주의 깊게 알려주었다. 프란츠는 모든 일에 조의 오른 팔 노릇을 했으며, 한결같고 친절하고 참을성이 강했다. 그는 쾌활한 조를 어머니처럼 사랑했고, 조도 마찬가지였다.

에밀은 프란츠의 동생으로, 형과는 아주 다른 아이였다.

성질이 급했고, 항상 무엇인가에 몰두했다. 에밀은 바다를 깊이 동경했다. 혈관에서 끓어오르는 고대 바이킹의 피를 억누를 수 없는 듯했다. 외삼촌 바에르 교수는 에밀이 열여섯 살이 되면 바다에 보내주겠다고 약속했다. 유명한 해군 제독과 영웅에 대한 책을 가져다주었으며, 수업이 끝나면 강이나 연못, 개울에서 개구리처럼 뛰놀게도 해주었다. 에밀의 방은 군함 선실 같았다. 방 안 모든 것이 선박이나 군부대 안처럼 깔끔하게 정돈되어 있었다. 해적 키드 선장(17세기 영국의 악명 높은 해적. 소설 『보물섬』의 모티브가 되기도 했다.–옮긴이)의 책을 제일 좋아했는데, 한껏 빼입은 해적 차림으로 거친 말투 범벅인 뱃사람 노래를 큰 소리로 부르곤 했다. 선원이라도 되는 양발을 구르며 혼파이프(16세기부터 영국에서 유행하던 춤곡. 주로 선원들 사이에서 유행했다.–옮긴이)를 추거나, 외삼촌에게 혼나지 않을 만큼이긴 하지만 해적 같은 말투로 말하기도 했다. 아이들은 에밀을 '제독'이라고 불렀고, 연못을 하얗게 뒤덮는 에밀의 종이 함대를 무척 자랑스러워했다. 에밀의 함대는 바다에 사로잡힌 남자아이만이 극복해 낼 수 있는 무시무시한 재난을 이겨낸 듯 보였다.

　조의 조카 데미는 현명한 사랑과 보살핌이 어떤 효과를 내는지 분명하게 보여주는 아이였다. 몸과 마음이 조화를 이루며 자란 데미가 보여주는 자연스러운 품위는 좋은 가정교육의 결과로만 얻어질 수 있는 것이었다. 그에게는 아름답고 순수한 태도가 자연스레 배어 있었다. 어머니 메그는 데미가 순수하고 사랑스러운 마음을 갖도록 해주었고, 아버지 존은 좋은 음식, 적절한 운동, 수면에 신경 쓰면서 아이의 작은 몸이 건강하고 튼튼하게 자랄 수 있도록 힘썼다. 또한 마치 할아버지는 현대의 피타고라스 같은 다정한 지혜로 그의 어린 마음을 가꾸어주었다. 길고 어려운 과제나 앵무새같이 외우는 공부를 시키기보다는, 태양과 이슬이 아름다운 장미꽃을 피우듯이 아이가 자연스럽고 아름답게 성장하도록 해주었다. 데미는 완벽하지는 않아도 다른 아이들보다는 결점이 적은 아이였다. 어렸을 때부터 어떻게 자제해야 하는지 익혀왔기 때문에 식욕이나 감정에 지나치게 휘둘리는 법이 없었고, 유혹에 빠지게 되면 스스로 반성하곤 했다. 이렇듯 차분하고 보기 드문 아이가 바로 데미였다. 그는 진지하면서도 쾌활했다. 자신이 남들보다 영리하고 뛰어나다는 사실은 전혀 의식하지 못하면서도, 다른 아이들의 똑똑함이나 훌륭함은 누구보다 빨리 알아보고 감탄하곤 했다. 데미는 책을 즐겨 읽고 늘 공상에 잠겨 있었기 때문에, 부모는 아이가 풍부한 상상력과 생각에 깊이 빠지곤 하는 성격 외에도 유용한 지식이나 건강한 사회성을 키워 균형 잡힌 삶을 살기를 진심으로 바랐다. 가족들에게 놀라움과 기쁨을 안겨주다가 온실 속 화초처럼 시들어버리는 아이가 되지는 않았으면 했다. 너무 조숙해서 세상이라는 토양에 확고하게 뿌리내리지 못한 채 너무 빨리 꽃을 피울 수도 있기 때문이었다.

데미는 이런 이유로 플럼필드에 오게 되었고, 무리 없이 이곳 생활에 익숙해졌다. 메그와 존, 그리고 할아버지는 자신들의 선택이 옳았다고 생각하며 안심했다. 데미는 다른 학생들과 만나게 되면서 자기도 모르던 적응력을 발휘해 아이들과 잘 어울렸다. 지금까지 자신의 조그만 머릿속에 열심히 쳐왔던 거미줄을 말끔히 털어버릴 수 있게 된 것이다. 데미는 집에 돌아갔을 때 문을 쾅 닫거나 큰 소리로 '젠장!'이라고 외치고, '아빠처럼 쿵쿵거리며 걸어 다닐 수 있는' 큼직하고 밑창이 두꺼운 구두를 사달라고 해서 메그를 깜짝 놀라게 하기도 했다. 그러나 존은 이런 모습을 보고 기뻐했다. 그런 거친 말도 웃어넘기고 구두까지 사주고는, 만족스러운 듯이 말했다.

"잘 지내고 있는 거예요. 쿵쿵거리면서 걸어도 괜찮아요. 아들을 아이다운 아이로 키워야죠. 거칠게 구는 일도 한때니까 별다른 일은 없을 테니 걱정 말아요. 얼마 지나지 않아 바로잡을 시기가 오겠죠. 비둘기가 완두콩을 먹듯이 뭘 배울지도 스스로 찾아낼 거예요. 재촉하지 맙시다."

데미의 쌍둥이 동생 데이지는 아주 밝고 매력적이며 여

성스러운 아이였다. 데이지는 자상한 어머니를 닮아 가정적인 것을 좋아했다. 인형 가족을 꾸려두고, 아주 조심스럽게 가지고 놀곤 했다. 손에서 반짇고리와 바느질감을 놓지 않았으며, 바느질 솜씨도 뛰어났다. 데미는 동생의 솜씨가 담긴 손수건을 꺼내 자랑하곤 했고, 막냇동생인 아기 조시도 데이지 언니가 만들어준 예쁜 플란넬 속치마를 갖고 있었다. 데이지는 찬장을 정리하거나 소금 통을 채우면서 시간을 보냈고, 매일같이 응접실로 가서 청소용 솔로 의자와 탁자의 먼지를 털곤 했다. 데미는 집안일을 좋아한다는 뜻으로 동생을 '베티'라고 부르며 놀리곤 했다('베티'라는 이름은 요리를 잘하는 사람의 애칭-옮긴이). 하지만 동생이 자기 물건을 정돈해주고 야무진 손으로 온갖 일을 돕고 공부를 도와주는 깃을 항상 고마워했다. 두 사람은 서로를 잘 알았고 경쟁할 생각도 없었다.

이들 남매 사이의 굳건한 사랑은 변함없었다. 어떤 아이도 데이지를 사랑하는 데미의 모습을 놀려대지 못했다. 데미는 데이지가 싸울 때마다 용감하게 나서서 편을 들어주었다. 데미는 여동생을 사랑한다고 '솔직하게' 말하는 걸 왜 다른 남자아이들이 부끄러워하는지 이해할 수가 없었다. 데이지도 쌍둥이 오빠가 세상에서 가장 뛰어나다고 생각했다. 데이지는 매일 아침 잠옷 바람으로 달려와서는 오빠 방의 문을 두드리며 자기가 어머니라도 되는 양 말했다. "일어나, 오빠. 아침 식사 시간이야. 깨끗한 옷도 갖다 놨어."

바에르 부부의 아들 로브는 아주 활동적인 아이인데, 잠시도 가만있지 않았기 때문에 무한 동력의 비밀이라도 발견한 듯 보일 지경이었다. 다행히도 장난이 너무 심하거나 무모하지는 않았다. 아주 큰 말썽을 부리지는 않았고, 수다쟁이답게 다정하게, 아버지와 어머니 사이를 작은 추처럼 신나게 똑딱거리며 왔다 갔다 했다.

로브의 동생 테드는 아직 어려서 플럼필드의 일상에서 별다른 역할을 맡지는 못했지만, 자그마한 자기 영역을 아름답게 채웠다. 누구든 사랑을 베풀 대상을 찾기 마련인데, 입을 맞추고 껴안기를 좋아하는 아기 테드는 여기에 딱 들어맞았다. 조는 무엇을 하든 항상 테드를 데리고 다녔다. 그래서 테드는 온갖 집안일에 참견했고, 다들 그의 참견을 환영했다. 플럼필드에서는 아주 어린 아이들의 말도 신뢰했기 때문이다.

딕 브라운과 아돌푸스는 둘 다 여덟 살이었다. 다들 아돌푸스를 '돌리'라고 불렀다. 돌리는 심하게 말을 더듬었다. 하지만 그를 흉내 내면서 놀리는 일은 엄하게 금지되었고, 바에르 교수가 천천히 말하는 연습을 시키면서 고쳐주려고 애썼기 때문에 점점 좋아지고 있었다. 돌리는 평범했지만 꽤 좋은 아이였고, 이곳 생활에 잘 적응했다. 그 아이는 매일 해야 하는 공부나 놀이를 별 불만 없이 차분하게 해나갔다.

딕 브라운은 자기 등이 굽었다는 사실을 고민스러워했지만, 이 무거운 짐을 너무나도 밝게 짊어졌다. 언젠가 데미가 딕에게 장난스럽게 물은 적이 있었다. "등에 혹이 있으면 착해지는 거야? 그렇다면 나도 하나 갖고 싶어." 딕은 항상 명랑하게 지내려고 최선을 다했다. 몸은 작고 연약했지만 그 안에 깃든 정신은 대담했다. 처음 이곳에 왔을 때는 자기 불행에 몹시 민감하게 반응했지만, 얼마 지나지 않아 신경 쓰지 않게 되었다. 한 아이가 딕을 놀리다가 바에르 교수에게 혼나고 난 뒤부터는 감히 그런 짓을 하는 아이가 없었기 때문이다.

"하느님은 상관하지 않으셔. 내 등은 굽었지만 마음은 곧으니까." 딕은 훌쩍훌쩍 울면서 자기를 괴롭히던 아이에게 말했다. 바에르 부부는 하느님뿐만 아니라 다른 사람들도 딕의 영혼을 사랑하며 몸은 신경 쓰지 않는다는 믿음을 갖게 해주었다.

언젠가 딕과 아이들이 함께 동물놀이를 하려는데 누군가가 물었다.

"넌 뭘 할 거야, 딕?"

"응, 낙타를 할 거야. 등에 있는 혹이 보이지 않아?" 딕은 웃으면서 대답했다.

"그래, 좋아. 착한 낙타네. 등에 뭘 올려놓지 않아도 되겠어. 코끼리 먼저 행진하고 그다음은 너야." 줄 순서를 정하던 데미가 말했다.

"우리 아이들이 배워온 것처럼, 다른 사람들도 이 아이에게 친절하게 대해주면 얼마나 좋을까." 조는 딕이 곁으로 천천히 지나가는 모습을 보며 말했다. 딕의 얼굴엔 행복이 넘쳤고, 코끼리를 맡은 덩치 큰 스터피의 묵직한 발걸음을 따라가는 그의 모습은 아주 작고 여린 낙타처럼 보였다.

잭 포드는 영리한 아이로, 조금은 약삭빠른 면도 있었다. 잭은 학비가 별로 들지 않기 때문에 이 학교에 다니게 되었다. 사람들은 이 아이를 똑똑하다고 생각했겠지만, 바에르 교수는 아이가 말하는 방식을 좋아하지 않았고, 아이답지 않은 영악한 모습은 돌리가 말을 더듬거나 딕의 등이 굽은 것만큼이나 불운한 일이라고 생각했다.

열네 살짜리 네드 바커는 덩치는 컸지만 행동은 가벼웠고 항상 소리를 질러댔다. 가족들은 네드를 '덜렁이'라고 불렀고, 의자를 넘어뜨리거나 탁자에 부딪히거나 주위에 있는 자질구레한 물건을 부수지는 않을까 항상 가슴을 졸였다. 이것도 할 수 있고 저것도 할 수 있다고 요란하게 잘난 척했지만 실제로 보여준 건 거의 없었다. 용기가 있는 편도 아니고,

남의 비밀을 다른 아이들에게 떠벌리곤 했다. 작은 아이들은 괴롭히고 큰 아이들에게는 아첨을 했다. 나쁜 아이라기보다는 잘못된 길로 빠지기 쉬운 부류의 아이였다.

'스터피'라는 별명을 지닌 아이 조지 콜은 뭐든지 맘대로 하게 해주는 어머니 밑에서 응석받이로 자랐다. 아이가 사탕을 양껏 먹도록 내버려 두어 결국 병에 걸리게 만들었으며, 그러고 나서는 아이가 너무 허약하니 무리해서 공부를 시킬 수는 없다고 생각했다. 그래서 조지는 열두 살이 다 되도록 허옇고 퉁퉁 부은, 둔하고 잘 보채고 게으른 아이일 뿐이었다. 그러다가 누군가가 어머니에게 조지를 플럼필드에 보내라고 권했고, 얼마 지나지 않아 아이는 새로운 모습을 보였다. 사탕처럼 달콤한 음식은 끊고 운동을 많이 했으며, 공부에도 재미를 붙였다. 스터피는 자연스럽게 학교 생활에 적응했고, 처음에는 불안해하던 어머니도 성장한 아이의 모습을 보고 깜짝 놀라 플럼필드라는 곳에는 분명히 대단한 뭔가가 있다고 확신하게 되었다.

빌리 워드는 스코틀랜드 사람들이 '순진하다'라고 돌려 말하는, 어수룩한 모습을 지닌 아이였다. 이 아이는 열세 살이지만 여섯 살 같았다. 원래 빌리는 특출하게 머리가 좋은 아이였는데, 아버지는 아이를 다그쳐 온갖 어려운 공부를 시켜댔고 하루에 여섯 시간이나 책을 읽게 했다. 푸아그라를 만들려고 거위에게 억지로 먹이를 먹이듯 지식을 쑤셔 넣으려 한 것이다. 아버지는 자기 의무를 다하고 있다고 생각했지만, 이런 행동은 오히려 빌리를 죽일 뻔했다. 이 가엾은 아이는 열병에 걸려서야 겨우 공부를 쉴 수 있었고, 병이 다 나을 무렵에는 혹사당하던 뇌가 완전히 방전되었다. 빌리의 머리는 지우개로 지운 칠판처럼 텅 비어버리고 말았다.

이런 변화는 야심 넘치던 그의 아버지에게 끔찍한 교훈을 안겨주었다. 전도유망했던 아들이 허약한 장애아가 되어버린 모습을 차마 볼 수가 없어 결국 플럼필드에 보내기로 결정했다. 이 학교가 아들을 낫게 해주지는 못하더라도 인격적으로 대해주리라는 사실만은 확신한 것이다. 빌리는 정말로 얌전하고 순수했다. 무언가 배우려고 노력하는 모습은 보기에도 애처로웠다. 자신에게 그렇게 큰 대가를 치르게 하고는 결국 사라진 그 지식을, 어둠 속에서 더듬거리며 찾는 것 같았다.

빌리는 매일 알파벳을 골똘히 바라보고는, 신이 나서 A와 B라고 말했다. 그러고는 자신이 알파벳을 안다고 생각했지만 다음 날이면 까맣게 잊어버렸고, 결국 처음부터 다시 시작해야만 했다. 바에르 교수는 무한한 인내심을 가지고 있었다. 희망이 없어 보였지만 아이를 계속해서 가르쳤다. 억지로 책을 읽히기보다는 머릿속에 있는 뿌연 안개를 걷어내려고 조심스럽게 접근하면서, 아이가 짊어졌던 짐과 고통을 덜어내 본래의 총명함을 되찾아 주려고 노력했다.

조는 빌리가 건강을 회복하도록 자신이 아는 모든 방법을 동원했고, 아이들은 모두 빌리를 안타깝게 여기면서 친절히 대했다. 빌리는 다른 아이들처럼 시끄럽게 노는 걸 좋아하진 않았다. 대신 몇 시간이고 가만히 앉아서 비둘기를 바라보았고, 욕심쟁이 테드가 그만해도 괜찮다고 할 때까지 흙구덩이를 만들어주곤 했다. 학교 일꾼인 사일러스를 따라다니면서 그가 일하는 모습을 지켜보기도 했다. 사일러스는 빌리에게 다정하게 대해주었고, 빌리는 사람들의 이름은 기억 못 했지만 자신에게 친절하게 대해주는 사람들의 얼굴만은 기억했기 때문이다.

토미 뱅스는 학교 최고의 말썽꾸러기였다. 하지만 원숭이처럼 장난을 치기는 해도 마음씨가 착했기 때문에, 토미를 크게 탓하는 사람은 없었다. 너무 산만해서 계속 야단을 맞았지만, 자신이 잘못한 일에 대해서는 모두 사과했다. 다시는 그러지 않겠다고 막무가내식 맹세를 해대고 별의별 희한한 벌을 받겠다고 하면서 사람들 혼을 쏙 빼놓았다. 바에르 부부는 언제 토미가 자기들 목을 부러뜨리거나 집을 화약으로 날려버릴지 몰라 항상 대비하면서 지냈다. 훔멜 아주머니도 서랍에 항상 반창고, 붕대, 연고를 넣어두었다. 토미가 언제 크게 다칠지 몰랐기 때문이었다. 하지만 토미는 늘 무사했고, 다치더라도 금방 기운을 차리고는 더 격렬하게 놀았다.

토미는 이곳에 온 첫날에 건초 자르는 작두에 손가락 끝을 베였고, 일주일도 채 되지 않아 병아리를 살펴보다가 마구 쪼아대는 화난 암탉에게 쫓겨 헛간 지붕으로 올라갔다가 떨어졌다. 그리고 파이를 몰래 꺼내 냄비에 있는 크림을 몰래 떠먹다가 들켜서 부엌일을 하는 에이셔 아주머니에게 제대로 뺨을 얻어맞기도 했다. 하지만 토미는 어떤 실패나 좌절에도 꺾이지 않았고, 계속해서 온갖 장난을 쳤다. 말을 잘 안 듣는 데는 항상 우스꽝스러운 핑곗거리가 있었다. 하지만 토미는 책도 잘 읽었고, 모르는 것도 그럭저럭 답을 꾸며낼 정도로 똑똑한 편이어서 학교 수업 시간에는 꽤 잘 지냈다. 교실 밖에서는 전혀 아니었지만 말이다.

토미는 포동포동한 에이셔를 빨랫줄로 기둥에 묶어놓고는 바쁜 월요일 아침에 30분 이상이나 그대로 놔둔 적도 있었다. 결국 에이셔가 화를 내며 소리 지르게 만들었다. 플럼필드의 작은 신사들이 저녁 식사를 하려고 모인 어느 날에는 집안일을 돕는 예쁘장한 소녀 메리 앤의 등에 불에 달군 동전을 넣기도 했다. 가엾은 메리는 깜짝 놀라 수프를 뒤엎고 방에서 뛰쳐나갔고, 가족들은 메리가 정신이 이상해진 게 아닌가 걱정하기까지 했다. 한번은 나무 위에 물 양동이를 올려놓고 손잡이에 예쁜 끈을 매달아 놓았는데, 데이지가 그 끈을 잡아당겨 물벼락을 맞는 바람에 깨끗한 옷이 더러워졌고 데이지의 여린 마음도 상하고 말았다. 토미의 할머니가 차를 마시러 오셨을 때는 설탕 통에 설탕처럼 보이는 하얀 모래를 넣어두는 장난을 쳤다. 안타깝게도 할머니는 왜 이 설탕은 녹지 않을까 생각했지만, 예의 바른 분이라 아무 말도 하지 않으셨다. 교회에 가서는 아이들에게 코담배를 나누어주어 요란하게 재채기를 하게 만들기도 했다. 겨울에는 길에 도랑을 파고 몰래 물을 흘려 넣는 바람에 사람들이 미끄러지고 넘어졌다. 한번은 사일러스의 큰 구두를 눈에 잘 띄는 곳에 걸어놓아 그를 화나게 만들기도 했다. 사일러스는 자기 발이 너무나 크다는 사실을 사람들이 모르길 바랐던 것이다. 토미는 자신을 믿는 꼬마 돌리에게, 흔들리는 이빨을 실로 묶어서 길게 늘어뜨려 놓으면 자는 동안 자기가 아프지 않게 뽑아주겠다고 말했다. 하지만 이는 한 번에 뽑히지 않았고, 불쌍한 돌리는 너무 아파 잠에서 깰 수밖에 없었다. 그날 이후 돌리는 토미를 믿지 않게 되었다. 가장 최근에는 럼주에 적신 빵을 닭에게 먹이는 바람에 취한 닭이 다른 닭을 괴롭혔고, 평소에 멀쩡하던 나이 든 닭들은 술에 취해 비틀거리면서 여기저기 쪼아대고 꼬꼬댁거리기도 했다. 그 모습을 보고 플럼필드의 가족들은 배를 움켜쥐고 웃었다. 데이지는 닭들이 불쌍하다며 술이 깰 때까지 취한 닭들을 닭장에 가둬놓았다.

이곳 플럼필드의 아이들은 공부도 하고 놀기도 하면서 더없이 행복하게 생활했다. 해야 할 일을 하고 가끔은 싸움도 하면서, 잘못을 고치고 점점 좋은 모습을 찾아갔다. 다른 학교에서는 책에 있는 지식을 더 많이 배웠을지 모르지만, 훌륭한 사람으로 자라는 지혜를 얻는 데는 플럼필드가 더 나았다. 라틴어, 그리스어, 수학도 물론 필요하지만 바에르 교수는 자기 자신에 대한 이해와 자립심, 자제력이 더 중요하다고 생각해 이런 덕목을 아이들에게 가르치려고 노력했다. 어떤 사람들은 그의 생각에 동의하지 않고 고개를 젓기도 했지만, 아이들의 예의범절이나 행동이 깜짝 놀랄 정도로 좋아졌다는 사실만큼은 인정했다. 어찌 되었건 이곳은, 조가 냇에게 말했듯 '이상한 학교'였다.

일요일

다음 날 아침, 종이 울리자 냇은 침내에서 벌떡 일어났다. 그리고 의자 위에 올려둔 옷을 발견하고는 기쁜 마음으로 갈아입었다. 비록 새 옷은 아니었고 어느 부잣집 아이에게 물려받은 옷이지만 말이다. 조는 자신의 둥지로 날아오는 어린 새들을 위해, 묵은 깃털이라도 소중하게 간직하고 있었다. 냇이 옷을 다 입기도 전에, 깨끗한 옷을 갖춰 입은 토미가 냇을 아침 식사 자리로 데려가려고 나타났다.

식당의 잘 차린 식탁 위로 눈부시게 해가 비쳤고, 넘치는 식욕을 주체하지 못하는 아이들 무리가 식탁으로 모여들었다. 냇은 아이들이 어젯밤보다 훨씬 더 점잖아 보인다고 생각했다. 각자 자기 의자 뒤에 조용히 서 있었고, 식탁 윗자리에는 바에르 교수가 자리 잡았다. 그 옆에 선 아들 로브가 곱슬머리를 조금 숙이고는 두 손을 모으고 작은 목소리로 아버지에게 배운 경건하고 짧은 독일어 기도를 드렸다. 아이들은 자리에 앉아 커피, 스테이크, 구운 감자를 먹기 시작했다. 평소에는 빵과 우유로 식욕을 채우지만 일요일 아침에는 특별한 음식이 나왔기 때문에 나이프와 포크가 한창 기분 좋은 소리를 냈다. 그러는 동안 여기저기서 즐거운 대화가 계속해서 흘러나왔다. 일요일에 해야 하는 공부 이야기도 있었고, 일요일 산책 장소나 이번 주의 계획 이야기도 있었다. 가만히 귀를 기울이던 냇은 분명히 아주 즐거운 하루가 될 거라고 생각했다.

"자, 얘들아. 아침에 해야 할 일을 마무리하고 마차가 오기 전까지 교회에 갈 준비를 마쳐야지." 바에르 교수는 이렇게 말하고는 모범을 보이려는 듯이 다음 수업에 쓸 책을 가지러 교실로 들어갔다.

모두 각자 맡은 일을 하려고 흩어졌다. 이곳에서는 어떤 아이든 매일 책임지고 해야 하는 일들이 있었다. 어떤 아이는 땔감과 물을 날랐고, 또 어떤 아이는 계단을 쓸었다. 조의 심부름을 하는 아이도 있었다. 동물에게 먹이를 주는 아이도 있고, 프란츠와 함께 헛간에서 잡일을 하는 아이도 있었다. 데이지는 찻잔을 씻었고, 데미는 옆에서 물기를 닦았다. 이 쌍둥이는 함께 일하기 좋아했고, 데미도 집안일을 제대로 해내도록 배워왔다. 어린 테드도 작게나마 할 일을 했다. 이리저리 뛰어다니면서 냅킨을 치우고 의자를 제자리로 밀어 넣었다. 30분 정도 아이들은 붕붕 날아다니는 벌처럼 분주하게 움직였고, 마침내 마차가 도착했다. 바에르 교수님과 프란츠가 큰 아이들 여덟 명과 함께 마차를 타고, 5킬로미터 정도 떨어진 마을 교회로 떠났다.

냇은 아직 기침이 가라앉지 않아서 어린아이 네 명과 함께 집에 남기로 했다. 조가 방에서 읽어주는 이야기를 듣고 찬송가를 배웠고, 그다음에는 낡은 공책에 그림을 그리면서 행복한 아침 시간을 보냈다.

"이건 내 일요일 벽장이야." 조는 그림책, 그림 도구 상자, 쌓기 블록, 일기장, 편지지 등이 빼곡하게 들어찬 선반을 보여주면서 냇에게 말했다. "난 너희들이 일요일을 좋아했으면 해. 이날이 평온하고 기분 좋은 날이라는 사실을 알아주었으면 좋겠어. 평소에 하던 공부나 놀이를 하지 않는 대신, 조용한 휴식을 즐기면서 학교에서 배우는 공부보다 더 중요한 걸 배우기를 바라지. 무슨 말인지 알겠니?" 조는 열심히 귀를 기울이는 냇의 얼굴을 바라보았다.

"착한 아이가 된다는 뜻이에요?" 냇은 잠시 망설이다가 물었다.

"그래, 착한 아이가 된다는 거야. 물론 그러기 어려울 때도 있다는 걸 나도 잘 알아. 하지만 아이들은 서로 도우면서 점점 더 착하고 바람직해지고 있단다. 이것도 너희에게 도움이 되지 않을까 생각해서 시도해 보는 방법이야.” 그러면서 조는 절반 정도 무엇인가 가득 적힌 두꺼운 공책을 선반에서 꺼내 놓았다. 그러고는 맨 위에만 글자를 적은 페이지를 펼쳤다.

“와, 제 이름이에요!” 깜짝 놀란 냇은 궁금한 얼굴로 소리쳤다.

“그래, 너희 모두에 대해 한 페이지씩 적어놓는단다. 일주일 동안 어떻게 지냈는지 간단하게 써서 일요일 밤에 각자에게 보여주고 있어. 나쁜 내용이면 안타깝고 실망스러운 마음이 들겠지만, 좋은 내용이면 기쁘고 자랑스럽겠지. 하지만 내용이 좋건 나쁘건, 내가 도와주고 싶어 한다는 사실을 플럼필드의 작은 신사들은 모두 알고 있지. 나와 바에르 교수가 자기들을 얼마나 사랑하는지 말이야. 그에 보답하려고 힘껏 노력하는 거야.”

“저도 아이들이 그럴 거라고 생각해요.” 냇은 이렇게 말하고는, 밑에 뭐라고 적었는지 궁금해하며 자기 페이지 맞은편에 있는 토미의 이름을 힐끗 보았다.

조는 냇의 눈길이 토미의 이름에 머물자 고개를 저으면서 공책을 덮었다.

“안 돼. 이 기록은 본인만 볼 수 있단다. 난 이걸 ‘양심의 책'이라고 부르지. 네 이름 밑에 뭐라고 적었는지는 너와 나만 알 수 있어. 다음 주 일요일에 기뻐하게 될지 부끄러워하게 될지는 냇, 너의 행동에 달렸단다. 네 기록은 괜찮을 거야. 낯선 이곳에서 잘 지내도록 내가 도와줄 테니. 플럼필드의 규칙을 지키면서 다른 아이들과 잘 지내고 뭔가를 배운다면, 난 참 기쁠 거야."

"그렇게 할게요." 냇의 야윈 얼굴이 상기되었다. 조 선생님을 '안타깝고 실망스럽게' 만들지 않고 '기쁘고 자랑스럽게' 해주고 싶다는 간절한 마음이 들었다. "이렇게 많이 쓰려면 힘드시겠어요." 조가 공책을 덮으면서 격려의 의미로 냇의 어깨를 두드려주자 냇이 덧붙였다.

"그렇지도 않아. 글을 쓰는 것과 아이들 중 어떤 쪽을 더 좋아하는지 나도 잘 모를 정도니까." 이렇게 말한 조는 자기 말에 깜짝 놀란 냇을 보며 웃었다. "많은 사람들이 아이들을 성가신 존재라고 생각하지. 하지만 그건 아이들을 이해하지 못하기 때문이야. 아이의 마음속에 있는 약한 부분을 알게 되면 어떤 아이와도 함께 잘 지낼 수 있어. 이런, 난 귀엽고 시끄럽고 버릇없고 덤벙거리는 너희 없이는 하루도 못 살 거야. 그런 것 같지 않니, 테드?" 조는 커다란 잉크병을 제 주머니에 슬쩍 넣으려던 꼬마 악당 테드를 보고는 꼭 끌어안으며 말했다.

냇은 지금까지 한 번도 이런 말을 하는 사람을 본 적이 없었다. 그래서 조 선생님이 조금 이상한 사람인지, 아니면 이제까지는 상상도 못 해봤을 만큼 재미있는 사람인지 궁금해졌다. 별난 취미를 갖고 있기는 했지만, 이상하다기보다는 재미있는 사람이 아닐까 하는 생각이 들었다. 조는 더 달라고 하기도 전에 먼저 접시에 음식을 채워주고, 농담을 하면 웃어주고, 다정하게 귀를 잡아당기거나 어깨를 두드리곤 했는데, 냇은 이런 모습이 무척 좋았다.

"자, 그러면 교실로 가서 오늘 저녁 다 같이 부를 찬송가를 연습해 두면 좋겠다." 조는 냇이 무얼 가장 하고 싶어 하는지 정확하게 아는 것 같았다.

햇볕이 드는 창문 옆에 냇이 너무나도 좋아하는 바이올린과 악보가 놓여 있었다. 밖에는 아름다운 봄볕이 빛났고 휴일의 고요함이 가득했다. 한두 시간 동안 냇은 달콤한 옛 선율을 연습하며 고통스러웠던 과거를 잊고 진정한 행복을 누렸다.

교회에 갔던 사람들이 돌아와 점심 식사를 마치자, 다들 집 안 여기저기에 앉아 책을 읽거나 집에 편지를 쓰고, 일요일에 해야 하는 과제를 암송하기도 하면서 조용하게 서로 이야기를 나눴다. 3시가 되자 다 같이 산책을 나갔다. 항상 힘이 넘치는 아이들에게는 운동이 필요했다. 이렇게 걷는 동안 아이들은 눈앞에 나타나는 자연의 아름다운 기적 속에서 하느님의 섭리를 느끼며 서로 사랑하는 법을 배웠다. 바에르 교수는 늘 함께 산책을 했고, 아이들을 위해 꾸밈없는 방식으로, 셰익스피어의 말처럼 "바위에서 설교를, 개울에서 책을, 모든 사물에서 좋은 점을" 찾아주었다.

조는 데이지와 두 아들과 함께 마차를 타고 시내로 갔다. 늘 바쁜 할머니(마치 부인-옮긴이)에게 이 방문은 일주일에 하루 맛보는 휴식이자 가장 큰 즐거움이었다.

긴 산책이 아직 무리인지라, 냇은 낯선 플럼필드에 적응하도록 도와준 토미와 함께 집에 남았다.

"집 안은 다 봤지? 그러면 나가서 정원하고 헛간하고 동물원을 보여줄게." 냇과 자신만 에이셔와 함께 집에 남게 되자 토미가 말했다. 에이셔는 이들이 무슨 사고라도 치지 않을까 지켜보려고 함께 남았다. 왜 그런지는 몰라도 끔찍한 사고가 항상 토미의 주변에서 일어났기 때문이다.

"동물원이 뭐야?" 집 주변 길을 따라 총총거리며 토미와 다니다가 냇이 물었다.

"우리가 좋아하는 동물을 옥수수 헛간에서 키우는데, 거길 동물원이라고 불러. 다 왔네. 내 기니피그 예쁘지?" 못생긴 녀석을 내밀며 토미는 신이 난 모양이었다.

"내가 아는 애 중에서 기니피그를 많이 갖고 있는 애가 있어. 한 마리 준다고 했는데 둘 데가 없어서 못 받았어. 검은 점이 있는 하얀 놈이고, 자꾸 큰 소리를 내. 네가 키우고 싶으면 데려올게." 친절하게 대해준 토미에게 작은 보답을 할 수도 있겠다고 생각하면서 냇이 말했다.

"정말? 꼭 갖고 싶어. 그럼 얘는 널 줄게. 서로 안 싸우면 같이 둬도 되겠지? 저기 흰 생쥐 몇 마리는 로브가 키워. 프란츠가 준 거지. 저 토끼는 네드가 키우고, 밖에 있는 닭은 스터피가 키워. 저기 상자 같은 건 데미가 거북이를 키우는 통이야. 올해 새로 온 녀석은 한 마리도 없어. 작년까진 예순두 마리나 키웠는데, 아주 큰 녀석도 있었어. 거북이 중 한 마리의 등딱지에 데미 이름과 키운 해를 새겨서 놓아줬지. 아주 오랜 시간이 지난 뒤에 다시 발견하면 알아볼 수 있을 거라면서 말이야. 등딱지에 몇백 년 전에 새긴 표시가 있는 거북이를 발견한 이야기를 책에서 읽었대. 데미는 정말 재미있는 녀석이야."

"이 상자 안에는 뭐가 들었어?" 냇은 흙을 반쯤 담은 크고 깊숙한 상자 앞에 멈춰 서서 물었다.

"아, 그건 잭 포드의 지렁이 가게야. 지렁이를 잔뜩 파내서 여기 놓아두는 거야. 누구든 낚시하러 갈 때 걔한테 지렁이를 사면 돼. 손이 덜 가서 좋긴 한데, 너무 비싸게 판다니까. 글쎄, 지난번에는 한 봉지에 2센트나 주었는데도 작은 것들만 줬어. 잭은 가끔 치사하게 굴 때가 있지. 그래서 더 싸게 팔지 않는다면 난 직접 땅을 파서 지렁이를 구하겠다고 말했어. 아, 그리고 난 암탉도 두 마리나 키워. 회색 깃털에 볏이 멋진 녀석들이고, 둘 다 최고급 품종이야. 알을 낳으면 조 선생님한테 파는데, 열두 알에 25센트 넘게는 받아본 적이 없어. 한 번도 말이야! 그보다 더 받으면 창피한 일이니까." 토미는 지렁이 가게를 경멸하듯이 살짝 쳐다보면서 큰 소리로 말했다.

"저 개들은 누구 개야?" 냇이 물었다. 이런 상업적인 서래가 꽤 재미있었고, 토미 뱅스는 그런 방식으로 설명하는 일을 좋아하는 것처럼 보였다.

"저 큰 개는 에밀의 개죠. 이름은 크리스토퍼 콜럼버스입니다! 조 선생님이 개 이름을 지었습니다. 크리스토퍼 콜럼버스 이야기 하는 걸 좋아해서 그런 이름을 붙인 거죠. 이름이 좀 어색하지만 아무도 이상하게 생각하지는 않습니다." 토미는 서커스 단장이 동물을 소개하듯 대답했다. "하얀 강아지는 로브, 노란 강아지는 테드가 키워. 누가 우리 연못에 얘들을 버리려고 했는데 바에르 교수님이 구해줬어. 어린애들이 키우기엔 괜찮은 강아지야. 나한테는 별거 아니지만. 얘들은 카스토르와 폴룩스(그리스 신화에서 제우스의 쌍둥이 아들로 등장하는 우애 좋은 형제-옮긴이)라고 해. 그리스 신화

62

에서 따온 이름이야."

"난 당나귀가 제일 좋아. 내가 키울 수 있으면 좋겠다. 타고 다닐 수도 있어서 참 좋고, 게다가 작고 얌전하니까." 냇은 지치도록 걸어 다니던 예전 기억을 떠올리면서 말했다.

"쟤는 로리 아저씨가 조 선생님에게 준 당나귀 토비야. 당나귀가 있으면 다 같이 산책 갈 때 테드를 업지 않아도 되니까. 다들 토비를 좋아해. 최고의 당나귀야. 그리고 저 비둘기는 우리 모두 같이 키우는데, 각자 좋아하는 애가 있어. 새끼가 태어나면 각자 한 마리씩 맡게 되는 거야. 새끼 비둘기를 키우는 건 정말 재밌어. 지금은 새끼가 없지만, 올라가서 다 큰 비둘기라도 보고 올래? 난 그동안 코클탑하고 그래니가 알을 낳았는지 보고 올게. 내 닭들 말이야."

냇은 사다리를 타고 올라가 천장에 난 작은 문에 머리를 집어넣고는 예쁜 비둘기들이 사이좋게 구구거리는 모습을 한참 들여다보았다. 몇 마리는 둥지 안에 있고, 또 몇 마리는 부산스럽게 들락날락거렸다. 몇몇 녀석이 문 앞에 앉아 있는 사이에, 나머지 대부분이 볕이 잘 드는 지붕 꼭대기에서 날아올라 짚이 깔린 농장 마당으로 갔다. 그곳에서는 털이 반질반질한 암소 여섯 마리가 느긋하게 되새김질을 하고 있었다.

'나 빼고 다들 뭔가 키우네. 비둘기든 암탉이든, 아니면 거북이라도 좋으니까 키우면 좋겠다.' 냇은 이렇게 생각했다.

다른 아이들의 재미있는 보물을 보고 나니 자신이 너무 처량해졌다. "너희들은 어디서 이런 애들을 구했니?" 헛간에서 토미와 다시 만나자 냇이 물었다.

"어디서 주워 오거나 사온 거야. 누가 주기도 하고. 내 기니피그는 우리 아빠가 보내줬어. 난 말야, 달걀을 팔아서 돈이 좀 모이면 오리 한 쌍을 살 거야. 헛간 뒤에 오리 키우기 좋은 작은 연못이 있거든. 오리알은 달걀보다 비싸게 팔 수 있어. 작은 새끼 오리는 예쁘잖아. 애네들 헤엄치는 거 보면 재밌어." 토미는 마치 자기가 백만장자라도 된 듯 말했다.

냇은 한숨을 쉬었다. 아버지도 없고 돈도 없으니. 이 넓은 세상에서 냇이 가진 건 텅 빈 낡은 지갑과 열 손가락 끝에 있는 바이올린 연주 기술뿐이었다. 토미는 냇이 왜 물어보았는지, 그리고 자기 대답을 듣고 왜 한숨을 쉬는지 알아차린 모양이었다. 잠시 골똘히 생각하더니 문득 이렇게 말했다.

"나 좀 봐. 이러면 어때? 네가 내 달걀을 모아주는 거야. 난 그 일이 참 귀찮거든. 열두 개 한 판을 모아주면 달걀 하나를 줄게. 그걸로 다시 한 판을 모으면 조 선생님이 25센트에 사줄 거야. 그러면 그 돈으로 네가 좋아하는 걸 살 수 있잖아. 어때?"

"그렇게 할게! 정말 고마워, 토미!" 냇은 이 멋진 제안이 너무나 마음에 들어 큰 소리로 외쳤다.

"별거 아닌데 뭘. 그럼 지금 헛간을 뒤져봐. 난 여기서 기다릴게. 지금 그래니가 꼬꼬댁거리니까 분명히 어디 한 알은 있을 거야." 괜찮은 거래를 한 데다가 친절한 행동까지 했다고 생각한 토미는 기분이 좋아져 건초 위에 벌렁 드러누웠다.

냇은 기쁜 마음으로 달걀을 찾기 시작했다. 다락을 샅샅이 뒤진 끝에 탱글탱글한 달걀 두 개를 발견했다. 대들보 밑에서 하나, 코클탑이 들어가 있는 낡은 통 에서 하나를 찾았다.

"하나는 네가 가져. 하난 내 거고. 하나만 더 있으면 달걀 한 판이 되거든. 내일부터 새로 시작하자. 네가 몇 개 모았는지 내 거 옆에 적어둬. 그러면 각자 몇 개를 모았는지 정확히 확인할 수 있을 거야." 토미는 낡은 풍구 옆면에 한 줄로 비뚤비뚤하게 적은 숫자를 가리키면서 말했다.

달걀 하나를 얻은 냇은 친구와 거래를 하게 된 게 신이 나고, 마치 대단한 일이라도 하는 듯한 기분이 들었다. 토미는 웃으면서 달걀 숫자를 적은 곳 위쪽에 멋진 이름을 적었다. '토미 뱅스와 냇 블레이크 상회.'

가게 이름에 홀딱 반한 냇은 달걀을 에이서에게 맡겨놓아야 한다는 토미의 말에 어쩔 줄 몰랐다. 그 달걀은 냇이 난생처음 가져본 자기 물건이었던 것이다. 두 아이는 다시 걸어 다니면서 말 두 마리, 소 여섯 마리, 돼지 세 마리, 그리고 뉴잉글랜드산 올더니종 얼룩 송아지 '보시'와도 금방 친해졌다. 토미는 졸졸 흐르는 작은 개울 근처 오래된 버드나무 쪽으로 냇을 데려갔다. 어렵지 않게 울타리를 넘어가자 굵은 나뭇가지에 둘러싸인 널찍하고 움푹 팬 나무 둥지 같은 곳이 있었다. 오랜 세월 동안 나뭇가지에서 돋아난 잔가지가 머리 위로 바스락거리며 초록색 장막을 쳤다. 그 주변으로 작은 의자 몇 개가 놓여 있었고, 움푹 들어간 공간에는 책 한두 권과 부서진 배 모형, 그리고 만들다 만 나팔 몇 개를 다 둘 정도로 널찍한 찬장도 있었다.

"여긴 데미하고 나만 들어올 수 있어. 우리 둘이 만들었거든. 우리 둘이 허락해 주지 않으면 아무도 들어올 수 없어. 데이지만 빼고. 갠 맘대로 해도 돼." 토미가 말했다. 냇은 즐거운 마음으로 졸졸 흐르는 냇물부터 머리 위 초록색 지붕까지 쭉 둘러보았다. 노랫소리처럼 윙윙거리는 벌들이 달콤한 향기가 나는 노란 꽃에 앉아 꿀을 빨고 있었다.

"와, 정말 근사하다!" 냇이 소리쳤다. "나도 가끔 여기 오게 해줘. 이렇게 멋진 곳은 태어나서 단 한 번도 본 적이 없거든. 새가 돼서 계속 여기서 살고 싶다."

"꽤 괜찮은 곳이지? 데미만 괜찮다고 하면 와도 돼. 걔도 싫다고 하지는 않을 거야. 어젯밤에 데미는 네가 좋다고 말했어."

"정말?" 냇은 기쁘게 웃었다. 데미가 자신을 좋아한다는 것은 냇에게도 좋은 일이었다. 데미는 바에르 교수의 조카라서 아이들이 잘 따랐고, 무엇보다 성실하고 양심적인 아이라는 점이 중요했다.

"그래. 데미는 얌전한 애를 좋아하거든. 네가 데미만큼 책 읽는 걸 좋아한다면, 너희는 친하게 지낼 수 있을 거야."

기쁜 마음에 상기되어 있던 냇의 얼굴은 안타깝게도 이 말을 듣자마자 괴로운 듯이 새빨개졌고, 더듬거리면서 이렇게 말했다. "나, 글은 잘 읽지 못하는데. 배울 시간이 없었거든. 저번에 얘기한 것처럼 바이올린을 켜면서 여기저기 돌아다니기만 했어."

"나도 책 읽는 거 안 좋아해. 하지만 읽으려고만 하면 얼마든지 읽을 수는 있는데." 토미가 놀라서 말했다. 토미의 표정은 이렇게 말하는 듯했다. '열두 살인데 책을 못 읽는다고?'

"그래도 악보는 읽을 수 있어." 배운 게 없다고 털어놓고 당황한 냇은 이렇게 덧붙였다.

"그래? 난 악보를 못 읽는데." 토미가 존경스럽다는 듯 말하자, 냇은 다시 힘을 내 말했다.

"정말 열심히 공부하고 최선을 다해 배울 거야. 전에는 공부할 기회가 없었거든. 바에르 교수님 수업은 어렵니?"

"아니, 전혀 그렇지 않아. 교수님은 어려운 걸 잘 설명해

주시고 할 수 있다고 용기도 주셔. 안 그런 선생님들도 있는데 말야. 어떤 선생님은 아주 달랐거든. 단어 하나만 잊어버려도 머리를 쥐어박았다니까!" 토미는 그때 하도 얻어맞아서 아직도 얼얼하다는 듯이 머리를 문질렀다. 1년 전에 있었던 '어떤 선생님'에 대한 기억은 그것뿐이었다.

"나, 이 책은 읽을 수 있을 것 같아." 냇이 그곳에 있던 책을 펼쳐보고는 말했다.

"그럼 한번 읽어봐. 내가 도와줄게." 토미는 자기가 선생님이라도 된 듯이 말했다.

그래서 냇은 온 신경을 집중해서 책을 읽었다. 가끔 더듬거리기도 했지만 토미는 친절하게 용기를 주었고, 덕분에 냇은 한 페이지를 끝마칠 수 있었다. 토미는 금방 다른 아이들처럼 잘 읽게 될 거라고 말해주었다. 그러고 나서 둘은 자리를 잡고 앉아 여러 이야기를 나누었다. 정원 일에 대한 이야기도 했는데, 냇은 자기 자리에서 아래를 내려다보고는 개울 건너편 아래쪽에 펼쳐진 작은 밭들에는 무엇을 심어두었는지 물었다.

"저기는 우리 밭이야." 토미가 말했다. "각자 자기 밭이 있어서 뭐든지 좋아하는 걸 심어. 남들하고 다른 걸 심어야 하고, 다 자랄 때까지 중간에 바꾸면 안 돼. 여름 내내 밭을 가꾸는 거야."

"넌 올해 뭘 기를 거야?"

"글쎄, 강낭콩을 심어볼까 싶어. 기르기 가장 쉬우니까."

냇은 웃음을 터뜨렸다. 토미가 모자를 뒤로 젖히고 양손을 주머니에 집어넣고는, 느릿느릿하게 말하며 바에르 교수님 밑에서 농장 관리를 하는 사일러스의 흉내를 자기도 모르게 내고 있었던 것이다.

"강낭콩은 옥수수나 감자보다 훨씬 쉬워. 작년에는 멜론을 심었는데, 벌레 때문에 고생이었지. 서리가 내릴 때까지 익지도 않았고. 그래서 다 자란 건 제대로 된 거 한 개랑 '흐물거리는 놈' 두 개밖에 없었어." 토미는 또다시 사일러스를 흉내 냈다.

"옥수수는 꽤 잘 자라고 있네." 냇은 아까 웃은 것이 미안했는지 이번에는 진지하게 말했다.

"응, 근데 옥수수를 키우려면 계속 괭이질을 해야 해. 강낭콩은 6주 동안 한두 번만 괭이질을 하면 되거든. 금방 익기도 하고. 올해는 내가 강낭콩을 심을 수 있어. 제일 처음 말했으니까. 스터피도 강낭콩을 심으려고 했지만, 이번에는 할수 없이 완두콩을 심기로 했어. 강낭콩이나 완두콩이나 별로할 일은 없고 그냥 따기만 하면 돼. 스터피는 완두콩을 키워야 해. 완두콩을 엄청 많이 먹거든."

"여기 밭에 나도 뭘 키울 수 있을까?" 냇은 옥수수밭 괭

69

이질마저도 재미있겠다고 생각했다.

"물론 너도 할 수 있단다." 아래쪽에서 목소리가 들렸다. 바에르 교수가 산책에서 돌아와, 두 사람을 찾으러 온 참이었다. 교수는 일요일이면 모든 아이들과 조금씩이라도 이야기를 나누려고 했다. 이런 대화는 새로운 한 주를 시작하는 데 도움을 주었다.

서로에 대한 공감은 아름다운 일이다. 플럼필드에서는 놀랄 만큼 공감이 잘 이루어지고 있었다. 아이들은 모두 바에르 교수가 자기들에게 관심을 갖고 있다는 사실을 알고 있었다. 유독 바에르 교수에게 마음을 털어놓고 싶어 하는 아이들이 있었는데, 특히 나이가 많은 아이들이 자기 희망이나 계획에 대해 이야기하고 싶을 때 그랬다. 하지만 아프거나 걱정거리가 있을 때는 본능적으로 조를 찾았고, 어머니처럼 따르며 무슨 일이든 털어놓았다.

비밀 장소에서 나오던 토미는 그만 개울에 빠지고 말았다. 하지만 늘 있는 일이라는 듯 당황하지도 않고 일어서서는 옷을 말리려고 집으로 돌아갔다. 그 넉분에 냇은 바에르 교수와 단둘이 남게 되었다. 두 사람은 정원을 어슬렁어슬렁 걸어 다녔다. 교수는 냇이 농작물을 심을 작은 밭을 정해주면서 냇의 마음을 사로잡았고, 밭의 수확물에 따라 플럼필드 가족들의 음식이 달라진다고 설명하면서 진지하게 농작물에 관한 이야기를 들려주었다. 이 즐거운 주제를 시작으로 여러 이야기를 나누는 동안, 냇은 메마른 대지가 따뜻한 봄비를 머금듯 새롭고 의미 있는 생각을 마음속에 담았다. 그리고는 저녁 식사 내내 이 생각들을 곱씹었다. 냇은 무언가 바라는 듯 이따금씩 바에르 교수를 쳐다보았는데, 그 눈은 이렇게 말하는 것 같았다. '아까 그 이야기 참 좋았어요. 또 이야기해 주세요, 교수님.' 냇이 소리 없이 건넨 말을 알아차린 건지 알 수는 없는 일이지만, 아이들이 일요일 저녁 대화를 위해 조의 방에 모두 모였을 때 바에르 교수는 공교롭게도 정원을 산책하면서 생각했던 주제에 대해 이야기를 했다.

냇은 주위를 둘러보면서, 학교라기보다는 대가족 모임에 참여하는 것 같다고 생각했다. 아이들이 바에르 교수 주위에 커다랗게 반원을 그리며 둘러앉았다. 몇몇은 의자에, 몇몇은 깔개 위에 앉았고, 데이지와 데미는 이모부 무릎에 자리를 잡았다. 로브는 엄마의 안락의자 뒤편에 얌전히 숨어 있었다. 알아들을 수 없는 이야기 때문에 졸더라도 다른 아이들 눈에 띄지 않기 위함이었다.

다들 편안하게, 그렇지만 집중해서 귀를 기울였다. 오래 산책하고 나서 휴식을 취하다 보면 멍하게 늘어질 수도 있는데, 누구에게 자기 생각을 말해보라고 할지 모르니 언제든 대답할 수 있게 정신을 차리고 있어야 했다.

"옛날 옛적에." 바에르 교수는 예스러운 방식으로 이야기를 시작했다. "아무도 본 적이 없을 정도로 아주 넓은 농장을 가진 위대하고 현명한 농부가 있었단다. 아주 멋지고 아름다운 농장이었지. 농부는 최고의 기술로 정성을 쏟아 농장을 돌봤고, 온갖 유용한 작물을 길러냈단다. 그런데 이런 멋진 농장에도 잡초가 자랐지. 땅이 거칠어지는 바람에 좋은 씨앗을 뿌려도 싹이 트지 않는 때도 있었어. 농부는 오랫동안 일하면서 풍성한 수확을 참을성 있게 기다렸단다."

"그 사람 굉장히 나이 들었겠네요." 한 마디도 놓치지 않으려는 듯 바에르 교수를 똑바로 바라보던 데미가 말했다.

"쉿, 데미, 이건 동화야." 데이지가 조그맣게 말했다.

"아니야, 우화인 것 같아." 데미가 말했다.

"우화가 뭐야?" 토미가 호기심에 찬 얼굴로 물었다.

"무슨 말인지 설명할 수 있니, 데미? 무슨 뜻인지 잘 모르는 말은 쓰면 안 되니까 말이야." 바에르 교수가 말했다.

"잘 알아요. 할아버지가 가르쳐주셨어요! 꾸며낸 이야기가 바로 우화예요. 교훈을 담은 이야기 말이에요." 데미는 자기가 옳다는 걸 보여주려고 큰 소리로 말했다.

"맞단다, 데미. 이모부 이야기는 우화야. 무슨 의미가 있는지 한번 들어보자." 조가 대답했다. 조는 어떤 일이든 함께하면서 아이들 못지않게 즐겼기에, 이때도 아이들 사이에 앉아 있었다.

　데미는 조의 대답을 듣고 마음을 가라앉혔고, 바에르 교
수는 이야기를 이어갔다.

　"이 훌륭한 농부는 일꾼 한 사람에게 밭을 몇 뙈기 주고
최선을 다해 뭐든 키워보라고 했어. 이 일꾼은 똑똑하지는
않았지만, 농부가 그동안 친절을 베풀어준 데 대한 보답으로
돕고 싶었지. 그래서 기꺼이 밭을 받아 일을 시작했단다. 밭
은 모양도 크기도 다양했어. 어떤 밭에는 좋은 흙이 있었지
만, 어떤 밭에는 돌멩이가 많았단다. 어떤 밭이건 할 일이 많
았어. 좋은 밭에선 잡초가 너무 빨리 자랐고, 나쁜 밭에선 돌
을 골라내야 했거든."

　"잡초나 돌 말고 그 밭에는 뭐가 있었나요?" 냇이 물었
다. 이야기에 몰두한 나머지 수줍음도 잊고 다른 아이들 앞
에서 말을 꺼낸 것이다.

　"꽃이었단다." 바에르 교수는 친절한 눈빛을 보내며 대
답했다. "가장 척박하고 누구도 신경 쓰지 않는 밭에도 삼색
제비초 몇 포기나 목서초 잔가지가 있었지. 어떤 밭에는 장
미나 스위트피, 데이지꽃이 피었단다." 교수는 이렇게 말하
며 자기 팔에 기댄 어린 데이지의 통통한 뺨을 살짝 꼬집었
다. "또 다른 밭에는 온갖 이상한 풀들과 돌멩이들, 그리고 마
구 엉킨 덩굴이 있기도 했지만, 막 싹이 트는 훌륭한 씨앗들

도 많았단다. 이곳은 현명한 노인 정원사가 평생을 바쳐 가꾼 꽃밭이었던 거야."

교훈이 담겨 있는 이 부분에서 데미는 호기심 많은 새처럼 고개를 한쪽으로 갸웃거리고는 눈을 반짝이며 이모부의 얼굴을 바라보았다. 뭔가 눈치를 채고 지켜보는 듯한 모습이었다. 그러나 바에르 교수는 이런 데미의 변화를 전혀 알아차리지 못한 듯, 진지한 표정으로 아이들 얼굴을 차례로 보며 이야기를 계속했다. 한 명 한 명 작은 밭과 같은 아이들에게 좋은 이야기를 전해주려 최선을 다하는 남편의 의지를 조는 이해하며 바라보았다.

"아까도 말했듯이 경작하기 쉬운 밭도 있고, 아주 어려운 밭도 있었어. 그중에 특별히 양지바른 작은 밭이 있었지. 꽃뿐 아니라 과일이나 채소도 자랄 만한 곳이었단다. 그런데 그 밭은 아무런 노력도 하지 않았어. 농부가 씨앗을 뿌렸지만—그래, 이 밭에는 멜론을 심었다고 하자.—아무것도 자라지 못했지. 왜냐하면 이 작은 밭이 그 씨앗을 무시했거든. 농부는 안타까워하면서도 계속 노력했지만, 항상 실패할 뿐이었어. 그 밭은 항상 이렇게 말했단다. '깜빡했어요.'"

이 말에 모두 웃음을 터뜨리며 토미를 쳐다보았다. 토미는 '멜론'이라는 말에 귀를 쫑긋 세웠다가, 자기가 자주 하는 변명이 이야기에 그대로 나오자 고개를 푹 숙였다.

"우리 이야기를 하는 거죠!" 데미가 손뼉을 치며 소리쳤다. "농부가 이모부이고, 작은 밭은 바로 우리예요. 그렇죠?"

"맞아. 이번 봄에는 너희들에게 각각 어떤 씨를 뿌리면 좋을지 말해보렴. 가을에 열두 개, 아니 열세 개 밭에서 훌륭한 수확을 얻으려면 말이야." 바에르 교수는 숫자를 바꿔 말하며 냇을 향해 고개를 끄덕였다.

"우리한테 옥수수나 강낭콩이나 완두콩을 뿌릴 수는 없잖아요. 혹시 많이 먹고 살찌라는 뜻이에요?" 멍한 표정을 짓고 있다가 불쑥 생각이 떠오른 듯 동그란 얼굴이 갑자기 밝아진 스터피가 물었다.

"이모부는 그런 씨앗을 말씀하신 게 아니야. 우리가 잘 자라나는 일에 대해 말씀하시는 거지. 잡초는 우리 잘못을 말하는 거고." 데미가 소리쳤다. 이런 이야기가 나올 때면 데미는 다른 아이들보다 이해가 빨랐다. 데미는 이런 비유를 잘 알고, 아주 좋아했다.

"그렇지, 다들 무엇이 가장 필요하다고 생각하는지 고민해 보고 알려줬으면 한다. 그러면 그걸 키우도록 도와주마. 하지만 너희도 최선을 다해야 해. 그러지 않으면 토미가 키운 멜론처럼 되어버릴 거야. 잎사귀만 무성하고 열매는 열리지 않겠지. 가장 나이 많은 사람부터 시작해 보자. 너희 엄마인 조 선생님이 자기 밭에 뭘 키우고 싶은지 물어볼까? 우리는 모두 아름다운 농장의 일부니까, 우리가 주님을 정말로 사랑한다면 주님은 우리가 풍성한 수확을 얻을 수 있게 해주실 거야." 바에르 교수가 말했다.

"나는 내 밭 전부를 인내라는 가장 큰 작물에 바치겠어요. 얻을 수 있는 한 전부를요. 내게 가장 필요한 건 바로 인내니까요." 조의 말이 사뭇 진지했기 때문에, 아이들은 자기 차례가 오면 뭐라고 말해야 할지 골똘히 생각하기 시작했다. 몇몇 아이들은 조의 인내심이 너무 빨리 없어진 게 자기들 탓은 아니었는지 돌아보기도 했다.

프란츠는 끈기를, 토미는 꾸준함을 원했다. 네드는 좋은 성격을, 데이지는 부지런함을, 그리고 데미는 마치 할아버지 같은 지혜가 필요하다고 말했다. 냇은 바라는 게 너무 많으니 바에르 교수가 정해주었으면 한다고 쭈뼛거리면서 말했다. 다른 아이들도 비슷한 것을 골랐는데, 참을성, 좋은 성격, 너그러움 같은 게 인기 있는 작물들이었다. 한 아이는 아침에 일찍 일어났으면 좋겠는데, 그런 씨앗을 뭐라고 불러야 하는지 모르겠다고 했다. "저녁 식사만큼 공부도 좋아했으면 좋겠는데, 그럴 수가 없어요." 스터피는 안타깝다는 듯이 한숨을 쉬면서 말했다.

"우리 모두 자제력이라는 씨앗을 심고, 괭이질도 하고 물도 주면서 훌륭하게 키워내자. 그러면 이번 크리스마스에는 너무 많이 먹어 배탈이 나는 아이는 없을 거야. 조지, 너도 훈련하면 몸뿐 아니라 머리도 허기를 느끼게 될 거야. 그러면 여기 철학자 데미처럼 책을 좋아하게 되겠지.”스터피에게 이렇게 말한 바에르 교수는 데미의 잘생긴 이마에 흘러내린 머리카락을 넘겨주면서 덧붙였다. “너도 욕심이 많아, 얘야. 조지가 작은 배 속에 과자와 사탕을 잔뜩 채우기 좋아하듯, 너도 네 작은 머리에 동화와 공상을 집어넣기 좋아하잖니. 둘 다 좋지 않아. 네가 더 유익한 걸 해봤으면 좋겠구나. 수학은『아라비안나이트』(아라비아의 민화를 중심으로 페르시아, 인도, 이란, 이집트 설화까지 포함되어 있다. 작자는 알 수 없다.-옮긴이)의 절반만큼도 재미가 없지. 나도 알아. 하지만 꼭 필요한 것이고, 이제는 배워야 할 때가 됐어. 머지않아 계산을 못해서 부끄러워지고 후회할 때가 올 테니까.”

　“하지만『해리와 루시Harry and Lucy』(1813년에 출간된 마리아 에지워스의 어린이 교육서-옮긴이)나『프랭크Frank』(1822년에 출간된 마리아 에지워스의 어린이 교육서-옮긴이)는 그냥 동화책이 아니잖아요. 그 책에는 기압계나 벽돌, 말 편자 박기처럼 유용한 게 많이 나와요. 저는 그런 거 좋아해요. 그렇지, 데이지?” 데미는 변명하려고 안간힘을 썼다.

　“그렇기는 하지. 그렇지만 넌『해리와 루시』보다『롤랜드와 메이버드Roland and Maybird』(1876년에 출간된 그림 형제의 동화-옮긴이)를 훨씬 더 많이 읽잖아.『프랭크』는「신드바드」(『아라비안나이트』에 나오는 이야기 속 주인공의 이름-옮긴이)의 절반만큼도 좋아하지 않고. 자, 너희 둘에게 작은 제안을 해볼게. 조지는 하루에 딱 세 번만 먹고, 그리고 너는 일주일에 한 번만 이야기책을 읽는 거야. 그러면 새 크리켓 경기장을 만들어줄게. 다만 너희 둘 다 그곳에서 놀겠다고 약속해야 한다." 바에르 교수는 이렇게 아이들을 설득했다. 스터피는 뛰어놀기 싫어했고, 데미는 쉬는 시간에도 책만 읽었기 때문이다.

"하지만 우린 크리켓을 안 좋아해요." 데미가 말했다.

"지금은 그렇지만 크리켓 경기를 배우면 좋아하게 될 거야. 게다가 너희 둘 다 남들에게 뭔가 해주는 걸 좋아하잖니. 다들 크리켓 경기를 하고 싶어한단다. 너희는 마음만 먹으면 다른 아이들에게 새 경기장을 선사해 주는 거야."

이 제안이 마음에 든 두 아이는 따르기로 약속했고, 다른 아이들도 기뻐했다.

농장 이야기를 조금 더 하고 나서, 모두 함께 노래를 불렀다. 조는 피아노를, 프란츠는 플루트를, 바에르 교수는 첼로를 연주했고, 냇은 바이올린을 맡았다. 소박한 음악회였지만, 모두 즐거워 보였다. 에이셔도 구석에 앉아 누구보다 고운 목소리로 간간이 함께 노래를 불렀다. 플럼필드 가족은 주인과 하인, 남녀노소, 흑인과 백인을 가리지 않고 일요일 합창을 함께하며 노래를 통해 하느님께 가까이 다가갔다. 노래가 끝난 후에는 모두 바에르 교수와 악수를 했다. 조는 열여섯 살 프란츠부터 어린 로브까지 일일이 입을 맞췄다. 로브는 언제나처럼 엄마의 코끝에 키스했다. 그리고 모두 잠자리에 들기 위해 우르르 거실을 떠났다.

아이들 방에서 타오르는 등잔 불빛은 냇의 침대 발치에 걸린 그림을 은은하게 비추었다. 벽에는 다른 그림도 걸려 있었지만, 냇은 그 그림이 어딘지 특별하다고 생각했다. 이끼와 솔방울로 장식한 아름다운 액자에 들어 있는 데다가, 아래쪽 선반에는 숲에서 갓 따 모은 야생화를 꽂은 꽃병이 놓여 있었다. 다른 어떤 그림보다 훨씬 아름다운 그 그림의 의미가 무엇인지 어렴풋이 알 것 같았고, 더 자세히 알아보고 싶은 생각도 들었다.

"저 그림은 내 거야." 누군가 방에서 작은 목소리로 말했다. 냇이 고개를 들자, 데미가 잠옷 차림으로 서 있었다. 손가락에 난 상처에 붙일 반창고를 가지러 조 이모의 방에 갔다오는 길이었다.

"저 사람은 애들하고 뭘 하는 거야?" 냇이 물었다.

"저분은 예수님이야. 선한 분이지. 아이들을 축복해 주시는 모습이야. 넌 그분을 몰라?" 데미가 의아해하며 물었다.

"잘은 몰라. 하지만 알고 싶어. 정말 친절해 보이네." 냇이 대답했다. 사람들이 그의 이름을 말하는 것을 들어본 게 전부였다.

"난 그분에 대해 잘 알고 정말 좋아해. 그분 이야기는 진실이거든." 데미가 말했다.

"누구한테 들었어?"

"우리 할아버지. 할아버지는 뭐든 다 아셔. 세상에서 가장 재미있는 이야기를 해주시지. 어렸을 때는 할아버지의 커다란 책을 가지고 놀았어. 책으로 다리나 철도, 십 같은 걸 만들면서 말이야." 데미가 이야기를 시작했다.

"넌 몇 살이야?" 냇이 감탄하며 물었다.

"좀 있으면 열 살이 돼."

"넌 정말 많이 아는구나, 그렇지?"

"보다시피 내 머리는 꽤 크잖아. 할아버지는 내 머리를 다 채우려면 정말 많은 게 필요하다고 하셨어. 그래서 난 머릿속에 최대한 빨리 여러 가지 지식을 집어넣고 있어." 데미는 재미있는 말로 대답했다.

냇은 한바탕 웃고 나서는 진지한 얼굴로 말했다.

"저 그림 얘기를 좀 더 해줘."

데미는 신이 나서 단숨에 말을 이어갔다. "어느 날 할아버지 댁에서 아주 예쁜 책을 찾아냈어. 그래서 그걸 가지고 놀리고 했는데, 할아버지가 안 된다고 하시면서 그 책에 있는 여러 그림을 보여주시면서 이야기를 해주셨어. 난 할아버지가 해주신 이야기를 진짜 좋아해. 요셉과 나쁜 형들 이야기, 바다처럼 넓은 강에서 올라온 개구리 떼 이야기, 어린 모세가 물에 떠내려간 이야기도 있고, 그것 말고도 재미있는 이야기가 많았어. 그런데 예수님에 대한 이야기가 제일 좋아. 할아버지는 그 이야기를 몇 번이고 들려주셨는데, 완전히 외우게 됐어. 그 이야기를 잊어버리지 말라고 할아버지가 그림을 주셨어. 전에 아팠을 때 그림을 저기 걸어놨는데, 다른 애들도 아플 때 보라고 그냥 둔 거야."

"그 사람은 왜 아이들을 축복하는 거야?" 냇은 그림 가운데에 있는 사람이 왠지 모르지만, 굉장히 마음에 든다고 생각하면서 물었다.

"아이들을 사랑하니까."

"가난한 아이들을 말이야?" 냇은 무언가 안타깝다는 표정으로 물었다.

"응, 그렇게 보이네. 옷도 제대로 입지 못했고, 엄마들도 부자처럼 보이진 않잖아. 그분은 가난한 사람들을 좋아하셨고, 그런 사람들에게 아주 잘 대해주셨어. 병도 고쳐주시고 여러 가지로 도움을 주셨지. 부자들에게는 가난한 사람에게 심술을 부리면 안 된다고도 말씀하셨어. 그래서 가난한 사람들은 그분을 정말로 좋아했어." 데미는 열심히 설명했다.

"그 사람은 부자였어?"

"아니! 그분은 마구간에서 태어났고, 몹시 가난했어. 먹을 게 없을 때도 있어서 사람들이 음식을 갖다주기도 했어. 그래도 그분은 이곳저곳 다니면서 모두에게 도움이 되는 이야기를 해주셨지. 그런데도 사람들은 그분을 죽였어."

"왜?" 냇은 침대에서 벌떡 일어나 데미를 뚫어지게 바라보며 귀를 기울였다. 가난한 사람을 그렇게까지 사랑한 이 사람이 너무 궁금했다.

"전부 얘기해 줄게. 조 이모도 괜찮다고 하실 거야." 자기가 가장 좋아하는 이야기를 진지하게 들어주는 사람이 있어서 기뻤던 데미는 냇의 맞은편 침대에 앉았다.

홈멜 아주머니는 냇이 잠들었는지 살짝 보러 왔다가 두 아이가 이야기를 나누는 모습을 보았다. 슬그머니 빠져나온 아주머니는 조에게 가서 다정한 표정으로 말했다.

"부인, 오셔서 저 귀여운 모습을 보세요. 데미가 예수님 이야기를 해주는데 냇이 진지하게 듣고 있어요. 흰 옷을 입은 천사들 같네요."

조는 냇이 잠들기 전에 잠깐 가서 이야기를 나눌 생각이었다. 잠들기 전에 깊은 대화를 나누는 게 도움이 된다는 사실을 알고 있었기 때문이다. 그런데 아이 방문을 살짝 열고 들여다보니, 냇은 데미의 말에 흠뻑 취해 있었다. 데미는 벽에 걸린 그림 속 자상한 얼굴을 반짝이는 눈으로 바라보면서, 부드러운 목소리로 자기가 배운 아름답고 엄숙한 이야기를 들려주었다. 조는 눈물이 그렁그렁해져서는 조용히 그 자리를 떠나면서 생각했다.

'데미는 자기도 모르는 사이에 냇을 나보다 더 잘 도와주고 있어. 괜히 말을 걸어 방해하지는 말아야겠다.'

아이들의 속삭임은 오랫동안 계속되었다. 한 순결한 영혼이 다른 영혼에게 예수님의 위대한 가르침을 전했고, 아무도 이들의 대화를 방해하지 않았다. 마침내 대화가 마무리되었는지 조가 등불을 가지러 들어갔을 땐, 데미는 이미 자기 방으로 돌아갔고 냇도 그림 쪽으로 얼굴을 돌린 채 깊이 잠든 뒤였다.

냇의 얼굴은 아주 평온해 보였다. 조는 그 얼굴을 보면서, 단 하루 보살피고 친절히 대해주었을 뿐인데 이렇게 큰 변화가 일어났으니, 앞으로 1년 동안 이 아이를 보살핀다면 틀림없이 풍성한 수확을 얻으리라고 생각했다. 이미 그 밭에서는 잠옷을 입은 어린 전도사가 뿌린 씨앗이 싹을 틔우고 있었다.

디딤돌

월요일 아침, 수업에 들어간 냇은 모두가 보는 앞에서 자신의 무지를 드러내야 한다는 생각에 속으로 떨고 있었다. 그런데 바에르 교수는 다른 아이들과 떨어져 앉을 수 있는 곳에 냇의 자리를 정해주었다. 이런 배려 덕분에, 옆에서 도와주는 프란츠 말고는 아무도 냇이 잘못된 답을 말하는 걸 듣지 못했고 공책에 잉크를 흘리는 서툰 모습도 보지 못했다. 냇은 진심으로 고마워하면서 열심히 수업을 들었다. 바에르 교수는 벌겋게 달아오른 냇의 얼굴과 잉크로 얼룩진 손가락을 보고는 미소를 지었다.

"그렇게까지 열중하지 않아도 괜찮아, 냇. 그러면 녹초가 되어버릴 거야. 앞으로도 시간은 충분히 있어."

"하지만 열심히 공부해야 해요. 안 그러면 다른 애들을 따라잡을 수 없으니까요. 다들 많이 아는데, 전 아무것도 모르는걸요." 다른 아이들이 놀라울 정도로 쉽고 정확하게 문법, 역사, 지리에 대해 발표하는 것을 듣고는 완전히 절망에 빠진 얼굴로 말했다.

"넌 다른 애들이 모르는 걸 꽤 많이 알잖니?" 프란츠가 어린 학생들을 모아 구구단을 가르치는 동안, 냇 옆에 걸터앉아 있던 바에르 교수가 말했다.

"제가요?" 냇은 도저히 믿을 수 없다는 표정이었다.

"그래, 먼저 너는 참을성이 많잖아. 잭은 계산이 빠르지만 쉽게 짜증을 내곤 한단다. 인내도 중요한 공부야. 넌 그걸 잘 배웠더구나. 바이올린 연주도 할 수 있고. 다들 바이올린 연주를 잘하고 싶어 하지만, 너처럼 할 수 있는 아이는 여기에 없단다. 무엇보다도 냇, 너는 뭔가 배우는 데 정말 열심이야. 그것만으로도 절반은 성공한 거나 다름없지. 처음에는 힘들어 보이고 하고 싶은 마음이 꺾일 때도 있겠지만, 꾸준히 하다 보면 네가 노력하는 만큼 점점 더 쉬워질 거야."

그 말을 들은 냇의 얼굴은 환해졌다. '그래, 난 잘 참는 편이야. 아빠에게 맞고 살면서 참을성만큼은 배울 수가 있었지. 그리고 비스케이만(서유럽 해안에 뻗어 있는 북대서양의 넓은 만-옮긴이)이 어디 있는지는 모르지만 바이올린 연주는 할 수 있어.' 말로 다할 수 없는 위로를 받으며 이렇게 생각하던 냇은 진심어린 목소리로 말했다.

"저도 공부하고 싶어요. 꼭 그렇게 할 거예요. 학교에 가본 적은 없지만, 그럴 수밖에 없었거든요. 친구들이 절 놀리지만 않으면, 저도 아주 잘할 수 있을 거예요. 선생님도, 조 선생님도 이렇게 잘해주시니까요."

"아무도 놀리지 않을 거야. 누가 그러면 내가 바로 그러지 못하게 할게." 냇의 목소리가 들리자 데미는 수업 중이라는 사실도 잊고 큰 소리로 이렇게 말했다.

곱셈 수업은 그 소리에 잠시 중단되었고, 다들 무슨 일이 일어났는지 보려고 고개를 들었다.

서로 돕는 걸 배우는 게 연산보다 더 중요하다고 생각한 바에르 교수는 아이들에게 냇 이야기를 들려 주었다. 교수는 냇이 겪은 일을 흥미롭고 감동적인 작은 이야기로 담아냈고, 이곳의 착한 아이들은 모두 냇에게 손을 내밀어 주겠다고 약속했다. 훌륭한 바이올린 연주자 친구에게 자신들의 지식을 나누어주도록 부탁받은 건 큰 영광이라고 생각한 것이다. 바에르 교수 덕분에 아이들은 마땅히 그래야 한다고 생각하게 되었고, 냇은 아무런 어려움 없이 학교 생활을 해나갈 수 있었다. 아이들은 너 나없이 냇에게 배움의 사다리를 올라가는 '도약의 발판'을 선사해 주고 싶어 했다.

하지만 냇의 몸이 더 튼튼해지기 전까지 지나친 공부는 좋지 않았기 때문에, 조는 다른 아이들이 책상에 앉아 있는 동안 냇이 집 안에서 즐길 만한 여러 가지 일들을 찾아주었다. 무엇보다 냇에게는 밭이 가장 좋은 약이었다. 냇은 비버처럼 열심히 일했다. 자기가 맡은 작은 밭을 일구고 씨를 뿌리고 콩이 자라는 모습을 열심히 지켜보았다. 한 장 한 장 녹색 잎이 트고 가느다란 줄기가 솟아나와 따스한 봄볕에 쭉쭉 자라는 모습을 보면서는 뛸 듯이 기뻐했다. 냇이 하도 흙을 휘저으며 괭이질을 하는 바람에 바에르 교수는 뭐가 되었든 자랄 틈도 없을 것 같다고 걱정하기까지 했다. 교수가 꽃밭이나 딸기밭처럼 손쉬운 일을 추천해 주자, 이번에도 냇은 붕붕거리며 날아다니는 벌처럼 노래를 흥얼거리면서 쉬지 않고 일했다.

"네가 바로 내가 가장 좋아하는 작물이야." 조는 자주 이렇게 말하면서 냇의 뺨을 꼬집고 어깨를 두드려주었다. 한때 야위었던 뺨은 통통하고 발그레해졌고, 가난이라는 무거운 짐으로 굽었던 어깨도 좋은 음식과 건강한 일과 덕분에 조금씩 곧게 펴졌다.

냇에게 데미는 어린 친구, 토미는 후원자, 데이지는 모든 고통의 위로자였다. 내성적인 냇은 자기보다 어린아이 셋과 함께 있는 걸 더 편하게 생각했고, 거친 놀이를 하는 나이 많은 아이들은 조금 부담스러워했다. 로리도 냇을 잊지 않았다. 옷, 책, 악보, 그리고 애정 어린 편지도 보내주었다. 자기가 플럼필드로 보낸 냇이 어떻게 지내는지 때때로 보러 오기도 했다. 로리가 냇을 시내에서 열리는 음악회에 데리고 갈 때면 냇은 마치 천국에 온 것 같은 기분을 느꼈다. 음악회가 끝나면 로리의 저택으로 가서 아름다운 부인 에이미와 작고 귀여운 딸 베스와 함께 훌륭한 저녁을 먹으며 즐거운 시간을 보냈기 때문이다. 냇은 며칠 동안 낮이고 밤이고 그 기억을 되새기곤 했다.

한 아이를 행복하게 해주는 일은 그렇게 어려운 일이 아니다. 환하게 빛나는 햇살과 즐거운 일로 기득 찬 이 세상에 어린아이의 외로운 마음, 슬픈 얼굴, 텅 빈 손이 존재한다니 안타까울 뿐이다. 부유한 편이 아닌 바에르 부부는 자신들과 함께 있는 이 배고픈 참새 떼를 먹이기 위해 가능한 한 많은 빵 조각을 모아야만 했다. 여러 사람이 필요한 것들을 가져다주었다. 조의 친구들은 자기 아이가 싫증을 낸 장난감을 보내주었는데, 냇은 이 헌 장난감들을 곧잘 고쳤다. 그의 가냘픈 손가락은 깔끔하고 솜씨가 있었다. 비 오는 날 오후에는 풀 통, 페인트 박스, 칼을 가지고 장난감 가구, 동물 인형, 게임 도구 등을 수리했고, 옆에서는 데이지가 다 해진 인형 옷을 꿰매곤 했다. 이 장난감들은 수선되는 대로 서랍에 보관했다가 크리스마스가 되면 가난한 이웃 아이들의 트리를 꾸미는 데 썼다. 플럼필드의 아이들이 그분의 생일을 기념하는 방식이었다.

데미는 자기 마음에 드는 책을 읽고 설명해 주기를 정말로 좋아했다. 아이들은 오래된 버드나무 아래에서 『로빈슨 크루소』(1719년에 출간된 대니얼 디포의 소설-옮긴이), 『아라비안나이트』 등 여러 명작 이야기를 들으며 몇 시간이든 즐겁게 보냈다. 이 시간은 냇에게 새로운 세계를 열어주었다. 다음 이야기에 대한 궁금증 덕분에 얼마 지나지 않아 다른 아이들처럼 글을 읽을 수 있게 된 것이다. 성취감을 맛본 냇은 데미 못지않은 책벌레가 되지는 않을까 사람들이 걱정할 정도로 발전했다.

냇에게 도움이 된 일은 또 있었다. 누구도 예상치 못했지만 냇에게 꼭 맞는 일이었다. 이곳 아이들 몇몇은 '사업'이라고 부르는 일을 했다. 아이들은 대부분 가난했고, 머지않아 자기 힘으로 세상을 살아가야 한다는 사실을 알았다. 그래서 바에르 부부는 독립을 준비하려는 노력이라면 아이들이 무슨 일을 하건 격려해 주었다. 토미는 달걀을 팔았고, 잭은 가축을 길렀다. 프란츠는 수업을 보조하면서 급료를 받았다. 네드는 목수 일에 취미가 있어서, 여러 쓸모 있는 물건과 예쁜 물건을 선반에 진열해 놓고 팔았다. 데미도 작은 물레방아나 회전목마같이 구조는 복잡하지만 쓸모없던 재료를 가지고 신기한 도구를 만들어서 네드의 선반에 함께 놓고 팔았다.

"데미만 원한다면 정비공이 되어도 괜찮을 거예요." 바에르 교수가 말했다. "돈을 벌 기회를 얻는다면 독립할 수도 있겠죠. 노동은 신성해요. 아이들이 어떤 재능을 지녔든, 갈고 닦아서 가능한 유용하게 만들어야 하겠지요."

그러던 어느 날 흥분한 얼굴로 달려온 냇이 물었다.

"우리 숲에 소풍 온 사람들한테 가서 바이올린을 연주해도 돼요? 바이올린 연주를 들으면 동전을 던져줄 거예요. 저도 다른 아이들처럼 돈을 벌고 싶은데, 할 수 있는 게 바이올린 연주밖에 없잖아요."

바에르 교수는 흔쾌히 대답했다. "물론이지. 그렇게 하렴. 그렇게 어렵지 않으면서도 즐거운 일이구나. 그런 일감을 생각해 냈다니 참 기쁘다."

냇은 사람들 앞에서 훌륭하게 바이올린 연주를 해서 주머니에 2달러나 넣고 돌아왔다. 냇은 이 돈을 만족스러운 얼굴로 보여주면서, 그날 오후가 얼마나 즐거웠는지 소풍 온 청년들이 얼마나 친절했는지, 자신이 연주한 춤곡을 사람들이 얼마나 칭찬했는지 이야기하고는 다음에 또 와달라는 부탁도 받았다고 자랑했다.

"거리에서 연주했을 때보다 훨씬 좋아요. 전에는 아빠와 아저씨가 다 가져가서 제 몫은 한 푼도 없었거든요. 그런데 지금은 받은 돈을 다 가질 수 있고, 즐겁기까지 해요. 저도 토미나 잭처럼 사업을 하는 거니까요. 정말 좋아요." 냇은 낡은 지갑을 툭툭 치면서 벌써 백만장자라도 된 듯한 기분으로 말했다.

실제로 냇은 사업을 하는 거나 마찬가지였다. 여름이 시작되면서 소풍 오는 사람이 넘쳐났고, 냇의 재능을 찾는 사람도 많았다. 냇은 수업을 소홀히 하지 않는 한, 언제든 숲으로 가도 상관없었다. 바에르 교수는 냇에게 좋은 교육은 누구에게나 필요하니 수업을 빼먹어서는 안 되고, 아무리 많은 돈을 벌 수 있더라도 나쁜 길로 빠질 가능성이 조금이라도 있으면 가지 말아야 한다고 일러주었다. 냇은 이 말에 온전히 동의했다. 순수한 이 소년은 플럼필드 문 앞에 선 승합마차를 타고 숲으로 가서는, 저녁이 되면 피곤해하면서도 행복한 얼굴로 바이올린을 들고 돌아왔다. 이런 모습을 보기만 해도 조와 바에르 교수는 흐뭇했다. 냇의 주머니에는 그날 번 돈이 두둑했고, 데이지나 어린 테드를 위해 '맛있는 것'도 잊지 않고 챙겨왔다.

"제 바이올린을 살 만큼 돈을 모을 거예요. 그러면 혼자 힘으로도 충분히 살아갈 수 있으니까요. 그렇죠?" 냇은 자기가 번 돈을 바에르 교수에게 맡길 때마다 말하곤 했다.

"그러면 좋겠구나, 냇. 그런데 먼저 네가 강해지고 튼튼해져야 한단다. 음악뿐 아니라 지식도 더 쌓아야겠지. 그러면 로런스 씨가 네게 꼭 맞는 일자리를 찾아주실 테고 몇 년 뒤에는 우리 모두 네 연주를 들으러 음악회에 가게 될 거야."

냇은 자신에게 잘 맞는 일, 주위의 격려, 앞날에 대한 희망 덕분에 나날이 더 편하고 즐거워졌다. 음악 수업에서도 많은 발전을 이루었다. 바에르 교수는 최선을 다하려는 냇의 마음을 잘 알았기 때문에 어떤 과목들은 부족한 부분이 있어도 너그럽게 이해해 주었다. 좀 더 중요한 수업을 게을리할 때는 바이올린과 활을 압수해 하루 동안 벽에 걸어두기만 하면 충분했고 다른 벌은 필요 없었다. 가장 소중한 친구를 잃게 될까 봐 냇은 열성적으로 책을 펼쳤고, 공부를 해낼 수 있다는 사실을 증명했다. 그는 "못 하겠어요"라는 말을 더 이상 할 필요가 없었다.

데이지는 음악을 아주 좋아해서, 악기를 연주할 수 있는 사람이라면 누구에게라도 큰 존경심을 표했다. 냇이 연습하는 동안 데이지는 문밖 계단에 앉아 있기도 했는데, 냇은 이 사실을 내심 기뻐했다. 그리고 이 어린 청중 딘 한 사람을 위해 최선을 다해 연주했다. 데이지는 하지만, 방에 들어가려고 하지는 않았다. 그저 꿈꾸는 듯한 즐거운 얼굴로 밖에 앉아서 조각보를 바느질하거나 자기 인형을 돌보는 걸 더 좋아했다. 그런 데이지의 모습을 보면서 조는 "내 동생 베스를 보는 것 같구나." 하고 혼잣말을 하고는 눈물을 글썽이며 조용히 지나가곤 했다. 자기가 옆에 있으면 이 아이의 달콤한 행복을 해칠 수도 있다고 생각했다.

냇은 조를 정말로 좋아했지만, 바에르 교수에게 왠지 더마음이 끌렸다. 교수는, 험한 바다에서 표류하던 작은 배에서 12년 만에 겨우 탈출해 목숨을 건진 약하고 수줍은 아이를 아버지처럼 보살폈다. 그동안 선량한 천사가 냇을 돌봐주었음이 틀림없었다. 냇의 육체는 고통받았지만 영혼은 조금도 상처 입지 않았고, 오히려 아기처럼 순결한 마음을 간직한 채 난파선을 떠나 육지로 올라왔기 때문이다. 로리는 아마도 음악에 대한 사랑이 냇을 둘러싼 모든 불행 속에서도 그런 마음을 지켰으리라고 말했다. 한편 바에르 교수는 냇의좋은 점을 키우고 나쁜 점을 고치는 데 보람을 느꼈다. 교수는 조에게 순하고 다정한 성격의 냇에 대해 이야기하면서 자기 '딸'이라고 말하곤 했다. 씩씩한 아이를 좋아하는 조는 그엉뚱한 이야기에 웃음을 터뜨렸다. 냇은 정이 많고 연약한아이라서 그런 모습이 두드러진다고 생각하면서도 조는 냇을 데이지를 대하듯 귀여워했고, 냇도 조를 아주 유쾌한 분이라고 생각했다.

바에르 부부를 많이 걱정시킨 냇의 결점 중 하나는, 그가 가끔 거짓말을 한다는 사실이었다. 두려움과 무지 때문에 거짓말이 점점 더 늘었을 뿐이라는 것을 그들은 알고 있었다. 악의가 있는 건 아니고, 별다른 뜻도 없고 사소하고, 그렇게 심하지도 않았다. 하지만 얼마나 심한지가 중요한 것은 아니었다. 거짓말은 거짓말이었다. 비록 이 어지러운 세상에서 우리는 종종 예의를 차리느라 거짓말을 하지만, 그게 옳지 않다는 건 모두가 알고 있다.

"정말로 조심해야 한다. 네 혀와 눈, 그리고 손을 잘 살펴라. 그러지 않으면 거짓을 말하고 거짓을 보고 거짓 행동을 하게 된단다." 바에르 교수는 냇이 빠지기 쉬운 유혹에 관해 이야기를 나누다가 이렇게 말했다.

"알아요. 저도 그러지 않으려고 해요. 그런데 거짓말에 대해 선생님이 너무 까다롭게 막지 않으시면 훨씬 더 편할 거예요. 예전에는 아빠와 니콜로 아저씨가 무서워서 거짓말을 했지만, 지금은 애들이 놀릴 때만 거짓말을 해요." 냇도 예전에 했던 거짓말 때문에 괴로워하는 눈치였다.

"나도 어렸을 때는 거짓말을 하곤 했어. 정말 쓸데없는 거짓말이었는데, 할머니가 고쳐주셨단다. 어떻게 하셨는지 아니? 부모님이 타이르고 눈물을 보이고 벌을 주셨지만, 난 말을 듣지 않았단다. 너처럼 말이야. 그러자 할머니께서 말씀하셨지. '네가 기억할 수 있게 할머니가 도와주마. 제멋대로 움직이는 이 부분을 조심해라.' 그러고는 내 혀를 잡아당기고 그 끝에 피가 살짝 나도록 가위로 살그머니 집으시지 뭐니. 하지만 그 덕분에 나쁜 버릇을 고칠 수 있었지. 며칠 동안 혀가 아파서 무슨 말을 하려고 해도 천천히 할 수밖에 없었어. 말을 할 때 생각할 시간을 갖게 된 거란다. 그 일이 있고 나서 나는 더욱 조심하게 되었지. 큰 가위가 정말 무서웠거든. 하지만 할머니는 내가 무슨 일을 하든 나를 가장 아끼는 분이셨어. 뉘른베르크에서 임종을 앞두셨을 때도 어린 프리츠가 하느님을 사랑하고 진실만을 말하게 되기를 기도하셨단다."

"저한텐 할머니가 안 계세요. 하지만 제 버릇을 고칠 수 있다고 생각하신다면 제 혀를 조금 집어주세요!" 냇은 용감하게 말했다. 아픈 건 싫지만 거짓말은 그만하고 싶었다.

바에르 교수는 미소를 지으면서 고개를 저었다.

"더 좋은 방법이 있단다. 전에 한번 해봤는데, 효과가 꽤 좋았지. 이렇게 하자. 거짓말을 할 때마다 네가 벌을 받는 대신 네가 나를 때리는 거야."

"네?" 냇은 깜짝 놀라 되물었다.

"네가 나를 체벌하는 거지. 체벌은 구식이기는 하지만 좋은 방법일 때도 있단다. 내가 아이들을 때리지는 않아. 하지만 네가 고통을 느끼기보다 나한테 고통을 주면 훨씬 더 잘 기억하게 될 거야."

"교수님을 때린다고요? 안 돼요, 그럴 순 없어요!" 냇이
소리쳤다.

"그러기 싫다면 제멋대로 움직이는 네 혀를 조심해야겠
지. 나도 아픈 건 싫단다. 하지만 네 결점을 고칠 수만 있다
면, 아무리 심한 고통이라도 기꺼이 받아들일 생각이다."

냇은 이 제안을 마음 깊이 새겼다. 이후 오랫동안 자기
입술에 신경을 집중했고, 거짓말을 하지 않으려고 필사적으
로 노력했다. 바에르 교수의 판단은 옳았다. 선생님을 사랑
하는 냇의 마음은, 벌을 받지 않을까 두려워하는 마음보다
컸기 때문이다.

그런데 이런! 냇은 방심하고 말았다. 어느 날이었다. 에
밀이 자기가 정성껏 가꾼 옥수수 밭을 짓밟아서 엉망으로 만
든 사람을 때려주겠다며 화를 냈는데, 냇은 자기가 하지 않
았다고 맹세했다. 그러면서도 지난 밤 잭을 피해 도망가다가
그만 에밀의 밭을 망쳐버렸다고 솔직히 고백하지 못한 것에
부끄러운 마음이 들었다.

냇은 그 일을 아무도 모를 거라고 생각했다. 하지만 우연
히 그 광경을 본 사람이 있었다. 토미였다. 이틀 뒤 에밀이 그
이야기를 꺼내자, 토미는 자신이 본 것을 이야기했고, 바에르
교수가 그 말을 듣고 말았다. 수업이 끝난 후라 다들 거실에
서 서성거리던 터였고, 바에르 교수는 짚으로 만든 의자에서

테드와 장난을 치며 놀아주고 있었다. 하지만 토미의 말을 듣고 얼굴이 빨갛게 달아오른 냇을 보고는, 어린 테드를 내려놓고 "엄마에게 가렴, 아가. 아빠도 금방 따라갈게."라고 말하더니, 냇의 손을 잡고 교실로 데리고 가 문을 닫았다.

아이들은 말없이 서로를 바라보았고, 잠시 후 토미가 살며시 가서 반쯤 열린 블라인드 사이로 안쪽을 들여다보았다. 토미의 눈앞에 당황스러운 광경이 펼쳐졌다. 바에르 교수가 교탁에 걸어둔 긴 자를 막 집은 참이었다. 오랫동안 사용하지 않아서 먼지가 뽀얗게 앉아 있었다.

'어휴! 교수님이 이번에는 냇을 제대로 혼낼 생각이시구나. 얘기하지 말걸.' 마음 약한 토미는 생각했다. 매를 맞는다는 것은 이 학교에서 가장 치욕스러운 일이었기 때문이다.

"지난번에 내가 한 말 기억하지?" 바에르 교수가 말했다. 슬픈 목소리였지만 화가 난 것 같지는 않았다.

"네. 하지만 안 돼요. 그럴 수는 없어요." 냇은 두 손을 뒤로 감추고는 문 쪽으로 물러나며 괴로운 얼굴로 소리쳤다.

'그냥 당당하게 벌을 받지. 나라면 그렇게 할 텐데.' 그 모습을 보고 있자니 토미의 가슴이 두근거렸다.

"난 약속을 지킬 거야. 너는 진실만을 말해야 한다는 사실을 기억해야 해. 내 말을 들어, 냇. 이걸로 나를 여섯 대 세게 때려라."

토미는 교수님이 마지막으로 한 말을 듣고 깜짝 놀라 굴러떨어질 뻔했다. 그는 간신히 창틀에 매달려서, 벽난로 위 선반의 박제된 부엉이처럼 눈을 동그랗게 뜨고는 안에서 벌어지는 일을 지켜보고 있었다.

냇은 긴 자를 들었다. 바에르 교수가 그런 목소리로 말할 때는 누구라도 따를 수밖에 없었다. 마치 주인을 찔러 죽이려는 하인처럼, 겁먹고 죄책감에 사로잡힌 얼굴이었다. 냇은 교수의 넓은 손바닥을 자로 살짝 두 번 때렸다. 그리고 손을 멈추고는 눈물범벅이 된 얼굴로 교수를 올려다보았다. 하지만 바에르 교수는 단호하게 말했다.

"계속해. 이번에는 더 세게 쳐라."

피할 수 없다는 사실을 깨닫자 냇은 이 힘겨운 일이 빨리 끝나기만을 간절히 바라면서 소매로 눈물을 훔치고는 재빨리 두 대를 세게 쳤다. 맞은 손이 붉어졌고, 때리는 사람은 그 이상으로 고통스러워했다.

"이제 그만해도 되나요?" 냇은 숨을 헐떡이며 물었다.

"두 번 더." 교수는 이렇게만 말했다. 냇은 어디를 치는지 보지도 못한 채 두 번 더 자를 휘두르고는 방 반대편으로 던져버렸다. 그러더니 교수의 손을 꼭 잡고 얼굴을 파묻은 채, 사랑과 부끄러움, 후회의 감정에 젖어 흐느껴 울었다.

"이제는 잊지 않을게요! 정말이에요!"

바에르 교수는 냇을 안으며, 방금까지의 엄한 목소리는 온데간데없이 애정 어린 목소리로 말했다.

"이제는 잊지 않을 거야. 하느님께 도와달라고 기도하자. 우리 둘 다 다시는 이런 일을 겪지 않도록 노력해야지."

토미는 더 보지 못하고 조용히 거실로 돌아갔다. 너무 충격을 받아 입을 꾹 다물었지만, 아이들은 토미를 둘러싸고 냇이 어떤 벌을 받았는지 물었다.

토미는 아주 작은 목소리로 그 방에서 무슨 일이 일어났는지 말했고, 아이들은 하늘이 무너진 것 같은 표정을 지었다. 때리는 사람과 맞는 사람이 뒤바뀌었다는 이야기에 숨이 멎을 정도로 충격을 받은 것이다.

"외삼촌은 나한테도 그런 일을 시킨 적이 있어." 에밀이 입에 담을 수 없는 범죄를 자백하기라도 하는 듯 말했다.

"그래서 네가 때렸다고? 그렇게 착한 바에르 교수님을? 이 나쁜 놈, 어디 다시 한번 해봐!" 네드는 분에 넘쳐서 에밀의 멱살을 잡으며 소리를 질렀다.

"아주 오래전 일이야. 지금 또 그렇게 해야 한다면 그냥 내 목을 잘라버리고 말 거야." 평소 같으면 주먹을 먼저 휘둘렀을 에밀이 네드를 피해 조용히 물러섰다. 에밀로서는 드문 일이었지만 그래야 한다고 느낀 모양이었다.

"어떻게 그럴 수가 있어?" 데미는 생각만 해도 끔찍하다고 생각하며 말했다.

"그때 난 엄청 화가 나 있었고, 외삼촌을 때리는 것도 아무렇지 않다고 생각했어. 때리고 싶다고도 생각했던 것 같아. 그런데 외삼촌을 한 대 세게 때리자마자, 어떻게 된 일인지 지금까지 외삼촌이 내게 해주신 일들이 갑자기 모두 떠올랐어. 더 계속할 수가 없었지. 차라리 내가 쓰러지고 발로 밟혔다면 아무렇지도 않았을 거야. 정말 내가 못된 놈이라는 생각이 들었어." 에밀은 가슴을 치며 지난 일을 후회했다.

"지금 냇은 펑펑 울고 있어. 슬퍼서 견딜 수가 없나 봐. 그러니까 그 일에 대해서는 한마디도 하지 말자. 알겠지?" 마음 여린 토미가 말했다.

"물론이지. 하지만 거짓말하는 건 끔찍한 일이야." 데미는 잘못한 사람이 벌을 받는 것보다, 소중한 프리츠 이모부가 벌을 받는 게 더 끔찍하다는 사실을 깨달았다.

"얘들아, 우리 딴 데로 가자. 그래야 냇이 우리를 보지 않고 조용히 2층으로 갈 테니까." 프란츠는 이렇게 말하고는 아이들을 헛간으로 데리고 갔다. 아이들은 어려운 일이 있을 때마다 헛간을 은신처로 사용하곤 했다.

냇은 점심을 먹으러 내려오지 않았다. 대신 조가 먹을 것을 가지고 2층으로 올라가 따뜻한 말을 건넸다. 조의 얼굴을 쳐다보지는 못했지만 냇은 선생님의 위로에 마음이 편해졌다. 얼마 지나지 않아 밖에서 뛰어노는 아이들에게 바이올린 소리가 들려왔고, 아이들은 서로를 바라보며 "이젠 괜찮은가 봐." 하고 말했다. 괜찮아지긴 했지만, 냇은 아래층으로 내려가기가 아직 부끄러웠다. 그래서 숲으로 가려고 슬그머니 문을 열었는데, 계단에 앉아 있는 데이지가 눈에 띄었다. 장바구니나 인형도 없이 손에 작은 손수건만 든 데이지는 방에 틀어박힌 친구의 슬픔을 함께하는 듯 보였다.

"산책하러 갈 건데, 같이 갈래?" 냇이 물었다. 데이지가 있다고 해도 별일 아닌 듯 행동하려고 했지만 냇은 사실 데이지가 보여준 말없는 배려가 무척 고마웠다. 다들 자기를 못돼먹었다고 생각하리라 지레짐작했기 때문이다.

"응, 갈게!" 냇 오빠가 자기를 친구처럼 대해줘서 신이 난 데이지는 모자를 가지러 달려갔다.

다들 두 사람이 나가는 모습을 보았지만, 아무도 뒤따라가지는 않았다. 아이들의 마음씨는 어른들 생각보다 훨씬 더 섬세해서, 이렇게 힘든 상황에는 상냥한 데이지만큼 좋은 친구가 없다는 사실을 데미는 본능적으로 느낀 건지도 몰랐다.

산책을 마친 냇은 기분이 훨씬 나아졌고, 표정은 원래처럼 밝아 보였다. 풀밭에 누워 이야기를 나누는 동안 작은 친구 데이지가 만들어준 화환이 달려 있었다.

아침에 일어난 일에 대해서는 누구도 말을 꺼내지 않았

지만, 오히려 그랬기 때문에 냇에게 더 큰 영향을 끼친 듯했다. 냇은 온 힘을 다해 큰 결실을 얻었다. 하늘에 계신 친구 그리스도에게 열심히 바친 작은 기도 덕분이면서, 동시에 이 땅에 있는 친구 바에르 교수의 참을성 있는 배려 덕분이기도 했다. 냇은 바에르 교수의 친절한 손을 만질 때마다 그 손이 자신을 구하려고 흔쾌히 고통을 참아주었다는 사실을 결코 잊지 못했다.

파이 냄비 놀이

"무슨 일이니, 데이지?"

"남자애들이 나랑은 안 놀아줘요."

"왜 안 놀아준다고 하니?"

"여자애들은 축구를 하면 안 된대요."

"무슨 소리야, 예전엔 나도 했는걸!" 조는 자기도 어렸을 때는 신나게 뛰어놀았다는 사실이 생각나 웃으며 말했다.

"할 수 있다는 거 알아요. 옛날에 데미랑 둘이서 축구를 했거든요. 재미있었단 말이에요. 그런데 지금은 다른 애들이 놀린다고 데미가 날 끼워주지도 않아요." 데이지는 오빠가 자기를 모른 척하는 게 몹시 속상했다.

"어떻게 보면 데미 생각도 아예 잘못된 건 아니란다, 얘야. 너희 둘이면 아무 문제도 없겠지만, 열둘이나 되는 남자애들과 같이 뛰기엔 축구가 좀 거친 운동이기는 하지. 나라면 혼자 할 만한 재미있는 놀이를 찾아볼 거야."

"혼자 노는 데는 질렸어요!" 데이지가 슬픈 목소리로 말했다.

"좀 있다가 같이 놀아줄게. 지금은 서둘러 시내로 갈 준비도 해야 하고 물건도 챙겨야 해. 같이 가서 엄마 만나고 올까? 거기 더 있어도 되고."

"엄마랑 동생 조시를 만나러 가는 건 좋지만, 그래도 갔다가 다시 돌아올래요. 데미가 절 보고 싶어 할 테니까요. 전 여기 있는 게 좋아요, 이모."

"넌 데미 없이는 못 살겠구나, 그렇지?" 조는 이 어린아이가 하나뿐인 오빠를 얼마나 좋아하는지 새삼 깨달은 듯한 표정이었다.

"그럼요, 우린 쌍둥이니까요. 우리 둘은 다른 사람들보다 훨씬 더 친해요." 데이지는 환한 얼굴로 대답했다. 쌍둥이로 태어난 게 자기가 얻을 수 있는 가장 큰 영예라고 여기는 듯했다.

"그럼 내가 일을 보는 동안 넌 혼자서 뭘 할래?" 조는 빨래한 옷들을 옷장에 넣으면서 물었다.

"모르겠어요. 인형 같은 건 이제 질렸어요. 새로운 놀이를 가르쳐주세요, 이모." 데이지는 뭔가 못마땅한 표정으로 문에 매달려 흔들거리면서 말했다.

"새로운 게 당장은 떠오르지 않네. 나중에 생각나면 알려줄게. 지금은 내려가서 에이셔가 점심으로 뭘 만들었나 보고 와라." 조는 귀여운 방해꾼을 부엌으로 잠깐 쫓아내야 옷가지들을 제대로 정리할 수 있겠다고 생각했다.

"네, 그럴게요. 에이셔 아주머니가 싫어하지 않으시면요." 데이지는 마지못해 부엌으로 갔다. 부엌은 온전히, 요리사 에이셔 차지였다.

5분 만에 데이지는 눈이 휘둥그레져서 돌아왔다. 밀가루 반죽을 들고, 작은 코에는 밀가루를 잔뜩 묻힌 채였다.

"저기, 이모! 저 부엌에서 생강 과자 만들어도 돼요? 에이셔 아주머니가 괜찮다고 했어요. 해도 된대요. 아주 재미있을 거 같아요. 그래도 되죠?" 데이지는 숨도 멈추지 않고 큰 소리로 말했다.

"잘됐구나. 가보렴. 만들고 싶은 대로 만들도록 해. 부엌에는 얼마든지 있어도 된단다." 조는 안도의 숨을 내쉬며 대답했다. 여자아이 하나와 놀아주는 게 열 명이 넘는 남자아이들과 함께하는 것보다 어려울 때가 있었다.

데이지는 곧장 뛰어갔다. 조는 옷들을 정리하면서도 새로운 놀이가 뭐 있을지 머리를 짜내보았다. 그러다 갑자기 뭔가가 생각난 듯이 혼자 빙긋이 웃더니, 후다닥 옷장 문을 닫고는 서둘러 움직이면서 혼잣말을 했다. "그래, 그걸 해주면 되겠네. 괜찮겠다."

그게 뭔지 그날은 아무도 알 수 없었다. 하지만 데이지를 위한 새로운 놀이를 생각해 내서 뭔가를 사러 간다고 말하는 조의 눈은 반짝반짝 빛났다. 데이지는 잔뜩 흥분해 시내로 가는 내내 계속해서 질문했지만, 아무 대답도 듣지 못했다. 조가 시내에서 물건을 사는 동안 데이지는 엄마 집에 남아 아기 조시와 함께 놀았고, 엄마 메그도 두 아이를 행복하게 바라보았다. 이모는 바구니 한쪽에 이상한 꾸러미 여러개를 넣어 가지고 돌아왔다. 데이지는 그게 뭔지 궁금해 플럼필드로 빨리 돌아가고 싶다는 마음뿐이었다. 하지만 이모는 빨리 돌아갈 마음이 없는 듯했다. 엄마 방에 들어가서는 무릎에 아기를 앉힌 채 마룻바닥에 앉아 남자아이들이 어떤 우스꽝스러운 장난을 하는지 엄마와 그 이야기를 즐겁게 나누고 있었다.

이모가 엄마에게 언제 그 비밀을 이야기했는지는 알 수 없었지만, 엄마도 알고 있는 게 분명했다. 데이지가 쓴 작은 모자의 끈을 묶어주고 장밋빛 얼굴에 입을 맞추면서 이렇게 말하는 거였다. "착한 아이가 되어야 한다, 데이지. 그리고 이모가 사주신 멋진 장난감을 잘 간직해야 해. 아주 쓸모 있고 재미도 있는 거니까. 이모가 이걸로 너랑 놀아주다니 정말 대단한 일이야. 이모는 그런 거 별로 안 좋아하거든."

마지막 말을 하면서 엄마와 이모는 크게 웃었고, 데이지는 어리둥절할 뿐이었다. 마차를 타고 돌아오는데 짐칸 뒤쪽에서 뭔가 덜그럭거리는 소리가 나자, 데이지가 귀를 쫑긋 세우면서 물었다.

"저건 뭐예요?"

"새로운 장난감이란다." 조는 진지한 얼굴로 대답했다.

"뭐로 만든 거예요?" 데이지가 소리쳤다.

"쇠, 양철, 나무, 놋쇠, 설탕, 소금, 석탄, 그리고 수백 가지가 있지."

"정말 이상하네요! 그럼 색깔은요?"

"여러 가지 색깔이야."

"커요?"

"큰 것도 있고, 작은 것도 있단다."

"제가 본 적 있는 거예요?"

"아주 많이 봤을걸? 하지만 이렇게 멋진 건 본 적 없을 거야."

"아이! 뭐예요? 궁금해요. 언제 보여줄 거예요?" 데이지는 참지 못하고 펄쩍펄쩍 뛰었다.

"내일 아침 수업 끝나고 보여줄게."

"남자애들도 같이 노는 거예요?"

"아니, 이건 너하고 베스 거야. 남자애들도 보고 싶어 할 거고, 이 중 몇 가지는 가지고 놀고 싶어 할 수도 있겠지. 하지만 갖고 놀도록 할지 말지는 네 맘대로 해.”

“데미가 놀고 싶다고 하면 그렇게 해줄래요.”

“걱정하지 마. 남자애들은 그걸 갖고 놀려고 하지는 않을 거야. 스터피라면 모르겠지만.” 무릎 위에 놓은 우툴두툴한 꾸러미를 쓰다듬는 조의 눈은 더욱 초롱초롱 반짝였다.

“딱 한 번만 만져볼게요.” 데이지가 애원했다.

“절대 안 돼. 그러면 금방 알아맞힐 거고, 알게 되는 재미를 망칠 테니까.”

데이지는 ‘끙’ 소리를 냈지만, 금방 싱글벙글한 미소가 얼굴 전체에 퍼졌다. 포장지에 난 작은 구멍에서 반짝거리는 뭔가가 잠깐 눈에 띄었기 때문이다.

“그렇게 오래는 못 기다리겠어요. 오늘 보면 안 돼요?”

“안 돼, 데이지! 준비할 게 있거든. 이 속에 있는 걸 제자리에 다 맞춰놓아야 해. 모두 다 똑바로 정리할 때까지는 보여주지 않겠다고 로리 이모부와 약속했단다.”

“이모부가 뭔지 아시는 거라면 틀림없이 아주 근사한 거겠네요!” 데이지는 손뼉을 치면서 큰 소리로 말했다. 친절하고 부유하고 쾌활한 로리 이모부는 꼭 동화 속 요정 같았다. 언제나 아이들을 위해 즐겁고 놀라운 일을 계획하고, 멋진 선물을 주고, 이상한 놀이를 생각해 내곤 했으니 말이다.

"그래. 로리 이모부하고 같이 가서 샀어. 가게에선 로리 이모부와 내가 서로 다른 걸 골라서 난감하기도 했지만 정말 재미있었어. 이모부는 무조건 크고 좋은 걸 사고 싶어 했지. 내가 작은 계획을 세우면 늘 이모부가 손을 대서 그 계획을 화려하게 만들어 버리잖아. 이모부가 오시면 감사 인사를 꼭 해야 한다. 이모부는 세상에서 가장 좋은 분이시니까. 이렇게 멋지고 조그만 요…… 이런! 하마터면 뭔지 말할 뻔했네!" 조는 데이지가 가장 궁금하게 여기는 부분에서 갑자기 말을 멈추었다. 그러고는 이야기를 계속하면 비밀이 발각된다는 듯 입을 꾹 다물고는 가게에서 받은 영수증을 살펴보기 시작했다.

데이지는 포기했는지 두 손을 포개고 얌전히 앉아, '요'라는 말로 시작하는 놀이가 무엇인지 생각했다.

집에 돌아온 데이지는 마차에서 꺼낸 짐 꾸러미를 하나하나 뚫어지게 쳐다보았다. 그중 크고 무거워 보이는 짐을 프란츠가 받아 들고 2층으로 곧장 가져가 아이 방에 숨겨놓자, 데이지는 너무나 기대되고 견딜 수 없이 궁금했다. 그날 오후 2층에서는 뭔가 이상한 일이 벌어졌다. 프란츠는 망치질을 했고, 에이셔는 부엌과 2층을 오르내렸다. 조는 앞치마 속에 이것저것 넣어서 이리저리 뛰어다녔다. 아직 제대로 말문이 틔지 않아 어린아이 중 유일하게 들락거려도 된다고 허락받은 어린 테드는 설명하려고 애썼지만 아이들은 도무지 무슨 말인지 알아들을 수가 없었다.

데이지는 2층에서 벌어지는 일들이 궁금해서 정신이 나갈 지경이었고, 흥분한 데이지의 모습에 남자아이들까지도 동요해서, 무슨 일인지 알고 싶은 마음에 너도나도 조를 돕겠다고 나섰다. 조는 데이지에게 했던 말을 되풀이하며 아이들의 제안을 거절했다.

"너흰 여자애들이 남자애들이랑 못 논다고 했다지? 이건 데이지와 베스, 그리고 나만 갖고 놀 수 있어. 우리 여자들이 허락해야 너희도 가지고 놀 수 있을 거다." 이 말을 들은 작은 신사들은 얌전히 물러나서는, 데이지가 좋아하는 구슬놀이, 말타기, 축구 같은 여러 놀이를 같이 하자고 하면서 데이지가 기겁할 정도로 갑작스러운 환대와 친절을 쏟아냈다.

덕분에 데이지는 즐거운 오후를 보낸 뒤 일찍 잠자리에 들었다. 다음 날 아침, 데이지가 평소보다 너무나 열심히 공부하는 바람에 프리츠 이모부는 매일 새로운 놀잇감을 줘야 하는 건지 고민하기까지 했다. 11시에 데이지가 교실 밖으로 나가자 교실 가득 엄청난 설렘이 퍼져나갔다. 아직 무엇인지 모르는 새로운 놀잇감을 받으러 간다는 사실을 모두가 알았던 것이다.

많은 눈이 데이지가 뛰어가는 모습을 따라갔다. 데미는

이 일로 완전히 얼이 빠져서는 사하라 사막이 어디에 있냐는 바에르 교수의 질문에 "아이 방에요."라고 대답해 모두들 폭소했다.

"조 이모, 저 공부 끝났어요. 이제 더는 못 기다려요!" 데이지는 조의 방으로 뛰어들어 가면서 소리쳤다.

"준비 다 됐어. 같이 가자." 조는 한쪽 팔로 테드를 안고 다른 팔에 바느질 바구니를 들고는 데이지와 함께 2층으로 갔다.

"아무것도 없는데요?" 데이지는 아이 방 문을 열고 들어가 주위를 둘러보고는 말했다.

"무슨 소리 들리지 않니?" 조는 방 한쪽 구석으로 곧장 가려는 테드의 옷자락을 잡아끌면서 데이지에게 물었다.

그 순간 뭔가 탁탁거리는 소리가 났다. 주전자가 노래하듯이 삐익거리는 소리도 들렸다. 여러 소리가 깊숙이 파인 벽 안쪽 내닫이창 앞에 드리운 커튼 안쪽에서 났다. 커튼을 힘껏 걷어낸 데이지는 "와!" 하고 즐거운 탄성을 지르고는, 기뻐 어쩔 줄 모르는 얼굴로 그 자리에 그대로 서서 그것을 바라보았다. 그것은 과연 무엇이었을까?

벽 깊숙이 난 창 세 면을 빙 둘러서 넓은 받침대가 놓여 있었다. 받침대 한쪽에는 온갖 작은 병, 냄비, 석쇠, 팬 등을 늘어놓았고, 다른 쪽에는 작은 그릇 한 벌과 찻잔 한 벌을 두었다. 가운데에는 요리용 화로까지 있었다. 양철로 만든 장난감이 아니라 진짜 쇠로 된 화로였고, 배고픈 인형 가족 모두가 먹을 음식을 만들 수 있을 만큼 충분히 컸다. 무엇보다 멋진 건 그 안에서 진짜 불이 타고 있다는 사실이었다. 작은 주전자 주둥이에서는 진짜 김이 올라왔고, 작은 뚜껑은 춤을 추듯이 정말로 덜그럭거렸고, 물이 펄펄 끓었다. 유리창을 한 장 떼고 그 자리에 양철판을 끼워 넣고는 구멍을 뚫어 작은 환풍구를 설치했는데, 이 환풍구를 통해 연기가 밖으로 나갔다. 보는 사람의 가슴을 뛰게 만드는 모습이었다. 석탄을 담은 나무 상자는 옆에 놓였고, 바로 그 위에는 솔과 빗자루와 쓰레받기가 걸려 있었다. 데이지가 늘 갖고 놀던 낮은 탁자 위에는 작은 장바구니가, 작은 의자에는 가슴받이가 달린 하얀 앞치마와 주방에서 쓰는 모자가 걸려 있었다. 햇살도 기뻐하는 듯 밝게 비쳐 들었다. 작은 화로는 멋지게 타닥거리는 소리를 냈고, 주전자에서는 김이 모락모락 피어올랐다. 새 양철통은 벽에 걸려 반짝였고, 예쁜 사기그릇은 가지런히 정리되어 있었다. 어떤 아이라도 더는 바랄 수 없는, 행복하고 완벽한 부엌이었다.

데이지는 기쁜 목소리로 "와!" 한 뒤 가만히 서 있었지만, 반짝이는 두 눈으로 이 매력적인 선물을 하나씩 빠르게 훑어보았다. 환하게 빛나는 모든 것을 바라보는 데이지의 눈길이 조의 따스한 얼굴에서 멈추었다. 행복한 데이지는 이모를 꼭 안고는 고마움 넘치는 목소리로 말했다.

"이모, 정말 멋져요! 이 예쁜 화로에서 진짜 요리를 할 수 있어요? 신나게 파티도 할 수 있죠? 정말 불 피워도 되죠? 정말 좋아요! 어떻게 이런 생각을 하셨어요?"

"에이셔와 같이 생강빵을 만들고 싶어했잖니." 너무 흥분해서 가만있지 못하는 데이지를 안으며 조가 말했다. "에이셔는 네가 부엌을 어질러놓는 걸 그냥 둘 수 없을 테고. 그렇다고 2층에 있는 화로를 쓰는 건 위험하잖아. 그래서 네가 쓸 작은 화로를 사주고 요리를 가르치는 게 어떨까 생각해 봤지. 재미도 있고 너한테 도움도 될 테니까. 그래서 장난감 가게를 다녀봤는데, 큼직한 건 모두 비싸더라. 포기해야 하나 싶을 때 마침 로리 이모부를 만났단다. 이모부는 내 얘기를 듣자마자 힘을 보태고 싶다고 하고, 거기 있는 것 중에서 가장 큰 화로를 사주겠다고 고집했어. 난 절대 안 된다고 했고. 그런데 이모부가 웃으면서 내 요리 솜씨를 들추어내며 놀리고는, 너뿐 아니라 베스도 요리하면서 놀 수 있을 거라고 그러는 거야. '요리 교실'에 필요하다면서 다른 예쁘고 좋은 것들도 모조리 사줬어."

"가게에서 이모부를 만나 다행이에요." 데이지가 말했다. 조는 로리와 함께 어울리던 행복한 기억을 떠올리며 말을 잠시 멈추고 미소를 지었다.

"그러니 열심히 배우고 연습해서 뭐든지 만들어보렴. 차를 마시러 자주 올 거라고 이모부가 그러셨으니까. 뭔가 근사한 것을 기대하시나 보더라."

"이렇게 예쁘고 근사한 부엌은 여기밖에 없을 거예요. 다른 거 아무것도 안 하고 여기서 요리만 배우고 싶어요. 파이랑 케이크랑 마카로니랑 전부 다 배워도 돼요?" 데이지는 한 손에는 새 소스 냄비, 다른 손에는 작은 부지깽이를 들고는 온 방을 뛰어다니며 큰 소리로 외쳤다.

"조금씩 다 가르쳐줄게. 너한테 많이 도움이 될 거야. 가르쳐주면, 넌 내 요리사가 되어주렴. 뭘 해야 하는지, 어떻게 해야 하는지 알려줄게. 그러고 나면 먹을 만한 음식도 만들게 될 거야. 우선은 아주 적은 양을 어떻게 요리하는지 배우도록 하자. 이제 네 이름은 '샐리'야, 우리 집에 새로 온 요리사지." 조는 데이지와 요리 수업을 준비하면서 덧붙였다. 테드는 바닥에 앉아 엄지손가락을 빨면서 화로가 마치 살아 있는 것이라도 되는 듯 관심 있게 바라보고 있었다.

"정말 재미있어요! 먼저 뭐 해요?" 샐리가 행복한 얼굴로 물었다.

"먼저 깨끗한 모자를 쓰고 앞치마를 입어야지. 난 좀 구식이라 요리사가 깔끔한 차림을 하는 게 좋거든."

샐리는 곱슬곱슬한 머리카락을 둥근 모자 속에 밀어넣었다. 평소 같으면 앞치마가 답답하다고 투정을 부렸을 테지만, 이번에는 두말없이 앞치마를 둘렀다.

"조리 도구를 정리하고 새 찻잔도 씻어두어야지. 원래 있던 것도 씻는 게 좋겠다. 지난번 요리사는 파티가 끝난 뒤 설거지를 제대로 하지 않았거든."

조가 진지하게 말했지만, 샐리는 전혀 개의치 않고 방긋 웃었다. 더러운 찻잔을 그대로 내버려 두는 정신없는 요리사가 누구인지 알았기 때문이다. 샐리는 소매를 걷고는 흡족한 마음으로 크게 숨을 내쉬었고, 이따금씩 큰 소리로 "예쁜 밀대구나!", "멋진 설거지통이네!", "귀여운 후추 통이야!"라며 자기 부엌을 바삐 돌아다녔다.

"자, 샐리. 이제 장바구니를 들고 시장에 갔다 와야지. 점심에 먹을 걸 여기 적어놓았단다." 설거지가 끝나자 조는 종이 한 장을 내밀며 말했다.

"시장은 어디에요?" 데이지는 이 새로운 놀이가 점점 더 재미있어진다고 생각하면서 물었다.

"에이셔 아주머니가 바로 시장이란다."

샐리는 곧장 밖으로 나갔다. 새로운 차림을 한 샐리의 모습이 교실 밖으로 보이자, 수업을 듣던 아이들이 웅성거렸다. 샐리는 교실을 지나쳐 가면서 데미에게 "정말 근사한 놀이야!" 하고 기쁨에 가득 찬 얼굴로 말했다.

에이셔도 데이지 못지않게 이 놀이를 재미있어 했다. 어린 데이지가 모자를 한쪽으로 비뚤게 쓴 채 장바구니 덮개를 캐스터네츠처럼 덜거덕거리면서 부엌으로 뛰어들어 오자 그녀는 유쾌하게 웃었다. 데이지는 너무 좋아서 반쯤 정신이 나간 작은 요리사같이 보였다.

"조 부인께서 이런 것들이 필요하다고 하셨어요. 당장 가져가야 합니다." 데이지는 중요한 일인 것처럼 말했다.

"어디 볼까요? 여기 스테이크 450그램, 고구마, 호박, 사과, 빵, 버터 준비했습니다. 고기는 없어요. 고기가 오면 2층으로 가져다드릴게요. 다른 것은 여기 다 있고요."

에이셔는 고구마 한 개, 사과 한 개, 호박 한 조각, 버터 조금, 롤빵 하나를 장바구니에 담아 주었고, 정육점 꼬마는 장난이 심할 때도 있으니까 조심하라고 말해주었다.

"정육점 꼬마는 누군데요?" 데이지는 정육점 꼬마가 데미였으면 좋겠다고 생각하면서 물었다.

"금방 알게 될 거예요." 에이셔는 이렇게 말하고는 가르쳐주지 않았다. 샐리는 메리 호위트(1799~1888, 영국의 시인-옮긴이)의 멋진 이야기 속 시구를 운율에 맞춰 부르면서 기분 좋게 돌아갔다.

꼬마 메이블은 갔다네.

밀로 만든 맛 좋은 케이크를 가지고.

단지에는 갓 만든 버터,

포도주 작은 병까지.

"사과 빼고 나머지는 모두 찬장에 지금 넣어둬요." 요리사가 돌아오자 조가 말했다.

가운데 선반 아래에 있는 찬장 문을 열자 새로운 즐거움이 펼쳐졌다. 찬장 한쪽은 저장 창고였다. 땔나무, 석탄, 불쏘시개가 쌓여 있었고, 다른 쪽에는 밀가루, 곡물 가루, 설탕, 소금 조금과 가정용 저장 식품 같은 온갖 식재료가 든 작은 병과 상자가 가득했다. 잼 단지도 있고, 생강빵을 넣어둔 작은 양철 상자도 있었다. 빈 향수병에는 포도주가, 조그마한 양철통에는 찻잎이 들어 있었다. 하지만 뭐니 뭐니 해도 가장 좋은 건 신선한 우유를 채운 장난감 냄비 두 개였다. 우유에는 진짜 크림까지 떠 있었고, 크림을 뜰 수 있는 작은 주걱도 있었다. 데이지는 이 즐거운 광경에 손뼉을 치며 얼른 크림을 떠보고 싶어 했다. 하지만 조는 이렇게 말했다.

"아직은 안 돼. 크림은 점심에 사과 파이를 먹을 때 필요하거든. 그때까지는 가만히 둬야 해."

"제가 파이를 만들어요?" 데이지가 놀라서 외쳤다. 그런 행복이 자기를 기다린다는 사실이 믿기지 않았다.

"그럼, 화덕만 괜찮으면 파이 두 개를 구울 수 있을 거야. 사과파이 하나와 딸기파이 하나." 데이지만큼이나 이 새로운 놀이에 푹 빠진 조가 말했다.

"와, 그럼 이제 뭐 해요?" 빨리 시작하고 싶어서 안달이 난 샐리가 물었다.

"화로 아래 문을 닫아야지. 그래야 화덕이 뜨거워진단다. 그리고 손을 씻고 밀가루, 설탕, 소금, 버터, 계피를 꺼내 놔라. 파이 판이 깨끗한지 확인하고, 화덕에 넣기 전에 사과도 깎고."

데이지는 어리지만 요리사답게, 요란한 소리도 내지 않고 뭘 흘리지도 않으면서 조가 말한 여러 가지 일을 열심히 챙겼다.

"이렇게 작은 파이에는 재료를 얼마나 넣어야 하는지 모르겠네. 일단 적당히 넣어보고 잘 안 되면 다시 해야겠다." 조는 난처해하면서도 이런 자잘한 걱정을 오히려 즐겼다. "작은 냄비에 밀가루를 가득 담고 소금을 한 꼬집 넣어. 그러고 나서 눌어붙지 않게 충분히 버터를 발라. 항상 마른 것을 먼저 넣고 물기 있는 건 다음이라는 사실을 기억해야 해. 그래야 잘 섞이거든."

"어떻게 하는지 알아요. 에이셔 아주머니가 하는 거 봤어요. 파이 접시에도 버터를 발라야 되죠? 홈멜 아주머니는 먼저 그렇게 했어요." 데이지는 반죽을 빠르게 휘저으면서 말했다.

"맞아! 이제 보니 넌 요리에 재능이 있구나." 조는 데이지의 말을 듣고는 말했다. "이제 찬물을 조금 부어서 물기가 충분하도록 만들어야지. 받침대에 밀가루를 살짝 뿌리고 조금 반죽을 주무르고 펴면 돼. 그래, 그렇게 하는 거야. 이번에는 버터를 좀 넣고 다시 반죽을 펴야지. 버터를 너무 많이 넣으면 안 돼. 인형이 배탈 날 수도 있으니까."

데이지는 이 말을 듣고 웃더니, 어색한 솜씨로 버터를 조금 넣었다. 그러고 나서 귀여운 작은 밀대로 반죽을 얇게 밀고, 반죽이 다 완성되자 파이 팬에 깔았다. 얇게 썬 사과를 올리고 설탕과 계피를 듬뿍 뿌린 다음에는, 위쪽 반죽을 조심스럽게 얹었다.

"항상 파이 가장자리를 잘라보고 싶었어요. 그런데 에이셔 아주머니는 못하게 했어요. 제 맘대로 자를 수 있다니 정말 좋아요." 데이지는 팬 주위로 삐죽 나온 반죽을 작은 칼로 둥글게 정리하면서 말했다.

거의 모든 요리사, 심지어는 최고의 요리사도 가끔은 뜻밖의 일을 당하기 마련이다. 바로 그때 샐리에게도 처음으로 기운 빠지는 일이 일어났다. 칼질을 너무 빨리 하는 바람에

팬이 미끄러져 빙그르르 돌았고, 소중하게 만든 작은 파이가 바닥에 거꾸로 떨어져 버린 것이다. 샐리는 비명을 질렀다. 조는 그 모습을 보고 웃었고, 테드는 떨어진 파이를 향해 기어갔다. 샐리의 새 부엌은 잠시 혼란스러운 상태에 빠졌다.

"속에 있는 게 흘러나오거나 부서지지는 않았어요. 가장자리를 꽉 붙여놨거든요. 조금도 망치지 않았어요. 여기 구멍만 뚫으면 돼요. 그럼 파이를 구울 준비가 다 되는 거예요." 샐리는 거꾸로 뒤집힌 보물을 주우면서 말했다. 바닥에 떨어졌을 때 묻은 먼지는 그냥 무시하고 다시 파이 모양을 잡는 모습은 어린애다웠다.

"이번 새 요리사는 성격이 털털하네. 그래서 나도 마음이 편해." 조가 말했다. "이제 딸기잼 단지를 열어. 아무것도 넣지 않은 쪽 파이에 채우자. 에이셔가 한 것처럼 반죽 위에 줄무늬도 넣고."

"전 가운데에 D 라는 글자를 쓸래요. 주위에는 지그재그로 무늬를 새기고요. 그러면 먹을 때 아주 재미있을 거예요." 샐리는 진짜 파이 요리사도 놀랄 정도로 화려한 장식을 파이에 그려 넣었다. 그리고 "자, 이제 넣을게요!"라면서 기쁨 넘치는 자신만만한 표정을 지으며, 빨간 잼을 가득 얹은 반죽 위에 우스꽝스러운 덩어리를 덮고는 작은 오븐에 집어넣었다.

"이제 남은 것들을 정리해야지. 훌륭한 요리사는 조리

기구를 아무렇게나 두지 않는 법이에요. 이제 호박과 감자를 다듬도록 하자."

"감자는 하나밖에 없어요." 샐리는 킥킥거리며 웃었다.

"감자를 네 조각으로 잘라서 작은 냄비에 넣고, 불에 올리기 전까지 찬물에 담가두럼."

"호박도요?"

"아니, 호박은 안 돼. 호박은 그냥 그냥 껍질을 벗기고 잘라서 냄비 위에 있는 찜통에 넣어야지. 그러면 물기가 없어진단다. 익기까지 시간은 걸리겠지만."

그때 문을 긁는 소리가 났고, 샐리는 달려가서 문을 열었다. 문 앞에는 학교에서 키우는 개 키트가 덮개 덮은 바구니를 입에 물고 서 있었다.

"네가 바로 정육점 꼬마구나!" 데이지가 외쳤다. 정육점 꼬마 역할을 키트가 맡은 게 무척이나 재미있는 모양이었다. 가지고 온 바구니를 데이지가 받아 들자, 자기 먹이라고 생각했는지 키트는 주둥이를 핥으면서 바구니 속 음식을 달라고 낑낑거리기 시작했다. 키트는 잘못 알았다는 것을 깨닫고는 실망했는지, 계단을 내려가면서 계속해서 짖어댔다.

바구니에는 조그만 스테이크 두 조각과 구운 배, 작은 케이크가 들었고, 서툰 글씨로 에이셔가 쓴 쪽지에는 이렇게 적혀 있었다. "요리가 잘 안 되면 이걸 먹으렴."

"에이셔 아주머니가 준 구운 배나 다른 거는 필요 없어요. 내 요리는 잘될 거예요. 아주 근사한 식사를 할 거라고요!" 데이지는 뾰로통하게 말했다.

"손님이 오면 이것들이 필요할 거야. 언제라도 아무 문제가 없도록 저장 창고에는 뭔가를 준비해 놓아야 한단다." 조가 말했다. 아이들이 너무 많이 먹는 바람에 생긴 난처한 일을 자주 겪으면서 얻은 귀중한 교훈을 알려준 것이다.

"배고파." 테드가 말했다. 요리를 하는 모습을 보고 뭘 먹을 시간이 되었다고 생각한 모양이었다. 엄마 조는 식사 준비가 다 될 때까지 조용히 있어주기를 바라면서 테드가 갖고 놀 바구니를 건네주고는 어린 요리사 곁으로 다시 돌아왔다.

"채소를 올려놓고 식탁을 차리자. 스테이크를 구우려면 석탄도 가져와야지."

데이지에게는 무척이나 멋진 일이었다. 작은 냄비 안에서 끓는 물에 잠겨 위아래로 움직이는 감자를 살피고, 귀여운 찜통에서 호박이 너무 빨리 익어버리지는 않았나 확인하고, 5분 간격으로 화덕을 열고 파이가 익었는지 들여다보고, 마지막으로 석탄이 빨갛게 타오르자 진짜 스테이크 두 조각을 손가락 길이만 한 석쇠 위에 올려놓고는 멋지게 포크로 뒤집었다. 감자가 가장 먼저 익었다. 센 불에서 오랫동안 삶았으니 당연한 일이었다. 공이로 감자를 으깨고 버터도 듬뿍 넣었지만, 소금은 하나도 넣지 않았다(요리사가 너무 흥분한 나머지 깜빡 잊어버렸다). 그러고 나서 예쁜 빨간 접시에다 으깬 감자를 수북이 담은 뒤에, 우유에 적신 칼로 평평하게 만들고는 노릇노릇하게 구우려고 화덕으로 가져갔다.

이 일에 열중한 나머지 파이 반죽을 까맣게 잊고 있던 샐리는 감자를 넣으려고 화덕 문을 여는 순간 비명을 질렀다. 귀여운 파이가 까맣게 타버린 것이다!

"안 돼, 내 파이! 내 소중한 파이가! 다 망했어!" 가엾은 샐리는 더러워진 두 손을 꼭 모아 쥐고 자기 작품의 잔해를 살펴보며 어쩔 줄 몰라 했다. 특히 안타까운 것은 딸기 파이였다. 불이 난 집 벽이나 굴뚝처럼 검게 그을린 잼이 사방팔방으로 젤리처럼 늘어져 있었다.

"저런, 파이를 꺼내라고 말해주는 걸 깜빡 잊었네. 운이 없었던 거야." 조는 안타까운 얼굴로 말했다. "울지 마라, 데이지. 내 잘못이야. 식사를 하고 다시 해보자." 조가 이렇게 덧붙였지만 샐리의 눈에서 굵은 눈물 한 방울이 파이 위로 떨어졌고, 망쳐버린 파이 위에 떨어져 치익 하는 소리가 났다.

그때 스테이크를 굽는 불이 확 타오르지 않았다면 샐리의 눈물은 멈추지 않았을 것이다. 다행히 샐리는 스테이크에 신경을 쓰느라, 망쳐버린 파이 반죽을 금방 잊어버렸다.

"스테이크를 고기 접시에 담고, 네 접시를 데워놓아야

지. 그동안 호박에 버터와 소금을 넣어서 으깨고 후추를 조금 뿌리거라." 조는 식사 준비에 더는 재난이 발생하지 않기를 간절하게 기원하며 말했다.

'귀여운 후추 통'을 보고 샐리의 마음이 조금 누그러졌다. 샐리는 호박을 보기 좋게 접시 위에 담아내며 준비한 음식을 무사히 식탁에 차렸다. 한쪽에 셋씩 인형 여섯이 자리를 잡았다. 테드는 식탁 아랫자리에, 샐리는 식탁 윗자리에 앉았다. 모두 자리를 잡고 나니 아주 볼만했다. 인형 하나는 무도회용 옷을, 다른 인형은 잠옷을 입었고, 벌실 인형 세리는 빨간 겨울옷을 입은 데다, 코가 없는 귀여운 인형 애너벨라는 아무것도 입지 않아 맨살을 내놓은 채였다. 이 가족의 아버지 역할을 맡은 테드는 아주 점잖게 행동했다. 내온 음식을 웃는 얼굴로 모조리 먹어치웠고, 한마디도 잔소리를 하지 않았다. 데이지는 피곤하고 흥분한 상태였지만 식사 시간을 주관하는 사람으로서 품위를 잃지 않고, 이보다 좀 더 큰 식탁에서 보일 법한 미소를 손님들에게 보냈다. 다른 곳에서는 좀처럼 얻기 힘든 천진난만한 만족감으로 데이지는 제 역할을 다해낸 것이다.

스테이크는 너무 질겨서 작은 고기 칼로는 좀처럼 자를 수 없었고, 감자는 부족해서 인원수만큼 돌아가지 못했고, 호박은 잘 으깨지 않아 덩어리가 그대로 있었다. 하지만 손님들은 예의 바르게 사소한 것들은 모르는 척했다. 식탁의 주인이라면 누구라도 부러워할 식욕으로 식탁 위의 음식을 깨끗이 비워버렸다. 통에 가득 들어 있는 크림을 떠먹는 기쁨은 파이를 잃은 괴로움을 달래주었고, 아까는 필요 없다고 했지만 에이셔가 만든 케이크 디저트는 보물이었음을 알게 되었다.

"이렇게 맛있는 점심은 처음이에요. 매일 이렇게 만들어 먹어도 돼요?" 데이지는 그릇에 남은 음식을 모조리 긁어 먹으면서 물었다.

"공부가 끝난 뒤엔 매일 요리를 해도 상관없어. 하지만 식사 시간에는 정해진 몫을 먹어야 해. 간식으로는 생강빵을 조금 먹고 말이야. 오늘은 처음이니까 괜찮지만, 우리 모두 규칙은 지켜야지. 오후에는 차와 함께 먹을 다과를 만들어도 좋아." 조가 말했다. 조는 아이들이 하는 다과 모임을 좋아했다. 아무도 조를 초대하지는 않았지만 말이다.

"두툼한 팬케이크를 만들어서 데미 오빠한테 줄래요. 오빠가 참 좋아하거든요. 팬케이크 뒤집고 사이사이에 설탕을 넣는 거 정말 재미있어요." 데이지는 애너벨라의 코가 있던 자리에 묻은 누런 얼룩을 조심스럽게 닦으면서 큰 소리로 말했다. 데이지는 애너벨라가 옷을 얇게 입는 것으로 봐선 '류머티즘'에 걸린 게 분명하다며 그 병에 좋다고 계속 호박을 먹이려고 했지만, 이 인형은 끝까지 먹지 않았다.

"그런데 데미에게 팬케이크를 만들어주면, 다른 아이들도 뭔가를 기대할 테고, 그러면 무척 바빠질 거야."

"이번에만 데미 혼자 차를 마시러 오라고 할까요? 다른 애들이 착하게 굴면 다음에 뭔가 만들어주고요." 데이지가 말했다.

"그거 참 좋은 생각이구나, 아가! 착한 아이에게 네 깜찍한 음식을 상으로 줘야겠다. 훌륭한 요리는 아이들 마음을 다독이고 거친 성질을 부드럽게 어루만져 주기도 해." 조는 문 쪽을 향해 웃으며 고개를 끄덕였다. 문 앞에서 바에르 교수가 재미있어서 참을 수 없다는 표정으로 두 사람의 모습을 쳐다보고 있었다.

"마지막 말은 내게 하는 거군요. 당신은 참 날카로운 데가 있어요. 인정해요, 사실이니까. 그런데 조, 당신 요리를 보고 결혼했다면 난 오랫동안 고생해야 했을 거요." 바에르 교수는 웃으면서 대답하면서, 무슨 하고 싶은 이야기가 있는지 버둥거리는 테드를 번쩍 안아 올렸다.

데이지는 자랑스럽게 자기 부엌을 보여주었다. 그리고 프리츠 이모부가 얼마든지 먹을 수 있을 만큼 큰 팬케이크를 많이 만들겠다고 겁도 없이 약속했다. 데이지가 새로 정한 상에 관해 이야기하려는데, 데미를 앞세운 아이들 무리가 배고픈 사냥개처럼 코를 킁킁거리며 방으로 밀려들어 왔다. 수업은 끝났지만 점심은 아직 준비되지 않은 터라 데이지가 구운 스테이크 냄새가 아이들을 곧장 이 자리로 이끈 모양이었다.

자기 보물을 보여주고 저장 창고에 대접할 만한 게 뭐가 있나 이야기하는 샐리는 무척이나 자신만만해 보였다. 몇몇 아이는 데이지가 먹을 만한 것을 만들 수나 있냐며 비웃었지만, 스터피는 단번에 넘어갔다. 냇과 데미는 데이지의 솜씨를 굳게 믿었고, 다른 아이들은 기다렸다가 확인해 보자고 했다. 하지만 모두 부엌만큼은 놀라워했고, 화로를 흥미진진하게 살펴보았다. 데미는 증기기관을 만드는 데 필요한 열탕계도 사서 거기 놓자고 했다. 네드는 총알이나 손도끼 같은 것들을 만들 때 여기 있는 커다란 소스 냄비가 딱 알맞을 거라고 선언했다.

데이지가 이런 말들에 화들짝 놀라자, 조는 화로 주인에게 특별히 허락을 받지 않고는 그 누구도 이 신성한 화로를 사용해서도, 만져서도 안 되며 심지어는 접근해서도 안 된다는 규칙을 선언했다. 이 규칙은 작은 신사들 사이에서 화로의 가치를 엄청나게 높여주었다. 조금이라도 규칙을 어기면 착한 사람에게 주기로 한 맛있는 음식을 먹을 수 없게 된 것이다.

때마침 종이 울렸고, 다들 밥을 먹으러 내려갔다. 아이들은 각자 자기가 착하게 행동해 상을 받게 되면 어떤 음식이 먹고 싶은지 데이지에게 얘기하면서 식사 시간을 떠들썩하게 보냈다. 자기 화로를 철석같이 믿는 데이지는 조가 만드는 법만 알려주면 뭐든지 다 요리해 주겠다고 약속했다. 데이지의 이런 대꾸에 조는 눈앞이 캄캄해졌다. 아이들이 바라는 요리 중에는 자기 실력을 넘어서는 것들도 있었기 때문이다. 결혼 케이크나 알사탕을 만들어달라거나, 청어와 체리가 들어간 양배추 수프를 끓여달라는 요청도 있었다. 능력 밖인 요리 요청에 조는 두손 두발 들고 말았다.

데이지는 점심 식사가 끝나자마자 다시 요리하고 싶어 안달이었다. 하지만 지저분해진 앞치마를 빨도록 허락받았을 뿐이었다. 그러고 나서는 다섯 시까지 밖에서 놀아야 한다는 말만 들었다. 지나친 요리 놀이는 어린아이의 몸과 마음에 좋지 않다고 바에르 교수가 말했고, 새 장난감을 너무 자주 가지고 놀면 빨리 질린다는 것을 조도 오랜 경험으로 알고 있었기 때문이다.

그날 오후에는 다들 데이지에게 친절하게 대했다. 토미는 자기 밭에서 처음 열리는 과일을 주겠다고 약속했다. 지금 밭에 보이는 것이라고는 잡초뿐이었지만 말이다. 냇은 공짜로 장작을 구해주겠다고 나섰고, 스터피는 데이지를 극진히 떠받들었다. 네드는 곧바로 데이지의 부엌에 놓을 작은 얼음 보관상자를 만들기 시작했다. 데미는 시계가 다섯 시를 알리자마자 데이지를 방까지 데려다주었다. 아직 다과 모임이 시작될 시간은 아니었지만, 데미가 돕고 싶다고 간절하게 부탁한 끝에 몇몇 손님들만 누릴 수 있는 특권을 허락받았다. 불을 피우거나 심부름을 하고, 자기가 먹을 음식이 만들어지는 과정을 열렬한 관심을 갖고 지켜볼 수 있었다. 조는 집 안 곳곳 커튼을 내리며 바쁘게 돌아다니면서도 데이지에게 조리법을 알려주었다.

"에이셔에게 사워크림 한 컵을 받아 오렴. 그러면 베이킹소다를 많이 넣지 않아도 팬케이크가 부드러워질 거야. 난 소다를 많이 넣는 걸 좋아하지 않거든."

데미는 쏜살같이 뛰어 내려가 크림을 가지고 돌아왔지만, 입을 쭉 내민 채였다. 오는 길에 맛을 보았는데, 이렇게 신 크림을 넣으면 팬케이크가 엉망이 될 거라고 생각했기 때문이다. 조는 좋은 기회라고 생각해, 계단 앞에서 소다의 화학적 특성에 대해 짤막한 수업을 해주었다. 데이지는 듣지 않았지만 데미는 열심히 들었고, 심지어 짧지만 정확하게 대답하면서 자신이 이해했다는 걸 보여주었다.

"네, 알겠어요. 소다가 신맛을 달게 바꾼다는 거죠? 그리고 휘저으면 팬케이크가 부드러워지고요. 네가 만들 때 한번 볼게, 데이지."

"저기 통에 밀가루를 가득 채우고 소금을 조금 뿌리렴."
조는 계속해서 말했다.

"아이참, 모든 음식에 넣어야 해요?" 소금을 담아둔 알
약 통을 여는 데에 지친 샐리가 물었다.

"소금은 좋은 농담 같은 거야, 데이지. 조금 넣으면 어지
간한 것은 모두 맛이 좋아지지." 샐리의 작은 냄비를 걸어둘
못을 두어 개 정도 박으려고 망치를 가져온 프리츠 이모부가
걸음을 멈추고 말했다.

"이모부는 다과 모임에 초대받지 않으셨지만, 팬케이크
는 좀 드릴게요. 그리고 앞으로는 짜증 안 낼게요." 데이지는
이렇게 말하고는 밀가루가 잔뜩 묻은 작은 얼굴을 들어 고맙
다는 입맞춤을 했다.

"프리츠, 요리 수업을 방해해서는 안 돼요. 그러면 나도
당신이 라틴어를 가르칠 때 가서 설교를 해버릴 거예요. 어
때요?" 조는 남편 머리에 커다란 무명천 커튼을 덮어씌우면
서 말했다.

"얼마든지 그렇게 해보세요. 어떻게 되는지 봅시다." 다
정한 바에르 교수는 콧노래를 부르며 매머드만큼 커다란 딱
따구리라도 되는 양 못을 박으면서 집 안을 돌아다녔다.

"크림에다 소다를 넣고, 데미가 한 말처럼 '휘저어서' 밀
가루에 넣는 거야. 그리고 할 수 있는 한 힘껏 반죽해야지. 철

판을 불에 올린 다음 버터를 충분히 두르고, 내가 돌아올 때까지 굽고 있으렴." 조는 잠시 자리를 비웠다.

작은 숟가락으로 달그락거리고 반죽을 했을 뿐인데도 거품이 일었다. 정말이었다. 데이지가 철판에 반죽을 조금 올려놓자 팬케이크가 마법처럼 볼록하게 부풀어 올랐고, 이를 본 데미의 입에는 침이 고였다. 사실, 깜빡 잊고 냄비에 버터를 바르지 않아서 첫 번째 팬케이크는 눌어붙어 검게 타버렸지만 말이다. 하지만 첫 실패 이후에는 모두 성공했고, 훌륭한 작은 팬케이크 여섯 장을 안전하게 접시 위에 옮겨두었다.

"난 설탕보다 메이플 시럽이 좋은데." 새롭고 특이한 방법으로 식탁을 차린 뒤 팔걸이의자에 앉은 데미가 말했다.

"그럼 가서 에이셔 아주머니에게 좀 달라고 해." 데이지는 이렇게 대답하고는 욕실로 손을 씻으러 갔다.

아뿔싸, 방이 비어 있는 사이에 무서운 일이 일어나고 말았다. 앞에서 보았듯 키트는 고기를 안전하게 배달했는데도 아무런 상을 받지 못해서 하루 종일 기분이 상해 있던 참이었다. 나쁜 개는 아니지만 키트도 인간들처럼 작은 결점이 있었고, 유혹을 항상 뿌리치지는 못했다. 키트는 마침 아이 방 근처를 어슬렁거리다가 냄새에 이끌려 와서 아무도 없는 낮은 탁자에 놓인 팬케이크를 발견했다. 그러고는 뒷일을 생각할 겨를도 없이 팬케이크 여섯 장을 한입에 삼켜버렸다.

그런데 팬케이크는 아주 뜨거웠고, 키트는 심하게 데어서 깨갱거릴 수밖에 없었다. 데이지가 그 소리를 듣고 방으로 뛰어 들어와 텅 빈 접시와 침대 밑으로 사라지는 노란 꼬리를 발견했다. 데이지는 아무 말 없이 꼬리를 잡고 그 도둑 녀석을 끌어내서는, 양쪽 귀가 마구 펄럭거릴 만큼 흔들어대고 아래층 창고에 밀어 넣었다. 키트는 석탄 통에 들어가 쓸쓸한 저녁 시간을 보내야만 했다.

데미의 위로로 겨우 기운을 차린 데이지는 다시 한 통 가득 반죽을 만들어 팬케이크 열두 장을 구웠다. 다행히 이번엔 지난 번보다 훨씬 더 잘 구워졌다. 실제로 프리츠 이모부도 두 장을 먹고 나서 이렇게 맛있는 건 처음 먹는다고 했고, 식탁에 앉은 아이들은 위층 팬케이크 파티에 참석한 데미를 부러워했다.

정말 즐거운 식사였다. 작은 찻주전자 뚜껑은 세 번밖에 떨어지지 않았고, 우유 주전자는 딱 한 번 엎어졌다. 팬케이크는 온통 시럽투성이였고, 구운 빵에서는 맛있는 스테이크 냄새가 났다. 빵을 구울 때 스테이크를 구운 석쇠를 사용했기 때문이었다. 데이지가 호화로운 연회를 베푸는 동안, 데미는 그렇게 좋아하던 철학도 잊고는 식욕을 참지 못하는 여느 아이처럼 잔뜩 먹었고, 인형들은 그 모습을 미소 지으며 바라보았다.

"자, 얘들아. 재미있었니?" 조가 테드를 업고 올라와 물었다.

"정말 재미있었어요. 또 올 거예요." 데미가 힘차게 대답했다.

"너무 많이 먹지 않았나 싶네. 남은 게 하나도 없잖아."

"아니에요, 그렇지 않아요. 팬케이크 열다섯 장만 먹었어요. 아주 작은 걸로요." 데미가 항변했다. 데이지가 데미의 접시를 바쁘게 계속 채웠는데도, 데미는 자신이 너무 많이 먹었다고 생각하지는 않았다.

"탈이 나진 않을 거예요. 아주 맛있었으니까." 데이지는 어머니 같은 부드러움이 섞인 말투로 말했다. 조는 빙그레 웃으며 말했다.

"그럼, 이 새로운 놀이는 성공했지?"

"네. 좋았어요!" 데미는 자기가 반드시 동의해야 한다는 듯 대답했다.

"이제까지 한 놀이 중에서 최고예요!" 컵을 씻으려고 작은 설거지통을 안고 있던 데이지가 소리쳤다. "모두가 저처럼 멋진 요리용 화덕을 가지고 있으면 좋겠어요." 그러고는 화로를 애정 어린 눈으로 바라보면서 덧붙였다.

"이 놀이에도 이름을 붙여야 해요" 데미가 얼굴에 묻은 시럽을 혀로 꼼꼼하게 핥으면서 말했다.

"이름이 있지."

"와, 뭔데요?" 두 아이가 눈을 반짝이며 물었다.

"음, 이 놀이를 '파이 냄비 놀이'라고 부르고 싶구나." 조는 계획이 성공하자 만족스러운 미소를 지으며 방에서 나갔다.

말썽꾼

"저, 선생님, 드릴 말씀이 있어요. 아주 중요한 일이에요." 냇이 조의 방에 불쑥 얼굴을 내밀며 말했다.

지금까지 30분 동안 방에 불쑥 얼굴을 들이민 아이는 냇까지 다섯이었다. 조는 그런 방문에 익숙했기에 고개를 들고 쾌활하게 말했다.

"무슨 일이니, 얘야?"

냇은 방으로 들어와 살그머니 문을 닫고는, 간절하면서도 조심스럽게 말했다.

"댄이 왔어요."

"댄이 누구니?"

"제가 바이올린을 들고 거리를 떠돌 때 알던 아이예요. 걘 신문을 팔았는데, 제게 친절하게 대해줬어요. 얼마 전에 시내에서 다시 만났는데, 여기가 얼마나 좋은 곳인지 얘기해

췄죠. 그래서 오게 된 거예요."

"하지만 냇, 좀 갑작스러운 방문이구나."

"저기, 방문한 게 아니에요. 허락만 해주시면 댄도 여기 있고 싶대요!" 냇은 천진난만한 얼굴로 말했다.

"글쎄, 잘 모르겠구나." 냇이 그런 부탁을 태연하게 하자 조는 당황하며 말했다.

"선생님은 가난한 아이를 데리고 와서 같이 사는 걸 좋아하시잖아요. 저한테 해준 것처럼 친절하게 대해줄 거라고 생각했어요." 냇은 불안해하며 대답했다.

"맞아. 하지만 먼저 그 아이에 대해 뭐라도 알아야 하겠지. 그런 아이들은 너무 많으니까 다 받아줄 수는 없거든. 모두 받아들일 만큼 방이 많지도 않고. 그렇다면 좋겠지만 말이야."

"좋아하실 거라고 생각해서 댄한테 오라고 했어요. 그런데 방이 없다면 걔는 다시 돌아가야겠군요." 냇이 슬픈 표정으로 말했다.

"먼저 댄이 어떤 애인지 말해주겠니?" 냇의 희망을 꺾어서는 안 되겠다는 생각이 든 조가 물었다.

"사실 잘 몰라요. 그냥 가족이 없고, 가난하고, 나한테 잘 해줬어요. 저도 걔한테 잘해주고 싶어요."

"네가 한 말만으로도 그 애가 여기 있을 충분한 이유가 되는구나. 하지만 냇, 사실 이 집은 아이들로 꽉 찼어. 그 애를 어디에 있게 해야 할지 모르겠다." 조는 이렇게 말하면서도 냇의 생각대로 자신이 댄의 피난처가 되어주고 싶다는 마음이 커졌다.

"제 침대를 쓰라고 해요. 전 헛간에서 잘 수도 있어요. 지금은 춥지도 않고, 헛간이라도 상관없거든요. 아빠랑 있을 때는 아무 데서나 잤어요." 냇은 간절한 마음으로 말했다.

냇의 말과 표정이 조를 움직이는 것만 같았다. 조는 냇의 어깨에 손을 얹고 다정하게 말했다.

"네 친구를 데리고 오려무나, 냇. 네 방 말고 그 애가 머물 방을 찾아볼게."

냇은 기쁜 얼굴로 달려 나가더니, 인상이 썩 좋지는 않은 아이를 곧장 데리고 들어왔다. 아이는 구부정한 자세로 건들거리며, 뚱한 표정으로 서 있는 곳 주위를 둘러보았다.

'나쁜 본을 보일까 걱정이네.' 그 모습을 보며 조는 혼자 생각했다.

"얘가 댄이에요." 냇은 조가 반겨줄 거라 확신하면서 소개했다.

"냇이 그러는데 여기서 우리와 함께 살고 싶다고요?" 조는 다정하게 말했다.

"맞아요." 퉁명스러운 대답이었다.

"보살펴 줄 사람은 하나도 없나요?"

"없죠."

"'없습니다, 선생님'이라고 해." 냇이 작은 목소리로 말했다.

"싫어." 댄이 중얼거렸다.

"몇 살인가요?"

"열네 살 정도요."

"더 나이가 있어 보이는데. 무슨 일을 할 수 있죠?"

"웬만한 건 거의 다요."

"여기 머물게 된다면, 뭐든 다른 애들이 하듯 해야 해요. 노는 것도 그렇지만, 일하는 것이나 공부하는 것까지요. 그렇게 할 수 있나요?"

"뭐, 해보죠."

"그럼 며칠 있어보도록 해요. 같이 잘 지낼 수 있나 보도록 할게요. 냇, 데리고 나가서 바에르 교수님이 오실 때까지 여기 구경을 시켜주겠니? 그 뒤에 어떻게 할지 생각해보자." 조는 이렇게 말했지만, 의심에 가득 찬 커다란 검은 눈으로 자신을 바라보는 이 무뚝뚝한 아이와는 잘 지내기가 힘들것 같다고 생각했다.

"가자, 냇." 댄은 건들거리면서 방에서 나갔다.

"고맙습니다." 냇이 댄을 따라 나가면서 말했다. 냇은 처음 이곳에 왔을 때 자기를 대하던 조 선생님의 모습과 이 퉁명스러운 친구 댄을 대하는 모습이 다르다고 느꼈다.

"다들 헛간에서 서커스 놀이를 하고 있는데, 가서 볼까?" 마당으로 가는 넓은 계단을 내려가면서 냇이 물었다.

"큰 애들이야?" 댄이 물었다.

"아니, 형들은 낚시하러 갔어."

"그럼 가보자." 댄이 말했다.

냇은 댄을 커다란 헛간으로 데리고 가서, 2층 빈 곳에서 놀고 있는 아이들에게 소개해 주었다. 널찍한 바닥에 건초로 커다란 원을 그려두었고, 원 중앙에는 긴 채찍을 든 데미가 서 있었다. 당나귀 토비 위에 올라탄 토미는 원숭이 흉내를 내면서 원 주위를 껑충거리고 있었다.

"쇼를 구경하시려면 한 사람당 핀 하나를 내셔야 합니다." 손수레 옆에 서 있던 스터피가 말했다. 수레에는 악단 단원들이 앉아 있었다. 네드는 빗을 나팔처럼 입에 대고 부는 흉내를 냈고, 로브는 장난감 북을 박자에 어긋나든지 말든지 제멋대로 두드리고 있었다.

"얘는 내가 데려왔으니까, 두 사람 몫을 낼게." 냇은 돈 상자처럼 쓰는 말린 버섯에 구부러진 핀 두 개를 꽂으면서 말했다.

두 아이가 친구들에게 인사를 하고 나란히 앉자, 공연이 이어졌다. 원숭이 공연이 끝나자, 네드가 민첩하게 낡은 의자를 뛰어넘고 사다리를 오르내리면서 뱃사람 흉내를 냈다. 이어서 데미가 진지하게 춘 지그춤은 꽤 멋졌다. 다음에는 냇이 스터피와 레슬링을 했는데, 스터피는 체중이 많이 나가는 상대였지만 냇이 쉽게 이겼다. 다음은 토미 차례였다. 토미는 으스대며 걸어 나와서는 재주넘기를 했다. 토미의 실력은 몸의 모든 마디마디에 검푸른 멍이 들 때까지 혼자서 열심히 연습해서 얻은, 고통스러운 인내의 결과물이었다. 토미의 묘기는 큰 박수를 받았다. 토미가 자랑스러움에 벌게진 얼굴로 물러나는데, 갑자기 청중석 어딘가에서 경멸 섞인 목소리가 들려왔다.

"허, 별것도 아니네!"

"뭐? 다시 한번 말해봐." 토미는 성난 칠면조처럼 곤두선 목소리로 말했다.

"나랑 싸우겠다는 거야?" 댄은 앉아 있던 통에서 재빨리 뛰어내려서는 자주 겪은 일인 듯 주먹을 꽉 쥐면서 말했다.

"아니, 싸우긴 싫어." 늘 속마음을 숨기는 법이 없는 토미는 댄이 느닷없이 싸움을 걸어와 당황했는지 한 걸음 물러섰다.

"여기선 절대로 싸워선 안 돼!" 다른 아이들이 흥분해서 소리쳤다.

"다들 잘나셨네." 댄은 빈정거렸다.

"댄, 그런 식으로 굴면 여기서 살 수 없어." 냇이 말했다. 댄이 이곳 친구들을 모욕하자 냇은 마음이 상한 듯했다.

"네가 나보다 잘하는지 한번 해볼래?" 토미는 으스대며 말했다.

"자, 비켜봐." 댄은 아무 준비도 없이 연속으로 세 번 재주넘기를 하고는 똑바로 섰다.

"너보다 잘하잖아, 토미. 넌 머리를 부딪치거나 넘어지기만 하는데." 친구 댄의 솜씨에 기분이 좋아진 냇이 말했다.

그리고 무슨 말을 더 하려는데, 다시 댄이 뒤로 세 번이나 재주를 넘더니 물구나무를 선 채로 몇 걸음 걸어 보였다. 아이들은 크게 환호성을 질렀다. 헛간이 들썩거릴 정도였다. 이번에는 토미까지 합세해 모두가 이 완벽한 묘기에 찬사를 보냈다. 그러자 댄은 벌떡 일어서서 자기가 잘하는 게 당연하다는 듯 아이들을 바라보았다.

"나도 배울 수 있을까? 연습할 때 너무 아프지만 않으면 좋겠는데." 토미는 아까 재주넘기를 할 때 부딪혀서 아직도 욱신거리는 팔꿈치를 문지르며 점잖게 물었다.

"가르쳐주면, 뭘 줄래?" 댄이 말했다.

"주머니칼을 줄게. 칼날이 다섯 개나 돼. 하나는 부러졌지만."

"어디 줘봐."

토미는 매끄러운 손잡이를 아쉬운 듯이 바라보면서 칼을 건네주었다. 댄은 그 칼을 찬찬히 살펴보더니 주머니에 집어넣고 발걸음을 옮겼다. 그러고는 윙크를 하면서 말했다.

"잘할 때까지 계속해 봐. 그러면 돼."

토미는 화가 나서 고함을 질렀고, 다른 아이들도 웅성거렸다. 분위기가 자기에게 유리하지 않다고 여긴 댄은 나무칼로 싸워 이기는 사람이 그 보물을 차지하는 거로 하자고 했고, 그제야 소란이 가라앉았다. 열띤 싸움 끝에 승리한 토미가 이겨서 칼을 다시 받았고, 주머니 속 깊이 다시 칼을 집어넣자 모두가 만족한 표정을 지었다.

"나랑 나가자. 구경시켜 줄게." 냇이 말했다. 아무도 없는 곳에서 친구 댄과 진지하게 이야기를 해야겠다고 생각한 것이다.

두 사람 사이에 어떤 이야기가 오갔는지는 알 수 없지만, 다시 돌아온 댄은 여전히 퉁명스럽고 거칠긴 해도 덜 무례해 보였다. 조금이라도 나은 것을 가르쳐줄 이 하나 없이 세상을 떠돌며 짧은 삶을 살아온 댄에게 많은 걸 기대할 수는 없는 일이었다.

이미 아이들은 댄을 꺼려했기 때문에, 냇 말고는 아무도 상대하려 들지 않았다. 댄에 대한 책임감 때문에 마음이 무거워졌지만, 마음 따뜻한 냇은 친구를 버릴 수 없었다.

그런데 토미는 주머니칼 사건을 겪고도 자기와 댄에게 서로 통하는 부분이 있다고 느꼈고, 도대체 그 재주넘기는 어떻게 했는지 이야기를 나눠보고 싶어 했다. 기회는 금방 찾아왔다. 댄도 토미가 자기에게 호감을 가지고 있으며 점점 더 다정하게 대해준다는 사실을 알아챘고, 일주일도 지나지 않아 토미와 꽤 가까운 사이가 되었다.

바에르 교수는 댄과 이야기를 나눠본 뒤, 고개를 가로저 으면서도 조용히 말했다. "이번엔 조금 희생을 치러야 할지 도 모르겠군. 하지만 해봐야지."

플럼필드에 머물게 해준 배려에 댄이 고마워하는지는 알 수 없었다. 댄은 그런 마음을 겉으로 드러내지 않았고, 무 엇을 받든 고맙다고 말하지 않았다. 교육을 거의 받지 못했 지만 마음만 먹으면 뭐든지 빨리 배웠다. 그는 자기 주변에 서 무슨 일이 일어나는지 파악하는 예리한 눈썰미를 지니 고 있었다. 그래도 여전히 말투는 건방지고 태도가 거칠었으 며, 화를 내다가도 금방 입을 다물어버리곤 했다. 놀 때는 온 힘을 다했고, 거의 모든 경기에서 발군의 실력을 보여주었 다. 어른 앞에서는 무뚝뚝하고 퉁명스러웠지만, 아이들과 함 께 있으면 가끔은 잘 어울리기도 했다. 댄을 좋아하는 아이 는 거의 없는 게 사실이었다. 하지만 몇몇은 어떤 일에도 주

늙 들지 않는 댄의 용기와 힘에 감탄하기도 했다. 한번은 자기보다 훨씬 키가 큰 프란츠를 쉽게 때려눕혔는데, 그 일 이후 아이들은 그의 주먹을 인정하면서 싸우지 않도록 조심하게 되었다. 바에르 교수는 말없이 댄을 지켜보면서 아이들이 붙인 별명처럼 '야생마' 같은 댄을 길들이려고 최선을 다했지만 아이들이 없을 때는 고개를 저으면서 냉정하게 말하곤 했다. "좋은 결과가 나왔으면 싶지만, 희생이 너무 클까 봐 조금 걱정이군."

조는 하루에도 대여섯 번씩 댄에 대한 인내심을 잃을 뻔했지만 절대로 포기하지 않았고, 어쨌든 이 아이에게는 뭔가 좋은 점이 있다고 항상 주장했다. 댄은 사람보다 동물에게 더 애정을 쏟았고, 숲을 돌아다니는 것을 좋아하는 걸 보면 자연을 사랑하는 게 분명했다. 그리고 아기 테드는 유난히 댄을 좋아했다. 어찌 된 영문인지 모르지만, 테드는 댄을 보자마자 따라다니기 시작했고, 이후로도 댄을 볼 때마다 뭐라고 옹알거리곤 했다. 다른 아이들보다는 딱 벌어진 댄의 등에 업히는 걸 좋아했고, 아무도 가르쳐주지 않았는데도 '우리 대니 형아'라고 불렀다. 댄도 유일하게 테드에게 애정을 보였는데, 그것도 주위에 아무도 없다고 생각할 때에만 그랬다. 그러나 어머니의 마음은 누가 자기 자식을 사랑하는지 본능적으로 알아차리는 법이다. 거친 댄에게도 부드러운 면이 있다는 사실을 조는 금세 파악했다. 그녀는 댄이 마음을 열 때까지 기다리기로 다짐했다.

그러나 뜻밖의, 심상치 않은 일이 일어났다. 댄이 플럼필드에서 떠날 수밖에 없는 상황이 오고 만 것이다.

토미, 냇, 데미는 댄과 어울리기 시작했다. 다른 아이들은 댄을 무시했지만, 세 아이는 각각 나쁜 아이 댄에게 분명히 사람을 끄는 매력이 있음을 느꼈다. 처음에는 댄을 깔보았지만, 세 사람 모두 제각기 다른 이유에서 올려다보기 시작한 것이다. 토미는 댄의 재주와 용기에 감탄했고, 냇은 예전에 베풀어준 친절을 잊지 않았다. 데미는 댄이 살아 있는 이야기책 같다고 생각했다. 마음 내킬 때면 댄은 자기가 겪은 모험을 재미있게 들려주었던 것이다. 댄은 세 아이가 자신을 좋아해서 기뻤고, 기대에 걸맞게 행동하도록 노력했다. 덕분에 세 아이와는 좋은 관계를 유지할 수 있었다.

바에르 부부는 세 아이가 댄에게 좋은 영향을 미치기를 바랐다. 불안한 부분도 분명 있었지만, 이 일로 나쁜 결과가 오지는 않으리라 믿으며 앞으로 좋아지기를 기다리기로 했다.

댄은 바에르 부부가 자신을 완전히 믿지는 않는다는 사실을 알고 있었다. 그래서 자기의 가장 좋은 면을 절대로 보여주지 않았고, 최대한 대담하게 부부의 인내심을 시험하고 희망을 꺾으면서 오히려 그 결과를 즐겼다.

바에르 교수는 싸움을 인정하지 않았다. 주먹질하는 일이 남자다움이나 용기를 보여준다고 생각하지 않았던 것이다. 거친 경기나 운동은 모두 허용되었고, 칭얼거리는 일만 없다면 크게 부딪히고 넘어져도 상관없었다. 그러나 단지 재미를 위해 눈에 멍이 들고 코에서 피가 나는 어리석고 야만적인 행동은 절대 금지였다.

댄은 이런 규칙을 비웃으며 자기의 흥미진진한 무용담이나 싸움 이야기를 들려주었고, 이야기를 듣고는 정식 '권투' 시합을 해보고 싶다고 흥분하는 아이들도 있었다.

"아무에게도 말하지 않으면 어떻게 하는지 보여줄게."
댄은 아이들 대여섯 명을 헛간 뒤쪽으로 데려가 권투를 가르쳐주었고, 이 정도로도 아이들 대부분의 열망은 충분히 충족되었다. 하지만 에밀은 자기보다 어린 아이에게 맞는 걸 도저히 용납할 수 없었다. 이미 열네 살이 지난 데다가 겁이 없는 에밀은 댄에게 싸워보자고 했고, 댄은 즉시 도전을 받아들였다. 다른 아이들은 흥미진진하게 둘의 대결을 지켜보았다.

이런 일이 벌어지고 있다는 사실을 누가 집에 알렸는지는 아무도 몰랐다. 하지만 흥분해서 응원하는 아이들 사이에서 댄과 에밀이 불도그 두 마리처럼 싸우는 소동이 절정에 달했을 때, 바에르 교수가 성큼성큼 링 안으로 들어와 다부진 손으로 두 아이를 떨어뜨리고는 이제까지 들어본 적 없는 목소리로 말했다.

"이런 일은 용납할 수 없다, 애들아! 당장 그만두지 못해? 다시는 이런 일을 보고 싶지 않다. 난 싸움질하는 짐승들이 아니라 아이들을 가르치려고 학교를 운영하는 거야! 서로 얼굴을 보고 얼마나 창피한 일인지 느껴봐라."

"이거 놔줘요. 이 녀석을 다시 쓰러뜨릴 거예요." 댄은 목덜미를 잡힌 채 주먹을 계속 휘두르면서 소리쳤다.

"덤벼봐. 이리 오라고. 난 아직 진 게 아니야!" 두드려 맞고 다섯 번이나 쓰러졌으면서도 졌다는 걸 인정하기 싫은 에밀이 악을 썼다.

"저 둘은 검투, 그 뭐라고 하더라, 로마인들이 하는 거 같은 그거예요. 프리츠 이모부." 새로운 놀이에 흥분해서 평소보다 커다랗게 눈을 뜬 데미가 외쳤다.

"그래, 로마인들은 훌륭한 야만인이었지. 하지만 우리는 그때 이후로 무언가를 더 배워왔어. 우리 헛간을 원형 경기장으로 만들도록 내버려 둘 수는 없다. 누가 이런 짓을 하자고 했지?" 바에르 교수가 물었다.

"댄이 그랬어요." 몇몇 아이가 대답했다.

"이런 일은 해선 안 된다는 걸 몰랐던 거냐?"

"알고 있었어요." 댄은 퉁명스럽게 대꾸했다.

"그런데 왜 규칙을 어겼지?"

"애네들은 모두 겁쟁이니까요. 어떻게 싸우는 건지도 몰라요."

"에밀도 겁쟁이라고 생각한 거야? 전혀 그래 보이지 않는데." 바에르 교수는 두 아이를 서로 마주 보게 했다. 댄은 눈가에 멍이 들었고, 윗옷은 찢어져 있었다. 에밀의 얼굴도 입술이 터지고 코가 까져서 피투성이였고, 얻어맞은 이마에는 벌써 시퍼렇게 멍이 올라와 있었다. 하지만 에밀은 상처 따위는 아랑곳 않고 여전히 댄을 노려보며 씩씩거렸다.

"얘는 제대로 배우기만 하면 좋은 권투 선수가 될걸요." 댄이 말했다. 있는 힘을 다해 싸우게 만든 상대를 칭찬하지 않을 수는 없었다.

"머지않아 에밀도 펜싱이든 권투든 배우게 되겠지. 하지만 그때까진 싸우는 법은 배우지 않아도 된다고 생각한다. 가서 얼굴을 씻고 와라. 그리고 명심해라, 댄. 앞으로 한 번 더 규칙을 어긴다면 넌 여기 있을 수 없어. 처음 여기 왔을 때 그렇게 약속했지. 네가 약속을 지키면 우리도 그렇게 하마."

두 아이는 얼굴을 씻으러 갔다. 바에르 교수는 구경하던 아이들에게 몇 마디 타이른 뒤 어린 검투사들의 상처에 붕대를 감아주려고 뒤따라 나갔다. 에밀은 자러 갈 때까지도 온몸이 욱신거렸고, 댄은 일주일 가까이 얼굴에 상처가 남아 있었다.

그런데도 댄은 교수의 말을 따를 생각이 전혀 없었고, 얼마 지나지 않아 다시 규칙을 어겼다.

어느 토요일 오후, 함께 놀러 나온 아이들에게 토미가 말했다. "강 쪽으로 가서 새 낚싯대로 쓸 나무를 잘라 올까?"

"당나귀 토비를 데리고 가서 오는 길에 나무를 싣고 오자. 거기에 한 사람이 탈 수도 있고." 걷기 싫어하는 스터피가 제안했다.

"네가 타겠다는 거잖아. 그래 뭐, 서둘러. 게으름뱅이야." 댄이 말했다.

아이들이 낚싯대로 쓸 나뭇가지를 구해 집으로 돌아오는데, 긴 나뭇가지를 들고 토비에게 올라탄 토미를 보고 데미가 말했다.

"너, 그림에서 본 투우사 같아. 빨간 천을 들고 근사한 옷만 입으면 완벽할 거야." 안타깝게도 데미가 한 이 말이 이날 소동의 시작이었다.

"투우 경기 보고 싶다. 저기 풀밭에 늙은 소 버터컵이 있잖아. 걔한테 올라타, 토미. 버터컵이 달리는 걸 보고 싶어." 못된 장난을 생각해 낸 댄이 말했다.

"아니, 그러면 안 돼." 댄의 말이 위험하다는 생각이 든 데미가 말렸다.

"왜 그러지 말라는 거야. 그렇게 겁나?" 댄은 계속 고집했다.

"프리츠 이모부가 싫어하실 거야."

"투우 놀이를 하면 안 된다고 교수님이 말한 적 있어?"

"아니, 그런 말은 하신 적 없었지." 데미는 댄의 말을 인정할 수밖에 없었다.

"비밀로 하면 되잖아. 그냥 해보자, 토미. 저 늙어빠진 소에게 흔들 빨간 천도 있어. 소가 빨간 천을 보고 흥분하도록 내가 도와줄게." 새로운 놀이에 온통 마음을 빼앗긴 댄은 울타리를 넘어갔고, 나머지 아이들도 양 떼처럼 그 뒤를 쫓았다. 데미까지도 울타리에 걸터앉아 흥미롭게 그 놀이를 지켜보았다.

가엾은 버터컵은 기분이 좋지 않았다. 최근 송아지를 어디론가 떠나보낸 뒤, 어린 새끼를 잃은 일로 마음 깊이 슬퍼하고 있었기 때문이다. 지금 버터컵은 모든 인간을 적이라고 여기던 참이었다(사실 그건 당연했다). 그래서 투우사 토미가 끝에 빨간 손수건을 묶은 긴 막대기를 들고 버터컵을 향해 다가가자 버터컵은 머리를 쳐들고 "음매!" 하고 큰 소리로 부르짖었다. 토미는 씩씩하게 버터컵 쪽으로 토비를 몰았고, 오랜 친구 버터컵을 알아본 토비는 망설임 없이 다가갔다. 그러나 토미가 막대기로 버터컵의 등을 세게 내려치자 소나

당나귀나 모두 놀라 질색했다. 토비는 울음소리를 내며 뒤로 물러섰고, 버터컵은 앞으로 돌진하려는 듯이 화난 모습으로 뿔달린 머리를 숙였다.

"한 번 더 해봐, 토미. 버터컵은 무진장 화가 났어. 이번엔 더 멋질 거야!" 댄은 이렇게 소리치며 다른 막대기를 들고 버터컵 뒤로 다가갔고, 잭과 네드도 그를 따랐다.

버터컵은 아이들이 자신을 둘러싸고 터무니없는 짓을 벌인다는 걸 알고는 점점 더 당황해서 흥분을 가라앉히지 못하고 들판을 이리저리 뛰어다녔다. 어느 쪽을 쳐다봐도, 낯설고 기분 나쁜 막대기를 휘두르며 소리를 지르는 무서운 아이들이 둘러싸고 있었다. 아이들에게는 재미있는 놀이였지만, 버터컵에게는 실제로 닥친 고통이었다. 결국 버터컵은 인내심을 잃었고 상황은 예기치 않게 변했다. 오랜 친구 토비의 행동이 거슬렸는지 버터컵이 갑자기 방향을 바꾸어 힘껏 돌진한 것이다. 불쌍한 토비는 허둥지둥 뒷걸음질을 치다가 돌부리에 걸려 넘어졌고, 당나귀뿐 아니라 투우사와 아이들까지 모두 한 덩어리가 되어 망신스럽게 바닥에 굴렀다. 미친 듯이 날뛰던 버터컵은 그 사이 울타리를 뛰어넘어, 맹렬한 기세로 달려가 길 쪽으로 사라졌다.

"잡아. 막아야 해! 뛰어가, 얘들아. 빨리!" 댄은 전속력으로 버터컵을 쫓아 달리면서 외쳤다. 버터컵은 바에르 교수가 아끼는 올더니종 젖소였고, 무슨 일이 생기면 자기도 끝장이라는 생각에 덜컥 겁이 났다. 마구 달리고 뒤쫓고 고함친 끝에 간신히 버터컵을 잡았지만 막대기는 어딘가에 떨어졌고, 당나귀 토비는 너무 달려서 다리가 후들거렸다. 아이들 모두 겁에 질린 채 벌게진 얼굴로 깊은 숨을 몰아쉬었다. 불쌍한 버터컵은 너무 오래 달려 기운이 다 빠진 채 꽃밭에 숨어 있었다. 댄은 고삐로 쓸 밧줄을 찾아 버터컵을 집으로 끌고 갔고, 그제야 정신이 든 작은 신사들이 무리를 지어 그 뒤를 따랐다. 소는 끔찍한 모습이었다. 울타리를 뛰어넘을 때 앞발을 삐어 절룩거렸고, 눈에는 핏발이 선 데다, 윤기 나던 털은 진흙투성이였다.

"이번에는 진짜 혼날 거야, 댄." 낑낑거리는 당나귀와 끔찍한 일을 겪은 소와 나란히 걸으면서 토미가 말했다.

"너도 혼날 거야. 너도 같이 했잖아."

"다들 마찬가지야. 데미만 빼고." 잭이 덧붙였다.

"데미가 처음 투우사 얘기를 했어." 네드가 말했다.

"난 하지 말라고 했잖아!" 불쌍한 버터컵을 보고 가슴이 찢어지는 것 같았던 데미가 소리쳤다.

"바에르 교수님이 날 쫓아낼지도 몰라. 뭐, 그래도 상관없어." 댄은 이렇게 중얼거렸지만, 말과는 달리 걱정스러운 표정이었다.

"댄을 쫓아내지 말라고 다 같이 부탁하자." 데미의 말에 스터피를 뺀 모두가 찬성했다. 스터피는 한 사람이 대표로 벌을 받았으면 좋겠다고 생각하던 터였다. 댄은 "내 걱정은 하지 마." 하고 말했지만 자기를 감싸주던 아이들을 잊지 않았다. 이후에도 뭔가 재미있어 보이는 일로 아이들을 잘못된 길에 빠지게 만들곤 했지만 말이다.

바에르 교수는 버터컵의 모습을 보고 무슨 일이 있었는지 들으면서도 거의 말을 하지 않았다. 인내심이 한계를 넘어서면 너무 심한 말을 하게 될까 봐 조심하는 듯했다. 교수는 버터컵을 외양간으로 데리고 가서 쉬게 해주고, 다들 저녁 식사 때까지 방에서 꼼짝하지 말라고 말했다. 방 안에 있는 짧은 시간 동안 아이들은 이 문제를 곰곰이 되씹으면서 무슨 벌을 받게 될지, 댄을 어디로 쫓아내려는 건 아닌지 걱정했다. 댄은 자기 방에서 휘파람을 불어대면서 자기가 신경 쓰고 있다는 사실을 들키지 않으려고 애썼다. 하지만 자신에게 어떤 운명이 다가올지 기다리는 동안, 플럼필드에 있고 싶다는 소망이 점점 더 커지는 걸 느꼈다. 여기서 누린 편안함과 친절함을 다른 곳에서 겪던 고생이나 냉대와 비교해 본 것이다. 댄은 모두가 자신을 도와주려 한다는 걸 알았고, 마음속 깊은 곳에서는 이를 고맙게 여겼다. 하지만 이제까지의 거친 삶 때문에, 매정하고 경솔하고 의심 많고 제멋대로인

153

아이가 되어버렸다. 어떤 경우에도 속박받고 싶지 않았고, 야생동물처럼 그런 속박에 반항했다. 그 속박이 호의에서 나왔다는 사실을 알고 자신에게 도움이 된다고 어렴풋이 느낄 때조차도 그랬다. 댄은 자신이 다시 떠돌이 신세가 될 거라고 생각했고, 여태껏 그렇게 살아왔듯 거리를 헤매며 살기로 마음먹었다. 이런 생각을 하면서 댄은 검은 눈썹을 찌푸리고 아늑한 작은 방을 둘러보았다. 누군가 이런 댄의 모습을 보았다면, 바에르 교수보다 훨씬 엄격한 사람이라도 이 아이를 쫓아내셨다는 마음을 접었을 것이다. 하지만 이런 표정은 교수가 방으로 들어오자 곧 사라졌다. 바에르 교수는 언제나처럼 진지하게 말했다.

"자초지종은 다 들었다, 댄. 또 규칙을 어겼구나. 그래도 한 번 더 기회를 줄 생각이다. 조 선생님이 부탁했거든."

뜻밖의 말에 댄은 이마까지 새빨개졌다. 그렇지만 평소처럼 불퉁스럽게 말했다.

"투우를 하면 안 된다는 규칙이 있는지는 몰랐어요."

"플럼필드에서 그런 일이 일어나리라고는 생각도 안 했으니 그런 규칙은 만들지 않았던 거지." 바에르 교수는 댄의 변명을 듣고 자기도 모르게 웃음을 지으면서 대답했다. 그러나 다시 진지한 목소리로 덧붙였다. "하지만 몇 안 되는 우리 학교 규칙 중에선 이곳에서 키우는 말 못 하는 동물들을 잘 보살펴 준다는 약속이 가장 중요해. 여기에서는 사람이든 동물이든 행복했으면 좋겠다. 나는 네가 다른 아이들보다 동물에게 더 친절하다고 말하곤 했어. 조 선생님은 그런 네 모습을 좋아했지. 그런 면이 네 선량한 마음을 보여준다고 생각했기 때문이야. 그런데 넌 바로 그 점에서 우리를 실망시켰어. 네가 거의 우리 가족이 되었다고 생각했기 때문에 이번 일이 무척이나 안타깝구나. 어때, 다시 한번 노력해 볼까?"

댄의 눈은 마룻바닥을 향했고, 손은 교수가 들어왔을 때부터 깎고 있던 나뭇가지를 불안한 듯 만지작거렸다. 하지만 교수가 친절한 목소리로 묻자, 얼른 고개를 들고는 지금까지 써본 적이 없는 공손한 말투로 대답했다.

"네, 정말 고맙습니다."

"좋아, 그럼 이제 더는 이야기하지 말자. 다만 내일 다른 애들이 산책을 갈 때 너는 빠지도록 해라. 그리고 버터컵이 다시 좋아질 때까지 너희들 모두가 잘 보살펴 주어야 한다."

"네, 그럴게요."

"자, 내려가서 저녁을 먹자. 최선을 다해야 한다, 애야. 우리를 위해서라기보다는 너 자신을 위해서 그래야 하는 거란다." 바에르 교수는 이렇게 말하고는 댄과 악수를 했다. 얌전해진 댄은 아래층으로 내려갔다. 에이셔는 댄을 채찍으로 세게 때려주어야 한다고 강력히 주장했지만, 오히려 교수의 이런 친절 덕에 댄은 얌전해져서 아래층으로 내려갔다.

하루 이틀 정도는 댄도 최선을 다해 노력했다. 하지만 익숙하지 않은 일에 금세 질려버린 댄은, 제멋대로인 모습으로 되돌아가고 말았다. 어느 날, 바에르 교수가 볼일 때문에 집을 비우자 수업을 듣지 않게 된 아이들은 다들 잠자리에 들기 전까지 실컷 놀았다. 취침 시간이 되자 대부분은 침대에 들어가 겨울잠을 자는 다람쥐처럼 곯아떨어졌는데, 댄의 머릿속에 계획이 하나 떠올랐다. 냇과 단둘이 남게 되자 댄은 이 계획을 꺼내놓았다.

"이것 좀 봐!" 댄은 침대 밑에서 술병과 담배, 그리고 카드 한 벌을 꺼냈다. "이걸로 좀 놀아보자. 마을에 있을 때 사람들이랑 논 것처럼 해보는 거야. 맥주도 있어. 역에서 어느 할아버지한테 얻었지. 담배도 있고. 너 카드놀이할 돈 있잖아. 아니면 토미가 돈을 내도 돼. 그 녀석은 돈이 많잖아. 난 한 푼도 없지만. 가서 걔를 불러올게. 아니, 네가 가는 게 낫겠다. 그게 더 눈에 안 띌 테니까."

"그러면 어른들한테 혼날 거야" 냇이 말했다.

"안 들키면 되지. 바에르 교수님은 집에 없고, 조 선생님은 테드를 돌보느라 바빠. 테드가 감기에 걸려서 곁을 떠날 수 없거든. 그렇게 늦게까지 놀지도 않을 거고, 아무 소리도 안 낼 거야. 그러면 아무 문제 없잖아?"

"램프를 오래 켜놓으면 에이셔 아주머니가 알아차릴 텐데. 늘 그랬거든."

"아니, 모를 거야. 일부러 어두운 등을 준비했어. 저 정도면 별로 밝지도 않고, 누가 오는 소리가 들리면 빨리 뚜껑을 닫아버리면 돼." 댄이 말했다.

냇은 이 생각이 멋지게 느껴졌고, 앞으로 하려는 일이 뭔가 소설 같다는 기분도 들었다. 냇은 토미를 부르러 나가려다 말고 다시 머리를 들이밀었다.

"데미도 부를까, 어때?"

"아니, 그러지 마. 네가 오라고 하면 데미는 목사님같이 눈을 부릅뜨고 설교나 할걸? 걔는 자고 있을 테니까, 토미한테만 살짝 눈짓을 하고 바로 돌아와."

냇은 그대로 따랐고, 금방 토미를 데리고 돌아왔다. 토미는 옷도 제대로 갖춰 입지 않고 흐트러진 머리에 졸린 얼굴이었지만, 재미있는 일에는 늘 준비가 되어 있었다.

"자, 조용히 좀 해봐. 이제 '포커'라고 부르는 최고급 놀이를 가르쳐줄게." 세 도박꾼이 탁자 주위에 앉자 댄이 말했다. 탁자에는 술병, 담배, 그리고 카드가 놓여 있었다. "먼저 술을 한 잔 마시고 이 '연초'를 한 모금 피운 다음에, 카드놀이를 하는 거야. 이게 바로 남자들의 방식이지. 아주 근사하지 않아?"

맥주를 잔에 따랐고, 세 아이는 쩝쩝 입맛을 다셨다. 냇과 토미는 이 쓰디쓴 것이 맛있다고 생각하지는 않지만 내색하지 않았다. 담배는 더 끔찍했는데, 피우지 않겠다고는 말하지 못했다. 어지럽고 숨이 막힐 때까지 뻐끔거리다가는 옆 사람에게 '잎담배'를 전해주었다. 댄은 담배를 좋아했다. 종종 주위의 저속한 아저씨들 흉내를 내며 자유롭게 생활하던 예전 기억을 떠오르게 해주었기 때문이다. 댄은 술을 마시고 담배를 피우면서 거들먹거렸다. 그러다가 자기가 흉내 내던 모습에 빠져들었고, 누가 듣지 않을까 숨죽이며 작은 소리로 욕을 해대기 시작했다. "그러면 안 돼. '망할!'은 나쁜 말이야." 이전까지는 댄의 말을 따르던 토미가 소리쳤다.

"이런 젠장! 설교는 그만하고 계속 놀자고. 욕도 이 놀이의 일부야."

"그럼 난 '벼락 맞을 거북이'라고 말할래." 토미는 자기가 재미있는 욕을 만들었다고 자랑스러워하면서 말했다.

"나는 '악마'라고 말할 거야. 발음이 좋잖아." 댄의 거친 태도에 신이 난 냇이 말했다.

댄은 둘의 '헛소리'를 비웃었다. 그러고는 새 게임을 가르쳐주면서 대담하게 욕설을 퍼부었다.

하지만 토미는 너무 졸렸고, 냇은 술과 담배 때문에 머리가 아팠다. 두 사람 다 게임 규칙을 빨리 배우지 못해서 카드 게임이 제대로 이어지지 않았다. 램프가 제대로 타지 않아서 방은 앞이 잘 보이지 않을 정도로 어두웠다. 바로 옆 창고 방에서 사일러스가 자고 있었기 때문에, 세 도박꾼은 크게 웃을 수도, 돌아다닐 수도 없었다. 새로 하게 된 카드놀이가 재미없어질 때쯤, 카드패를 돌리던 댄이 갑자기 멈추더니 "누가 왔어."라고 낮은 목소리로 말하면서 등 뚜껑을 재빨리 덮었다. 어둠 속에서 조금 떨리는 목소리가 들렸다. "토미가 없어졌어요." 그러고는 맨발로 빠르게 뛰어가는 소리가 복도에서 안채 쪽으로 났다.

"데미 녀석이야! 누굴 부르러 갔네. 침대로 돌아가, 토미. 그리고 한마디도 하지 마!" 댄은 놀았던 흔적을 서둘러 치우고는 잡아 찢듯이 옷을 벗으면서 소리쳤다. 냇도 댄을 따라 그대로 했다.

토미는 방으로 날듯이 돌아가서 침대로 뛰어들었다. 침대에 누워서 킥킥대던 토미는 손에서 뭔가 타고 있는 걸 알아차렸다. 아이들과 놀면서 피우던 담배를 아직 손에 들고 있었던 것이다.

조심스럽게 끄려는데 갑자기 홈멜 아주머니 목소리가 들리자, 토미는 침대에 숨기면 들키겠다 싶어 담배를 침대 밑에 던져버렸다.

홈멜 아주머니가 데미와 같이 방으로 들어왔다. 데미는

시뻘건 얼굴로 얌전하게 베개를 베고 누운 토미를 보고 깜짝 놀라며 말했다.

"토미는 조금 전까지 여기 없었어요. 아까 일어났을 때 아무 데도 없었어요."

"이번에는 무슨 장난을 했니, 이 개구쟁이야?" 아주머니는 토미를 부드럽게 흔들었다. 그러자 토미도 어쩔 수 없이 눈을 뜨고는 얌전하게 대답했다.

"그냥 볼일이 있어서 냇 방에 다녀왔을 뿐이에요. 이제 그만 가보세요. 졸려 죽겠어요." 아주머니는 데미를 침대에 눕히고 옆방을 살펴보러 갔다. 그러나 댄의 방에서도 두 아이가 새근새근 자는 모습만 보였다. '장난을 좀 쳤나 보네.' 아주머니는 그렇게 생각했다. 조 선생님에게 알릴 만큼 문제가 될 것은 없는 듯했다. 어린 테드를 돌보느라 정신이 없는 조는 이곳 일까지 살필 여유가 없을 터였다.

잠이 쏟아진 토미는 데미에게 자기 일에 참견하지 말고 아무것도 묻지 말라고 하고는, 침대 밑에서 무슨 일이 일어나는지는 꿈에도 모른 채 10분도 되지 않아 코를 골기 시작했다. 불행히도 담배는 다 꺼진 게 아니었다. 짚 깔개에서 연기가 조금 나더니 타오르기 시작한 작은 불꽃은 금세 퍼져 침대 커버에 옮겨 붙었고, 이어서 이불과 침대까지 불이 번졌다. 토미는 맥주 때문에 깊이 잠들었고, 데미는 연기 때문에 정신을 잃는 바람에 몸이 델 지경이 될 때까지 깨어나지 않았다. 타 죽기 일보직전의 상황이었다.

그때, 공부를 하느라 늦게까지 깨어 있던 프란츠가 교실에서 나오다가 타는 냄새를 맡고는 곧장 2층으로 뛰어올라갔고, 복도 왼쪽 방에서 새어 나오는 연기를 발견했다. 그는 다른 사람을 부르기에 앞서 쏜살같이 방으로 뛰어들어 가 불타는 침대에서 아이들을 끌어 내리고는, 손에 잡히는 대로 방 안에 있는 물을 불에 끼얹었다. 하지만 완전히 불길을 잡는 데는 역부족이었다. 잠에서 깬 아이들은 차가운 복도에서 허둥대며 큰 소리로 울기 시작했다. 그 소리에 조가 달려왔고, 곧이어 사일러스가 방에서 뛰어나와 온 집 안을 뒤흔들 만큼 큰 소리로 "불이야!" 하고 소리쳤다. 하얀 잠옷을 입은 아이들이 공포에 질려 갈팡질팡하며 겁먹은 얼굴로 복도에 몰려들었다. 조는 곧 정신을 차리고는 훔멜 아주머니에게 화상 입은 아이들을 살펴보라 하고, 프란츠와 사일러스에게는 아래층으로 가서 젖은 옷가지가 든 통을 가져오게 해 옷가지로 침대와 깔개를 덮고 커튼 쪽에도 던졌다. 이제 막 커튼에 불이 붙어 벽으로 옮겨 가려던 참이었다.

아이들 대부분은 아무 말도 못 하고 겁에 질려 보고만 있었지만, 댄과 에밀은 욕실에서 물을 가져와 이리저리 뛰어다니고 불붙은 커튼을 끌어 내리도록 도왔다.

위험은 곧 사라졌다. 조는 아이들을 모두 침대로 돌려보내고 사일러스에게는 불이 다시 번지지 않는지 남아서 지켜보라 하고는, 프란츠와 함께 불쌍한 두 아이를 보러 갔다. 데미는 한 군데 화상을 입고 심하게 겁을 먹긴 했어도 무사히 위기를 벗어났다. 하지만 토미는 머리카락이 거의 다 타버렸을 뿐만 아니라 팔도 많이 덴 바람에 고통스러워서 반쯤은 정신이 나가 있었다. 데미가 안정을 찾자 프란츠가 자기 침대로 데려가 침대 맡에서 마치 엄마처럼 편안하게 달래주고, 잠이 들도록 자장가도 불러주었다. 홈멜 아주머니는 밤새 불쌍한 토미를 간호하며 고통을 덜어주려고 애썼다. 조는 기름과 솜, 진통제와 거담제(가래를 제거하는 약물-옮긴이)를 가지고 토미와 어린 테드 사이를 오갔고, 어이없다는 듯이 웃다가 이따금씩 혼잣말을 했다. "토미가 언젠가는 집에 불을 낼 줄 알았다니까!"

다음 날 아침 바에르 교수가 돌아왔을 때, 집 상태는 참담했다. 토미는 침대에 누워 있었고, 테드는 숨 쉬기가 어려워 쌕쌕거렸다. 조는 거의 탈진한 듯했다. 아이들은 완전히 흥분해 한꺼번에 떠들어댔고, 불탄 흔적을 보여주려고 교수를 이리저리 끌고 다녔다. 바에르 교수는 침착하게 대처했고, 모든 것은 금방 원래대로 돌아왔다. 다들 바에르 교수라면 이런 화재가 아무리 여러 번 나더라도 다 해결하리라 생각했고,

그런 교수가 시킨 일이니 뭐든 열심히 했다.

그날은 아침 수업을 할 수 없었지만, 오후가 되자 불이 난 방도 정리되었고 다친 아이들 상태도 나아졌다. 마침내 이 일을 저지른 아이들의 이야기를 듣고 어떤 벌을 줘야 할지 생각할 여유가 생겼다. 냇과 토미는 자신들이 어떤 잘못을 했는지 털어놓았고, 소중한 집과 이곳에 사는 모든 이들을 위험에 빠뜨린 일에 대해 진심으로 사과했다. 그러나 댄은 여전히 악마 같은 표정을 지으며 자기가 큰 피해를 줬다는 사실을 인정하려 들지 않았다.

바에르 교수는 술, 도박, 욕설을 무엇보다 싫어했다. 아이들이 자기를 따라 피울까 봐 담배도 끊었다. 교수는 다른 아이들을 대할 때보다 댄의 행동을 훨씬 더 많이 참아주었음에도 댄은 교수가 집에 없는 틈을 타 술, 도박, 욕설, 흡연처럼 금지된 여러 옳지 못한 행동을 가르쳤고, 이곳 천진난만한 아이들에게 이런 잘못된 행동에 몰두하는 일이 남자답고 재미있다는 생각을 불어넣기까지 했다. 교수는 이 아이가 한 일들을 생각하면서 마음 깊이 슬픔과 분노를 느꼈다. 학생들을 모아놓고 오랫동안 진심 어린 이야기를 하던 그는 단호한 말투로 말을 맺었다.

"토미는 충분히 벌을 받았다고 생각한다. 팔에 남은 흉터는 이런 일을 해서는 안 된다고 오래도록 잊지 않게 해줄 거야. 무서운 일을 당한 기억은 앞으로 냇에게 도움이 되겠지. 냇은 진심으로 뉘우치고 이제는 내 말을 따르겠다고 했으니 말이다. 하지만 댄, 너는 여러 번 용서받았지만 아무 소용이 없었어. 네가 우리 아이들에게 나쁜 영향을 끼치게 둘 수는 없다. 내 말을 듣지 않는 네게 내 시간을 낭비하고 싶지도 않아. 그러니 모두에게 작별 인사를 하고 훔멜 아주머니에게 가서 내 작은 검정 가방에 네 짐을 다 챙겨달라고 하려무나."

"선생님, 댄은 여기를 떠나는 거예요?" 냇이 울먹이며 말했다.

"댄은 시골에 있는 쾌적한 곳으로 가게 될 거야. 여기서 잘 지내지 못하는 아이들이 가는 곳이지. 페이지 씨는 친절한 분이란다. 댄이 최선을 다하기로 마음먹는다면 그곳에서 행복하게 지낼 수 있을 거야."

"나중에 여기 다시 올 수 있어요?" 데미가 물었다.

"그건 댄에게 달렸단다. 나도 댄이 다시 왔으면 좋겠다."

바에르 교수는 이렇게 말하고는 페이지 씨에게 편지를 쓰려고 방에서 나갔고, 아이들은 낯선 땅으로 길고 위험한 여행을 떠나는 친구 댄 주위에 모여들었다.

"너 거기 가도 괜찮겠어?" 잭이 입을 열었다.

"싫으면 딴 데 가버리지, 뭐." 댄은 쌀쌀맞게 대꾸했다.

"어디 가려고?" 냇이 물었다.

"바다로 갈 수도 있고, 서부로 갈 수도 있고. 캘리포니아에 가도 돼." 댄은 어린아이들이 멈칫할 만큼 무관심해 보이는 태도로 대답했다.

"그러지 마! 페이지 선생님네 좀 있다가 여기로 다시 와. 그렇게 해, 댄." 이 모든 일로 큰 상처를 받은 냇이 간절하게 말했다.

"어디로 가든 언제까지 있든 아무 상관 없어. 여기 다시 오느니 죽어버리는 게 나아." 댄은 홧김에 말을 내뱉고는 자기 물건을 챙기러 방으로 올라갔다. 댄의 물건은 모두 바에르 교수에게 받은 것뿐이었다.

댄이 아이들에게 한 작별 인사는 이게 다였다. 댄이 다시 내려왔을 때 아이들은 이 사건에 대해 의논하느라 헛간에 모여 있었고, 댄은 냇에게 다른 아이들을 굳이 부르지 말라고 했다. 현관에 마차가 도착했고, 조가 댄에게 작별 인사를 하러 나왔다. 참담한 표정을 한 조의 얼굴을 보자 댄은 마음이 울적해져 낮은 목소리로 말했다.

"테드한테 작별 인사 해도 되나요?"

"그럼. 들어가서 입을 맞춰주렴. 네가 떠나고 나면 테드는 대니 형을 많이 찾을 거야."

테드의 작은 얼굴은 댄을 보자마자 환하게 밝아졌다. 테드에게 입을 맞추는 동안 댄은 조가 애써 호소하듯 말하는 소리를 들었다.

"저 불쌍한 아이에게 한 번 더 기회를 줄 수 없을까요, 프리츠?" 그러자 바에르 교수는 언제나처럼 흔들림 없는 목소리로 대답했다.

"여보, 그건 최선이 아니에요. 자기에게 잘해주는 아이들에게 피해를 줄 수 없는 곳으로 댄을 보내야 해요. 그리고 머지않아 돌아오게 될 거예요. 약속해요."

"우리가 실패한 건 그 아이뿐이잖아요. 너무 안타까워 그래요. 결점은 많지만 그 아이에게는 좋은 사람이 될 가능성이 있다고 생각해요."

댄은 조가 한숨 쉬는 소리를 들었다. 한 번만 더 기회를 달라고 부탁하고 싶었지만, 자존심이 허락하지 않았다. 그래서 무뚝뚝한 얼굴로 아무 말 없이 악수하고는 바에르 교수와 함께 마차에 올라탔다. 냇과 조가 눈물을 글썽이며 댄을 배웅했다.

며칠 지나 댄이 잘 지낸다는 소식을 알리는 페이지 씨의 편지가 왔고, 모두 이 소식에 기뻐했다. 그런데 3주가 지난 뒤 또다시 도착한 편지에는 댄이 도망갔고 어디로 갔는지 아무도 모른다는 소식이 적혀 있었다. 모두 심각한 표정이 되었고, 바에르 교수는 이렇게 말했다. "그 아이에게 다시 한번 기회를 줬어야 했던 것 같군요."

하지만 조는 무슨 생각이 있는 듯 고개를 끄덕이면서 대답했다. "걱정 안 해도 돼요, 프리츠. 그 아이는 우리에게 돌아올 거예요. 틀림없어요."

하지만 여러 날이 지나도 댄은 돌아오지 않았다.

천방지축 낸

"프리츠, 좋은 생각이 떠올랐어요." 어느 날 조는 수업이 끝난 뒤 남편을 보자 이렇게 외쳤다.

"그래요. 여보, 무슨 생각인가요?" 바에르 교수는 조가 언제 또 새로운 계획을 이야기할까 항상 고대했다. 조의 계획은 대개는 꽤 괜찮은 편이었지만, 가끔은 너무 엉뚱해서 웃음을 참을 수 없었기 때문이다. 그는 조의 계획을 기쁜 마음으로 실행에 옮기곤 했다.

"데이지에게는 동성 친구가 필요해요. 여자아이가 한 명 더 있으면 남자아이들에게도 좋을 테고요. 당신도 알다시피 우리는 남자아이와 여자아이를 함께 키우는 게 좋다고 생각 했죠. 지금이 우리 믿음을 실천하기에 가장 좋은 때예요. 남자아이들은 데이지를 귀여워하다가 못살게 굴었다가 해요. 그래서 데이지도 버릇이 나빠지고요. 남자아이들은 점잖은

168

태도를 배우고 더 예의 바르게 행동해야 해요. 여자아이들과 함께 지내면 다른 방법을 쓰는 것보다 훨씬 더 나을 거예요."

"당신 말이 맞아요. 언제나 그렇죠. 그럼 누굴 데려올까요?" 바에르 교수는 조의 눈빛을 보고는 이미 데려올 아이를 생각해 뒀구나 싶어 물었다.

"애니 하딩요."

"맙소사, 아이들이 '천방지축 낸'이라고 부르는 그 아이요?" 바에르 교수는 뜻밖이라는 표정으로 말했다.

"맞아요. 낸은 엄마가 돌아가신 후로 집에서 제멋대로 자라고 있죠. 하인들이 돌보면서 응석받이가 되었지만, 똑똑한 아이라 그대로 두기에는 아까워요. 얼마 전부터 그 아이를 주의 깊게 지켜보았어요. 며칠 전 거리에서 그 애 아버지를 만났는데, 왜 학교에 보내지 않는지 물었더니 우리 학교만큼 좋은 학교가 있으면 기꺼이 보낼 거라고 했어요. 플럼필드에서 낸을 받아주면 기뻐할 거예요. 오늘 오후에 그 집에 가서 이야기해 보면 어떨까 싶어요."

"사랑하는 조, 지금도 고생스럽지 않나요? 굳이 그 꼬마 집시까지 당신을 괴롭히도록 할 것까지는 없을 텐데." 바에르 교수는 자기 팔에 얹은 조의 손을 토닥이며 물었다.

"아, 여보. 아니에요." 조는 힘차게 대답했다. "난 여기 일이 좋아요. 우리 아이들과 함께 지내는 것보다 더 행복한 일은 없었어요. 그런데 프리츠, 낸이라는 아이에게 무척 마음이 쓰여요. 나도 어릴 때 그런 천방지축이었으니까 그 아이가 어떤지 알아요. 낸은 기운이 넘치는 아이예요. 넘치는 기운을 어떻게 해야 하는지 배우면 데이지처럼 멋진 아이가 될 거예요. 똑똑한 아이니까 제대로 이끌어주면 공부도 좋아하게 되겠죠. 지금은 영악한 면이 있지만, 금방 활기차고 행복해질 거예요. 난 그 아이를 어떻게 다루어야 하는지 알아요. 고마우신 우리 어머니가 나에게 어떻게 대하셨는지 기억하니까요. 그리고……."

"장모님의 반만큼만 성공해도 굉장한 일을 이루는 거예요." 바에르 교수는 조의 말을 가로막았다. 조가 세상에서 가장 뛰어나고 매력적이라고 굳게 믿으면서도 이런 식으로 놀리곤 했다.

"이런, 내 계획을 놀린다면 일주일 동안 맛없는 커피만 주겠어요. 자, 어떻게 하시겠습니까, 교수님?" 조는 아이들을 대하듯 남편의 귀를 잡아당기면서 큰 소리로 말했다.

"낸이 난폭하게 행동해서 데이지가 겁먹고 얼어붙지는 않을까요?" 바에르 교수가 물었다. 마침 그때 테드는 바에르 교수의 가슴 쪽으로, 로브는 등 쪽으로 기어오르려 하고 있었다. 두 아이는 항상 수업이 끝나면 아버지에게 달려오곤 했다.

"처음엔 그렇겠죠. 하지만 데이지에게도 도움이 될 거예요. 그 아이는 점점 더 고지식한 부인처럼 되어가니 활기를 불어넣을 필요가 있어요. 낸이 여기 올 때면 데이지는 낸과 재미있게 놀아요. 두 아이는 자신들도 모르는 사이에 서로에게 도움이 되겠죠. 정말이지, 아이들이 서로에게 얼마나 많은 영향을 주는지, 언제 함께 지내도록 해야 하는지를 아는 게 교육의 절반은 될 거예요."

"난 그저 그 아이가 지난번 아이처럼 소동을 일으키지 않았으면 좋겠다는 생각뿐이에요."

"불쌍한 댄! 그 아이를 내보낸 게 정말 후회스러워요." 조는 한숨을 쉬었다.

댄이라는 이름이 들리자, 형아를 잊지 않았던 아기 테드는 낑낑거리며 아버지 팔에서 내려와 종종거리며 문가로 가더니, 햇볕이 내리쬐는 마당을 슬픈 얼굴로 열심히 두리번거리고는 다시 총총거리며 돌아왔다. 그러고는 간절한 기대가 무너질 때마다 하던 말을 했다.

"대니 형아 금방 와."

"그 애를 데리고 있었어야 했다고 진심으로 생각해요. 테드를 위해서라도 말이죠. 테드는 그 애를 정말 좋아했어요. 아기의 사랑이, 우리가 하지 못한 일을 그 애에게 해줬을지도 몰라요."

"나도 그렇게 생각한 적이 있어요. 하지만 다른 아이들 마음까지 흔들고 온 집 안을 태울 뻔했으니, 그런 소동을 일으키는 아이라면 다른 곳으로 보내는 게 더 안전하다고 생각한 거죠. 한동안은 말이에요." 바에르 교수가 말했다.

"저녁 준비가 됐어요. 제가 종을 칠래요." 로브는 아무 말도 안 들릴 정도로 시끄럽게, 악기라도 연주하듯 종을 치기 시작했다.

"그럼 낸을 데리고 와도 되겠죠?" 조가 물었다.

"원한다면 낸 같은 아이 열댓 명을 데리고 와도 괜찮아요, 여보." 바에르 교수가 대답했다. 교수는 아무도 돌보지 않는, 전 세계 버릇없는 아이 모두를 품을 수 있는 아버지다운 마음을 가진 사람이었다.

그날 오후, 조를 태운 마차가 집 앞에 섰을 때였다. 열 살쯤 된 작은 여자아이가 마차에서 뛰어내리고는 소리를 지르면서 집 안으로 달려갔다.

"안녕, 데이지! 너 어디 있어?"

데이지는 자기를 찾아온 손님을 보고 기쁜 얼굴이기는 했지만, 낸이 잠시도 가만있지 못하고 깡충거리면서 이렇게 말하자 조금 놀란 모양이었다. "나, 계속 여기 있게 됐어. 아빠가 괜찮다고 했어. 짐은 내일 올 거야. 옷도 빨고 정리해야 하거든. 너네 이모가 나를 데려왔어. 정말 재밌지 않아?"

"어, 그래. 네 큰 인형 가져왔어?" 데이지는 낸이 지난번에 와서는 인형 집을 부수고 블랑슈 마틸다 인형의 석고로 된 얼굴을 씻겨주겠다고 고집을 부려 가엾은 인형의 얼굴을 영영 망쳐놓았기 때문에 낸이 자기 인형을 가지고 왔으면 좋겠다고 생각하며 물었다.

"응, 어디 있을 거야." 낸은 인형 따위 상관없다는 듯 무심한 얼굴로 대답했다. "오면서 너 주려고 반지 만들었어. 말의 꼬리털을 뽑아서 만든 거야. 갖고 싶어?" 지난번에 데이지와 다툰 뒤 다시는 서로 말을 하지 않겠다고 맹세한 일 때문에 낸은 우정의 표시로 말총 반지를 건넨 것이다.

데이지는 예쁜 선물에 행복했고, 점점 더 낸이 반가운 마음이 들어 자기 방으로 함께 가자고 했지만, 낸은 "아니, 난 남자애들 보러 갈래. 그리고 헛간도."라고 말하면서 달려 나갔다. 낸의 모자 끈은 한쪽이 끊어져서 대롱거리다가, 결국에는 마당에 나뒹굴었다.

"안녕! 낸!" 남자아이들이 소리치자, 낸은 아이들 사이로 뛰어들면서 말했다.

"나, 여기 있게 됐어."

"만세!" 담장 위에 앉아 있던 토미가 소리를 질렀다. 낸은 자기와 성격이 비슷한 데다, 앞으로 '장난거리'도 많아질 것 같았기 때문이다.

"나도 공놀이할 수 있어. 같이 하자." 낸이 말했다. 낸은 뭐든 금방 잘했고, 심하게 부딪치는 것도 두려워하지 않았다.

"다 끝났어. 그리고 우리 편은 너 없어도 이겨."

"하지만 달리기라면 내가 최고야." 낸은 자신 있는 종목으로 응수했다.

"진짜야?" 냇이 잭에게 물었다.

"여자애치고는 잘 달려." 잭은 낸을 내려다보면서 선심 쓰듯이 대답했다.

"해볼래?" 자기 실력을 보여주고 싶어 안달이 난 낸이 말했다.

"너무 더워." 토미는 꽤 지쳤는지 담에 기대어 축 늘어져 있었다.

"스터피는 왜 그래?" 아이들 얼굴을 재빨리 둘러보던 낸이 물었다.

"공에 맞아서 손을 다쳤어. 쟤는 무슨 일에든 운다니까." 잭이 비웃으며 대답했다.

"난 안 그래, 절대로 울지 않아. 아무리 많이 다쳐도 말이야. 아기나 그러는 거지." 낸이 거만하게 말했다.

"쳇! 2분이면 널 울게 할 수 있어." 스터피가 반격했다.

"어디 해보시지?"

"그럼 가서 쐐기풀 한 움큼 뜯어서 와봐." 스터피는 담장 옆에 자란, 억세 보이는 가시투성이 풀을 가리켰다.

낸은 곧바로 쐐기풀을 잡아 뽑고는, 참을 수 없을 만큼 아픈데도 보란 듯이 태연한 얼굴로 손에 꼭 쥐었다.

"와, 끝내준다." 여자는 남자보다 약하다고 생각한 아이들은 낸의 용기에 감탄해 소리쳤다.

낸보다 더 안달이 난 스터피는 어떻게든 낸을 울려야겠다 싶어 빈정거리며 말했다.

"넌 아무 데나 손을 찔러대니까 그건 별거 아냐. 가서 헛간을 들이받아 봐. 그래도 울지 않나 어디 보자."

"그만해." 잔인한 일을 싫어하는 냇이 말렸다.

하지만 낸은 곧장 헛간으로 쏜살같이 달려가 힘껏 들이받았다. 망치가 성문을 때려 부수듯 요란한 소리가 나면서 낸은 바닥에 널브러졌다. 낸은 어지러웠지만 비틀거리며 일어났고, 아파서 일그러진 얼굴로 씩씩하게 말했다.

"아파도 난 울지 않아."

"한 번 더 해 봐." 스터피는 화가 나서 말했다. 낸이 다시 달려들려 하자 냇이 붙잡았다. 토미는 더위도 잊은 채 작은 싸움닭처럼 스터피에게 달려들면서 고함을 질렀다.

"그만둬, 안 그러면 널 헛간에 던져버릴 거야!" 그러고는 스터피를 잡아 흔들었고, 스터피는 당황해서 어쩔 줄 몰라 했다.

"낸이 한다고 그런 거라고." 토미가 둬주었어도 스터피는 이 말밖에 할 수 없었다.

"낸이 뭐라고 했든 상관없어. 어린 여자애를 못살게 구는 건 비겁해." 데미가 나무라듯이 말했다.

"흥! 신경 쓰지 마. 난 어린 여자애가 아니니까. 데이지나 너보다 내가 더 커. 그러니까 내버려둬." 낸은 달갑지 않다는 듯 소리쳤다.

"설교는 그만하시죠, 목사님. 너도 여태껏 매일같이 데이지를 괴롭혔잖아." 갑자기 나타난 에밀 제독이 데미에게 소리쳤다.

"난 데이지를 다치게 하지는 않아. 그렇지?" 데미는 여동생이 있는 곳을 돌아보았다. 데이지는 낸의 아픈 손을 어루만지면서, 순식간에 부풀어 보라색으로 멍이 든 혹을 물로 식혀주고 있었다.

"오빠는 세상에서 가장 좋은 사람이야." 데이지는 바로 대답했다. 그리고 사실도 이야기해야겠다는 생각이 들어 덧붙였다. "날 다치게 할 때도 있지만, 뭐 일부러 그런 건 아니니까."

"방망이랑 다른 것들 다 치워. 지금 너희가 뭘 하고 있는지 좀 봐라, 용감한 선원들아. 이 배에서는 그 어떤 싸움도 금지되어 있다." 에밀은 자기가 선장이라도 되는 양 말했다.

"처음 뵙겠습니다. 매지 와일드파이어 양." 낸이 다른 아이들과 함께 저녁을 먹으러 들어오자 바에르 교수는 월터 스콧 소설 『미들로디언의 심장The Heart of Midlothian』에 나오는 여주인공 이름으로 낸을 부르며 인사했다. 교수는 낸이 왼손을 내밀자 이렇게 덧붙였다. "오른손을 주셔야죠, 아가씨. 예법에 맞지 않는 일입니다."

"오른손은 좀 다쳤어요."

"아니, 손이 왜 이러니? 어쩌다 이렇게 물집이 잡혔어?" 처음에는 낸이 장난을 치고 있다고 생각했다가 등 뒤로 숨긴 오른손을 보고는 바에르 교수가 놀라서 물었다.

낸이 그럴듯한 변명을 생각해 내기도 전에 데이지가 자초지종을 털어놓았고, 그러는 동안 스터피는 빵 바구니와 우유병 뒤로 얼굴을 숨기려고 애썼다. 이야기를 들은 바에르 교수는 긴 탁자 너머에 앉은 조에게 눈웃음을 지으며 말했다.

"이건 아무래도 당신 소관이로군요. 난 참견하지 않겠어요, 여보."

조는 남편이 무슨 말을 하는지 알아들었지만, 그와 상관없이 야생의 작은 양 같은 낸이 이런 담력을 갖고 있다는 게 더욱 마음에 들었다. 다만 조는 내색하지 않고 진지하게 말했다.

"얘들아, 낸이 왜 여기 왔는지 알겠니?"

"절 괴롭히려고요." 스터피가 입에 음식을 잔뜩 넣은 채 중얼거렸다.

"너희들을 작은 신사들로 만드는 걸 도우려고 온 거야. 너희들 중에 도움이 필요한 사람도 있다는 걸 보여준 모양이구나."

"낸이 어떻게 우릴 신사로 만들 수 있죠? 저렇게 덜렁대는 애가요." 데미가 평소처럼 의아해하는 느린 말투로 묻자 모두들 웃음을 터뜨렸다.

"바로 그거야. 낸도 너희들처럼 도움을 받아야지. 난 너희가 예의 바르게 행동해서 낸에게 모범을 보여줄 거라고 생각한단다."

"낸도 작은 신사가 되는 거예요?" 로브가 물었다.

"낸도 되고 싶을걸. 그렇지, 낸?" 토미도 끼어들었다.

"난 신사가 되고 싶지 않아. 남자애들은 싫다고!" 낸은 화난 듯 말했다. 손은 아직도 따끔거렸고, 더 똑똑한 방법으로 용기를 보여주었으면 좋았겠다고 생각하던 중이었다.

"우리 남자애들이 싫다니 안타깝구나. 얘네도 마음만 먹으면 아주 예의 바르고 호감이 가게 행동할 수 있거든."

조가 낸에게 이렇게 말하자, 남자아이들은 서로를 팔꿈치로 쿡 찌르면서 적어도 지금만큼은 조심하자고 눈짓을 했다. 아이들은 버터를 주고받으면서 "저거 좀 주시겠어요?",

"감사합니다.", "네, 알겠습니다.", "아닙니다, 괜찮습니다." 같은 말을 하면서 평소와는 전혀 다르게 우아하고 점잖은 모습을 보여주었다. 낸도 아무 말 없이 얌전히 굴었고, 데미를 간질이고 싶은 마음이 굴뚝 같았지만 꾹 참았다. 낸은 자기가 남자애들을 싫어한다고 말한 것도 잊은 채 어두워질 때까지 숨바꼭질을 했다. 숨바꼭질을 하는 동안 스터피는 자기 사탕을 언제든지 먹어도 된다고 낸에게 말했고, 낸도 마음이 누그러졌는지 자러 가기 전에 마지막으로 스터피에게 이렇게 말했다. "내 배드민턴 채하고 셔틀콕이 오면 너도 갖고 놀게 해줄게."

다음 날 아침 낸이 처음으로 한 말은 "내 짐 왔어요?"였다. 그날 안에 올 거라는 말에 낸은 안달복달하면서, 데이지가 충격을 받을 만큼 인형을 마구 때리기도 했다. 낸은 다섯 시 정도까지는 집에 있었지만 그 이후에는 어디론가 사라져 버렸고, 다들 낸이 토미, 데미와 같이 언덕에 갔다고 생각했기 때문에 저녁 식사 때까지는 없어졌다는 사실도 몰랐다.

"낸이 혼자서 아주 빨리 길을 따라 내려가던데요." 다들 낸을 찾는 모습을 보고 옥수수 포리지(죽처럼 끓인 음식-옮긴이)를 가지고 오던 메리 앤이 말했다.

"집으로 도망갔나 봐요, 이런 집시 꼬맹이 같으니!" 조는 걱정스럽게 탄식했다.

"짐을 찾으러 역에 갔을지도 몰라요." 프란츠가 말했다.

"말도 안 돼. 길도 모르잖아. 설령 찾아갔더라도 그 짐을 갖고 몇 킬로미터나 걸어올 수는 없을 거야." 조는 낸을 감당하기가 꽤 힘들겠다고 생각하면서 대꾸했다.

"그 애라면 그럴 수도 있을 거예요." 바에르 교수는 낸을 찾으러 가려고 모자를 집어 들었다. 그때 창가 쪽에 있던 잭이 소리를 질렀고, 모두 문 쪽으로 달려갔다.

아주 커다란 짐을 끌고 오는 아이는 낸이 분명했다. 먼지투성이에 몹시 덥고 피곤해 보였지만, 힘찬 걸음이었다. 숨을 헐떡거리면서 집 앞 계단까지 와서는 짐을 놓고 한숨을 쉬더니, 그 위에 걸터앉아 팔짱을 끼고 말했다.

"더 기다릴 수가 없어서 직접 가서 가져왔어."

"넌 길도 모르잖아." 토미가 말했다. 다들 이 이상한 사건에 흥미를 느껴 주위에 모여들었다.

"아, 금방 찾았어. 난 절대로 길을 잃지 않아."

"어떻게 그렇게 멀리 갔어?"

"뭐, 꽤 멀더라. 하지만 쉬엄쉬엄 가니까 갈 만하던데?"

"짐도 대단히 무겁잖아."

"응, 짐이 둥글둥글해서 들기도 어렵더라. 그래서 팔이 부러지는 줄 알았지 뭐야."

"역장님이 어떻게 너한테 짐을 내준 건지 모르겠다." 토미가 말했다.

"역장님한테는 아무 말 안 했어. 좁은 매표소에 들어가 계셔서 날 못 봤거든. 그래서 플랫폼에 있는 짐을 그냥 들고 온 거야."

"빨리 가서 역장님에게 짐이 무사히 여기 도착했다고 알리고 와라, 프란츠. 도드 역장님은 짐을 도둑맞았다고 생각하실 테니까." 바에르 교수는 아무렇지도 않은 낸의 얼굴을 보고는 큰 소리로 웃으면서 말했다.

"짐이 안 오면 우리가 찾으러 가겠다고 이야기 했잖아. 다음부터는 기다려야 해. 그렇게 나갔다간 무슨 일이 생길 수도 있어. 이제는 그러지 않겠다고 나랑 약속해 주겠니? 네가 안 보일 때마다 걱정할 수는 없으니까." 조는 상기된 낸의 작은 얼굴에 묻은 먼지를 닦아주며 말했다.

"이젠 안 그럴게요. 하지만 아빠가 무슨 일이건 미뤄서는 안 된다고 하셔서 짐을 가지러 간 거예요."

"좀 곤란한 문제군요. 저녁부터 먹이고 나중에 조용히 이야기해 주는 게 좋겠어요." 바에르 교수는 어린 아가씨의 변명이 너무나도 엉뚱해서 화를 낼 수도 없었다.

아이들은 그 일을 아주 재미있어 했다. 낸은 저녁 식사 내내 큰 개가 짖더라는 둥, 어떤 남자가 자기를 보고 웃었다는 둥, 모르는 여자가 도넛을 주었다는 둥, 오다가 너무 지쳐

물을 마시려다가 개울에 모자를 빠뜨렸다는 둥 자기 모험담을 들려주며 모두를 즐겁게 했다.

"이제 당신 손이 모자라겠어요, 여보. 토미와 낸만 해도 혼자 감당하기에는 어려울 테니 말이에요." 낸의 이야기가 30분 넘게 이어지자 바에르 교수가 말했다.

"낸의 버릇을 바로잡으려면 시간이 꽤 걸리겠죠. 하지만 배려를 잘하고 마음이 따뜻한 아이예요. 지금보다 두 배나 제멋대로라고 하더라도 난 저 아이를 예뻐해 줄 거예요." 조는 낸을 둘러싸고 즐겁게 노는 아이들을 보며 대답했다. 낸은 그 큰 가방의 바닥이 다 보일 때까지 서슴없이 자기 물건을 꺼내 온 사방에 나누어주고 있었다.

너그러운 성격 덕분에 낸은 '몽땅 줘'라는 별명을 얻었고, 아이들은 모두 낸을 좋아했다. 낸과 정말로 마음에 드는 놀이를 하게 된 데이지는 더 이상 지루하다고 말하지 않았다. 토미의 장난과 쌍벽을 이루는 낸의 장난은 학교 전체를 놀라움에 빠뜨리곤 했다. 한번은 커다란 인형을 땅에 묻고는 일주일이나 잊어버린 적이 있었는데, 인형을 다시 파냈을 때는 곰팡이투성이였다. 데이지는 완전히 절망했지만, 낸은 인형을 집 근처 도장공에게 가져가 벽돌색으로 칠해달라 하고는 깃털 장식을 달고 주홍색 플란넬 천으로 치장했다. 마지막으로 네드가 갖고 있던 장난감 도끼를 손에 쥔 그 인형은 무시무시해 보였다. 또 낸은 맨발로 다니도록 해주려나 싶어 새 신발을 가난한 아이에게 주기도 했다. 하지만 자선을 베풀었다고 해도 규칙이 바뀌지는 않는다는 사실을 알게 되었을 뿐이었고 옷이나 신발을 남에게 주기 전에는 허락을 받으라고 야단까지 맞았다. 그뿐 아니라 작은 배에 달린 커다란 돛 두 장을 테레빈유로 적셔 불을 붙이고는 해 질 녘에 개울로 띄워 보내서 남자아이들이 환호성을 지르게 만들기도 했다. 그런가 하면 나쁜 아이들이 괴롭히던 불쌍한 고양이 네 마리에게 자기 산호 목걸이를 해주고, 엄마처럼 정성스럽게 간병해 주기도 했다. 상처에 콜드크림을 발라주고 인형 숟가락으로 먹이도 주었다. 새끼들이 죽자 몹시 슬퍼했지만, 데미가 아끼는 거북이 중 한 마리를 선물받고는 겨우 기분을 풀었다. 사일러스에게는 자기 팔에 그의 것과 똑같이 닻 모양 문신을, 양쪽 뺨에는 푸른 별 문신을 새겨달라고 애원하기도 했다. 낸이 오랫동안 윽박지르기도 하며 구슬렸지만, 사일러스는 감히 그렇게 해주지는 못했다. 낸은 말부터 돼지까지 플럼필드에 있는 모든 동물을 타고 다녔지만, 돼지 등에 올랐을 때는 혼쭐이 나기도 했다. 낸은 남자아이들이 하는 일은 아무리 위험한 일이라도 무엇이든 대뜸 해보곤 했다.

바에르 교수가 누가 공부를 가장 잘하는지 시험해보자고 제안하자 낸은 빠른 이해력과 뛰어난 기억력을 쓰는 게 활동적인 발과 유쾌한 혀를 쓰는 것만큼이나 즐겁다는 사실을 발견했다. 낸은 여자아이도 거의 모든 일을 남자아이만큼 해낼 수 있고 어떤 일에서는 더 낫다는 사실을 보여주었기 때문에, 남자아이들은 자기 자리를 지키려고 온 힘을 다해야 했다. 이 학교에는 상이라는 것이 없었다. 하지만 바에르 교수는 "잘했어!"라고 칭찬해 주고 조는 '양심의 책'에 좋은 이야기를 기록해주면서, 기꺼이 자기 본분을 다하고 이를 성실하게 실천한다면 언젠가는 틀림없이 보상을 받게 된다는 사실을 일깨웠다. 어린 낸은 새로운 환경을 즐기며 빠르게 적응했고, 이 학교야말로 낸에게 필요한 환경이었음을 보여주었다. 이 작은 꽃밭에는 아름다운 꽃들이 가득했다. 반쯤은 잡초로 덮여 있던 꽃밭이었지만, 애정 어린 손길로 자상하게 보살피기 시작하자 다채로운 푸른 싹이 돋아났다. 온 세상의 어린 마음과 영혼에 가장 필요한 건 사랑과 보살핌이고, 그 따스함은 아름다운 꽃을 활짝 피어나게 해준다.

아이들의 놀이

이 장에서는 조가 돌보는 아이들의 예전 모습 몇 가지를 소개하려고 한다. 이상하게 보이겠지만, 이 일들은 실제로 일어난 일이라는 점을 존경하는 독자 여러분에게 확실하게 밝혀두겠다. 아무리 상상력이 풍부한 사람이라도, 어린아이의 활력 넘치는 머리에서 나온 기괴한 생각과 공상의 절반도 떠올릴 수는 없을 테니 말이다.

데이지와 데미에게는 변덕스러운 생각이 가득했고, 자신들만의 세계에서 살았다. 그 상상의 세계에는 사랑스럽고 기괴한 것들이 살고 있었는데, 남매는 이것들에게 묘한 이름을 붙여주고 함께 놀았다. 이들 중에는 '못된 새끼 쥐'라는, 보이지 않는 유령도 있었다. 두 아이는 이 유령이 실제로 있다고 생각하고 무서워했으며, 오랫동안 보살폈다. 유령에 대해서는 좀처럼 남에게 말하지 않았고, 비밀스러운 의식도 치렀다. 두 아이는 서로 이 유령이 어떻게 생겼는지도 설명하려 하지 않았기 때문에, 요정이나 유령을 좋아하는 데미에게 정말 딱 맞는 신비로운 매력을 지닌 존재였다. 못된 새끼 쥐는 그 무엇보다 변덕스럽고 제멋대로였다. 데이지는 이 유령을 따르는 게 무서우면서도 재밌었다. 그래서 유령의 터무니없는 요구에도 맹목적으로 복종했다. 이 영혼이 무엇을 요구하는지는 그 누구보다 창의적인 데미의 입을 통해 엄숙하게 전달됐다. 로브와 테드가 이 의식에 함께 참여하는 때도 있었다. 이들은 무슨 일이 진행되는지 절반도 이해하지 못했지만 어쨌든 굉장히 재미있다고 생각했다.

어느 날 수업이 끝난 뒤 데미가 불길한 듯이 고개를 흔들면서 동생에게 조용히 말했다.

"오늘 오후에 새끼 쥐가 우릴 보고 싶대."

"무슨 일 때문에?" 데이지는 걱정스러운 얼굴로 물었다.

"희생 제사 때문이야." 데미가 엄숙하게 대답했다. "두 시에 저기 큰 바위 뒤에 불을 피우고 우리가 가장 좋아하는 물건을 가져와서 태워야 해!" 데미는 이렇게 덧붙이면서 태운다는 말을 특히 강조했다.

"아, 안 돼! 난 다른 것보다 에이미 이모가 준 종이 인형들을 좋아한단 말이야. 그걸 태워야 하는 거야?" 지금까지는 눈에 보이지 않는 폭군의 요구를 거부할 생각이 전혀 없었던 데이지가 소리쳤다.

"하나도 남겨서는 안 된대. 난 보트와 내가 가장 좋아하는 스크랩북, 그리고 내 군인들을 전부 태울 거야." 데미는 단호하게 말했다.

"그럼, 나도 그렇게 해야겠네. 하지만 새끼 쥐는 너무해. 우리가 가장 아끼는 걸 원한다니 말이야." 데이지는 한숨을 쉬었다.

"희생 제사를 지낸다는 건 좋아하는 걸 포기한다는 뜻이야. 그러니까 우리도 그렇게 해야 해." 그리스인의 풍습에 대한 책을 읽던 형들에게 프리츠 이모부가 설명하는 것을 듣고 이 놀이를 생각해 낸 데미가 덧붙였다.

"로브도 와?" 데이지가 물었다.

"응, 로브는 장난감 마을을 가져올 거야. 그건 다 나무로 되어 있으니까 잘 타겠지. 그런 뒤에 커다란 모닥불을 피우고 우리가 가져온 것들을 태우는 모습을 볼 거야."

이 눈부신 전망에 자극을 받아 데이지도 마음을 고쳐먹었다. 데이지는 저녁을 먹으면서 송별 파티로 종이 인형을 앞에 쭉 늘어놓았다.

정해진 시간이 되자 희생 제사 일행이 출발했다. 아이들은 탐욕스러운 못된 새끼 쥐가 각자에게 요구한 보물을 안고 있었다. 테드도 같이 가겠다고 고집을 부렸다. 모두가 장난감을 갖고 가는 모습을 보고, 한쪽 겨드랑이에는 빽빽거리는 양 인형을, 다른 쪽에는 오래된 애너벨라 인형을 끼고는, 이 인형들이 어떤 괴로움을 겪게 될지 꿈에도 모르는 채로 다른 아이들을 따라나섰다.

"우리 강아지들, 어디 가니?" 방문 앞을 지나가는 아이들을 보고 조가 물었다.

"큰 바위 쪽에서 놀려고요. 그래도 되죠?"

"그래, 연못 근처에는 가지 말고. 아기 잘 봐야 한다."

"아긴 항상 잘 봐요." 데이지는 누나답게 말하며 테드의 손을 잡아끌었다.

"자, 여기 모두 둥글게 앉는 거야. 내가 말할 때까지 움직이면 안 돼. 이 납작한 돌이 제단인데, 여기 불을 피울 거야."

데미는 이렇게 말하고는, 소풍 갔을 때 형들이 하던 대로 작은 불을 피우기 시작했다. 용케 불꽃이 피어오르자 데미는 아이들에게 불 주위를 세 번 돈 뒤에 둥글게 모여 서라고 말했다.

"나 먼저 시작할게. 내 물건이 다 타면 너희들 것도 가져와야 해."

그러면서 데미는, 그림을 잔뜩 오려 붙인 작은 스크랩북을 엄숙하게 불 위에 내려놓았다. 다 부서진 낡은 배가 그 뒤를 따랐고, 납으로 만든 불쌍한 군인들이 하나씩 차례로 죽음의 행진을 했다. 빨갛고 노란 색깔의 화려한 사령관부터 시작해 한쪽 다리가 없는 작은 군악대원까지 아무도 주저하거나 망설이지 않았다. 전군은 화염 속으로 사라졌고, 녹은 납으로 만들어진 웅덩이에 빠져들었다.

"다음, 데이지!" 아이들이 납득할 수 있도록 자신의 풍성한 제물을 모두 태우고 나서 새끼 쥐의 대제사장은 큰 소리로 외쳤다.

"내 소중한 인형을 어떻게 없앤담?" 데이지는 인형들의 어머니다운 비통함이 가득한 얼굴로 인형 모두를 꼭 끌어안은 채 탄식했다.

"꼭 해야 해." 데미가 명령했다. 데이지는 인형 하나하나에게 작별 키스를 하고는 불 위에 올려놓았다.

"하나만 남길게. 이 파란 인형 말이야. 너무 예쁘단 말야." 작고 불쌍한 엄마는 절망 속에서 마지막 인형을 움켜잡고 간청했다.

"다 넣어!" 무서운 목소리가 울려 퍼졌다. 데미는 이렇게 소리쳤다. "저분은 새끼 쥐야! 하나도 남김없이 가지셔야 해. 빨리하지 않으면 우리를 할퀼 거야."

소중한 파란 인형을 바치자 주름 장식과 장밋빛 모자와 모든 것들이 다 사라졌고, 타오르는 불꽃 속에 시커먼 재만 남았다.

"집과 나무 장난감을 모닥불 주위에 빙 둘러놓고 저절로 불이 붙게 해보자. 진짜 불이 난 것처럼 보일 거야." 데미가 말했다. 희생 제사를 지내면서 이런저런 변화를 주고 싶었던 것이다.

이 제안에 매력을 느낀 아이들은 불에 탈 운명인 마을을 짓기 시작했다. 석탄을 늘어놓아 중심가를 만들고는 불이 일어나는 모습을 앉아서 지켜보았다. 곧이어 작은 집 하나에 불이 붙더니 야자수로 옮겨갔다. 이 나무가 커다란 저택 지붕 위로 쓰러지면서, 몇 분 지나지 않아 마을 전체가 불길에 휩싸였다. 나무로 된 사람들은 그 자리에 서서 파괴되는 마을을 멍하니 바라보았고, 이윽고 비명 하나 없이 불에 타 사라졌다. 마을이 재로 변하는 데는 조금 시간이 걸렸지만 구경꾼들은 이 광경을 신나게 즐겼다. 집 하나하나가 무너질 때마다 환호했고, 첨탑에 불길이 솟자 아메리칸 원주민처럼 춤을 추기도 했다. 마을 바깥으로 도망친, 작은 우유 단지 모양의 부인들을 불길 한가운데로 직접 처박아 넣기까지 했다.

테드는 이 마지막 제물의 놀라운 성공에 온통 흥분해서 자기의 양 인형을 불길 속으로 던졌고, 이 인형이 다 타기도 전에 불쌍한 애너벨라를 화형에 처했다. 물론 애너벨라는 이를 좋아하지 않았고, 고통과 분노에 몸부림치면서 어린 파괴자를 겁먹게 했다. 애너벨라의 피부는 어린 염소가죽이어서 쉽게 타지 않았고, 오히려 이 때문에 더 끔찍한 모습을 보여 주었다. 괴로운 듯이 꿈틀거린 것이다. 처음에는 한쪽 다리가 오그라들었고 다른 쪽 다리도 금방 그 뒤를 따랐는데 마치 살아 있는 것 같은 무시무시한 모습이었다. 몹시 괴로워하는 듯 두 팔은 머리 위로 올라갔고, 머리는 어깨 위에서 완전히 꺾여버렸다. 유리로 된 눈알도 삐져나왔다. 마지막으로 온몸을 뒤틀던 애너벨라는 결국 시커메진 덩어리가 되어 폐허가 된 마을 속으로 사라졌다. 생각지도 못한 모습에 모두 깜짝 놀랐고, 테드는 겁에 질려 "엄마!" 하고 목청껏 비명을 질렀다.

그 소리를 듣고 조가 급히 뛰어나왔지만, 테드는 엄마에게 매달린 채 '벨라 아야', '불 무서', '아뜨아뜨 인형' 같은 알 수 없는 말만 쏟아낼 뿐이었다. 뭔가 끔찍한 일이 일어났나 싶었던 조는 테드를 안고 서둘러 현장으로 갔다. 그곳에서 조는, 자기들이 좋아하던 물건들이 새까맣게 탄 잔해를 바라보며 애도하고 있는 맹목적인 새끼 쥐 숭배자들을 발견했다.

"뭘 하고 있었지? 전부 얘기해 봐." 조가 말했다. 조는 인내심을 갖고 이야기를 들어주기로 마음먹었다. 범인들이 너무 후회하는 모습이라 듣기도 전에 용서해 버린 것이다.

데미가 마지못해 자기들이 하던 놀이를 설명하자 조는 눈물이 뺨을 타고 흘러내릴 때까지 웃고 말았다. 아이들은 매우 엄숙했고, 그 놀이는 너무나도 어처구니가 없었기 때문이다.

"너희들처럼 똑똑한 아이들이 이런 바보 같은 놀이를 할 것이라곤 상상도 못 했구나. 그런 새끼 쥐가 정말로 있다면, 그 쥐는 너희들에게 뭘 부수라고 시키거나 겁을 주는 대신에 안전하고 재미있는 방법으로 놀라고 했을 거야. 너희들이 한 일을 좀 봐. 데이지의 예쁜 인형, 데미의 군인들, 로브의 새 장난감 마을, 여기에 더해서 테드의 양 인형과 저 귀여운 애 너벨라까지 모두 어떻게 됐니? 장난감 상자에 적혀 있던 시 구절을 아이 방에도 써서 붙여놓아야겠다.

네덜란드 아이들은 만들기 좋아하고,
보스턴 아이들은 부수기 좋아하지.

보스턴 대신에 플럼필드를 넣으면 되겠구나."

"앞으론 절대 안 할게요. 정말이에요, 정말!" 야단을 맞고 무척이나 부끄러웠던 어린 죄인들이 잘못을 뉘우치며 소리쳤다.

"데미가 하자고 했어요." 로브가 말했다.

"저기…… 프리츠 이모부가 그리스 사람들 이야기하는 거 들었어요. 제단이나 그런 거 가지고 있는 사람들 말이에

192

요. 저도 그렇게 하고 싶었는데, 희생 제물로 바칠 살아 있는 건 없으니까, 우리 장난감을 태운 거예요."

"이런, 왠지 콩 이야기하고 비슷하네." 조는 다시 웃으면서 말했다.

"그거 무슨 얘기인데요?" 데이지가 분위기를 바꿔보려고 끼어들었다.

"옛날에 가난한 여자가 살았어. 아이가 여럿이라 일하러 나갈 때는 방에 자물쇠를 걸어놓았단다. 아이들을 안전하게 지키려 한 거지. 하루는 나가면서 이렇게 말했어. '자, 얘들아. 아기가 창문에서 떨어지지 않도록 잘 봐라. 성냥 가지고 놀지 말고. 코에 콩을 넣어서도 안 된다.' 아이들은 엄마가 마지막으로 한 말은 꿈에도 생각한 적이 없었어. 그런데 엄마가 아이들 머릿속에 그런 생각을 심어준 거야. 엄마가 나가자마자 아이들은 뛰어가서 작은 코에 콩을 가득 넣었어. 어떤 느낌인지 알려고 말이야. 나중에 엄마가 집에 와보니 아이들은 모두 엉엉 울고 있었단다."

"그거 아픈가요?" 로브가 깊은 관심을 보이면서 묻는 바람에, 조는 그래서는 안 된다는 뒷이야기를 서둘러 덧붙였다. 새로운 콩 사건이 이 집에서 일어나서는 안 되기 때문이다.

"아주 많이 아프지. 난 그렇다는 걸 잘 알아. 우리 어머니가 이 이야기를 해주셨을 때, 바보같이 직접 해봤거든. 콩이 없어서 작은 돌멩이를 주워 코에 몇 개 쑤셔 넣었어. 그런데 막상 해보니까 좋지 않더라고. 그래서 금방 다시 빼려고 했는데 하나가 나오지 않는 거야. 바보짓을 한 게 너무 창피해서 몇 시간 동안이나 아픈 걸 참으면서 돌멩이를 그대로 두었단다. 그러다가 참을 수 없을 지경이 되어서야 이야기를 했고, 우리 어머니도 돌멩이를 빼지 못해 결국 의사를 불렀지. 난 의자에 앉아 꼼짝도 못 하게 되었어. 알겠니, 로브? 의사 선생님은 돌멩이가 나올 때까지 무서운 집게로 콧속을 헤집었단다. 이런! 불쌍하게도 내 작은 코가 얼마나 아팠고, 사람들은 또 얼마나 놀려댔겠니?" 조는 그때의 고통을 생각만 해도 끔찍하다는 듯이 고개를 절레절레 흔들었다.

로브는 깊은 인상을 받은 모양이었다. 그 경고를 마음에 새겼다니 조에게는 기쁜 일이었다. 데미는 불쌍한 애너벨라를 묻어주자고 했다. 테드는 장례식에 정신이 팔려, 방금까지 느끼던 두려움을 잊을 수 있었다. 데이지는 나중에 에이미 이모에게 새 인형을 한 아름 받으면서 위로를 받았다. 못된 새끼 쥐는 마지막 제물로 만족한 듯, 더는 아이들을 괴롭히지 않았다.

'브롭'은 토미 뱅스가 만든 새롭고 재미있는 놀이의 이름이었다. 이 놀이의 주인공은 어떤 동물원에서도 볼 수 없는 흥미로운 동물이었다. 호기심 많은 사람들을 위해 이 동물의 특이한 습성과 특징을 여기서 설명해 보겠다. 브롭은 즐거워 보이는 젊은 사람 얼굴을 가진, 네 발 달린 날짐승이다. 걸을 때면 꿀꿀거리고, 날아오를 때면 부엉거린다. 사람 말도 잘하는 이 짐승은 어떤 때는 똑바로 서기도 한다. 몸은 숄처럼 보이는 걸로 덮였는데, 보통은 격자무늬고 붉은색이나 파란색을 띤다. 이상하게 들리겠지만 이 동물들은 서로 몸의 껍질을 바꾸곤 한다. 머리에는 뻣뻣한 밤색 종이로 만든 등불 같은 뿔이 달렸는데, 날 때는 같은 재질의 날개가 어깨 위에서 펄럭인다. 땅에서 너무 높은 곳에서는 절대로 날지 않는다. 지나치게 높이 날려고 했다간 꽝 하고 떨어져 버리기 때문이다. 이들은 주로 땅에 난 풀을 뜯어 먹는데, 다람쥐처럼 앉아서 먹을 수도 있다. 씨앗이 박힌 케이크를 가장 좋아하고, 사과도 잘 먹는다. 음식이 부족하면 생 당근을 조금 먹기도 한다. 브롭은 동굴에서 산다. 동굴 안에 빨래 바구니처럼 생긴 둥지 같은 것이 있고, 아기 브롭은 날개가 자랄 때까지 그 둥지에서 논다. 이 특이한 동물들은 가끔 서로 싸우기도 하고, 그때는 사람 말을 사용한다. 욕을 하고, 울고, 화내고, 어떤 때에는 뿔이나 가죽을 잡아 뜯으면서 "이젠 너랑 안 놀아."라고 화를 내며 말하기도 한다. 이 동물을 연구할 행운을 가진 몇 안 되는 사람들은 브롭을 원숭이, 스핑크스, 『아라비안나이트』에 나오는 전설의 새 로크, 그리고 유명한 피터 윌킨스(1888~1958, 오스트레일리아의 극지 탐험가이자 비행가-옮긴이)가 발견한 여러 이상한 동물들의 놀라운 혼합물이라고 보고 있다.

다들 이 놀이를 좋아했다. 어린아이들은 아이 방에서 기어 다니면서 비 오는 날 오후를 즐겁게 보냈다. 그보다 더 즐거울 수는 없는 듯 보였다. 이런 놀이를 하다 보면 옷이 망가졌고, 특히 바지 무릎과 웃옷 팔꿈치 부분이 심했다. 하지만 조는 옷을 덧대고 기우면서 이렇게 말할 뿐이었다.

"어른들도 바보처럼 행동하곤 하지. 게다가 아이들은 어른들 반만큼도 피해를 주지 않잖아. 저렇게 아이들처럼 행복할 수 있다면 나도 브롭이 되고 싶어."

냇이 가장 좋아하는 놀이는 자기 밭에서 일하는 것과 바이올린을 가지고 버드나무 아래 앉아 있는 것이었다. 녹색 둥지는 냇의 동화 나라였다. 그곳에 앉아 행복한 새처럼 바이올린을 연주했다. 항상 콧노래를 부르거나 휘파람을 불거나 바이올린을 연주하는 냇을 아이들은 '멋진 쩍쩍이'라고 불렀다. 아이들은 일이나 놀이를 잠시 멈추고 냇이 바이올린으로 만들어내는 부드러운 소리에 귀를 기울였다. 그 소리는 마치 여름철 자연의 음악을 연주하는 작은 오케스트라 같았다. 새들은 냇을 자신들의 동료로 여기는 듯, 두려움 없이 울타리나 나뭇가지에 앉아서 반짝이는 눈으로 지켜보았다. 바로 옆 사과나무에 사는 개똥지빠귀는 냇을 친구로 생각하는 게 분명했다. 아빠 새는 냇 옆에서 벌레를 잡았고, 엄마 새는 마음 놓고 파란 알을 품었다. 냇을 자기들의 힘든 육아를 노래로 위로해 주는 새로운 찌르레기라고 생각하는지도 몰랐다. 아래쪽에서는 갈색 개울이 졸졸 흐르며 반짝거렸고, 양쪽 클로버 들판에는 벌들이 윙윙거렸다. 아이들은 이곳을 지날 때면 방해가 되지 않게 냇을 슬쩍 보았고, 낡은 집은 다정하게 냇을 향해 넓은 날개를 펼쳤다. 냇은 편안함, 사랑과 행복이라는 축복을 받으며, 이 아늑한 곳에서 어떤 기적이 자신에게 일어나고 있는지 의식하지도 못한 채 몇 시간이고 꿈결 같은 시간을 보냈다.

냇의 음악을 언제까지고 질리지 않고 듣는 사람이 있었다. 그 아이에게 냇은 단순한 학교 친구 이상이었다. 안쓰러운 빌리에게는 개울가에 누워 나뭇잎과 개울의 거품이 춤추는 모습을 보면서 버드나무에서 흘러나오는 음악을 꿈꾸듯 듣는 일이 가장 큰 즐거움이었다. 빌리는 냇을, 높은 곳에 앉아 노래를 부르는 천사쯤 된다고 생각하는 모양이었다. 빌리의 마음속에는 아기 때 기억이 조금은 남아 있었고, 음악을 들으면 그 기억이 생생하게 되살아나는 듯했다. 바에르 교수는 빌리가 냇을 좋아한다는 사실을 알게 되자, 빌리의 연약한 뇌에 드리운 뿌연 구름을 걷어내게 도와달라고 냇에게 부탁했다. 이곳에서 받은 것에 보답할 수 있어 기뻤던 냇은 빌리가 자기를 따라다닐 때마다 늘 미소를 지으면서 방해받지 않고 음악을 들을 수 있게 해주었다. 냇의 음악은 빌리도 이해할 수 있는 언어였다. '서로 돕기'는 플럼필드에서 가장 소중한 가르침이었다. 냇은 이 가르침에 따라 살고자 노력한다면 삶이 얼마나 아름다워지는가를 배운 것이다.

잭 포드는 물건을 사고파는 데 특별한 취미가 있었다. 잭은 삼촌의 뒤를 따라 상인이 될 소질이 충분했다. 삼촌은 이런저런 물건들을 조금씩 팔아 남들보다 빨리 돈을 번 시골 상인이었다. 잭은 설탕에 모래를 섞고, 당밀은 물로 희석시키고, 버터에 라드 기름을 넣는 일들이 장사를 하는 데 당연하다는 잘못된 생각을 했다. 잭은 여러 가지를 사고팔았는데, 어떤 하찮은 것에서든 최대한의 이익을 얻어냈다. 잭은 아이들과 물건을 교환할 때마다 항상 유리한 흥정을 이끌어냈다. 끈, 칼, 낚싯바늘, 그 어떤 것이든 상관없었다. 이곳 아이들에게는 모두 별명이 있었는데, 잭의 별명은 '구두쇠'였다. 하지만 돈을 담아두는 낡은 담뱃갑이 점점 더 무거워지는 한, 잭은 이런 별명에 아무런 신경도 쓰지 않았다.

잭은 경매장 같은 걸 열어서, 지금까지 모은 자질구레한 물건을 팔기도 하고 다른 아이들이 서로 물건을 교환하도록 중개하기도 했다. 방망이, 공, 하키 스틱 등을 싸게 구해서 손질하고는, 한 번에 몇 센트씩 받고 친구들에게 빌려주거나, 여기에 더해 규칙을 무시하고 플럼필드 문 너머로 사업을 확장하기도 했다. 바에르 교수는 어떤 거래에 대해서는 제동을 걸고, 사업적 재능에는 도를 넘는 영악함이 있다는 사실도 깨닫게 해주려고 애썼다. 잭은 가끔씩 손해를 보게 되면 성적이 떨어졌을 때보다 더 속상하게 여겼고, 순진한 다음 손님에게서 이 손해를 벌충했다. 잭의 장부는 진귀한 것이었고, 그의 신속한 계산 실력은 놀라울 정도였다. 바에르 교수는 이 부분을 칭찬하면서도, 정직과 명예에 대한 생각도 함께 길러주려고 노력했다. 얼마 지나지 않아 잭도 이러한 미덕 없이는 장사를 할 수 없다는 사실을 깨달았고 교수가 옳았음을 인정했다.

아이들은 물론 크리켓과 축구도 좋아했다. 하지만 토마스 휴스(1822~1896 ,영국의 소설가이자 정치인으로, 자신의 체험에 바탕을 둔 소설 『톰 브라운의 학교생활』은 학교 소설의 고전으로 유명하다.-옮긴이)가 쓴 불후의 명작 『톰 브라운의 학교생활』에서 이러한 경기들에 대해 장쾌하게 묘사하고 있으니, 이런 부분에 취약한 나로서는 이 책에 경의를 표하며 언급하는 것으로 설명을 대신하려 한다.

에밀은 쉬는 날이면 강과 연못에서 시간을 보냈고, 이따금 이곳 영역을 침범해 오는 동네 아이들과 경주할 때를 대비해 큰 아이들을 훈련시켰다. 경주는 정식으로 진행되었지만 보통은 배가 난파되면서 끝났기 때문에, 아이들은 이 경주의 결과를 입에 올리지도 못했다. 에밀 제독은 무인도에 틀어박혀 살겠다고 진지하게 생각했을 만큼 한동안 동료들에게 혐오감을 갖기도 했다. 하지만 마땅히 갈 만한 무인도도 없었고 친구들과 헤어질 수도 없었기에, 보트 창고를 지으면서 마음을 달랬다.

어린 여자아이들은 그 나이에 맞는 평범한 놀이에 빠져 있었는데, 가장 열중하는 놀이는 풍부한 상상력으로 지어낸 '셰익스피어 스미스 부인'이라는 놀이였다. 이름은 조가 붙였지만 이 가련한 부인이 겪는 재앙은 모두 아이들이 만들어낸 독창적인 것이었다. 데이지는 스미스 부인이었고, 낸은 부인의 딸이나 이웃인 '몽땅 쥐' 부인 역을 맡았다.

글만으로 이 부인들이 어떤 모험을 하는지 자세히 묘사하기는 어렵다. 그 짧은 오후 동안에도 이들 가족은 아이를 얻고, 결혼하고, 세상을 떠나고, 홍수와 지진을 겪고, 다과를 즐기고, 열기구를 타고 하늘로 날아올랐다. 기운 넘치는 이 여성들은 인류가 이제껏 본 적도 없는 모자와 옷을 걸치고 침대에 앉아서 몇백만 킬로미터를 여행했다. 기운찬 말을 몰기라도 하듯 침대 기둥을 잡고 머리가 빙빙 돌 때까지 방방 뛰었다. 가장 좋아하는 재앙은 발작과 화재였고, 때로는 변화를 주어 대량 학살을 꾀하기도 했다. 낸은 지치지도 않고 새로운 놀이 방법을 개발해 냈고, 데이지는 맹목적으로 낸을 따랐다. 희생자는 거의 대부분 불쌍한 테드였고, 정말로 위험한 상황에 빠졌다가 구조되는 일도 적지 않게 일어났다. 정신없이 놀던 이 아가씨들은, 인형과 테드가 같은 재료로 만들어진 것이 아니라는 사실을 툭하면 잊어버렸다. 한번은 지하 감옥인 옷장에 테드를 가둬두었다는 사실을 잊고 밖으로 놀러나가 버렸다. '귀여운 아기 고래 놀이'를 하다가 테드가 욕조에 빠져서 익사할 뻔한 일도 있었다. 가장 위험했던 일은, 강도를 교수형시키는 놀이를 하다가 테드를 겨우 구출한 사건이었다.

하지만 뭐니 뭐니 해도 아이들이 가장 좋아한 놀이는 '사교 클럽'이었다. 클럽의 이름은 없었는데, 근처에서 유일한 클럽이니 따로 이름이 필요하지는 않았다. 큰 아이들이 이 클럽을 만들었고, 작은 아이들은 행동거지에 따라 입회를 허락받기도 했다. 토미와 데미는 명예회원이었지만, 자기들 의사와는 상관없이 항상 클럽 활동 중간에 쫓겨나야만 했다. 이 클럽에서는 시간과 장소를 가리지 않고 온갖 기묘한 놀이가 진행되었다. 또한 이 클럽은 요란하게 깨졌다가도 아무렇지 않게 다시 생겨나곤 했다.

비 오는 밤이면 회원들은 교실에 모여, 체스, 모리스 춤,

펜싱 경기, 낭송, 토론, 그리고 어둡고 비극적인 연극 공연 등 여러 가지 놀이를 하며 시간을 보냈다. 여름에는 헛간에 모였는데, 거기서 무슨 일이 벌어지는지는 회원 외에 아무도 알지 못했다. 무더운 밤이면 클럽은 개울로 자리를 옮겨 물놀이를 했다. 회원들은 가벼운 옷을 입고 개구리처럼 시원한 곳에 모여 앉았다. 이런 날엔 누가 연설을 하더라도 유달리 유창했다. 연설자의 발언이 청중의 마음에 들지 않으면, 연설자의 열정이 완전히 식을 때까지 차가운 물을 끼얹기도 했다. 회장은 프란츠였고, 제멋대로인 회원들의 성격을 고려해 본다면 감탄스러울 정도로 모임을 잘 이끌었다. 바에르 교수는 결코 이들이 하는 일에 간섭하지 않았고, 이런 현명한 관용에 대한 보답으로 때때로 클럽의 초대를 받아 신비한 베일 속 모습을 볼 수 있었다. 교수는 이런 초대를 무척이나 반가워했다.

낸은 이곳에 왔을 때부터 이 클럽에 들어가고 싶어 했다. 신청서도 쓰고 부탁도 해보면서 끝없이 입회 신청을 반복하며 신사들 사이에서 큰 소동과 갈등을 일으켰다. 심지어 열쇠 구멍으로 훔쳐보면서 엄숙한 의식을 방해하고, 문 앞에서 소리를 질러대고, 벽과 울타리에 조롱 섞인 낙서를 해대기도 했다. 낸은 '통제 불가능한 활력에 넘치는' 아이였다. 이런 호소가 모두 헛된 일이라는 사실을 알게 되자, 여자아이들은 조의 조언에 따라 자신들만의 모임을 만들고 '편안한 클럽'이라고 이름 붙였다. 그러고는 관대하게도 자신들을 따돌렸던 아이들을 클럽으로 초대해 가벼운 저녁 식사를 대접하거나, 낸이 고안한 새로운 놀이에 끼워 주었다. 그러자 큰 아이들은 하나둘씩 자신들의 클럽보다 더 우아하고 즐거운 이 모임에 함께하고 싶다는 속마음을 드러냈고, 많은 논의를 거친 끝에 마침내 회원 교류를 제의하기로 했다.

'편안한 클럽' 회원들은 정해진 날 저녁에 상대 클럽에 초대를 받았다. 작은 신사들은 숙녀들이 참석했다고 해서 기존 참가자들의 대화나 즐거움이 방해받지는 않는다는 사실을 발견하고 상당히 놀라워했다. 숙녀들은 이러한 화해 제의에 의젓하고 따뜻하게 응했고, 두 클럽 모두 오랫동안 행복하게 번영했다.

데이지의 무도회

셰익스피어 스미스는 존 브룩 씨와 토머스 뱅스 씨, 너새니얼 블레이크 씨를 오늘 오후 3시에 열리는 무도회에 초대하고자 합니다.

추신. 냇은 바이올린을 가져와야 합니다. 그래야 모두가 춤을 출 수 있으니까요. 남자아이들은 모두 얌전하게 행동해야 합니다. 그러지 않으면 우리가 만든 맛있는 음식을 하나도 먹을 수 없을 겁니다.

이 우아한 초대는 추신의 마지막 줄 덕분에 안타깝게 거절당하는 일을 피했다.

"쟤네 맛있는 거 많이 만들었어. 좋은 냄새가 났거든. 우리 가자." 토미가 말했다.

"음식을 먹은 다음에는 바로 나와도 되는 거 알지?" 데미가 이어서 말했다.

"난 무도회는 가 본 적이 없어. 뭘 하면 되는 거야?" 냇이 물었다.

"뭐, 그냥 신사 역할만 하면 돼. 어른들이 하듯 멍청이같이 뻣뻣하게 둘러앉아 있다가 여자애들과 춤을 추는 거지. 그리고 나서 있는 거 다 먹고 최대한 빨리 돌아오는 거야."

"그런 거라면 나도 할 수 있을 거야." 토미의 설명을 듣고 잠시 생각해 본 냇이 말했다.

"그럼 간다고 답장을 쓸게." 데미는 신사다운 답장을 보냈다.

모두 참석하겠습니다. 부디 음식을 충분히 준비해 주세요.
J. B. 에스콰이어.

난생처음 무도회를 여는 아가씨들의 걱정은 이만저만이 아니었다. 모든 일이 잘 진행되면 몇 명은 만찬에 초대할 생각이었기 때문이다.

"조 이모는 남자아이들이 거칠게 굴지만 않으면 우리랑 같이 노는 걸 좋아하서. 남자아이들이 우리 무도회를 마음에 들게끔 만들어야 해. 그러면 개네들도 착하게 굴겠지." 데이지는 엄마 같은 말투로 말하고는, 식탁을 차리고 다과가 잘 준비되었는지 걱정스러운 눈으로 점검했다.

"데미와 냇은 괜찮을 거야. 하지만 토미는 뭔가 말썽을 부리지 않을까 싶어. 그러고도 남지." 냇은 자기가 준비하던 작은 과자 바구니를 머리 위로 흔들면서 대답했다.

"그럼 바로 돌려보내야지." 데이지가 단호하게 말했다. "파티에서는 그러지 않는 법이야. 실례가 되니까."

"그럼 다음엔 초대하지 않는 걸로 하자."

"그러면 되겠다. 만찬 무도회에 못 오게 되면 속상해할 거야. 그렇겠지?"

"그럴 거야! 우린 어디서도 볼 수 없는, 최고로 훌륭한 음식을 만들 거잖아. 그렇지? 작은 국자가 딸린 '터림(사기로 된 수프 그릇 '터린'을 잘못 말한 것이다.)'에 진짜 수프를 담고, 칠면조 대신 작은 새를 쓰는 거야. 그레이비소스도 뿌리고, 온갖 종류의 맛있는 '채서'도 놓자." 데이지는 '채소'라는 단어도 정확히 발음하지 못했지만 더는 신경 쓰지 않기로 했다.

"3시가 다 됐네. 우리 옷 갈아입어야 해." 이 자리를 위해 멋진 의상을 준비하고 입어보기를 고대하던 냇이 말했다.

"난 엄마니까 그렇게 차려입지는 않아도 돼." 데이지는 이렇게 말하면서 빨간 리본 달린 수면 모자를 쓴 뒤 조의 스커트를 입고 숄도 걸쳤다. 안경과 손수건으로 마무리하니 통통하고 혈색 좋은 노부인으로 변신했다.

낸은 조화로 만든 화환을 쓰고, 낡은 분홍색 덧신을 신었다. 노란색 스카프를 두르고 녹색 모슬린 치마를 입은 뒤, 빗자루에서 뽑은 깃털로 만든 부채도 들었다. 마지막으로 아무 냄새도 나지 않는 향수로 마무리하며 우아함을 더했다.

"나는 한껏 멋을 내야지. 노래도 부르고 춤도 추고, 너보다는 이야기도 많이 해야 하니까. 알다시피 엄마는 차 한 잔 마시고 그냥 앉아 있으면 되잖아."

갑자기 노크 소리가 커다랗게 들리자 딸 스미스는 황급히 의자에 앉아 맹렬하게 부채질을 하기 시작했고, 엄마는 소파에 똑바로 앉아서 차분하고 '예의 바르게' 보이려고 애썼다. 마침 학교에 놀러 온 아기 베스는 하인 역할을 맡아, 문을 열고 미소를 지으며 말했다. "들어오세요, 신사분들. 모두 준비됐어요."

이 자리에 경의를 표하려고 남자아이들은 종이로 된 높은 셔츠 깃을 달고, 길이가 긴 검은 모자를 쓰고 왔다. 여러 가지 색과 소재로 된 장갑도 꼈는데, 장갑은 나중에 생각해낸 것이라 짝을 맞춰 낀 아이는 없었다.

"멋진 날입니다, 부인." 데미가 목소리를 낮게 깔며 말했다. 이런 목소리로 말하기가 어려워 아주 간단하게 말할 수밖에 없었다.

다들 악수를 하고 자리에 앉았다. 다들 진지하게 구는 모습에 신사들 셋은 예의를 지키는 것도 잊은 채 의자에 쓰러져 뒹굴며 웃음을 터뜨렸다.

"어휴, 그러면 안 돼요!" 부인은 곤란해하며 소리쳤다.

"이렇게 행동하면 다시는 부르지 않을 거예요." 딸은 뱅스 씨를 향수병으로 툭 치면서 덧붙였다. 뱅스 씨가 가장 크게 웃었기 때문이다.

"안 웃을 수가 없었습니다. 여러분이 너무 열심히 준비한 것처럼 보이니까요." 뱅스 씨는 숨을 헐떡거리며 지나칠 정도로 솔직하게 말했다.

"여러분도 마찬가지예요. 하지만 그렇게 말하는 건 무례한 일이니까 말하지 않았던 것뿐이죠. 뱅스 씨는 저녁 무도회에 초대하지 않겠어요. 그게 좋겠지, 데이지?" 낸은 화가 나서 말했다.

"지금 춤을 추는 게 좋겠네요. 바이올린은 가져오셨나요, 선생님?" 낸은 다시 딸 스미스가 되어 침착함을 유지하려고 애쓰면서 예의 바르게 물었다.

"문밖에 있습니다." 냇은 바이올린을 가지러 갔다.

"차를 먼저 마시는 게 좋겠군요." 토미는 뻔뻔하게 말하고는, 데미에게 대놓고 눈짓을 했다. 음식을 빨리 확보할수록 탈출도 빨라진다는 사실을 기억나게 해준 것이다.

"아뇨. 식사를 먼저 하지는 않을 겁니다. 춤을 잘 추지 못하는 분들께는 밥을 드리지 않을 거고요. 단 한 입도요, 선생님." 부인이 무척 엄하게 말했기 때문에 야만스러운 손님들도 함부로 행동해서는 안 되겠다고 생각하고는 즉시 정중한 모습을 갖췄다.

"뱅스 씨에게 폴카(19세기 초, 보헤미아 지방에서 일어나 유럽에 퍼진 경쾌한 춤―옮긴이)를 가르쳐드릴게요. 뱅스 씨는 이 자리에 어울리는 모습이 뭔지 잘 모르시는 모양이니까요." 부인이 책망하는 듯 바라보며 말하자 토미는 금세 진지한 표정을 지었다.

냇이 연주를 시작하면서 무도회가 시작되었다. 아이들 두 쌍은 조금 어색하기는 하지만 진지한 모습으로 춤을 추었다. 아가씨들은 춤을 좋아했기 때문에 훌륭하게 추었다. 하지만 신사들은 맛있는 걸 먹고 싶다는 이기적인 동기로 노력했을 뿐이었다. 어쨌든 모두들 열심히 춤을 추다가 숨이 찰 때가 되어서야 쉴 수가 있었다. 사실 불쌍한 부인이야말로 휴식이 필요했다. 긴 드레스에 걸려 여러 번 넘어졌던 것이다. 굳이 그의 이름을 밝히지는 않겠지만, 어떤 손님은 어린 하인이 가져다준 당밀 음료수가 너무도 마음에 들어 아홉 잔을 마시는 바람에 목이 메어 기침을 하기까지 했다.

"스미스에게 피아노와 노래를 부탁해보세요." 데이지가

올빼미 같은 얼굴로 앉아 있던 오빠에게 말했다. 데미는 높이 솟은 옷깃 사이로 파티의 모습을 근엄하게 바라보던 참이었다.

"노래 한 곡 들려주시죠." 예의 바른 손님이 피아노가 어디 있는지 조심스럽게 두리번거리면서 말했다.

스미스 아가씨는 방에 있는 낡은 책상으로 다가가 뚜껑을 뒤로 젖히고, 그 앞에 앉았다. 그러고는 낡은 책상이 삐거덕거리는 힘찬 소리를 반주 삼아, 새롭고 사랑스러운 노래를 부르기 시작했다.

음유 시인은 흥겹게
기타를 쳤네.
전쟁터에서 집으로
서둘러 돌아가려고.

신사들의 열광적인 박수갈채에 답하며 스미스 아가씨는 「넘치는 파도」, 「어린 보핍」 등 주옥 같은 여러 노래를 계속 불렀고, 결국 손님들은 이제 충분히 들었다고 넌지시 알려줘야만 했다. 부인은 찬사에 고마움을 표하며 자애로운 목소리로 선언했다.

"이제 차를 마실 시간입니다. 조용히 자리에 앉아주세

요. 한꺼번에 드시지는 말고요."

손님들을 품위 있게 접대하며 여러 작은 실수를 침착하게 처리하는 부인의 모습은 보기에 훌륭했다. 파이는 맛있었지만 잘 들지 않는 칼로 자르려다가 그만 바닥에 철썩 떨어뜨렸고, 빵과 버터는 식탁을 준비한 사람이 실망할 정도로 재빨리 사라졌다. 무엇보다 커스터드 푸딩이 너무 묽어서, 우아하게 새 양철 숟가락으로 먹는 대신에 들고 마셔야 했던 일이 최악이었다.

이런 말을 하는 게 매우 유감스럽지만, 스미스 아가씨와 하인이 최고의 과자를 놓고 말다툼을 하는 바람에 베스는 과자 담은 접시를 허공에 집어던지고는 비처럼 내리는 과자 속에서 와앙 울음을 터뜨렸다. 아이들은 베스를 식탁에 앉히고 설탕 그릇을 베스 몫으로 주면서 겨우 달랠 수 있었다. 이러한 소란 와중에 고기 파이 접시가 사라져버리는 이상한 일도 일어났다. 이 요리는 만찬의 가장 중요한 순서였기에 부인은 크게 화를 냈다. 직접 만든 요리인 데다가 보기에도 아름다웠기 때문이다. 열 장이 넘는 맛있는 고기 파이(밀가루, 소금, 물로 만들었는데, 각각의 파이 가운데에는 큰 건포도가 있었고 파이 전체에 설탕을 뿌려두었다.)가 한 번에 사라져버렸다면 무척이나 괴로운 일이 아니겠는가?

"네가 숨겼지, 토미. 네가 그런 거 다 알아!" 부인은 화를

내며 소리를 지르고는 미심쩍은 손님을 우유 주전자로 위협
했다.

"나 아니야!"

"네가 숨겼잖아!"

"거짓말로 대답하면 안 되는 거예요." 이런 소란 속에서
도 젤리를 먹어치우던 낸이 말했다.

"돌려줘라, 데미." 토미가 말했다.

"무슨 소리야. 너야말로 주머니에 숨겼지!" 억울한 일을
당해 흥분한 데미가 고함을 쳤다.

"파이를 뺏어. 데이지를 울리면 안 되잖아." 처음 참석한
무도회가 기대 이상으로 재미있다고 생각하며 냇이 말했다.

데이지는 이미 울고 있었다. 헌신적인 하인답게 베스도
부인과 함께 눈물을 흘렸다. 낸은 남자아이들 전체를 '성가
신 것들'이라고 매도했다. 한편 신사들 사이에서는 격렬한
싸움이 벌어졌다. 두 아이가 범인에게 덤벼들었고, 비정한
적은 식탁 뒤에 진을 치고는 훔쳐두었던 파이를 잡아서 던졌
다. 파이는 거의 포탄처럼 단단해져서 공격에는 효과적이었
다. 포위된 채 계속 버티던 범인은 마지막 파이가 난간 너머
로 날아가는 순간 붙잡혔고, 고함과 함께 방 밖으로 끌려나
가 수치스러운 모습으로 복도 바닥에 내동댕이쳐졌다. 승리
자들은 기쁨에 상기된 얼굴로 방으로 돌아왔다. 데미가 불쌍

한 부인을 위로하는 동안, 냇과 낸은 바닥에 떨어진 파이를 주워 건포도를 제자리에 놓고 접시로 옮겼다. 거의 처음과 같은 모습으로 보이게 만들었지만, 설탕이 다 떨어져 나가서 이전의 영광은 찾아볼 수가 없었다. 이런 모욕을 당한 파이는 아무도 먹으려고 하지 않았다.

"우리 나가는 게 좋을 것 같아." 계단 쪽에서 갑자기 조의 목소리가 들려오자 데미가 말했다.

"그러는 게 좋겠어." 냇은 허둥대다가 방금 주워든 과자를 떨어뜨렸다.

하지만 남자아이들의 퇴각이 완료되기 전에 조가 나타났고, 동정하며 귀를 기울이는 조에게 어린 아가씨들은 자신들의 분통 터지는 이야기를 쏟아냈다.

"남자아이들이 뭔가 착한 행동을 해서 자기들의 나쁜 행실을 되갚지 않는다면 더는 무도회에 초대받지 못하겠지." 조는 고개를 흔들더니 이들 세 문제아에 대해 말했다.

"그냥 장난친 거예요." 데미가 반박했다.

"난 다른 사람들을 못살게 구는 장난을 좋아하지 않아. 너에게 실망했다, 데미. 너만은 데이지를 괴롭히지 않을 거라 생각했는데. 네게 친절하게 대해준 착한 동생이잖니."

"원래 오빠는 여동생을 괴롭히는 거래요. 토미가 그랬어요." 데미가 중얼거렸다.

"여기 있는 남자아이들은 그러지 않았으면 좋겠어. 너희가 재미있게 같이 놀 수 없다면 데이지를 집으로 돌려보내야 할 것 같구나." 조는 진지한 얼굴로 말했다.

이 끔찍한 협박에 데미는 동생 쪽으로 몸을 돌렸고, 데이지도 급하게 눈물을 닦았다. 서로 떨어지는 건 쌍둥이에게 일어날 수 있는 가장 불행한 일이었다.

"냇도 잘못했어. 그리고 토미가 가장 나빠." 나머지 두 사람도 마땅한 벌을 받지 않으면 큰일이라고 생각한 낸이 말했다.

"미안해." 냇이 몹시 부끄러워하며 말했다.

"난 안 미안해!" 밖에서 열쇠 구멍으로 이야기를 들으려고 온 힘을 다하던 토미가 고함을 쳤다.

조는 웃음을 터뜨릴 뻔했지만, 표정을 바꾸지 않고 문쪽을 가리키면서 분명하게 말했다.

"이제 가도 된다, 얘들아. 하지만 내가 괜찮다고 할 때까지 여자애들과 이야기하거나 놀아서는 안 된다는 점을 명심해. 너희는 그럴 자격이 없으니까 금지하는 거야."

예의 없는 젊은 신사들은 허둥지둥 물러났고, 방 바깥에서 후회하는 기색도 없었던 토미 뱅스에게 조롱과 멸시를 받았다. 뱅스는 15분 정도 둘과 아예 말도 섞지 않았다. 다들 데이지의 무도회가 실패한 일을 위로해 주었지만, 데이지는 오빠와 같이 놀 수 없게 되어 안타까웠고 오빠가 자기의 상냥한 마음을 아프게 한 일도 속이 상했다. 낸은 오히려 이런 소란을 기뻐하며 세 아이에게, 특히 토미에게 콧방귀를 뀌었다. 토미는 아무 일도 아닌 척하면서 '멍청한 여자애들'에게서 벗어나게 되어 오히려 잘됐다고 떠들어댔다. 하지만 속으로는 친구들을 추방당하게 만든 자신의 무모한 행동을 금세후회했다. 막상 떨어져 지내고 보니 매 순간 '멍청한 여자애들'의 가치를 실감할 수 있었기 때문이다.

다른 두 아이는 금방 잘못을 인정했고, 여자아이들과 다시 친구가 되었으면 좋겠다는 마음이 간절해졌다. 이제 데이지는 더 이상 다정하게 대해주거나 요리를 해서 나눠주지 않았고, 낸은 재미있는 놀이를 같이하거나 계획을 세워주지 않았다. 집에서 즐겁고 편안하게 지내는 데에 도움을 주는 사람이 조 선생님뿐이라는 사실이 가장 난감했다. 이들에게 가장 큰 괴로움은 선생님이 여자아이들과 같은 편인 것 같다는 사실이었다. 추방자들에게는 좀처럼 말을 걸지도 않았고, 마주쳐도 못 본 체했으며, 뭘 부탁해도 지금은 바빠서 못 해준다고 말했다. 이런 갑작스럽고 철저한 유배는 이들의 영혼에 어두운 그림자를 드리웠다. 조에게 버림받자 한낮에도 해가 진 것 같았고, 몸을 기댈 피난처도 없어진 것 같았다.

부자연스러운 상태는 정확히 사흘이나 이어졌다. 아이

들은 더 이상 견딜 수가 없었고, 지금은 해가 조금 가린 정도 지만 얼마 지나지 않아 개기일식 상태가 되지 않을까 두려 워하게 되었다. 결국 이들은 바에르 교수에게 조언을 구하러 갔다.

바에르 교수는 조에게 아이들이 이 일로 찾아올 수도 있 다는 말을 들었을 것이다. 하지만 아이들은 이런 사실을 꿈 에도 생각하지 못했다. 교수는 괴로워하는 아이들에게 몇 가 지 조언을 해주었다. 아이들은 고마워하면서 이 조언을 실행 에 옮겼다.

다락방에 틀어박힌 아이들은 노는 일도 없이 신비로운 무언가를 만드느라 몇 시간을 보냈다. 에이셔는 이들이 밀 가루 반죽을 너무 많이 가져갔다고 투덜거렸고, 여자아이들 은 무슨 일인지 궁금해서 참을 수 없을 지경이었다. 낸은 다 락방에서 무슨 일이 벌어지는지 보려다가 문에 코가 끼었고, 데이지는 이런 비밀 따위는 만들지 말고 모두 같이 놀고 싶 다고 한탄하면서 문 앞에 앉아 있었다. 수요일 오후는 날씨 가 좋았다. 바람과 날씨에 대해 여러 가지로 논의한 끝에 냇 과 토미는 신문지로 꼭꼭 싼 커다랗고 납작한 꾸러미를 가지 고 어디론가 나갔다. 낸은 궁금해서 죽을 지경이었고, 데이 지는 짜증이 나서 거의 울 뻔했다. 두 여자아이의 호기심이 최고조에 달했을 때, 데미가 모자를 손에 들고 조의 방으로 당당하게 들어가 그 또래 아이가 보일 수 있는 최대한의 공손함을 담아 말했다.

"실례합니다, 조 이모. 저희가 준비한 깜짝 파티에 여자 친구들과 같이 와주시겠습니까? 그렇게 해주십시오. 아주 근사한 파티입니다."

"고마워요. 기꺼이 가야죠. 그런데 테드도 데리고 가야 될 텐데요." 조는 미소를 지으며 말했다. 이 미소를 본 데미는 비 온 뒤 햇살처럼 마음이 환해졌다.

"테드가 와도 괜찮습니다. 여자아이들을 태울 작은 마차도 준비되어 있습니다. 이모께서는 페니로열 언덕까지 걸어가 주실 수 있습니까? 어떠신가요?"

"기꺼이 그렇게 하죠. 그런데 제가 가도 방해가 되지 않을까요?"

"오, 아닙니다, 그렇지 않습니다! 조 이모께서 반드시 오셨으면 좋겠습니다. 오시지 않으면 파티는 엉망이 될 거예요." 데미는 진지한 얼굴로 외쳤다.

"정말 배려가 깊으시군요, 선생님." 누구 못지않게 장난을 좋아하는 조는 데미에게 거창한 절을 했다.

"자, 아가씨들, 너무 늦으면 안 돼요. 모자를 쓰시고요, 바로 갑시다. 놀랄 일이 뭔지 빨리 보고 싶네요."

조가 말하는 동안 아이들은 서둘러 준비를 했다. 5분도 되지 않아 여자아이 셋과 테드는 '빨래 바구니'에 들어가 앉았다. 아이들은 당나귀 토비가 끄는 이 바구니를 '고리버들 마차'라고 이름붙였다. 데미가 앞장섰고, 강아지 키트의 호위를 받으며 조가 뒤를 따랐다. 참으로 인상적인 행진이었다. 토비의 머리에는 빗자루에서 뽑은 붉은 깃털이 꽂혀 있었고, 마차에는 선명한 깃발 두 개가 나부꼈으며, 키트는 싫은 것을 꾹 참으며 파란 리본을 목에 달고 있었고, 조는 이 행사에 경의를 표하면서 특이한 일본 우산을 들고 있었다.

여자아이들은 가는 내내 흥분을 감추지 못했다. 테드는 이 행진이 마음에 들었는지 모자를 마차 밖으로 자꾸 집어던졌고, 결국 모자를 빼앗긴 뒤에는 자기가 마차에서 떨어지는 시늉을 했다. 파티의 즐거움을 위해 자기도 무언가를 해야 한다고 생각한 것이 분명했다.

일행이 언덕에 도착해 보니, 어느 동화책 구절처럼 '풀이 바람에 날릴 뿐 아무것도 보이지 않았다'. 아이들은 실망한 듯했다. 그런데 데미가 인상적인 말투로 말했다.

"자, 여러분, 모두 마차에서 내려 가만히 서 계십시오. 깜짝 파티가 지금 시작됩니다." 데미는 이렇게 말하고는 바위 뒤로 사라졌다. 바위 위로 아이들 머리가 나왔다 들어갔다 하는 모습이 보였다. 이들은 30분 전부터 그곳에서 무엇인가 준비하고 있었다.

몇 분 정도 긴장감 감도는 시간이 지나고 냇, 데미, 토미가 앞으로 걸어 나왔다. 아이들은 새 연을 하나씩 들고 있었고, 이를 여자아이 셋에게 선물했다. "와!" 하는 함성이 터져 나왔지만, 남자아이들이 얼굴 가득 웃음을 띠고 "깜짝 놀랄 일은 이뿐만이 아닙니다."라고 말하자 다시 조용해졌다. 남자아이들은 바위 뒤로 뛰어가서는 엄청나게 큰 네 번째 연을 가지고 다시 나타났다. 연에는 밝은 노란색으로 "조 선생님께"라고 적혀 있었다.

"갖고 싶어 하실 거라고 생각했어요. 우리에게 화가 나서 여자애들 편을 들고 계셨잖아요." 세 아이는 입을 모아 말하며 웃었다. 이것이 바로 조를 위한 깜짝 선물이었다.

조는 손뼉을 치며 함께 웃기 시작했다. 그 농담이 아주 마음에 든 듯했다.

"어머, 얘들아. 정말 멋지구나! 누가 생각해 낸 거니?" 조는 괴물같이 커다란 연을 받으면서 물었다. 여자아이들 못지않게 기쁜 얼굴이었다.

"다른 걸 만들려고 했는데 프리츠 이모부가 이걸 만들라고 했어요. 좋아하실 거라고 하셨죠. 그래서 이 커다란 걸 만든 거예요." 데미는 계획이 성공하자 환히 웃으며 대답했다.

"프리츠 이모부는 내가 무얼 좋아하는지 잘 아신단다. 그래, 모두 멋진 연이구나. 지난번에 남자애들이 연을 날릴 때 우리 아가씨들도 갖고 싶다고 그랬지, 얘들아?"

"그래서 만들어준 거예요." 토미는 이 말이 지금 자신의 신나는 기분을 나타내기에 가장 적절하다고 생각하는 듯이 큰 소리로 외쳤다.

"빨리 날려봐요." 항상 가만있지 못하는 냇이 말했다.

"나, 어떻게 날리는지 몰라." 데이지가 말했다.

"우리가 가르쳐줄게. 그러고 싶어!" 남자아이들은 도와주고 싶은 마음을 가득 담아 외쳤다. 데미는 데이지를, 토미는 냇을, 그리고 냇은 베스를 맡았다. 베스는 작은 파란색 연을 꼭 잡고 놓지 않아 냇이 설득하느라 애를 먹었다.

"이모, 잠깐만 기다리세요. 금방 도와드릴게요." 데미가 말했다. 조를 버려두었다가 또다시 눈 밖에 날까 봐 걱정스러웠다.

"저런, 얘들아. 난 어떻게 연을 날리는지 안단다. 여기 내 연을 띄워줄 사람도 있어." 조가 말했다. 바에르 교수가 바위 뒤에서 장난기 가득한 얼굴로 몰래 보고 있었던 것이다.

교수는 곧바로 바위 뒤에서 나와 큰 연을 띄웠고, 조는 능숙하게 연을 따라갔다. 아이들은 그 자리에 서서 모든 광경을 기쁜 듯 바라보았다. 모든 연이 하나씩 하늘로 올라가 즐거운 새처럼 멀리 떠다녔고, 언덕 위로 끊임없이 불어오는 바람을 타고 균형을 잡았다. 얼마나 즐거운 시간인가! 뛰어

다니고 소리를 지르고, 연을 띄우고 다시 끌어내렸다. 공중에서 연이 우스꽝스럽게 움직이는 모습을 바라보고, 살아 있는 동물이 도망가는 듯 줄이 당겨지는 것을 느꼈다. 냇은 너무 즐거워했고, 데이지는 이 새로운 놀이가 인형 놀이 못지않게 재미있다고 생각했다. 꼬마 베스는 자기의 예쁜 연이 좋아서, 아주 잠깐만 날려보고는 줄곧 무릎 위에 올려놓은 채로 연 위에 토미가 그려놓은 멋진 그림만 쳐다봤다. 조도 자기 연을 무척 마음에 들어 했다. 연도 누가 자기 주인인지 아는 것처럼 움직였다. 예기치 않게 곤두박질쳐 나무에 걸리기도 하고 개울에 거의 처박힐 뻔하더니, 마침내는 구름 속 작은 점처럼 보이는 높이까지 휙 날아가 버렸다.

얼마 지나지 않아 모두 지치자, 연의 줄을 나뭇가지와 울타리에 묶어놓고는 앉아서 쉬었다. 바에르 교수는 테드를 어깨에 태우고 송아지를 보러 갔다.

"전에도 이런 재미있는 일을 해보셨어요?" 다 같이 풀밭에 누워서 순한 양처럼 박하잎을 씹고 있는데 냇이 물었다.

"어릴 적에 연날리기를 한 이후로 처음이야." 조가 대답했다.

"선생님이 어렸을 때 저랑 아는 사이였으면 어땠을까 싶어요. 정말 재미있는 아이였겠죠." 냇이 말했다.

"난 말썽꾸러기 아이였어. 유감스럽게도 말이야."

"전 말썽꾸러기 여자애가 좋아요." 토미가 낸을 보면서 말했다. 이 말을 들은 낸은 토미를 무섭게 노려보았다.

"왜 저는 그런 이모 모습은 생각나지 않죠? 제가 너무 어렸나요?" 데미가 물었다.

"아마 그랬겠지, 데미."

"아마 그때는 제 기억력이 생기기 전인가 봐요. 할아버지가 그러시는데, 사람의 머릿속 많은 부분들은 우리가 자라나면서 나타난대요. 이모가 젊었을 때는 제 머리에서 기억력 부분이 아직 나타나기 전이었을 거예요. 그래서 이모가 어땠는지 기억 못 하는 거고요." 데미가 설명했다.

"자, 꼬마 소크라테스 씨. 그런 질문은 할아버지를 만났을 때 하는 게 좋겠다. 나는 잘 모르니까." 데미의 설명이 한없이 길어질까 걱정된 조가 말했다.

"그럼, 그렇게 할게요. 할아버지는 이런 것들을 잘 아시거든요. 이모는 잘 모르지만요." 데미는 지금은 연 이야기가 더 적당한 것 같다고 생각하면서 대답했다.

"옛날에 연날리기한 이야기를 해주세요." 조가 아까 그 애기를 하면서 웃은 것을 보면, 틀림없이 흥미로운 일이 있었을 거라 생각한 냇이 말했다.

"아, 꽤 재미있는 일이 있었어. 열다섯 살 때였는데, 그런 놀이를 하는 모습을 보여주기가 부끄러웠지. 그래서 로리 이모부하고 같이 아무도 모르게 연을 만들어 몰래 날리러 나갔어. 재미있게 놀고 나서 지금처럼 쉬는데, 갑자기 사람들 소리가 들리지 뭐니. 젊은 남녀가 소풍을 마치고 돌아오는 모습이 보였단다. 이모부는 신경 쓰지 않았어. 역시 연을 갖고 놀기에는 다 큰 나이였는데도 말이야. 하지만 난 굉장히 당황했어. 이 일로 사람들이 비웃을 걸 알고 있었기 때문이지. 제멋대로였던 내 행동은 주위 사람들을 웃게 했단다. 지금 낸이 우리를 웃게 하듯이 말이야.

'어떡하지?' 사람들 말소리가 점점 더 가까워지자 로리 이모부에게 작은 목소리로 물었단다.

'어떻게 해야 할지 가르쳐줄게.' 로리 이모부는 이렇게 말하고는 얼른 칼을 꺼내 줄을 잘랐어. 연은 하늘 높이 날아가 버렸단다. 사람들이 가까이 왔을 때 우리는 아무렇지도 않은 듯 꽃을 꺾고 있었지. 누구 하나 눈치채지 못했어. 사람들이 지나간 뒤에 우린 하마터면 큰일 날 뻔했다고 크게 웃었단다."

"그 연은 없어졌어요, 이모?" 데이지가 물었다.

"다신 찾지 못했지. 하지만 상관없었어. 그때 생각했거든. 차라리 나이가 더 들 때까지 기다리는 게 가장 좋겠다고. 그럼 다시 연을 날릴 수 있을 테니까. 어때, 기다린 보람이 있었지?" 조는 이렇게 말하면서 큰 연을 잡아당겼다. 날이 어두워지고 있었기 때문이다.

"이제 집으로 가야 해요?"

"그래야겠네. 너희들 저녁을 준비해야 하니까. 저녁 식사가 없는 깜짝파티는 너희도 좋아하지 않을 거야. 그렇지, 애들아?"

"우리 파티는 괜찮았죠?" 토미가 만족스러운 얼굴로 물었다.

"아주 좋았어!" 모두가 대답했다.

"왜 그런지 아니? 손님들이 예의 바르게 행동하고 모든 일이 다 잘되도록 조심했으니까 그런 거야. 무슨 말 하는지 알겠지, 애들아?"

"네, 알겠어요." 남자아이들이 한 말은 이것이 다였지만, 부끄러운 기색으로 서로의 얼굴을 살짝 훔쳐보았다. 아이들은 손님들이 예의 바르게 행동하지 않아 엉망이 된 예전 파티를 떠올리며 얌전하게 연을 어깨에 메고 집으로 돌아왔다.

다시 집으로

7월이 오자 건초 작업이 시작되었다. 작은 밭도 잘 가꾸어졌고, 긴 여름날은 즐거운 일로 가득했다. 아침부터 저녁까지 현관문을 열어두었고, 아이들은 수업 시간 외에는 밖에서만 지냈다. 수업은 적어지고 쉬는 날은 많아졌다. 바에르 부부는 운동으로 건강한 몸을 기를 수 있다고 믿었고 여름은 야외 활동에 가장 적합한 시기이므로, 이 짧은 기간을 최대한 활용해야 했다. 아이들의 얼굴은 햇빛에 그을려 장밋빛으로 건강하게 변했다. 식욕도 왕성해졌고, 튼튼하게 자란 팔다리에 윗옷과 바지가 맞지 않게 되었다. 사방을 웃으며 뛰어다녔고, 집과 헛간에서 장난을 쳐댔다. 언덕과 계곡을 넘어 모험을 떠나기도 했다. 아이들의 몸과 마음이 자라는 모습을 보면서 부부의 마음은 헤아릴 수 없는 만족감으로 가득 찼다. 다만 두 사람이 온전히 행복해지는 데 단 한 가지가 빠져 있었는데, 이것은 전혀 뜻밖의 시기에 찾아왔다.

어느 상쾌한 저녁, 작은 아이들은 잠자리에 들고, 큰 아이들은 개울에서 목욕하던 참이었다. 조가 거실에서 테드의 옷을 갈아입히는데, 테드가 갑자기 "대니 형아!" 하고 소리치고는 창문 쪽을 가리켰다. 창문에는 달이 환하게 비치고 있었다.

"아니야, 애야. 대니 형은 여기 없어. 저건 예쁜 달님이잖니." 엄마가 말했다.

"아냐, 아냐. 대니 형아 있어 창문에. 테드 봤어." 흥분한 어린 테드는 자기 말이 옳다고 우겼다.

"그럴지도 모르지." 조는 사실이기를 바라면서 창문 쪽으로 서둘러 다가갔다. 그러나 어떤 흔적도 없었고, 어디에서도 소년의 모습을 찾아볼 수 없었다. 조는 댄의 이름을 불러보았다. 테드의 목소리가 자기 목소리보다 더 효과가 있을지 모른다고 생각해서 셔츠만 입은 테드를 안고 현관으로 가 형의 이름을 부르게도 해보았다. 하지만 아무도 대답하지 않고 아무것도 보이지 않자, 두 사람은 실망한 채로 되돌아왔다. 테드는 달빛만 보이는 것에 실망한 나머지, 침대에 누웠다가도 고개를 들고는 대니 형이 '이제 오꺼' 아니냐며 계속해서 물었다.

테드는 금방 잠이 들었고, 아이들도 줄줄이 침대로 들어갔다. 집 안은 고요해졌고, 귀뚜라미 소리만이 여름밤의 부드러운 침묵을 깨뜨렸다. 조는 커다란 바구니 안에 가득한 양말의 구멍을 기우면서 댄을 생각했다. 남편에게 이야기를 할까 잠시 망설였지만, 아기가 잘못 보았을 것이라 생각하고는 아무 말 하지 않기로 했다. 안타깝게도 남편은 아이들이 잠들 때까지는 쉴 틈이 없었고, 지금도 아이들에게 편지를 쓰느라 정신이 없었기 때문이다. 조는 10시가 넘어서야 문단속을 하려고 일어섰다. 잠시 계단에 서서 아름다운 밤 풍경을 보는데, 마당에 있는 건초 더미에서 무언가 하얀 게 눈에 띄었다. 아이들이 오후 내내 거기서 놀았기 때문에 평소처럼 낸이 모자를 흘리고 왔나 보다 생각한 조는, 모자를 가지러 건초 더미로 다가갔다. 그런데 가까이 다가가 보니, 그것은 모자도 손수건도 아니었다. 셔츠 소매밖으로 갈색 손이 나와 있는 모습이 눈에 들어온 것이다. 서둘러 건초 더미 뒤로 돌아간 조는 곤히 잠든 댄을 발견했다.

너덜너덜하고 더러운 옷을 걸친 댄은 전보다 몹시 마르고 지쳐 보였다. 한쪽 발은 맨발이었고, 다른 쪽 발은 붕대 대신 낡은 격자무늬 셔츠가 매여 있었다. 건초 더미 뒤에 숨었다가 잠이 들었고, 잠결에 뻗는 바람에 팔이 밖으로 삐져나온 모양이었다. 꿈이라도 꾸는지 한숨을 쉬면서 중얼거렸고 몸을 뒤척일 때마다 어디가 아프기라도 한 듯 신음소리를 냈지만, 기진맥진한 상태라 깨지도 못하는 모습이었다.

"이런 곳에서 자게 해서는 안 되지." 조는 혼잣말을 하면서 몸을 숙여 댄을 부드럽게 불러보았다. 댄은 눈을 뜨고 조를 바라보고는, 아직 꿈속이라고 생각하는지 미소를 지으며 졸린 듯한 목소리로 말했다. "엄마, 저 집에 왔어요."

그 표정과 말이 조의 마음을 울렸다. 조는 댄의 머리 밑에 손을 넣어 일으키면서 언제나처럼 다정하게 말했다.

"돌아올 줄 알았어. 다시 보게 되니 정말 반갑구나, 댄." 댄은 그제야 잠이 깼는지 깜짝 놀라서 자기가 어디 있는지 생각난 듯 주위를 둘러보았다. 이렇게 자신을 친절하게 맞아 주다니 믿을 수 없었다. 다시 예전 표정으로 돌아간 댄은 평소처럼 거칠게 말했다.

"아침에 다른 곳으로 가려던 참인데, 지나가다가 잠깐 들러본 거예요."

"그럼 왜 안 들어왔니, 댄? 아까 우리가 부르는 소리 못 들었어? 테드가 널 보고는 소리 질렀잖아."

"집에 들어오라는 소린지 몰랐죠." 댄은 금방이라도 떠나려는 듯이, 들고 있던 작은 짐 꾸러미를 만지작거리면서 말했다.

"확인해 보려무나." 조는 손을 내밀어 따스한 불빛이 비치는 문을 가리키면서 대답했다.

댄은 무거운 짐을 내려놓은 듯 긴 한숨을 쉬더니, 굵은 지팡이를 집어 들고 절룩거리면서 집 쪽으로 가기 시작했다. 하지만 갑자기 멈춰 서서는 미심쩍은 듯한 목소리로 말했다.

"바에르 교수님은 제가 온 걸 좋아하지 않을 거예요. 페이지 씨 집에서 도망 나왔거든요."

"교수님도 아셔. 안타까운 일이라고 하셨지. 하지만 괜찮아. 그런데 너 다리를 다쳤구나?" 댄이 계속해서 다리를 절자 조가 물었다.

"담을 넘는데, 돌이 떨어져서 발을 깔아뭉갰어요. 괜찮아요." 댄은 걸을 때마다 심하게 아픈 것을 숨기려고 애썼다.

조는 댄을 자기 방으로 데려왔다. 댄은 방에 들어서자마자 의자에 털썩 주저앉아 머리를 뒤로 젖혔다. 피로와 고통으로 얼굴이 새파랗게 질려 있었다.

"가엾은 댄! 이거 마셔라. 그리고 뭘 좀 먹어야지. 이제 집으로 돌아온 거야. 엄마가 잘 보살펴 줄게."

댄은 고마움에 가득 찬 눈으로 조를 올려다보면서 입가에 대어준 포도주와 음식을 천천히 먹기 시작했다. 한 입 한 입 먹을 때마다 기운이 나는 것 같은 모습으로 조가 자기에게 일어난 일을 모두 알게 되기를 바라는 듯이, 말을 하기 시작했다.

"어떻게 여기에 와 있는거니, 댄?" 조는 붕대를 꺼내면서 물었다.

"도망친 지는 한 달이 넘었어요. 페이지 씨는 좋은 사람이지만 너무 엄했어요. 그게 싫어서 어떤 아저씨에게 배를 얻어 타고 강 아래쪽으로 도망갔죠. 그래서 제가 어디 갔는지 찾지 못했던 거예요. 그 아저씨와 헤어지고 나서는 어느 농부의 집에서 몇 주 동안 일했어요. 그런데 제가 그 집 아이를 때리는 바람에 농부에게 얻어맞았죠. 그래서 다시 도망쳐서 여기까지 걸어온 거예요."

"여기까지 계속 걸어온 거니?"

"네, 그 농부는 제게 일한 값을 치르지 않았지만, 달라고 하지도 않았어요. 그 집 아이를 때려줬으니 그 돈을 받은 셈이죠." 댄은 웃었지만, 자신의 너덜너덜한 옷과 더러운 손을 힐끗 보면서 부끄러운 표정을 지었다.

"어떻게 지냈어? 길고 힘든 떠돌이 생활이었을 텐데."

"아뇨, 다리를 다치기 전까지는 괜찮게 지냈어요. 사람들이 먹을 것도 줬고요, 밤에는 헛간에서 자고 낮에는 잘 걸었어요. 지름길로 가려다가 길을 잃지만 않았다면 더 일찍 여기 도착했을 거예요."

"그런데 여기 와서 다시 머무를 생각이 아니라고 했잖아. 그러면 어디로 갈 생각이었어?"

"테드를 한 번 더 보고 싶었어요. 그리고 선생님도요. 그러고 나서 마을로 가서 예전에 하던 일을 할 생각이었어요. 지금은 그냥 너무 피곤해서 건초 더미에서 잔 것뿐이에요. 들키지만 않았으면 내일 아침에 가버렸겠죠."

"내가 널 찾아내서 실망했니?" 댄의 다친 발을 보려고 무릎을 꿇은 조는 반쯤은 놀리듯이, 반쯤은 나무라듯이 댄을 쳐다보았다.

댄의 얼굴이 확 붉어졌고, 접시에 눈을 고정한 채로 낮은 목소리로 말했다. "아뇨, 선생님. 전 기뻐요. 여기 있고 싶었으니까요. 그런데 무서웠어요. 혹시……"

조가 그의 발을 보고 놀라서 소리치는 바람에 댄은 말을 끝맺지 못했다. 상처가 꽤 심했다.

"언제 이렇게 다친 거야?"

"사흘 전에요."

"이 발로 걸어 다녔어?"

"지팡이가 있었으니까요. 개울을 만날 때마다 상처를 씻었고요. 어떤 여자분이 상처를 싸맬 헝겊 조각도 주었어요."

"바에르 교수님께 보여드리고 바로 치료해야겠다." 조는 서둘러 옆방으로 갔다. 문을 닫지 않은 채여서 댄은 안에서 하는 이야기를 모두 들을 수 있었다.

"여보, 그 애가 돌아왔어요."

"누구 말이에요? 댄이요?"

"네, 테드가 창가에서 댄을 보고 불렀는데, 도망가서 마당에 있는 건초 더미 뒤에 숨어버렸죠. 그러다가 깊이 잠든 댄을 방금 발견했어요. 피곤하고 통증이 심해 반쯤 죽은 상태로요. 한 달 정도 전에 페이지 씨에게서 도망쳤고, 그때부터 계속해서 이곳으로 걸어왔대요. 자기 말로는 우리에게 들키지 않게 그냥 한 번만 보고 마을로 가서 예전에 하던 일을 할 생각이었대요. 하지만 다시 함께 있고 싶은 마음으로 힘들게 여기까지 온 것이 분명해요. 지금 옆방에서 당신이 자기를 용서해 주고 다시 받아줄지 걱정하고 있어요."

"그 애가 그렇게 말했나요?"

"그 아이 눈빛을 보면 알 수 있어요. 자는 걸 깨웠더니 집을 잃은 아이처럼 '엄마, 저 집에 왔어요' 하더라고요. 도저히 야단칠 마음이 들지 않았죠. 길 잃은 가엾은 어린 양이 다시 돌아왔으니 바로 집으로 데려왔어요. 이제 우리가 데리고 있어도 되겠죠, 여보?"

"물론이죠! 이 일로 우리가 그 아이 마음을 얻었다는 사실이 분명해졌군요. 앞으로는 다른 곳으로 절대 보내지 않을 거예요. 그 아이는 이제 우리 아들 로브나 마찬가지니까요."

댄은 부드럽고 은은한 소리를 들었다. 조가 아무 말 없이 남편에게 고마운 마음을 전하는 듯했다. 이어지는 짧은 침묵 속에서 댄의 두 눈에 눈물이 천천히 맺혔고, 금방 넘쳐 흘러서는 먼지투성이 뺨을 타고 흘러내렸다. 댄이 재빨리 눈물을 훔쳐낸 덕분에 아무도 댄이 눈물을 흘리는 모습을 보지는 못했다. 하지만 짧은 그 순간에 이 선한 사람들에 대한 댄의 오랜 불신은 영원히 사라진 것 같았다. 댄의 마음속 한구석에 감동이 일었고, 자신을 기다려주고 용서해 준 선생님 부부의 사랑과 연민이 헛되지 않다는 사실을 증명해야겠다는 마음이 샘솟았다. 댄은 아무 말도 하지 않았다. 그저 있는 힘을 다해 그 소망을 이루고 싶었고, 아이답게 맹목적으로 이를 실행하겠다고 결심했을 뿐이었다. 그 결심은 눈물과 함께 봉해져, 이제 어떤 고통이나 피로나 외로움에도 흔들릴 수 없게 되었다.

"가서 댄의 발을 봐줘요. 꽤 많이 다친 것 같아 걱정이에요. 이런 더위와 먼지 속에서 물로만 씻고는 낡은 천으로 싸맨 채 사흘이나 걸어왔대요. 분명 용감한 아이예요, 여보. 앞으로 훌륭한 어른이 될 거라고 믿어요."

"그렇게 됐으면 좋겠네요. 당신이 그렇게 열심히 돌봐주니까요. 당신 신념은 그럴 만한 가치가 있어요. 이제 당신이 아끼는 스파르타 소년을 보러 가야겠군요. 어디에 있나요?"

"내 방에요. 그렇지만 여보, 그 아이가 아무리 퉁명스럽게 굴어도 친절하게 대해줘요. 그 아이를 바른 길로 이끌려면 그게 최선의 방법이라고 확신해요. 댄은 엄격하게 대하거나 구속하는 걸 견디지 못해요. 부드러운 말과 끝없는 인내만이 댄을 바르게 이끌어줄 거예요. 내가 어렸을 때 사람들이 했던 것처럼요."

"당신이 이 꼬마 악당과 닮은 면이 있었다는 얘기군요!"
바에르 교수는 이렇게 말하며 웃었지만, 그런 생각은 조금 마음에 들지 않았다.

"속마음은 비슷했어요. 물론 겉으로 그렇게 내보이지는 않았지만요. 난 그 애가 어떻게 느끼는지 본능적으로 알 수 있어요. 어떻게 해야 바르게 이끌고 마음을 얻을 수 있을지도 짐작이 가고, 그 아이가 받은 유혹과 이제까지 겪은 실패에도 공감할 수 있어요. 그래서 기뻐요. 이런 공통점 덕분에 댄을 도울 수 있으니까요. 이 거친 아이를 훌륭한 사람으로 만들 수 있다면, 그건 제 생애 최고의 일이 될 거예요."

"하느님께서 그 일을 축복하시고, 그 일을 하는 사람도 도우시기를!"

바에르 교수도 이제는 조와 마찬가지로 진지한 마음을 담아 말했다. 두 사람은 함께 조의 방으로 갔다. 댄은 졸려 죽겠다는 듯이 팔을 머리에 얹고 있었지만, 금방 고개를 들고 일어나려고 했다. 그러자 교수는 유쾌한 목소리로 말했다.

"페이지 씨 농장보다 여기가 좋았나 보구나. 그래, 이번에는 지난번보다 더 편하게 지낼 수 있는지 한번 보자."

"감사합니다, 교수님." 댄은 퉁명스럽게 보이지 않으려고 애쓰면서 말했고, 그런 태도가 생각보다 쉽다는 사실을 깨달았다.

"어디, 발 좀 보자. 아이고! 좀 심하구나. 내일 퍼스 선생님께 진찰을 받아야겠다. 조, 따뜻한 물과 흰 천을 좀 가져다 줘요."

바에르 교수는 댄의 발을 씻기고 붕대를 감아주었다. 그러는 동안 조는 집에서 유일하게 비어 있던 침대를 정돈했다. 그 침대는 거실과 연결된 작은 손님용 방에 있었다. 아이들이 아플 때면 이 침대에서 재우곤 했는데, 조가 오르락내리락하지 않아도 되고 아픈 아이도 집 안의 모습을 볼 수 있는 위치였다. 준비가 끝나자 바에르 교수는 댄의 손을 잡고 방으로 데려가 옷을 갈아입히고는 작고 하얀 침대에 눕혀주었다. 그리고 다시 댄의 손을 잡은 뒤 아버지가 아들에게 하듯이 "잘 자라, 얘야." 하고는 방을 떠났다.

댄은 금방 깊이 잠들었고, 두세 시간 정도 곯아떨어졌다. 그러다가 발이 욱신거리는 바람에 잠에서 깨어 몸을 뒤척이기 시작했다. 그러면서도 다른 사람이 들으면 안 된다는 생각에 앓는 소리를 내지 않으려고 했다. 댄은 용감한 소년이었기에, 바에르 교수가 말했듯 '스파르타 소년'처럼 아픔을 견뎠다.

조는 밤중에 집 안을 조용히 둘러보곤 했다. 바람이 차가워지면 창문을 닫거나, 테드 침대에 모기장을 치거나, 몽유병이 있는 토미를 살펴보기 위해서였다. 이 모든 일을 마친 뒤 잠자리에 들기 위해 누웠을 때, 어딘가에서 아주 작게 앓는 소리가 들렸다. 도둑이나 길고양이가 들어오거나 불이 날 경우를 대비해 조는 항상 방문을 열어두고 잤기 때문에 댄이 내는 아주 작은 신음을 금방 알아차릴 수 있었다. 댄이 괴로워하며 뜨거워진 베개를 내리치고 있을 때, 복도에서 불빛이 깜빡거리며 다가왔다. 조는 머리카락을 커다랗게 틀어 올린 채, 긴 회색 가운을 끌면서 우스꽝스러운 유령 같은 모습으로 조용히 방에 들어왔다.

"많이 아프니, 댄?"

"너무 아파요. 선생님을 깨울 생각은 아니었는데……."

"나는 올빼미 같은 사람이야. 밤중에 늘 이리저리 다니곤 하지. 이런, 발이 불덩이 같구나. 천을 다시 적셔야겠다." 조는 엄마 올빼미처럼 후다닥 달려가서는 뜨거워진 발을 식힐 것들과 얼음물을 담은 커다란 대야를 가지고 돌아왔다.

"아, 훨씬 나아요!" 붕대를 적셔 뜨거운 발 위에 놓자, 댄은 숨을 길게 내쉬었다. 조는 댄의 목을 축여주려고 한잔 가득 물을 마시게 했다.

"그럼, 잘 자거라. 내가 다시 와도 놀라지 말고. 금방 또 와서 열을 식혀줄 테니까."

그렇게 말하면서 조는 몸을 굽혀 베개를 뒤집어놓고 침대보를 펴주었다. 그때 정말 놀랍게도, 댄이 팔을 조의 목에 두르고 얼굴을 끌어당기고는 잘 나오지도 않는 목소리로 "고맙습니다, 선생님."이라고 말하며 입을 맞췄다. 그 어떤 유창한 말보다 더 깊은 마음이 조에게 전해졌다. 댄의 서투른 입맞춤과 더듬거리는 말은 "죄송해요, 열심히 해볼게요"라는 뜻이었다.

조는 이 말 없는 고백을 받아들였지만, 댄의 고백을 망치고 싶지는 않아 놀란 모습을 애써 감췄다. 다만 베개에 묻혀 있는 댄의 갈색 뺨에 키스해 주었다. 조용히 방을 떠나면서 조가 말했다. "넌 이제 내 아들이야. 너만 괜찮으면 그걸 자랑하고 기쁘게 말해도 된단다." 댄이 오래도록 기억할 말이었다.

새벽녘에 다시 살짝 와보니 댄은 푹 잠들어 있었고, 젖은 천으로 발을 식혀주어도 깨어나지 않았다. 통증은 계속됐지만 점차 누그러졌고 평화로운 얼굴로 잠이 든 모양이었다.

일요일이 되었다. 집 안이 너무나 고요해, 댄은 점심때가 다 되어서야 일어났다. 주위를 둘러보니 문 앞에서 자신을 바라보고 있는 작은 얼굴이 눈에 들어왔다. 댄이 두 팔을 벌리자 테드가 방을 가로질러 침대에 뛰어들어서는 부둥켜

안고 발버둥치면서 "대니 형아 왔어!"라고 소리쳤다. 잠시 후 조가 식사를 가지고 왔다. 댄은 어젯밤 일이 생각나 무척이나 부끄러운 얼굴이었지만, 조는 짐짓 모른 척해 주었다. 테드는 자기가 형에게 '스뿌'를 주겠다고 고집을 부리면서 아기 다루듯 떠먹여 주었다. 댄은 그렇게 배가 고프지는 않았지만 테드의 모습을 재미있어하며 즐겁게 식사를 했다.

식사를 마치자 의사가 들어왔다. 불쌍한 스파르타 소년은 무척 고생을 해야 했다. 발에 있는 작은 뼈가 여러 개 부러져서 하나하나 맞춰야 했기 때문이다. 입술은 하얗게 질리고 이마에는 굵은 땀방울이 맺혔지만 댄은 절대로 울지 않았고, 나중에도 한동안 빨갛게 자국이 남아 있을 정도로 조의 손만 꽉 잡았다.

"적어도 일주일은 가만히 있어야 합니다. 바닥에 발을 디디면 안 돼요. 일주일이 지나면 목발이나 지팡이를 짚고 걸을 수 있을지, 아니면 더 누워 있어야 할지 알게 되겠죠." 퍼스 선생님은 반짝이는 수술 도구를 정리하면서 말했다.

"나중에는 다 낫는 거죠? 그렇죠?" 댄이 물었다. '목발'이라는 말에 깜짝 놀란 모양이었다.

"그래야지." 의사는 이 말만 하고는 돌아갔다. 댄은 온통 풀이 죽어버렸다. 뛰놀기 좋아하는 아이에게 한 발을 잃는다는 것은 엄청난 재앙이었다.

"걱정 안 해도 돼. 난 소문난 간호사잖니. 한 달이 지나면 얼마든지 돌아다닐 수 있을 거야." 조는 희망찬 목소리로 말했다.

그러나 다리를 절게 될지 모른다는 걱정은 댄의 마음에서 떠나지 않았고, 테드가 옆에서 애교를 부려도 기분이 나아지지 않았다. 그래서 조는 한두 명 정도 병문안을 오면 어떨까 싶어 누구를 보고 싶은지 물었다.

"냇하고 데미요. 그리고 제 모자도 갖다주시겠어요? 그 안에 걔네들이 좋아할 만한 게 들어 있거든요. 혹시 제 짐 꾸러미 버린 건 아니죠?" 댄은 자기가 물어본 것처럼 짐을 버리지는 않았을까 조금 불안해하며 말했다.

"아니, 잘 보관해 놨지. 네가 그렇게 소중하게 간직한 걸 보고 무슨 보물 아닐까 생각했거든." 조는 나비와 딱정벌레가 가득 들어 있는 낡은 밀짚모자와 길에서 주운 이상한 물건들을 잔뜩 싸맨 손수건을 가져다주었다. 손수건을 풀자 정성스레 이끼로 싼 새의 알, 특이하게 생긴 조개껍데기와 작은 돌멩이, 버섯 조각, 그리고 갇혀 있어서 몹시 화가 난 작은 게 여러 마리가 들어 있었다.

"이것들을 놔둘 만한 데가 있을까요? 하이드 씨하고 같이 모은 것들이에요. 아주 멋진 것들이니, 어디 모아놓고 살펴봤으면 좋겠어요. 그래도 돼요?" 댄은 발이 아프다는 사실도 잊은 채, 침대 위에서 기어 다니는 게를 보고는 웃으며 물었다.

"물론 그래도 되지. 앵무새 키우던 낡은 새장에 두면 딱 맞겠다. 지금 가져다줄 테니 그동안 테드가 발가락을 물리지 않도록 지켜봐 주렴." 조는 이렇게 말하고 새장을 가지러 나갔다. 방에 남은 댄은 자기 보물이 쓸데없는 물건으로 취급되어 버려지지 않아서 너무나 기뻤다.

냇과 데미가 새장을 가지고 방으로 들어왔다. 게들이 새 보금자리에서 자리를 잡는 모습을 보고 아이들은 무척 즐거워했다. 이 소동 덕분에 두 아이는 도망쳤던 아이를 환영할 때 으레 느끼게 되는 어색함을 잊을 수 있었다. 항상 자신의 이야기에 감탄하던 아이들 앞에서 댄은 바에르 부부에게 이야기했을 때보다 훨씬 더 자세하게 자신의 모험담을 들려주었다. 그런 다음 자기 '전리품'을 보여주면서 하나하나 자세히 설명해 주었다. 아이들에게 방해가 되지 않도록 옆방으로 갔던 조는 이들의 아이다운 대화가 놀랍고 흥미로웠다.

'이 아이는 어떻게 저런 걸 다 알까? 정말 이야기를 하는 데 열중하고 있네! 책은 별로 좋아하지 않으니 누워 있는 동안 즐길 만한 일을 찾아주는 게 당장은 힘들겠다고 생각했는데, 정말 다행이야. 딱정벌레나 돌멩이는 아이들이 얼마든지 가져다줄 수 있으니까. 댄이 뭘 좋아하는지 알게 되어 정말 기뻐. 좋은 취미가 될 거고, 아마 이 아이의 가능성을 보여줄 수도 있을 테니까. 이 애가 훌륭한 동식물 연구가가 되고 냇이 음악가가 된다면, 올해 이룬 성과를 자랑스럽게 생각할 수 있을 거야.' 조는 책을 펴놓고 미소를 지으며, 어린 시절 그랬던 것처럼 상상의 나래를 펼쳤다. 예전에는 자신만을 위한 상상이었지만, 지금은 다른 사람들을 위한 상상이었다. 이런 상상은 아이들의 미래를 쌓아 올리는 훌륭한 기반이 되어줄 것이었다.

냇은 댄의 모험담에 푹 빠져들었지만, 데미는 그보다 딱정벌레와 나비를 아주 재미있어했다. 이 작은 벌레들의 변화무쌍한 일생 이야기에, 마치 새롭고 사랑스러운 동화를 듣듯이 흠뻑 빠져들었다. 댄은 평소처럼 꾸밈없는 말투로 자기가 아는 것을 열심히 이야기해 주었고, 선생님이라도 된 듯이 어린 철학자 데미를 가르칠 수 있다는 사실에 크게 만족했다. 아이들이 아름다운 털이 있는 사향쥐를 어떻게 잡는지 들으며 너무 흥분한 탓에, 바에르 교수는 냇과 데미에게 산책할 시간이라고 알려주어야만 했다. 댄이 아쉬운 듯 두 아이가 뛰어나가는 모습을 바라보자, 바에르 교수는 기분 전환을 하러 거실 소파로 가자고 권했다.

댄은 거실 소파에 자리를 잡았고 집 안도 조용해졌다. 댄 곁에 앉아 테드에게 그림책을 보여주던 조는 여전히 댄이 손에 들고 있는 보물을 향해 턱짓을 하며 궁금하다는 듯 물었다.

"그런 걸 어디서 그렇게 많이 배웠니?"

"옛날부터 좋아했어요. 그런데 하이드 씨가 가르쳐주기 전까지는 잘 몰랐어요."

"하이드 씨는 누구야?"

"아, 그분은 숲속에서 이런 것들을 연구하는 아저씨예요. 그런 사람을 뭐라고 하는지는 모르지만요. 개구리나 물고기 같은 것들에 대해 뭘 적어놓기도 하고요. 하이드 씨는 제가 같이 나가서 도와주는 걸 좋아했어요. 정말 재미있었어요. 얘기를 정말 많이 해주셨거든요. 아주 쾌활하고 똑똑해요. 언제 또 만나고 싶어요."

"그러면 좋겠구나." 예전의 과묵함을 잊어버릴 정도로 그 일에 푹 빠져 생기가 도는 댄의 얼굴을 보며 조가 말했다.

"글쎄, 그 아저씨는요, 새를 자기 쪽으로 부를 수 있어요. 토끼와 다람쥐도 아저씨를 무서워하지 않아요. 아저씰 나무라고 생각하나 봐요. 혹시 도마뱀을 짚으로 간지럽힌 적 있으세요?" 댄은 진지한 표정으로 물었다.

"아니, 하지만 한번 해보고 싶네."

"전 해봤어요. 간지럼 태우는 걸 좋아하는지, 도마뱀이 몸을 뒤집거나 쭉 펴는 게 너무 재밌어요. 하이드 씨도 자주

242

그렇게 했어요. 휘파람을 불어서 뱀이 가만히 듣고 있게 만들 수도 있고 어떤 꽃이 언제 피는지도 알아요. 벌도 아저씨를 쏘지 않아요. 물고기나 새에 대해서도 정말정말 놀라운 이야기를 해줬어요. 원주민이나 바위 이야기도요."

"하이드 씨와 밖에 나다니는 게 좋아서 페이지 씨 말은 듣지 않았구나." 조가 놀리듯이 말했다.

"맞아요. 잡초를 뜯거나 괭이질을 하는 건 정말 싫었어요. 페이지 씨는 우리가 하는 일이 바보 같다고 생각했고 하이드 씨를 이상한 사람이라고 했죠. 몇 시간씩 '눕혀서' 송어나 새를 보곤 했으니까요."

"'눕혀서'가 아니라 '누워서'라고 해야지. 그게 맞는 표현이란다." 조는 댄의 틀린 말을 부드럽게 고쳐주고는 말을 이었다. "그래, 페이지 씨는 훌륭한 농부야. 자신이 하는 일만큼이나 동식물 연구가가 하는 일도 재미있고 중요하다는 걸 이해하지 못할 수도 있지. 자, 댄. 네가 이런 걸 정말 좋아한다면, 이런 분야에 대해 공부할 시간을 갖고 책을 읽으면 큰 도움이 될 거라 생각해. 물론 다른 것들도 했으면 한단다. 아주 열심히 말이야. 그렇게 하지 않으면 나중에 후회하게 되고, 처음부터 다시 시작해야 한다는 사실을 깨닫게 될 거야."

"그렇게 할게요." 댄은 얌전하게 대답하면서도, 마지막에 나온 진지한 이야기에 놀라 약간 머뭇거리는 표정이었다.

책을 싫어했지만, 조 선생님이 시키는 것이라면 무엇이든 공부하기로 마음을 먹었다는 사실만큼은 분명해 보였다.

"저기 서랍이 열두 개나 있는 옷장이 보이지?" 조는 이어서 뜻밖의 질문을 던졌다.

댄은 피아노 양쪽에 있는 고풍스러운 큰 옷장 두 개를 쳐다보았다. 댄은 이 옷장을 잘 알고 있었다. 서랍 여러 곳에서 실이며 못이며 갈색 종이며 여러 물건들이 나오는 것을 본 적이 있었다. 댄은 고개를 끄덕이면서 빙그레 웃었다. 조는 말을 계속 이어갔다.

"저 서랍에 네 새알이나 돌멩이나 조개껍데기, 이끼를 넣으면 어떨까? 괜찮은 것 같지 않니?"

"와, 정말 멋진 생각이에요. 그런데 페이지 씨는 제가 모은 걸 '잡동사니'라면서 끔찍해했는데, 괜찮으세요?" 댄은 눈을 반짝이며 몸을 일으키고는 낡은 옷장을 살펴보며 말했다.

"난 그런 잡다한 걸 좋아해. 그런 걸 싫어한다고 해도 네가 쓸 옷장 서랍은 있어야겠지. 난 아이들이 소중하게 간직하는 보물을 존중하거든. 그런 보물들을 하찮게 다루면 안 된다고 생각한단다. 그래서 말이다, 댄. 너하고 한 가지 거래를 하려고 해. 네가 멋지게 지켜주었으면 좋겠어. 여기 적당한 크기의 서랍이 열두 개 있단다. 한 달에 하나씩 쓸 수 있겠지. 네가 해야 할 일을 하나씩 완수하면 그때마다 서랍이 하나씩 네 것이 될 거야. 경우에 따라서는 보상이라는 것이 좋은 역할을 한단다. 특히 아이들에게는 더 그렇고. 처음에는 상을 받으려고 좋은 일을 하겠지만, 제대로 이어지기만 한다면 얼마 지나지 않아 좋은 일 그 자체를 사랑하는 법을 배우게 된단다."

"선생님도 상을 받을 때가 있어요?" 이런 이야기는 처음이라는 표정으로 댄이 물었다.

"물론이지! 내가 받는 상은 서랍이나 선물이나 휴가 같은 것은 아니지만, 너희들이 좋아하는 것을 상으로 받듯이 나도 좋아하는 것을 받아. 너희의 선한 행동과 성공이 내가 가장 좋아하는 상이란다. 네가 옷장을 받으려고 열심히 노력하듯, 나도 내가 원하는 상을 받으려고 노력하지. 좋아하지 않는 일이라도 해보는 거야. 그것도 열심히. 그러면 너는 두 가지 상을 받게 될 거야. 하나는 눈으로 보고 얻을 수 있는 상이고, 다른 하나는 해야 할 일을 기꺼이 해냈다는 만족감이지. 이해하겠니?"

"네, 알겠어요."

"우리 모두에게는 이런 작은 도움이 필요해. 그러니까 너도 공부와 일을 열심히 하고, 다른 아이들과 사이좋게 지내고, 쉬는 날은 잘 활용하도록 노력해라. 네가 나한테 좋은 결과물을 가져올 수도 있고, 별다른 말이 없어도 내가 보고 있으면 네 행동을 알게 될 수도 있지 않을까? 너희의 노력을 난 금방 알아챌 수 있거든. 그러면 넌 보물을 넣어둘 서랍 한 칸을 갖게 되는 거야. 여길 한번 볼까? 어떤 서랍은 벌써 네 칸으로 나눠놓았어. 다른 것도 이렇게 칸을 나눠놓을 생각이야. 매주 한 칸씩 말이다. 이 서랍이 신기하고 아름다운 것으로 가득 찬다고 생각해보렴. 정말 자랑스럽겠지? 조약돌이나 이끼나 예쁜 나비 같은 걸 보면서 네가 결심을 실천하고 결점을 이겨내며 약속을 지키는 모습을 확인할 수 있으니까. 우리 해볼까, 댄?"

아이들은 표정만으로도 많은 것을 말한다. 댄도 마찬가지였다. 이런 보살핌과 친절이 얼마나 기쁘고 고마운지 말로 표현할 수는 없었지만, 댄의 표정만큼은 조의 마음과 말을 뼈저리게 느끼고 이해하고 있음을 보여주었다. 조는 댄의 표정을 바로 알아챘다. 자기 진심이 전해져서 댄의 이마까지 빨개진 것을 보고, 새 계획에 대해 더는 말하지 않았다. 대신 위쪽 서랍을 꺼내서 먼지를 닦아 소파 앞에 있는 의자들 위에 놓고는, 밝은 목소리로 말했다.

"자, 우선 이 멋진 딱정벌레들을 안전한 장소에 보관해야지. 보다시피 이 칸막이 안에는 꽤 많은 걸 넣을 수 있어. 나비하고 벌레는 옆쪽에 핀으로 고정할게. 그럼 잘 보관할 수 있을 거야. 아래쪽에는 무거운 것을 놓으면 되겠다. 솜을 좀 마련해 줄게. 깨끗한 종이하고 핀도 필요하겠지. 그거면 이번 주는 거뜬히 지낼 수 있을 거야."

"하지만 전 새걸 찾으러 나갈 수 없어요." 댄은 슬픈 표정으로 자기 발을 쳐다보면서 말했다.

"그건 그렇지. 하지만 괜찮아. 이번 주에는 지금 갖고 있는 보물들을 정리하면 되니까. 그리고 아마 네가 부탁하면 다른 애들이 새로운 걸 가져다줄 거야."

"걔네들은 뭐가 좋은지 몰라요. 그리고 계속해서 여기 눕혀 있으면, 아니, 누워 있으면, 일도 못 하고 공부도 못 하니까 서랍도 상으로 받을 수 없잖아요."

"거기 누워서도 얼마든지 공부할 수 있어. 날 도울 일도 조금은 있을 거야."

"정말요?" 댄은 놀라면서도 기쁜 표정이었다.

"발이 아파서 놀지 못한다고 해도 인내심을 갖고 쾌활하게 지내는 법을 배울 수 있지. 나를 도와 테드와 놀아주고, 실을 감아주고, 바느질할 때 책을 읽어주고, 또 여러 가지 일을 해줄 수 있어. 아픈 발을 쓰지 않고도 말이지. 그러다 보면 하루하루가 금방 가고, 또 시간을 낭비하지 않게 될 거야."

그때 데미가 한 손에는 커다란 나비를, 다른 손에는 작고 못생긴 두꺼비를 들고 뛰어왔다.

"댄, 이거 봐. 내가 잡았어. 너 주려고 뛰어온 거야. 예쁘지 않아?" 데미는 턱밑까지 숨이 차서 헐떡이며 말했다.

댄은 두꺼비를 보고 크게 웃고는, 이건 어디 넣을 데가 없지만 나비는 예쁘니까 조 선생님에게 큰 핀을 얻어서 당장 서랍 속에 꽂아두겠다고 말했다.

"이 불쌍한 것이 몸부림치는 건 보고 싶지는 않구나. 꼭 죽여야 한다면 장뇌(살충, 통증을 완화하는 효능이 있는 약재-옮긴이)를 한 방울 떨어뜨려 고통에서 벗어나게 하면 어떨까?" 조는 이렇게 말하면서 약병을 꺼냈다.

"어떻게 하는지 알아요. 하이드 씨는 항상 이걸로 곤충을 죽였어요. 그런데 전 장뇌가 없어서 대신에 핀을 쓴 거예요." 댄은 나비의 머리 부분에 장뇌 한 방울을 살짝 떨어뜨렸다. 그러자 투명한 초록빛 날개가 퍼덕거리다가 곧바로 움직임을 멈췄다.

이 조심스러운 집행이 채 끝나기도 전에, 테드가 침실에서 소리를 질렀다. "작은 게 밖에 나와요. 큰 게 다 먹어요." 데미와 조가 작은 게를 구하러 가보니, 테드는 의자 위에서 종종거리고 있었다. 작은 게 두 마리가 새장 철망을 뚫고 나와 마룻바닥을 기어 다녔다. 세 번째 게는 새장 꼭대기에 위태롭게 매달려 있었다. 거기서 떨어지면 슬프면서도 우스꽝스러운 일이 벌어질 터였다. 큰 게는 앵무새의 컵을 놓아두었던 움푹 팬 곳에 들어가 앉아 동족 한 마리를 시원하게 먹어치우는 중이었다. 불쌍한 희생자는 집게가 모두 뜯겨 나간 채 뒤집혀 있었다. 큰 게가 한쪽 집게로 작은 게의 등딱지를 접시처럼 잡고는 다른 쪽 집게로 느긋하게 파먹었다. 이따금씩 튀어나온 눈을 좌우로 돌리며 두리번거리다가 가느다란 혀 같은 것을 날름거렸다. 아이들은 그 모습을 보고 깔깔거리며 웃었다. 조는 댄에게 보여주려고 새장을 가져다주었고, 그동안 데미는 돌아다니는 게들을 잡아서는 대야를 뒤집어 가두어놓았다.

"이 녀석들은 놓아줘야겠군요. 집 안에 둘 수는 없겠어요." 댄은 자기가 잘못했다고 생각하면서 말했다.

"내가 대신 키워줄게. 키우는 법만 알려줘. 내 거북이 통에서 키울 수 있을 거야." 데미는 게를 키우는 것이 느린 거북이를 키우는 것보다 더 재미있겠다고 생각하면서 말했다. 댄은 데미에게 게가 좋아하는 것이나 행동 습성에 대해 알려주었고, 데미는 다른 동물 친구들에게 새로운 이웃을 소개해주려고 게를 가지고 나갔다. "데미는 정말 좋은 애야!" 데미가 나비를 조심스럽게 잡아서 자기에게 가져다주려고 산책을 포기했다는 사실을 떠올린 댄이 말했다.

"그래, 데미는 참 좋은 아이지. 많은 사람이 도와주었기 때문에 데미가 그렇게 성장할 수 있었던 거란다."

"데미에게는 뭔가를 가르쳐주고 도와주는 사람이 있었

군요. 저한테는 없었고요." 주위에 아무도 없던 어린 시절이
생각난 댄은 이렇게 말하며 한숨을 쉬었다. 자신을 도와주는
사람이 없었던 건 왠지 불공평하다고 느껴졌다.

　"잘 알아. 그래서 네게 데미처럼 행동해야 한다고 강요
하지는 않는 거야. 데미가 너보다 어리지만 말이야. 이제는
우리가 뭐든지 널 도와줄 거야. 자기 자신을 돕는 가장 좋은
방법도 가르쳐주고 싶구나. 전에 여기 있을 때, 좋은 사람이
되려고 하는 것과 하느님께 도와달라고 부탁하는 것에 대해
바에르 교수님이 말씀해 주신 거 기억하니?

　"네." 댄은 낮은 목소리로 대답했다.

　"지금도 그렇게 노력하니?"

　"아뇨." 더 낮은 목소리였다.

　"날 위해서 매일 노력해줄래?"

　"네, 그럴게요." 댄은 진지한 얼굴로 대답했다.

　"널 믿어. 네가 약속을 잘 지킨다면 금방 알 수 있을 거
야. 좋은 사람이 되려고 하느님께 도와달라고 하는지는, 그
걸 믿는 사람이라면 자연스럽게 알 수 있거든. 아무 말 하지
않아도 말이야. 자, 너보다 발을 심하게 다친 소년에 대한 재
미있는 이야기가 실린 책이야. 한번 읽어보렴. 이 소년이 얼
마나 용감하게 자신의 고통을 이겨냈는지 봐."

　조는 『작은 농장의 소년들The Crofton Boys』(1841년에 출

간된 영국의 작가 해리엇 마티노의 소설—옮긴이)이라는 제목이 붙은 조그마하고 예쁜 책을 댄의 손에 건네주고는, 이따금씩 들여다보면서 한 시간 정도 혼자 두었다. 댄은 책 읽는 걸 좋아하지는 않았지만 그 책에는 금방 흥미를 느꼈고, 책을 읽느라 정신이 팔려 아이들이 집으로 돌아오는 소리에 깜짝 놀라기까지 했다. 데이지는 댄에게 야생화 다발을 가져다주었고, 낸은 자기가 댄의 저녁 식사를 가져다주겠다고 고집을 부렸다. 식당 문을 열어놓아서 댄은 소파에 누워서도 식탁에 앉은 아이들을 볼 수 있었다. 아이들은 댄에게 고개를 끄덕여 인사를 하고 빵과 버터를 먹기 시작했다.

바에르 교수는 댄을 일찍 침대로 옮겨주었다. 테드는 잠옷을 입고 와서 잘 자라고 인사를 하고 다른 어린 새들처럼 테드도 자기 작은 둥지로 돌아갔다.

"대니 형아한테 기도해 줘도 돼요?" 테드가 물었다. 엄마가 "그래." 하고 대답하자, 테드는 댄의 침대 옆에 무릎을 꿇고는 통통한 두 손을 모으고 부드러운 목소리로 말했다.

"하느님, 모든 사람 추복(축복)해 주세요. 저 도은(좋은) 사람 되게 해주세요."

기도를 끝낸 테드는 졸음에 겨운 모습으로 엄마 품에 안겨 귀엽게 웃으며 방을 나갔다. 저녁 대화 시간이 끝나고 저녁 노래를 부르자, 집 안에는 곧 아름다운 일요일의 고요함이 내려앉았다. 댄은 편안한 방에 누워 생각에 잠겼다. 그러자 새로운 희망과 소망이 그의 천진난만한 가슴속에 솟아나는 게 느껴졌다. 사랑과 감사라는 두 선한 천사가 그의 가슴속으로 들어왔다. 두 천사는 시간과 노력을 들여야만 비로소 완성되는 일을 시작했다. 댄은 첫 번째 약속을 지키고 싶다는 간절한 염원을 담아 어둠 속에서 두 손을 모으고 작은 목소리로 테드가 했던 작은 기도를 속삭였다.

"하느님, 모든 이들을 축복하시고, 제가 좋은 사람이 되도록 도와주세요."

로리 아저씨

댄은 한 주 동안 침대에서 소파까지밖에 움직일 수 없었다. 길고 힘든 일주일이었다. 다친 발에는 가끔 심한 통증이 몰려왔다. 나가서 여름 날씨를 즐기고 싶어 하는 활동적인 아이에게 이렇게 조용한 나날은 지루하기 짝이 없었고, 나가는 걸참는 일은 더욱 어려웠다. 하지만 댄은 최선을 다했고, 다들여러 방법으로 그를 도와주었다. 마침내 노력이 결실을 맺었던지 토요일 오전에 의사에게 이런 말을 들을 수 있었다.

"다리가 생각보다 좋아졌구나. 오후에는 목발을 짚고 집 주위를 좀 걸어도 되겠다."

"만세!" 냇은 소리치면서 이 좋은 소식을 다른 아이들에게 알리려고 뛰어나갔다.

점심 식사가 끝나고 모두 모여서 댄이 목발을 짚고 거실에서 왔다 갔다 하는 모습을 지켜보며 기뻐했고, 댄은 현관에 서서 손님을 맞기라도 하듯 인사했다. 자신을 향한 관심과 호의에 댄은 시간이 지날수록 점점 더 얼굴이 밝아졌다. 남자아이들은 댄의 참을성이 대단하다고 치켜세웠고, 여자아이들은 작은 의자와 방석을 가져다주며 법석을 떤 데다가, 테드는 혼자서는 아무것도 할 수 없는 연약한 생물을 돌보듯 댄의 곁을 지켜주었다. 모두 계단 주위에 모여 있을 때였다. 마차 한 대가 대문 앞에 서더니 그 안에서 누군가 모자를 흔들었다. "로리 이모부다! 로리 이모부!" 로브는 이렇게 외치면서 짧은 다리로 가능한 한 가장 빠른 속도로 길을 따라 달려 나갔다. 댄을 제외한 다른 남자아이들도 누가 가장 빨리 대문을 여는지 보겠다는 듯 로브의 뒤를 따라 뛰어갔다. 잠시 후 마차가 들어왔다. 로리는 어린 딸을 무릎에 안은 채 웃고 있었다.

"개선 마차를 멈추고 주피터가 내릴 수 있게 해줘야지." 로리는 이 말을 마치자마자 마차에서 뛰어내려서는 계단을 뛰어 올라가 조 곁으로 갔다. 조는 어린아이처럼 미소를 짓고 손뼉을 치면서 서 있었다.

"잘 지냈어, 로리?"

"그럼, 조."

두 사람은 악수했고, 로리는 베스를 조에게 안겨주었다. 아이가 조를 덥석 껴안자 로리가 말했다.

"우리 금발 꼬마 아가씨가 널 너무 보고 싶어 해서 데리고 달려왔어. 물론 나도 보고 싶었고. 여기 남자애들하고 한 시간 정도 놀고, '많은 아이와 북적거리고 지내면서 뭘 어떻게 해야 하는지 모르는 부인'이 어떻게 지내는지도 보고 싶었지."

"정말 반가워! 마음껏 놀다 가. 너무 장난치지는 말고." 조가 대답했다. 아이들은 긴 금발과 우아한 드레스, 그리고 고상한 태도에 감탄하며 베스 주변에 모여들었다. 아이들은 베스를 '공주님'이라고 불렀다. 작은 공주는 누구에게도 입맞춤을 허락하지 않았지만, 모두에게 미소를 지으며 앉은 채 작고 하얀 손으로 모두의 머리를 우아하게 쓰다듬었다. 아이들은 모두 베스를 숭배하다시피 했다. 그중에서도 로브는 베스를 부서지기 쉬운 인형처럼 생각해 감히 만지려고도 하지 않았고, 그냥 멀리서 숭배하며 작은 공주님이 간간이 보여주는 호의에 큰 행복감을 느꼈다. 베스가 데이지의 부엌으로 가겠다고 하자, 조는 베스를 부엌으로 데리고 갔고 작은 남자아이들도 기차처럼 줄줄이 베스의 뒤를 따라갔다. 냇과 다른 아이들은 동물 우리와 밭을 정돈하려고 뛰어나갔다. 로리는 여기에 올 때마다 작물이나 동물을 살펴보고는 제대로 자라지 못한 것 같으면 실망하는 기색을 보였기 때문이다.

로리는 계단에 서서 댄을 돌아보고는 한두 번밖에 만난

적 없지만, 예전부터 잘 아는 사이인 듯 말을 걸었다.

"발은 좀 어때?"

"좋아졌어요, 아저씨."

"집에만 있어 지겨운가 보다. 그렇지?"

"맞아요!" 댄의 눈은 간절히 원하는 푸른 언덕과 숲을 향했다.

"다른 아이들이 돌아오기 전에 한 바퀴 돌아볼까? 마차가 크고 아늑해서 네 발에도 괜찮고 편안할 거야. 신선한 공기를 마시면 몸에도 좋을 테고. 데미, 방석하고 숄 좀 갖다주렴. 같이 댄을 데리고 가자."

아이들은 멋진 제안이라고 생각했다. 댄은 매우 기뻤지만, 그로서는 드물게 조심스러운 질문을 했다.

"조 선생님이 괜찮다고 하실까요?"

"그럼, 방금 그렇게 한다고 했어."

"이모부는 이모한테 아무 말도 하지 않았잖아요. 어떻게 그런 허락을 받은 거예요?" 데미가 미심쩍다는 듯 캐물었다.

"아무 말을 하지 않아도 통하는 방법이 있단다."

"저 알아요. 눈으로 얘기한 거예요. 아저씨가 눈썹을 치켜올리고 마차 쪽으로 고개를 끄덕이는 걸 봤어요. 그랬더니 조 선생님이 웃으면서 다시 고개를 끄덕였고요." 친절한 로리와 꽤 친해진 냇이 소리쳤다.

"맞아. 그럼 가보자." 눈 깜짝할 사이에 댄은 마차 안으로 옮겨졌다. 맞은편 쿠션 위에 발을 올려놓았고, 필요할 때마다 하늘에서 신비롭게 내려온 것 같은 숄로 잘 덮었다. 데미는 마부석에 올라 마차꾼 피터 옆자리에 앉았다. 냇은 댄 옆에, 로리는 맞은편에 자리를 잡았다. 댄의 발을 돌보기 위해서라고 말했지만, 사실은 맞은편에 앉은 아이들 얼굴을 살펴보려는 생각에서였다. 두 아이의 얼굴은 행복해 보였지만, 서로 몹시 달랐다. 댄의 얼굴은 각이 졌고 구릿빛이며 튼튼해 보였다. 냇의 얼굴은 갸름하고 희고 다소 연약해 보였지만, 눈매가 부드럽고 이마가 잘생긴, 사랑스러운 얼굴이었다.

"그건 그렇고, 네가 보고 싶어 할 책을 가지고 왔어." 이 일행에서 가장 나이 많은 '소년'인 로리는 의자 밑으로 몸을 굽혀 댄을 소리치게 만들 만한 책을 꺼냈다.

"와! 맙소사, 끝내준다." 댄은 책장을 넘기며 나비, 새, 그리고 온갖 흥미로운 곤충이 생생하게 색칠까지 된 삽화를 계속해서 들여다보았다. 댄은 책에 푹 빠져 고맙다고 말하는 것도 잊었지만 로리는 신경 쓰지 않았다. 아이가 크게 기뻐하는 모습을 보는 것만으로도, 그리고 자신을 옛 친구처럼 생각하며 지른 함성을 듣는 것만으로도 충분히 만족스러웠다. 냇도 댄의 어깨에 기대 책을 들여다보았고, 데미는 말을 등지고 뒤돌아 앉아 마차 안쪽에 발을 넣고 흔들어대면서 함께 이야기를 나누었다.

책에서 딱정벌레 그림을 보게 되었을 때, 로리는 조끼 주머니에서 이상하게 생긴 작은 것을 꺼내 손바닥에 올려놓고는 말했다.

"이건 몇천 년이나 된 딱정벌레야." 아이들이 오래돼 보이는 벌레 화석을 살펴보는 동안, 로리는 이 벌레가 아주 유명한 무덤 속에서 몇 세기 동안이나 머물다가 어떻게 미라의 붕대를 뚫고 나왔는지 이야기해 주었다. 아이들이 관심을 두자 이집트인들과 이들이 남긴 기묘하고 화려한 유적에 대해 계속해서 설명해 주었다. 나일강에 대해서, 어느 잘생긴 흑인과 노를 젓는 배로 그 큰 강을 올라갔던 자신의 경험담, 악어를 잡고 신기한 짐승과 새를 본 이야기, 폭풍 속 배처럼 흔들리는 낙타를 타고 사막을 횡단한 이야기 등을 들려주며 아이들을 사로잡았다.

"로리 이모부는 할아버지만큼 얘기를 잘하세요." 이야기가 끝나자 데미가 인정한다는 듯 말했다. 아이들은 이야기를 더 들려주었으면 하는 눈빛이었다.

"고맙구나." 로리는 반색하며 대답했다. 데미의 칭찬은 그럴 만한 가치가 있다고 생각했다. 이 분야에서 어린이는 훌륭한 비평가이며, 아이들 마음에 든다는 것은 자랑할 만한 성취였다.

"여기 작은 게 몇 개 더 있어. 댄이 재미있어할 만한 게 뭐 있나, 짐을 뒤져서 주머니에 쑤셔 넣고 왔지." 로리는 멋진 화살촉과 조개껍질 구슬을 꺼냈다.

"와! 아메리칸 원주민 이야기 해주세요." 원주민 천막 놀이를 좋아하는 데미가 소리쳤다.

"원주민이라면 댄이 잘 알아요." 냇이 덧붙여 말했다.

"나보다 더 잘 알지 않을까 싶은데. 어디 얘기 좀 해주렴." 로리는 다른 두 아이 못지않게 흥미진진한 표정이었다.

"하이드 씨에게 들었어요. 하이드 씨는 원주민하고 살아 본 적도 있고, 원주민들이 쓰는 말도 할 수 있어요. 원주민을 좋아하거든요." 댄이 이야기를 시작했다. 모두의 관심에 우쭐했지만, 어른이 자기 말에 귀를 기울인다는 사실에 당황한 듯했다.

"이 조개는 어떤 때 쓰는 거야?" 앞자리에 앉은 데미가 호기심 가득한 눈으로 물었다.

다른 아이들도 여러 가지 질문을 했다. 댄은 자기도 모르게 하이드 씨에게 들은 이야기를 모두 쏟아냈다. 몇 주 전에 하이드 씨와 같이 강을 따라 내려가면서 들은 이야기였다. 로리는 가만히 듣고만 있었지만, 원주민보다 댄이 더 흥미롭다고 생각했다. 조에게서 댄에 대한 이야기를 들은 뒤로 이 거친 아이가, 한때 탈출을 감행했다가 고통을 겪고 이제는 인내로 천천히 길들여지고 있는 아이가, 왠지 모르게 마음에 들었기 때문이다.

"애들아, 너희들만의 박물관을 만드는 건 어떨까 생각해 봤어. 너희들이 발견하거나 만든 거, 남에게 받은 온갖 신기하고 흥미로운 물건을 모아 놓을 곳을 말이야. 조 선생님은 좋은 분이라 별말씀 안 하시지만, 온 집 안에 별의별 잡동사니가 널려 있으면 괴롭겠지. 가장 아끼는 꽃병 안에 벌레가 반쯤 들어차 있고, 죽은 박쥐 여러 마리가 뒷문에 못으로 박혀 있고, 말벌 집이 머리 위로 굴러떨어지고, 집 앞길에 다 깔 만큼 많은 돌멩이가 여기저기 널려 있으니까. 이런 걸 참아 낼 수 있는 분이 요즘 그렇게 흔하겠니?"

로리가 재미있다는 듯 이야기를 하자, 아이들은 웃으면서 서로를 쿡쿡 찔러댔다. 누군가 학교 밖에서 고자질을 한 것이 분명했다. 그렇지 않으면 이런 사실을 로리가 어떻게 알았겠는가.

"그럼 박물관은 어디에 만들죠?" 데미는 다리를 꼬고 앉아 이 문제를 논의하려고 허리를 굽히면서 말했다.

"저기 낡은 차고는 어때?"

"차고는 비도 새고 창문도 없잖아요. 뭘 놓아둘 만한 데가 없어요. 먼지와 거미줄투성이이기도 하고요." 냇이 대답했다.

"깁스와 내가 손을 볼 테니, 기다렸다가 마음에 드는지 한번 보렴. 깁스가 월요일에 와서 준비를 해놓으면 난 다음 토요일쯤 올 거야. 그러면 다 같이 정리하기로 하자. 그때 일단 작게라도 괜찮은 박물관을 여는 거야. 누구든지 자기 걸 가져와도 되고, 그걸 놔둘 곳도 갖게 되는 거지. 댄이 관장을 맡아라. 그런 걸 가장 잘 알 테니까. 아직 잘 움직이지 못하지만 이 일이라면 즐겁게 해낼 수 있을 거야."

"와, 정말 재밌겠다." 냇이 소리쳤다. 댄은 아무 말도 하지 않았지만 온 얼굴에 미소가 가득한 채 책을 꼭 끌어안으며, 로리가 이 세상 최고의 독지가라는 듯 바라보았다.

"한 바퀴 더 돌까요, 선생님?" 피터가 물었다. 마차는 문 앞에 도착했다. 거의 1킬로미터는 되는 삼각형 길을 천천히 두 번 돈 참이었다.

"아니, 이제 됐다. 안 그러면 조 선생님이 우릴 다시는 이렇게 내보내 주지 않을 테니까. 나는 학교를 돌아보고 그 차고도 살펴보고, 돌아오는 길에 조와 이야기를 나눠야겠네." 로리는 댄이 쉬면서 책을 볼 수 있도록 소파로 옮겨주고는, 아저씨와 함께 있고 싶어 안달 내던 아이들과 놀아주러 갔다. 정신없이 놀던 여자아이들 곁을 떠나 아래층으로 내려간 조는 댄 옆에 앉았다. 마차에서 있었던 일을 열심히 설명하는 댄의 말을 듣고 있을 때 아이들이 우르르 돌아왔다. 먼지

로 뒤덮인 아이들은 흥분한 상태였고, 금세기 최고의 아이디
어인 것만 같은 새 박물관 일로 호들갑을 떨었다.

"여기에 어떤 시설 같은 걸 만들면 좋겠다고 항상 생각
했어. 그래서 이걸로 시작해 보려고." 로리는 조의 발치에 있
는 의자에 앉아 말했다.

"이미 하나 만들어줬잖아. 뭐라고 하더라?" 조는 행복
한 표정으로 로리 주위에 모여 앉은 아이들을 가리켰다.

"아주 전도유망한 곳이지. 바로 '플럼필드 학교'라는 곳
말이야. 난 그곳의 일원이라는 사실이 자랑스러워. 댄, 내가
플럼필드 학교 첫 번째 학생이라는 걸 알고 있니?" 로리는 댄
에게로 고개를 돌려 질문을 하면서 교묘하게 화제를 바꿨다.
자신이 베푼 일들에 대해 고맙다는 이야기를 듣기 민망했기
때문이다.

"프란츠 형이 첫 번째 학생이라고 생각했는데요?" 댄은
로리의 말이 무슨 뜻인지 의아해하면서 물었다.

"이런, 아니야! 조 선생님이 보살펴 준 첫 번째 아이가
바로 나야. 난 참 나쁜 학생이었지. 선생님이 그렇게 여러 해
동안 나를 돌봐주셨는데도 아직 학교를 떠나지 못했으니까."

"선생님은 나이가 아주 많은가 봐요!" 냇이 순진한 얼굴
로 말했다.

"조 선생님은 일찍부터 이 일을 시작했어. 가엾게도 말

이지! 선생님이 나를 돌봐주기 시작한 것은 겨우 열다섯 살 때였어. 아마 나 때문에 지금도 이렇게 사는 것이 아닌가 싶네. 그렇게 고생을 하는데도 주름이 생기거나 머리카락이 하얗게 세지 않다니 신기할 지경이야. 어떻게 이 힘든 일을 계속하는 걸까?" 로리는 웃으면서 조를 바라보았다.

"그러지 마, 로리. 그렇게 스스로를 나쁘게 말하면 어떡해?" 조는 로리의 곱슬거리는 검은 머리를 예전처럼 다정한 손길로 쓰다듬었다. 많은 일들이 있었지만 로리는 여전히 조의 학생이었다.

"네가 없었다면 플럼필드는 절대로 세워지지 않았을 거야. 네가 변화하는 모습을 보고 이 소중한 계획을 실천에 옮길 수 있는 용기가 생겼으니까. 그래서 얘들아, 아저씨께 감사드린다는 의미에서, 이 새로운 시설에 창립자의 이름을 붙여 '로런스 박물관'이라고 하면 어떨까. 괜찮겠지?" 이렇게 말하는 조의 모습은 예전 활기 넘치던 얼굴 그대로였다.

"좋아요! 좋아요!" 집에 들어오면 모자를 벗는 것이 플럼필드의 규칙이었지만, 서둘러 들어오는 바람에 모자를 걸어놓을 틈이 없었던 아이들이 모자를 집어던지며 외쳤다.

"정말 배가 고픈데, 쿠키 좀 먹어도 될까?" 모두의 함성이 잦아들자 로리는 멋지게 절을 하며 감사의 마음을 전하고는 이렇게 물었다.

"빨리 가서 에이셔 아주머니에게 생강빵 상자를 받아와라, 데미. 원래 끼니 중간에 먹으면 안 되지만, 이렇게 즐거울 때에는 상관없겠지. 모두 과자를 먹도록 하자." 조가 말했다. 데미가 상자를 가지고 오자 조는 과자를 아이들에게 듬뿍 나누어주었고, 모두 모여 앉아 부지런히 먹기 시작했다.

로리는 과자를 먹다가 갑자기 소리쳤다. "내 정신 좀 봐, 할머니가 싸주신 꾸러미를 잊고 있었네!"

그러고는 마차로 달려가 뭔가 흥미로워 보이는 흰 꾸러미를 가져왔다. 열어 보니 동물과 새 등 여러 아름다운 모양으로 노릇노릇 맛있게 구운 바삭한 설탕 과자 모둠이 들어 있었다.

"한 사람에게 하나씩이야. 누구 것인지 머리글자가 붙어 있어. 할머니와 하인 해녀가 만들었는데, 이 과자 주는 걸 잊어버리고 그냥 돌아갔으면 어떻게 되었을지 생각만 해도 몸서리가 쳐지는구나."

웃고 떠들면서 모두가 과자를 나누어 받았다. 댄은 물고기, 냇은 바이올린, 데미는 책, 토미는 돈, 데이지는 꽃 모양 과자를 받았다. 굴렁쇠를 멈추지 않고 굴리면서 집 주위를 두 번이나 돈 기록을 세운 냇의 몫은 굴렁쇠 모양 과자였고 천문학을 공부하던 에밀의 과자는 별 모양이었다. 무엇보다도 걸작은 프란츠의 마차 모양 과자였다. 프란츠는 가족 마차 모는 일을 가장 좋아했기 때문이다. 스터피는 뚱뚱한 돼지 모양이었고, 어린 아이들은 건포도로 눈을 만든 새, 고양이, 토끼 모양 과자를 받았다.

"자, 이제 가야겠어. 우리 금발 꼬마 아가씨는 어디 있지? 빨리 돌아가지 않으면 애 엄마가 아이를 데리러 여기로 달려올 거야." 과자가 모두 없어지자 로리가 말했다.

작은 아가씨들은 정원에 가 있었다. 프란츠가 여자아이들을 데리고 올 때까지 기다리면서 조와 로리는 문 앞에 서서 이야기를 나누었다.

"우리 귀여운 '몽땅 쥐' 씨는 어떻게 지내?" 로리가 물었다. 로리는 낸의 장난을 무척이나 재미있어했고, 낸 이야기를 하면서 항상 조를 놀리곤 했다.

"잘하고 있어. 꽤 예의 바른 애가 되었고, 이제까지의 거친 행동이 잘못이었다는 사실도 알기 시작했어."

"남자아이들이 낸을 부추기지는 않아?"

"그러기도 해. 하지만 항상 주의시켰더니 최근에는 많이 좋아졌어. 아까 얼마나 예쁘게 악수를 하는지 봤잖아. 베스에게도 참 다정하고. 데이지가 낸에게 좋은 영향을 주었어. 몇 달만 지나면 분명 놀랄 만큼 바뀔 거야."

조가 여기까지 말했을 때, 낸이 혈기왕성한 남자아이 넷을 이끌고 목이 부러질 것 같은 속도로 모퉁이를 돌아 달려왔고, 그 뒤로 데이지가 베스를 태운 손수레를 밀면서 따라왔다. 모자가 벗겨져 머리카락이 휘날렸으며, 손수레에서는 쾅쾅 소리가 났다. 먼지구름 속에서 나타난 이들의 모습은 어느 모로 보나 더없이 거친 천방지축 무리였다.

"이 아이들이 모범적인 학생이라는 거지? 예의범절을 가르친다는 이 학교에 커티스 부인을 모셔오지 않아 다행이네. 이 모습을 보셨다면 결코 충격에서 헤어나지 못했을 테니까." 로리는 낸이 좋아졌다고 성급하게 기뻐하던 조를 놀리며 말했다.

"얼마든지 웃어보시지. 난 조만간 성공할 거야. 네가 대학에 다닐 때 어떤 교수가 이렇게 말씀하셨다고 했잖아. '이 실험은 실패로 돌아갔지만 그 원리는 변함없다'라고." 이렇게 말하며 조도 함께 웃었다.

"난 오히려 낸이 하는 행동이 데이지에게 영향을 끼치지 않을까 걱정스러워. 우리 꼬맹이 좀 봐! 평소의 우아함을 잊어버리고 다른 아이들처럼 비명을 지르고 있잖아. 이봐, 아가씨들. 뭘 하는 거니?" 로리는 곧 닥칠지도 모르는 위험에서 어린 딸을 구해냈다. 재갈을 씹으며 날뛰는 말 네 마리 한가운데서 베스가 두 손으로 채찍을 크게 휘두르고 있었던 것이다.

"경주를 하고 있었어요. 제가 이겼죠." 낸이 외쳤다.

"제가 더 빨리 달릴 수 있었는데, 베스가 떨어질까 봐 그러지 못했어요." 데이지도 소리쳤다.

"이랴! 달려라!" 금발 꼬마 아가씨가 소리쳤다. 채찍을 크게 휘두르자 말들이 달려 나갔고, 보이지 않는 곳으로 사라졌다.

"우리 아가씨! 저 아이들에게 물들면 안 돼요. 이제 그만 놀아야죠. 안녕, 조! 다음에 올 때는 남자아이들이 얌전히 조각보를 만들고 있길 기대할게."

"그런 말을 해봤자 소용없어. 난 포기하지 않을 테니까. 알겠어? 내 시도는 시행착오를 겪는 것뿐이야. 에이미하고 어머니께 안부 전해줘." 마차가 떠날 때 조가 말했다. 로리의 눈에 손수레 경주에서 진 데이지를 달래는 조의 모습이 들어왔다. 조도 이 경주를 좋아하는 모양이었다.

차고를 수리하느라 한 주 내내 떠들썩했다. 아이들이 끊임없이 질문해대고 쓸데없는 충고와 참견을 멈추지 않았지만, 일은 순조롭게 진행되었다. 깁스는 갑작스러운 많은 일로 폭발할 지경인데도 그럭저럭 일을 마무리지었다. 금요일 밤에 공사가 모두 끝났다. 지붕도 수리하고, 선반도 달고, 벽은 하얗게 칠했다. 뒤쪽에는 크게 창을 냈다. 이 창을 통해 햇살이 홍수처럼 쏟아져 들어왔고, 개울과 풀밭, 멀리 언덕 풍경이 아름답게 펼쳐졌다. 커다란 문 위에는 붉은 글씨로 '로런스 박물관'이라고 적어두었다.

토요일 아침 내내 아이들은 각자 전리품을 어떻게 진열할지 고민했다. 에이미가 기증한 수족관을 가지고 로리가 도착하자 아이들의 황홀감은 절정에 달했다.

오후 내내 여러 물건을 진열했다. 뛰어다니고 물건을 나르고 진열대에 망치질하는 일이 끝나자, 이곳의 관람을 위해 초대받은 숙녀분들이 들어왔다.

박물관은 쾌적했다. 바람이 잘 통하고 깨끗하고 햇볕도 잘 들었다. 홉 덩굴은 활짝 열린 창가에서 녹색 방울을 흔들었고, 박물관 가운데에는 수족관이 있었다. 수족관 물 위로는 아름다운 수초가 머리를 내밀었고, 물속에서는 금붕어가 이리저리 헤엄치며 빛나는 광채를 자랑했다. 창문 양쪽에는 앞으로 발견될 진귀한 물건을 올려놓도록 선반 여러 줄을 걸어두었다. 고정해 놓은 큰 문 앞에는 댄의 커다란 장식장을 놓았고, 그 대신 작은 문으로 드나들게 되어 있었다. 이 장식장 위에는 못생겼지만 무척 흥미로운, 독특한 원주민 인형을 놓았다. 로런스 할아버지가 이 인형과 함께 훌륭한 중국산 범선도 선물해 주셨다. 범선은 눈에 잘 띄도록 박물관 한가운데에 있는 긴 탁자 위에 놓았다. 위쪽에는 마치 살아 있는 듯 보이는 앵무새 폴리가 고리에 걸려 흔들리고 있었다. 나이 들어 죽은 폴리는 조심스럽게 박제되었다가 이번에 조가 기증한 것이었다. 벽은 뱀 껍질, 큰 말벌 집, 자작나무 껍질로 만든 카누, 줄로 묶어놓은 새알, 남부에서 온 회색의 이끼로 만든 화환, 목화 뭉치 등 별의별 것들로 꾸몄다. 죽은 박쥐와 큰 거북의 등딱지도 한자리 차지했고, 데미가 자랑스럽게 기증한 타조알도 있었다. 데미는 관람객들의 요청이 있을 때마다 자청해서 이 진귀한 전시물들을 설명해주었다. 돌은 너무 많이 기증받아서 모두 진열하기가 불가능했다. 그래서 가장 좋은 것 몇 개만 선반 위 조개껍질 사이에 늘어놓았고, 나머지는 시간이 날 때 댄이 살펴보기로 하고 구석에 쌓아놓았다.

너 나 할 것 없이 무언가를 기증하고 싶어 했다. 사일러스도 예외는 아니어서, 어려서 죽은 뒤 박제가 된 길고양이를 보내주었다. 군데군데 좀먹고 해지기는 했지만, 높은 받침대에 올려놓고 온전한 쪽을 앞으로 향하게 누자 꽤 괜찮아 보였다. 어린 테드는 자기가 가장 아끼는 보물 고치를 과학의 성지에 기증하러 왔다가, 번쩍이는 노란색 유리 눈과 으르렁거리는 것 같은 입을 보고 무서워서 덜덜 떨기도 했다.

"멋지지 않아요? 우리가 신기한 걸 이렇게 많이 가졌는지 몰랐어요. 전 이걸 갖다 놨어요. 괜찮죠? 여길 구경할 때마다 얼마씩 받으면 꽤 많이 돈을 벌 수 있을 거예요." 이곳을 보러 온 플럼필드 가족이 이런저런 이야기를 나눌 때 잭이 마지막으로 제안했다.

"여긴 무료 박물관이야. 여기서 돈을 조금이라도 벌 생각이라면 문 위에 있는 이름을 지워버려야겠다." 로리가 화들짝 놀라 잭을 바라보며 말하자, 잭은 괜히 말을 꺼냈다 싶어 후회했다.

"자, 모두 주목!" 바에르 교수가 큰 소리로 외쳤다.

"연설해, 로리!" 조가 말했다.

"못 하겠어. 너무 민망하네. 부인께서 강의해 주시면 어떨까요. 자주 하던 일이지 않습니까." 로리는 그 자리를 모면하려고 창문 쪽으로 물러서면서 대답했다. 하지만 조는 지체없이 그를 붙잡고는, 꼬질꼬질해진 아이들을 바라보고 웃으면서 말했다.

"이리 와. 이 박물관의 설립자로서 우리에게 뭔가 도움이 되는 얘길 해줘. 그러면 우리도 엄청난 박수를 보내줄 테니까."

빠져나갈 방법이 없다고 느낀 로리는 빛나는 오래된 새에게서 영감을 얻으려는 듯, 위에 매달린 앵무새 폴리를 올려다보았다. 그러고는 탁자 앞에 앉아 언제나처럼 쾌활한 목소리로 연설을 시작했다.

"여러분, 제안하고 싶은 것이 하나 있습니다. 이 안에서 재미를 찾을 뿐만 아니라 뭔가 좋은 것을 배웠으면 합니다. 여기에 신기하고 예쁜 물건들을 그냥 늘어놓는 것만으로는 안 됩니다. 관련한 책을 읽었으면 합니다. 누가 물어도 뭐

든지 대답할 수 있도록, 그리고 그 문제를 이해할 수 있도록
요. 저도 예전에는 이런 것들을 좋아했으니, 지금 여러분이
그 이야기를 해주면 정말 즐거울 겁니다. 예전엔 알았지만,
지금은 다 잊어버렸으니까요. 사실 별로 많이 알지도 못했어
요. 그렇지, 조? 여기 댄은 새나 벌레, 그리고 다른 여러 가지
에 대해 잘 알죠. 댄에게 박물관 관리를 부탁하고, 다른 아이
들은 일주일에 한 번씩 돌아가며 동물, 광물, 식물에 대한 글
을 쓰거나 이야기를 해주면 어떨까 싶습니다. 분명히 모두
재미를 느끼게 될 테고, 상당히 유용한 지식을 얻을 수 있으
리라고 생각합니다. 어떻게 생각하시나요, 교수님?"

"아주 좋을 것 같군요. 저도 할 수 있는 데까지 아이들을
돕겠습니다. 그런데 이런 새로운 주제를 공부할 책이 필요하
겠네요. 그런 책이 많지는 않아서 걱정입니다." 자신이 좋아
하는 지질학 강의 계획을 세우던 바에르 교수는 진심으로 기
뻐하며 말했다. "이런 특별한 목적을 위한 도서관이 있어야
할 듯합니다."

"저 책은 도움이 되니, 댄?" 로리는 장식장 옆에 펼쳐둔
책을 가리키며 물었다.

"네, 그럼요! 곤충에 대해 알고 싶은 것이 모두 다 들어
있어요. 나비를 어떻게 진열해야 하는지 보려고 그 책을 가
져온 거예요. 책이 망가질까 봐 포장도 씌웠어요." 댄은 책을

빌려준 사람이 자기가 책을 막 다룬다고 생각할까 봐 염려하면서 조심스럽게 책을 집어 들었다.

"잠깐 가져다주겠니?" 로리는 연필을 꺼내 책에 댄의 이름을 쓰고는, 꼬리가 떨어진 새 박제만 놓아둔 구석 선반에 책을 세워놓으면서 말했다. "자, 이 책이 박물관 도서관의 첫 번째 책이야. 책을 더 구해 올 테니, 데미가 잘 관리하도록 해라. 우리가 자주 읽던 재미있는 책들은 지금 어디에 있어, 조? '곤충의 구조'인가 그런 제목이었는데. 전투하는 개미들이나 여왕을 중심으로 모여 사는 꿀벌, 그리고 우리 옷에 구멍을 내고 우유를 훔쳐 먹는 귀뚜라미에 대한 이야기처럼 재미있는 얘기들이 들어 있었지."

"다락방에 있어. 찾아서 갖다줄게. 우리 자연사 박물관을 열심히 만들어보자." 어떤 일이라도 준비가 되어 있는 조가 말했다.

"그런 거 쓰려면 힘들지 않아요?" 글쓰기를 싫어하는 냇이 물었다.

"처음에는 좀 그렇겠지. 하지만 금방 재미있어진단다. 너무 어렵다는 생각이 든다면, 이런 주제로 글을 써보면 어떨까? 예전에 열세 살 여자아이가 썼던 거야. '아테네시의 미관을 위해 델로스 동맹 기금을 전용하자는 제안에 대해 테미스토클레스(고대 그리스 아테네의 정치가로 해군력을 증강하고 살라미스 해전에서 페르시아 함대를 크게 무찔렀다.-옮긴이)와 아리스티데스(고대 그리스의 정치가이자 군인으로 델로스 동맹 결성에 힘썼다.-옮긴이)와 페리클레스(고대 그리스 아테네의 정치가이자 군인으로 민주 정치를 실시하고 델로스 동맹을 이끌어 그리스를 번영시켰다.-옮긴이) 사이에 있었던 대화' 같은 주제 말이지."조가 말했다.

아이들은 장황한 제목을 듣는 것만으로도 끙끙대기 시작했고, 어른들은 이 허무맹랑한 주제에 웃음을 터뜨렸다.

"그 여자애가 그런 걸 썼다고요?"데미는 놀란 목소리로 물었다.

"그래, 그러니 어떤 게 완성되었는지 짐작할 수 있겠지. 물론 꽤 똑똑한 아이긴 했지만."

"어떤 글인지 한번 보고 싶네요." 바에르 교수가 말했다.

"아마 찾아보면 있을 거예요. 그 애랑 같이 학교에 다녔으니까요." 조의 짓궂은 표정 덕분에 모두 그 여자아이가 누군지 알아차렸다.

이런 무서운 작문 주제를 들은 아이들은 익숙한 것에 대해 글을 쓰는 정도는 어쩔 수 없는 일이라고 체념했다. 강연은 수요일 오후에 하기로 정했다. 강연이라고 이름을 붙인 것은, 글이 아니라 말로 발표하고 싶어 하는 아이들도 있었기 때문이다. 바에르 교수는 강연의 원고를 넣을 서류첩을 두겠다고 약속했고, 조도 기꺼이 강연에 참석하겠다고 말했다.

"네 계획은 마음에 들어. 그런데 너무 잘해주려고 하지는 마, 로리." 로리와 함께 둘만 남자 조가 말했다. "저 아이들 대부분은 여기서 나가면 자기가 탄 배의 노를 스스로 저어야 해. 너무 편안하게 지내면 나중에 도움이 되지 않을 거야."

"물론 조심해야지. 그래도 내가 좋아서 하는 일이니 눈감아줘. 일 때문에 정말 힘들 때가 많단 말이야. 여기 아이들과 놀 때만큼 기운을 차리게 해주는 건 없어. 난 댄이 정말 좋아, 조. 그 애는 자기를 드러내지 않지만, 매의 눈을 가졌어. 네가 저 아이를 잘 키워낸다면 언젠가는 큰 자랑거리가 될 거야."

"그렇게 생각해 주다니 정말 기쁘네. 댄에게 잘해줘서 고마워. 박물관 건도 정말 그렇고. 덕분에 그 아이는 다리가 아플 때도 행복하게 지낼 수 있을 거야. 나도 이 거친 아이를 달래고 평온하게 해줄 기회를 얻게 되었고. 댄도 우릴 사랑하게 될 거야. 이런 아름답고 쓸모 있는 생각을 어떻게 떠올렸어, 로리?" 조는 즐거운 박물관을 나가려다 잠깐 뒤돌아보며 물었다.

로리는 조의 손을 꼭 잡고 행복한 눈물로 가득한 그 눈을 바라보며 대답했다.

"사랑하는 조! 난 엄마 없는 아이가 어떤지 예전부터 알

고 있었어. 너와 네 가족이 오랫동안 나한테 얼마나 많은 것
을 해줬는지 결코 잊을 수 없을 거야."

허클베리

8월의 어느 날, 양동이가 달그락거리는 소리, 여기저기 뛰어다니는 발소리, 먹을 것을 달라는 소리가 한창인 오후였다. 허클베리(월귤나무 열매-옮긴이)를 따러 가기로 한 날이라 아이들은 야단법석을 떨었다.

"자, 얘들아. 최대한 조용히 좀 하면 안 되겠니? 로브가 눈치채지 못했으니까 눈에 띄지 않게 나가거라." 조는 데이지에게 챙 넓은 모자를 씌우고, 낸이 걸친 커다란 파란색 앞치마를 똑바로 입혀주면서 말했다.

하지만 이 계획은 성공하지 못했다. 북적거리는 소리를 들은 로브는 자기를 빼놓으리라는 생각은 꿈에도 하지 않은 채 나갈 준비를 했다. 아이들의 부대가 막 진군하려는데 이 꼬마는 자기가 가장 좋아하는 모자를 쓰고 손에는 번쩍거리는 양동이를 든 채 만족스러운 환한 얼굴로 아래층으로 뛰어

내려왔다.

"이런, 맙소사! 이제 한바탕 소동이 벌어지겠네." 장남 로브를 다루기가 힘들 때도 있다는 사실을 새삼 알게 된 조는 한숨을 쉬었다.

"나 준비 됐어." 로브가 대열에 자리를 잡으며 말했다. 자기가 착각하고 있다는 사실은 전혀 모르는 눈치였다.

"네가 가기에는 너무 멀단다, 애야. 집에서 엄마랑 놀자. 네가 가면 엄마는 계속 혼자 있어야 하잖아." 로브의 엄마 조가 말을 꺼냈다.

"엄마한텐 테드가 있잖아요. 저도 다 컸으니까 갈 수 있어요. 제가 크면 가도 된다고 엄마가 그랬잖아요. 지금은 다 컸어요." 로브가 우겨댔다. 행복해 보이던 얼굴에는 점점 먹구름이 끼기 시작했다.

"우린 넓은 목초지 쪽으로 가는 거야. 거긴 너무 멀어. 네가 뒤처지면 곤란하다고." 꼬마가 따라오는 게 못마땅했던 잭이 소리쳤다.

"뒤처지지 않을 거야. 열심히 뛰어서 따라잡을게. 제발, 엄마! 가게 해줘요. 새 양동이를 채워서 엄마한테 전부 다 갖다드릴게요. 제발, 제발요. 얌전히 갔다 올게요!" 로브는 엄마를 올려다보며 졸랐고, 그렇게 서글프게 애원하는 모습을 본 조의 마음은 흔들리기 시작했다.

"하지만 로브, 넌 금방 지칠 테고 게다가 날도 더워서 재미없을 거야. 엄마가 나갈 때까지 참아보자. 그땐 온종일 놀고 얼마든지 원하는 만큼 허클베리를 따올 수 있어."

"엄마는 맨날 바빠서 안 가잖아요. 이젠 기다리기 싫어요. 혼자 가서 엄마 줄 허클베리 따올게요. 저 열매 따는 거 좋아해요. 양동이에 가득 채워오고 싶단 말이에요." 로브가 훌쩍거리기 시작했다.

양동이에 열매 대신 굵은 눈물방울이 가득 찰 듯하자, 조는 우는 아이의 등을 토닥거렸고, 데이지는 자기가 로브와 함께 집에 남아도 괜찮다고 말했다. 낸은 언제나처럼 시원시원하게 제안했다. "데리고 가지, 뭐. 제가 잘 볼게요."

"프란츠가 같이 간다면 걱정 안 될 거야. 조심성이 있는 아이니까. 그런데 프란츠는 지금 선생님과 건초 작업을 하잖아. 너희들에게 맡기기는 조금 불안하구나." 조가 말했다.

"너무 멀기도 하고요." 잭이 거들었다.

"내가 간다면 업어줄 텐데. 아, 가고 싶다." 댄은 한숨을 쉬면서 말했다.

"고맙구나, 댄. 하지만 넌 아직 발이 아프잖아. 내가 갈 수 있으면 좋겠는데. 잠깐 기다려봐. 어떻게 해볼 수 있을 거야." 조는 앞치마를 마구 휘날리면서 대문 쪽으로 뛰어갔다.

마침 건초 마차를 몰고 가던 사일러스에게 아이들을 목

초지까지 데려다주고 5시에 다시 가서 데려와 달라고 조가 부탁하자, 사일러스는 흔쾌히 승낙했다.

"하던 일이 좀 늦어지겠지만 신경 쓰지 말아요. 허클베리 파이를 만들어 드릴게요." 사일러스의 마음이 약해지는 부분을 아는 조가 말했다.

사일러스는 햇볕에 탄 무뚝뚝했던 표정에 미소가 번지며 기쁜 목소리로 말했다. "허허! 바에르 부인, 그러신다면 당장 해드려얍죠."

"자, 얘들아. 다 준비됐으니 모두 갈 수 있어." 조는 서둘러 돌아와 말했다. 조는 모두를 행복하게 해줄 수 있어서 마음이 놓였다. 조는 어린아이들의 마음에 먹구름이 낄 때 항상 마음이 아팠다. 아이들의 희망과 계획이 아무리 사소해 보여도 어른들은 그것을 존중해야 한다고 믿었다.

"저도 갈 수 있어요?" 댄이 기뻐하며 물었다.

"특별히 널 생각한 거야. 조심해야 한다. 허클베리를 딸 생각은 절대로 하지 말고, 가만히 앉아서 예쁜 경치를 즐기렴." 조는 방금 자기 아들에게 했던 댄의 친절한 제안을 떠올리면서 대답했다.

"나도! 나도!" 로브는 기쁜 마음에, 춤을 추며 양동이와 뚜껑을 캐스터네츠처럼 두드리면서 소리쳤다.

"그래. 데이지하고 낸이 널 돌봐줄 거야. 모두 다섯 시에 울타리에서 만나야 한다. 사일러스 씨가 데리러 갈 테니까."

로브는 고마운 마음에 엄마를 와락 안고는, 자기가 딴 열매는 하나도 먹지 않고 모두 엄마에게 갖다주겠다고 약속했다. 아이들로 꽉 찬 건초 마차는 덜컹거리면서 떠났다. 열 명 넘는 아이들 중에서 로브의 얼굴이 가장 밝았다. 로브는 엄마 역을 맡은 누나 둘 사이에 앉아 온 세상에 미소를 보내며 가장 아끼는 모자를 흔들었다. 너그러운 엄마 조는 로브의 잔칫날인 이날만은 모자를 가져가도록 허락해 주었다.

이런 원정에는 으레 일어나는 사고가 있었지만, 아이들에게는 정말로 행복한 오후였다. 물론 토미는 고생을 좀 했다. 꿀벌 집 위로 넘어져 벌에 쏘인 것이다. 하지만 이런 고난에 익숙하기에 욱신거리는 아픔을 꾹 참았고, 댄이 알려준대로 젖은 흙을 바르자 통증이 한결 가라앉았다. 데이지는 뱀을 보고 달아나다가 열매를 반쯤 쏟았지만 다시 주워 담도록 데미가 도와주었고, 그 와중에도 파충류에 대해 학구적인 토론을 벌였다. 네드는 나무에서 떨어져 윗옷 뒷부분이 찢어졌지만 어디 부러지거나 하지는 않았다. 에밀과 잭은 열매가 많이 열린 곳을 두고 다툼을 벌였다. 두 명이 말싸움하는 동안 스터피는 빠르고 조용히 열매를 따고는, 댄에게 보호해 달라고 부탁하러 갔다. 댄에게는 이제 목발이 필요 없었다. 흥미를 끄는 바위와 그루터기가 가득하고, 풀숲과 공중에는 잘 아는 벌레들이 날아다니는 넓은 목초지를 어슬렁거리면서 발이 꽤 회복되었다는 사실을 기쁜 마음으로 확인했다.

하지만 이날 오후 벌어진 모든 모험 중에서 낸과 로브가 겪은 일이 가장 흥미진진했다. 가족들이 가장 좋아하는 이야깃거리로 오랫동안 남을 정도였다. 낸은 들판의 거의 모든 곳을 탐험한 뒤 치마가 세 군데나 찢어지고 매자나무 덤불에 얼굴이 긁힌 뒤에도, 낮은 지대에 있는 초록빛 덤불에서 크고 검은 구슬처럼 빛나는 열매를 따기 시작했다. 민첩하게 손을 놀렸지만, 생각만큼 빨리 바구니를 채울 수는 없어서 데이지처럼 꾸준히 열매를 따는 대신, 더 좋은 장소를 찾아 이리저리 돌아다녔다. 로브는 낸을 따라다녔다. 얌전한 사촌 누나 데이지보다 활동성 넘치는 낸이 더 마음에 들었고, 로브 자신도 엄마에게 줄 가장 크고 좋은 열매를 따고 싶었기 때문이다.

"지금까지 계속 땄는데도 아직 양동이가 차지 않았네. 너무 힘들어." 로브는 자기의 짧은 다리를 쉬게 하려고 잠시 멈춰 서서 말했다. 허클베리 따는 것도 생각만큼 재미있는 일은 아니라는 생각이 들었다. 태양이 너무 뜨거워 낸은 메뚜기처럼 이리저리 깡충거렸고, 로브는 덤불 속에서 씨름하다가 양동이를 뒤집는 바람에 이제까지 열심히 담은 열매를 그만 쏟아버렸다.

"전에 왔을 때는 저 담 너머에 허클베리가 아주 많이 있었어. 아이들이 불을 피우던 동굴도 있고. 저기로 가자. 양동이를 빨리 다 채우고 동굴에 숨어서 다른 애들이 우리를 찾아다니게 하는 거야." 모험에 목마른 낸이 제안했다.

로브는 이 말에 동의했다. 둘은 있던 곳을 떠나서 울타리를 기어올라 건너편 경사진 곳으로 달려가 바위와 덤불 사이로 모습을 감추었다. 열매가 잔뜩 달려 있었고, 양동이는 금세 가득 찼다. 그늘이 지고 시원한 데다 작은 샘물도 있어서 물을 들이켜 갈증을 달래며 기운을 차릴 수 있었다.

"지금 동굴에 들어가 쉬고, 점심도 먹자." 낸은 지금까지의 성공에 만족스러워하며 말했다.

"길은 알아?" 로브가 물었다.

"물론 알지. 전에 와본 적도 있고, 잊어버리지 않았어. 저번에 내가 혼자 가서 짐을 가지고 오기도 했잖아?"

로브는 그 말에 안심하고 그냥 낸의 뒤를 따랐다. 낸은 로브를 데리고 그루터기와 돌이 있는 곳을 넘어 구불구불한 길로 계속 가다가, 바위틈에 있는 작은 동굴에 도착했다. 검게 변한 돌이 모닥불을 피운 흔적이었다.

"자, 근사하지 않아?" 낸은 이렇게 묻고는, 버터 바른 빵을 주머니에서 꺼냈다. 못, 낚싯바늘, 돌멩이, 여러 이상한 물건들도 같이 있었던 터라 빵은 좀 부스러져 있었다.

"응, 다른 애들이 우릴 금방 찾을까?" 로브가 말했다. 로브는 어둑어둑한 굴이 답답해서 사람이 많은 곳으로 가고 싶었다.

"아니, 못 찾을걸. 개네가 오는 소리가 들리면 숨어버릴 거니까. 쉽게 찾으면 재미없잖아."

"오지 않으면 어떻게 해?"

"상관없어. 혼자 집에 돌아갈 수도 있으니까."

"많이 멀어?" 로브는 신고 있던 작은 구두를 보면서 물었다. 오랫동안 헤매는 바람에 구두에는 흠집도 생겼고 젖기까지 했다.

"10킬로미터 정도 될 거야." 낸의 거리 감각은 정확하지 않았지만, 자기 능력에 대한 믿음만은 대단했다.

"지금 돌아가는 게 좋겠어." 그 말을 듣자마자 로브가 말했다.

"내 양동이까지 다 채우기 전에는 돌아가지 않을 거야." 낸이 허클베리를 따기 시작했지만, 로브는 끝도 없는 일이라고 생각했다.

"저기, 누나! 날 잘 봐준다고 그랬잖아." 해가 갑자기 언덕 너머로 기우는 듯 보이자 로브는 한숨을 쉬었다.

"뭐, 잘 봐주고 있잖아. 어떻게 더 해줘? 어린애같이 짜증내지 마. 금방 갈 거야." 자기에 비하면 다섯 살짜리 로브는 갓난아기나 다름없다고 생각하며 낸이 말했다.

로브는 그 자리에 앉아 걱정스러운 얼굴로 주위를 둘러보며 참을성 있게 기다렸다. 조금 불안했지만, 철석같이 낸을 믿었다.

"금방 밤이 될 거야." 모기에게 물린 로브가 혼잣말처럼 말했다. 옆에 있는 늪에서는 개구리가 저녁 음악회라도 연 듯이 시끄럽게 울어대기 시작했다.

"어머! 정말이네. 금방 돌아가지 않으면 애들이 그냥 가 버릴 거야." 하던 일에서 눈을 돌려 하늘을 올려다본 낸은 해가 지고 있는 걸 순간 알아차리고 큰 소리로 말했다.

"1시간쯤 전에 나팔 소리가 났어. 우릴 부르는 거였을지도 몰라." 가파른 언덕을 기어오르는 낸의 뒤를 겨우 따라가며 로브가 말했다.

"어디서?" 잠깐 멈춰 서서 낸이 물었다.

"저기 길 너머." 로브는 더러워진 작은 손가락으로 지금 가는 곳과는 정반대 방향을 가리켰다.

"그럼 저쪽으로 가서 애들을 찾아보자." 낸은 몸을 돌려 덤불 사이를 빨리 걷기 시작했다. 낸은 약간 불안했다. 근처에는 소가 다니는 길이 여러 갈래 있었고, 자기들이 지나온 길이 어느 것인지 정확히 기억하지 못했기 때문이다.

두 사람은 다시 그루터기와 돌이 있는 곳을 지나 계속

걸었고, 가끔 멈춰 서서 나팔 소리를 들어보려고 했지만, 집으로 돌아가는 소들이 "음메" 하며 우는 소리 말고는 아무것도 들리지 않았다.

"저 돌무더기는 본 기억이 없는데, 넌?" 낸은 담 위에 앉아 잠시 쉬며 주위를 둘러보다가 물었다.

"아무것도 생각 안 나. 집에 가고 싶어." 로브의 목소리가 조금 떨리자 낸은 로브를 안고 부드럽게 쓰다듬어주면서 힘찬 목소리로 말했다.

"최대한 빨리 갈 거야. 울지 마. 길이 나오면 업어줄게."

"길이 어디에 있어?" 로브는 눈을 비비면서 길을 찾아보았다.

"저기 큰 나무 건너편이야. 네드가 굴러떨어진 나무 기억나?"

"아, 그 나무. 다들 우릴 기다릴 거야. 난 마차 타고 집에 갈 거야. 누나도 그럴 거지?" 로브는 밝아진 얼굴로 넓은 목초지 끝을 향해 터벅터벅 걸어갔다.

"아니, 난 그냥 걷는 게 좋아." 낸은 그래야 한다는 생각이 분명하게 들어, 마음의 준비를 하면서 대답했다.

빠르게 퍼지는 땅거미 속에서 다시 오랫동안 무거운 발걸음을 끌고 가다가 둘은 한 번 더 실망했다. 그 나무는 네드가 굴러떨어졌던 나무가 아니었고 길도 보이지 않았던 것이다.

"우리, 길 잃어버린 거야?" 로브는 무서워서 양동이를 꼭 잡고 떨리는 목소리로 말했다.

"꼭 그런 건 아니야. 어디로 갈지 모르는 거지. 한번 크게 소릴 질러보자."

둘은 목이 쉴 때까지 소리를 질러보았다. 그러나 시끄러운 개구리 소리 말고는 아무 대답도 없었다.

"저기 키 큰 나무가 또 있어. 아마 저걸 거야." 낸이 말했다. 씩씩하게 말하기는 했지만 마음은 가라앉아 있었다.

"이젠 못 걷겠어. 구두가 너무 무거워서 발이 올라가지도 않아." 로브는 지쳐서 바위에 주저앉았다.

"그럼 우린 밤새도록 여기 있어야 해. 뱀만 안 나오면 난 상관없어."

"난 뱀 무서워. 밤새 여기 안 있을래. 응? 길 잃어버리는 거 싫어." 로브는 울상을 지었다가 갑자기 무슨 생각이 났는지 안심한 듯한 목소리로 말했다. "엄마가 와서 우릴 찾을 거야. 항상 그랬거든. 지금은 무섭지 않아."

"조 선생님은 우리가 어디 있는지 모르잖아."

"엄만 내가 얼음 창고에 갇혀 있는 것도 몰랐지만 찾아냈어. 지금도 꼭 올 거야." 로브가 자신만만하게 대답하자 낸도 안심하고 옆에 앉았다. 그러고는 한숨을 쉬면서 말했다.

"아까 다른 애들하고 헤어지지 말 걸 그랬어."

"누나 때문이야. 하지만 엄마는 날 미워하지 않을 거니까 괜찮아." 다른 모든 희망이 사라진 상태에서 마지막 구원의 끈을 붙잡듯 로브가 대답했다.

"너무 배고프다. 우리 아까 딴 허클베리 먹자." 시간이 얼마간 지나고 로브가 졸기 시작하자 낸이 제안했다.

"나도 배고파. 그런데 내 거는 안 돼. 엄마한테 다 준다고 했거든."

"아무도 우릴 찾으러 오지 않으면 다 먹어야 할걸." 방금 하던 이야기를 모두 반박하고 싶은 기분이 든 낸이 말했다. "우리가 며칠 동안 여기 있게 되면, 저 들판의 산딸기를 모두 먹은 다음에 굶어 죽을 거야." 낸은 단호하게 덧붙였다.

"난 사사프라스를 먹을 거야. 사사프라스 나무가 어떤 건지 알아. 다람쥐가 어떻게 그 나무 뿌리를 캐서 먹는지 댄형이 얘기해 줬어." 로브는 굶어 죽는다는 이야기에도 아랑곳하지 않고 대답했다.

"맞다. 개구리를 잡아서 요리하면 되잖아. 우리 아빠가 먹어본 적이 있는데, 맛있대." 허클베리 목초지에서 길을 잃은 상태지만 낸은 흥미진진한 모험거리를 찾기 시작했다.

"개구리를 어떻게 요리해? 불도 없는데."

"모르겠어. 다음엔 주머니에 성냥을 넣어 올게." 개구리 요리는 시도도 못 한다는 걸 알고 풀이 죽은 낸이 말했다.

"반딧불이로 불 피울 수는 없어?" 로브는 날개 달린 불꽃처럼 이리저리 날아다니던 반딧불이를 보면서 희망에 찬 얼굴로 물었다.

"해보자." 아이들은 반딧불이를 잡아 녹색 나뭇가지 한두 개에 불을 붙여보려고 애썼다. "반딧불이라는 이름은 거짓말이야. 안에 불도 없잖아." 낸은 이 불쌍한 벌레를 경멸하며 집어던졌지만, 반딧불이는 천진난만한 작은 실험자들을 기쁘게 해주려는 듯 한껏 빛을 내면서 나뭇가지 사이를 부지런히 오르내렸다.

"엄마가 너무 늦게 오네." 잠시 말없이 머리 위에 뜬 별을 바라보며 발밑에 뭉개진 스위트펀 향기를 맡다가, 귀뚜라미의 세레나데를 듣던 로브가 말했다.

"하느님은 왜 밤을 만들었는지 모르겠어. 낮이 훨씬 재미있는데." 낸은 생각에 잠겨 말했다.

"자야 하잖아." 하품을 하면서 로브가 대답했다.

"그냥 자면 되잖아." 낸은 토라져서 대답했다.

"내 침대에서 자고 싶어. 아, 테드도 보고 싶고!" 로브가 울먹이며 말했다. 작고 포근한 둥지에서 새들이 지저귀는 소리를 듣자니 집 생각이 나서 괴로웠다.

"조 선생님이 우릴 찾지는 못할걸! 깜깜해서 앞이 보이지도 않잖아." 인내심 있게 기다리는 일을 싫어하는 낸이 질박한 목소리로 말했다.

　"얼음 창고 안은 진짜 깜깜했어. 무서워서 엄마를 부르지도 못했는데 엄마가 날 찾은 거야. 지금도 엄마가 분명히 올 거야. 아무리 어두워도 문제없어." 로브는 확신에 차서 대답했다. 로브는 일어서서 혹시 저 어두움 뒤에, 자신을 한 번도 실망시키지 않은 엄마의 도움이 있지 않을까 자세히 살펴봤다.

　"엄마야! 엄마가 저기 있어!" 로브는 이렇게 소리치고는, 뭔가 어두운 것이 천천히 다가오는 쪽으로 온 힘을 다해 지친 다리로 달리기 시작했다. 갑자기 로브가 멈춰 서더니 방향을 바꿔 비틀거리며 돌아왔다. 그러고는 공포에 질려 소리쳤다.

　"아니야, 곰이야. 커다란 검은 곰!" 로브는 낸의 치마폭에 얼굴을 파묻었다.

　진짜 곰이라는 생각에 용기가 바닥난 낸도 겁을 먹고 얼어붙었다. 낸이 휙 돌아서서 마구 도망치려는데 부드럽게 "음메" 하는 소리가 들렸다. 겨우 안심한 낸은 쾌활하게 웃으며 말했다.

　"소야, 로브! 낮에 봤던 얌전한 검은 소야."

　소는 늦은 시각에 목초지에서 어린아이 둘을 만나다니 예삿일은 아니라는 듯 잠시 멈춰 섰고, 아이들이 몸을 쓰다

듣자 그 자리에 서서 부드러운 눈빛으로 두 사람을 바라보았다. 곰 말고는 어떤 동물도 두려워하지 않는 낸은 소의 젖을 짜보면 어떨까 생각했다.

"어떻게 젖을 짜는지는 사일러스 아저씨가 가르쳐줬어. 허클베리하고 우유를 같이 먹으면 맛있을 거야." 그러면서 낸은 양동이에 든 열매를 모자에 옮겨 담고 대담하게 새로운 작업을 시작했다. 로브는 옆에 서서 낸이 시킨 대로 '마더구스' 노래를 계속 불렀다.

살지고 예쁜 소야. 우유를 주렴.
내게 네 우유를 주렴.
그러면 나도 비단옷을 줄게.
비단옷과 은고리를 줄게.

하지만 명곡도 아무 효과가 없었다. 소는 자비롭기는 했지만, 낸이 아무리 젖을 짜도 아주 조금밖에 나오지 않았다.

"워! 저리 가! 이 얌체야!" 절망한 낸은 젖을 짜보다가 포기하고는 기분이 상해 소리쳤다. 불쌍한 젖소 몰리는 놀라움과 질책을 담기는 했지만 온순하게 '음메' 하고는 가버렸다.

"한 모금씩은 마실 수 있겠다. 그런 다음 걸어가야 해. 안 그러면 잠들어 버리잖아. 길 잃은 사람은 잠들면 안 돼. 너

「눈보라The Snow Storm」(1822년에 출간된 존 윌슨의 소설집에 실린 이야기-옮긴이)라는 소설에서 해나 리가 눈 속에서 잠이 들었다가 어떻게 죽었는지 봤지?"

"근데 지금은 눈이 안 왔잖아. 여긴 편안하고 따뜻해." 낸처럼 상상력이 풍부하지는 않은 로브가 말했다.

"그래도 마찬가지야. 조금만 더 걷고 다시 소리를 질러 보자. 그러다가 누가 오면, 덤불 속에 숨는 거야. 동화책에 나오는 난쟁이 형제들처럼 말이야."

하지만 두 사람은 조금밖에 갈 수가 없었다. 로브는 너무 졸려서 걸을 수 없었고 계속 넘어졌다. 자신이 맡은 책임 때문에 반쯤 넋이 나간 낸도 결국은 짜증을 내고 말았다.

"또 넘어지면 놔두고 갈 거야." 낸은 이렇게 말하면서도 불쌍한 어린아이 로브를 부드럽게 안아주었다.

"구두 때문에 그래. 자꾸 미끄러진단 말이야." 로브는 금방이라도 울음이 터질 것 같았지만 씩씩하게 꾹 참으면서, 슬픈 목소리로 말했다. "모기한테 물리지만 않으면 엄마가 올 때까지 잘 수 있을 텐데."

"내 무릎을 베고 누워 있어. 앞치마로 덮어줄게. 난 밤에도 무섭지 않으니까." 이렇게 말하고 자리에 앉은 낸은 어두운 그림자나 바스락거리는 이상한 소리에 신경 쓰지 않으려고 애써 마음을 다잡았다.

"엄마 오면 깨워줘." 로브는 이렇게 말하고, 낸의 무릎을 벤 지 5분도 되지 않아 잠이 들었다.

낸은 불안한 눈으로 주위를 둘러보았다. 1초가 1시간처럼 느껴졌다. 언덕 위로 옅은 빛이 비치기 시작하자 낸은 혼잣말을 했다.

"밤이 지나고 아침이 오나 봐. 해가 다 뜨면 집에 가는 길을 알 수 있을 거야."

하지만 언덕 위에서는 해가 아닌 달이 둥근 얼굴을 내밀었다. 낸은 달을 보고 실망하기도 전에 커다란 양치식물의 그늘에 기대어 까무룩 잠이 들어버렸다. 깊이 잠든 낸이 꾸는 한여름 밤의 꿈에는, 반딧불이, 파란 앞치마, 허클베리 산이 등장했고, 로브가 "집에 가고 싶어! 집에 가고 싶어!"라며 흐느끼는 모습도 나왔다. 낸과 로브가 잠들고 주위 모기떼가 윙윙거리는 소리도 평화롭게 잠잠해졌다.

한편 집에서는 한바탕 난리가 벌어졌다. 건초 마차는 5시에 도착했고, 잭, 에밀, 낸, 로브를 제외한 다른 아이들은 울타리 안에서 떠날 준비를 하고 있었다. 사일러스 대신 마차를 몰고 온 프란츠는, 네 아이가 숲을 가로질러 집으로 갔다는 말을 듣고는 불편한 기색으로 말했다. "로브는 마차에 태워서 못 가게 막았어야지. 그렇게 오래 걸으면 지쳐버릴 텐데."

"지름길이잖아. 누가 업어줄 수도 있고." 저녁 식사가 급했던 스터피가 말했다.

"낸하고 로브가 분명히 걔네하고 같이 갔어?"

"물론이야. 같이 갔어. 같이 담을 넘는 걸 봤어. 이제 금방 5시가 된다고 소리쳤더니, 자기들은 다른 길로 간다고 잭이 그랬어." 토미가 설명했다.

"좋아. 그럼 모두 올라타라." 지친 아이들과 허클베리로 가득 찬 양동이를 실은 건초 마차는 덜컹거리면서 돌아갔다.

조는 아이들이 두 무리로 나뉘었다는 이야기를 듣고 약간 심각해져서는, 아이들을 찾아 데려오라고 프란츠와 당나귀 토비를 보냈다. 저녁 식사가 끝난 뒤 언제나처럼 모두가 시원한 거실에 앉아 있을 때, 먼지투성이에 얼굴이 벌겋게 달아오른 프란츠가 불안해 보이는 얼굴로 돌아왔다.

"애들 돌아왔어요?" 집 앞길 중간쯤까지 온 프란츠가 소리쳤다.

"아니!" 조는 의자에서 벌떡 일어났고, 모두 뛰어나가 프란츠 주위에 모였다.

"아무 데도 없어요." 프란츠가 말을 시작했지만, "다녀왔습니다!" 하는 큰 소리 때문에 그 말은 묻혀버렸다. 모두 깜짝 놀란 바로 그 순간 집으로 오고 있는 잭과 에밀이 보였다.

"낸하고 로브는 어디 있어?" 조는 에밀을 꽉 붙잡으며 소리쳤다. 에밀은 외숙모가 갑자기 이상해진 게 아닌가 생각할 지경이었다.

"몰라요. 다른 애들이랑 같이 집에 왔겠죠. 아니에요?" 에밀은 재빨리 대답했다.

"너랑 같이 갔다고 조지와 토미가 그러던데."

"아니에요. 걔네는 못 봤어요. 우린 연못에서 수영하고 숲에서 빠져나온걸요." 잭도 놀란 얼굴로 말했다.

"어서 바에르 교수님을 부르고, 등불을 갖고 와라. 그리고 사일러스한테 여기 와달라고 해."

조가 말한 것은 이게 전부였지만, 모두 금방 알아듣고 조의 지시대로 서둘렀다. 10분도 되지 않아 바에르 교수와 사일러스는 숲으로 뛰어갔고, 프란츠는 넓은 목초지를 뒤지려고 늙은 말 앤디를 타고 길을 따라 곧장 달려 나갔다. 조는 식탁에서 음식을 조금 챙긴 후 약장에서 브랜디 작은 병을 꺼내고 등불을 들고는, 나머지 아이들은 얌전히 집에 있으라고 말한 뒤 곧장 당나귀 토비를 타고 떠났다. 모자도 솔도 걸치지 않은 채였다. 그때 뒤에서 누가 뛰어오는 소리가 들려 뒤를 돌아보니 등불에 댄의 얼굴이 비쳤다.

"네가 따라왔구나! 잭하고 에밀에게 오라고 했는데." 조가 말했다. 도와줄 사람이 필요했지만, 이 아이만큼은 돌려보내야겠다는 생각이었다.

"그 애들은 집에 있으라고 했어요. 저녁도 안 먹었으니까요. 게다가 따라가고 싶은 마음은 개네보다 제가 더 커요."
댄은 조의 등불을 건네받으며 야무진 눈빛으로 부인의 얼굴을 올려다보고는 빙긋 웃었다. 아직 어린아이라고 생각했던 댄의 이런 표정은 왠지 듬직했다.

조는 토비 등에서 내리고는, 걷겠다고 고집을 부리는 댄을 태웠다. 두 사람은 먼지가 이는 조용한 길을 따라 계속 앞으로 나아갔다. 가끔 멈춰 서서 아이들의 이름을 불러보고는 작은 대답 소리라도 들리지 않을까 숨죽이고 귀를 기울였다.

두 사람이 넓은 목초지에 다다르자, 벌써 와 있던 다른 사람들의 불빛이 도깨비불처럼 이리저리 움직이는 모습이 보였다. "낸! 로브! 로브! 낸!"이라는 외치는 바에르 교수의 목소리가 들판 가득 퍼져나갔다. 사일러스는 휘파람을 불고 고함을 쳤다. 댄은 토비를 탄 채 이리저리 찾아다녔다. 토비도 무슨 일인지 아는 듯 아주 험한 곳에서도 그 어느 때보다 순하게 움직였다. 조는 목구멍까지 차오른 울음을 간신히 참으며 모두에게 말했다.

"너무 소리지르면 아이들이 겁먹을지도 몰라요. 제가 불러볼게요. 로비라면 제 목소리를 알아들을 거예요."
그러고는 다정한 목소리로 아이의 이름을 불렀다. 조가 부르는 소리는 부드럽게 메아리쳤고 바람도 그 소리를 전해주었지만, 여전히 아무 대답도 돌아오지 않았다.

하늘에 구름이 뒤덮이기 시작했다. 시커먼 구름 사이로 희미한 달빛만 비쳤고, 천둥 치는 소리가 들려왔다. 여름 폭풍이 시작되려는 것 같았다.

"아, 우리 로비! 로비!" 창백한 유령처럼 하얗게 질린 얼굴로 여기저기 헤매던 가련한 조는 기어이 흐느꼈다. 댄은 충실한 반딧불이처럼 조 곁에 붙어 있었다.

"낸에게 무슨 일이라도 생기면 그 애 아버지에게 뭐라고 말해요? 난 어째서 사랑하는 아이들을 그렇게 멀리까지 보냈을까요? 프리츠, 무슨 소리라도 들려요?" 남편이 슬픔에 잠겨 "아뇨."라고 대답하자 조는 절망한 듯 자신의 두 손을 꽉 움켜잡았다. 이 모습을 본 댄이 토비의 등에서 뛰어내려 고삐를 울타리 기둥에 매어놓고는 단호하게 말했다.

"시냇가 쪽으로 갔을지도 몰라요. 제가 보고 올게요."

댄은 담을 넘어 달려갔다. 너무 빨리 가는 바람에 조가 따라가기 힘들 정도였다. 겨우 따라붙자 댄은 등불로 아래를 비추고는 시냇가 부드러운 흙 위에 난 작은 발자국을 기쁜 얼굴로 보여주었다. 조는 무릎을 꿇고 그 흔적을 보더니 벌떡 일어나 큰 소리로 외쳤다.

"맞아. 이건 로브 신발 자국이야! 이 길로 가보자. 이 안쪽으로 간 게 틀림없어."

흔적을 따라가기는 정말 힘들었다! 그러나 말로는 설명할 수 없는 본능이 어머니를 이끌어주는 듯했다. 얼마 지나지 않아 댄이 놀라 소리치면서 오솔길에 떨어져 있던 작고 빛나는 것을 주워 들었다. 양철로 된 양동이 뚜껑이었다. 길을 잃었다는 걸 알고 깜짝 놀랐을 때 아이들이 떨어뜨린 게 분명했다. 조는 뚜껑이 마치 살아 있는 생명체라도 되는 듯 끌어안고 입을 맞췄다. 댄이 기쁨에 차서 다른 사람들을 부르려고 소리를 지르려 하자, 서둘러 가던 조가 이를 말리고는 말했다.

　　"부르지 마. 내가 아이들을 찾을게. 아이들을 보낸 건 나니까 내가 책임지고 찾아서 가족 품으로 데려와야지."

　　조금 더 나아가자 낸의 모자가 나타났다. 여러 번 그 근처를 헤매던 둘은 마침내 숲속에 잠들어 있는 아이들을 발견했다. 댄은 그날 밤 등불에 비친 작은 그림 한 폭을 평생 잊지 못했다. 댄은 조 선생님이 울음을 터뜨릴 거라고 생각했지만, 조는 "쉬!"하고 속삭이기만 했다. 그러고는 조심스럽게 앞치마를 걷어내고 그 아래에 있는 조그만 장밋빛 얼굴을 바라보았다. 허클베리로 물든 입술은 반쯤 열린 채 숨을 내쉬었고, 황금빛 머리카락은 땀에 젖어 뜨거운 이마에 달라붙어 있었다. 통통한 두 손은 여전히 열매로 가득한 작은 양동이를 움켜쥔 채였다.

그날 밤 힘든 일을 겪으면서도 자기가 따 모은 허클베리를 소중히 간직한 채 잠든 로브의 얼굴을 본 조는 가슴이 터질 것만 같았다. 조는 로브를 조심스럽게 끌어안고 울기 시작했다. 로브는 어리둥절한 모습으로 잠에서 깼다. 그러다 금방 엄마를 알아보고는 꼭 끌어안으면서 자랑스러운 웃음을 지으며 말했다. "엄마가 올 거라고 그랬지! 엄마! 정말 보고 싶었어요!"

잠시 이들은 세상에 둘만 있다는 듯 모든 걸 잊고 서로 입을 맞추고 껴안았다. 방랑하는 아들이 길을 잃어 아무리 심하게 더러워지고 지쳤더라도, 어머니라는 존재는 아들을 품에 안는 순간 모든 것을 용서하고 잊을 수 있기 마련이다.

그동안 댄도 덤불 속에서 낸을 일으켰다. 댄은 갑자기 깨어나 깜짝 놀란 낸을 진정시키며 눈물을 닦아주었다. 테드 외에는 아무도 본 적 없는 온화한 모습이었다. 낸도 너무나 기쁜 마음에 울음을 터뜨렸다. 평생 처음 겪는 외로움과 무서움 속에서, 다행스럽게도 친절한 얼굴이 보이고 자신을 감싸는 강한 팔이 느껴진 것이다.

"불쌍한 우리 아가. 울지 말아요! 이제 괜찮아. 오늘 밤에는 아무도 뭐라 하지 않을 거야." 조도 낸을 따뜻하게 포옹하며 말했다. 조는 암탉이 길 잃은 병아리를 날개 밑에 품듯 두 아이를 안아주었다.

"제 잘못이에요. 죄송해요. 그래도 로브를 잘 돌봐주려고 했어요. 앞치마로 덮어주고 재워주기도 했고요. 배가 너무 고팠지만 로브가 딴 열매에는 손도 대지 않았어요. 앞으로는 안 그럴게요. 정말요. 절대로, 절대로요." 낸은 뉘우침과 고마움이 가득 차올라 흐느꼈다.

"자, 모두 불러야지. 집으로 가자." 조가 말했다. 댄은 담위에 올라가 온 들판에 울려 퍼지게 "찾았어요!"라고 외치면서 기쁜 소식을 전했다.

여기저기 헤매던 불빛이 사방에서 춤을 추듯 다가와 덤불 가운데에 있던 네 사람 주위로 모여들었다. 껴안고 입 맞추고 이야기하고 울어대는 일이 계속 이어지는 통에, 반딧불이들은 깜짝 놀랐고 모기는 흥분한 듯 윙윙 날아다녔으며, 개구리는 이 행복을 어떻게 표현해야 할지 모르겠다는 듯이 개굴개굴했다.

모두 집으로 출발했다. 참으로 묘한 모습이었다. 프란츠는 이 소식을 알리려고 말을 타고 달려갔다. 댄과 토비의 뒤로 낸은 사일러스의 튼튼한 팔에 안겨 따라오고 있었다. 사일러스는 낸을 '자기가 본 중에 가장 똑똑한 작은 짐'이라 여겼고, 집에 오는 길 내내 낸을 놀려댔다. 조는 로브를 다른 누구에게도 맡기지 않고 직접 데리고 갔다. 한숨 자서 기운을 차린 이 작은 아이는 허리를 곧게 펴고는 자기가 무슨 영웅이라도 된 듯이 즐겁게 수다를 떨기 시작했다. 로브는 "난 엄마가 올 줄 알았어요.", "이거 전부 엄마 주려고 딴 거예요."라며 통통한 허클베리를 엄마 입에 넣어주었다. 조는 자기 품으로 돌아온 아들의 손을 꼭 붙잡고 있었다.

일행이 집 앞길에 다다랐을 때는 환하게 빛나는 달빛 아래 아이들은 모두 환호성을 지르며 낸과 로브를 맞이하러 뛰어나왔고, 길 잃었던 어린 양들은 환희와 안도감에 가득 차서는 아이들에게 이끌려 식당으로 들어갔다. 그다지 낭만적이지는 않지만 두 아이에게는 입맞춤과 포옹보다는 저녁 식사가 더 급했던 것이다. 곧 빵과 우유가 차려졌고, 온 식구가 이들을 둘러싸고 지켜보았다. 낸은 금세 기운을 차려서는, 이제는 거리낄 것 없다는 표정으로 자신이 겪은 위험한 순간을 즐겁게 이야기했다. 정신없이 빵과 우유를 먹던 로브가 갑자기 숟가락을 놓고 큰 소리로 울어대기 시작했다.

"우리 아가, 왜 우니?" 아직도 아들 곁에서 서성이던 엄마가 물었다.

"길을 잃어버려서 우는 거예요." 로브가 소리쳤다. 눈물을 짜내려고 했지만 한 방울도 나오지 않았다.

"하지만 벌써 우리가 널 찾았잖니. 우리 로브가 저기 벌판에서는 울지 않았다고 낸 누나가 말해줬어. 네가 그렇게 용감한 아이라니 엄만 정말 기뻤단다."

"거기선 너무 무서워서 울 틈이 없었어요. 하지만 지금은 울고 싶어요. 길을 잃는 건 싫어요." 로브는 빵과 우유를 가득 문 채로 졸음과 서러움에 복받쳐 말했다.

이 모습을 본 아이들은 웃음을 터뜨렸다. 아이들이 왜 그러는지 몰라 어리둥절한 눈빛으로 잠시 아이들을 쳐다보던 로브는 자기가 한 말이 엄청나게 재미있었다는 듯이 금방 "하, 하!" 하며 아이들을 따라 웃었다.

"이제 10시다, 다들 자러 가야지" 바에르 교수가 시계를 보며 말했다.

"정말 고마운 일이구나! 오늘 밤 다들 집에서 잘 수 있으니까." 조는 이렇게 말하면서 아빠 품에 안겨 2층으로 올라가는 로브와, 데이지와 데미의 안내를 받으며 가는 낸을 눈물이 가득히 고인 눈으로 지켜보았다. 데이지와 데미는 자신들이 아는 사람 중에서 낸이 최고로 재미있는 아이라고 생각했다.

"외숙모도 피곤하시죠. 누가 모셔다드려야 하겠어요." 속 깊은 프란츠가 두려움과 긴 여정으로 탈진한 듯 계단 아래에서 잠시 걸음을 멈춘 조를 팔로 감싸 안으며 말했다.

"다들 모여서 안락의자처럼 만들어 태워드리자." 토미가 제안했다.

"아니, 괜찮아. 애들아, 그냥 기댈 수 있도록 누가 어깨만 빌려주면 좋겠는데." 조가 대답했다.

"저요! 저요!" 대여섯 명이 뽑히고 싶은 마음에 서로 밀쳐댔다.

조는 아이들이 자신을 데려다주는 게 영광스러운 일이라고 생각한다는 걸 알아차리고는, 그 임무를 그에 걸맞은 아이에게 주었다. 조가 댄의 넓은 어깨에 팔을 얹고 이렇게 말했을 때, 누구도 불평하지 않았고 댄은 자부심과 기쁨으로 얼굴이 붉어졌다. "댄이 아이들을 찾았으니까, 댄이 날 데려다주는 게 맞겠다."

댄은 지난 저녁에 한 일에 대한 보상을 충분히 받았다고 느꼈다. 조가 다른 아이가 아니라 댄을 선택해 주었고, 댄이 방에서 나가려 할 때 따뜻한 목소리로 "잘 자라, 내 아들! 하느님께서 축복하실 거야"라고 말했기 때문이다.

"제가 진짜 아들이면 좋겠어요." 댄이 말했다. 긴박함과 어려움을 겪으면서 자신이 조 선생님에게 그 어느 때보다 가까이 다가갔다는 기분이 들었다.

"넌 내 아들, 큰아들이야." 조는 약속의 징표로 입맞춤을 해주었다. 댄은 이제 온전히 조의 아들이 된 것이다.

다음 날 로브는 괜찮았지만 냄은 두통에 시달렸다. 얼굴의 긁힌 상처에 콜드크림을 바르고 조의 소파에 누워 있는 냄의 표정은 후회하는 마음은 거의 다 사라지고, 길을 잃었던 일이 오히려 꽤 재미있었다고 생각하는 듯했다. 이 모습을 본 조는 마음이 좋지 않았다. 아이들이 바른 길에서 벗어나거나 학생들이 허클베리 들판에 제멋대로 드러눕는 것을 바라지 않았기에, 조는 낸과 진지한 대화를 나누면서 자유와 방종의 차이를 마음에 새겨주려고 교훈을 담은 몇 가지 이야기를 해주었다. 낸에게 어떤 벌을 내릴지 결정하지 못했던 조는 한 가지 방법을 떠올렸다. 특이한 벌칙을 좋아하는 조는 이를 곧바로 시도했다.

"아이들은 모두 어디론가 도망쳐요." 낸은 그런 행동이 홍역이나 백일해처럼 당연하고 피할 수 없는 일이라도 된다는 듯 항변했다.

"다 그런 건 아니야. 도망갔다가 다시는 찾지 못하게 된 아이들도 있고." 조가 대답했다.

"조 선생님은 그런 적 없어요?" 낸의 날카로운 눈은 지금 자기 앞에서 근엄하게 바느질을 하는 조에게서 자신과 비슷한 어떤 영혼의 흔적을 발견한 모양이었다.

조는 웃음을 터뜨리고는, 그런 적이 있다고 자백했다.

"그 얘기 해주세요." 말씨름에서 주도권을 잡았다고 생각한 낸이 졸라댔다.

조는 낸의 생각을 알아차리고는 진지한 얼굴이 되었다. 그리고는 후회하는 듯 고개를 저으면서 말했다.

"나도 몇 번이나 어디론가 사라졌어. 내가 저지른 장난으로 불쌍한 어머니를 힘들게 했지. 하지만 결국에는 어머니가 내 버릇을 고쳐주셨단다."

"어떻게요?" 낸은 궁금한 얼굴로 조 앞에 다가앉았다.

"한번은 새 신발을 갖게 되었어. 그걸 자랑하고 싶었지. 그래서 정원에서 나가면 안 된다는 말을 듣고도 그냥 도망쳐 나가 온종일 돌아다녔단다. 번잡한 도시였는데, 내가 어떻게 살아남았는지 모르겠어. 공원에서 개와 뛰어놀기도 했고, 백 베이 바닷가에서 모르는 남자아이들과 배를 타기도 했고, 아일랜드 출신 거지 여자애와 소금에 절인 생선과 감자를 나눠 먹기도 했어. 결국에는 어느 집 현관 계단에서 커다란 개를 안고 잠이 들었단다. 그땐 벌써 밤이었지. 난 새끼 돼지처럼 더러워졌고, 새 신발은 다 해진 상태였어. 너무 많이 돌아다녔으니까."

"정말 멋져요!" 낸은 당장이라도 뛰쳐나가 자기도 그렇게 할 기세로 소리쳤다.

"다음 날은 전날처럼 멋지지 않았어." 조는 어린 시절 장난에 대한 추억으로 들뜬 모습을 낸에게 들키지 않으려고 애썼다.

"엄마한테 매를 맞은 거예요?" 낸은 궁금해서 못 견디겠다는 얼굴로 물었다.

"어머니는 딱 한 번 매를 드셨어. 그때도 내게 사과를 하셨지. 사과를 하지 않았다면 난 어머니를 용서하지 않았을 거야. 정말 많이 화가 났으니까."

"왜 엄마가 딸한테 사과를 해요? 우리 아빠는 안 그러는데요."

"그건 말이야, 어머니가 나를 때리셨을 때 내가 어머니 쪽으로 돌아서서 이렇게 말했거든. '어머닌 지금 미친 듯이 화를 내고 있잖아요. 그러니까 어머니도 나처럼 맞아야 해요.' 어머니는 잠시 나를 바라보시더니 화를 가라앉히셨어. 그리고 부끄러워하시며 말씀하셨지. '네 말이 맞다, 조. 난 화가 났단다. 이런 감정으로 벌을 주면 네게 나쁜 본보기를 보이게 되겠구나. 나를 용서하렴, 애야. 우리 모두에게 도움이 되는 방법을 찾아보자.' 나는 이 일을 평생 잊은 적이 없단다. 몇십 대를 맞는 것보다 훨씬 더 효과가 있었던 거야."

낸은 잠시 가만히 앉아서 엄지손가락을 만지작거리며 생각에 잠겼다. 조는 아무 말도 하지 않고 낸을 가만히 지켜보았다. 낸의 작은 마음은 조 선생님에게 벌어진 일이 무엇일지 생각하느라 바삐 움직였다.

"그 이야기 마음에 들어요." 낸이 말했다. 날카로운 눈매, 씰룩거리는 코, 짓궂은 입은 여전했지만, 더는 장난기 넘치는 얼굴이 아니었다. "그래서 도망친 일에 대해 선생님 엄마는 무슨 벌을 주셨어요?"

"어머니는 긴 끈으로 날 침대 기둥에 묶어놓으셨어. 방에서 한 발짝도 나가지 못하게 말이야. 하루 종일 거기 있어야 했지. 그리고 내가 잘못한 일을 곱씹도록 다 해진 작은 신발을 앞에 매달아놓으셨어."

"전 그런 방법은 옳지 않다고 생각해요!" 무엇보다도 자유를 가장 소중하게 여기는 낸이 소리쳤다.

"하지만 나는 그 방법으로 버릇이 고쳐졌어. 너도 마찬가지일 거야. 그래서 지금 그렇게 할 거야." 조는 이렇게 말하더니 갑자기 작업대 서랍에서 튼튼한 노끈 뭉치를 꺼냈다.

이제까지 나누던 이야기 중 최악의 상황이 펼쳐졌다. 조는 줄 한쪽 끝을 낸의 허리에 감고 다른 한쪽 끝을 소파의 팔걸이에 묶었고, 그동안 낸은 풀이 죽은 채로 앉아 있었다. 줄을 묶고 나서 조는 이렇게 말했다.

"너를 버릇없는 강아지처럼 묶어놓고 싶지는 않아. 하지만 네가 강아지보다 더 나은 생각을 하고 있지 않다면 그렇게 대할 수밖에 없겠지."

"어디 한번 묶어보세요. 전 강아지 흉내를 내면서 노는 것도 좋아해요." 낸은 아무렇지도 않은 듯 으르렁거리면서 바닥을 기어 다니기 시작했다.

조는 낸의 행동에도 개의치 않고, 책 한두 권과 바느질할 손수건 한 장을 옆에 두고는 나가버렸다. 낸에게는 별로 기분 좋은 일이 아니었다. 낸은 잠시 앉아 있다가 끈을 풀어 보려고 했다. 앞치마 허리 뒤쪽에 묶은 끈은 풀 수 없었기 때문에 다른 쪽 매듭을 풀기 시작했다. 그쪽은 금방 풀렸다. 끈을 모아놓고 창문으로 나가려는데, 조가 복도를 지나가면서 누군가에게 하는 말이 들렸다.

"아니, 낸이 지금 도망가리라고 생각하진 않아. 낸은 자기 행동에 책임을 지는 아이야. 내가 한 일이 자신을 위해서라는 걸 알 거야."

그 말을 듣자 낸은 발걸음을 멈추고 돌아와 끈을 다시 묶고는 맹렬하게 바느질을 시작했다. 잠시 후 로브가 방에 들어오더니, 새로운 벌칙이 마음에 들었는지 줄넘기를 갖고 와서 예의 바른 태도로 소파 팔걸이 다른 쪽에 자기 팔을 묶었다.

"나도 길을 잃었으니까, 누나처럼 묶여 있어야 해요." 새로운 포로를 발견한 어머니에게 로브는 이렇게 설명했다.

"너도 이 작은 벌을 받아야 하겠구나. 다른 아이들에게서 떨어져서 멀리 가면 안 된다는 사실을 너도 알고 있었으니까 말이다."

"낸이 데려갔어요." 신기한 벌칙은 마음에 들지만 잘못한 일에 책임을 질 생각은 없던 로브가 변명했다.

"꼭 갈 필요는 없었잖니. 아무리 어린아이라도 양심에

따라 행동하는 법을 배워야 한단다."

"음, 누나가 '담을 넘어서 가보자.' 그랬을 때 조금도 내 양심에 찔리지 않았어요." 로브는 데미가 자주 쓰던 표현을 흉내 내며 말했다.

"정말 그런지 멈춰서 생각해 봤니?"

"아뇨."

"그럼 그렇게 말하면 안 되는 거야."

"제 양심은 너무 작아서 안 찔렸나 봐요." 로브는 잠깐 이 문제를 생각해 보더니 덧붙였다.

"그럼 양심을 더 갈고닦아야겠네. 둔한 양심은 나쁜 거야. 식사 시간까지 너도 여기 있어야겠다. 이 일에 대해 낸과 이야기를 해보렴. 내가 허락하기 전까지 너희 둘 다 끈을 풀지 않을 거라 믿는다."

"네, 안 풀게요." 두 아이가 대답했다. 자신들이 받는 벌이 뭔가 의미 있는 일처럼 느껴진 것이다.

한 시간 정도는 두 사람 다 얌전히 있었다. 하지만 방에만 있기 점점 지루해졌고, 밖으로 나가고 싶어 참을 수 없는 지경이 되었다. 복도가 이렇게 매력적으로 보인 적은 없었다. 작은 침실조차 갑자기 재미있는 곳이라는 생각이 들었다. 그곳으로 가서 가장 좋은 침대 커튼으로 텐트 놀이를 하고 싶어 견딜 수가 없었다. 창문은 열려 있었지만 그곳까지 닿지 않아 미칠 지경이었다. 바깥세상이 그토록 아름다운지 여태 깨닫지 못한 게 신기할 정도였다. 낸은 마당에서 하는 달리기가 그리웠고, 로브는 오늘 아침 개에게 먹이를 주지 않았다는 사실을 떠올리고는 불쌍한 폴룩스가 지금 어떨지 걱정이 되었다. 두 아이는 가만히 시계를 보고 있었다. 낸은 지금까지 몇 분 몇 초가 지났는지 훌륭하게 계산을 해냈고, 로브는 8시부터 1시까지 시간 보는 법을 배웠다. 낸이 잘 가르쳐주어서 앞으로도 로브가 이를 잊어버릴 일은 없을 정도였다. 곧 음식 냄새도 나기 시작했다. 옥수수 요리와 허클베리 푸딩이라는 사실을 알게 되자 두 사람은 안절부절못했고, 메리 앤이 식탁을 차리기 시작하자 두 아이는 거기에 어떤 요리가 있는지 보려다가 고개가 부러질 뻔했다.

수업이 끝난 뒤, 아이들은 낸과 로브가 가만히 있지 못하는 망아지 두 마리처럼 고삐에 매인 모습이 아이들의 눈에 들어왔다.

"그만 풀어줘요, 엄마. 다음에는 양심이 핀에 찔린 것같이 찔릴 거예요. 정말 그럴 거예요." 로브가 말했다. 식사 종이 울리자 테드가 들어와서는 형 로브를 보고 깜짝 놀라며 슬픈 표정을 지었다.

"그런지 어디 알아보자." 엄마는 이렇게 대답하면서 로브를 풀어주었다. 로브는 쏜살같이 복도를 달려서 식당을 한 바퀴 돌고는, 동료를 잊지 않았다는 표정을 지으며 다시 낸 옆으로 갔다.

"낸 누나한테 점심 갖다줘도 돼요?" 함께 포로 생활을 한 동료가 불쌍했던지 로브가 조에게 이렇게 물었다.

"우리 착한 아들! 그래, 갖다주렴." 그러고 나서 조는 소란스럽게 구는 다른 아이들을 진정시키려고 서둘러 나갔다.

낸은 혼자 밥을 먹고 오후 내내 소파에 묶여 있었다. 조는 끈을 길게 만들어 낸이 창밖을 볼 수 있게 해주었다. 낸은 창가에 서서 아이들이 노는 모습을 바라보았다. 아이들은 모두 여름날의 자유를 만끽하고 있었다. 데이지는 낸이 함께 놀지는 못해도 자기가 노는 모습을 볼 수 있도록 인형을 갖고 나와 마당에서 소풍 놀이를 했다. 토미는 최선을 다해 재주넘기를 해서 낸을 달래주었다. 데미는 계단에 앉아 큰 소리로 책을 읽었고, 덕분에 낸은 아주 재미있게 들을 수 있었다. 댄은 작은 청개구리를 가져와 보여주었다.

하지만 그 어떤 것도 자유를 대신할 수는 없었다. 창틀에 작은 머리를 얹고 조용한 시간을 보내던 낸은 몇 시간 동안 갇혀 있으면서 자유가 얼마나 소중한지 깨달았다. 아이들은 에밀이 새 배를 출항시키는 광경을 보려고 개울로 갔다. 배의 이름은 '조세핀'으로, 낸이 조의 이름을 따서 지은 것이었다. 낸은 이 배의 작명자 자격으로 뱃머리 위에다 작은 건

포도병을 깨뜨리는 역할을 맡았지만, 이제는 기회를 놓쳐버렸다. 데이지는 낸의 절반만큼도 제 역할을 해내지 못할 터였다. 모두 자기 잘못 때문이라는 생각이 들자 낸의 눈에는 눈물이 맺혔다. 낸은 창문 바로 아래에 핀 장미의 노란 속잎 주위를 맴도는 통통한 벌에게 소리 내어 말했다.

"도망쳐 나온 거면 집으로 돌아가는 게 좋을 거야. 그리고 엄마한테 미안하다고 해. 다시는 이런 짓 안 하겠다고."

"벌에게 이런 좋은 충고를 하는 걸 들으니 참 기쁘구나. 그 벌은 네 충고를 받아들였을 거야." 조는 빙긋이 웃으면서 말했다. 벌은 꽃가루투성이 날개를 펴고 날아갔다.

낸은 창틀 위에서 반짝이는 눈물방울을 닦아내고는 자신을 친구처럼 대해준 조의 품에 파고들었다. 조는 작은 눈물방울을 보았고, 그것이 무엇을 의미하는지 알았기 때문에, 자기 무릎에 머리를 파묻은 낸에게 따뜻하게 말했다.

"도망치는 일에 대한 우리 어머니 식 벌칙은 괜찮았니?"

"네, 그래요." 하루를 조용히 지내면서 꽤 얌전해진 낸이 대답했다.

"다시는 그러지 않으면 좋겠다."

"안 그럴게요." 진지하게 올려다보는 낸의 표정에 흡족해진 조는 더는 아무 말 하지 않았다. 벌은 제대로 효과를 냈고, 여기에 장황한 설교를 추가해 역효과를 불러오고 싶지 않았다.

그때 로브가 허클베리 파이를 아주 조심스럽게 들고 들어왔다.

"내가 딴 허클베리를 넣어서 만든 거야. 저녁 먹을 때 이거 반을 줄게." 로브는 요란스럽게 선언했다.

"왜 그러려는 거야? 난 사고를 크게 쳤는데." 낸이 조심스럽게 물었다.

"같이 길을 잃었잖아. 또 그런 사고를 치면 안 되니까. 그렇지, 누나?"

"절대로 안 그럴 거야." 낸은 결연한 말투로 말했다.

"와, 잘됐다. 이제 가서 우리 둘 다 먹을 수 있게 메리 앤한테 잘라달라고 하자. 먹을 시간이 다 됐어." 로브는 맛있어 보이는 작은 파이를 들고 손짓했다.

낸은 따라가려다 멈춰 섰다. "깜빡했네. 나 못 가."

"가보렴." 낸이 이야기하는 동안 살며시 줄을 풀어놓은 조가 말했다.

자유로워졌다는 사실을 확인한 낸은 조에게 열렬한 입맞춤을 하고 벌새처럼 날아갔다. 로브도 들고 있던 허클베리 주스를 뚝뚝 떨어뜨리며 낸의 뒤를 따라 달려갔다.

금발 꼬마 아가씨

지난번 소동 뒤로 플럼필드에 다시 찾아온 평화가 몇 주 동안 이어졌다. 큰 아이들은 자기들 때문에 낸과 로브가 길을 잃었다고 생각해, 지쳐서 나가떨어질 정도로 열심히 연장자 역할을 수행했다. 작은 아이들은 낸이 위험한 상황에 대해 이야기를 자주 들려준 덕분에, 길을 잃는다는 것은 인류가 시작된 이래 가장 나쁜 일이라고 생각할 정도였다. 아이들은 갑자기 밤이 찾아와서 유령처럼 검은 소가 어둠 속에서 불쑥 나타나지는 않을까 두려워하며 대문 밖으로는 코빼기도 비치지 않았다.

"이런 평온함이 오래갈 것 같지는 않은걸." 오랜 세월 아이들과 생활해 온 조는, 잠잠한 시기 뒤에는 무언가 큰 사고가 터지게 마련이라는 사실을 알고 있었다. 뭘 잘 모르는 사람이라면 아이들이 성인군자가 된 것 아닐까 생각할 만한 상황이었지만, 조는 집 안의 화산이 갑자기 폭발할 때를 대비했던 것이다.

이 반가운 평온함의 원인 중에는 베스의 방문도 있었다. 에이미와 로리 부부는 건강이 좋지 못한 로리의 할아버지 로런스 씨를 문병하러 가는 일주일 동안 베스를 이곳에 맡겨놓았다. 아이들은 이 금발 꼬마 아가씨를 어린이, 천사, 요정을 합쳐놓은 듯 여겼다. 그만큼 베스는 사랑스러운 아이였다. 엄마 에이미에게 물려받은 황금빛 머리카락은 빛나는 베일처럼 이 아이를 감쌌다. 베스는 머리카락을 뒤로 넘긴 우아한 모습으로 추종자들에게 미소를 짓는가 하면 기분이 나쁠 때는 머리카락 속으로 모습을 감췄다. 아빠 로리는 베스의 머리카락을 허리 아래까지 기를 수 있게 해주었는데, 데미는 윤이 나는 그 머리카락을 보고 고치에서 나온 비단실이라고 주장했다. 모두 이 어린 공주를 찬양했지만 그것이 베스에게 해가 되지는 않았다. 베스의 존재는 햇살을 가져다주었으며, 그 미소는 다른 아이들의 얼굴에도 미소를 만들어주고, 아이다운 슬픔은 모두의 마음에 부드러운 동정심을 채워주었다.

누구도 알지 못하는 사이에, 베스는 온화한 통치자가 되어 진짜 군주보다 더 훌륭하게 젊은 신하들을 다스리는 것처럼 보였다. 베스가 지닌 타고난 우아함은 모든 곳에 섬세하게 퍼져나갔고, 주위의 조심성 없는 아이들에게도 좋은 영향을 주었다. 베스는 그 누구도 자신을 거칠게 대하거나 더러운 손으로 만지도록 허락하지 않았다. 그래서 베스가 머무는 동안에는 비누가 모자랄 지경이었다. 아이들은 공주님을 모시고 다녀도 좋다는 허락을 받으면 영광으로 여겼고, "저리가. 더러워!" 같은 말로 거절당하면 불명예로 여겼다.

베스는 큰 소리에 기분이 상했고, 다툼을 보면 겁을 먹었다. 그래서 베스에게 말을 걸 때면 아이들 목소리는 더 온화하게 바뀌었고, 베스가 있는 곳에서는 말다툼도 금세 잦아들었다. 싸움 당사자들은 참지 못하더라도 다른 아이들이 나서서 말렸다. 모두가 베스를 도와주고 싶어 했고 큰 아이들은 한마디 불평도 없이 잔심부름을 해주었다. 작은 아이들은 모든 일에 헌신적인 심부름꾼 노릇을 자처했다. 짐을 날라주고, 산딸기 바구니를 들어주고, 식탁에서 접시를 건네주게 해달라고 간청하며 아무리 사소한 일이라도 다들 베스에게 도움이 되고 싶어 안달이었다. 토미와 네드는 베스의 작은 구두를 닦는 영광을 서로 차지하겠다고 주먹다짐까지 했다.

특히 낸은 이 예의 바른 아가씨(아가씨라고 하기에는 아직 많이 어리지만)와 일주일 동안 함께 지내면서 많은 영향을 받았다. 베스는 말괄량이 낸이 소리를 지르고 뛰어다닐 때마다 커다랗고 파란 눈에 경이로움과 놀라움이 뒤섞인 표정을 담아 쳐다보고는, 마치 무슨 야생동물이라도 본 듯 몸을 움츠렸다. 낸은 처음에는 "흥! 난 신경 안 써!"라고 말했지만, 사실은 꽤나 신경을 썼다. 베스가 "너 싫어, 데이지 좋아."라고 말했을 때, 낸은 불쌍한 데이지를 이가 딱딱 부딪칠 때까지 흔들어대다가 헛간으로 달려가 엉엉 울기까지 했다. 동요한 어린 영혼들이 공통으로 찾는 이 피난처에서 낸은 위안과 조언을 얻었다. 머리 위 진흙 둥지에서 나온 제비가 낸에게 온화함의 아름다움에 대한 자그마한 설교를 속삭였을지도 모른다. 어디서 위안과 조언을 얻었든 낸은 마음을 가라앉히고 과수원으로 가서, 베스가 좋아하는 달콤하고 작은 장밋빛 풋사과를 조심스럽게 찾아보았다. 그리고 화해의 선물을 들고 공주에게 다가가 겸손한 자세로 바쳤다. 베스는 크게 기뻐하며 자비롭게 선물을 받았고, 데이지가 낸에게 용서의 입맞춤을 해주자 베스도 똑같이 해주었다. 아까는 너무 심하게 굴었으니 사과하고 싶었던 것이다. 이 일이 있은 뒤부터 세 아이는 사이좋게 놀았고 낸은 며칠 동안 기쁘게 왕실의 호의를 누렸다. 낸은 처음에는 예쁜 새장에 갇힌 야생의 새라도 된 듯 통통한 멧비둘기 같은 데이지나 우아한 황금빛 카나리아 같은 베스로부터 벗어나 자유롭게 큰 소리로 노래를 부르기도 했다. 하지만 결과적으로 베스와 함께 있는 시간은 낸에게도 도움이 되었다. 우아함과 품위를 갖춘 작은 공주님을 모두가 사랑하는 것을 보면서 낸도 베스를 흉내 내기 시작했기 때문이다. 낸은 원하는 만큼 많은 사랑을 얻으려고 열심히 노력했다.

학교에서 이 예쁜 아이에게 영향을 받지 않은 아이는 하나도 없었다. 아이들은 이유를 정확히 알지 못한 채, 더 나은 존재로 변화했다. 가련한 빌리는 베스를 바라보는 것만으로도 무한한 만족감을 느꼈다. 베스는 빌리가 다른 아이들과 다르다는 것을 이해하고 나서는 좀 더 친절하게 대해줘야 한다는 생각에 싫은 내색 없이 빌리의 시선을 허락해 주었다. 딕과 돌리는 자신들이 만들 수 있는 유일한 장난감인 버드나무 피리를 여러 개 만들어주면서 환심을 사려고 했다. 베스는 선물을 받기는 했지만 불어보지는 않았다. 로브는 작은 연인처럼 베스를 섬겼고, 테드는 반려견이라도 된 듯 따라다녔다. 베스는 잭을 좋아하지 않았는데, 사마귀투성이인 데다가 목소리도 귀에 거슬렸기 때문이다. 식사 예절이 나빠서 베스의 기분을 상하게 한 스터피 조지는 건너편에 앉은 우아한 꼬마 아가씨에게 미움을 사지 않으려고 무척이나 애를 써서 소리 내지 않고 음식을 먹어야 했다. 네드는 불쌍한 들쥐를 괴롭히는 모습을 들켜서 공주님 궁전에서 불명예스럽게 추방되었다. 네드가 가까이 다가오자 베스는 베일 깊숙이 얼굴을 숨기고 공주답게 작은 손을 흔들어 물러나게 하고는, 슬픔과 분노에 찬 목소리로 외쳤다.

"저리 가. 네드 싫어. 귀여운 쥐 작은 꼬리 잘랐어. 그래서 쥐 찍찍 울었어!"

베스가 오면서 데이지는 즉시 왕좌에서 내려와 겸허하게 수석 요리사 자리로 갔고 낸은 시녀장을 맡았다. 에밀은 재무상이 되어, 자신의 안경을 장만하는 데에 9펜스 전부를 쓰면서 공금을 탕진했다. 프란츠는 총리로서 국사를 관장하고 왕국 전체의 순행을 계획하고 외교 관계를 조율했다. 데미는 공주의 전속 철학자로, 비슷한 일을 하는 다른 신하보다 더 나은 대접을 받았다. 댄은 근위병 자리에 서서, 베스의 영토를 용감하게 수호했다. 토미는 궁전의 광대였고, 냇은 스코틀랜드의 메리 여왕을 모신 궁정음악가 역할을 맡았다.

바에르 교수와 조는 이 평화로운 모습을 즐기면서, 아이들이 무의식적으로 어른들을 흉내 내는 연극을 바라보았다. 이 연극에는 쉽게 극을 망치게 마련인 비극적인 요소가 덧붙여지지 않아 무척이나 아름다웠다.

"우리가 아이들에게 가르쳐주는 만큼 아이들도 우리를 가르치는군요." 바에르 교수가 말했다.

"귀여운 우리 아이들에게 축복을! 자신들을 다루는 가장 좋은 방법이 무엇인지 우리에게 이렇게 많이 알려주네요. 아이들은 이 사실을 짐작도 못 할 거예요." 조가 대답했다.

"남자아이들과 여자아이들을 함께 두면 좋을 거라는

당신 말은 옳았어요. 낸 덕분에 데이지는 건강해졌고, 베스는 새끼 곰 같은 우리 아이들에게 예의 바르게 행동하는 법을 우리보다 더 잘 가르치고 있으니 말이에요. 이런 변화가 처음처럼 계속된다면, 머지않아 나는 블림버 박사(1846~1848년에 출간된 찰스 디킨스의 소설 『돔비와 아들Dombey and Son』에 나오는 교사—옮긴이) 같은 느낌을 받게 되겠죠."

복도로 들어온 토미가 자기 모자를 벗으면서 옆에 있던 네드의 모자까지 툭 쳐서 떨어뜨리는 모습을 본 바에르 교수가 웃으면서 말했다. 그곳에서는 공주님이 목마를 타고 있었고, 옆에는 의자에 걸터앉아 용감한 기사 역할을 열심히 수행하는 로브와 테드도 보였다.

"당신은 블림버 박사가 될 수 없어요, 프리츠. 아무리 노력해도 안 될 거예요. 우리 아이들은 그 소설에 나오는 거친 훈육을 따르려고 하지 않을 테니까요. 우리 아이들이 너무 나약해지지 않을까 걱정할 필요도 없어요. 우리는 가장 단순한 훈육으로도 빛나는 정신을 아이들에게 가르칠 수 있어요. 아이들은 자기도 모르게 공손하고 다정해질 테고, 제대로 된 예의범절이 몸에 밸 거예요. 당신처럼 말이에요. 여보."

"참! 그런 칭찬은 그만해요. 내가 그런 말을 시작하면 당신은 그냥 도망가잖아요. 당신과 대화를 나누는 이 30분이 평생 계속되었으면 좋겠군요." 말은 그렇게 했지만 바에르 교수는 칭찬을 기쁘게 받아들였다.

"금발 꼬마 아가씨가 좋은 영향력을 보여주는 또 다른 일이 있어요." 이런저런 정원 일로 고단한 하루를 보낸 교수가 누워서 쉬던 소파 쪽으로 의자를 끌어당기며 조가 말했다. "낸은 바느질을 싫어하잖아요. 그런데 베스 주겠다고 반나절이나 바느질을 하더니 훌륭한 가방을 만들어줬지 뭐예요? 베스가 떠날 때 그 가방에 토마토를 가득 넣어서 준다고 하더군요. 칭찬해 주었더니 변명하듯이 그러더라고요. '딴 사람한테 바느질해 주는 건 괜찮아요. 내가 쓰려고 바느질을 하는 건 바보 같은 일이지만요.' 그때 좋은 생각이 떠올랐어요. 카니 부인의 아이들에게 줄 작은 셔츠와 앞치마를 만들어달라고 낸에게 부탁하는 거예요. 낸은 착한 아이니까, 손가락이 아플 정도로 바느질을 해줄 거예요. 내가 하지 않아도 될 정도로 말이죠."

"하지만 바느질이 반드시 배워야 하는 일은 아니잖아요, 여보."

"우리 아이들에게는 바느질에 대해 내가 가르칠 수 있는 모든 걸 가르칠 거예요. 머리가 복잡해지는 라틴어나 수학, 그리고 여러 다른 과목들도 배워야 하지만, 바느질도 배울 필요가 있거든요. 특히 베스한테는 바느질을 가르치는 게 좋겠어요. 그 애 집게손가락에 바늘에 찔린 자국이 있는 걸 보면 바느질에 관심이 있는 것 같거든요. 물론 로리는 자기 딸이 점토로 뭔가를 만드는 것만으로도 자랑스럽겠지만요."

"나도 우리 공주님이 어떤 영향력을 끼쳤는지 알아요." 단추를 꿰매는 조를 지켜보던 바에르 교수가 말했다. "잭은 자기가 베스에게 미움을 사서 스터피나 네드 같은 아이로 취급받는 걸 아주 싫어했어요. 그래서인지 얼마 전에 내게 와서는 사마귀에 약을 발라달라고 부탁했어요. 전에는 아무리 말해도 듣지 않더니만 이번에는 용감하게 아픈 걸 참았어요. 까다로운 귀부인에게 매끄러운 손을 보여주고 얻게 될 호의에 대한 희망으로, 지금의 고통을 참아낸 거죠."

조가 이 말을 듣고 웃고 있을 때 스터피가 와서는 자기 엄마가 보내준 사탕을 금발 꼬마 아가씨에게 줘도 되는지 물었다.

"베스는 아직 단것을 먹으면 안 되는데. 하지만 장미 모양 분홍색 사탕 하나를 예쁜 상자에 넣어서 주면, 베스는 아주 좋아할 거야." 평소와 전혀 다른 스터피의 마음을 상하게 하지 않으려고 조는 이렇게 제안했다. 이 '통통한 아이'가 자기 사탕을 남에게 주는 일은 정말이지 드문 일이었다.

"먹으면 안 돼요? 베스가 배탈이 나는 건 싫어요." 그러면서 스터피는 맛있어 보이는 사탕을 애정을 담아 바라보다가 상자에 넣었다.

'좋은 냄새'가 나는 진짜 꽃이 낫다고 생각하면서도, 예의 바른 호기심을 보이며 장미 모양 사탕을 살펴보았다.

로리가 베스를 데리러 오자 일제히 아이들의 탄식이 터져 나왔다. 작별 선물이 쏟아지는 바람에 베스의 짐은 엄청나게 늘어나, 마을까지 짐을 나르려면 큰 마차를 불러야겠다고 로리가 말할 정도였다. 다들 베스에게 무언가를 선물해 주었다. 흰 쥐, 케이크, 조개껍데기 묶음, 사과, 토끼, 토끼가 먹을 커다란 양배추, 피라미가 든 병, 엄청나게 큰 꽃다발 등 별의별 선물이 다 있었다. 이별 장면도 감동적이었다. 공주님은 복도 탁자에서 신하들에게 둘러싸인 채 앉아 있었다. 베스는 사촌들에게 입맞춤한 뒤 다른 아이들에게도 손을 내밀었다. 모두 살며시 손을 잡고는 여러 다정한 말을 건넸다.

"금방 또 와. 우리 예쁜이." 댄은 자기가 가장 아끼는 녹황색 딱정벌레를 베스의 모자에 달아주면서 속삭였다.

"공주님, 날 잊지 마. 무슨 일이 있어도." 베스의 매력에 푹 빠진 토미는 예쁜 머리카락을 마지막으로 쓰다듬으면서 말했다.

"다음 주에 너희 집에 갈 거야. 그때 보자." 냇이 덧붙였다. 곧 다시 만날 수 있다는 생각에 위안을 받은 듯했다.

"이제는 악수해도 돼?" 잭은 사마귀가 없어진 손을 내밀면서 소리쳤다.

"두 개를 새로 만들었어. 이걸 보면 우리가 생각날 거야." 딕과 돌리가 새 피리를 건네주며 말했다. 예전에 준 피리 일곱 개를 베스가 부엌 화로 속에 몰래 던져버렸다는 사실을 이들은 꿈에도 몰랐다.

"우리 예쁜이! 내가 방금 만든 책갈피야. 항상 간직해야 해." 따뜻한 포옹과 함께 낸이 말했다.

하지만 무엇보다도 빌리와의 이별 모습이 가장 애달팠다. 베스가 정말로 간다는 사실을 알게 되자 슬픔을 참을 수 없었던 빌리는 베스 앞에 몸을 던지고는 작은 파란 구두를 꽉 잡고 "가지 마! 제발!"이라고 흐느꼈다. 빌리가 보여준 폭발적인 감정에 깊이 감동한 금발 꼬마는 허리를 굽혀 가련한 빌리의 고개를 들어주고는, 언제나처럼 부드럽고 조용한 목소리로 말했다.

"울지 마, 우리 빌리! 자, 뽀뽀. 또 금방 오니까."

이 약속으로 위로받은 빌리는 자신에게 베풀어진 이례적인 영광에 대한 자부심에 가득 차 뒤로 물러났다.

"나도! 나도!" 딕과 돌리가 소리를 쳤다. 자기들 선물도 그런 보답을 받아야 한다고 생각한 것이다. 다른 아이들도 소리 지르고 싶은 얼굴이었다. 그러자 공주님은 자신을 바라보는 얼굴들에 감동한 듯, 자신의 고귀한 신분도 잊은 채 두 팔을 내밀며 말했다.

"다 뽀뽀해 줄게!"

한없이 달콤한 꽃 주위에 모인 벌 떼처럼 사랑스러운 아이들은 베스를 에워싸고 입을 맞췄다. 베스가 작은 장미꽃처럼 보일 정도였다. 아이들의 입맞춤은 거칠지는 않았지만 너무나도 열광적이어서, 왕관처럼 보이는 베스의 모자 꼭대기를 제외하면 아무것도 보이지 않는 순간까지 있었다. 결국 로리가 베스를 아이들 틈에서 끄집어내야 했다. 베스는 마차를 타고 가면서도 여전히 웃으며 손을 흔들었다. 아이들은 울타리에 걸터앉아, 베스의 모습이 보이지 않을 때까지 뿔닭 떼처럼 "또 와! 또 와!"라고 소리를 질렀다.

아이들은 모두 베스를 그리워했다. 그렇게 사랑스럽고 섬세하고 상냥한 존재와 함께 지내는 동안 스스로 더 나은 사람이 되었다는 사실을 아이들은 다들 어렴풋이 느꼈다. 어린 베스는 부드러운 경외심으로 사랑하고 동경하고 보호해 주어야 하는 존재였고, 아이들 안에 있던 예의 바른 천성을 깨워주었다. 아름다운 아이에 대한 기억을 사람들은 마음속 깊이 기억한다. 플럼필드의 아이들은 서로 잔잔하게 영향을 받으며 사랑하는 법을 배우기 시작했다. 어린아이에게 존경심을 갖는 걸 두려워하지 않게 된 것이다. 그 존재가 아직 피지 않은 작은 꽃봉오리라도 말이다.

다몬과 피디아스

조가 옳았다. 평화는 일시적인 고요함에 불과했고, 태풍이 태동하기 시작했다. 베스가 떠나고 이틀이 지난 뒤, 지진이 플럼필드의 중심을 뒤흔들었다.

사건의 시작은 토미의 암탉이었다. 닭이 그렇게 많은 달 갈을 낳지만 않았어도, 토미는 달걀을 팔지 못했을 것이고 그렇게 많은 돈도 벌지 못했을 것이다. 토미는 원래 가진 돈 을 마구 써버리는 버릇이 있었다. 보다 못한 바에르 교수는 토미만 쓸 수 있는 금고를 마련해주고 저축하는 습관을 들이 도록 했다. 양철로 만든 그 금고에는 토미의 이름이 적혀 있 었고, 긴 투입구에 동전을 넣으면 내려갈 때 재미있는 소리 도 났다. 돈이 모이면 바닥 쪽에 있는 작은 문으로 꺼낼 수도 있었다.

이 방법이 효과를 발휘했던지, 토미는 악착같이 절약해

금고의 무게는 순식간에 늘어났다. 자신이 모은 돈으로 보물을 살 계획까지 세웠다. 여태까지 저축한 액수를 기록하고 모은 돈을 현명하게 쓴다는 조건으로, 5달러를 모으면 금고를 열어도 좋다는 바에르 교수의 허락도 받았다. 1달러만 더 모으면 되는 상황에서 토미는 조에게 달걀 마흔여덟 개 값을 받자마자 너무나도 기쁜 마음에 헛간으로 달려가 냇에게 번쩍번쩍하는 25센트 은화를 자랑했다. 냇도 오랫동안 갈망해 온 바이올린을 사려고 돈을 모으던 참이었다.

"그 돈을 내가 모은 3달러에 더하면 얼마나 좋을까. 그러면 금방 바이올린을 살 수 있을 텐데." 냇은 은화를 부러운 눈빛으로 쳐다보며 말했다.

"아마 좀 빌려줄 수도 있을 거야. 이 돈으로 뭘 살지 아직 정하지 못했거든." 토미는 25센트 은화를 공중으로 던졌다가 잡으면서 말했다.

"얘들아! 개울가로 와. 댄이 엄청나게 큰 뱀을 잡았어!" 헛간 뒤에서 큰 소리가 들렸다.

"가자." 토미는 돈을 낡은 풍구 속에 넣고는 달려 나갔고, 냇도 그 뒤를 따랐다.

뱀을 보는 일은 무척 재미있었다. 그 후에는 절뚝거리는 까마귀를 계속 쫓았다. 토미는 까마귀를 잡느라 정신이 팔려, 그날 밤 편안하게 잠자리에 들기 직전에서야 은화가 생각났다.

"괜찮을 거야. 냇 말고는 아무도 거기에 돈이 있는지 모르니까." 토미는 태평스럽게 말하고는 아무런 걱정도 없이 잠이 들었다.

다음 날 아침, 아이들이 교실에 모이자마자 토미가 헐레벌떡 뛰어 들어와서 소리쳤다.

"야, 누가 내 돈 가져갔어?"

"무슨 소리야?" 프란츠가 물었다.

토미는 어떻게 된 일인지 설명했고, 냇이 토미의 말을 확인해주었다.

아이들은 하나같이 그 일에 대해 아는 게 전혀 없다고 단언하면서, 의심스러운 듯이 냇을 보기 시작했다. 냇은 점점 더 불안해졌고 아이들이 모른다고 할 때마다 혼란스러워했다.

"틀림없이 누가 가져갔구나." 프란츠가 말했다. 화가 난 토미는 아이들에게 주먹을 휘두르며 선언했다.

"이런 벼락 맞을 거북이! 내 손에 도둑놈이 잡히기만 해봐. 하늘에 맹세코 혼쭐을 내줄 거야."

"진정해, 톰. 금방 잡을 거야. 도둑질은 항상 실패하기 마련이니까." 그런 문제에 대해서는 아는 것이 많았던 댄이 말했다.

"어떤 부랑자가 헛간에서 잠을 자다가 가져간 것일 수도 있어." 네드가 말했다.

"아니야. 부랑자는 사일러스 씨가 못 오게 막잖아. 게다가 그런 오래된 기계에서 돈을 찾아볼 생각을 하는 부랑자는 없어." 에밀이 코웃음을 치면서 말했다.

"혹시 사일러스 아저씨가 훔친 건 아닐까?" 잭이 말했다.

"하, 말 한번 잘했다! 사일러스 아저씨는 한낮의 햇빛처럼 숨기는 게 없는 분이야. 단돈 1페니도 건드리지 않을걸?" 토미는 자기가 가장 존경하는 사람이 의심을 받자 견딜 수 없다는 듯 변호했다.

"누구든 자백하는 게 좋을 거야. 들킬 때까지 기다리지 말고." 데미는 무슨 끔찍한 불행이 이 가족에게 닥치기라도 한 듯이 말했다.

"나라고 생각하는 거 알아." 냇은 얼굴을 붉히며 흥분한 목소리로 불쑥 말했다.

"돈이 어디 있는지 아는 사람은 너밖에 없잖아." 프란츠가 말했다.

"그건 그렇지만, 안 가져갔어. 진짜야. 안 가져갔다고!" 냇이 필사적으로 소리쳤다.

"자, 조용, 조용, 얘들아! 이게 무슨 소란이야?" 바에르 교수가 아이들이 모인 곳으로 다가왔다.

토미가 은화를 도둑맞았다는 이야기를 했고, 바에르 교수의 얼굴은 점점 심각해졌다. 결점이 많고 어리석은 행동을 하기도 했지만 이제까지 아이들은 정직했기 때문이다.

"모두 자리에 앉아." 바에르 교수가 말했다. 모두 제자리에 앉자 교수는 슬픔에 찬 표정으로 한 사람 한 사람의 얼굴을 물끄러미 바라보며 천천히 말을 이었다. 아이들로서는 바에르 교수가 호통을 치는 것보다 그런 모습이 더 견디기 어려웠다.

"자, 얘들아. 너희들 각자에게 딱 한 가지 질문을 할 거야. 정직하게 대답해 주었으면 한다. 너희를 겁주거나 놀라게 해서 진실을 캐내려는 게 아니야. 너희 모두는 양심이 있다는 걸 아니까 말이다. 지금이야말로 토미에게 저지른 잘못을 바로잡고 우리 모두의 앞에서 스스로 바로잡아야 할 때야. 순간적으로 유혹에 빠졌다면 용서할 수 있어. 하지만 남을 속이는 건 안 돼. 도둑질에 거짓말까지 보태지 말고 솔직하게 고백해라. 그러면 우리 모두 그 일을 잊고 용서할 거야."

교수는 잠시 말을 멈췄다. 방 안은 바늘이 떨어지는 소리도 들릴 만큼 너무나 조용했다. 그러자 교수는 천천히 진중하게 한 사람 한 사람에게 질문을 던졌다. 모두에게서 각기 다른 목소리로 같은 대답이 돌아왔다. 아이들은 모두 긴장하고 얼굴이 상기되어 있어서 바에르 교수는 안색만으로 판단할 수가 없었다. 어린아이 몇몇은 너무 겁을 집어먹어서 마치 자신들이 범인인 것처럼 한두 마디만 더듬거릴 뿐이었다. 물론 이 아이들이 범인이 아니라는 점은 명백했다. 냇 차례가 되자 교수의 목소리는 부드러워졌다. 이 가엾은 아이가 너무 비참해 보여서 안쓰러운 생각이 들었기 때문이다. 바에르 교수는 냇이 범인이라고 생각했기에, 두려움 없이 진실을 말하도록 도와 또 다른 거짓말에서 아이를 구해주고 싶었다.

"냇, 솔직하게 대답해야 한다. 네가 돈을 가져갔니?"

"아뇨, 선생님!" 냇은 애원하듯 선생님을 올려다보았다.

냇의 떨리는 입술에서 말이 떨어지자마자 누군가가 '우' 하고 야유를 보냈다.

"그만!" 바에르 교수는 책상을 세게 내리치면서 소리가 들려온 쪽을 엄한 표정으로 쳐다보았다.

그곳에는 네드, 잭, 에밀이 앉아 있었다. 네드와 잭은 부끄러운 표정을 지었지만, 에밀은 큰 소리로 이렇게 말했다.

"전 안 그랬어요, 외삼촌!"

"잘났어!" 자신의 돈 때문에 일어난 일로 속이 상한 토미가 소리쳤다.

"조용!" 바에르 교수가 말했다. 그리고 아이들이 잠잠해지자 다시 엄숙하게 말을 꺼냈다.

"안타깝지만 냇, 정황이 네게 불리한 데다 너는 예전에 거짓말을 한 적이 있잖니. 거짓말을 한 적 없는 다른 아이들처럼 너를 신뢰하기는 힘든 일이야. 하지만 명심해라, 얘야. 네가 도둑질을 했다고 책임을 묻지는 않을 거다. 확실해질 때까지 너를 벌하지도 않을 거고, 더 따질 생각도 없어. 네 양심에 맡기고 이 문제는 더는 논하지 않을 생각이다. 네게 죄가 있다면 낮이든 밤이든 언제라도 와서 털어놓거라. 그러면 널 용서하고 네가 잘못을 고칠 수 있도록 도와줄 거야. 네가 결백하다면 조만간 진상이 밝혀지겠지. 그러면 널 의심한 걸 사과하마."

"제가 아니에요! 아니란 말이에요!" 냇은 팔에 머리를 묻은 채 흐느꼈다. 자신에게 고정된 많은 눈동자에서 보이는 불신과 혐오의 표정을 견딜 수 없었던 것이다.

"나도 아니었으면 좋겠다." 바에르 교수는 잠시 말을 멈추었다. 누가 범인이든 한 번 더 기회를 주려는 것 같았다. 하지만 말하는 사람은 아무도 없었고, 이런 분위기에 놀란 어린아이들이 훌쩍거리며 침묵을 깰 뿐이었다. 바에르 교수는 고개를 젓고는 유감스러운 듯이 덧붙였다.

"그러면 더는 어쩔 수 없구나. 딱 한 가지만 말하겠다. 다시 말하지는 않을 테니 너희 모두 따르기를 바란다. 의심되는 사람을 예전처럼 친절하게 대하기는 힘들겠지만, 그 사람을 괴롭히지 않았으면 좋겠다. 너희들이 그러지 않기를 기대한다. 그 사람은 따로 괴롭히는 일이 없어도 충분히 힘든 시간을 보낼 테니까. 자, 수업을 시작하자."

"바에르 교수님은 냇을 너무 쉽게 놔줬어." 책을 꺼내면서 네드가 에밀에게 중얼거렸다.

"말조심해." 에밀이 화를 내며 말했다. 그는 이 사건으로 플럼필드 가족의 명예에 오점이 생겼다고 생각했다.

아이들 대부분은 네드와 같은 생각이었다. 그럼에도 바에르 교수의 말은 옳았다. 냇에게는 그 자리에서 자백하고 사건을 끝내는 편이 더 나았을 터였다. 친구들의 차가운 시선, 냉대, 의심에 비하면, 예전에 아버지에게 당한 지독한 매질이 오히려 더 견디기 쉬울 정도였다. 외톨이가 된 냇에게 누구도 손을 대거나 심한 말을 하지는 않았지만, 일주일 동안 천천히 고문을 당했다.

그것은 무엇보다도 괴로운 일이었다. 오히려 아이들이 욕설을 퍼붓거나 주먹을 날리는 편이, 끔찍하게 번지는 무언의 불신보다는 견디기 쉬웠을 것이다. 심지어 조의 얼굴에서도 의심의 기색이 엿보였다. 조의 태도는 예전과 다를 바 없이 친절했지만 의심의 흔적을 숨기지는 못했다. 바에르 교수의 눈에 비친 애처롭고 근심 어린 표정은 냇의 심장을 도려내는 듯했다.

집 안에서 단 한 사람만이 냇을 전적으로 믿었고, 나머지 모든 아이에게 맞서 단호하게 냇의 편에 서주었다. 바로 데이지였다. 데이지는 이 모든 상황에도 불구하고, 자신이 어째서 냇을 믿는지 설명할 수는 없었지만, 그냥 냇을 의심할 수 없다는 생각이 들었다. 따뜻한 동정심이 데이지를 냇의 편으로 강하게 이끌었다. 냇을 비판하면 누가 하는 말이든 일절 귀를 기울이지 않았다. 돈이 있는 곳을 아는 사람은 냇 말고는 아무도 없었기 때문에 범인은 냇이 틀림없다고 데미가 자기를 설득하려고 했을 때는 사랑하는 오빠를 철썩 때리기까지 했다.

"암탉이 먹었을지도 몰라. 개네는 욕심이 많으니까." 이런 데이지의 말에 데미가 웃자 데이지는 화를 내며 자기를 놀리는 오빠를 마구 때리고 울음을 터뜨리더니 "냇은 아니야! 훔치지 않았어! 그러지 않았다고!"라고 외치면서 뛰쳐나갔다.

조와 바에르 교수는 친구 냇을 향한 이 아이의 믿음을 흔들려고 하지는 않았다. 그저 데이지의 순진무구한 본능이 옳다고 밝혀지기를 바랐으며, 이 아이를 더욱 사랑하게 되었을 뿐이다. 사건이 모두 마무리가 되고 나서, 냇은 데이지가 없었더라면 결코 견뎌낼 수 없었을 것이라고 자주 말했다. 다른 사람들이 냇을 피할 때도, 데이지는 어느 때보다 더 가까이 냇에게 다가갔고 나머지 아이들에게는 등을 돌렸다.

냇이 낡은 바이올린으로 마음을 달래고 있을 때면, 데이지는 방으로 들어와 곁에 앉아서 믿음과 애정이 가득한 얼굴로 가만히 연주를 들어주었고, 냇은 잠깐 동안이라도 수모를 잊고 행복해졌다. 데이지는 냇에게 공부를 도와달라고 부탁했고, 다소 엉터리이긴 해도 자기 부엌에서 정성껏 요리를 만들어 냇에게 주기도 했다. 냇도 상관없이 씩씩하게 먹어치웠다. 형편없는 음식이라도 고마운 마음 때문에 달콤한 풍미가 더해진 것이다. 냇이 다른 아이들과 함께 노는 것을 주저하자, 이제까지 자기가 해본 적 없던 크리켓이나 공놀이를 같이 하자고까지 했다. 데이지는 정원에서 작은 꽃다발을 만들어 냇의 책상에 올려놓았고, 자신이 좋은 때만 친구인 사람이 아님을 모든 방법을 동원해 보여주려고 했다. 사람들이 냇을 좋게 보든 나쁘게 보든 데이지의 우정은 흔들림이 없었다. 얼마 지나지 않아 냇도 데이지를 따라, 냇에게 친절하게 대해주었다. '몽땅 줘' 씨는 심한 말을 하지 않으려고 노력했다. 냇이 돈을 가져갔다고 굳게 믿는 냇에게는 쉽지 않은 일이었다.

댄도 달랐다. 아이들 대부분이 냇을 따돌렸지만 댄은 냇을 보호했고, 자기 친구 냇에게 겁을 주는 아이가 있으면 누구에게든 대번에 주먹을 날렸다. 우정에 대해 댄이 가진 생각은 데이지만큼이나 숭고했고, 자신의 거친 방식으로 그 생각을 충실하게 실행에 옮겼다.

어느 날 오후, 댄이 개울가에 앉아 물거미를 관찰하는 일에 열중하고 있을 때였다. 문득 건너편 울타리 너머에서 말소리가 들려왔다. 호기심 강한 네드는 범인이 누구인지 정확히 알고 싶었다. 냇이 너무 완강하게 부인했고 따돌림을 당해도 순순히 참아내는 터라, 얼마 전부터는 자신이 틀렸다고 생각하는 아이가 한두 명씩 나왔던 것이다. 네드는 궁금증을 참지 못했고, 바에르 교수의 엄한 지시를 무시하고 남몰래 냇을 따라다니면서 몇 번이고 질문을 퍼부어댔다. 울타리 그늘진 곳에서 혼자 책을 읽는 냇을 보고, 네드는 금단의 주제를 한 입 베어 물고 싶은 마음을 참을 수 없었다. 네드가 냇을 10분 동안이나 몰아세우고 있던 참이었다. 거미 연구자 댄이 처음 들은 것은, 참을성 많은 냇이 난감해하며 말하는 소리였다.

"그만해, 네드! 제발, 그만! 나도 모르는 걸 말할 수는 없잖아. 바에르 교수님이 날 괴롭히지 말라고 하셨는데, 이렇게 몰래 못살게 구는 건 비겁해. 댄이 옆에 있으면 넌 이러지도 못할 거잖아."

"난 댄이 무섭지 않아. 댄은 아무것도 아냐. 그냥 불량배지. 댄이 토미의 돈을 가져갔잖아. 넌 알면서도 말 못 하는 거고. 말해봐, 당장!"

"댄은 아니야. 그랬다고 해도 난 그 애 편을 들 거야. 나한테 항상 잘해줬으니까." 진심 어린 냇의 변호에 댄은 거미를 보는 일도 잊고는 고마운 마음에 벌떡 일어났지만, 네드가 하는 말을 듣는 순간 멈춰 설 수밖에 없었다.

"댄이 그랬다는 거 알아. 그러곤 돈을 너한테 준 거야. 여기 오기 전에는 소매치기나 하면서 살았는지 알 게 뭐야. 너말고는 걔가 어떤 앤지 아는 사람도 없잖아." 자기 말에 확신도 없으면서 네드는 함부로 말했다. 그저 냇을 다그쳐 진상을 알고 싶다는 생각뿐이었다.

"다시 그런 말을 하면 바에르 교수님께 가서 모조리 말해버릴 거야. 고자질 같은 거 하고 싶진 않지만, 이런 젠장! 댄을 내버려두지 않는나면 그렇게 하겠어." 냇이 화내며 소리쳤다.

"그럼 넌 거짓말쟁이에 도둑일 뿐만 아니라 고자질쟁이까지 되는 거야." 네드가 조롱하기 시작했다.

네드가 뭐라고 말을 이어가려던 찰나, 뒤에서 긴 팔이 뻗어 나와 네드의 옷깃을 붙잡고는 거칠게 울타리로 끌어당겨 개울 한가운데로 내동댕이쳤다.

"다시 말해봐. 물속으로 완전히 처박아 줄 테니까!" 댄이 소리쳤다. 좁은 개울 양쪽에 한 발씩 밟고 선 채로 물속에서 허둥대는 네드를 내려다보는 댄의 모습은 마치 로도스의 거상(그리스 로도스섬에 있던 높이 33미터의 청동상-옮긴이)처럼 보였다.

"그, 그냥 농담한 거야." 네드가 말했다.

"냇을 궁지에 몰아놓고 몰래 괴롭히다니. 또 그러는 걸 보면 다음번에는 진짜 강에다 처박아 주겠어. 일어나서 얼른 꺼져버려!" 댄은 천둥처럼 소리를 질렀다.

네드는 물을 뚝뚝 떨어뜨리면서 달아났다. 물속에 처박힌 경험은 네드에게 효과가 있었던 게 분명했다. 그 후로 네드는 두 아이 모두를 아주 조심스럽게 대했고, 이전의 호기심은 개울 속에 두고 온 듯 보였기 때문이다. 네드의 모습이 사라지자 댄은 울타리를 뛰어넘어 다가왔다. 냇은 이 문제로 너무 지치고 풀이 죽어 맥없이 주저앉아 있었다.

"걔도 이젠 널 괴롭히지 않을 거야. 또 그러면 나한테 그냥 말해. 내가 알아서 할게." 댄은 마음을 가라앉히려고 애쓰면서 말했다.

"네드가 나에 대해 뭐라고 하든 상관없어. 그건 익숙하니까." 냇이 슬픈 얼굴로 대답했다. "하지만 걔가 널 욕하게 내버려 두고 싶지는 않아."

"네드 말이 틀렸다는 건 어떻게 알아?" 댄이 고개를 돌리고는 물었다.

"뭐, 돈 얘기?" 냇은 깜짝 놀란 듯이 얼굴을 들면서 소리쳤다.

"응."

"난 네가 그랬다고 생각 안 해! 넌 돈은 신경 쓰지 않잖아. 벌레나 뭐 그런 것만 좋아하니까." 냇은 어이가 없다는 듯 웃었다.

"네가 바이올린이 갖고 싶은 것처럼 나도 잠자리채를 갖고 싶어. 나도 그런 걸 사려고 돈을 훔쳤을 수도 있잖아?" 댄은 아직도 고개를 돌린 채 막대기로 잔디에 구멍을 계속 내면서 말했다.

"네가 그랬을 리 없어. 가끔 싸우거나 애들을 때려눕히는 건 잘하지만 거짓말은 하지 않잖아. 네가 도둑질한다고 생각 안 해." 냇은 단호하게 고개를 저었다.

"난 둘 다 한 적 있어. 화내는 것만큼 거짓말도 많이 했어. 페이지 씨 집에서 도망쳤을 때 농장에서 먹을 걸 훔쳐 먹었어. 보다시피 나는 개자식이야." 댄은 최근에는 별로 쓰지 않던 예전의 거칠고 난폭한 말투로 말했다.

"아, 댄! 네가 그랬다고 하지는 마! 차라리 다른 애라면 아무나 괜찮아." 냇이 소리쳤다. 고통스러워하는 냇의 목소리를 듣자 댄은 정말로 기뻤다. 슬쩍 고개를 돌리는 그의 얼굴에 드러난 묘한 표정에 그 기쁨이 드러났다. 하지만 댄은 이렇게만 대답했다.

"이제 그 이야긴 그만하자. 너무 걱정하지 마. 어쨌든 잘 될 거야. 우리가 안 했으니까."

댄의 표정과 태도를 본 냇은 어떤 생각이 떠올랐다. 그래서 두 손을 꼭 잡고 진지한 얼굴로 말했다.

"누가 했는지 아는 거면 개한테 말해달라고 부탁해줘, 댄. 아무 이유도 없이 모두가 날 미워하는 건 너무 힘들어. 더는 참을 수 없을 것 같아. 갈 데가 있었으면 벌써 도망쳤을 거야. 플럼필드가 정말 좋지만 말이야. 내가 거짓말하지 않았다고 누가 말 좀 해 주면 좋겠다."

냇이 너무나도 낙담하고 실망한 표정이어서, 댄은 그만 참지 못하고 쉰 목소리로 중얼거렸다.

"그렇게 오래 걸리진 않을 거야." 댄은 서둘러 자리를 떠나 몇 시간 동안이나 돌아오지 않았다.

"댄한테 무슨 일 있어?" 끝도 없어 보이는 긴 일주일이 지난 뒤의 일요일이었다. 아이들은 서로 몇 번이고 물었다. 댄이 무뚝뚝하게 구는 경우는 자주 있었지만, 유독 그날은 굳은 얼굴로 조용히 있었기 때문에 뭐라고 물어보지도 못하고 있었다. 산책할 때도 댄은 다른 아이들과 멀리 떨어져 있었고, 집에도 늦게 돌아왔다. 저녁 대화에도 참여하지 않고, 어두운 곳에 앉아 혼자만의 생각에 잠겨서 주변의 일은 귀에 들어오지도 않는 눈치였다. 조가 '양심의 책'에 자신에 대해 쓴, 전에 없던 좋은 평가를 보여주자 댄은 미소도 짓지 않은 채 보고 있다가 생각에 잠긴 듯이 말했다.

"제가 점점 나아진다고 생각하시죠. 그렇죠?"

"아주 좋아졌어, 댄! 정말 기뻐. 난 네가 조금만 도움을 받으면 우리가 자랑할 만한 아이가 될 거라고 예전부터 생각했단다."

댄은 묘한 표정을 담은 검은 눈동자로 조를 올려다보았다. 당장은 이해할 수 없었지만, 자존심, 사랑, 슬픔이 한데 뒤섞인 표정이었다.

"실망하실까 봐 두려워요. 하지만 열심히 해볼게요." 댄이 말했다. 평소에는 그렇게 여러 번 읽고 이야기하기 좋아하던 양심의 책을, 그는 별다른 표정이 없는 얼굴로 덮었다.

"어디가 아프니, 댄?" 조는 댄의 어깨에 손을 올려놓으면서 물었다.

"다리가 좀 아파요. 이제 자려고요. 안녕히 주무세요." 이렇게 말하고 나서 댄은 조의 손을 자기 뺨에 잠시 갖다 대고는 뭔가 소중한 것에 작별을 고하기라도 하는 듯 쳐다보고 나갔다.

"가엾은 댄! 냇이 겪는 굴욕을 슬퍼하고 있는 거야. 참 이상한 아이지. 이 아이를 완전히 이해할 수 있는 날이 과연 올까?" 조는 혼잣말을 했다. 최근에 댄이 나아지는 모습을 만족스럽게 여기면서도, 처음에 생각한 것보다 더 많은 무언가가 그 아이 안에 있다고 느낀 것이다.

냇에게 가장 큰 상처를 준 것은 바로 토미의 행동이었다. 돈을 잃어버린 뒤 토미는 예의 바르면서도 단호하게 말했다.

"너한텐 미안하지만, 냇, 난 더는 돈을 잃어버리면 안 돼. 그래서 앞으로는 동업할 수 없을 거야." 그러고는 '토미 뱅스와 냇 블레이크 상회'라고 쓴 글자를 지워버렸다.

'상회'라는 말을 냇은 자랑스럽게 생각했다. 그래서 부지런히 달걀을 찾아 곧바로 장부에 적어놓고, 거래에서 얻는 자기 몫 상당액을 수입에 추가하던 중이었다.

"아, 토미! 꼭 그래야 해?" 냇이 말했다. 글자가 지워지면 자기 이름이 업계에서 영원히 사라진다는 생각이 들었다.

"어쩔 수 없어." 토미는 단호하게 대답했다. "에밀이 그러는데, 어떤 사람이 회삿돈을 '행령'(횡령을 잘못 발음한 것이다.)했을 때는 다른 사람이 그 사람을 고소하거나 비판하고, 다시는 같이 일을 하지 않는다고 그랬어. 네가 내 돈을 '행령'했잖아. 널 고소하거나 비판하지는 않을 거지만, 같이 일하는 건 그만둘래. 널 못 믿겠고 망하기도 싫으니까."

"날 믿게 만들 방법은 없어. 넌 내 돈을 받지도 않을 거잖아. 내가 네 돈을 가져가지 않은 것 같다고 네가 말해주기만 하면 얼마든지 내 돈을 너한테 줄 텐데도 말이야. 달걀을 계속 찾게 해줘. 달걀 찾은 값은 안 줘도 돼. 공짜로 해줄게. 난 달걀 있는 곳은 모두 알아. 달걀 찾는 일을 좋아하기도 하고." 냇이 애원했다.

하지만 토미는 고개를 저었다. 유쾌했던 동그란 얼굴엔 의심이 차 있었고, 퉁명스러운 대답만큼이나 딱딱한 표정이었다.

"그렇게는 못 해. 달걀이 어디 있는지 네가 몰랐으면 좋겠어. 몰래 내 달걀을 찾아내서 돈으로 바꿀까 봐 신경 쓰이니까."

불쌍한 냇은 회복할 수 없을 정도로 큰 상처를 받았다. 동업자와 후원자를 잃었을 뿐 아니라, 신용도 완전히 잃고 업계에서 추방되기까지 했다는 사실을 실감한 것이다. 아무도 냇의 말을 믿지 않았다. 글로 쓰든 입으로 말하든 가리지 않고, 냇의 말이라면 아무도 믿지 않게 된 것이다. 간판은 내렸고 가게는 문을 닫았다. 냇은 몰락했다. 아이들의 월스트리트였던 헛간은 이제 냇과는 무관한 곳이 되어버렸다. 코클탑과 자매 암탉들은 냇을 보고 괜히 꽥꽥 울어댔다. 냇의 불운을 진심으로 가슴 아파하는 것 같았다. 달걀도 전보다 적게 낳았고, 어떤 암탉들은 새로운 둥지가 마음에 들지 않는지 토미가 찾을 수 없도록 어디론가 숨어버렸다.

"암탉들은 날 믿어." 닭의 소리를 듣고 냇이 말했다. 다른 아이들은 비웃었지만 냇은 그렇게 생각하며 스스로 위로했다. 사람이 내리막길에 서게 되면 얼룩덜룩한 닭이 주는 믿음조차 더할 나위 없는 위안이 되기 마련이다.

하지만 불신이 스며들어 마음의 평화가 무너졌는지 토미는 새 동업자를 구하지는 않았다. 네드가 동업을 제안했지만 거절했고, 떳떳하게 행동해야 한다는 정의감으로 이렇게 말했다.

"만약에 냇이 내 돈을 가져가지 않은 게 밝혀지면, 냇과 다시 동업자가 될 수 있을지도 몰라. 그렇게 될 것 같지는 않지만 냇에게 기회를 주고 싶어. 조금만 더 동업자 자리를 비워둘 거야."

토미는 자기 가게에서 믿을 수 있는 사람은 빌리뿐이라고 생각했다. 그래서 빌리에게 달걀을 찾아내고 깨지지 않게 건네주는 방법을 알려주었다. 빌리는 품삯으로 사과나 사탕을 받고 만족해했다. 댄이 우울한 하루를 보낸 일요일이 지나고 다음 날 아침이 되었다. 빌리는 자기 고용주 토미에게 오랜 달걀 탐색의 결과를 보여주면서 말했다.

"겨우 두 개 찾았어."

"달걀을 점점 더 적게 낳네. 이렇게 짜증 나는 암탉은 처음이야." 토미는 달걀을 여섯 개나 찾고 기뻐하던 예전을 생각하며 화를 냈다. "뭐, 그거 모자 안에 넣어두고 새 분필 좀 줘. 어쨌든 기록은 해야 하니까."

빌리는 계량기 위로 올라가, 필기구가 있는 기계 위쪽을 들여다보았다.

"여기 돈이 아주 많아." 빌리가 말했다.

"아니, 그럴 리가 없어. 누가 돈을 거기 둘 리는 없잖아." 토미가 대답했다.

"지금 보여. 2달러야." 아직 숫자를 제대로 익히지 못한 빌리가 자기 말이 맞는다고 주장했다.

"무슨 소리를 하는 거야!" 토미는 직접 분필을 가지러 올라갔다가 하마터면 굴러떨어질 뻔했다. 번쩍번쩍하는 25센트 은화가 나란히 늘어서 있었던 것이다. 그리고 누구 돈인지 분명하게 알리려고 '토미 뱅스에게'라고 적어놓은 종이쪽지도 있었다.

"이런 벼락 맞을 거북이!" 토미는 이렇게 소리치고는, 돈을 움켜쥐고 집으로 뛰어 들어가며 미친 듯이 고함을 질렀다. "이제 됐어! 돈을 찾았어! 냇 어디 있어?"

곧장 달려나온 냇의 표정에 놀라움과 기쁨이 너무 진실하게 보였기 때문에, 새로 발견된 돈에 대해 정말 아무것도 모른다는 말을 의심하는 사람은 거의 없었다.

"내가 가져가지도 않았는데 어떻게 다시 돌려놓을 수가

있겠어? 이젠 날 믿어줘. 그리고 구박하지 마." 냇이 애원하 듯이 말했다. 에밀은 냇의 등을 두드려주면서 알겠다고 맹세 했다.

"나도 그렇게. 네가 아니라 정말 다행이야. 그러면 도대 체 누가 그런 거지?" 토미가 말했다. 그러고는 냇과 진심이 담긴 악수를 했다.

"신경 쓰지 마. 돈은 찾았잖아." 댄은 냇의 행복한 얼굴 에 시선을 고정한 채 말했다.

"흥, 거참 대단하네! 처음에는 돈을 빼앗고, 그러고 나 서는 무슨 마술사 속임수처럼 돌려보내다니. 다시는 이런 일 당하지 않을 거야!" 토미는 이렇게 소리치며 누가 무슨 마법 을 부린 건 아닌가 의아해하며 돈을 바라보았다.

"어쨌든 누군지 알게 될 거야. 누가 썼는지 알아볼 수 없 게, 인쇄한 글자처럼 써놓는 수작을 부렸지만 말이야." 종이 를 자세히 들여다보면서 프란츠가 말했다.

"데미가 책을 제일 잘 읽어." 이게 무슨 소동인지 제대로 모르던 로브가 끼어들었다.

"데미가 범인일 리 없잖아. 네가 그렇게 용을 쓰고 얘기 한다고 해도 말이야." 토미가 말했다. 다른 아이들도 로브의 어처구니없는 생각에 웃음을 터뜨렸다. 작은 목사님 데미는 용의선상 밖에 있었기 때문이다.

냇은 아이들이 데미와 자신을 대하는 방식이 다르다는 것을 느꼈고, 데미가 받는 믿음을 자기도 얻을 수만 있다면 지금 가지고 있거나 앞으로 갖고 싶은 모든 것을 다 내줄 수도 있다고 생각했다. 타인의 신뢰는 잃기 쉽고 되찾는 것은 얼마나 어려운지를 직접 체험했고, 소홀히 해서 고통을 받게 된 뒤로 이제는 진실이 냇에게 매우 귀중한 것이 된 것이다.

바에르 교수는 사건이 올바른 방향으로 한 발짝 다가가자 크게 기뻐했고, 새로운 사실이 밝혀지리라는 희망을 품고 기다렸다. 하지만 교수의 예상보다 일찍 드러난 사건의 진상은 생각지도 못한 것이었고 교수를 슬프게 만든 일이기도 했다. 그날 저녁에 식사를 하려고 식탁에 앉았을 때, 이웃집 베이츠 씨가 조에게 보낸 네모난 꾸러미가 플럼필드에 도착했다. 꾸러미에는 쪽지가 붙어 있었다. 바에르 교수가 쪽지를 읽는 동안 데미는 포장지를 벗기고 내용물을 보더니 이렇게 소리쳤다. "어, 이건 로리 이모부가 댄에게 준 책이야!"

"제기랄!" 댄의 입에서 욕이 튀어나왔다. 열심히 노력했지만, 욕설을 하는 습관은 아직 다 고치지 못한 모양이었다.

그 소리를 듣고 바에르 교수는 고개를 들어 댄을 바라보았다. 댄은 눈을 마주 보려 했지만 그러지 못했다. 고개를 숙이고 앉아서 입술만 깨물었고, 얼굴은 점점 새빨개져 부끄러움으로 가득 찬 표정이 되었다.

"무슨 일이에요?" 조가 걱정스럽게 물었다.

"이 문제는 조용히 이야기하려고 했는데, 데미가 그만 그 생각을 망쳐버렸구나. 이젠 그냥 여기서 이야기하는 게 낫겠다." 바에르 교수는 조금 엄한 얼굴로 말했다. 비열한 짓이나 남을 속이는 사람을 야단칠 때 항상 짓는 표정이었다.

"이 쪽지는 베이츠 씨에게서 온 거야. 지난 토요일에 아들 지미가 댄에게 이 책을 샀다고 하는구나. 그런데 그 책이 1달러보다는 훨씬 비싸 보여서, 뭔가 잘못된 것 같다며 이 책을 내게 보내셨어. 이 책을 팔았니, 댄?"

"네, 선생님." 느릿느릿한 대답이었다.

"왜 그랬니?"

"돈이 필요해서요."

"뭣 때문에?"

"누구 주려고요."

"누구한테 줄 거라도 있었니?"

"토미한테요."

"댄은 나한테 1센트도 빌린 적 없어요, 절대로." 토미가 겁먹은 얼굴로 소리쳤다. 앞으로 무슨 일이 벌어질지 짐작이 갔기 때문이다. 토미는 댄을 엄청나게 존경했기 때문에 이 모든 일이 차라리 마법이었으면 좋겠다고 생각했다.

"댄이 돈을 훔쳤을지도 몰라요." 네드가 큰 소리로 말했다. 지난번 일로 댄에게 앙심을 품고 있던 네드는 이번에 앙 갚음하고 싶었다.

"아, 댄!" 냇이 손에 버터 바른 빵을 든 것도 잊고 꼭 움 켜쥐면서 소리쳤다.

"풀기 어려운 문제지만 반드시 해결해야겠구나. 너희들 이 형사처럼 서로 쳐다보고 학교 전체가 이렇게 혼란스러워 지게 놔둘 수는 없으니까 말이다. 오늘 아침에 네가 그 돈을 헛간에 갖다 뒀니?" 바에르 교수가 물었다.

댄은 교수의 얼굴을 똑바로 쳐다보고는 또렷한 목소리 로 대답했다. "네, 그랬어요."

식탁 주위가 술렁이기 시작했다. 토미가 컵을 떨어뜨려 요란한 소리가 났다. 데이지는 "난 냇이 아니란 걸 알아요" 하고 소리쳤다. 냇은 울기 시작했다. 조는 방에서 나가버렸 다. 실망하고 슬퍼하고 부끄러워하는 조의 표정은 댄이 차마 볼 수 없을 정도였다. 댄은 잠깐 두 손으로 얼굴을 가리고 있 다가 고개를 들고, 짐을 어깨에 짊어진 듯 무겁게 어깨를 폈 다. 그러고는 고집 센 표정으로, 그리고 처음 이곳에 왔을 때 쓰던 단호하면서도 거친 말투로 말했다.

"제가 그랬어요. 하고 싶은 대로 하시든가요. 그래도 이 일에 대해 한마디도 하지 않을 거예요."

"미안하다는 말도 안 할 거니?" 바에르 교수는 댄의 변화에 당황하며 물었다.

"안 미안해요."

"제가 댄을 용서할게요. 무슨 일이었는지 안 물어봐도 돼요." 토미가 말했다. 소심한 냇이 망신을 당할 때는 그럭저럭 넘겼지만, 용감한 댄이 망신을 당하는 일을 보자니 어쩐지 더 괴로웠다.

"용서 안 해줘도 돼." 댄은 무뚝뚝하게 대답했다.

"혼자서 조용히 이 일을 생각해 본다면 아마 용서를 받고 싶어질 거야. 내가 얼마나 놀라고 실망했는지 지금은 말하지 않겠다. 하지만 나중에 네 방에 올라가서 이야기를 나눠보도록 해야겠구나."

"뭐 달라질 게 있을까 싶네요." 댄이 말했다. 반항심을 갖고 말하려고 했지만, 바에르 교수의 슬픈 얼굴을 보자 그렇게 말하지도 못했다. 교수의 말을 이제 가보라는 뜻으로 받아들인 댄은, 도저히 그 자리에 있을 수 없다는 듯 나가버렸다.

그곳에 더 머물러 있었으면 댄에게는 더 좋은 결과가 찾아왔을 것이다. 아이들은 이 문제를 진심 어린 유감과 연민과 놀라움을 가지고 이야기했고, 이런 모습이 댄을 감동시키고 설득해서 용서를 구하도록 했을지도 모른다. 범인이 댄이라고 밝혀졌다고 해서 기뻐하는 사람은 아무도 없었다. 심지어 냇도 마찬가지였다. 댄이 지닌 모든 결점에도 불구하고, 그리고 그 결점이 무척 많았음에도, 이제는 모두가 댄을 좋아했다. 댄의 거친 겉모습 이면에는 진중한 미덕이 있었기 때문이다. 조가 댄을 보살폈지만, 댄은 조의 가장 큰 버팀목이었다. 아끼던 아이 댄이 그렇게 나쁘게 변해버린 모습에 조는 너무나도 마음이 아팠다. 도둑질도 나쁘지만, 거짓말로 다른 사람이 부당한 의심을 받게 하고 고통을 겪게 한 것은 더욱 나쁜 행동이었다. 돈을 몰래 다시 갖다놓으려 했다는 사실이 무엇보다 실망스러웠다. 용기가 부족한 정도를 넘어, 그 아이의 미래에 좋지 않은 징조였다. 더 안타까운 점은 댄이 고집스럽게도 뉘우치는 모습을 보여주지 않는다는 사실이었다. 며칠이 지나도 댄은 말없이 굳은 얼굴로, 후회하는 모습도 없이 수업을 받고 일을 하면서 지냈다. 아이들이 냇을 어떻게 대했는지 기억하는 댄은 누구에게도 동정을 바라지 않았고, 아이들이 다가오는 일도 거부했다. 들판이나 숲을 돌아다니면서 남는 시간을 보냈고, 그곳에서 새나 동물들을 친구로 삼았다. 들판이나 숲에서 일어나는 일을 너무나도 잘 알고 좋아했기 때문에 이곳에서 댄만큼 잘 지낼 수 있는 아이는 없었다.

"이런 상태가 오래 계속되면 댄이 또 도망가지 않을까 걱정이 되는군요. 이런 생활을 감당하기에 그 애는 너무 어

리니까요." 모든 노력이 실패로 돌아가 낙담한 바에르 교수
가 말했다.

"얼마 전까지만 해도 그 아이가 어떤 유혹에도 빠지지
않을 거라 확신했는데, 이제는 무슨 일이 일어나도 놀라지
않겠어요. 그 앤 완전히 변했어요." 조가 대답했다. 조는 댄
이 벌인 일을 안타까워하고 힘들어했다. 댄은 누구보다 조를
피해 다녔고, 조가 둘이서 이야기하려고 다가올 때마다 덫에
걸린 야생동물처럼 사나움과 애원이 섞인 눈빛으로 바라보
았다.

냇은 그림자처럼 댄을 따라다녔다. 댄도 냇만은 다른 아
이들을 대하는 것과 달리 거칠게 쫓아내지는 않았고, 그저
평소처럼 퉁명스럽게 말했다. "넌 아무 문제 없잖아. 내 걱정
은 하지 마. 너보다는 잘 견딜 수 있으니까 말이야."

"하지만 네가 혼자 있는 게 싫어." 냇은 슬픈 얼굴로 말
하곤 했다.

"난 지금도 괜찮아." 댄은 터벅터벅 걸어갔고 때로는 한
숨을 참기도 했다. 사실 댄은 외로웠다.

어느 날, 댄은 자작나무 숲을 지나가다가 나무에 기어올
라 가지에 매달려서 노는 아이들 서너 명과 마주쳤다. 가느
다란 가지는 끝이 땅에 닿을 때까지 휘어져 있었다. 잠시 멈
춰 선 댄은 멀찍이 떨어져 아이들이 노는 모습을 지켜보았

다. 마침 잭이 나무를 탈 차례였다. 잭은 운 나쁘게도 너무 큰 나무를 골랐고, 가지에 매달렸지만 조금밖에 휘어지지 않아 위험한 높이에서 오도 가도 못 하게 되어버렸다.

"돌아가. 가지는 더 휘어지지 않을 거야!" 밑에서 네드가 소리쳤다.

잭은 뒤로 돌아가려고 했지만, 잔가지가 손에서 자꾸 미끄러졌고 나무 몸통에 다리를 감을 수도 없었다. 발길질하고 허우적대고 꽉 움켜쥐려고 해도 아무 소용이 없었다. 결국은 숨을 헐떡이며 매달린 채 속절없이 소리쳤다.

"나 좀 잡아줘! 살려줘! 떨어질 것 같아!"

"떨어지면 죽어!" 네드가 기절할 정도로 겁에 질려 소리쳤다.

"꽉 잡고 있어!" 댄이 고함을 질렀다. 그러고는 나무로 올라가 잭에게 닿을 때까지 계속 나아갔다. 잭은 공포와 희망이 뒤범벅된 얼굴로 댄을 쳐다보았다.

"둘 다 내려올 수 있을 거야." 나무 아래 비탈에서 흥분한 상태로 난리를 치던 네드가 말했다. 냇은 두 사람이 떨어지면 받을 수 있지 않을까 싶은 마음에 팔을 벌리고 있었다.

"그러면 돼. 밑에 서 있어." 댄이 침착하게 말했고, 마침 댄까지 올라가면서 무거워진 덕분에 나뭇가지가 땅 가까이 휘어졌다.

잭은 무사히 내려섰다. 하지만 잭이 내려오면서 반으로 무게가 줄자 자작나무는 갑자기 다시 위로 튕겨 올라갔고, 그 바람에 발을 먼저 내리려고 몸을 돌리던 댄은 땅으로 쾅 떨어지고 말았다.

"다치진 않았어. 금방 괜찮아질 거야." 댄이 몸을 일으켜 앉으며 말했다. 얼굴은 창백해졌고 머리가 핑 돌았다. 아이들은 존경심과 놀라움으로 가득 차 댄 주위로 모여들었다.

"최고야, 댄. 정말 네 덕분이야." 잭이 고마운 마음에 소리쳤다.

"별거 아니야." 댄은 천천히 일어나면서 중얼거렸다.

"아니, 정말 대단했어. 악수하자. 비록 네가……." 네드는 불편한 말을 내뱉으려던 입을 깨물었다. 그러고는 자기 딴에는 잘하는 일이라고 생각하면서 손만 내밀었다.

"난 너처럼 비겁한 애랑은 악수하지 않아." 댄은 경멸하는 얼굴로 등을 돌렸다. 이 모습을 보고 개울가에서 일어난 일을 떠올린 네드는 민망한 듯 재빨리 물러섰다.

"집으로 가자, 친구. 내가 데려다줄게." 냇은 댄과 함께 걸어갔고, 남은 아이들은 모두 언제 댄이 '예전처럼 돌아올지' 궁금해했고, 이런 소동을 일으킨 토미의 '망할 돈'이 처음부터 없었다면 훨씬 좋았을 것이라며 댄의 위업에 관해 이야기했다.

다음 날 아침 바에르 교수가 환한 표정으로 교실에 들어왔다. 무슨 일인지 궁금해하던 아이들은 교수가 곧장 댄에게 다가가서 두 손으로 끌어안자 교수님 머리가 갑자기 이상해진 것이 아닌가 어리둥절했다. 바에르 교수는 댄을 꼭 안으며 말했다.

"무슨 일이 있었는지 들었다. 네게 용서를 빌어야겠구나. 정말 너다운 일이었다. 친구를 위해서 한 일이라도 거짓말은 안 돼. 그렇지만 네가 한 일에 정말 감동했다."

"무슨 일이에요?" 냇이 소리쳤다. 댄은 한마디도 하지 않고, 뭔가 무거운 것이 등을 짓누르는 듯 힘겹게 고개를 들었을 뿐이다.

"댄이 토미 돈을 가져간 게 아니었어." 바에르 교수는 기쁜 마음에 큰 소리로 말했다.

"그럼 누구예요?" 아이들은 일제히 소리쳤다.

바에르 교수가 빈자리를 가리켰고, 모두의 눈길이 그의 손이 가리키는 곳에 모였다. 그리고 너무 놀라 한동안 아무도 입을 열지 못했다.

"잭은 오늘 아침 일찍 집으로 돌아갔단다. 이 쪽지를 남기고 말이다." 모두가 조용해지자 바에르 교수는 아침에 일어났을 때 발견한, 방문 손잡이에 묶여 있던 쪽지를 읽어주었다.

제가 토미 돈을 가져갔어요. 토미가 거기 돈을 놓아두는 것을 틈새로 엿보았어요. 말하고 싶었지만 그러기가 무서웠어요. 냇이 의심받을 때는 별 신경을 안 썼어요. 그런데 댄은 괜찮은 애잖아요. 전 더 이상 버틸 수가 없었어요. 돈은 한 푼도 쓰지 않았어요. 제 방 카펫 밑에 돈이 있어요. 세면대 바로 뒤에요. 정말 죄송해요. 전 집으로 가서 다신 돌아오지 않을 거예요. 제 물건은 댄이 쓰면 좋겠어요.

잭

아주 잘 쓴 고백문은 아니었다. 글씨는 엉망이었고, 잉크 얼룩도 많았고, 무엇보다 너무 짧았다. 하지만 댄에게는 귀중한 편지였다. 바에르 교수가 잠시 말을 멈추자, 댄은 교수에게 다가가 말했다. 목이 멘 듯했지만, 눈빛은 또렷했다. 바에르 교수가 가르치려던 솔직하고 정중한 태도였다.

"잘못했어요. 이제는 사과드려야겠네요. 용서해 주세요, 교수님."

"선의의 거짓말이었어, 댄. 어떻게 용서하지 않을 수 있겠니. 바에르 교수는 댄의 어깨에 손을 얹고는 안도와 애정이 가득한 얼굴로 말했다.

"하지만 덕분에 다들 냇을 괴롭히지 않게 되었잖아요.

거짓말을 한 건 그래서였어요. 냇은 정말 힘들었으니까요. 전 그런 것쯤 상관없었거든요." 댄이 설명했다. 무거운 침묵을 깨고 말할 수 있게 되어서 기쁜 표정이었다.

"어떻게 그렇게 할 수가 있어? 넌 항상 나한테 정말 잘해 줘." 냇이 울먹이며 말했다. 당장이라도 친구 댄을 끌어안고 울음을 터뜨리고 싶은 생각이 간절했다. 물론 그렇게 감상적으로 굴었다면 댄은 질색했겠지만 말이다.

"야, 이젠 다 끝났잖아. 바보 같은 소리 그만해." 댄도 울컥하는 감정을 꿀꺽 삼키며 말하고는, 몇 주 만에 처음으로 소리 내어 웃었다. "조 선생님도 아세요?" 댄은 궁금해서 견딜 수 없었다.

"아시지. 너무 행복해서 너한테 뭐라고 해야 할지 모르겠다고 하시더구나." 바에르 교수는 이렇게 말을 시작했지만, 아이들이 기쁨과 호기심으로 야단법석을 떨면서 댄의 주위로 몰려드는 바람에 다음 말을 이어갈 수 없었다. 그런데 댄이 쏟아지는 질문에 답하기도 전에 누군가 외치는 소리가 들렸다.

"자, 댄에게 만세 삼창!" 조가 마른행주를 흔들면서 문가에 서 있었다. 어린 시절에 자주 추던 지그 춤이라도 추고 싶을 정도로 기쁜 얼굴이었다.

"모두 만세!" 바에르 교수가 외쳤고, 부엌에 있던 에이셔까지 깜짝 놀랄 정도로 아이들은 목이 터져라 환호성을 질러 댔다.

댄은 이 소동에도 잠시 가만히 잘 버텼지만, 조가 기뻐하는 모습을 보자 너무 당황스러워하며 갑자기 복도를 그대로 가로질러 거실로 달아나 버렸다. 조도 댄을 뒤따라가, 한참 동안 둘의 모습이 보이지 않았다.

아이들을 진정시키기도 어렵고 당분간은 수업도 불가능하다고 생각한 바에르 교수는 서로에 대한 믿음으로 불멸의 이름을 남긴 두 친구, 다몬과 피디아스에 대한 옛날이야기(두 친한 친구 사이의 우정에 대한 이야기. 사형을 선고받은 피디아스는 죽기 전에 부모님을 뵙고 오겠다고 청하자 친구 다몬이 자청해서 대신 감옥에 갇혀 있기로 했다. 피디아스가 정해진 날까지 돌아오지 않았지만 다몬은 자신이 대신 사형을 당하게 된 상황에서도 친구에 대한 믿음을 버리지 않았다. 형이 집행되기 직전에 피디아스가 돌아왔고, 결국 두 사람 다 풀려났다고 한다.-옮긴이)를 해주면서 주의를 집중시켰다. 아이들은 댄과 냇의 아름다운 우정에 감동한 참이라, 이 이야기에 귀기울이고 마음에 새기게 되었다.

거짓말은 나쁘다. 하지만 그 거짓말을 하게 만든 사랑, 그리고 불명예를 묵묵히 감내한 용기는 댄을 아이들의 영웅으로 만들었다. 이제는 정직과 명예가 아이들에게 새로운 의미를 지니게 되었다. 명예는 황금보다 소중하며 한번 잃으면 돈으로도 되찾을 수가 없다는 사실, 그리고 서로에 대한 믿음은 삶을 매끄럽고 행복하게 만들어준다는 것을 말이다.

토미는 자랑스럽게 '상회'를 다시 적어놓았고, 냇은 댄에게 헌신적으로 대했다. 아이들도 모두 둘을 의심하고 따돌린 일에 대해 속죄하려고 노력했다. 조는 자신의 어린 양 떼를 보면서 기뻐했고, 바에르 교수는 어린 다몬과 피디아스의 이야기를 지치지도 않고 계속해서 들려주었다.

버드나무에서

그해 여름, 이곳 오래된 나무는 많은 비밀을 목격했다. 버드나무는 아이들 모두가 좋아하는 장소가 되었다. 나무도 항상 아이들을 반갑게 맞아주었고, 아이들은 그 품 안에서 조용히 보내는 시간을 즐겼다. 어느 토요일 오후, 이곳에 아이들이 모였고 작은 새 한 마리는 그곳에서 무슨 일이 일어났는지 알려주었다.

먼저 낸과 데이지가 작은 대야와 비누 조각을 들고 이곳에 왔다. 두 아이는 가끔 깔끔병이 도져 인형 옷을 모두 개울로 가져와 빨곤 했다. 에이셔는 자기 부엌을 '물바다로 만드는 일'을 허락하지 않았고, 낸이 욕실 물을 잠그는 걸 잊어버리는 바람에 물이 넘친 후로는 사용이 금지되었다. 데이지는 체계적으로 일을 진행했다. 흰색 옷부터 빨아 깨끗이 헹군 뒤 매자나무 덤불 사이에 매단 줄에 널고, 네드가 만들어준 작은 옷핀으로 고정했다. 하지만 낸은 자기 인형 옷을 모조리 한 대야에 담가놓은 걸 까맣게 잊어버리고는 바빌론 여왕 인형 세미라미스의 베개에 들어갈 엉겅퀴를 모으러 다녔다. 그러는 데 시간이 좀 걸렸고, '몽땅 쥐' 부인이 빨래를 가지러 왔을 때는 옷은 죄다 짙은 초록색 얼룩투성이가 된 후였다. 망토에 초록색 실크 안감이 있다는 사실을 잊어버리는 바람에 분홍색과 파란색 가운, 작은 슈미즈, 심지어 낸이 가장 아끼는 주름 장식 속치마까지 물이 들어버렸다.

"이런, 나 좀 봐! 엉망이 됐네!" 낸이 한숨을 쉬었다.

"풀밭에 놓아두면 표백이 될 거야." 데이지가 전문가라도 되는 듯 말했다.

"그래야겠다. 그동안 버드나무 둥지에 앉아서 빨래가 날아가지 않게 보고 있자."

바빌론 여왕의 옷을 언덕 위에 펼쳐놓고 대야는 마르게 뒤집어놓은 어린 빨래 장인들은 비밀 장소에 들어가 이야기를 나누기 시작했다.

"새 베개에 어울리는 깃털 침대를 만들 생각이야." 주머니에 있던 엉겅퀴를 손수건에 옮겨놓으면서 '몽땅 쥐' 부인이 말했다. 그러면서 엉겅퀴 절반은 바닥에 떨어졌다.

"난 안 만들래. 조 이모가 그러는데 깃털 침대는 몸에 안 좋대. 우리 애들은 짚으로 만든 깔개에서만 재울 거야." 셰익스피어 스미스 부인(데이지)은 단호하게 말했다.

"난 상관없어. 우리 애들은 아주 튼튼해서 마루에서 잘 때도 있고, 그래도 괜찮대. 짚 깔개를 아홉 개나 마련할 수는 없잖아. 직접 침대를 만들 거야."

"토미가 깃털값을 달라고 하지 않을까?"

"그렇겠지. 하지만 안 줘도 괜찮다고 할 거야." T. 뱅스의 너그러운 성격을 잘 이용하는 몽땅 쥐 부인이 대답했다.

"초록색 얼룩이 지워지기 전에 저 드레스의 분홍색이 더 빨리 빠질 것 같아." 둥지에서 밖을 내다보던 셰익스피어 스미스 부인은 화제를 바꾸며 말했다.

"신경 쓰지 마. 이제는 인형도 질렸어. 인형은 치워버리고 밭에 가보는 게 좋겠다. 소꿉놀이보다 그쪽이 더 재밌어." '몽땅 쥐' 부인은 많은 부인들의 희망사항을 자기도 모르게 말했다. 물론 자기 가족을 인형 버리듯 내팽개칠 수는 없겠지만 말이다.

"인형들을 그냥 내버려둘 수는 없잖아. 엄마가 없으면 죽을 수도 있고." 마음이 여린 스미스 부인이 소리쳤다.

"뭐가 불쌍해? 난 남자애들이랑 놀래. 남자애들도 돌봐줘야 하니까." 다부진 낸이 대답했다.

데이지는 여성의 권리에 대해서는 아무것도 몰랐다. 하고 싶은 일이라면 무엇이건 조용히 했고, 아무도 데이지의 말을 거절하지 않았다. 데이지는 자신이 할 수 없겠다 싶은 일에는 손도 대지 않았지만, 자신에게 맞는 일에는 무의식적으로 강한 영향력을 행사했다. 낸은 온갖 것을 다 하고 싶어 했고 비참한 실패로 끝나도 끄떡하지 않았다. 그러고는 남자아이들이 하는 일이라면 뭐든지 하게 해달라고 강력히 요구했다. 남자아이들은 그런 낸을 비웃고 끼워주지 않으며 자신들이 하는 일에 간섭하지 말라고 몰아세웠지만, 낸은 강한 의지와 굴하지 않는 개혁가 정신으로 주저앉지 않고 자기 뜻을 밀어붙였다. 조는 낸의 생각에 찬성했지만, 완전한 자유를 원하는 낸의 광적인 욕구는 억제하려고 했다. 조금은 기다릴 줄 아는 여유와 자제력을 배워야 한다는 사실을 알려주고자 한 것이다. 낸은 충고를 받아들였고, 얌전하게 지내는 때도 있었다. 조의 말은 서서히 낸에게 영향을 미쳤다. 낸은 밭일에 마음을 돌려, 활동적인 작은 몸에 가득 찬 기운의 배출구를 그곳에서 발견한 것이다. 하지만 세이지나 스위트 마조람같이 말 못 하는 식물들은 돌봐줘서 고맙다는 말도 하지 못했기 때문에 낸을 완전히 만족시키지는 못했다. 낸은 무언가 인간적인 것을 원했다. 사랑하고, 도와주고, 보호해 주고 싶었다. 어린아이들이 손가락을 베거나 머리에 혹이 나거나 어디 멍이 든 채로 와서 치료해 달라고 부탁할 때만큼 낸을 행복하게 만드는 순간은 없었다. 이런 모습을 본 조는 제대로 된 치료법을 배워보라고 제안했고, 낸은 홈멜 아주머니에게 붕대 감는 법, 깁스하는 법, 찜질하는 법을 자세히 배웠다. 아이들은 낸을 '몽땅 줘 박사님'이라고 부르기 시작했고, 낸은 이 별명을 매우 마음에 들어했다. 조는 낸을 보며 어느 날 바에르 교수에게 이렇게 말했다.

"프리츠, 우리가 저 아이에게 뭘 해줘야 하는지 알겠어요. 낸은 삶의 목적을 필요로 해요. 그게 없으면 그 애는, 짜증 많고 거칠고 불만이 많은 여성이 될 거예요. 그러니 가만히 있지 못하는 낸의 성격을 억누르려고만 하지 말고 좋아하는 일을 하게끔 최선을 다해야겠어요. 조만간 그 애 아버지를 만나 의학 공부를 하게 허락해 달라고 말해볼 생각이에요. 낸은 훌륭한 의사가 될 거예요. 용기, 대담성, 부드러운 마음, 그리고 약자와 고통받는 사람에 대한 뜨거운 사랑과 동정심까지 갖췄으니까요."

바에르 교수는 처음에는 그저 웃기만 했지만, 곧 조가 하려는 일에 동의했다. 낸에게 약초 키울 밭을 정해주고는, 낸이 돌보는 식물들의 약효를 알려주면서 그 효능을 아이들이 가끔 걸리는 사소한 병에 시험해 보도록 해주었다. 낸은 빠르게 배우고 잘 기억해, 의학에 대한 뛰어난 감각과 흥미를 보여주었다. 교수는 이런 낸의 모습을 보고 진심으로 기뻐했다.

그날 버드나무 가지에 앉아 있을 때 낸은 이 일을 생각하고 있었다. 데이지는 항상 그렇듯이 점잖게 말했다.

"난 집안일을 하는 게 좋아. 나중에 커서 데미와 같이 살게 되면, 좋은 집을 갖고 싶어."

이 말을 듣고 낸은 대뜸 대답했다.

"글쎄, 난 오빠도 없고 집안일 때문에 법석을 떨기도 싫어. 난 병원이 있었으면 싶어. 거기에 약병이나 절굿공이 같은 것도 많았으면 좋겠고. 마차를 타고 다니면서 아픈 사람들을 치료할 거야. 정말 재밌겠지?"

"우웩! 어떻게 넌 나쁜 냄새가 나는 걸 참을 수 있어? 끔찍한 가루약이나 피마자 오일, 물약 같은 거 말이야." 데이지는 몸을 부르르 떨며 소리쳤다.

"내가 먹는 게 아니니까 괜찮아. 게다가 그걸로 사람들 병을 고치잖아. 난 사람들 치료하는 게 좋아. 내가 만든 세이지 차로 조 선생님의 두통이 나았고, 내가 키운 홉으로 네드의 치통도 5시간 만에 없어졌잖아. 그렇지?"

"넌 사람 몸에 거머리도 붙이고 다리도 자르고 이도 뽑을 거야?" 데이지는 생각만으로도 몸서리를 치며 물었다.

"응, 뭐든지 다 할 거야. 모조리 망가진 사람이라도 다 고쳐줄 거야. 우리 할아버지는 의사야. 어떤 사람 뺨을 꿰매는 모습도 본 적 있어. 난 옆에서 도우려고 해면을 들고 있었는데, 하나도 무섭지 않았어. 할아버지는 나한테 용감한 아이라고 하셨어."

"어떻게 그랬어? 난 간병하는 것도 좋아하지만, 그런 일을 하려면 다리가 떨려서 아마 도망갈 거야. 난 용감한 아이는 아닌가 봐." 데이지는 한숨을 쉬었다.

"괜찮아, 데이지. 넌 간호사를 하면 되잖아. 내가 약을 주고 다리를 자를 때 네가 환자를 꼭 껴안으면 돼." 낸은 치료하는 모습을 흉내 내면서 말했다. 분명 낸의 이런 모습은 훗날 영웅적인 행동으로 나타나게 될 터였다.

"낸, 너 어디 있어?" 아래쪽에서 외치는 소리가 났다.

"우리 여기 있어."

"아, 아!" 하는 소리가 들렸고, 에밀이 한 손을 다른 손으로 잡고, 어디 아프기라도 한지 얼굴을 찡그리며 나타났다.

"어, 무슨 일이야?" 데이지가 걱정스런 얼굴로 소리쳤다.

"가시가 엄지손가락에 박혔어. 아무리 해도 안 빠져. 네가 좀 **빼주지** 않을래, 낸?"

"아주 깊이 박혔는데, 지금은 바늘이 없어." 낸은 타르투성이인 에밀의 엄지손가락을 유심히 살펴보면서 말했다.

"옷핀으로 해봐." 에밀이 다급하게 말했다.

"안 돼. 옷핀은 너무 크고 끝이 뾰족하지도 않아."

그때, 주머니를 더듬던 데이지가 작고 예쁜 반짇고리를

366

내밀었다. 거기에는 바늘이 네 개 꽂혀 있었다.

"데이지는 언제나 필요한 걸 갖고 있구나." 에밀이 말했다. 낸도 앞으로는 주머니에 반짇고리를 가지고 다녀야겠다고 생각했다. 진찰할 때마다 이런 일이 일어났기 때문이다.

데이지는 치료가 진행되는 동안 눈을 꼭 감았다. 낸은 침착한 손놀림으로 가시를 찾았다. 그동안 에밀은 어떤 의료 행위나 기록에도 없던 지시를 내리고 있었다.

"지금 우현으로! 뱃머리를 그대로 유지하라, 선원들! 닻을 올려! 항로를 바꿔! 바로 여기다!"

"이젠 네가 상처를 빨아." 박사님은 익숙한 눈으로 가시를 살피면서 지시했다.

"너무 더러운데." 환자는 피가 흐르는 손을 흔들며 대답했다.

"그럼 기다려. 손수건 있으면 묶어줄게."

"저기 아래에 누더기 같은 거 있잖아. 저걸로 묶어줘."

"어머나! 절대로 안 돼. 저건 인형 옷이야." 데이지가 화를 내며 소리쳤다.

"내 거 가져와. 그걸로 묶어줄게." 낸이 말했다. 에밀은 휙 내려가 가장 처음 눈에 띈 '누더기'를 집었다. 하필이면 주름 장식이 있는 스커트였다. 하지만 낸은 군말 없이 스커트를 찢었다. 왕실의 속치마가 작은 붕대로 바뀌자 낸은 이렇게 말하며 환자를 보내주었다.

"닦아내려고 하지 말고 그냥 놔둬. 그럼 금방 좋아질 거야. 아프지도 않을 거고."

"치료비는 얼마야?" 에밀 제독은 웃으면서 물었다.

"무료야. 여긴 '무료 진료소'야. 아무것도 바라지 않고 가난한 사람들을 공짜로 봐주는 곳이지." 낸은 으스대며 설명했다.

"고마워요, 몽땅 줘 박사님. 사고를 당하면 언제라도 박사님을 부를게요." 에밀은 가다 말고 돌아보면서 덧붙였다.(가는 정이 있으면 오는 정이 있기 마련이다.) "바닥에 있는 누더기가 바람에 날아가요, 박사님!"

'누더기'라는 무례한 말이 중요한 게 아니었다. 두 아가씨는 황급히 달려가 빨래를 주워 모으고는, 작은 난로에 불을 지펴서 다림질하려고 집으로 돌아갔다.

오래된 버드나무가 바람에 흔들거렸다. 마치 둥지 속에서 울려 퍼지는 아이들의 수다를 듣고 부드럽게 웃는 것 같았다. 웃음이 가라앉기도 전에 또 다른 새 두 마리가 비밀스러운 이야기를 나누려고 날아왔다.

"자, 이제 비밀을 말해줄게." 아주 중요한 비밀이라도 있는 듯 얼굴이 붉어진 토미가 이야기를 시작했다.

"말해봐." 냇이 대답했다. 이곳 그늘이 참 좋고 조용해서 바이올린을 가져왔으면 좋겠다고 생각하던 참이었다.

　"음, 우리는 최근에 있었던 정황 증거로 알 수 있는 흥미로운 사건에 관해 이야기하고 있었어." 토미는 프란츠가 클럽에서 한 연설 문구를 마구 인용하면서 말했다. "너도 알다시피 우리가 댄에게 혐의를 둔 일을 별충하고 경의를 표하기 위해, 뭘 주자고 내가 제안했잖아. 멋있고 쓸모 있는 그런 거, 댄이 항상 가지고 다니고 자랑스럽게 여길 만한 거 말이야. 우리가 뭘 골랐다고 생각해?"

　"잠자리채였잖아. 댄은 그걸 진짜 갖고 싶어했어." 냇은 약간 실망해서 말했다. 자기가 직접 사주고 싶어서였다.

　"아닙니다, 냇 선생님. 그건 바로 현미경입니다. 진짜 좋은 거지. 물속에 있는 걸 실제로 볼 수도 있어, 별도 볼 수 있고. 아주 좋은 선물이지?" 토미가 말했다. 아무래도 현미경과 망원경을 혼동하는 모양이었다.

　"최고야! 아주 좋아! 그런데 꽤 비싸지 않아?" 냇은 자기 친구가 진가를 인정받기 시작했다고 생각하면서 소리쳤다.

　"물론 비싸겠지. 하지만 모두 얼마씩 내기로 했어. 난 제일 먼저 5달러를 내겠다고 적어놨어. 이왕 하는 거 제대로 해야지."

　"뭐! 그걸 전부? 너처럼 통이 큰 애는 처음 봐." 냇은 진심으로 감탄하며 토미에게 미소를 지었다.

"뭐, 너도 알다시피 난 돈 때문에 고생 좀 했잖아. 그래서 이젠 질렸어. 더 저축하지 않고 앞으로 모일 때마다 나누어 줄 생각이야. 그러면 아무도 날 부러워하거나 내 돈을 훔치려 하지도 않을 거고, 나도 다른 사람을 의심하거나 내 돈 때문에 끙끙거리지 않겠지." 백만장자의 걱정과 근심의 무게에 짓눌려왔던 토미가 대답했다.

"바에르 교수님이 그래도 된다고 하실까?"

"교수님은 아주 좋은 계획이라고 생각하실 거야. 훌륭한 사람들은 죽은 뒤에 사람들이 자기 돈을 놓고 싸울까 봐 차라리 좋은 데에 썼다고 교수님이 말씀하셨어."

"너희 아빠도 부자잖아. 아빠도 그렇게 하시니?"

"잘 모르겠어. 아빤 내가 원하는 건 다 해주셔. 그건 잘 알아. 나중에 집에 가면 얘기해 볼 거야. 어쨌든 난 아빠한테 그런 모습을 보여줄 거야."

"네 돈으로 아주 많은 일을 할 수 있을 거야, 그렇지?" 토미가 너무 진지해서 냇은 감히 웃지도 못하고 조심스럽게 묻기만 했다.

"바에르 교수님도 그렇게 말씀하셨어. 돈을 유용하게 쓰는 법을 가르쳐주시기로 약속하셨지. 댄한테 먼저 시작할 생각이야. 다음에 1달러 정도를 벌면 딕에게 뭔가 해줄 거고. 걔는 정말 착한데, 1주일에 용돈이 1센트밖에 없거든. 딕이 돈을 많이 벌지 못하는 거 너도 알잖아. 그래서 걜 좀 챙겨주려고 해." 마음 따뜻한 토미는 빨리 그러고 싶어 안달이 나 있었다.

"아주 훌륭한 계획이야. 나도 이제는 바이올린을 사려고 끙끙대지 않을 거야. 댄한테 잠자리채를 사줄까 싶어. 그리고 돈이 남으면 빌리가 좋아할 만한 걸 해줄 거야. 걔는 날 좋아하잖아. 가난한 건 아니지만, 그래도 내가 작은 거라도 주면 좋아하겠지. 걔가 뭘 좋아하는지 너희들보다 내가 잘 아니까 말이야." 냇은 자기가 아끼는 3달러로 얼마나 많은 행복을 얻을 수 있을까 생각에 빠져들었다.

"나도 그럴 거야. 바에르 교수님한테 가서, 월요일 오후에 너랑 내가 마을에 가도 되는지 물어보자. 그러면 내가 현미경을 살 때 너도 잠자리채를 살 수 있을 거야. 프란츠와 에밀도 같이 갈 거니까, 다 같이 가게를 돌아다니면 정말 재미있겠다."

두 개구쟁이들은 이 새로운 계획을 의논하면서 팔짱을 끼고 걸어갔다. 우스꽝스럽게 보일 수도 있겠지만, 이들은 달콤한 만족감을 느꼈다. 자신들이 모은 작은 것을 도둑이 부숴서 훔쳐갈 수 있는 곳에 모아두기보다는, 자선이라는 황금으로 빛나게 하는 일을 시작한 것이다.

"올라가서 나뭇잎이나 보면서 좀 쉬자. 여기 시원해서

참 좋아." 데미가 말했다. 데미와 댄은 오랫동안 숲속을 산책한 뒤에 어슬렁거리면서 집으로 돌아가는 길이었다.

"좋아!" 말수가 적은 댄이 대답했다. 둘은 나무 위로 올라갔다.

"왜 자작나무 잎이 다른 나뭇잎보다 훨씬 더 많이 흔들리는 거야?" 호기심 많은 데미가 물었다. 데미는 댄의 대답을 언제나 신뢰했다.

"잎이 달린 게 달라. 저기 가지를 봐. 줄기에 이어져 있는 것은 한 방향으로 붙어 있고, 잔가지에 이어져 있는 것은 다른 방향으로 붙어 있어. 줄기에 잎이 달린 방향과 잎줄기가 잔가지에 달린 방향이 달라. 그래서 바람이 조금만 불어도 흔들리는 거야. 그런데 느릅나무 잎은 똑바로 붙어 있어서 잘 흔들리지 않지."

"정말 신기하네! 이것도 그래?" 데미는 아주 예쁘다고 생각해서 들판에 있던 작은 나무에서 꺾어온 아카시아 잔가지를 들어 보였다.

"아니, 그건 손을 대면 오므라드는 잎사귀야. 잎줄기 가운데를 손가락으로 쓸어내려봐. 나뭇잎이 둥그렇게 말리잖아." 돌비늘 조각을 살펴보던 댄이 말했다.

데미가 댄의 말대로 해보자 작은 잎사귀가 금방 접혀서 양쪽으로 난 잎이 한 줄처럼 보였다.

"와! 정말 재밌다. 다른 것도 얘기해줘. 이건 어디다 쓰는 잎사귀야?" 데미는 또 다른 나뭇가지를 집어 들면서 물었다.

"그건 누에에게 먹이는 나무야. 누에는 고치를 만들기 시작할 때까지 뽕잎을 먹고 살아. 예전에 누에고치 농장에 가봤는데, 뽕잎을 선반에 가득 올려둔 방이 있었어. 그걸 누에가 바스락거리는 소리가 날 정도로 빨리 먹어치우지. 너무 많이 먹어서 죽기도 해. 이 이야기는 스터피한테 해주자." 댄이 이끼 가득 낀 돌을 집어 들다가 이 말을 하며 큭큭 웃었다.

"버바스컴 잎사귀라면 나도 좀 알아. 요정이 담요로 쓰는 거야." 요정에 대한 믿음을 아직 버리지 못한 데미가 말했다.

"현미경만 있으면 요정보다 더 예쁜 걸 보여줄 수 있을 텐데." 댄은 그 탐나는 보물을 자기가 감히 가질 수나 있을까 생각하면서 말했다. "얼굴에 신경통이 있어서 버바스컴 잎으로 수면 모자를 만들어 쓰던 할머니가 있었어. 그 잎을 꿰서 항상 쓰고 계셨어."

"정말 재밌네! 너희 할머니야?"

"아니, 그 할머니는 정말 이상했어. 다 쓰러져 가는 작은 집에서 고양이를 열아홉 마리나 기르면서 혼자 사셨어. 사람들은 할머니를 마녀라고 불렀지만, 사실 마녀는 아니었지. 너덜너덜한 모습이긴 했지만 말이야. 거기 살았을 때, 할머니는 나한테 참 잘해주셨어. 구빈원 사람들이 나한테 심하게 굴었을 때도 할머니는 난로에 불을 지펴서 따뜻하게 대해주셨으니까."

"댄은 구빈원에서 살았어?"

"잠깐 있었어. 뭐 그런 건 중요하지 않아. 그 얘기를 할 생각은 아니었어." 전에 없이 말을 많이 하던 댄은 잠깐 이야기를 멈췄다.

"고양이 얘기 좀 해줘." 데미는 괜한 걸 물었다는 생각에 미안해하면서 말했다.

"별로 할 말은 없어. 그냥 고양이를 많이 키웠고, 밤에는 통에 넣어뒀다는 정도지. 내가 거기 가면 통을 뒤집어서 고양이들을 온 집 안에 풀어놓기도 했어. 그러면 할머니는 화를 내시면서 고양이를 잡아서 통 안에 다시 넣으셨지. 고양이는 막 울고 '하악질'을 해대고 말이야."

"할머니가 고양이한테도 잘해주셨어?" 데미는 이야기가 재미있는지 천진하게 웃으며 물었다.

"그랬을 거야. 정말 불쌍한 할머니야! 마을에 있는 길고양이와 아픈 고양이를 전부 다 데리고 오셨어. 누구든 고양이를 키우고 싶으면 웨버 할머니한테 갔어. 그러면 마음에 드는 색깔의 고양이를 아무거나 고를 수 있었지. 할머니는 9펜스만 받고 고양이를 주셨어. 그러고는 고양이가 좋은 집에 가게 되었다고 기뻐하셨지."

"나도 웨버 할머니 보고 싶어. 거기 가면 만날 수 있어?"

"할머닌 돌아가셨어. 우리 가족도 마찬가지고." 댄은 말을 아꼈다.

"미안해." 데미는 다음에는 무슨 이야기를 해야 댄의 마음을 상하게 하지 않을까 고민하면서 잠시 잠자코 있었다. 돌아가신 할머니 이야기를 하는 게 적당하지 않다고 생각하면서도, 고양이 이야기가 너무 궁금해 어쩔 수 없이 조심스럽게 다시 물었다.

"할머니가 아픈 고양이도 고쳐줬어?"

"응. 그러기도 했어. 다리가 부러진 고양이가 있었는데, 할머니가 막대기를 대고 묶어줬더니 다 나았지. 경련을 일으키는 고양이에게 약초를 먹여서 치료해 주기도 했어. 그런데 어떤 고양이들은 죽기도 하는데, 그러면 할머니가 묻어줬어. 병이 낫지 않아 너무 힘들어하면 할머니가 손수 죽게 하기도 하고."

"어떻게?" 데미가 물었다. 이 할머니 이야기는 독특한 매력이 있었고, 댄이 혼자 웃는 걸 보니 고양이에 대한 무슨 흥미로운 이야기라도 있는 모양이었다.

"고양이를 좋아하는 친절한 부인이 할머니한테 방법을 알려주고 필요한 것들도 줬어. 그러고는 자기 고양이들을 할머니한테 보내서 그 방법대로 죽여달라고 했어. 할머니는 낡은 장화 속에 에테르에 적신 해면을 넣고, 고양이를 머리부터 집어넣었지. 에테르 때문에 고양이는 금방 잠이 들었고, 깨어나기 전에 따뜻한 물을 부어서 죽게 했어.”

“고양이가 아무것도 몰랐어야 할 텐데……. 데이지한테 이 얘기해 줄래? 너 정말 재미있는 거 많이 안다, 그렇지?” 데미가 물었다. 그러고는 큰 도시에서 혼자 살아야 했던 아이가 얼마나 많은 경험을 했을지 생각해 보았다.

“그런 거 모르는 게 좋았겠다 싶기도 해.”

“왜? 좋은 기억이 아니어서 그래?”

“응.”

“생각대로 마음이 움직이는 건 아니잖아. 정말 이상하지.” 데미는 두 손으로 무릎을 감싸 안고 자기가 평소에 즐겨 하던 이야깃거리를 떠올리려는 듯 하늘을 올려다보면서 말했다.

“빌어먹게 힘들어서, 아, 아니, 잘못 말했어.” 댄은 입술을 깨물었다. 다른 아이들보다 데미 앞에서는 특히 더 조심하고 싶었지만, 자기도 모르게 이런 금단의 말이 튀어나왔다.

“못 들은 거로 할게.” 데미가 말했다. “또 그런 말 쓸 것 같지는 않으니까. 댄은 분명히 그럴 거야.”

“가능하면 안 쓸 거야. 이것도 떠올리기 싫은 것 중에 하나야. 열심히 노력하지만 잘 안 돼.” 댄은 실망한 표정이었다.

"아니, 잘될 거야. 전에 비하면 나쁜 말을 반도 쓰지 않잖아. 조 이모도 기뻐하시던데. 그런 버릇은 고치기 힘든 거라고 하셨거든."

"그런 말을 하셨어?" 댄은 조금 기운을 차렸다.

"나쁜 말을 '잘못 서랍'에 넣어두고 잠가놓으면 돼. 내가 나쁜 짓을 다루는 방법은 바로 그거야."

"무슨 뜻이야?" 댄이 처음 보는 바퀴벌레나 딱정벌레만큼 재미있는 녀석이라고 여기는 표정으로 데미를 쳐다보며 물었다.

"음, 나 혼자 하는 놀인데, 그냥 얘기해 줄게. 비웃을지도 모르겠지만 말이야." 데미는 적당한 주제로 이야기를 할 수 있게 되어 기뻐하면서 말을 시작했다. "내 마음은 둥근 방이고, 그 안에 있는 영혼은 날개 달린 작은 생물이라고 생각하는 거야. 벽에는 선반과 서랍이 잔뜩 있어서, 그 안에 내 생각, 좋은 점과 나쁜 점, 그리고 그 밖의 온갖 것들을 넣어두는데 좋은 점은 보이는 곳에 두고, 나쁜 점은 단단히 잠글 수 있는 곳에 둬. 그래도 튀어나오기는 해. 그것들은 힘이 아주 세니까, 집어넣고 꽉 눌러야 해. 내가 혼자 있을 때나 잠자리에 들 때, 넣어두었던 생각을 꺼내서 갖고 놀아. 그 생각을 이리저리 굴려보고 내가 하고 싶은 걸 하지. 그리고 일요일마다 그 방을 정리하는 거야. 거기 사는 작은 영혼과 이야기도 하고, 뭘 할지 내가 말해주기도 해. 그 영혼은 몹시 나쁠 때도 있어서 내 말을 안 듣기도 해. 그럴 때는 영혼을 야단치기도 하고, 할아버지한테 보내버리는 거야. 할아버지는 언제나 그 영혼을 바르게 행동하도록 만들어주시고 잘못된 점을 반성하게 해주셔. 할아버지도 이 놀이를 좋아하시거든. 나한테 서랍에 넣을 만한 좋은 걸 주시고, 버릇없는 것들을 어떻게 가두는지도 가르쳐주시지. 댄도 그렇게 해보면 어떨까? 아주 괜찮은 방법이야." 데미가 너무 진지하고 확신에 찬 표정으로 바라보자 댄은 이 특이한 공상을 비웃을 수가 없었다. 그 대신 진지한 얼굴로 말했다.

"내 나쁜 점을 가둬둘 만큼 튼튼한 자물쇠는 없을 거야. 어쨌든 내 방은 너무 어수선해서 어디서부터 치워야 할지 모르겠어."

"옷장 서랍은 굉장히 잘 정리하잖아. 다른 것도 못 할 리가 없잖아?"

"해본 적 없거든. 어떻게 하는지 가르쳐줄래?" 댄은 영혼을 정돈하는 데미의 어린애다운 방법을 따라 해보고 싶은 듯했다.

"가르쳐주고 싶은데, 어떻게 해야 할지 모르겠네. 할아버지가 가르쳐주신 것 말고는 몰라. 할아버지만큼 잘할 수는 없겠지만, 그냥 해볼게."

"아무한테도 말하지 마. 그냥 가끔 우리 둘이 여기 와서 이 얘기를 하는 거야. 그러면 내가 아는 거라면 뭐든지 말해 주는 것으로 보답을 할게. 그러면 되겠지?" 댄은 크고 거친 손을 내밀었다.

데미도 매끄럽고 작은 손을 곧장 내밀었고, 동맹은 성립되었다. 이 행복하고 평화로운 세상은 사자와 양이 함께 놀고 어린아이들이 자신들보다 나이 많은 사람들을 천진난만하게 가르치는 곳이었다.

"쉿!" 나쁜 마음을 억누르는 좋은 방법에 대한 또 다른 이야기에 막 열중하려던 참에, 댄이 집 쪽을 가리키면서 말했다. 조가 책을 읽으면서 천천히 다가오는 모습이 보였다. 조 뒤에서 테드가 뒤집힌 작은 수레를 끌면서 종종걸음으로 따라오고 있었다.

"우릴 보기 전까지는 여기서 기다리자." 데미가 속삭였다. 두 아이는 이들 모자가 가까이 다가올 때까지 가만히 앉아 있었다. 조는 정신없이 책을 읽느라 테드가 이렇게 말하며 엄마에게 알려주지 않았다면 개울에 빠져버릴 뻔했다.

"엄마, 나 무꼬기(물고기) 잡고 싶어."

조는 일주일 동안이나 벼르다가 읽게 된 책을 내려놓고는, 낚싯대로 삼을 만한 게 없나 주변을 둘러보았다. 아무것도 없는 곳에서 장난감을 찾아내는 데는 이미 익숙했다. 조가 산울타리에서 가지를 꺾으려던 참에, 가느다란 버드나무 가지가 발 밑으로 툭 떨어졌다. 위를 올려다보니 데미와 댄이 둥지에서 장난스럽게 웃고 있는 모습이 보였다.

"나, 올라가! 올라가!" 테드가 날아갈 듯한 모양새로 두 팔을 뻗고 옷자락을 펄럭이면서 졸라댔다.

"내가 내려가면 네가 올라와. 난 지금 데이지한테 가야 해." 흥미진진한 고양이 열아홉 마리 이야기를 데이지에게 해주고 싶었던 데미는 서둘러 그곳을 떠나며 말했다.

댄은 테드를 획 안아 올리고는 웃으며 말했다. "같이 올라오세요. 앉을 자리는 많아요. 손 잡아드릴게요."

조는 슬쩍 뒤를 돌아보았다. 아무도 보이지 않았다. 조는 이 장난이 마음에 드는지 웃으면서 말했다.

"네가 누구한테 말하지만 않는다면 올라가도 되겠는데." 그러고는 민첩하게 발을 디뎌 버드나무 가지 위로 올라갔다.

"결혼한 뒤로 나무에 오른 건 처음이야. 어렸을 때는 아주 좋아했는데 말이지." 조가 말했다. 그늘진 자리가 무척이나 마음에 드는 표정이었다.

"이제 책을 읽으셔도 돼요. 제가 테드를 보고 있을게요." 댄은 이렇게 제안하고는 조바심 내는 아기 테드를 위해 낚싯대를 만들기 시작했다.

"그럼 낚싯대는 내가 안 만들어도 되겠구나. 너하고 데미는 여기서 뭘 하고 있었니?" 조가 물었다. 댄의 얼굴에 나타난 표정이 진지해서 조는 댄이 마음속에 무언가 걸리는 것이 있지 않나 생각했다.

"아! 얘기하고 있었어요. 전 데미에게 나뭇잎 기타 등등 얘기를 해줬고, 데미는 이상한 놀이 이야기를 해줬어요. 자, 테드. 이제 낚시 가자." 댄은 버드나무 가지에 묶은 줄 끝에 있는 핀에 커다란 파란색 벌레를 매달아 작업을 마쳤다.

테드는 나무에서 몸을 숙이고는 자기가 틀림없이 잡을 수 있다고 생각하는 물고기를 지켜보는 일에 곧바로 열중하기 시작했다. 댄은 테드가 시냇가에 고꾸라지지 않도록 테드의 작은 옷자락을 붙잡아 주었다. 조는 댄이 하고 싶은 이야기를 할 수 있게 해주려고 먼저 말을 걸었다.

"데미한테 '나뭇잎 기타 등등' 이야기를 해주다니 참 기쁘구나. 데미한테 필요한 건 딱 그런 거니까. 이런저런 걸 가르쳐주고 산책도 같이 해줬으면 좋겠다."

"그렇게 할게요. 데미는 참 똑똑하니까요. 그런데……."

"그런데, 뭐?"

"절 그렇게 믿어주실 줄은 몰랐어요."

"믿지 못할 이유가 뭐가 있겠니?"

"글쎄요, 데미는 귀엽고 좋은 애지만 저는 나쁜 애니까요. 데미와 제가 같이 있으면 싫어하실 거라고 생각했어요."

"넌 네 말처럼 '나쁜 애'가 아니야. 난 널 믿는다, 댄. 전적으로 말이야. 넌 더 나아지려고 정말로 노력하고 있고, 매주 더 좋아지잖아."

"정말요?" 댄은 실망의 구름이 걷혔다는 듯 선생님을 올려다보았다.

"그럼. 너도 그렇게 생각하지 않아?"

"그랬으면 좋겠지만, 잘 모르겠어요."

"가만히 기다리면서 지켜보고 있었어. 처음 널 만났을 때는 한번 시험해 봐야겠다고 생각했으니까. 네가 이겨낸다면 내가 줄 수 있는 최고의 보상을 해주려고 했지. 넌 잘 해냈어. 이젠 데미뿐 아니라 우리 아들도 네게 맡겨볼까 싶다. 넌 우리 부부 이상으로 아이들에게 더 나은 걸 가르칠 수 있으니 말이야."

"제가요?" 그 말을 들은 댄은 깜짝 놀란 얼굴이었다.

"데미는 너한텐 있는 좋은 점이 부족한 편이야. 일반적인 상식, 힘이나 용기 같은 거 말이지. 그 아이는 너를 자기가 본 중에서 가장 용감한 아이라고 생각하고, 네 강인한 행동방식을 존경해. 그리고 넌 동식물에 대해 정말 많이 알고, 새나 벌, 잎사귀나 동물에 대한 멋진 이야기를 책보다 더 많이 들려줄 수 있잖아. 그 이야기들은 꾸며낸 게 아니라 진짜니까, 데미가 배우면 큰 도움이 될 거야. 네가 데미를 얼마나 많이 도와줄 수 있는지, 내가 왜 너와 데미가 함께 어울리기 바라는지 이젠 알겠지?"

"하지만 전 가끔 욕을 하고 잘못된 걸 가르쳐주기도 해요. 그럴 생각이 없는데도 그런 말이 입 밖으로 튀어나와 버려요. 좀 전에도 '빌어먹게'라고 해버렸어요." 댄이 말했다. 자기 역할을 잘 해낼 수 있을지 걱정이 되어 자신의 결점을 선생님에게 알린 것이다.

"네가 네 작은 친구에게 해가 되는 말이나 행동을 하지 않으려고 애쓰는 거 알아. 그런 부분에서는 데미가 널 도와줄 거야. 대단치는 않지만 나름의 방식으로 순수하고 현명하고, 또 내가 너한테 주고 싶어하는 것, 그러니까 선한 원칙을 데미도 갖고 있으니까 말이야. 어린아이에게 선한 원칙을 심어주는 일은 얼마든지 일찍 시작할 수 있어. 오랫동안 방치되었다고 해서 선한 원칙을 키워주는 일도 늦었다고 포기해서는 안 돼. 더구나 너희는 아직 아이들이니까. 서로 가르쳐줄 수 있는 거야. 데미는 자기도 모르는 사이에 너의 도덕심을 키워줄 거고, 넌 데미의 상식을 키워주겠지. 그러면 내가 너희 둘을 모두 도와준 거라고 느낄 것 같은데?"

이런 믿음과 칭찬이 댄에게 얼마나 기쁨과 감동을 주었는지 말로는 표현하기 힘들 정도였다. 여태 댄을 믿어주는 사람은 아무도 없었고, 좋은 것을 찾아내 키워주려고 신경

쓴 사람도 없었다. 다른 사람들의 동정은 금방 알아채는, 망가지고 버려진 아이의 가슴속에 얼마나 많은 아픔이 숨어 있는지 고민해 본 사람이 여태 아무도 없었던 것이다. 어떤 명예도, 자신을 가장 존경하는 아이 데미에게 미덕과 약간의 지식을 가르칠 수 있는 명예에 비한다면 절반만큼도 소중하지 않을 것이었다. 또한 댄의 손에 맡겨진 이 천진난만한 동반자만큼 댄을 강력하게 바로잡아 줄 사람도 없었다. 댄은 이제 용기를 얻어 데미와 세운 계획을 조에게 말해주었고, 조는 댄이 자연스럽게 첫발을 내디뎠다는 사실에 기뻐했다. 모든 일이 댄을 위해 잘 돌아가는 것처럼 보여 정말 반가웠다. 댄보다 훨씬 더 나이가 많고 더 나쁜 아이라도 변화할 수 있다고 조는 굳게 믿어왔다. 이제 댄은 친구도 있고, 험한 세상이지만 자신이 살고 일할 곳이 있다고도 느꼈다. 댄은 많은 말을 하지는 않았지만, 조가 다가갔을 때 자신이 겪은 시련으로 인해 갖게 된 용감함으로 응답했다.

　두 사람이 조용히 나누던 이야기는 테드의 기쁜 외침으로 중단되었다. 놀랍게도, 몇 년 동안 송어라고는 보이지 않았던 이곳에서 정말로 송어를 잡은 것이다. 테드는 자신의 빛나는 성공에 너무나 도취돼서, 에이셔가 송어를 저녁거리로 요리하기 전에 가족들에게 이 전리품을 보여주겠다고 고집을 부렸다. 세 사람은 모두 만족해하며 행복한 마음으로 함께 집으로 돌아갔다.

다음으로 버드나무를 방문한 사람은 네드였다. 하지만 네드는 그리 오래 머무르지 않았다. 딕과 돌리가 네드에게 줄 메뚜기와 귀뚜라미를 한 통 가득 잡는 동안 네드는 그곳에 편안하게 앉아 이런저런 궁리를 했다. 살아 있는 벌레 몇십 마리를 토미의 침대에 넣어둬서, 토미가 침대에 들어가자마자 굴러떨어지게 만들고 야밤에 방을 헤매며 메뚜기를 쫓아다니게 할 생각이었다. 벌레 채집은 금방 끝났고, 네드는 벌레를 모아준 두 아이에게 박하 사탕 몇 개씩을 준 뒤 토미의 침대에 칠 장난을 준비하러 퇴장했다.

한 시간 동안 늙은 버드나무는 한숨을 쉬며 혼자서 노래를 불렀다. 그러고는 개울과 이야기를 나누고, 해가 지면서 길어지는 그림자를 바라보았다. 우아하게 뻗은 나뭇가지가 장밋빛으로 물들기 시작할 무렵, 한 소년이 들판을 가로질러 살금살금 길 쪽으로 다가왔다. 개울가에 있던 빌리를 엿보다가 다가와서는 조심스러운 목소리로 말했다.

"바에르 교수님께 가서 여기서 뵙고 싶다고 전해줄래? 다른 사람들은 모르게 해줘."

빌리는 고개를 끄덕이고는 집으로 달려갔고, 그동안 이 아이는 나무에 휙 올라가 앉았다. 걱정스러운 눈치였지만, 분명히 이 장소와 시간이 그리운 모양이었다. 5분 뒤 바에르 교수가 나타나 울타리를 밟고 올라선 다음, 둥지로 몸을 기울이며 친절하게 말을 걸었다.

"다시 봐서 기쁘구나, 잭. 그런데 들어와서 모두를 같이 만나는 게 어떨까?"

"교수님부터 먼저 보고 싶었어요. 삼촌이 학교로 돌아가라고 했거든요. 저한테 그럴 자격은 없겠지만, 친구들이 너무 심하게 굴지 않았으면 좋겠어요."

가엾은 잭은 제대로 말하지도 못했지만 후회하고 부끄러워하는 게 분명했고, 가능하다면 그냥 다시 이곳에서 지내고 싶은 마음도 역력해 보였다. 잭의 삼촌이 잭을 마구 때리고 크게 야단쳤기 때문이다. 잭은 자기를 학교로 돌려보내지 말아 달라고 빌었지만, 학교의 수업료가 싸다는 이유로 삼촌 포드 씨는 고집을 꺾지 않았다. 그래서 잭은 다른 아이들은 모르게 이곳으로 와서 바에르 교수에게 자기를 도와달라고 부탁한 것이었다.

"나도 아이들이 심하게 굴지 않기를 바라지만 확답은 할 수가 없구나. 아이들이 그렇게 하더라도 부당한 일은 아니니까 말이다. 댄과 냇은 죄가 없으면서도 그렇게 심한 일을 당했으니, 잘못한 너는 당연히 괴로움을 감수해야 한다고 생각한다. 그렇지 않니?" 바에르 교수가 물었다. 교수는 잭을 안쓰러워하면서도, 변명의 여지가 없는 잘못에 대해서는 당연히 벌을 받아야 한다고 생각했다.

"저도 그렇게 생각해요. 하지만 토미의 돈도 돌려줬고 미안하다고도 말했는데요, 그거면 되지 않을까요?" 잭은 조금 풀이 죽어 대답했다. 그렇게 치사한 일을 할 수 있는 아이에게는, 그에 따르는 결과를 감당할 용기도 없는 법이다.

"아니, 나는 네가 세 아이에게 용서를 빌어야 한다고 생각해. 공개적으로, 그리고 솔직하게 말이야. 당분간은 그 아이들이 너를 존중해 주거나 믿어줄 거라는 기대는 접어야 할 거다. 하지만 네 노력에 따라 불명예를 씻을 수는 있겠지. 나도 도와주마. 도둑질과 거짓말은 가증스러운 죄악이야. 이번 일이 네게 교훈이 되었으면 한다. 네가 부끄러워하다니 기쁘구나. 그건 좋은 징조야. 인내심을 갖고, 더 좋은 평판을 얻도록 최선을 다해야 한다."

"경매를 열어서 제 물건을 모두 헐값에 팔 생각이에요." 잭이 말했다. 정말로 잭다운 뉘우침이었다.

"네 물건을 그냥 나누어주는 편이 더 좋겠구나. 그리고 새롭게 시작하는 거지. '정직은 최선의 방책이다.'라는 말을 네 마음에 새기고, 행동과 말과 생각 모두 이 말에 따라 살아야 해. 그러면 올여름에는 한 푼도 벌지 못하더라도 가을에는 가장 부자가 될 수도 있을 거야." 바에르 교수는 간곡히 말했다.

힘든 일이었지만 잭은 동의했다. 부정은 통하지 않는다는 것을 진심으로 느꼈고, 아이들과의 우정도 되찾고 싶었다. 잭은 자기의 소중한 물건에 미련이 남아, 정말 나누어주어야 한다는 생각에 자기도 모르게 앓는 소리를 냈다. 모두의 앞에서 용서를 구하는 게 이보다는 더 쉬운 일이었다. 하지만 잭은 눈에 보이지 않는 진실이야말로 칼, 낚싯바늘, 심지어는 돈 그 자체보다 더 소중한 재산이라는 사실을 깨닫기 시작했다. 잭은 진실을 택하기로 마음 먹었다.

"그럼, 그렇게 할게요." 잭은 갑자기 결심이 선 듯이 말했고, 이 말을 들은 바에르 교수는 기뻐했다.

"좋아! 내가 널 도와주마. 이제 가서 바로 시작해 보자."

바에르 교수는 모든 것을 잃은 소년을 학교라는 작은 세상으로 다시 데리고 왔다. 처음에는 차가운 반응이었다. 하지만 아이들은 잭의 진심을 보게 되면서, 조금씩 그를 따뜻하게 대하기 시작했다.

망아지 길들이기

"쟤는 도대체 뭘 하는 거지?" 무슨 내기라도 하듯 집 주위를 마구 뛰어다니는 댄을 보고 조가 혼잣말을 했다. 댄은 내내 혼자 달리고 있었다. 열병에라도 걸리고 싶거나 자기 목뼈를 부러뜨리고 싶은 묘한 욕망에라도 사로잡힌 듯한 모습이었다. 몇 바퀴나 계속해서 집 주위를 돌더니 담을 뛰어넘어 집 앞길에서 재주넘기를 하고는, 결국 기진맥진한 듯이 문 앞 풀밭에 털썩 쓰러졌다.

"달리기 연습 중이니, 댄?" 조는 앉아 있던 창가 쪽 너머로 물었다.

"아니에요. 그냥 너무 답답해서요." 댄은 고개를 들더니 헐떡거리는 숨을 가라앉히려 애쓰고는 웃으며 대답했다.

"다른 방법은 없어? 이렇게 더운 날 그렇게 뛰어다니면 병이 날 수도 있어." 조도 웃으면서 말하고는 커다란 종려나무 부채를 던져주었다.

"어쩔 수가 없어요. 전 뛰어다녀야 해요." 댄이 대답했
다. 조는 댄의 표정에 드러난 불안한 눈빛을 보자 걱정이 되
어 재빨리 물었다.

"플럼필드가 너한테 너무 갑갑해졌니?"

"좀 더 넓으면 좋을 것 같아요. 하지만 괜찮아요. 가끔 제
마음속에 악마가 찾아올 때는 도망치고 싶지만요."

아무 생각 없이 나온 말 같았다. 말하자마자 잠시 미안
한 표정이 보였기 때문이다. 고마움을 모른다고 책망을 들
을 각오를 한 얼굴이었다. 하지만 조는 그 기분을 이해했기
에, 유감스럽긴 했지만 댄의 고백을 탓할 생각은 없었다. 조
는 걱정스러운 표정으로 댄을 바라보았다. 댄의 뜨거운 눈빛
과 결연한 입매를 바라보면서 이 아이의 키가 얼마나 커지고
몸은 또 얼마나 강인해졌는지, 또 얼굴에는 얼마나 활기가
넘치게 되었는지를 깨달았다. 댄은 지난 몇 년 동안 자기 맘
대로 살아온 아이였다. 그렇다면 예전의 무법자 같은 정신이
끓어오를 때면 이 집의 온화한 구속조차 가끔은 부담이 되지
않았을까. "맞아." 조는 혼잣말을 했다. "야생의 매에게는 더
큰 둥지가 필요하지. 그렇지만 그냥 놓아준다면 길을 잃을지
도 몰라. 이 아이를 안전하게 붙잡아 놓을 만큼 매력적인 미
끼를 찾아야만 해."

조는 댄에게 말했다. "나도 잘 알아. 넌 그렇게 부르지만 그건 '악마'가 아니야. 모든 젊은이들이 갖고 있는, 자유를 향한 자연스러운 욕망이지. 나도 그런 걸 느낀 적이 있었어. 그리고 정말 도망쳐 버릴까 잠깐 생각하기도 했지."

"왜 도망치지 않으셨어요?" 댄은 낮은 창가 쪽으로 다가서서 물었다. 이야기가 계속 이어지기를 바라는 모습이었다.

"바보 같은 일이라는 걸 알고 있었거든. 그리고 어머니를 사랑했으니까 집을 떠날 수도 없었고."

"전 엄마가 없어요." 댄이 말했다.

"지금은 네게도 엄마가 있다고 생각하는데." 조는 댄의 달아오른 이마 위로 헝클어진 머리카락을 부드럽게 쓰다듬으며 말했다.

"정말 끝없이 제게 잘해주셨어요. 뭐라고 고맙다는 말을 해야 할지 모를 정도로요. 하지만 진짜 엄마와는 다르잖아요. 그렇지 않나요?" 댄은 그리워하고 갈망하는 듯한 눈빛이었다.

"그래, 똑같지는 않겠지. 똑같이 될 수도 없고. 진짜 엄마가 있었다면 너에게 정말 많은 걸 해주었을 거야. 하지만 어쩔 수 없는 일이니까, 나를 그 대신이라고 생각해. 내가 해야 할 일을 제대로 못 해서 네가 날 떠나고 싶어지지는 않을까 걱정되는구나." 조는 슬픈 얼굴로 덧붙였다.

"아뇨, 정말 잘해주셨어요!" 댄은 깜짝 놀라 소리쳤다. "전 도망가고 싶은 게 아니에요. 어쩔 수 없는 일이 아니라면 그러지도 않을 거고요. 하지만 가끔은 어떻게든 터질 것 같은 기분이 들어요. 어디론가 곧장 달려 나가거나 뭔가를 때려 부순다거나 누군가에게 덤비고 싶은 거예요. 왜 그런지 모르겠어요. 하지만 그런 생각이 들어도 그때뿐이에요."

댄은 웃으며 말했지만, 그 말은 진심이었다. 검은 눈썹이 구겨지도록 눈살을 찌푸리고는 온 힘을 다해 주먹으로 창틀을 내리치는 바람에 조의 골무가 풀밭으로 튕겨나갔다. 댄이 골무를 다시 주워 오자 조는 그걸 받아들면서 댄의 크고 거무스름한 손을 잠시 잡고 있었다. 그리고 댄의 말에 무언가 대답해 주고 싶은 얼굴로 말했다.

"그럼, 댄, 어쩔 수 없다고 느낀다면 아무 때고 뛰어나가도 돼. 하지만 너무 멀리 가지는 말고 금방 돌아와야 해. 네가 정말 필요하니까 말이야."

수업을 빠져도 된다는 예상치 못한 허락에 댄은 오히려 나가겠다는 욕망이 왠지 줄어든 기분이었다. 댄은 그 이유를 이해하지 못했지만 조는 이해했다. 조는 인간 마음에 자리 잡은 자연스러운 괴팍함을 알고 있었다. 이 아이는 구속하면 할수록 더 초조해진다는 사실을 조는 본능적으로 느꼈다. 하지만 자유롭게 놔두면 자유라는 느낌만으로도 만족하게 되고, 사랑하는 사람들에게 자신의 존재가 얼마나 소중한지를 알게 된다. 이는 작은 실험이었지만 성공했다. 댄은 잠시 말없이 서서 자기도 모르게 종려나무 부채를 조각조각 찢으며 가만히 그 일을 생각했다. 댄은 조가 자신을 진정으로 존중하고 있다는 사실을 깨달았고, 후회와 결심이 뒤섞인 얼굴로 말했다. "당분간 어디 가지는 않을 거예요. 뛰어나가기 전에 미리 알려드릴게요. 그러면 괜찮겠죠, 어때요?"

"그래, 그렇게 정하자. 이제 네가 답답한 걸 풀려고 정신없이 뛰어다니거나, 아니면 다른 아이들과 싸우는 것보다 더 좋은 방법을 찾을 수는 없는지 생각해 봐야겠다. 뭐로 정하면 좋을까?"

망가진 부채를 고치려고 댄이 애쓰는 동안, 조는 댄이 공부에 재미를 붙일 때까지 규칙에 어긋나지 않게 수업을 빼줄 만한 새로운 방법은 없을지 머리를 짜냈다.

"내 우편배달원이 되는 건 어떻겠니?" 갑자기 좋은 생각이 떠오른 조가 말했다.

"마을로 심부름을 가는 거예요?" 댄은 대번에 관심을 보이며 물었다.

"그래. 프란츠는 맡은 일이 너무 많고, 사일러스도 지금은 다른 일을 할 수 없어. 바에르 교수님도 시간이 없지. 늙은 앤디는 얌전한 말이고, 너는 말을 잘 몰잖아. 그리고 넌 진짜 우편배달원만큼이나 마을로 가는 길을 잘 알고. 한번 생각해 보렴. 한 달에 한 번 뛰쳐나가는 것보다는 일주일에 두세 번 마차를 모는 게 훨씬 더 낫지 않을까 싶은데."

"저 정말 하고 싶어요. 그런데 혼자 가야 해요. 다른 애들이 귀찮게 구는 건 싫거든요." 댄이 말했다. 새로운 제안을 흔쾌히 받아들인 댄은 벌써 사업가 같은 분위기를 풍기기 시작했다.

"바에르 교수님만 허락하시면, 전부 다 네 마음대로 해도 돼. 에밀이 투덜거리겠지만 걔는 말을 모는 세 좀 불안하잖니. 넌 잘 몰잖아. 그건 그렇고 내일이 장날이네. 사야 할 걸 적어줄게. 넌 마차가 준비돼 있는지 확인하고 나서 사일러스한테 우리 어머니께 드릴 과일과 채소를 마련해 놓으라고 전해줘. 내일은 일찍 일어나 일을 끝내고 수업 시간에 맞춰서 돌아와야 해. 할 수 있겠니?"

"전 항상 일찍 일어나잖아요. 아무 문제 없어요." 댄은 재빨리 웃옷을 어깨에 걸쳤다.

"일찍 일어나는 새가 벌레를 잡는 법이지. 이번에도 그럴 거야." 조는 기쁜 얼굴로 말했다.

"게다가 아주 맛있는 벌레일 거예요." 이렇게 대답한 댄은 채찍에 새 가죽끈을 달고, 마차를 정비하고, 젊은 우편배달원 자격으로 사일러스에게 지시를 내리기 위해 웃으며 그 자리를 떠났다.

"댄이 이 일에 싫증 내기 전에 무언가 할 일을 생각해 둬야겠다. 다음에 또 가만히 있지 못하고 폭발하기 전에 준비를 해둬야지." 조는 혼잣말을 했다. 살 물건 목록을 작성하면서, 다른 아이들이 모두 댄 같지는 않아서 정말 다행이라고 생각하면서.

바에르 교수는 새로운 계획에 전적으로 찬성하지는 않았지만, 일단 시켜보자고는 했다. 댄은 새 채찍을 휘두르면서 긴 언덕을 내달릴 계획은 포기해야 했지만, 다음 날 아침 아주 일찍 일어나 집을 나섰고, 마을로 들어가는 우유 배달 마차와 경주하고 싶은 유혹도 굳건히 물리쳤다. 마을에 도착해서는 주의 깊게 심부름을 해냈다. 이런 댄의 모습을 본 바에르 교수는 감동했고 조도 만족했다. 에밀 제독은 댄이 승진했다는 소식을 듣고 투덜거렸지만 마침 자기 새 보트 창고에 걸맞은 최상급 자물쇠를 갖게 되면서 짐 마차를 몰고 집안 심부름을 하는 것보다는 선원 일이 더 명예로운 일이라는 생각도 들어 마음이 풀렸다. 댄은 몇 주 동안 새 임무를 만족스러운 마음으로 훌륭하게 해냈고, 더는 도망간다는 말도 하지 않았다.

그러던 어느 날, 바에르 교수는 댄이 잭에게 주먹질하는 모습을 발견했다. 잭은 댄의 무릎에 깔려서 살려달라고 소리치고 있었다.

"이런, 댄! 싸움은 그만둔 줄 알았는데." 교수는 잭을 구하러 가면서 말했다.

"싸운 거 아니에요. 레슬링한 거예요." 댄은 마지못해 일어나면서 대답했다.

"레슬링처럼 보이기는 하는구나. 그렇게 생각할 수도 있겠고. 그 말이 맞니, 잭?" 바에르 교수가 물었다. 경기에 진 선수가 비틀거리며 일어섰다.

"다시는 댄하고 레슬링을 하지 않을 거예요. 하마터면 제 목이 박살 날 뻔했어요." 잭이 화를 내며 울부짖었다.

"사실 처음에는 재미로 시작했는데, 잭을 넘어뜨리니까 저도 모르게 쳤나 봐요. 아프게 해서 미안하다, 잭." 댄이 조금 부끄러워하는 얼굴로 설명했다.

"무슨 말인지 알겠다. 누군가를 집어던지고 싶은 욕망이 너무 강해서 참을 수가 없었던 거야. 꼭 베르세르크(북유럽 신화에 등장하는 오딘의 조력자로, 곰 가죽을 뒤집어쓴 살육과 파괴의 전사-옮긴이) 같구나, 댄. 냇에게 음악이 필요하듯이 너에게도 몸싸움할 무언가가 필요한 거겠지." 바에르 교수가 말했다. 교수는 이 아이가 조와 나눈 대화를 모두 알고 있었다.

"어떻게 할 수가 없어. 그러니까 맞기 싫으면 나한테서 멀리 떨어져 있으면 돼." 댄은 경고하듯이 검은 눈을 번득이면서 말했다. 잭은 이 말을 듣고 서둘러 물러났다.

"레슬링 상대가 필요하다면, 잭보다 더 거친 상대를 소개해 주마." 바에르 교수가 말했다. 그리고 장작이 있는 곳으로 데려가서는 지난봄에 파헤쳐 둔, 누군가 쪼개주기를 기다리는 나무뿌리를 가리켰다.

"자, 아이들을 괴롭히고 싶은 기분이 들면 이리로 와서 답답한 마음을 풀도록 해라."

"그렇게 할게요." 댄은 단단해 보이는 뿌리 하나를 잡아 끌고는 근처에 나뒹굴던 도끼를 집어 들었다. 힘껏 내리치자 나뭇조각이 여기저기 멀리 날아가는 바람에 바에르 교수는 혼비백산하며 피해야 했다.

정말 재미있게도 댄은 교수의 말을 그대로 따랐다. 그날 이후로 모자와 웃옷을 벗고는 벌건 얼굴과 핏발이 선 눈으로, 댄이 뒤틀린 나무 옹이와 씨름하는 모습이 자주 보이곤 했다. 댄은 자신의 적을 향해 당당하게 분노를 표하며 작은 목소리로 저주의 말을 해댔고, 거칠게 다듬은 참나무 장작을 가득 안고 의기양양하게 헛간으로 행진해 갔다. 손에는 물집이 잡히고 등은 뻐근해졌으며 도끼날은 무뎌졌다. 하지만 이 일은 댄에게 도움이 되었다. 댄은 아무도 주지 못하던 위로를, 투박한 나무뿌리에서 얻었던 것이다. 그동안 억눌러 있던 힘이, 하마터면 안 좋은 방법으로 소진될 뻔한 힘이, 도끼로 한 번씩 내리칠 때마다 해소되었다.

"이번 일이 다 끝나면 어떻게 해야 할지 모르겠네." 조는 혼잣말을 하며 이렇다 할 생각이 떠오르지 않아 당황해했다.

하지만 댄은 스스로 새로운 일을 찾아냈다. 왜 만족감을 느끼는지 이유가 밝혀지기 전까지, 댄은 한동안 혼자서 그 일을 즐겼다.

그해 여름, 로리는 훌륭한 망아지를 플럼필드에 맡겼고, 그 말은 개울 건너 넓은 목초지에서 자유롭게 뛰어다니며 지냈다. 아이들은 모두 아름답고 활기 넘치는 이 동물에 큰 흥미를 보였고, 잘생긴 머리를 치켜들고 털이 풍성한 꼬리를 흔들면서 달리고 뛰어오르는 모습을 한동안 즐겁게 바라보았다. 하지만 이내 싫증이 나서는 '프린스 찰리'를 혼자 내버려두었다. 댄만은 달랐다. 댄은 질리지 않고 말을 돌보았고, 하루도 빼놓지 않고 각설탕, 빵조각, 사과를 가지고 가서 말을 기쁘게 해주었다. 찰리도 고마움을 느꼈는지 댄과 우정을 쌓고 있는 듯했다. 설명할 수는 없지만 확고한, 둘 사이에는 어떤 유대감이 있었다. 댄이 울타리에 올라 휘파람을 불면, 찰리는 넓은 목장 어디에 있든 전속력으로 달려왔다. 아름다운 동물이 애정이 넘치는 눈으로 바라볼 때만큼 댄을 행복하게 하는 순간은 없었다.

"쓸데없는 소리 하지 않아도 우리는 서로 알고 있어. 그렇지 않아, 친구?" 댄은 말이 자신을 믿는다는 사실을 자랑스러워하며 이렇게 말하곤 했다. 그리고 찰리가 자신에게 관심을 두는 걸 너무나 소중하게 여긴 나머지, 테드 말고는 아무에게도 같이 보러 가자고 말하지 않았다.

가끔 로리는 찰리가 어떻게 지내는지 보러 왔고, 가을에 마구를 채울 수 있게 길들일 계획이라고 말했다.

"그렇게 많이 훈련할 필요도 없을 거야. 아주 온순하고 성격이 좋은 녀석이거든. 조만간 직접 안장을 갖고 와서 얹어볼 생각이야." 언젠가 이 말을 보러 왔을 때 로리가 말했다.

"제가 고삐를 맬 때는 가만히 있지만, 아저씨가 안장을 얹으려고 하면 가만있지 않을 거예요." 찰리가 주인을 만날 때마다 한 번도 자리를 비운 적이 없던 댄이 대답했다.

"잘 달래서 해봐야지. 처음 몇 번은 굴러떨어져도 상관없어. 거칠게 다룬 적이 없어서 처음 겪는 일에 놀라겠지만, 그렇게 무서워하지는 않을 거야. 조금 날뛰더라도 누굴 다치게 하지는 않을 테고."

"찰리가 어떻게 반응할지 모르겠네." 멀찍이 떨어져 있었던 찰리가 울타리 쪽으로 돌아오자 댄이 혼잣말을 했다. 윤기 나는 말의 등을 보며 울타리 맨 위 가로대에 앉아 있던 댄은, 한번 해볼까 하는 대담한 생각에 사로잡혔다. 그리고 위험 따위는 생각지도 않은 채 충동에 따랐다. 찰리가 무심하게 사과를 받아 물고 씹을 때 댄은 빠르고 조용하게 말의 등에 올라탔다. 하지만 그렇게 오래 버티지는 못했다. 찰리는 깜짝 놀라 "히힝" 하며 똑바로 몸을 세우고는 댄을 바닥으로 내팽개쳤다. 풀이 깔려 있어 바닥이 부드러웠던 터라 떨어졌어도 다행히 다치지는 않았다. 댄은 벌떡 일어나 웃으면서 말했다.

"어쨌든 해냈어! 이리 와, 나쁜 녀석. 한 번 더 해볼게."

하지만 찰리는 접근을 거부했고, 댄은 결국 성공할 것이라 다짐하며 잠시 찰리의 곁을 떠났다. 이런 시도야말로 댄에게 딱 들어맞는 일이었다. 잠시 뒤 댄은 고삐를 가져와서 찰리에게 맨 후 이리저리 끌고 다니면서 놀아주다가 빵을 주면서 기회를 노리고는, 고삐를 단단히 잡고 등 위로 휙 올라탔다. 찰리는 전처럼 거부했지만, 댄은 당나귀 토비를 타고 연습했을 때처럼 고삐를 꽉 잡았다. 찰리는 무섭기도 하고 화가 나기도 한 것 같았다. 잠시 껑충거리다가 전속력으로 달리더니 앞발을 머리 위로 들어 댄을 떨어뜨리고 말았다. 온갖 위험을 이겨낸 경험이 없었다면, 댄은 목이 부러졌을지도 몰랐다. 댄이 정신을 차리려고 애쓰는 동안 찰리는 머리를 쳐들고 들판을 마구 돌아다니면서 기수를 떨어뜨렸다는 만족감을 드러냈다. 그러다 문득 댄이 무언가 잘못되었나 싶었는지, 관대한 말답게 무슨 일인지 보려고 다가왔다. 찰리가 당황해하며 댄의 냄새를 맡자, 댄은 찰리를 올려다보면서 단호하게 말했다.

"네가 이겼다고 생각하겠지만 아니야. 널 꼭 타고 말 거야. 두고 봐."

그날은 더 도전하지 않았지만, 댄은 이내 찰리가 짐 지는 것에 익숙해지도록 만들 새로운 방법을 시도했다. 담요 뭉치를 찰리의 등에 매고 달리는 것을 훈련하기 시작한 것이다. 찰리는 몇 번 저항하다가 받아들였고, 며칠 뒤에는 댄이 올라타도록 허락해 주었다. 가끔 멈춰서 주위를 둘러보는 찰리의 모습은, 반쯤은 참아주고 반쯤은 책망하며 이렇게 말하는 듯했다. "뭘 하려는지 모르겠지만, 해를 끼칠 생각은 아닌 모양이군. 그렇다면 네 맘대로 해봐!"

댄은 찰리를 토닥거리며 칭찬했고, 매일 잠깐씩 올라타 보았다. 자주 떨어지기는 했어도 참을성 있게 계속했다. 하지만 찰리를 길들이고 있다는 이야기를 누구에게도 하지는 않았다.

"그 녀석이 요즘 뭐 하는지 아세요?" 어느 날 저녁, 사일러스가 바에르 교수에게 말했다.

"누구 이야기인가요?" 좋지 않은 소식을 각오한 듯한 얼굴로 바에르 교수가 대답했다.

"댄 얘기요. 걔가 망아지를 길들여요, 교수님." 사일러스는 낄낄대고 웃으며 대답했다.

"어떻게 알았죠?"

"지켜봤으니까요. 아이들이 뭘 하는지 저는 웬만큼 압니다요. 댄이 찰리 데리고 별의별 일을 다 시키는 걸 봤습니다요. 몇 번이나 내동댕이쳐지고 포대 자루처럼 뻗었죠. 그래도 워낙에 용감한 애라 관두진 않더군요. 오히려 재밌어 하면서 완전히 길들일 때까지 계속하더구먼요."

"하지만 사일러스. 그만두게 막았어야죠. 그러다 그 애가 죽을 수도 있어요." 바에르 교수가 말했다. 교수는 이곳 말썽꾸러기들이 다음에는 어떤 엉뚱한 생각을 하게 될까 정말로 궁금해졌다.

"그건 그렇지만요. 하지만 그렇게 위험하진 않았죠. 찰리는 나쁜 버릇도 없고, 지금까지 본 말 중에서 성격이 제일로 좋은 놈이죠. 뭐 사실 그만두게 할 생각도 없었습니다요. 전 배짱이 있는 걸 제일 좋아하니까요. 댄은 온몸에 배짱이 꽉 찬 녀석이에요. 지금 그 아이는 안장을 갖고 싶어 안달이 났으면서도 몰래 꺼내는 치사한 짓은 안 합니다. 그래서 말씀드리는 겁니다요. 교수님이 댄이 원하는 걸 허락하실 수도 있다 생각했죠. 로리 씨도 반대 않으실 거고, 찰리한테도 그게 더 좋을 겁니다."

"일단 두고 봅시다." 바에르 교수는 그 일을 확인해 보려고 댄이 있는 곳으로 갔다.

　댄은 금방 인정했다. 찰리를 자유자재로 다루는 모습을 보여주면서 사일러스의 말이 맞다는 사실을 자랑스럽게 증명했다. 여러 차례 구슬리고 계속 당근을 주고 무한한 인내심을 발휘한 끝에, 댄은 고삐와 담요만으로 찰리 등에 타는 데 성공했기 때문이다. 로리는 무척이나 흥미로워했고, 댄의 용기와 기술에 감탄했다. 어린아이에게 뒤처질 수는 없다면서 곧장 찰리를 훈련하기 시작했지만 훈련이 있을 때마다 댄의 도움을 받아야 했다. 댄 덕분에 찰리는 재갈을 무는 치욕을 받아들이고 안장과 고삐도 얌전히 허락했다. 로리는 찰리를 타도 된다고 허락했고, 댄은 다른 아이들에게 엄청난 부러움과 존경의 대상이 되었다.

　"이 말 멋지지 않아요? 어린 양처럼 제 말을 잘 들어요." 어느 날 댄이 말에서 내려와 찰리의 목에 팔을 두르면서 말했다.

　"그래, 들판을 뛰어다니고 울타리를 넘으면서 가끔씩 도망치던 야생 망아지보다 훨씬 쓰임새도 많고 괜찮은 동물이 되었네." 조가 계단에 서서 말했다. 조는 댄이 찰리를 탈 때마다 항상 그곳에 나와 있었다.

　"맞아요. 이젠 도망치지 않을 거예요. 제가 잡아놓지 않아도요. 휘파람을 불기만 하면 금방 오거든요. 잘 길들였어요. 그렇죠?" 댄은 자랑스럽고 기쁜 모습이었다. 그럴 만도 했다. 여러 번 씨름한 끝에 찰리는 자기 주인인 로리보다 댄을 더 좋아하게 되었기 때문이다.

"나도 망아지 한 마리를 길들이고 있어. 참을성과 끈기만 있다면 나도 너처럼 성공하겠지." 조는 댄을 향해 의미심장한 미소를 지었다. 댄도 무슨 말인지 알아듣고는 웃으면서도 진지한 얼굴로 대답했다.

"저랑 찰리는 이제 담을 넘거나 도망치지 않을 거예요. 그 대신 여기 남아 멋있고 쓸모 있는 두 마리 말이 되는 모습을 보여주려고요."

글쓰기 날

"서둘러라, 얘들아. 벌써 3시야. 프리츠 외삼촌은 시간을 잘 지켜야 좋아하셔. 너희도 알잖아." 어느 수요일 오후, 종이 울리자 프란츠가 말했다. 작가인 체하는 어린 신사 무리가 책과 종이를 들고 박물관 쪽으로 가는 모습이 보였다.

토미는 아직 교실에 있었다. 영감에 가득 차 벌게진 얼굴로, 여기저기 잉크를 묻힌 채 책상 위로 몸을 숙이고는 여느 때처럼 몹시 서두르는 기색이었다. 토미 뱅스는 제때 준비를 마치는 법이 없었다. 남은 아이는 없는지 확인하려고 프란츠가 문을 열어보자, 토미는 과장된 몸짓으로 마지막 글자를 적고는 잉크를 말리려고 창문 밖으로 종이를 흔들더니 밖으로 나갔다. 낸은 손에 종이를 크게 말아서 들고, 아주 중요한 일을 하는 양 토미의 뒤를 따랐다. 데미는 데이지와 함께 있었다. 두 사람 모두 뭔가 즐거운 비밀을 가득 품은 듯 보였다.

박물관은 말끔히 치워두었다. 홉 덩굴 사이로 비치는 햇살이 커다란 창문으로 들어와 바닥에 아름다운 그림자를 드리웠다. 한쪽에 바에르 부부가 앉아 있었다. 다른 쪽에는 작은 탁자가 있고, 그 위에는 이제 곧 낭독할 글이 놓였다. 아이들이 앉을 접이식 의자는 반원형으로 넓게 배치되었다. 이 의자들은 종종 저절로 접혀서 앉은 사람을 넘어지게 만들어, 모임의 분위기가 너무 딱딱해지지 않도록 막아주는 역할도 했다. 아이들 모두가 글을 읽으면 너무 많은 시간이 걸리기 때문에, 이번 수요일은 어린 학생들이 주된 역할을 맡고 큰 아이들은 열심히 듣고 자유롭게 비평하기로 했다.

"여자아이들부터 해볼까? 낸부터 시작하자." 의자 옮기는 소리와 종이 바스락거리는 소리가 잠잠해지자 바에르 교수가 말했다.

낸은 탁자 앞에 서서, 먼저 큭 하고 웃더니 '해면'에 대한 재미있는 수필을 읽어나갔다.

"여러분, 해면은 굉장히 도움이 되고 재미있는 식물입니다. 물속 바위에서 자라는 해초(해면은 해초처럼 보이지만 실제로는 동물이다. 낸이 말하는 해면은 골편 조직 없이 스펀지처럼 생긴 해면질 섬유가 그물 모양으로 결합해 있어서 목욕용으로 널리 쓰이는 목욕해면과의 생물을 일컫는다.–옮긴이) 같은 것입니다.

사람들은 해면을 따가지고 와서, 말리고 썼습니다. 왜냐면 해면에 있는 구멍에 작은 물고기와 벌레가 살기 때문입니다. 내가 따온 해면에는 조개랑 모래도 있었습니다. 곱고 부드러운 해면도 있는데, 아기들은 이걸로 썼습니다. 해면은 여러 가지로 쓸 수 있습니다. 그중 몇 가지를 말씀드리겠습니다. 우리 친구들은 내가 말한 걸 기억해 주십시오. 해면을 쓰는 방법 한 가지는 얼굴을 닦는 것입니다. 별로 좋아하지는 않지만, 깨끗해지고 싶어서 이걸로 세수합니다. 어떤 사람들은 그렇게 하지 않습니다. 더러운 사람들입니다." 여기서 낭독자는 딕과 돌리를 엄한 표정으로 바라보았다. 두 사람은 움찔하더니, 앞으로는 무슨 일이 있어도 깨끗하게 씻겠다고 곧장 마음을 먹었다. "해면을 쓰는 다른 방법은 사람들을 깨우는 것입니다. 특-별-히 남자아이들에게 말하고 싶습니다." 사방에 퍼져나가는 킥킥거리는 웃음을 즐기면서 낸은 '특별히'라는 말을 길게 발음하고 잠시 멈췄다. "깨워도 안 일어나는 남자아이들이 있습니다. 그래서 메리 앤은 해면을 적셔서 물을 꽉 짭니다. 그러면 아이들은 깜짝 놀라서 일어나게 됩니다." 여기서 또다시 웃음이 터졌다. 자기 이야기를 한다고 생각한 에밀이 말했다.

"제가 보기에는 주제에서 벗어난 이야기 같습니다."

"아닙니다, 그렇지 않습니다. 우리는 식물이나 동물에

관해 쓰기로 했습니다. 그래서 나는 둘 다 썼습니다. 남자아이들은 동물입니다. 그렇지 않나요?" 낸이 큰 소리로 말하자, 여기저기서 "아닙니다!"라는 성난 고함이 터져 나왔다. 하지만 낸은 아랑곳하지 않고 침착하게 계속 글을 읽어 내려갔다.

"해면을 쓰는 더 재미있는 방법이 또 있습니다. 의사가 해면에 에테르를 적셔서 이를 뽑을 사람 코에 댈 때입니다. 나도 크면 해볼 것입니다. 아픈 사람에게 에테르를 줘서 잠이 들게 하고, 다리나 팔을 자를 때도 느끼지 못하게 할 것입니다."

"나, 그렇게 고양이 죽인 사람 알아." 데미가 큰 소리로 말하자, 댄은 곧장 데미의 의자 다리를 접어버리고 모자로 얼굴을 씌워서 더 말을 못 하게 막았다.

"내 이야기를 방해해서는 안 됩니다." 낸은 꼴사나운 방해꾼들을 보고 얼굴을 찌푸리면서 말했다. 소동은 금방 가라앉았고 젊은 아가씨 낸은 이렇게 말을 맺었다.

"여러분, 내 글에는 세 가지 교훈이 있습니다." 누군가가 '끙' 소리를 냈지만, 낸은 계속했다. "첫째, 얼굴을 깨끗이 씻자는 것입니다. 둘째, 일찍 일어나자는 것입니다. 셋째, 에테르에 적신 해면을 코에 갖다 댈 때는 숨을 깊게 들이마시고 가만히 있어야 한다는 것입니다. 그러면 이를 쉽게 뺄 수 있습니다. 내 이야기는 여기까지입니다." 우레와 같은 박수와 함께 낸은 자리에 앉았다.

"정말 뛰어난 작품이야. 수준도 높고 유머도 풍부하구나. 잘했어, 낸. 자, 다음은 데이지 차례다." 바에르 교수는 낸에게 미소를 지어 보이고는, 데이지에게 손짓을 했다.

데이지는 수줍게 얼굴을 붉히면서 발표 자리에 서서, 특유의 겸손하고 작은 목소리로 말했다.

"제 글이 여러분 마음에 들지 않을까 걱정됩니다. 낸의 글처럼 좋고 재미있지는 않지만 최선을 다했습니다."

"우린 항상 네 글을 좋아한단다." 프리츠 이모부가 말하자, 이에 동의한다는 듯 남자아이들이 조용히 웅성거렸다. 이에 용기를 얻은 데이지는 자기가 쓴 짧은 글을 읽기 시작했고, 아이들은 관심을 갖고 귀를 기울였다.

"고양이. 고양이는 귀여운 동물입니다. 저는 고양이를 아주 좋아합니다. 고양이는 깨끗하고 예쁘며, 들쥐와 생쥐를 잡습니다. 쓰다듬을 수도 있고, 잘 대해주면 우릴 좋아합니다. 고양이는 똑똑해서 어디서든 길을 잃지 않습니다. 새끼 고양이는 아주 귀엽습니다. 저도 두 마리를 키우고 있습니다. 이름은 허즈와 버즈라고 합니다. 엄마는 토파즈입니다. 눈이 노래서 노란 보석 이름을 붙였습니다. 이모부가 제게 '마-호-메트'라는 사람에 대한 예쁜 이야기를 들려주신 적이 있습니다. 그 사람은 멋진 고양이를 키웠습니다. 고양이가 그 사람 소매 위에서 자고 있을 때, 어디에 갈 일이 생겼습니다. 그래서 고양이가 깨지 않도록 옷소매를 자르고 갔다고 합니다. 친절한 사람이라고 생각합니다. 물고기를 잡는 고양이도 있습니다."

"나, 물고기 잡아!" 테드는 이전에 송어 잡은 이야기를 하고 싶어 벌떡 일어나 외쳤다.

"쉿!" 어머니 조는 황급히 테드를 다시 앉혔다. 데이지도 낸처럼 방해받는 상황을 싫어했기 때문이다.

"저는 물고기를 잡는 고양이 이야기를 읽은 적이 있습니다. 토파즈에게 시켜봤지만, 토파즈는 물을 싫어해서 저를 할퀴었습니다. 토파즈는 차를 좋아합니다. 제가 장난감 부엌에서 놀고 있으면 차를 줄 때까지 찻주전자를 앞발로 두드립니다. 토파즈는 좋은 고양이입니다. 사과 푸딩과 당밀을 먹습니다. 다른 고양이는 먹지 않는 것들입니다."

"정말 최고야." 낸이 소리쳤다. 데이지는 친구의 칭찬에 만족해하며 자리로 돌아갔다.

"데미가 빨리하고 싶은 모양이구나. 지금 일으켜 세워야겠다. 그러지 않으면 데미는 참지 못할 거야." 프리츠 이모부가 말했다. 데미는 재빨리 앞으로 달려갔다.

"저는 시를 썼어요!" 데미는 의기양양하게 선언하고는, 크고 엄숙한 목소리로 자신의 첫 번째 역작을 읽어 내려갔다.

나는 나비 이야기를 쓰지.

나비는 예쁘지.

새처럼 날지만,

새처럼 노래하지는 않는다네.

처음에는 작은 애벌레,

다음에는 훌륭한 노란 고치,

그리고 나비가 되지.

곧이어 자기가 나온 고치를 먹는다네.

나비는 이슬과 꿀을 먹고 살지만,

집을 갖고 있진 않지.

말벌이나 꿀벌처럼 쏘지도 않네.

우리도 나비처럼 착해지려면 노력해야 하네.

나는 아름다운 나비가 되고 싶네.

노란색, 파란색, 초록색, 빨간색 나비.

하지만 내가 싫은 것은

불쌍한 내 작은 머리 위로 댄이 장뇌를 뿌리는 것.

갑작스러운 천재의 등장에 집이 무너지도록 환호성이

터져 나왔다. 덕분에 데미는 이 시를 한 번 더 읽어야 했지만, 조금 어려운 일이었다. 마지막 부분 긴 줄에 가서는 쉼표를 찍지 않은 바람에, 어린 시인은 숨이 막힐 지경이었다.

"이 아이는 앞으로 셰익스피어가 될 거야." 조는 숨이 넘어가도록 웃으면서 말했다. 이 보석 같은 시는 자신이 열 살 때 지은 시를 생각나게 해주었다. 그 시는 이렇게 우울하게 시작되었다.

내 무덤은 조용한 곳이면,
어느 작은 개울 옆이면 좋겠다.
새와 벌과 나비가
언덕에서 노래를 부르겠지.

"자, 토미. 종이 안쪽도 바깥쪽도 잉크투성이인 걸 보니, 꽤 길게 글을 썼겠구나." 데미가 시 발표를 끝내고 자리로 돌아와 앉자 바에르 교수가 말했다.

"이건 글쓰기가 아니라 편지예요. 수업이 끝날 때까지 제가 발표해야 한다는 걸 잊고 있어서 뭘 해야 할지 몰랐어요. 조사할 시간도 없었고요. 그래서 할머니한테 쓴 편지를 가져오면 어떨까 생각했어요. 편지에 새 이야기도 좀 있고요. 그래서 괜찮을 것 같았어요."

변명을 길게 늘어놓은 토미는 잉크의 바닷속에 뛰어들어 허우적거리기 시작했다. 날려 쓴 글씨를 해독하려고 이따금 말을 멈춰야 했다.

사랑하는 할머니께. 잘 지내시죠? 제임스 삼촌이 포켓 소총을 보내주셨어요. 뭔가를 죽일 때 쓰는 아름다운 도구인데, 이런 모양이에요(이 부분에서 토미는 복잡한 펌프나 작은 증기 기관의 내부처럼 보이는 그림을 놀라운 솜씨로 그려놓았다). 44는 가늠쇠, 6은 A부분에 끼우는 접이식 개머리판, 3은 방아쇠, 2는 공이치기예요. 총알을 약실에 장전하면, 아주 강하게 똑바로 발사할 수 있어요. 이제 다람쥐를 잡으러 가려고요. 멋진 새 여러 마리를 잡아서 박물관에 전시했어요. 가슴에 무늬가 있는 새인데요, 댄이 이 새들을 아주 좋아했어요. 댄은 새들을 최고급 박제로 만들었고, 진짜 살아 있는 새처럼 나무 위에 앉혀놓았어요. 한 마리가 조금 불안해 보이긴 하지만요. 며칠 전에 어떤 프랑스 사람이 여기 일하러 왔어요. 에이셔 아주머니가 그 사람 이름을 너무 웃기게 말했는데, 그 얘기 해드릴게요. 그 사람 이름은 제르맹인데, 에이셔 아주머니는 처음에는 '제리'라고 불렀어요. 우리가 웃으니까 '제러마이아'라고 바꿔 불렀고요. 그래도 우리가 계속 웃으니까 게리몬이 되었고요, 그때부터는 그냥 그렇게 됐어요. 제가 너무 바빠서 자주 편지를 못 써요. 하지만 할머니 생각은 자주 하고, 할머니가 어떤 마음인지도 알아요. 저 없이도 될 수 있는 대로 잘 지내시면 정말 좋겠어요. 사랑하는 손자가.

토머스 버크민스터 뱅스

추신. 혹시 어떤 우표라도 보게 된다면 절 생각해 주세요.

주의. 다른 사람들도 모두 사랑해요. 특히 알미라 이모를요. 이모는 요즘도 맛있는 플럼케이크를 만드시나요?

추신. 조 선생님께서 안부 전해달라고 하셨어요.

추신. 제가 편지를 쓰고 있는 걸 알았으면 바에르 교수님도 안부 전해달라고 하셨을 거예요.

주의. 아빠가 제 생일날 시계를 사주신대요. 지금 저는 시간을 알 방법이 없어서 수업에 자주 늦거든요. 그래서 이 선물이 참 좋아요.

추신. 빨리 보고 싶어요. 오라고 불러주지 않으실래요?

토머스 버크민스터 뱅스

추신을 하나씩 읽을 때마다 아이들의 풋풋한 웃음소리가 들렸다. 마지막 추신까지 읽자 토미는 너무 지쳤고, 기쁜 마음으로 자리로 돌아가 벌게진 얼굴을 닦았다.

"토미의 소중한 할머니께서 이 편지를 읽고 기운을 내셨으면 좋겠구나." 바에르 교수가 아이들의 소란이 잦아든 틈을 타서 말했다.

"마지막 추신에 대놓고 말하는 내용은 우리 모른 척해주자. 이 편지만 있으면 할머니께서는 토미가 찾아뵙지 않아도 충분히 잘 지내실 수 있을 거야." 어디로 튈지 모르는 손자가 방문한 뒤에는 할머니가 몸살로 자리에 누우시곤 하던 일을 떠올린 조가 말했다.

"이제 나야!" 테드가 말했다. 시를 조금 배운 테드는 그걸 말하고 싶어서 다른 아이들이 낭독하는 중에도 일어났다 앉았다 하며 안달을 냈고, 이제 더는 가만히 있게 할 수 없을 지경이었다.

"테드를 더 기다리게 하면 외워온 걸 잊어버릴까 봐 걱정되네. 이걸 가르치느라고 얼마나 힘들었는데." 엄마 조가 말했다.

테드는 쪼르르 연단으로 걸어가서는, 모두에게 잘 보이려고 신경 쓰면서 한쪽 다리를 뒤로 빼고 고개를 숙였다. 그리고 아기 특유의 목소리로, 엉뚱한 단어에 강세를 주면서 단숨에 시를 낭송했다.

물방울 떨어진다.
모래 방울 떨어진다.
대앙(대양)하구 만난다.
농부 땅하구 만난다.

친절한 말 쪼금(조금)
맨날 하면
집이 하는나라(하늘나라) 되고
우리 햄복하다(행복하다).

낭송이 끝나자 테드는 손을 맞잡고 아까처럼 절을 하고는, 자리로 달려가 어머니 무릎에 머리를 파묻었다. 이 '걸작'의 성공으로 박수갈채가 쏟아지자 너무 놀란 것이다.

딕과 돌리는 아무것도 써오지 않았고, 바에르 교수는 그동안 동물과 곤충의 습성을 관찰했으니 그걸 발표해 보라고 시켰다. 덕은 이런 관찰을 좋아해서, 말할 거리가 항상 넘쳐 났다. 자기 이름이 불리자 연단으로 곧장 올라가 초롱초롱한 눈으로 관객을 바라보면서 자신의 짧은 이야기를 열심히 이야기해 주었다. 덕의 '곧은 영혼'이 몸 안에서 빛났기에 누구도 그의 굽은 등을 보고 웃을 수 없었다.

"저는 잠자리를 관찰했습니다. 댄의 책에서 잠자리에 대해 읽었고요. 그래서 제가 기억하는 걸 이야기해 보려고 합니다. 잠자리는 연못 주위에서 많이 날아다닙니다. 모두 파란색이고, 눈이 크고 레이스 같은 날개를 갖고 있어서 아주 예쁩니다. 한 마리 잡아서 살펴봤는데요, 제가 본 곤충 중에서 가장 잘생겼다고 생각합니다. 잠자리는 자기보다 작은 벌레를 잡아먹습니다. 갈고리처럼 생긴 이상한 게 달렸는데, 무얼 잡고 있지 않을 때는 그걸 접어놓습니다. 잠자리는 햇빛을 좋아하고, 온종일 춤을 추듯이 날아다닙니다. 보자, 또 뭐가 있더라. 아, 맞다! 잠자리는 물속에 알을 낳습니다. 알은 바닥까지 내려갔다가 진흙에서 부화합니다. 작고 못생긴 벌레들이 알에서 나옵니다. 이름은 모르겠지만 갈색이고 계속 허물을 벗으면서 점점 커집니다. 생각해 보세요! 잠자리가 되는 데에 2년이나 걸린다고요! 지금이 가장 이상한 부분이니까, 열심히 들어주세요. 여러분은 모르는 내용일 테니까요. 다 준비되면 어떻게 알았는지, 못생기고 더러운 벌레가 깃털이나 물풀 같은 것을 타고 물 밖으로 올라와서는 등을 확 엽니다."

"난 그런 거 안 믿어." 토미가 말했다. 관찰과는 거리가 먼 토미는 죄다 딕이 '만들어낸 이야기'라고 생각했다.

"등을 확 열잖아요, 그렇죠?" 딕이 바에르 교수에게 도움을 청하자, 교수는 확신에 찬 태도로 고개를 끄덕여 보였고 발표자는 아주 만족했다.

"어, 그리고 거기서 잠자리 몸이 다 나오는 겁니다. 알다시피 잠자리는 햇빛이 비치는 곳에 앉습니다. 그리고 튼튼해진 예쁜 날개를 펼치고 공중으로 날아갑니다. 이젠 더는 애벌레가 아니에요. 제가 아는 건 이게 답니다. 하지만 앞으로도 잠자리가 뭘 하는지를 보려고 합니다. 아름다운 잠자리로 변하는 건 멋진 일이라고 생각합니다. 그렇게 생각하시죠?"

딕은 능숙하게 이야기를 끝냈다. 새로 태어난 벌레가 날아가는 모습을 묘사할 때는 마치 눈앞에 보이는 듯 두 손을 흔들고 허공을 올려다보았는데, 마치 잠자리를 쫓아가고 싶은 듯했다. 딕의 얼굴에 떠오른 무언가를 보고 이곳의 나이 많은 아이들은, 언젠가는 어린 딕이 자기 소망을 이루게 되지 않을까 생각했다. 어느 행복한 날에 밝은 햇살을 받으며 불편한 작은 몸을 남겨두고 이곳보다 더 아름다운 세상에서 새로운 모습으로 다시 태어나지 않을까 생각한 것이다. 조는 덕을 자기 옆으로 끌어당기더니 야윈 볼에 입을 맞추면서 말했다.

"소소하지만 아름다운 이야기구나, 얘야. 아주 훌륭하게 기억했네. 어머니께 편지를 써서 모든 이야기를 해드려야겠다." 덕은 이런 칭찬에 만족한 듯 미소를 지으며 조의 무릎에 안겨 있었다. 그리고 예전 몸을 남겨두고 새롭게 태어나는 잠자리를 잡아서 어떻게 그렇게 하는지 지켜보기로 했다.

'오리'에 대해 조금 얘기하고 싶었던 돌리는 발표 내용을 외우기 어렵다고 생각해서, 노랫가락에 맞춰 준비했다.

"야생 오리는 잡기가 힘들어요. 사람들은 숨어 있다가 오리를 쏴요. 오리를 꽥꽥거리게 해서, 야생 오리가 사람이 총을 쏠 수 있는 곳으로 나오게 해요. 나무로 오리를 만들어서 물에 띄워놓으면, 야생 오리는 나무 오리 옆으로 와요. 걔네는 멍청해요. 우리 집에 있는 오리는 길들인 거예요. 아주 많이 먹고, 진흙이나 물을 헤집어요. 오리는 자기 알을 별로 잘 보살피지 않고 그냥 놔둬요. 하지만 그 알들이 깨지면……."

"내 알들은 안 그래!" 토미가 소리쳤다.

"음, 어떤 사람들은 잘 보살펴요. 사일러스 아저씨가 그랬어요. 암탉들이 새끼 오리를 돌봐주기도 해요. 그런데 새끼 오리들이 물에 가는 건 안 좋아해요. 그러면 난리가 나거

419

든요. 하지만 새끼 오리는 아무 상관 없어요. 저는 오리 고기에 소를 채워 구운 다음 사과소스를 잔뜩 발라서 먹는 걸 좋아해요."

"저는 올빼미에 대해 말하겠습니다." 냇이 이야기를 시작했다. 냇은 낸의 도움을 받아 이 주제로 정성스럽게 글을 준비했다.

"올빼미는 머리가 크고 눈이 둥글며, 갈고리 모양 부리와 강한 발톱이 있습니다. 어떤 것은 회색이고, 어떤 것은 흰색이고, 어떤 것은 검고 노랗습니다. 깃털은 대단히 부드럽고 아주 잘 보입니다. 올빼미는 조용히 날아서 박쥐, 생쥐, 작은 새 같은 걸 잡아먹습니다. 헛간이나 나무 그늘에 둥지를 짓고, 다른 새 둥지를 뺏기도 합니다. 수리부엉이는 달걀보다 더 큰, 적갈색 알을 두 개 낳습니다. 솔부엉이는 희고 만질만질한 알을 다섯 개 낳는데, 밤에 '후우' 소리를 내는 새입니다. 또 다른 올빼미는 아이 울음 소리 같은 소리를 냅니다. 이 올빼미들은 생쥐와 박쥐를 통째로 먹고, 소화할 수 없는 부분은 작은 공처럼 만들어서 토해버립니다."

"이야! 정말 재밌네!" 낸이 말하는 소리가 들렸다.

"올빼미는 낮에는 눈이 안 보입니다. 밝은 곳으로 나오면 반쯤은 눈이 먼 채로 퍼덕거리고, 다른 새들은 올빼미를 쫓아다니면서 쪼아댑니다. 꼭 놀리는 것 같습니다. 수리부엉이는 아주 큽니다. 거의 독수리만 합니다. 토끼, 쥐, 뱀, 새를 먹고, 바위틈이나 허물어가는 집에 삽니다. 정말 여러 가지 소리를 냅니다. 숨이 막힌 사람처럼 '우워! 우워!' 소리를 내서, 밤에 숲을 지나는 사람을 놀라게 합니다. 흰올빼미는 해변이나 추운 곳에 살고, 매와 비슷하게 생긴 부분이 있습니다. 두더지처럼 굴을 파서 사는 종류도 있습니다. 땅굴올빼미라고, 아주 작습니다. 원숭이올빼미는 가장 흔한 종류입니다. 나무 구멍 속에 앉아 있는 모습을 본 적이 있습니다. 회색 고양이 같았습니다. 한쪽 눈을 감고 다른 쪽 눈은 뜨고 있었습니다. 이 올빼미는 해 질 녘에 밖에 나와 웅크리고 앉아서 박쥐가 나타나기를 기다립니다. 한 마리 잡아서 여기 가져왔습니다."

이 말과 함께 냇은 갑자기 겉옷 안쪽에서 눈을 깜빡이며 깃털을 부풀린, 솜털 같은 작은 새를 꺼냈다. 아주 통통한 그 새는 겁에 질려 보였다.

"만지면 안 돼! 내가 보여줄게." 냇은 자랑스럽게 새로운 반려동물을 보여주며 말했다. 우선 새의 머리 위에 삼각모를 씌우자, 우스꽝스러운 모습에 아이들은 웃음을 터뜨렸다. 그리고 종이 안경을 씌웠더니 올빼미는 아주 똑똑해 보였고, 아이들은 유쾌한 탄성을 질렀다. 다음에는 새를 화나게 해서 손수건에 거꾸로 매달려 쪼아대게 만들고 로브의 말처럼 '꼬꼬댁거리는' 모습을 보여주면서 공연을 끝맺었다. 그러고 나서 날아가게 놓아주자 올빼미는 문 위에 매단 솔방울 뭉치 위에 자리를 잡았다. 올빼미는 그곳에서 졸리지만 위엄 있는 모습으로 아이들을 내려다보았고, 모두 그 모습을 재미있어했다.

"너도 준비한 것 있니, 조지?" 방 안이 다시 조용해졌을 때 바에르 교수가 스터피에게 물었다.

"저기, 전 두더지에 대해 아주 많이 읽고 배웠는데요, 전부 다 잊어버렸어요. 기억나는 거는 큰 구멍에 산다는 거, 구멍에 물을 부으면 잡을 수 있다는 거, 자꾸자꾸 먹어야 살 수 있다는 거예요." 스터피는 자리에 앉은 채, 자기가 너무 게을러서 소중하게 관찰한 내용을 적어두지 않은 걸 후회했다. 기억에 남은 세 가지 중 마지막 이야기를 꺼내자 온 방 안에 웃음이 번졌기 때문이다.

"그럼 오늘은 여기까지 하자." 바에르 교수가 말하자 토미가 아주 급하게 소리를 질렀다.

"아니, 안 돼요. 기억 안 나세요? 우리 그거 줘야죠." 토미는 손가락으로 안경 모양을 만들어 보이면서 격렬하게 눈짓을 했다.

"이런 맙소사, 잊고 있었구나! 네 차례다, 토미." 바에르 교수는 다시 자리에 앉았다. 댄을 제외한 아이들은 무언가를 몹시 기대하는 얼굴이었다.

냇과 토미, 데미는 방에서 나가더니, 조의 고급 은쟁반 위에 작고 빨간 가죽 상자를 얹어서 금방 돌아왔다. 토미가 쟁반을 받쳐 들었고, 냇과 데미가 그 뒤를 따랐다. 아이들은 아무것도 모르는 댄 앞으로 씩씩하게 걸어왔다. 댄은 이 애들이 자기를 놀리는 건가 생각하는 얼굴로 빤히 쳐다보았다. 토미는 이때를 대비해 우아하고 감명 깊은 연설을 준비했지만 막상 그 순간이 되자 머릿속이 하얘졌고, 어쩔 수 없이 아이답게 다정한 마음을 그대로 전하며 말했다.

"있잖아, 댄, 우린 모두 지난번 일에 대해 사과하는 뜻으로 너한테 뭔가 주고 싶다고 생각했어. 우리가 너를 얼마나 많이 좋아하는지 보여주려고 말이야. 넌 정말 최고니까. 이걸 받아줘. 마음에 들었으면 좋겠다."

댄은 깜짝 놀라 작은 상자만큼이나 얼굴이 빨개져서 "고마워, 애들아!" 하고 중얼거리고는 상자를 더듬거리며 열었다. 상자 안에 있는 것을 보더니 댄의 얼굴은 환하게 빛났다. 오랫동안 바라던 보물을 들고는 잘 다듬어진 언어는 아니었지만, 모두가 만족할 만큼 흥분한 목소리로 말했다.

"끝내준다! 이런 걸 주다니, 너흰 정말 좋은 친구들이야. 바로 이걸 갖고 싶었어. 악수하자, 토미."

아이들은 진심을 담아 손을 내밀었다. 아이들은 댄이 좋아하는 모습을 함께 기뻐하면서, 댄과 악수를 하려고, 그리고 자신들이 준 선물의 아름다움을 설명해 주려고 댄 주위에 몰려들었다. 이렇게 즐거운 대화를 나누는 동안 댄의 눈길은 조를 향했다. 조는 아이들에게서 조금 떨어져 이 모습을 흐뭇하게 바라보고 있었다.

'아니, 난 이 일과 아무 상관이 없어. 아이들이 자기들 힘으로 전부 다 준비한 거야.' 이런 행복한 시간을 만들어준 데 대한 고마움을 전하는 댄의 표정에 조도 눈빛으로 대답했다. 댄은 미소를 지었고, 그 미소 속에는 조만이 이해할 수 있는 말이 담겨 있었다.

"누구 덕분인지 전 알아요." 댄은 아이들 사이를 헤집고 가서는 먼저 조에게, 그리고 바에르 교수에게 손을 내밀었다. 교수는 자신의 양 떼를 향해 자애로운 미소를 보내던 참이었다.

댄은 두 사람의 손을 말없이 마음을 다해 꼭 쥐면서 고맙다는 마음을 전했다. 이들의 친절한 손길이 댄을 일으켜 주고 행복한 가정이라는 안전한 피난처로 이끌었다. 댄은 아무 말도 하지 않지만, 바에르 부부는 무슨 말을 하려는지 모두 이해했다. 아버지의 팔에 안겨 있던 어린 테드도 몸을 기울여 댄을 안고 기뻐하면서 말했다.

"대니 형아! 지금 다 형아 좋아해."

"있잖아, 네 망원경 좀 보여줘, 댄. 그리고 올챙이랑 다른 동물도 확대 좀 해보자." 잭이 말했다. 잭은 댄이 선물을 받고 기뻐하는 내내 마음이 불편했다. 에밀이 붙잡고 있지 않았으면 그 자리에서 나가버렸을지도 몰랐다.

"그래. 눈을 가늘게 뜨고 여기로 들여다보면 돼." 자신의 소중한 현미경을 보여주며 댄이 기쁜 목소리로 말했다.

댄은 마침 탁자 위에 있던 딱정벌레 위로 현미경을 가져다 댔다. 눈은 가늘게 뜬 잭은 허리를 구부리고 현미경을 들여다보다가 깜짝 놀란 얼굴로 고개를 들고는 말했다.

"세상에! 이 녀석 집게 같은 게 달렸어! 네가 이 벌레를 잡았을 때 너한테 들러붙었잖아. 그때 왜 그렇게 끔찍하게 아파했는지 이제 알겠다."

"얘가 날 보고 눈을 깜빡였어." 잭의 팔꿈치 밑으로 머리를 들이밀고 두 번째로 현미경을 들여다보던 낸이 소리쳤다.

모두 차례로 현미경을 들여다보았다. 댄은 아이들에게 나방 날개의 사랑스러운 털, 머리카락의 가느다란 끝부분, 그리고 맨눈으로는 보이지 않지만 놀라운 작은 렌즈를 통해 보면 촘촘한 그물처럼 보이는 잎사귀의 잎맥을 보여주었다. 손가락 피부는 이상하게 생긴 언덕과 계곡처럼 보였고, 거미줄은 거친 비단실처럼 보였다. 벌침도 좋은 구경거리였다.

"이야기책에 나오는 마법 안경 같아. 그것보다 더 신기해." 자신이 본 놀라운 광경에 마음을 빼앗긴 데미가 말했다.

"댄은 이제 마법사야. 너희들 주변에서 일어나는 많은 기적을 보여줄 수 있지. 댄은 필요한 것 두 가지를 갖췄어. 자연과 인내를 사랑하는 것 말이야. 우리는 아름답고 경이로운 세상에서 살고 있단다, 데미. 네가 그런 세상에 대해 많이 알면 알수록 더 현명해지고 더 좋은 사람이 될 수 있지. 작은 현미경이 이제부터 새 선생님이 되어줄 거야. 마음만 먹으면 그 선생님에게 훌륭한 수업을 받을 수도 있을 테고." 바에르 교수는 아이들이 여기에 얼마나 관심이 많은지 보고는 흐뭇해하며 말했다.

"열심히 보면 이 현미경으로 사람의 영혼도 볼 수 있을까요?" 작은 유리 조각의 위력에 감동한 데미가 물었다.

"아니란다, 얘야. 그렇게까지 대단하지는 않아. 그런 건 만들 수도 없지. 보이지 않는 신비를 볼 수 있을 정도로 네 눈이 맑아지려면 아주 오래 기다려야만 할 거야. 하지만 눈에 보이는 아름다운 것들을 보면, 보이지 않는 더 아름다운 것들도 이해하게 될 거다." 프리츠 이모부는 데미의 머리에 손을 얹고 대답했다.

"음, 데이지하고 저는, 천사가 있다면 우리가 현미경으로 본 나비 날개처럼 생긴 날개가 달렸을 것 같아요. 더 부드럽고 더 금빛이겠지만요."

"좋을 대로 믿으렴. 너희들의 작은 날개도 그렇게 밝고 아름답게 간직해야 해. 그렇지만 아직은 너무 멀리 날면 안 된다."

"네, 안 그럴게요." 데미는 약속했다.

"안녕, 애들아. 난 지금 가야 하지만, 너희들은 새 자연사 교수님과 같이 있도록 해요." 조는 글쓰기 날이 정말 즐거웠다고 생각하며 자리를 떠났다.

수확

그해 여름에 농장 일은 잘 진행되었고, 9월이 되자 기쁜 마음으로 소중한 농작물을 수확하게 되었다. 잭과 네드는 서로의 밭을 합쳐 감자를 길렀다. 감자는 돈이 되는 작물이었다. 두 사람은 작은 감자까지 포함해 모두 열두 자루 정도를 수확했고, 바에르 교수에게 좋은 가격을 받고 팔았다. 이 집에서 감자는 금방 없어지는 작물이었다. 에밀과 프란츠는 옥수수를 키우는 데 온 힘을 쏟았다. 헛간에서 즐겁게 옥수수 껍질을 벗긴 뒤 제분소로 가져가서는 온 가족이 오랫동안 포리지와 빵을 먹을 수 있을 만큼의 옥수숫가루를 가지고 의기양양하게 집으로 돌아왔다. 두 사람은 자신들이 수확한 작물에 대한 돈을 받으려 하지 않았다.

프란츠는 이렇게 말했다. "우리가 앞으로 평생 옥수수를 키워도 외삼촌이 저희에게 해주신 걸 하나도 갚을 수 없을 거예요."

냇은 강낭콩 농사에 큰 성공을 거두었는데 콩을 까는 데 질려버릴 정도였다. 조는 헛간 바닥에 말린 콩을 쭉 펼쳐놓고 냇이 바이올린을 연주하면 아이들이 그 위에서 카드리유 춤(네 사람이 한 조가 되어 사방에서 서로 마주 보며 추는 프랑스 춤―옮긴이)을 추는 방법을 알려주었다. 이 방법은 놀라울 정도로 성공적이어서, 재미있으면서도 별로 힘들이지 않고도 껍질을 다 깔 수 있었다.

토미가 6주 동안 힘을 기울인 강낭콩 농사는 실패로 끝났다. 여름 초반에 비가 내리지 않아 강낭콩이 제대로 자라지 못했기 때문이다. 토미는 물을 제대로 주지 않았고, 그 뒤에도 콩이 저절로 잘 자랄 거라 지레 믿고는 해충을 잡거나 잡초를 뽑는 일도 하지 않아, 결국 강낭콩은 천천히 시들어 말라 죽어버렸다. 그래서 토미는 밭을 다시 갈아 완두콩을 심었다. 하지만 이미 때는 지나버렸다. 새들이 씨앗을 많이 먹어버렸고, 제대로 심지도 않아 줄기가 넘어지곤 했다. 가까스로 콩이 열릴 무렵에는, 봄에 태어난 양을 돌보느라 콩을 신경 쓰지 못했다. 토미는 대신에 눈에 띄는 대로 엉겅퀴를 심어 정성껏 키웠다. 당나귀 토비는 꺼끌꺼끌하면서도 부드러운 이 풀을 좋아해 근처에 있는 엉겅퀴를 모조리 먹어 치웠기 때문이다. 아이들은 토미의 엉겅퀴밭을 놀려댔지만,

토미는 자기에게 이익이 되는 일을 하기보다는 불쌍한 토비를 돌봐주는 쪽이 더 좋은 일이라고 주장했다. 내년에는 자기 밭 전체를 엉겅퀴, 지렁이, 달팽이 등을 키우는 데 다 바쳐, 데미의 거북이나 냇의 올빼미도 토비처럼 자기들이 좋아하는 먹이를 먹을 수 있도록 해주겠다고 선언했다. 꾸밈없고 다정하고 태평스러운 토미다운 생각이었다.

데미는 여름 내내 할머니께 양상추를 보내드렸고, 가을에는 할아버지에게 순무 한 바구니를 갖다드렸다. 어찌나 깨끗하게 순무를 문질러 닦았는지 아주 큰 달걀처럼 보일 정도였다. 할머니는 샐러드를 좋아하셨고, 할아버지는 이런 시구를 좋아하셨다.

루클루스(은퇴 후 사치스러운 생활을 즐겼다고 전해지는 로마의 장군 —옮긴이), 검소함에 매혹된 이.
사비니 사람의 들판에서 구운 순무를 먹었네.

이처럼 가정의 신들에게 바치는 데미의 채소 제물은 다정하고 고전적인 선물이었다. 데이지는 자기가 맡은 작은 밭을 꽃으로만 채웠고, 그곳에서는 여름 내내 형형색색 향기로운 꽃들이 계속해서 피었다. 데이지는 자기의 밭을 아주 좋아해서, 온종일 틀어박혀 인형과 친구 들에게 하듯이 성실하고 친절하게 장미, 삼색제비꽃, 스위트피, 목서초를 돌봤다. 무슨 일이 있을 때마다 작은 꽃다발을 마을로 보냈고, 집에는 특별히 데이지가 관리하는 꽃병도 여럿 있었다. 데이지는 자신의 꽃에 대해 여러 가지 예쁜 상상을 했고, 아이들에게 삼색제비꽃 이야기를 해주기를 좋아했다. 새엄마 잎사귀가 보라색과 금색 드레스를 입고서 녹색 의자에 어떻게 앉아 있는지, 밝은 노란색 옷을 입은 새엄마의 두 아이는 자기 자리에 어떤 모습으로 앉아 있는지, 의붓자식들은 색바랜 옷을 입고 등받이 없는 작은 의자에 어떻게 자리잡고 있는지, 불쌍한 아버지는 빨간 수면 모자를 쓰고 꽃 가운데 보이지 않은 곳에서 어떻게 하고 있는지 들려주었다. 수도사의 모자를 닮은 참제비고깔 속에는 수도사의 어두운 얼굴이 보였고, 카나리아 덩굴의 꽃은 노란 날개를 펄럭거리는 우아한 새를 꼭 빼닮아 금방이라도 날아갈 듯했다. 살짝 누르면 '톡' 하고 열리는 금어초도 있었다. 데이지는 진홍색과 흰색 양귀비로 아주 멋진 인형도 만들었다. 풀잎으로 만든 띠를 허리에 맨 주름 장식 의상을 입혔고, 초록 머리에는 금계국으로 만든 놀라운 모자도 씌워주었다. 장미잎 돛을 단 완두콩 꼬투리 배는 꽃 인형들을 싣고 우아한 모습으로 잔잔한 연못을 떠다녔다. 데이지는 요정이 존재하지 않는다는 걸 알았지만, 자기가 원하는 대로 요정을 꾸며 상상 속 작은 친구들을 사랑하면서 여름날을 보냈다.

낸은 약초에 온 마음을 쏟았다. 유용한 식물을 잘 보이게 심어놓고, 정성스럽게 키워나갔다. 9월이 되자, 낸은 사랑스러운 수확물들을 자르고 말리고 묶으면서 작은 수첩에 각종 약초를 어떻게 쓰는지 적어놓느라 바쁜 나날을 보냈다. 낸은 여러 가지 실험을 해보면서 실패도 몇 번 경험했다. 새끼 고양이 허즈에게 개박하 대신에 쑥을 주어 경련을 일으키게 만든 일은 되풀이하지 않도록 특히 주의했다.

딕과 돌리는 파스닙과 당근을 길렀고, 이 귀중한 채소를 수확할 때가 빨리 오기를 고대했다. 딕은 몰래 당근을 뽑아보기도 했는데, 아직 이르다는 사일러스 씨 말이 맞다고 생각하며 다시 심기도 했다.

로브는 애호박 네 개와 엄청나게 큰 호박 하나를 길렀다. 모두 인정하듯이 이 호박은 정말로 '거대'했다. 작은 아이들 둘이 호박 속에 나란히 앉을 수 있을 정도라고 보장한다. 이 호박은 작은 농장의 양분 전체와 이곳에 비치는 햇빛 전부를 혼자서 빨아들인 듯 거대하고 둥근 황금색 공처럼 누워 있었고, 아이들은 앞으로 몇 주 동안은 마음껏 호박파이를 먹을 수 있겠다고 생각했다. 로브는 자기의 매머드 호박이 너무도 자랑스러운 나머지, 만나는 사람마다 밭으로 데리고 가서 호박을 보여주었다. 서리가 조금 내리던 날에는 이불을 가져다 덮어주고, 호박이 마치 소중한 아기라도 되는 양 꽁꽁 싸매주기까지 했다. 호박을 따는 날이 되자 로브는 자기 자신 이외에는 아무도 손대지 못하게 했고, 딕과 돌리의 도움을 받아 앞쪽에 끈을 묶은 작은 손수레에 실어 헛간으로 끌고 가다가 허리가 부러질 뻔했다. 어머니는 추수감사절 파이는 이 호박으로 만들겠다고 약속하면서, 거대한 호박과 키워낸 주인을 칭송할 계획을 세워두었음을 넌지시 내비쳤다.

빌리는 오이를 심었는데, 안타깝게도 괭이질을 하다가 잡초만 남기고 다 파헤쳐 버렸다. 이 실수로 잠시 깊은 슬픔에 빠졌지만 이내 모두 잊어버렸고, 그곳에 자신이 모은 번쩍거리는 단추를 한 움큼 뿌렸다. 생각하는 힘이 부족한 빌리는 단추를 돈이라 여긴 것이 분명했다. 그 돈에서 싹이 트고 곱절로 늘어나 토미처럼 많은 돈을 벌 수 있다고 생각했으리라. 하지만 이런 빌리를 아무도 말리지 않았고, 자기 밭에서 하고 싶은 대로 하게 두었다. 얼마 지나지 않아 빌리의 밭은 작은 지진이 몇 번이라도 일어난 듯 엉망이 되었다. 작물을 수확하는 날이 오자, 빌리가 밭 가운데에 세워둔 죽은 나무에 친절한 에이셔가 오렌지 몇 개를 미리 매달아 놓았고, 덕분에 빌리의 밭은 돌멩이와 잡초뿐인 신세를 면할 수 있었다. 빌리는 자기 밭에서 얻은 수확에 아주 기뻐했다. 말라죽은 가지에 열매를 맺게 해준 연민의 기적이 빌리에게 가져다준 즐거움을 망치는 사람은 아무도 없었다.

스터피는 멜론 때문에 곤욕을 치렀다. 빨리 맛보고 싶어 견딜 수 없었던 스터피는 멜론이 잘 익기도 전에 혼자서 몰래 실컷 먹었다. 덕분에 배탈이 나서 이틀 동안 고생하다가 겨우 몸을 회복할 수 있었고, 처음으로 수확한 멜론을 한 입도 맛보지 않고 아이들에게 내주었다. 볕이 잘 드는 경사면에서 자라 빠르게 익은 스터피의 멜론은 맛이 훌륭했다. 아직 따지 않은 최상품 멜론은 이웃집에 팔겠다고 스터피는 발표했다. 자기들이 그 멜론을 먹게 될 줄 알았던 아이들은 실망한 나머지 스터피에게 짓궂게 불만을 표시했다. 어느 날 아침 스터피가 시장에 팔려고 보관해 둔 멜론 세 개를 보러 갔는데, 초록색 멜론 껍질에 하얗게 '돼지'라는 글자가 새겨져 있었다. 화가 난 스터피가 조에게 달려가 고자질하자 조는 위로하며 이렇게 말했다.

"이런 모욕을 되돌려 주고 싶다면 어떻게 해야 하는지 알려줄게. 하지만 멜론은 포기해야 할 거야."

"음, 그럴게요. 걔네들을 때려눕힐 수는 없으니까요. 하지만 비열한 녀석들에게 뭔가 잊지 못할 일을 해줘야겠어요." 스터피는 여전히 화가 난 채 으르렁거렸다.

사실 조는 누가 이런 장난을 했는지 거의 확실히 알 것 같았다. 전날 밤 소파 구석에서 누가 보아도 수상하게 머리

세 개가 붙어 있는 모습을 보았기 때문이다. 이 아이들은 키득거리고 속닥거리면서 머리를 끄덕였고, 조는 무슨 말썽이 일어나리라는 사실을 금방 눈치챘다. 달빛이 비치던 그날 밤, 에밀 방 창문 옆 오래된 벚나무에서 바스락거리는 소리가 났고, 토미는 손가락을 다쳤다. 스터피의 화가 좀 누그러들자 조는 수난받은 멜론을 자기 방으로 가져오라고 하고는, 무슨 일이 있었는지 아무에게도 말하지 말라고 다짐을 받았다. 스터피는 그 말을 따랐고, 덕분에 세 장난꾼은 자신들의 장난에 아무 반응이 없자 의아해했다. 이래서야 아무 재미도 없었고, 여기에 더해 멜론이 완전히 자취를 감췄다는 사실도 불안해했다. 스터피는 여느 때처럼 성격 좋은 모습 그대로였다. 어느 때보다 차분하고 여유 있어 보였고, 차분한 가운데 측은하다는 눈빛으로 세 사람을 보기까지 하자 이들은 당황해 어쩔 줄 몰랐다.

　세 아이는 저녁 식사 시간이 되어서야 이유를 알게 되었다. 스터피의 복수가 이들을 덮친 것이다. 다른 아이들의 웃음이 터져 나왔다. 푸딩을 다 먹고 과일이 나올 차례가 되자, 메리 앤은 킥킥거리는 웃음을 참지 못하며 큰 멜론을 들고 나왔다. 사일러스가 또 다른 멜론을 가지고 그 뒤를 따랐고, 마지막으로 댄이 세 번째 멜론을 받쳐 들고 등장했다. 멜론은 세 범인 앞에 하나씩 놓였다. 매끄러운 녹색 껍질에는 자신들이 새긴 글자에 몇 글자가 덧붙어 '돼지가 드립니다'라고 적혀 있었다. 이 문구는 다른 사람들 눈에도 보였고, 온 식탁이 왁자지껄해졌다. 그곳에 있는 아이들은 이미 이 장난에 대해 들은 상태였다. 에밀, 네드, 토미는 눈을 어디에 두어야 할지 몰라 그저 우물쭈물하다가 다른 아이들과 같이 웃어 버렸다. 세 아이는 멜론을 잘라 모두에게 돌리면서 스터피가 현명하고 즐거운 방법을 택했다고 말했고, 다들 이 말에 동의했다.

댄은 자기 밭이 없었다. 지난여름에는 한동안 집을 떠나 있었고, 돌아와서도 다친 다리 때문에 밭을 일굴 수가 없었다. 그래서 댄은 사일러스를 도와 무슨 일이든 했고, 에이셔를 위해 장작을 패주었다. 댄이 마당을 열심히 가꾼 덕분에 조는 항상 깨끗한 길을 걷게 되었고, 문 앞 잔디도 언제나 깔끔하게 정돈되어 있었다.

다른 아이들이 저마다 자기 수확물을 거둘 때, 댄은 보여줄 게 없어 쓸쓸한 얼굴이었다. 가을이 깊어지자 자신만의 수확물을 숲에서 가져와야겠다고 생각했다. 댄은 토요일마다 혼자 숲과 들판과 언덕으로 가서 전리품을 가득 메고 돌아왔다. 댄은 가장 좋은 창포 뿌리가 자라는 목초지, 사사프라스 열매가 가장 많이 달린 덤불, 다람쥐가 도토리를 찾으러 가는 장소, 가장 좋은 껍질을 얻을 수 있는 흰 참나무, 입이 헐었을 때 훔멜 아주머니가 약으로 쓰는 새삼 덩굴 등이 어디 있는지 훤히 알았기 때문이다. 댄은 조에게 주려고 거실을 장식할 온갖 화려한 빨갛고 노란 잎을 집으로 가져왔다. 여기에 더해 우아하게 여문 풀, 클레마티스 꽃송이, 솜털이 있고 부드러워 노란색 밀랍같이 보이는 산딸기, 붉은 테두리가 있는 흰색이나 녹색 이끼 등도 가져왔다.

"이제 숲에 가지 못해 한숨을 쉴 필요가 없겠네. 댄이 숲을 가져다주니까 말이야." 조는 이렇게 말하곤 했다. 그러고는 노란 단풍나무 가지와 선홍색 담쟁이 화환으로 벽을 장식했고, 적갈색 고사리, 아름다운 알갱이가 가득 붙은 솔송나무 가지, 추위에 잘 버티는 가을꽃 등을 꽃병에 꽂았다. 댄의 수확물은 조의 마음에 꼭 들었다.

넓은 다락방은 아이들이 모은 작은 물건들로 가득 찼고, 한동안은 집 안의 구경거리였다. 데이지의 꽃씨는 예쁜 종이봉투에 넣어 일일이 이름표를 붙이고 삼각 탁자 서랍에 보관했다. 종류별로 묶어 벽에 걸어놓은 낸의 약초는 향기로운 숨결로 허공을 채웠다. 토미는 작은 씨앗이 붙어 있는 엉겅퀴 관모(식물 씨방의 맨 끝에 붙은 솜털 같은 것-옮긴이)를 한 바구니 모아두었다. 씨앗이 날아가 버리지만 않으면 내년에 심을 생각이었다. 에밀은 옥수수 몇 다발을 벽에 걸어 말렸고, 데미는 키우는 동물 친구들에게 줄 도토리와 말린 곡물을 가져다 놓았다. 하지만 무엇보다도 댄의 수확물이 가장 볼만했다. 댄이 가져온 나무 열매가 다락방 바닥 절반을 덮었다. 온갖 종류가 다 있었다. 댄은 몇 킬로미터에 걸쳐 온 숲을 돌아다녔고, 가장 높은 나무도 기어올랐으며, 가져올 만한 것이 있다면 어떤 덤불 속이라도 헤치고 들어갔기 때문이다. 호두, 밤, 개암, 너도밤나무 열매들은 갈색으로 말라 달콤해지면서 겨울 축제를 맞이할 준비를 하고 있었다.

플럼필드에는 로브와 테드가 자기들 것이라고 주장하는 호두나무가 한 그루 있었는데, 그해에는 열매가 풍성하게 열렸다. 검게 변한 호두가 떨어져 낙엽 속에 모습을 감추면, 다람쥐들이 바에르 교수의 두 아들보다 더 빨리 찾아냈다. 아버지는 이들에게(물론 다람쥐가 아니라 두 아이에게) 다른 사람의 도움 없이 호두를 주우면 가져도 좋다고 말했다. 테드는 호두 줍기를 좋아했지만, 문제는 너무 빨리 피곤해진다는 사실이었다. 테드는 작은 바구니를 반 정도 채우고는 다음 날로 일을 미루었다. 하지만 다음 날 늦게 다시 가보니 그동안 영리한 다람쥐들이 그새 호두를 가져가 버린 걸 깨달았다. 다람쥐들은 오래된 느릅나무를 오르락내리락하면서 나무 구멍 속에 호두를 모았고, 그곳이 다 차면 나뭇가지 아귀에 두었다가 틈이 날 때 다른 곳으로 옮기면서 바삐 움직였다. 다람쥐들의 모습을 본 사일러스가 어느 날 물었다.

"너네는 호두를 다람쥐한테 팔았냐?"

"아뇨."

"그럼 빨리 움직이는 게 좋을 텐데. 안 그러면 그 재빠른 놈들이 몽땅 챙길 거야."

"어, 우리도 시작하면 다람쥐한테 안 져요. 아직 호두가 아주아주 많아서 괜찮아요."

"떨어질 거는 별로 없을 텐데. 땅에 떨어진 건 다람쥐 녀석들이 이미 반은 챙겨버렸고. 자, 있는지 봐라."

로브가 달려가 보니 놀랍게도 나무에는 호두가 거의 남아 있지 않았다. 오후 내내 열심히 호두를 주워 모으는 로브와 테드를 보며 다람쥐들은 울타리 위에 앉아 핀잔을 주듯 찍찍거렸다.

"자, 테드. 잘 지켜보다가 떨어지면 곧바로 주워야 해. 안 그러면 한 바구니도 딸 수 없고, 우린 다른 애들한테 웃음거리가 될 거야."

"나쁜 다람쥐들 하나도 안 줄 거야. 나 무지 빨리 주워서 헛간에 뛰어가서 휙 던질게." 테드는 이렇게 말하면서 '프리스키'라고 이름 붙인 조그만 다람쥐를 화가 난 표정으로 노려봤다.

그런데 그날 밤, 큰 바람이 불어 호두가 몇백 개 넘게 떨어졌다. 다음 날 아침 조는 두 아들을 깨우면서 쾌활하게 말했다.

"자, 얘들아. 다람쥐들이 열심히 호두를 줍고 있네. 너희들 오늘 중으로 줍지 않으면, 개네들이 땅에 있는 건 다 가져 갈 거야."

"앗! 그러면 안 돼요." 로브는 허겁지겁 일어나 아침밥을 후다닥 먹어치우고는 뛰쳐나갔고, 테드도 꽉 찬 바구니와 텅 빈 바구니를 교대로 들고 쪼르르 왔다 갔다 하면서 새끼 비버처럼 열심히 일했다. 순식간에 한 자루가 옥수수 헛간에 쌓였다. 두 아이가 호두를 찾으려고 낙엽을 긁어대는데 수업을 알리는 종이 울려왔다.

"아빠! 저 오늘 밤에 나가 호두를 주워도 돼요? 안 그러면 못된 다람쥐들이 제 호두를 다 가져갈 거예요. 수업은 나중에 받으면 되잖아요." 로브가 교실로 뛰어 들어가 외쳤다. 차가운 바람을 맞으며 힘들게 일한 탓에 얼굴이 벌게지고 머리가 헝클어진 채였다.

"너희가 매일 아침 일찍 일어나 조금씩 호두를 주웠으면 지금처럼 서두를 일도 없었을 거야. 그렇게 하라고 이야기했지만 그동안 신경도 쓰지 않았어. 할 일을 게을리한 것처럼 수업도 게을리하게 놔둘 수는 없다. 올해는 다람쥐가 자기 몫을 더 많이 가져갈 거야. 최선을 다해 열심히 일했으니까 당연한 일이지. 너희는 수업 끝나기 전에 한 시간 먼저 나가도 좋아. 하지만 그 이상은 안 된다." 바에르 교수는 로브를 자리에 앉혔고, 로브는 허락받은 귀중한 한 시간이라도 확실히 얻어내려고 책을 펴고 수업에 집중했다.

가만히 앉아서 마지막 남은 호두까지 바람에 흔들리는 모습을 보고 있으려니 로브는 미칠 지경이었다. 부지런한 도둑들은 이리저리 뛰어다니다가 가끔 멈춰 서서 로브의 눈앞에서 호두 하나를 깨물어 보이고는 꼬리를 흔들어댔다. 건방진 다람쥐는 이렇게 말하는 것 같았다. "네가 뭘 하든 우리가 다 가져갈 거야, 게으른 로브." 딱한 로브가 이런 힘든 순간을 견딜 수 있게 해준 것은, 홀로 열심히 일하는 테드의 모습이었다. 이 작은 아이의 용기와 끈기는 정말로 훌륭했다. 테드는 등이 아플 때까지 호두를 줍고 또 주웠고, 작은 두 다리가 후들거릴 때까지 터벅터벅 걸어 다녔다. 바람도 지루함도 그리고 사악한 다람쥐도 참아냈다. 보다 못한 어머니가 하던 일을 멈추고 호두를 같이 날라주면서, 형을 도우려는 착한 동생이라고 아낌없이 칭찬해 주었다. 로브가 수업에서 풀려나오자마자, 완전히 기진맥진한 채 바구니에 앉아 잠시 쉬던 테드의 모습이 보였다. 테드는 지저분해진 손으로 모자를 흔들어대면서 다람쥐들을 쫓아냈고, 다른 손으로는 커다란 사과를 들고 맛있게 먹고 있었다.

로브는 곧바로 테드와 일을 시작했고, 2시도 되지 않아 호두를 무사히 옥수수 헛간으로 옮겨놓았다. 지친 두 일꾼은 자신들의 성공에 환호했다. 하지만 프리스키 부부는 쉽게 이길 수 있는 상대가 아니었다. 며칠 뒤 로브가 호두를 살펴보러 갔더니 놀랍게도 꽤 많은 호두가 사라져버린 것이다. 문은 잠겨 있으니 다른 아이들이 범인은 아니었다. 비둘기는 호두를 먹지 않고, 근처에는 쥐도 없었다. 로브와 테드는 크게 실망했다. 그때 딕이 말했다.

"옥수수 헛간 지붕에 프리스키가 있는 걸 봤어. 그놈이 가져간 걸 거야."

"그럴 줄 알았어! 덫을 만들어서 잡아버릴 거야." 욕심 많은 프리스키에게 진절머리가 난 로브가 소리쳤다.

"네가 잘 지켜보면 그놈이 호두를 어디 숨겼는지 찾아낼 수 있을 거야. 그럼 내가 같이 옮겨줄게." 아이들과 다람쥐 사이의 싸움을 무척이나 재미있게 지켜보던 댄이 말했다.

로브는 쭉 지켜보다가, 프리스키 부부가 축 늘어진 느릅나무 가지에서 옥수수 헛간 지붕으로 뛰어내려 비둘기를 놀라게 하고는 작은 문 한 곳으로 들어와 입에 호두를 하나씩 물고 밖으로 나가는 모습을 발견했다. 다람쥐들은 입에 문 호두 때문에 들어왔던 길로 나가지 못하고 벽을 따라 낮은 지붕으로 가서는 구석으로 뛰어내렸고, 잠시 보이지 않는가 싶더니 약탈물을 어디엔가 두고 다시 모습을 드러냈다. 로브가 가보았더니 다람쥐들이 자기들 집으로 가져가려고 숨겨 놓은 호두들이 나뭇잎 아래에 잔뜩 쌓여 있었다.

　"요 악당 같으니라고! 이젠 내가 널 속여서 하나도 남기지 않고 다 차지할 거야." 로브는 이렇게 말하고 구석진 곳과 옥수수 헛간을 깨끗이 치워놓은 뒤 서로 뺏고 빼앗던 호두를 다락방에 넣어버리고는, 이 괘씸한 다람쥐가 드나들 수 있는 깨진 유리창은 없는지 확인했다. 다람쥐들도 싸움이 끝났다는 사실을 알았는지 자기들 집으로 가버렸지만, 가끔 로브의 머리 위로 호두 껍데기를 던지거나 시끄럽게 울기도 했다. 로브를 용서할 수 없다고 따지는 것처럼 보였다.

　바에르 부부는 아이들의 성장이라는 다른 종류의 수확물에 만족했고, 이번 여름 작업이 풍성하게 열매를 맺었다고 생각했다. 이들을 행복하게 해주는 수확이었다.

존 브룩

"일어나, 데미. 얘야! 할 말이 있어."

"음, 침대에 누운 지 얼마 되지도 않았는데요. 아직 아침도 아니잖아요." 막 잠이 들려다가 일어난 데미는 작은 올빼미처럼 눈을 껌뻑거렸다.

"그래, 아직 10시밖에 안 됐어. 그런데 너희 아빠가 편찮으시단다. 우리가 가봐야 해. 아, 불쌍한 우리 아가 존! 불쌍한 우리 아가 존!" 조는 흐느끼면서 베개에 얼굴을 파묻었다. 데미는 흠칫 놀라 눈을 떴고, 두려움과 놀라움으로 가슴이 답답해졌다. 이모가 자기를 '존'이라고 부르며 눈물을 흘리는 이유를 어렴풋이 느낄 수 있었기 때문이다. 자신에게 불행한 일이 닥친 게 분명했다. 데미는 아무 말도 하지 않고 조 이모를 꼭 붙잡았고, 잠시 후 조도 정신을 차리고는 데미의 걱정스러운 얼굴을 보며 부드럽게 입을 맞춰주며 말했다.

"아빠에게 작별 인사를 하러 가는 거야, 데미. 서둘러야해. 빨리 옷을 입고 내 방으로 와라. 난 데이지한테 가볼게."

"네, 그럴게요." 조가 나가자 데미는 조용히 일어나 멍한 상태에서 옷을 입은 뒤, 깊이 잠든 토미를 남겨둔 채 조용해진 집에서 빠져나왔다. 무언가 예기치 않은 슬픈 일이 일어났다고 생각했다. 자신을 다른 아이들에게서 잠시 떨어져 있게 하는 무언가가, 친숙한 이 방이 밤만 되면 낯설어지듯이 이 세상을 어둡고 고요하고 이상하게 보이도록 만드는 무언가가 일어났다고 느꼈다. 현관 앞에는 로리가 보내준 마차가 서 있었다. 데이지도 금방 준비를 마쳤다. 조 이모와 바에르 이모부가 함께 탄 마차는 그늘진 길을 따라 빠르고 조용하게 달렸다. 남매는 마을까지 가는 길 내내 서로 손을 꼭 잡고 있었다.

프란츠와 에밀 말고는 무슨 일이 일어났는지 아무도 알지 못했다. 그래서 다음 날 아침, 아이들이 아래층에 내려왔을 때 느낀 놀라움과 불안은 이루 말할 수 없는 것이었다. 바에르 교수와 조가 없는 집은 너무도 황량하게 보였다. 찻주전자를 앞에 두고 앉아 있던 쾌활한 조가 없는 아침 식사 자리는 우울했고, 수업 시간이 되었지만 바에르 교수의 자리가 텅 빈 교실은 허전하기만 했다. 아이들은 한 시간 동안 암울한 기분으로 서성거렸고, 데미의 아버지가 괜찮기를 바라면서 소식을 기다렸다. 존 브룩 씨는 아이들의 많은 사랑을 받는 좋은 분이었다. 10시가 되었지만, 아이들의 걱정을 덜어 주러 오는 사람은 아무도 없었다. 놀고 싶은 생각도 들지 않았고, 그렇다고 시간이 빨리 가지도 않았다. 아이들은 맥없이 심각한 얼굴로 앉아 있었다. 그러다 갑자기 프란츠가 일어나 평소처럼 아이들에게 무언가 설득하듯 말했다.

"여기 봐, 얘들아! 교실로 가서 외삼촌이 있을 때처럼 수업하자. 그러면 시간도 빨리 가고 외삼촌도 기뻐하실 거야."

"근데 누가 선생님 역할을 하는 거야?" 잭이 물었다.

"내가 할게. 너희들보다 그렇게 많이 아는 건 아니지만, 그래도 내가 여기서 나이가 제일 많잖아. 외삼촌이 올 때까지 대신해 볼게. 너희들만 괜찮다면 말이야."

프란츠는 겸손하고 진지하게 말했고, 그런 모습 속 무엇인가가 아이들에게 깊은 울림을 주었다. 가엾은 소년의 눈은 길고 슬픈 하룻밤 동안 존 아저씨를 생각하며 소리 없이 우느라 붉게 충혈되어 있었지만, 용감하고 꿋꿋하게 대처하고 있었다.

"그렇게 할게." 에밀이 말했다. 상관에게 복종하는 게 선원의 가장 중요한 의무라는 사실을 기억한 것이다.

다른 아이들도 에밀의 뒤를 따랐다. 프란츠는 선생님 자리로 갔고, 한 시간 정도 질서 있게 수업이 진행되었다. 프란츠는 수업을 이끌면서 참을성 있고 친절한 선생님 역할을 충실히 수행했고, 가르치기 힘든 부분은 적절히 생략하기도 했다. 알지 못하는 사이에 슬픔은 프란츠에게 위엄을 갖추게 해주었고, 어떤 말보다도 교실의 질서를 유지하는 데에 도움을 주었다. 아이들이 책을 읽고 있을 때, 복도에서 발소리가 들렸다. 아이들은 교실로 들어온 바에르 교수의 얼굴에 떠오른 표정을 보자마자 데미가 아버지를 잃었다는 사실을 직감했다. 교수의 핏기 없는 얼굴은 절절한 슬픔으로 가득 차 있어서, 로브가 달려와 원망스러운 듯이 물어도 대답할 말이 없을 정도였다.

"밤에 왜 날 두고 가버린 거야, 아빠?"

교수는 데미의 아버지 존을 떠올리며 로브를 꼭 끌어안고 잠시 동안 아이의 곱슬머리에 얼굴을 묻었다. 에밀은 자기 팔 위로 엎드렸고, 프란츠는 외삼촌에게 다가가 어깨에 손을 얹었다. 프란츠의 소년다운 얼굴은 동정과 슬픔으로 창백했다. 다른 아이들은 너무나도 조용히 앉아 있어서, 밖에서 부드럽게 떨어지는 나뭇잎이 바스락거리는 소리가 생생하게 들릴 정도였다.

로브는 무슨 일이 일어났는지 분명하게 이해하지는 못했다. 하지만 아빠가 슬퍼하는 모습을 보기가 싫었는지 고개 숙인 아빠의 얼굴을 치켜올리면서 평소처럼 명랑하고 귀여운 목소리로 말했다.

"울지 마, 아빠! 다들 착하게 있었어. 아빠 없이 수업도 했고. 프란츠가 선생님이야."

바에르 교수는 고개를 들고 애써 미소를 짓고는 고마움이 담긴 목소리로 말했다. 교수의 말을 듣는 아이들은 자신들이 무슨 성인이라도 된 듯한 느낌을 받을 정도였다. "정말 고맙다, 얘들아. 날 도와주고 위로해 주는 아름다운 방법이었어. 이 일을 절대 잊지 않으마. 약속한다."

"프란츠가 그러자고 했어요. 아주 훌륭한 선생님이었어요." 냇이 말했다. 다른 아이들도 동의한다며 웅성댔다.

바에르 교수는 로브를 내려놓고 일어나, 키가 훤칠하게 큰 조카 프란츠의 어깨에 팔을 두르고는 진심으로 기뻐하는 얼굴로 말했다.

"네 덕분에 위로를 받는구나. 너희들 모두 내게 믿음을 주었어. 나는 마을에서 할 일이 있어 몇 시간 자리를 비워야겠다. 오늘은 학교를 쉬든지 몇 명은 집으로 보낼까 했는데, 너희가 여기 남아서 지금 하던 대로 수업을 계속하고 싶다면, 난 우리 착한 학생들이 자랑스럽고 기쁠 거야."

"여기 있을게요.", "여기 있는 게 더 좋아요!", "프란츠가 돌봐줄 거예요." 아이들이 제각기 외쳤다.

"엄마는 집에 안 와?" 로브가 아쉬운 얼굴로 물었다. 아이에게 엄마 없는 집은 태양 없는 세상이나 마찬가지였다.

"엄마 아빠는 오늘 밤엔 돌아올 거야. 하지만 지금은 너보다 메그 이모한테 엄마가 더 필요하단다. 엄마가 잠시 거기 있어도 괜찮겠지?"

"응, 괜찮아. 그런데 테드는 엄마가 없어져서 계속 울었어. 그래서 홈멜 아주머니를 막 때렸어. 정말 나쁜 애야." 이렇게 말하면 엄마가 집에 돌아올지도 모른다고 생각한 로브가 대답했다.

"우리 아가는 어디 있니?" 바에르 교수가 물었다.

"댄이 달래려고 밖으로 데리고 갔어요. 테드는 지금 괜찮아요." 프란츠가 창문 쪽을 가리키면서 말했다. 창문 밖에는 댄이 작은 수레에 테드를 태우고 다니는 모습이 보였다. 옆에서는 개들이 뛰어놀고 있었다.

"테드는 보지 않는 게 좋겠다. 또 보채면 안 되니까. 그냥 댄에게 테드를 부탁한다고만 전해줘. 너희 큰 아이들은 하루 정도는 잘 지낼 수 있을 거라 믿는다. 필요한 일이 있으면 프란츠가 아이들에게 시키면 되겠지. 사일러스도 이런저런 일을 처리해 줄 거야. 그럼 저녁까지 잘 지내고 있으렴."

"존 아저씨가 어떻게 되신 건지 조금만 이야기해 주세요." 서둘러 다시 나가려는 바에르 교수를 붙잡으며 아이들이 말했다.

"아저씨는 몇 시간 동안만 아파하셨고, 밝고 평화롭게 계시다가 돌아가셨어. 그러니 너무 슬퍼만 한다면 아저씨의 아름다웠던 삶을 망치게 될 거야. 아저씨는 데이지와 데미를 팔에 안고, 브룩 부인 품에서 잠이 드셨단다. 지금은 여기까지만 말해야겠다. 나도 참을 수가 없구나." 친구를 잃어 슬픔에 젖은 바에르 교수는 서둘러 떠났다. 존 브룩의 자리를 대신할 수 있는 사람은 아무도 없었다.

종일 집 안은 너무나도 조용했다. 어린아이들은 아이 방에서 조용히 놀았다. 다른 아이들은 주중에 일요일이 온 것처럼 산책하고 버드나무에 올라가 앉고 동물들과 놀면서 시간을 보냈다. 모두 '존 아저씨' 이야기를 계속했다. 자신들의 작은 세상에서 부드러우면서도 강한 무언가가 사라졌음을 느꼈고, 상실감은 매시간 깊어졌다. 해 질 무렵이 되자 바에르 교수 부부만 돌아왔다. 지금 어머니 메그에게 가장 큰 위로가 되는 데미와 데이지는 그 곁을 떠날 수가 없었다. 가엾은 조는 탈진한 모습이었고, 메그처럼 위로가 필요해 보였다.

"우리 아가는 어디 있지?"

"나, 여기 있어." 사랑스러운 목소리가 대답했다. 댄은 테드를 부인의 손에 건넸다. 어머니에게 꼭 안기며 테드가 또 말했다. "대니 형아랑 종일 놀았어. 나, 말 잘 들었어."

조는 충직하게 유모 역할을 한 댄에게 고맙다고 말하려

고 돌아보았다. 댄은 조를 보려고 복도에 몰려든 아이들에게 손을 내저으며 낮은 목소리로 말하는 참이었다. "그냥 돌아가. 지금은 혼자 있고 싶어 하셔."

"아니야, 모두 보고 싶었어. 모두 이리 오렴. 온종일 너희들을 내버려 두었네." 조는 아이들에게 손을 내밀었고, 아이들은 부인을 둘러싼 채로 방까지 안내해 주었다. 아이들은 말이 거의 없었지만, 슬픔과 공감을 보여주는 애틋한 얼굴로 진심을 표현하고 있었다.

"너무 피곤하구나. 테드를 안고 여기 누워야겠다. 누가 차 좀 가져다주겠니?" 조가 말했다. 아이들을 위해 쾌활하게 말하려고 애쓰는 목소리였다.

조의 부탁에 모두 우르르 식당으로 몰려들어 바에르 교수가 말리지 않았다면 저녁 식탁은 엉망이 될 뻔했다. 몇몇은 조가 마실 차와 다과를 가져가고, 다른 몇몇은 다 마신 그릇을 가지고 나오기로 의견을 모았다. 프란츠는 찻주전자를, 에밀은 빵을, 로브는 우유를 맡았고, 테드는 자기가 설탕 그릇을 나르겠다고 고집했다. 조의 방에 도착했을 때 테드는 이미 각설탕 몇 개를 바닥에 떨어뜨린 뒤였지만 조는 개의치 않았다. 남자아이들은 도와주겠다면서 찻잔을 뒤엎고 숟가락을 달그락거리면서 요란하게 왔다 갔다 했다. 그 아이들을 보는 조의 눈빛은 한없이 애틋했다. 이 아이들 대부분에게 아버지나 어머니가 없다고 생각하니 마음이 아팠던 것이다. 조에게는 이 아이들의 투박한 위안이 버터 바른 두꺼운 빵보다 더 맛있는 음식이었다. 곧 에밀 제독의 씩씩한 목소리가 들렸다.

"괜찮아요, 외숙모. 폭풍우는 심하지만 어떻게든 이겨내야 합니다." 이 말은 에밀이 가져온 차보다 훨씬 더 조에게 힘이 되었다. 들고 오면서 에밀이 흘린 눈물이 들어간 게 아닐까 싶을 정도로 차는 짠맛이 가득했다. 조가 차와 다과를 다 먹자 두 번째 무리가 그릇을 치웠다. 댄은 졸고 있는 어린 테드에게 팔을 내밀면서 말했다.

"제가 침대로 데리고 갈게요. 어머닌 피곤하시니까요."

"댄 형아하고 같이 갈래, 아가?" 조가 물었다. 작은 주인님 테드는 조의 팔을 베고 소파 쿠션에 누워 있었다.

조는 믿음직한 댄의 손에 테드를 맡겼다.

"저도 뭔가 할 수 있으면 좋겠어요." 냇이 한숨을 쉬면서 말했다. 프란츠는 소파에 몸을 기대고 부드럽게 조 외숙모의 이마를 부드럽게 쓰다듬고 있었다.

"너도 할 일이 있단다, 로리 아저씨가 널 처음 여기 보낸 날에 들려준 아름다운 곡을 연주해 줄 수 있겠니? 오늘 밤에는 음악이 나를 무엇보다도 잘 위로할 거야."

냇은 곧장 바이올린을 가져와 문밖에 앉아서 이제까지

연주한 적 없던 새롭고 아름다운 곡을 연주하기 시작했다. 다른 아이들은 누군가 집에 침입하지는 않을까 지키려는 듯 조용히 계단에 모여 앉았고 프란츠는 그 자리에 그대로 있었다. 가엾은 조는 아이들의 위로와 봉사와 보호 속에서 마침내 잠이 들어, 한 시간 정도 슬픔을 잊을 수 있었다.

고요하게 이틀이 지났다. 사흘째 되던 날, 수업을 막 마쳤을 때 바에르 교수가 편지 한 통을 손에 들고 감동한 듯 기쁜 표정으로 말했다. "너희에게 읽어주고 싶은 게 있단다, 얘들아." 아이들이 주위에 모여들자 교수는 편지를 읽기 시작했다.

사랑하는 프리츠에게

당신이 절 생각해서 오늘 아이들을 데려오지 않을 계획이라는 이야기를 들었어요. 부디 데려와 주세요. 데미도 친구를 만나면 힘든 시간을 이겨내는 데에 도움이 될 거예요. 그리고 어린 존에게 남긴 아버지의 말을 다른 아이들도 들었으면 해요. 모두에게 도움이 될 거라고 생각합니다. 당신이 그렇게나 열심히 가르치던 옛 찬송가 한 곡을 아이들이 불러준다면, 제게는 어떤 음악보다 더 좋을 거예요. 장례식에 아름답게 어울리는 곡이라는 생각도 들고요. 저의 사랑을 담아 아이들에게 부탁해 주세요.

메그

"너희들 그렇게 하겠니?" 바에르 교수는 아이들을 바라보았다. 모두 메그의 친절한 부탁에 감동한 얼굴이었다.

"네!" 아이들은 한목소리로 대답했다. 1시간 뒤, 아이들은 존 브룩의 간소한 장례식에 참석하려고 프란츠와 함께 떠났다.

작은 집은 10년 전 메그가 새 신부가 되어 들어섰을 때와 마찬가지로 조용하고 햇빛이 잘 들고 따뜻해 보였다. 그때는 초여름이라 곳곳에 장미가 피어 있었지만, 지금은 초가을이어서 낙엽이 바스락거리고 가지들이 앙상해지기 시작했다. 그때의 신부는 지금 신랑을 잃었다. 하지만 메그의 얼굴에선 예전과 똑같이 아름다운 평온함이 느껴졌고, 진정으로 경건한 영혼만이 가질 수 있는 부드러운 체념이 떠올랐다. 이런 메그의 존재는 위로하러 갔던 사람들에게 오히려 위로가 되었다.

"오, 메그 언니! 어떻게 그렇게 버틸 수가 있어?" 문 앞에서 조용한 미소와 함께 사람들을 맞이하는 메그에게 조는 작은 목소리로 물었다. 온화한 태도는 전과 다름없었고 오히려 더 침착해 보였다.

"사랑하는 조, 행복했던 지난 10년 동안의 사랑이 여전히 나를 지탱해 주는 거야. 사랑은 죽지 않아. 존은 내 마음속에서 어느 때보다도 생생해." 메그가 속삭였다. 메그의 눈에 비치는 믿음이 너무도 아름답게 빛났기에 조는 사랑의 영원함에 대해 신께 감사드렸다.

모두가 모였다. 아버지와 어머니, 로리와 에이미 부부, 이제는 백발이 되고 쇠약해진 로리의 할아버지 로런스 씨, 조와 바에르 부부, 그리고 그들의 아이들, 그리고 고인에게 조의를 표하러 온 많은 친구가 있었다. 누군가는 겸손한 사람이었던 존 브룩이 생전에 바쁘고 조용하고 검소한 생활로 친구를 사귈 시간이 없었다고 이야기할지도 모른다. 하지만 나이 든 사람과 젊은 사람, 부유한 사람과 가난한 사람, 신분 높은 사람과 낮은 사람을 가리지 않고, 그곳에 모여들었다. 존의 인품을 사람들은 기억했고, 그가 남몰래 행한 선행은 존을 축복했다. 존 브룩의 관 주위에 모여든 사람들의 모습이야말로, 마치 씨가 읽어 내려간 추도문을 뛰어넘는 찬사였다. 그곳에는 여러 해 동안 존이 성실하게 업무를 봐준 부자들, 자신의 어머니를 떠올리며 돌봐주었던 가난한 노부인, 죽음도 갈라놓지 못할 사랑으로 존을 기억할 아내, 존을 가슴속에 영원히 간직할 마치가의 자매들과 남편들, 그의 힘센

팔과 부드러운 목소리를 그리워할 어린 아들과 딸, 친절한 놀이 친구를 잃고 흐느끼는 어린 학생들, 그리고 결코 잊을 수 없는 이곳의 모습을 아련하게 바라보는 큰 학생들이 있었다. 장례식은 아주 간단하고 짧게 진행되었다. 결혼 예식에서도 떨리곤 했던 마치씨의 자애로운 목소리가, 가장 아끼는 사위에게 경의와 사랑의 말을 전하려고 애쓰다가 그만 완전히 잠겨버렸다. 마지막 "아멘." 하는 소리에 이은 긴 침묵을 깨는 것은 2층에 있는 아기 조시의 작은 울음 소리뿐이었다. 그때 바에르 교수의 신호에 따라 잘 훈련된 아이들의 목소리로 찬송가가 울려 퍼졌다. 너무도 고결한 노래였기에, 하나둘씩 노래에 합류하게 되었다. 충만한 마음으로 노래를 부르며, 상처 입은 영혼들은 웅장하고 아름다운 노래의 날개에 올라 평화롭게 비상했다.

메그는 존이 마지막으로 들어야 할 자장가는, 그가 생전에 그렇게나 사랑했던 아이들의 노래였으면 좋겠다고 생각했다. 메그는 아이들의 노랫소리를 들으며 자기 생각이 옳았음을 느꼈다. 그 사실이 메그에게만 위로가 된 것은 아닐 것이다. 앞에 잠들어 있는 선한 사람에 대한 기억이 아이들 마음속에 오래도록 남으리라. 데이지는 엄마 무릎에 머리를 기댔고, 데미는 엄마 손을 잡고는 아버지를 너무도 닮은 눈으로 어머니를 쳐다보곤 했다. 그 모습은 이렇게 말하는 듯했다. '걱정하지 마세요, 엄마. 제가 여기 있어요.' 메그의 곁에는 의지할 만하고, 사랑하는 친구들이 있었다. 메그는 존이 그랬듯, 다른 사람들을 위해 사는 것이 자신에게도 도움이 된다고 믿으며 깊은 슬픔을 견뎠다.

그날 밤, 플럼필드의 아이들은 잔잔한 9월의 달빛을 받으며 계단 위에 앉았고, 자연스럽게 그날 있었던 일에 관한 이야기를 나누었다.

에밀이 평소처럼 급하게 먼저 말을 시작했다. "프리츠 외삼촌은 똑똑하고, 로리 아저씨는 재미있지만, 존 아저씨가 최고였어. 나는 존 아저씨 같은 사람이 되고 싶어."

"나도 그러고 싶어. 오늘 신사분들이 로런스 할아버지한테 뭐라고 했는지 들었어? 나도 세상을 떠나면 그런 말을 들으면 좋겠다." 프란츠는 자신이 존 아저씨의 진가를 제대로 몰랐다는 사실을 조금 후회했다.

"뭐라고 그랬는데?" 오늘 일에 깊은 인상을 받은 잭이 물었다.

"존 아저씨와 오랫동안 일했다는 로리 아저씨의 동업자 한 사람이 그러는데, 존 아저씨는 사업가로서는 지나칠 정도로 양심적이었고, 모든 면에서 흠잡을 데가 없었대. 존 아저씨가 자길 위해 일하면서 보여준 충직함과 정직함은 돈으로도 살 수 없을 정도였다고 말한 사람도 있어. 또 할아버지가 해준 얘기가 가장 좋았어. 언젠가 존 아저씨가 어떤 사람 회사에서 일한 적이 있었는데, 실은 속임수를 쓰는 사람이었대. 그 사람이 아저씨에게 자기가 하는 짓을 도와달라고 했지만, 아저씨는 그러지 않겠다고 했대. 아무리 월급을 많이 준다고 해도 말이야. 그 사람은 화가 나서 말했지. '당신이 그런 답답한 원칙을 고수한다면 사업으로 성공할 수 없을 거요.' 그러자 아저씨가 대답했어. '원칙을 버리면서까지 성공하지는 않을 겁니다.' 그러고는 더 힘든 곳으로 옮겼대."

"대단하다!" 이 작은 이야기의 가치를 이해한 아이들 몇이 흥분해서 외쳤다. 이전까지는 느끼지 못하던 기분이었다.

"아저씨는 부자가 아니잖아, 그렇지?" 잭이 물었다.

"응."

"세상을 깜짝 놀라게 하는 일도 하지 않았고, 그렇지?"

"그래."

"그저 좋은 사람일 뿐이네?"

"그렇기는 해." 프란츠는 존 아저씨가 무언가 자랑할 만한 일을 하셨으면 좋았을 거라는 생각을 하는 자신을 발견했다. 자신의 대답에 잭이 실망한 것이 분명했기 때문이다.

"좋은 사람이었다는 것, 그거야말로 전부란다." 마지막 몇 마디를 듣고 아이들 마음속에서 무슨 일이 일어나는지 짐작한 바에르 교수가 말했다.

"존 브룩 씨에 대해 조금 이야기 해주고 싶구나. 그러면 왜 사람들이 그분을 존경했고, 어째서 부자나 유명한 사람이 아니라 그저 좋은 사람으로 만족하고 사셨는지, 너희도 알게 될 거야. 그분은 모든 일에서 자기 의무를 다하면서도 즐겁고 충실하게 해냈기 때문에, 가난과 외로움, 그리고 여러 해 동안 겪은 힘든 일 속에서도 참을성 있고 용감하게 견뎌내며 행복하게 살 수 있었지. 좋은 아들이기도 했단다. 어머니가 아들을 필요로 하는 동안에는 자기 계획을 포기하고 곁에서 함께 살았어. 좋은 친구이기도 했지. 로리에게 그리스어와 라틴어를 가르쳐주었지. 강직한 사람의 표본도 보여주었어. 그분은 충실한 일꾼이었어. 고용주에게는 둘도 없는 소중한 존재여서, 그 자리를 대신할 사람을 찾기 힘들 정도였단다. 존은 좋은 남편이자 아버지였어. 너무나도 다정다감하고 현명하고 사려 깊어서, 로리와 나는 배울 점이 많았단다. 우리는 존이 아무도 모르게 누구의 도움도 받지 않고 가족을 위해 준비해 둔 일을 발견하고서야, 가족을 얼마나 사랑했는지 비로소 알게 되었단다."

　바에르 교수는 잠시 말을 멈추었다. 아이들은 달빛 속에 조각상처럼 앉아 있었다. 이윽고 바에르 교수는 차분하지만 열띤 목소리로 말을 이었다. "존이 숨을 거두기 직전에 난 이렇게 말했어. '메그와 아이들 걱정은 하지 마세요. 절대 불

편하게 만들지 않을 겁니다.' 그랬더니 미소를 지으며 내 손
을 잡고는 평소처럼 밝은 목소리로 대답했어. '그럴 필요는
없어요. 벌써 다 준비해 놨으니까요.' 맞는 말이었어. 존이 남
긴 서류를 보니 모든 게 다 정리되었고, 빚도 남아 있지 않았
어. 메그가 불편 없이 혼자 힘으로 살아갈 수 있을 만큼 충분
한 돈도 안전하게 모아놓았고. 그제야 우린 존이 왜 그렇게
소박하게 살았는지, 자선 외의 많은 즐거움을 왜 포기했는
지, 목숨을 단축하면서까지 왜 그렇게 열심히 일했는지 이유
를 알 수 있었어. 존은 도움을 청하는 법이 없었지. 다른 사람
을 도와달라고 한 적은 자주 있었지만 말이다. 그저 자신의
무거운 짐을 짊어지고 묵묵히 용감하게 자신에게 주어진 일
을 해나간 거야. 아무도 존에 대해서 한마디도 불평할 수 없
었어. 그만큼 공정하고 관대하고 친절한 사람이었단다. 존
이 떠난 지금, 모든 사람이 자기가 존을 얼마나 사랑하고 높
이 평가하고 존경했는지를 알게 되었어. 난 존의 친구였다는
사실이 자랑스럽고, 내 자녀에게 막대한 재산을 물려주기보
다는 존이 남긴 것 같은 유산을 물려주고 싶구나. 그래! 소박
하고 관대한 선함이야말로 사업을 시작할 수 있는 가장 좋은
자본이야. 선함은 명성과 돈이 사라질 때도 계속해서 남는
것이고, 우리가 세상을 떠날 때도 가져갈 수 있는 유일한 재
산이란다. 명심해라, 얘들아. 너희들이 존경과 믿음과 사랑을

얻고 싶다면, 존 브룩 씨의 발자취를 따라야 한다."

학교로 돌아와 몇 주가 지나자 데미의 슬픔은 조금 가라 앉았다. 데미는 무슨 일이 있으면 곰곰이 생각한 뒤, 그 일이 일어난 토양에 들어가 여러 교훈을 빠르게 키우는 아이였다. 예전처럼 놀고 공부했고 일도 하고 노래도 부르는 데미의 변화를 눈치챈 사람은 없었지만, 조만은 예외였다. 조는 온 마음을 다해 존의 빈자리를 대신 채워주려고 노력했다. 데미는 자신의 슬픔에 대해 거의 말이 없었지만, 조는 데미가 밤에 작은 침대에서 낮게 흐느끼는 소리를 몇 번이고 들었다. 조가 위로하러 가면, 데미는 "아빠가 보고 싶어요! 아, 아빠가 보고 싶어요!" 하고 울기만 할 뿐이었다. 부자 사이를 연결하는 끈은 너무나도 소중했다. 이 끈이 끊어지자 아이의 마음이 산산이 부서지고 말았던 것이다. 차츰 데미는 아버지가 사라진 것이 아니라 잠시 눈에 보이지 않는 것일 뿐이라고 믿게 되었다. 어린 아들은 아버지를 만나는 날까지 보라색 과꽃이 무덤 위에서 피는 것을 여러 번 보아야겠지만, 예전 처럼 건강하고 강하고 다정한 모습으로 다시 만나리라 확신 하게 된 것이다. 데미는 그런 믿음 안에서 도움과 위로를 찾 았다. 데미는 보이지 않는 신을 통해 아버지를 볼 수 있게 되 기를 바라며 기도했다. 두 아버지는 모두 천국에 있었다. 데 미는 두 아버지에게 기도하고, 그들의 사랑에 보답하기 위해

선한 사람이 되고자 노력했다.

몇 주 사이에 데미는 부쩍 자란 듯 보였고, 어린아이 같은 놀이도 그만두었다. 그런 놀이를 하기에는 너무 커버렸다는 생각이 들었던 것이다. 데미는 이제까지 싫어하던 수학에 흥미를 갖고 꾸준하게 공부하기 시작했다. 대견하게도 데미는 바에르 교수에게 이렇게 말했다.

"저는 커서 아빠처럼 회계원이 될 거예요. 그러려면 숫자나 사무에 대해 알아야겠죠. 그렇게 하지 못하면 아빠처럼 멋지고 깔끔하게 장부를 정리할 수 없을 거예요."

또 언젠가 데미는 진지한 얼굴로 이모를 찾아와 말하기도 했다.

"어린아이가 돈을 벌려면 무얼 해야 하죠?"

"왜 그런 걸 묻니, 데미?"

"아버지께서 저한테 어머니와 동생을 돌보라고 말씀하셨어요. 저도 그러고 싶은데, 어떻게 시작해야 할지 모르겠어요."

"지금 당장 그러라는 말씀이 아니야. 머지않아 네가 크면 하라는 뜻이지."

"그래도 지금 시작하고 싶어요. 가능하다면요. 가족을 위해 뭘 사려면 돈을 벌어야 해요. 전 열 살인데, 저만 한 애들이 돈을 벌기도 해요."

"글쎄, 그럼 낙엽을 모두 긁어모아서 딸기 묘상에 뿌리면 어떨까. 그럼 1달러를 줄게." 조가 말했다.

"너무 많잖아요? 그런 일은 하루면 다 해요. 다른 아이들하고 똑같이 대해주세요. 그렇다고 돈을 너무 많이 주시면 안 되고요. 전 제대로 돈을 벌고 싶으니까요."

"그래, 알겠다. 우리 작은 존. 나는 공평하게 할 거야. 하지만 너무 열심히 일하지는 말아라. 그 일이 끝나면 또 할 일을 알려줄 테니까." 조가 말했다. 조는 가족을 돕고 싶다는 데미의 바람과, 양심적인 아버지를 꼭 빼닮은 정의감에 감동받았다.

낙엽 치우는 일이 끝나자 장작을 가득 실은 수레를 숲에서 헛간으로 옮기면서 데미는 1달러를 더 벌었다. 그러고 나서는 교과서 겉표지 씌우는 일을 도왔다. 매일 밤 프란츠의 지휘 아래 일하면서, 누구의 도움도 받지 않고 한 권씩 끈기 있게 작업을 계속했다. 보수를 받고 만족한 데미의 눈에는 거무죽죽한 지폐가 반짝반짝 빛나 보였다.

"난 이제 가족 수만큼 1달러씩 벌었어. 이 돈을 직접 어머니께 가져다드리고 싶어. 그래야 내가 아버지의 말을 잊지 않고 있다는 걸 아실 테니까."

이렇게 데미는 어머니의 아들로서 바른 길을 걷기 시작했다. 메그는 아들이 애써 번 돈을 값비싼 보물처럼 소중히 받았다. 데미가 어머니와 동생들에게 필요한 물건을 사라고 부탁하지만 않았으면, 그 돈을 절대 쓰지 않았을 것이다. 데미는 어머니와 동생들을 자신이 보호해야 하는 사람들이라고 생각했다.

데미는 가족을 돌보는 행복에 대해 알았고, 책임감 또한 해가 갈수록 더욱 강해졌다. 데미는 은근한 자부심을 내비치면서 '우리 아버지'라는 말을 항상 입에 올렸고, 마치 명예로운 칭호처럼 여기는 듯 이렇게 말하곤 했다. "이젠 데미라고 부르지 마. 이제 난 존 브룩이야." 목적과 희망으로 힘을 얻은 열 살 아이는 용감하게 세상에 발을 내디뎠다. 데미는 아버지가 물려준 것들, 바로 현명하고 자상한 아버지에 대한 기억과 정직한 이름이라는 유산을 이어받은 것이다.

난롯가에 모여

10월의 서리가 내리면서 커다란 벽난로에도 불이 활활 타오르기 시작했다. 데미가 가져온 마른 소나무 가지 덕분에 댄의 떡갈나무 옹이가 위세 좋게 활활 타오르며 탁탁거리는 즐거운 소리를 냈고, 연기는 굴뚝으로 올라갔다. 길어진 밤에는 모두 난롯가에 모여 책을 읽고 겨울에 무엇을 할지 계획을 세우면서 즐겁게 지냈다. 그중에서도 이야기를 듣는 시간이 가장 즐거웠다. 바에르 부부에게는 항상 생동감 넘치는 이야깃거리가 있었지만 때때로 바닥날 때도 있었다. 그러면 아이들은 자신들이 아는 이야기를 하면서 놀았다. 한때는 유령 잔치가 크게 유행했다. 등불을 모두 치우고 벽난로의 불도 저절로 꺼지게 놔둔 뒤, 어둠 속에 앉아서 무서운 이야기를 하는 놀이였다. 하지만 어린아이들이 겁에 질려 할 때가 너무 많았기 때문에 결국 이 놀이는 금지되었다.

어느 날 저녁, 작은 아이들이 아늑한 침대에서 잠든 뒤 좀 더 큰 아이들은 교실 벽난로 주위에서 어슬렁거리면서 뭘 하고 놀면 좋을지 의논하기 시작했다.

데미는 벽난로용 솔을 잡고 방을 왔다 갔다 하면서 말했다. "줄을 서, 줄." 아이들은 웃고 서로 밀치면서 줄을 섰다. 그러자 데미가 말했다. "자, 2분 줄 테니까 어떤 놀이를 할지 생각해 봐." 프란츠는 글을 쓰고 있었고 에밀은 『넬슨 제독의 일생』이라는 책을 읽고 있었다. 다른 아이들은 열심히 고민했다.

"먼저, 톰!" 데미는 막대기로 토미의 머리를 톡톡 건드렸다.

"눈 가리고 숨바꼭질."

"잭!"

"가게 놀이. 모두 같이 할 수 있는 게임이야. 공동 자금을 모을 수도 있고."

"돈을 갖고 노는 건 이모부가 하지 말라고 했어. 댄, 넌 뭘 하고 싶어?"

"그럼 그리스와 로마가 싸우는 전쟁 놀이를 하자."

"스터피는?"

"사과 굽기, 옥수수 튀기기, 호두나 밤 까기."

"찬성! 찬성!" 몇 사람이 외쳤다. 투표를 한 결과 스터피의 제안이 통과되었다.

몇 명은 사과를 가지러 지하실에 갔고, 몇 명은 호두와 밤을 가지러 다락방에 갔다. 나머지 아이들은 옥수수와 냄비를 가지러 갔다.

"여자애들도 오라고 하자. 어때?" 데미가 점잖게 말했다.

"데이지는 밤을 잘 까." 자기 친구를 끼워주고 싶던 냇이 말을 보탰다.

"옥수수 튀기는 실력은 냇이 최고야." 토미도 덧붙였다.

"그럼 너희들 여자 친구를 데리고 와, 우린 상관없어." 서로를 위하는 아이들의 순수한 배려를 비웃으며 잭이 말했다.

"내 동생이 왜 쟤 여자 친구야. 바보 같은 소리 하지 마!" 데미가 소리쳤다. 하도 크게 소리를 지르는 바람에 잭이 웃음을 터뜨렸다.

"아, 맞다. 데이지는 냇의 여자 친구지. 그렇지 않니, 쩩쩩아?"

"뭐, 데미만 상관없다면. 나 정말 데이지가 좋아. 나한테 참 잘해주거든." 잭의 말에 당황한 냇은 수줍은 듯 진지하게 대답했다.

"냇은 내 여자 친구야. 1년만 있으면 그 애랑 결혼할 거니까 너희들 방해해서는 안 돼." 토미가 단호하게 말했다. 토미와 냇은 자신들의 미래와 자신들 아이들이 입을 옷을 이미

정해 놓았고, 버드나무에 살면서 바구니를 밑으로 내려 음식을 받아 먹는다는 둥 여러 엉뚱한 계획을 세우고 있었다.

데미는 토미 뱅스의 어처구니없는 말을 듣고는 좀 전의 흥분이 가라앉았다. 토미는 데미와 함께 아가씨들을 모시러 갔다. 낸과 데이지는 조 옆에서, 카니 씨가 이번에 낳은 아기에게 줄 작은 옷가지를 꿰매고 있었다.

"저, 혹시 여자애들을 잠깐 데려가도 될까요? 함부로 굴지 않고 조심할게요." 토미가 말했다. 토미는 한쪽 눈을 찡긋하며 손가락을 튕기고 이를 갈면서, 함께 사과를 먹고 옥수수를 튀기고 호두를 깔 거라는 뜻을 시늉으로 전달했다.

토미가 하는 행동이 장난인지 아닌지 조가 알아채기도 전에 두 여자아이는 이 몸짓을 금방 이해하고는 골무를 벗어던졌다. 조에게 허락을 받은 남자아이들은 자신의 소중한 친구들과 함께 방을 나왔다.

"너 잭하고 얘기하지 마." 사과 찍어 먹을 포크를 가져오려고 낸과 함께 복도를 지나면서 토미가 말했다.

"왜?"

"잭이 날 비웃었어. 그래서 네가 개하고 놀지 않았으면 좋겠어."

"참견 마. 내 맘이야." 이 말을 듣자마자 낸은 자기가 무슨 주인이라도 되는 듯 행동을 지시하는 토미의 모습에 화를 냈다.

"그러면 널 여자 친구로 삼지 않을 거야."

"상관없어."

"왜 그래, 낸? 너도 날 좋아하잖아!" 부드럽지만 책망하는 느낌이 가득한 목소리였다.

"잭이 비웃는 게 그렇게 신경 쓰인다면, 난 네가 하나도 안 좋아."

"그럼 이 고물 반지 다시 가져가. 이제 안 끼고 다닐 거야." 토미는 말총으로 만든 사랑의 징표를 빼버렸다. 토미가 가재의 수염으로 만들어준 반지에 대한 답례로 낸이 준 반지였다.

"그럼 네드한테 줄 거야." 낸은 잔인하게 대답했다. 네드도 낸을 좋아해서 낸이 좋아할 만한 물건들을 주곤 했다.

토미는 "이런 벼락 맞을 거북이!"라며 화를 내면서 가버렸고, 제멋대로인 낸도 토미의 말에 화가 나서 씩씩거렸다.

난롯가는 말끔하게 치워져 있었고, 빨간 사과도 구울 준비가 되어 있었다. 달궈진 삽 위에서 밤송이가 즐겁게 춤을 추었고, 석쇠 위에서는 옥수수가 타닥타닥 소리를 내고 있었다. 댄은 아끼던 호두를 깠고, 모두 재잘거리며 웃었다. 빗줄기가 창문을 두들겼고, 바람은 집 주위에서 윙윙거렸다.

"빌리가 호두 닮은 이유 알아?" 에밀이 물었다. 에밀은 자주 서툰 수수께끼를 내곤 했다.

"등에 금이 가 있으니까." 네드가 대답했다.

"못됐다. 빌리를 놀리면 안 돼. 빌리는 그런 말을 되받아 칠 수가 없잖아. 비겁한 짓이야." 댄은 화가 난 듯이 호두를 산산조각 내며 말했다.

"블레이크는 무슨 곤충에 속하지?" 에밀은 부끄러워하 고 댄은 기분이 가라앉아 있는 모습을 보고, 프란츠가 중재 역을 자처하며 물었다.

"모기." 잭이 대답했다.

"데이지가 꿀벌인 이유는?" 몇 분 동안 생각에 잠겨 있 던 냇이 큰 소리로 말했다.

"벌들의 여왕이니까?" 댄이 물었다.

"아니야."

"귀여워서야?"

"벌은 귀엽지 않아."

"진짜 모르겠어."

"데이지는 달콤한 걸 만들고, 항상 바쁘고, 꽃을 좋아하 잖아." 냇이 아이다운 찬사를 쏟아내자, 데이지의 얼굴은 장 미꽃처럼 붉게 물들었다.

"낸은 왜 말벌 같을까?" 토미는 낸을 노려보면서 이렇게 묻고는, 아무도 대답할 틈도 주지 않고 재빨리 덧붙였다. "상

470

냥하지 않고, 아무것도 아닌 일에 윙윙거리고, 화를 내면서 찔러대니까."

"토미가 화났나 보네. 엄청 재미있다!" 네드가 소리쳤다. 그때 낸이 갑자기 머리를 쳐들고는 지체 없이 받아쳤다.

"찬장에서 톰 닮은 게 뭐야?"

"못생긴 후추 통." 네드는 이렇게 대답하고는 깔깔대면서 낸에게 깐 호두를 건네주었다. 이 모습을 본 토미는 벌떡 일어나 누군가를 흠씬 때리고 싶은 기분으로 군밤처럼 튀어올랐다.

프란츠는 다시 한번 중재역을 자처하며 말했다.

"우리 이렇게 하자. 이 방에 처음 들어오는 사람이 이야기하는 거야. 그게 누구라도 이야기를 꼭 해야 해. 누가 먼저 방에 들어오는지 기다리는 것도 재미있을 거야."

모두 찬성했다. 오래 기다릴 필요도 없었다. 무거운 발소리가 복도를 따라 쿵쿵거리면서 들리기 시작했고, 장작을 한 아름 안은 사일러스가 나타났다. 모두 함성을 지르며 환영했고, 사일러스는 그 자리에 서서 커다란 붉은 얼굴에 어리둥절한 표정을 지으며 주위를 둘러보았다. 프란츠가 아이들이 왜 그러는지 설명해주었다.

"어라! 난 할 이야기가 없는데." 사일러스는 짐을 내려놓고 방을 나가려고 하면서 말했다. 하지만 아이들이 우르르 달려들어 억지로 의자에 앉히고 움직이지 못하게 하고는, 이야기를 들려달라고 웃으면서 졸라댔다. 덩치 크고 마음씨 좋은 사일러스는 결국 항복하고 말았다.

"난 하나밖에 몰라. 말 얘기야." 사일러스는 자신이 받은 대접에 꽤 우쭐해져 말했다.

"해줘요! 해줘요!" 아이들이 소리쳤다.

"음." 사일러스는 의자를 벽에 닿도록 기울이고 조끼 호주머니에 엄지손가락을 꽂고는 이야기를 시작했다. "난 남북전쟁 때 기병대였어. 싸움을 아주 많이 했지. 내 말 이름은 메이저였어. 뛰어난 말이었지. 난 그 말이 사람이라도 되는 것처럼 좋아했어. 썩 잘생기진 않았지만, 성격 좋고 튼튼하고 내가 본 말 중 제일 사랑스러운 녀석이었어. 우리가 처음 나간 전투에서 그 녀석이 소중한 교훈을 주었지. 그 얘기를 하려는 거다. 전쟁터의 그 시끄러운 소리나 정신 빠지게 급하고 무서운 상황은 너희같이 어린애들한텐 암만 말해줘도 모를 거야. 뭐라고 말해야 할지 모르겠구먼. 사실대로 말하면 처음 전투에서는 머리가 엉망진창이 돼서 뭐가 뭔지 몰랐어. 돌격하라고 명령을 받아서 용감하게 앞으로 나갔지. 멈추지도 않고 말이야. 그러다가 팔에 총알을 한 방 맞고 안장에서 떨어졌지 뭐냐. 어찌된 일인지 모르겠는데, 죽거나 다친 사람 서넛하고 같이 뒤에 남겨졌고, 다른 사람들은 계속 앞으로 갔어. 정신을 차리고 둘러보니 메이저가 안 보이는 거야. 그래서 막사로 돌아가려고 걸어가는데, 많이 듣던 '히힝' 소리가 들렸어. 보니까 메이저가 멀리서 날 보고 있더라고. 내가 왜 뒤에서 그러고 있나 모르는 것 같았지. 휘파람을 부니까 나한테 달려왔어. 그렇게 훈련했거든. 피가 나는 왼팔을 부여잡고 겨우겨우 말에 타고는 막사로 돌아가려고 했어. 겁도 났고 아팠거든. 처음 전투하면 다들 그래. 그런데, 이런! 메이저는 나보다 용감했지 뭐냐. 막사 쪽으로 한 발짝도 안 가려고 버티는 거야. 그러더니 큰 소리로 '히힝'거리고 '킁킁'대면서 펄쩍펄쩍 뛰었어. 화약 냄새하고 시끄러운 소리 때문에 미쳤나 싶었는데 글쎄 그 고집 센 녀석이 뭘 했게? 갑자기 한 바퀴 돌더니 폭풍처럼 뛰어간 거야. 전투가 가장 격렬하게 벌어지는 곳으로 말이다."

"대단해요!" 댄이 흥분해서 외쳤다. 다른 아이들은 사과와 호두도 잊은 채 이야기에 빠져들었다.

"난 죽어도 괜찮다고 생각했어." 사일러스는 그날 기억을 떠올리며 조금 흥분해서 말을 이었다. "난 말벌처럼 화가 나서 아픈 것도 잊어버리고 미친 듯이 돌진했어. 그러다 포탄이 우리 가운데로 떨어졌어. 우리 편은 다 쓰러지고 말았어. 잠깐은 아무것도 몰랐는데, 정신을 차리고 보니까 전투는 끝났고 난 다리가 부러지고 어깨에 총알이 박힌 채로 메이저한테 기대서 누워 있더라고. 불쌍한 메이저 녀석은 나보다 더 많이 다쳐서 쓰러져 있었지. 메이저는, 불쌍한 내 친구는, 폭발한 대포알 때문에 옆구리가 완전히 찢어져 있었어."

"아, 사일러스 아저씨! 그래서 어떻게 했어요?" 낸이 소리쳤다. 낸은 동정심과 호기심이 가득 찬 얼굴로 가까이 다가갔다.

"가까이 기어가서는 누더기 같은 천을 한 손으로 찢어서 흐르는 피를 막아보려고 했어. 하지만 그래 봤자였지. 녀석은 고통이 심해 끙끙거리면서 사랑스러운 눈빛으로 날 봤어. 내가 할 수 있는 건 다 해줬지만 해는 점점 더 뜨거워졌고, 녀석은 혀를 내밀고 헐떡거리기 시작했어. 난 멀리 있는 개울까지 메이저를 데려가려고 했지만 할 수가 없었지. 나도 정신이 오락가락했고 움직일 수 없는 상태였으니까. 그래서 포기하고 모자로 부채질만 해줬어. 이제부터 잘 들어봐. 내가 적군을 대접해 준 일이 있었거든. 불쌍한 남부군 병사가 가까운 곳에 누워 있었어. 폐에 총알이 박혀 죽어가고 있었지. 난 손수건을 펴서 햇빛을 가려주겠다고 했어. 그 사람도 고맙다고 하더군. 그럴 때 사람들은 적이라도 상관없이 무작정 서로 도와주고 그러는 거야. 그 사람은 내가 메이저의 고통을 덜어주려고 애쓰는 걸 보고는, 아파서 허옇게 질린 얼굴을 들고 말하는 거야. '내 물통에 물이 있어요. 어차피 난 못

마시니까 가져가요.' 그리고 나한테 물통을 던졌어. 내 주머니에 브랜디가 조금 든 병이 있었어. 나는 그 남자에게 브랜디를 조금 마시게 해줬지. 덕분에 그 남자도 기운을 조금 차렸어. 꼭 내가 마신 것 같은 기분이 들었다니까. 별일 아닌 게 사람들한테 도움이 될 때가 있어." 사일러스는 잠시 말을 멈추었다. 자신과 상대방이 서로 적이라는 사실을 잊고 형제처럼 도와주던 그 순간이 생생하게 떠오르는 모양이었다.

"메이저는 어떻게 됐어요?" 아이들이 소리쳤다. 말에게 어떤 재앙이 닥쳤는지 궁금해서 견딜 수가 없었다.

"숨을 헐떡거리는 불쌍한 메이저의 혀에 물을 부어줬지. 그랬더니 그 말 못 하는 짐승이 고맙다는 표정이 되는 거야. 하지만 물도 크게 도움이 되지는 않더군. 무시무시한 상처가 계속해서 녀석을 괴롭혔으니까. 난 더 못 참았어. 힘들었지만 자비로운 마음으로 그 일을 저질렀지. 녀석도 날 용서할 거야."

"뭘 했는데요?" 사일러스가 크게 "음" 소리를 내면서 말을 멈추자 에밀이 물었다. 사일러스의 거친 얼굴에 떠오른 표정을 보고, 데이지가 다가가 그 옆에 서서 작은 손을 그의 무릎에 얹어주었다.

"내가 녀석을 쐈어."

사일러스가 이렇게 말하자, 이야기를 듣던 아이들 사이

에서 전율이 흘렀다. 아이들의 눈에 메이저는 영웅처럼 보였고, 그 비극적인 최후는 모두의 마음을 아프게 했다.

"그래, 난 녀석을 쐈어. 고통에서 벗어나게 해준 거야. 그놈을 쓰다듬어주고 '안녕' 그랬지. 그리고 풀 위에 머리를 눕히고 사랑스러운 눈을 마지막으로 봤어. 그런 다음 녀석 머리에 총알을 박아 넣은 거야. 그 녀석은 꿈쩍도 안 했어. 내가 잘 겨눴거든. 더 끙끙대거나 아파하지도 않고 안 움직이는 녀석을 보면서 기뻤어. 창피한 일인지 모르겠지만, 그러고 나서 난 메이저의 목을 팔로 꼭 안고 아기처럼 엉엉 울었어. 휴! 내가 그런 바보인 줄 몰랐어." 사일러스는 충직하던 메이저에 대한 기억뿐만 아니라 데이지의 흐느낌에도 울컥한 듯, 소매로 눈물을 훔쳤다.

잠시 아무도 입을 열지 않았다. 마음 여린 데이지처럼 울지는 않았지만, 다른 아이들도 이 이야기의 슬픈 여운을 느꼈다.

"나도 그런 말을 갖고 싶어." 댄이 조심스럽게 입을 열었다.

"그 적군도 죽었나요?" 낸이 걱정스러운 얼굴로 물었다.

"아니, 우린 종일 거기 누워 있었어. 밤이 되자 동료 몇 명이 없어진 병사들을 찾으러 왔지. 당연히 날 먼저 데려가려고 했어. 근데 난 거기 더 있어도 괜찮을 것 같은데, 그 적군은 그때 안 데려가면 죽겠다 싶었지. 그래서 당장 그 사람부터 데려가라고 그랬어. 놈이 온 힘을 다해 나한테 손을 내밀면서 그러더라. '고맙소, 형씨!' 그게 마지막 말이었어. 병원 막사에 가고 한 시간 만에 죽어버렸으니까."

"아저씨가 그 사람에게 친절하게 대해줘서 참 다행이에요!" 이 이야기에 몹시 감동한 데미가 말했다.

"뭐, 난 그렇게 해서 다행이라고 생각하면서, 메이저 목에 머리를 대고 몇 시간이고 혼자 누워 있었어. 달이 뜨는 걸 보면서 말이야. 난 그 불쌍한 짐승을 제대로 묻어주고 싶었는데, 못 했어. 그래서 그놈 갈기를 조금 잘라서 지금까지 계속 가지고 있어. 보여줄까?"

"와, 네. 보여줘요." 갈기를 보려고 눈물을 닦으며 데이지가 대답했다.

사일러스는 자기가 주머니 가방이라고 부르던 오래된 '지갑'을 들더니, 안감에서 갈색 종이 한 장을 꺼냈다. 그 안에는 거친 흰 말갈기 한 뭉치가 들어 있었다. 아이들은 큰 손바닥 위에 놓인 갈기를 말없이 바라보았다. 명마 메이저에 대한 사일러스의 사랑을 놀리는 일 따위는 없었다.

"정말 감동적인 이야기였어요. 저 이 이야기 좋아요. 울기는 했지만요. 정말 고마워요, 사일러스 아저씨." 데이지는 사일러스가 작은 유물을 싸서 지갑에 다시 넣도록 도와주었다. 그러는 동안 낸은 사일러스의 주머니에 구운 옥수수 알갱이를 한 움큼 넣어주었고, 남자아이들은 이 이야기에는 두 영웅이 있다면서 소란스럽게 칭찬해댔다.

사일러스는 아이들의 찬사에 크게 흡족해하면서 방에서 떠났고, 어린 공모자들은 방금 들은 이야기에 대해 이런저런 말을 나누며 다음 희생자를 기다렸다. 이어서 들어온 사람은 낸의 새 앞치마를 만들려고 치수를 재러 온 조였다. 아이들은 조가 방에 들어오기를 기다렸다가 우르르 몰려들어서는, 이곳 규칙을 설명하면서 이야기를 들려달라고 졸라댔다. 조는 새로운 덫에 걸려든 것을 재미있어하면서 금방 승낙했다. 복도를 가로질러 들려오는 행복한 목소리가 너무나도 즐겁게 들려서 자신도 같이 어울리고 싶었고, 메그 걱정도 잠시 잊고 싶었기 때문이다.

"내가 너희들에게 처음 잡힌 쥐니? 이 장난꾸러기 장화 신은 고양이들아." 조가 물었다. 아이들은 조를 큰 의자에 앉히고 다과를 가져다주고는, 이야기를 들으려고 주위에 모여들었다.

아이들이 사일러스가 무슨 얘기를 해주었는지 말해주자, 조는 난처하다는 듯이 이마를 찰싹 때렸다. 갑작스러운 일이라 그런 새로운 이야기가 떠오르지 않았기 때문이다.

"무슨 이야기를 해줄까?" 조가 물었다.

"남자애들 이야기요." 아이들이 대답했다.

"파티 얘기 나오는 게 좋아요." 데이지가 말했다.

"맛있는 것도요." 스터피가 덧붙였다.

"그러고 보니 이야기 하나가 생각나네. 오래전에 어느 착한 할머니가 해준 이야기야. 난 그 이야기를 참 좋아했어. 분명히 너희들 마음에도 들 거야. 남자애들도 나오고 '맛있는 것'도 나오니까."

"이야기 제목이 뭔데요?" 데미가 물었다.

"'의심받은 소년'이야."

냇은 호두를 집으려다 말고 고개를 들었다. 조는 냇의 속마음을 짐작하며 미소를 지었다.

"어느 조용하고 작은 마을에 남자아이들이 다니는 학교를 운영하는 크레인 선생님이라는 분이 있었어. 좀 구식이기는 해도 좋은 학교였지. 아이들 여섯 명은 선생님과 함께 살았고, 다른 아이들 네다섯 명은 마을에서 통학했어. 선생님과 같이 사는 아이들 중에 루이스 화이트라는 아이가 있었어. 루이스는 나쁜 아이는 아니지만, 좀 소심하고 가끔 거짓말을 하기도 했단다. 어느 날 이웃집에서 크레인 선생님에게 구스베리를 한 바구니 보내줬어. 모두가 나눠 먹을 정도는 아니었기 때문에, 친절한 크레인 선생님은 아이들을 기쁘게 해주고 싶어서 곧장 부엌으로 가서는 아주 멋지고 작은 구스베리 파이를 열 개 정도 만들었단다."

"나도 구스베리 파이를 만들어보고 싶어요. 내가 라즈베리 파이를 만드는 방식으로 그분도 파이를 만드는지 궁금해요." 최근 들어 요리에 대한 흥미가 되살아난 데이지가 말했다.

"쉿." 냇은 이렇게 말하고는, 데이지의 말을 막으려고 불룩하게 튀긴 옥수수를 입에 넣어주었다. 냇은 이 이야기에 유달리 흥미를 느꼈다.

"파이가 완성되자 크레인 선생님은 가장 좋은 거실 찬장에 넣어두고는 아이들에게 아무 말도 하지 않았어. 다과 시간에 아이들을 깜짝 놀라게 해주고 싶었거든. 드디어 간식 시간이 되었고 모두 식탁에 자리를 잡았어. 선생님은 파이를 가지러 갔다가 무척 난처한 표정으로 돌아왔어. 무슨 일이 일어난 걸까?"

"누가 전부 가져갔을 거예요!" 냇이 소리쳤다.

"아니. 있기는 있었는데, 누가 안의 열매를 다 가져가 버린 거야. 윗껍질을 들어 올리고 구스베리를 긁어낸 다음에 다시 덮어놓았지."

"정말 치사한 짓이에요!" 냇은 토미를 쳐다보았다. 토미라면 똑같은 짓을 할 수도 있다고 생각한 모양이었다.

"선생님은 아이들에게 자신이 뭘 해주려 했는지 말해주고, 달콤한 속이 다 없어진 불쌍한 파이 껍질을 보여주었어.

아이들은 몹시 안타까워하고 실망했지. 그리고 다들 그 일에 대해선 아무것도 모른다고 말했어. '쥐가 그랬나 봐요.' 루이스가 말했지. 그 아이는 파이에 대해서는 아무것도 모른다고 가장 크게 소리쳤어. '아니. 쥐는 껍질을 갉아 먹지, 이렇게 들어올려서 속에 있는 과일만 파먹지는 못해. 이건 사람 손으로 한 짓이야.' 크레인 선생님이 말했어. 선생님은 파이가 망가진 것보다 누군가 거짓말하는 게 틀림없다는 사실이 더 괴로웠어. 어쨌든 아이들은 저녁을 먹고 잠자리에 들었어. 그런데 그날 밤 크레인 선생님은 누군가 끙끙대는 소리를 들었어. 누구인지 보려고 갔더니 루이스가 무척 괴로워하고 있는 거야. 뭔가 잘못 먹은 게 틀림없었지. 너무 아파하니까 크레인 선생님은 놀라서 의사를 부르려고 했어. 그런데 루이스는 끙끙거리면서 이렇게 말했지. '구스베리 때문이에요. 제가 먹었어요. 죽기 전에 말해야겠어요.' 의사 생각에 무서워진 거야. '그래서 아픈 거라면 토하는 약을 줄게. 금방 괜찮아질 거야.' 크레인 선생님이 말했어. 루이스는 약을 먹었고, 아침이 되자 괜찮아졌지. '아이들에게 얘기하지 마세요. 애들이 절 놀릴 거예요.' 환자 루이스가 애원했어. 친절한 크레인 선생님은 말하지 않겠다고 약속했지만, 집안일을 도와주던 아이 샐리가 말해버리는 바람에 불쌍한 루이스는 오랫동안 마음 편할 틈이 없었어. 친구들은 루이스에게 구스베리라는 별명을 붙였고, 지치지도 않고 계속해서 파이 이야기를 물어봤단다."

"그래도 싸요." 에밀이 말했다.

"잘못한 일은 언젠가 드러나는 법이야." 데미는 짐짓 교훈을 담아 말했다.

"꼭 그렇지도 않아." 잭이 중얼거렸다. 잭은 아까부터 사과를 굽는 데 열중해 있어서 모두에게서 등을 돌린 채였고, 붉어진 얼굴에 대해 핑계를 댈 수도 있었다.

"그걸로 끝이에요?" 댄이 물었다.

"아니, 그건 처음 부분이고, 정말 재미있는 이야기는 다음 부분이야. 이 일이 있고 나서, 어느 날 행상인이 찾아와 아이들에게 자기 물건을 보여주었어. 아이들 몇 명은 주머니빗, 하모니카, 그리고 여러 가지 물건들을 샀어. 행상인의 물건 중에 하얀 손잡이가 달린 작은 주머니칼도 있었는데, 루이스는 이걸 몹시 갖고 싶어 했단다. 하지만 용돈도 다 써버렸고, 칼을 살 만큼 돈을 갖고 있는 친구도 없었어. 루이스는 칼을 손에 들고 감탄하면서 계속 만지작거렸어. 행상인이 짐을 싸서 가려고 할 때가 되어서야 루이스는 할 수 없이 칼을 내려놓았고, 행상인은 가버렸지. 그런데 다음 날 행상인이 다시 찾아와서는, 그 칼을 찾을 수가 없는데 아무래도 크레인 선생님 집에 놓고 온 모양이라고 하는 거야. 진주 손잡이가 달린 멋진 칼이라서 절대로 잃어버려서는 안 된다고 했지. 모두 서로를 바라보고는 칼에 대해서는 아무것도 모른다고 말했어. '이 젊은 신사분이 마지막에 칼을 갖고 있었습니다. 아주 마음에 든 것 같았죠. 돌려준 게 확실한가요?' 칼이 없어졌다는 얘기에 난감해하던 루이스에게 그 사람이 물었어. 루이스는 자기는 분명히 돌려줬다고 몇 번이고 맹세했단다. 하지만 아무리 그렇게 말해도 소용이 없었어. 다들 루이스가 칼을 훔쳤을 거라고 믿었으니까. 이런저런 언쟁 끝에 크레인 선생님이 칼값을 지불했고, 남자는 투덜거리며 가버렸어."

　　"루이스가 훔친 거예요?" 냇이 몹시 흥분해 물었어.

　　"금방 알게 될 거야. 불쌍하게도 루이스는 또 다른 시련을 겪게 되었어. 아이들은 계속해서 '진주 손잡이 칼 좀 빌려줄래, 구스베리?' 같은 말을 하고 놀렸으니까. 루이스는 너무 괴로워서 집으로 보내달라고 빌었단다. 크레인 선생님은 어떻게든 아이들을 말리려고 최선을 다했지만, 쉬운 일은 아니었단다. 아이들은 계속해서 놀려대려고 했고, 선생님이 항상 학생들과 함께 있을 수도 없었으니까 말이다. 이게 바로 아이들을 교육할 때 가장 힘든 부분이란다. 아이들은 쓰러진 친구는 때리지 않는다고 말하지만, 당사자가 대놓고 때리는 게 차라리 고맙겠다고 할 때까지 조금씩 괴롭히니 말이다."

"그거 무슨 말인지 알아." 댄이 말했다.

"나도 그래." 냇도 조용히 덧붙였다.

잭은 아무 말도 하지 않았지만, 전적으로 같은 생각이었다. 나이 많은 아이들이 자기를 경멸하고 따돌린다는 사실을 알았기 때문이다.

"불쌍한 루이스 이야기를 계속해 주세요, 조 이모. 제 생각에는 그 아이가 칼을 가져간 것 같지 않아요. 그래도 확실히 알고 싶거든요." 데이지는 몹시 초조해하며 말했다.

"몇 주나 지났지만 그 일이 확실히 밝혀지지는 않았어. 아이들은 루이스를 피해 다녔고, 불쌍하게도 루이스는 자신이 초래한 이 문제로 거의 병이 걸릴 지경이었지. 다시는 거짓말을 하지 않겠다고 결심하면서 루이스가 안간힘을 쓰는 모습을 보고, 크레인 선생님은 루이스를 불쌍하게 생각하며 도와줬어. 그리고 마침내 이 아이가 칼을 훔치지 않았다고 진심으로 생각하게 되었지. 그 일이 있고 나서 두 달이 지나고 행상인이 다시 찾아와서는 무엇보다 이 말을 먼저 했단다. '저, 부인. 그 칼을 찾았어요. 제 가방 안감에 미끄러져 들어가 있었네요. 이전 날 새 물건을 넣으려고 하는데 칼이 떨어지더라고요. 그래서 알려드려야겠다고 생각해서 여기 찾아왔습니다요. 선생님께서 칼 비용도 내주신 데다, 알게 되면 기뻐하실 것도 같았지요.' 아이들은 모두 모여들었고, 그 말을 듣고 부끄러워했단다. 그러고는 루이스에게 용서해 달라고 진심으로 사과했기 때문에, 루이스도 용서해 주지 않을 수가 없었지. 크레인 선생님은 칼을 루이스에게 선물했어. 루이스는 오랫동안 그 칼을 간직하면서, 자기 결점이 자신을 얼마나 많이 고생시켰는지 계속해서 기억했단다."

"몰래 먹으면 배탈이 나고 식탁에서 먹으면 괜찮고, 왜 그런 걸까?" 스터피가 생각에 잠긴 듯한 얼굴로 말했다.

"아마 네 양심이 위장을 찌르는 게 아닐까 싶은데." 조가 스터피의 말을 듣고 미소를 지으며 말했다.

"스터피는 그때 그 오이를 생각하는 거예요." 네드가 말하자 왁자지껄한 웃음이 뒤를 이었다. 스터피가 최근에 겪은 우스운 사고 때문이었다.

스터피는 큰 오이를 두 개나 몰래 먹고는 속이 불편해져, 네드에게만 살짝 아프다고 털어놓고는 어떻게 좀 해달라고 부탁했다. 네드는 겨자 반죽을 바르고 뜨거운 철판에 발을 올려놓으라고 친절하게 알려주었다. 그런데 스터피는 잘못 알아듣고는 발에 반죽을 바르고 배 위에 철판을 올려놓는 바람에 윗옷이 눋은 모습을 아이들에게 들켜버린 것이다.

"이야기 하나 더 해주세요. 아까처럼 재미있는 이야기요." 웃음소리가 가라앉자 냇이 말했다.

조가 이 탐욕스러운 올리버 트위스트(1837년 발표된 찰스

485

디킨스의 소설『올리버 트위스트』의 주인공–옮긴이)들에게 이야기를 그만하겠다고 하려는 순간, 로브가 침대보를 끌면서 방으로 들어왔다. 그러고는 확실한 피난처라도 되는 듯이 엄마가 있는 쪽으로 곧바로 걸어오면서 다정한 얼굴로 말했다.

"엄청나게 시끄러운 소리가 들렸어요. 무서운 일이 일어났나 보러 왔어요."

"엄마가 너를 잊었을까 봐 그랬니, 개구쟁이야?" 어머니 조가 짐짓 엄한 표정을 지어 보이려고 애쓰면서 물었다.

"아니에요. 하지만 엄마는 여기서 날 보는 걸 더 좋아하잖아요." 작은 아첨꾼이 대답했다.

"나는 침대에서 널 보는 게 더 안심된단다. 다시 올라가렴, 로빈."

"여기 들어온 사람들은 모두 이야기를 해야 하거든. 넌 이야기 같은 건 할 수 없으니까 도망가는 게 좋을 거야." 에밀이 말했다.

"아냐, 나도 할 수 있어! 테드한테 많이 해줬어. 곰 이야기하고, 달 이야기하고, 또 붕붕거리면서 말하는 작은 파리 얘기도 했어." 로브는 무슨 일이 있어도 여기 있겠다고 작정한 듯 우겨댔다.

"그럼 하나 해봐. 지금." 로브를 어깨에 짊어지고 나가려던 댄이 말했다.

"음, 좀 생각하고." 로브는 엄마 무릎에 기어올랐고, 엄마는 할 수 없이 로브를 안고서 이렇게 말했다.

"우리 집 나쁜 버릇이야. 한밤중에 침대에서 빠져나오는 거 말이지. 데미도 그랬고, 나도 밤새도록 들락날락했어. 메그 언니는 집에 혹시 불이 나지는 않았을까 걱정하곤 했는데, 그럴 때마다 날 아래층으로 내려보냈어. 그러면 난 아래층에서 혼자 잘 놀았지. 너도 그렇구나, 못된 아들."

"지금 떠올랐어." 로브는 이 유쾌한 모임에 낄 자격을 얻고 싶어 안간힘을 썼다.

모두 웃음을 꾹 참고 로브의 이야기를 들었다. 로브는 엄마 무릎에 기대앉아 침대보를 덮고서, 짧지만 비극적인 이야기를 들려주었다. 로브의 모습은 무척이나 진지했다.

"아이 백만 명하고 귀여운 아들이 한 명 있는 엄마가 살았어요. 엄마는 2층으로 올라가서 말했어요. '마당에 가면 안된다.' 하지만 그 아이는 갔어요. 그리고 우물에 빠졌어요. 그래서 물에 빠져 죽었어요."

"그게 다야?" 이 놀라운 이야기를 시작한 지 얼마 되지 않아 로브가 숨찬 기색으로 말을 멈추자 프란츠가 물었다.

"아니야, 뒤에 더 있어." 로브는 뒤의 이야기를 생각해내려고 애쓰면서 솜털 같은 눈썹을 찌푸렸다.

"아이가 우물에 빠졌을 때 엄마는 어떻게 했니?" 로브를 도와주려고 조가 물었다.

"아, 애를 꺼내서 신문지에 쌌어. 그리고 선반에 올려서 말렸어. 말려서 씨앗을 얻으려고 말이야."

기상천외한 결말에 모두 크게 웃음을 터뜨렸다. 조는 로브의 곱슬머리를 쓰다듬으면서 진지한 얼굴로 말했다.

"우리 아들, 넌 이야기를 만들어내는 이 엄마의 놀라운 재능을 물려받았구나. 영광이 너에게 있기를."

"이제 나 여기 있어도 된다, 그렇지? 얘기 재미있지?" 멋지게 성공해 신바람이 난 로브가 소리쳤다.

"여기 있어도 돼. 구운 옥수수 열두 알 먹을 때까지만." 옥수수를 한입에 다 먹기 기대하면서 엄마 조가 말했다.

로브는 영리한 아이였다. 하나씩 천천히 먹으며 누릴 수 있는 최대한의 시간을 즐기는 방법으로 엄마보다 나은 고지를 선점했다.

"로브가 다 먹기를 기다리면서 이모가 다른 이야기를 해주시면 어때요?" 데미는 한시도 헛되이 보내기 싫은 듯 조바심을 내면서 말했다.

"장작 통에 대한 짧은 이야기 말고는 정말 아무것도 없어." 로브가 먹을 구운 옥수수 알갱이가 일곱 개나 남은 것을 보면서 조가 말했다.

"그 얘기에 남자아이도 있어요?"

"전부 남자애들뿐이야."

"정말요?" 데미가 물었다.

"전부 다 그래."

"좋아요! 얘기해 주세요."

"뉴햄프셔 쪽에 있는 작은 집에 제임스 스노와 어머니가 살았어. 가난했기 때문에 제임스는 일을 해서 어머니를 도와야 했지. 그런데 그 아이는 책은 정말 좋아했지만, 일하는 건 싫어했어. 그냥 온종일 앉아서 공부만 하고 싶었던 거지."

"어떻게 그럴 수가 있죠? 난 책이 싫고 일하는 게 좋은데." 이야기 처음부터 제임스에게 반감을 느낀 댄이 말했다.

"세상을 꾸리려면 여러 종류의 인간이 있어야 한단다. 일하는 사람이나 공부하는 사람 모두 필요하고, 모두 각자의 자리가 있어. 하지만 일하는 사람도 공부를 조금은 해야 하고, 공부하는 사람도 필요하다면 어떻게 일해야 하는지 알아야 해." 조는 댄부터 데미까지 의미심장한 눈으로 바라보면서 대답했다.

"난 일하고 있어." 데미는 자랑스럽게, 작은 손바닥에 생긴 작고 단단한 물집 세 개를 내보였다.

"저도 분명히 공부하고 있어요." 댄도 이렇게 덧붙이면서, 예쁜 숫자가 가득한 칠판 쪽을 향해 턱짓을 하며 '끙' 소리를 냈다.

"제임스가 무얼 했는지 보자. 아들을 아주 자랑스럽게 생각했고, 그래서 아들이 하고 싶은 일만 하도록 내버려두었지. 아들이 책을 실컷 읽을 수 있게 하려고 엄마 혼자만 일한 거야. 어느 가을, 제임스는 학교에 다니고 싶어졌어. 그래서 제대로 된 옷과 책을 장만하기 위해 도움을 청하러 목사님을 찾아갔어. 목사님은 제임스가 게으르다는 소문을 들은 적이 있어서 별로 도와주고 싶지는 않았어. 어머니를 무시하고 노예처럼 부리는 아이라면 학교에 들어가 봐야 그렇게 잘 지내지는 못할 거라고 생각한 거야. 하지만 선량한 목사님은 제임스가 얼마나 진지한지 시험해 보려고 이런 제안을 했단다.

'옷과 책을 주마. 그런데 한 가지 조건이 있다, 제임스.'

'그게 뭔데요, 목사님?' 소년은 금방 얼굴이 밝아졌지.

'겨우내 어머니의 장작 통을 채워놓는 거야. 너 혼자서 해야 한다. 그러지 못하면 학교를 그만두어야 하고.' 제임스는 이 기묘한 조건을 듣고 웃으면서 바로 받아들였어. 아주 쉬운 일이라고 생각하면서 말이야.

제임스는 학교에 다니기 시작했지. 한동안은 장작 통도 잘 채워놓았어. 그때는 가을이었으니까 나뭇조각이나 나뭇가지도 아주 많았거든. 제임스는 아침저녁으로 달려가 바구니 가득 나무를 가져오기도 하고, 작은 조리용 화로에 쓰도록 잘게 쪼개기도 했지. 어머니는 장작을 조심스럽게 아껴

썼기 때문에 제임스의 일은 그렇게 어렵지 않았어. 그런데 11월이 되어 서리가 내리고 날도 흐려지고 추워지면서 나무는 금방 떨어지게 되었지. 어머니가 장작 한 무더기를 사기도 했지만, 너무 빨리 줄어들었고, 제임스가 나무를 또 해와야 한다고 생각하기도 전에 거의 바닥이 나버렸어. 스노 부인은 몸도 약한 데다 류머티즘으로 다리도 불편해서 이전에 하던 일을 계속할 수 없었기 때문에, 제임스는 책을 내려놓고 할 수 있는 일을 찾아야만 했어.

제임스에게는 괴로운 일이었어. 학교를 잘 다니던 중이었으니까 말이야. 수업이 너무 재미있어서 밥을 먹거나 잠을 잘 때 빼고는 책을 놓지 않을 정도였거든. 하지만 제임스는 목사님이 약속대로 하실 거라는 사실을 알았기 때문에 하기 싫어도 시간을 내서 돈을 벌었지. 아주 여러 가지 일을 했단다. 심부름도 하고, 이웃의 소도 돌봐주고, 늙은 교회지기를 도와 일요일마다 청소도 하고 불을 때기도 했어. 이런 식으로 일을 해서, 적기는 하지만 장작을 살 수 있는 돈을 번 거야. 하지만 일은 힘들었어. 해는 짧아졌고, 겨울이라 매서운 추위가 몰아닥쳤지. 소중한 시간이 그냥 흘러가 버렸어. 그렇게 좋아하는 책을 내버려 두고 언제 끝날지도 모를 재미없는 일을 해야 한다는 사실이 너무 슬펐지.

잠자코 지켜보던 목사님은 제임스가 열심히 일한다는

것을 알게 되었고, 제임스를 몰래 돕기로 했어. 목사님은 숲에서 장작 실은 수레를 끌고 오는 사람들을 자주 보곤 했어. 사람들이 나무를 베고 있을 때, 제임스는 느릿느릿한 소 옆을 걸으면서도 책을 읽거나 공부를 하고 있었지. 잠깐이라도 시간을 유용하게 보내고 싶었던 거야. '이 아이는 도와줄 만한 가치가 있어. 이 교훈이 아이에게 도움이 되겠지. 제임스가 이 일에서 교훈을 깨달으면 다음에는 좀 더 쉬운 일을 줘야겠다.' 목사님은 혼잣말을 했어. 목사님은 크리스마스이브에 멋진 장작 한 무더기를 아이의 작은 집 문 앞에 놓아주셨어. 새 톱, 그리고 이 말을 적은 종이 한 장과 함께 말이야.

'하느님께서는 스스로 돕는 자를 돕는다.'

가엾은 제임스는 선물 같은 건 기대하지 않았는데, 추운 크리스마스 아침에 눈을 떠보니 따뜻한 장갑이 놓여 있는 걸 발견했지. 어머니가 아프고 굳은 손으로 떠주신 거였어. 선물을 받고 제임스는 몹시 기뻤어. 그런데 그것보다 어머니가 입맞춤해 주고 '좋은 아들'이라고 부르며 바라보시는 게 훨씬 더 좋았어. 어머니를 따뜻하게 해드리려고 노력하면서 자기 마음도 따뜻해진 거야. 그리고 장작 상자를 채우며 몇 달을 보내면서 제임스는 책보다 더 좋은 무언가가 있다는 사실을 느끼게 되었어. 그리고 학교 선생님이 가르쳐주신 것뿐 아니라 하느님께서 주신 교훈도 배우고 싶은 마음이 들었단다.

제임스는 문 앞에서 참나무와 소나무 장작더미를 발견하고 그곳에 놓인 종이를 읽자마자 누가 이걸 두고 갔는지 알았고, 목사님의 계획도 이해했어. 목사님에게 감사를 표한 제임스는 최선을 다해 일하기 시작했단다. 그날 다른 아이들이 놀고 있을 때에도 제임스는 나무를 톱질했어. 내 생각에 그 마을에서 가장 행복한 아이는, 새 장갑을 끼고 찌르레기처럼 휘파람을 불면서 어머니의 장작 통을 채우던 이 아이였을 거야."

"정말 대단한 아이예요!" 댄이 외쳤다. 재미있는 동화보다 이 단순하고 평범한 이야기가 더 마음에 들었다. "듣고 보니 그 애가 좋아요."

"저도 나무를 톱질해도 되죠, 조 이모!" 어머니를 위해 돈을 버는 새로운 방법을 이 이야기에서 발견했다고 생각하면서 데미가 말했다.

"나쁜 남자애들 얘기해 주세요. 전 그런 게 제일 좋아요." 낸이 말했다.

"천방지축 얌체 여자애 얘기가 더 좋겠어요." 토미가 말했다. 낸이 못되게 굴어 토미는 저녁 내내 기분이 엉망이었다. 사과는 맛이 썼고, 옥수수 튀기는 일도 재미없었고, 호두는 너무 딱딱해 깨지지도 않았다. 게다가 네드와 낸이 한 의자에 앉아 있는 모습을 보니, 자기 인생이 무거운 짐처럼 느껴지기까지 했다.

　그러나 조는 더 이야기해 주지 않았다. 로브를 내려다보니, 하나 남은 옥수수 알갱이를 오동통한 손에 꽉 쥐고 잠들어 있었기 때문이다. 조는 침대보로 로브를 감싸 안고 침대로 데리고 가서 눕혀주었다. 로브는 이제 다시 방에서 빠져나올 것 같지는 않았다.

　"자, 다음엔 누가 들어올지 보자." 에밀은 이렇게 말하면서 누구를 유인하듯이 문을 조금 열어두었다.

　가장 먼저 지나간 사람은 메리 앤이었다. 에밀이 불렀지만, 사일러스가 미리 메리 앤에게 경고해 준 덕분에 아이들이 유혹하는데도 그냥 웃으면서 서둘러 지나가버렸다. 곧이어 밖에서 문이 열리는 소리가 나더니, 복도에서 굵은 목소리로 부르는 독일어 노랫소리가 들리기 시작했다.

　무슨 뜻인지 모르겠소.
　그래서 난 너무 슬프다오.

　"프리츠 외삼촌이다. 모두 크게 웃어. 분명히 이리로 들어오실 거야." 에밀이 말했다.

　와 하는 소리가 터져 나왔다. 바에르 교수가 들어와서는 물었다. "뭐 재미있는 일이 있는 거니, 얘들아?"

"잡았다! 잡았다! 이야기해 주시지 않으면 여기서 나갈 수 없어요." 아이들은 문을 쾅 닫으며 소리쳤다.

"그래! 이런 놀이를 하고 있었네? 난 나가고 싶진 않아. 여기 너무 재미있겠다. 당장 벌을 받으마." 교수는 앉자마자 곧바로 이야기를 시작했다.

"아주 오래전 너희 할아버지께서 말이야, 데미. 어떤 훌륭한 사람들이 운영하는 작은 보육원에 기부할 돈을 마련하려고 큰 마을로 강연을 하러 가셨어. 강연은 아주 훌륭했지. 할아버지는 꽤 많은 돈을 모아서 무척 기분이 좋았단다. 다른 마을로 가려고 마차를 몰고 가다가 해 질 녘에 외딴 길에 접어들었는데, 강도를 만나기 딱 좋은 곳이라고 생각하셨지. 그때 맞은편 숲속에서 인상이 사나운 남자가 나와서는 할아버지가 지나가기를 기다리는 듯이 천천히 걸었어. 걱정이 되기 시작한 할아버지는 처음엔 돌아가야 하나 생각하셨단다. 하지만 말도 지쳤고 그 사람을 의심하고 싶지도 않아서, 그냥 그대로 마차를 몰았어. 가까이 다가가서 보니 남자는 몹시 가난해 보이고 몸도 좋지 않은 듯했고 옷도 너덜너덜했지. 할아버지는 의심한 걸 부끄러워하면서 마차를 멈추고는 친절한 목소리로 말했단다. '이보시오. 많이 피곤하신 모양이군요. 여기 같이 타는 게 어떻겠소.' 남자는 깜짝 놀란 것 같았어. 잠시 망설이다가 마차에 올라탔지. 남자는 이야기를 꺼리는 눈치였지만, 할아버지는 평소처럼 지혜롭고 유쾌하게 이런저런 이야기를 했어. 올해는 참 어려웠다거나, 가난한 사람들은 참 많은 고생을 한다거나, 가끔은 사는 게 참 힘들다는 이야기를 한 거야. 남자는 조금씩 마음이 풀리기 시작했고, 할아버지의 친절한 말을 이어받아 자기 이야기도 하기 시작했어. 너무 아파서 일자리도 구할 수 없고, 게다가 아이까지 많아서 거의 절망적인 상태라는 이야기였지. 할아버지는 연민으로 가득 차 무서운 것도 잊어버리고 말았어. 그러고는 다음 마을로 가면 아는 사람들이 있으니 일자리를 알아봐 주겠다고 말씀하시면서 남자의 이름을 물어봤어. 받아 적으려고 연필과 종이가 필요해 두툼한 수첩을 꺼냈는데, 남자는 자기 이름을 말하면서도 수첩에 계속 눈이 가 있는 거야. 할아버지는 그제야 수첩 속에 든 돈이 생각나 걱정으로 온몸이 떨렸지만, 조용한 목소리로 이렇게 말했어.

'네, 여기에는 불쌍한 고아들에게 줄 돈이 좀 있어요. 이 돈이 제 것이면 좋겠네요. 기꺼이 당신께 얼마 드릴 수 있을 테니까요. 전 부자가 아닙니다. 가난한 사람들의 시련에 대해서는 잘 알죠. 여기 5달러는 제 돈입니다. 당신과 당신 아이들에게 주고 싶습니다.'

남자에게서 비치던 힘들고 굶주린 눈빛은, 그리 많지는 않지만 아무 대가도 없는 돈을 받으면서 감사하는 눈빛으로 바뀌었고, 보육원으로 갈 돈은 무사히 남았지. 두 사람이 탄 마차가 마을 근처까지 오자, 남자는 거기서 내려달라고 했어. 할아버지가 그와 악수한 뒤 막 떠나려고 하는데, 누가 시키기라도 한 것처럼 남자가 말했어. '아까 우리가 만났을 때 전 아주 절망적인 상태였습니다. 그래서 당신 돈을 빼앗을 생각이었죠. 하지만 당신이 너무 친절하게 대해주셔서 그렇게 할 수는 없었습니다. 하느님의 축복이 있기를 바랍니다, 선생님. 그런 잘못을 저지르지 않게 절 도와주셨어요!'"

"할아버지는 그 사람을 또 만났을까요?" 간절한 마음을 담아 데이지가 물었다.

"아니. 하지만 그 사람은 일자리를 구했을 거야. 그리고 도둑질하려는 생각도 하지 않았을 거고."

"그런 사람한테 왜 그렇게 대해주죠? 저 같으면 그냥 때려눕힐 텐데요." 댄이 말했다.

"친절은 폭력보다 나은 거야. 너도 겪어보면 알 거다." 바에르 교수가 일어서면서 대답했다.

"이야기 하나 더 해주세요." 데이지가 소리쳤다.

"조 이모도 했으니까 이모부도 하셔야 해요." 데미가 덧붙였다.

"이제 그만하자. 다음을 위해 아껴둬야지. 이야기를 너무 많이 듣는 것도 사탕을 많이 먹는 것처럼 나빠. 난 벌칙을 받았으니까 그만 가봐야겠다." 바에르 교수는 졸라대는 아이들에게서 필사적으로 도망쳐서 안전하게 서재로 피신했고, 난리를 피우던 아이들은 결국 방으로 돌아가야 했다.

이 소동으로 들떠서 아까처럼 조용히 있을 수는 없게 된 아이들은 숨바꼭질을 신나게 하기 시작했다. 토미는 방금 이야기의 교훈을 마음에 새긴 모양이었다. 숨바꼭질하다가 낸을 잡았을 때 귀에 대고 이렇게 속삭였다.

"아까 얌체라고 해서 미안해."

낸도 질세라 사과했다. 단추 감추기 게임을 하면서 술래가 된 낸은 토미에게 다정한 미소를 지으며 이렇게 말했다.

"내가 주는 거 빨리 잡아."

토미는 단추 대신 말총 반지를 받고도 놀라지 않았고, 낸의 미소에 답해 똑같이 미소를 지었을 뿐이었다. 토미는 자기 전에 낸에게 사과를 한 입 먹으라고 건넸고, 낸은 토미의 작은 손가락에 말총 반지가 끼워져 있는 걸 보면서 사과를 한 입 베어 물었다. 두 사람 모두 "내가 잘못했어. 용서해줘"라고 말하기를 부끄러워하지 않았다. 이로써 두 아이는 다시 사이좋게 지내게 되었고, 버드나무 아래 자신들만의 보금자리도 오래도록 소중하게 간직했다.

추수감사절

플럼필드에서는 해마다 열리는 이 축제를 언제나 전통적인 방식으로 치렀고, 무슨 일이 있어도 바뀌는 법이 없었다. 며칠 전부터 주방에서는 몇몇 아이들이 에이셔와 조를 도와 파이나 푸딩을 만들거나 과일을 고르고 접시를 닦느라 바빴다. 어떤 아이들은 바깥을 배회하면서 킁킁거리며 고소한 냄새를 맡아보고, 주방에서 일어나는 비밀스러운 상황을 엿보려고 하거나 가끔은 준비하면서 나온 맛있는 음식을 맛보기도 했다.

올해는 평소보다 더 특별한 무언가가 진행되는 듯했다. 아이들은 아래층뿐 아니라 위층에서도 바삐 움직였고, 교실과 헛간을 오가기도 했다. 집 안에는 전반적으로 분주한 분위기가 감돌았다. 헌 리본과 장식품, 오려 붙인 금박지들, 엄청난 양의 짚, 회색 면과 플란넬 천, 커다란 검은 구슬 등 프란츠와 조가 쓰던 물건들을 찾느라 난리였다. 네드는 작업실에서 이상한 기계에 망치질을 했고, 데미와 토미는 무얼 외우기라도 하듯이 중얼거리며 돌아다녔다. 에밀의 방에서는 이따금 무서운 소리가 들려왔고, 로브와 테드가 몇 시간이나 틀어박혀 있었던 방에서는 큰 웃음소리가 터져 나왔다. 하지만 바에르 교수를 가장 당황스럽게 만든 것은 로브의 큰 호박이 어떻게 되었나 하는 부분이었다. 호박은 의기양양한 모습으로 부엌으로 들어가, 금빛으로 빛나는 파이 열 개가 되어 나왔다. 그걸 만드는 데는 거대한 호박의 4분의 1만 있어도 충분할 것 같은데, 나머지는 어디에 있을까? 호박이 사라졌는데도 로브는 신경 쓰는 것 같지 않았다. 호박 이야기가 나와도 킥킥대며 웃기만 했고, 아버지에게 "기다리시면 알아요."라고 말할 뿐이었다. 이 모든 일은 마지막 순간에 바에르 교수를 놀라게 하기 위해서였고, 그동안은 무슨 일이 일어나는지 조금도 알지 못하도록 약속되어 있었기 때문이다.

그래서 교수는 아이들의 뜻에 따라 눈도 귀도 입도 닫아버렸다. 그냥 보이는 것도 보지 않으려고 했고, 공기를 가득 채운 이야기 소리도 되도록 듣지 않았고, 주위에서 진행되는, 속이 훤히 들여다보이는 비밀 중 어느 것도 알아채지 않으려고 노력했다. 그는 이런 조촐한 집안 축제를 사랑했고, 장려했다. 아이들은 이 작은 축제를 너무도 좋아해 밖으로 나가 놀지 않으려 할 정도였다.

마침내 축제일이 되었다. 어떤 아이들은 식사 전에 산책을 하러 나갔고, 바쁘게 식사 준비를 돕는 아이들도 있었다. 교실은 하루 전부터 닫혀 있었다. 바에르 교수는 교실에 들어갈 수 없었고, 이를 어기면 작은 용처럼 문을 지키고 있는 테드에게 얻어맞을 각오를 해야만 했다. 테드는 무슨 일인지 말하고 싶어 죽을 지경이었지만, 듣지 않으려는 아버지의 영웅적인 자제심 덕분에 웅대한 비밀을 누설하는 일만은 피할 수 있었다.

"이제 다 됐다. 놀랍도록 완벽해." 승리감에 젖은 낸이 마침내 나오면서 소리쳤다.

"그, 그거 있잖아. 너무 예뻐. 사일러스 아저씨도 이제 뭘 할지 알 거야." 데이지는 기쁜 나머지 깡충깡충 뛰면서 덧붙였다.

"이렇게 귀여운 건 본 적 없구먼. 저 반짝이는 게 제일 좋아." 비밀을 함께한 사일러스는 커다란 아이처럼 웃으면서 나갔다.

"다들 오고 있어. 에밀이 '풋내기 선원들은 아래로 내려가.' 하고 외쳤어. 우린 빨리 가서 옷 갈아입어야 해." 낸이 소리쳤고, 데이지와 함께 2층으로 급하게 뛰어 올라갔다.

산책갔던 아이들은 커다란 칠면조도 떨게 할 식욕을 깨

위 집으로 무리를 지어 돌아왔다. 이미 요리가 되어버린 칠면조에게 공포라는 게 아직 남아 있다면 말이다. 식사 종이 울리자 빛나는 머리와 깨끗한 옷깃, 그리고 일요일용 윗옷으로 한껏 꾸민 아이들 무리가 상쾌한 얼굴로 줄지어 식당에 들어왔다. 하나밖에 없는 검은 실크 옷을 입고 좋아하는 흰 국화 장식을 가슴에 꽂은 조가 식탁 윗자리에 앉아 있었다. 조는 멋을 낼 때마다 아이들이 말하듯 '정말 멋졌다'. 새 겨울 드레스를 입고 밝은 색깔 허리띠와 머리 리본으로 치장한 데이지와 낸은 꽃밭처럼 환하게 빛났다. 진홍색 양모 윗옷을 입고 아끼는 단추 달린 목 긴 구두를 신은 테드도 멋져 보였다.

긴 식탁 양쪽으로 행복한 얼굴들이 줄지어 앉았고, 마주 보고 앉은 바에르 부부는 서로 눈이 마주치자 말없이 상대편을 향해 마음속으로 이렇게 말했다.

'우리가 한 일이 결실을 보았네요. 감사하는 마음으로 계속합시다.'

칼과 포크가 달그락거리는 소리에 몇 분 동안은 말소리도 들리지 않을 정도였다. 메리 앤은 눈에 띄는 분홍색 리본을 머리에 매고 '이리저리 날아다니면서' 접시를 나르고 그레이비소스를 듬뿍 떠주었다. 거의 모든 사람이 이 만찬에 기여했기 때문에, 이날 차려진 음식은 먹는 사람 하나하나에게 특별히 흥미로웠다. 다들 자신이 내놓은 재료에 대해 이야기하면서 식사 시간을 즐겁게 보냈다.

"이것보다 좋은 감자는 본 적 없어." 잘 익은 감자를 네 개째 먹던 잭이 말했다.

"칠면조 속에는 내가 키운 약초가 좀 들어갔어. 그래서 이렇게 맛있는 거야." 낸은 칠면조 고기를 입에 가득 넣고 아주 만족스럽게 말했다.

"뭐니 뭐니 해도 내 오리가 최고야. 이렇게 통통한 건 한 번도 요리해 본 적이 없다고 에이서 아주머니도 그러던데." 토미도 덧붙였다.

"우리 당근도 예뻐. 그렇지? 그리고 이제 캐낼 우리 파스닙도 아주 괜찮을 거야." 딕이 덧붙였다. 살을 발라낸 칠면조 뼈 뒤쪽에 앉아 있던 돌리도 우물거리면서 동의했다.

"내 호박 덕분에 파이를 만들었어." 로브가 웃으면서 소리쳤다.

"내가 딴 사과로 사과즙을 만들었어." 데미가 말했다.

"소스에 넣은 크랜베리는 내가 딴 거야." 냇도 소리쳤다.

"난 호두를 주워왔어." 댄도 덧붙였다. 이런 자랑은 식탁 여기저기에서 계속되었다.

"추수감사절은 누가 만들었어?" 최근 아이 같은 옷을 벗고 재킷과 바지를 입게 되면서 어른이라도 된 듯 점잔을 떠는 로브가 물었다.

"그 질문에 누가 대답할 수 있는지 어디 보자꾸나." 바에르 교수는 역사 과목에 뛰어난 아이 두셋을 향해 턱짓을 했다.

"제가 알아요." 데미가 대답했다. "청교도가 만들었어요."

"왜?" 로브는 청교도가 누구인지 알려고 하지도 않고 다시 물었다.

"잊어버렸어." 데미는 풀이 죽었다.

"아마 청교도들이 배가 고팠던 적이 있어서일 거야. 그래서 수확을 많이 하게 되자 이렇게 말한 거지. '수확하게 해주신 하느님께 감사드리자.' 그리고 날을 정해 추수감사절이라고 부른 거야." 댄이 말했다. 댄은 신앙을 위해 고결하게 고통을 감내한 용감한 사람들의 이야기를 좋아했다.

"훌륭하구나! 네가 자연사 말고도 다른 것을 기억할 줄은 몰랐다." 바에르 교수는 제자를 향해 박수를 보냈다.

댄은 기쁜 표정을 지었다. 조가 아들에게 말했다.

"이제 알겠니, 로브?"

"모르겠어. 난 '필그린'이 바다에 사는 큰 물고기라고 생각했어. 데미 책에 있는 그림에서 봤어."

"필그린이 아니고 필그림, 청교도야. 이런 바보!" 데미는 의자에 등을 기대면서 큰 소리로 웃었다.

"놀리지 말아야지. 청교도에 대해 네가 아는 대로 설명해주렴." 조가 말했다. 로브 덕분에 식탁 여기저기에 웃음이 피어났고, 조는 크랜베리소스를 더 주면서 로브를 달랬다.

"음, 그렇게 할게요." 데미는 생각을 정리하려고 잠시 말을 멈추고는, 이 땅에 처음 온 청교도들에 대해 설명하기 시작했다. 청교도들이 이 이야기를 들었다면 그 엄숙한 신사들조차 미소를 지었을 것이다.

"로브, 영국 사람 중에는 그 나라에 왕이 있는 걸 좋아하지 않는 사람들도 있었대. 그래서 그 사람들이 배를 타고 이 나라까지 온 거야. 여기는 원주민이나 곰이나 야생 동물 들이 많았어. 그래서 그 사람들은 요새 같은 곳에서 살면서 아주 끔찍한 시간을 보냈어."

"곰이 그랬다고?" 로브가 관심을 보이면서 물었다.

"아니. 청교도 말이야. 그 사람들은 플리머스 바위에 상륙했어. 조 이모는 그 바위를 직접 보고 만져보기도 했대. 청교도들은 원주민들을 죽이고 부자가 됐다. 우리 조상들이 타고 온 배 중 하나가 '메이플라워호'야. 그 사람들이 추수감사절을 만들었고, 우린 항상 그날을 기리는 거야. 나도 추수감사절을 좋아해. 칠면조 좀 더 주세요."

"데미는 역사가가 될 거 같다. 명쾌하게 잘 설명하는구나." 바에르 교수는 순례자의 후손 데미에게 칠면조를 세 조각째 주고 있는 조를 보며 웃었다.

"추수감사절에는 먹고 싶은 만큼 많이 먹어야 한다고 생각했어요. 그런데 프란츠는 추수감사절이라도 그러면 안 된다고 하더라고요." 스터피는 몹시 나쁜 소식을 들은 것 같은 얼굴이었다.

"프란츠 말이 맞아. 아무리 먹고 싶어도 좀 참고 적당히 먹도록 해라. 그렇게 하지 않으면 이따 열릴 파티에서 네가 우릴 도울 수 없어요." 조가 말했다.

"조심할게요. 그런데 다들 많이 먹잖아요. 저도 그렇게 많이 먹는 게 좋아요." 스터피가 말했다. 스터피는 '추수감사절에는 거의 쓰러질 때까지 먹을 수 있는 대로 먹어야 하고 소화불량이나 두통 정도는 앓아도 괜찮다'는 믿음에 더 마음이 갔다.

"자, 우리 '청교도들'은 다과 시간까지 조용하게 놀고 있어요. 오늘 저녁은 즐거운 일이 아주 많을 테니까." 조가 말했다. 아이들은 긴 시간 동안 앉아 있던 식탁에서 일어나 모두의 건강을 기원하며 사과주스를 마시는 것으로 식사를 마쳤다.

"이 양 떼를 마차에 태우고 한 바퀴 돌고 올까 해요. 재미있을 거예요. 그러면 당신도 쉴 수 있을 테고요. 안 그러면 오늘 저녁 당신은 녹초가 되겠죠." 바에르 교수는 이렇게 덧붙이고는 곧바로 외투를 입고 모자를 썼다. 커다란 마차는 아이들로 꽉 찼고, 아주 멀리까지 즐거운 마차 산책을 떠났다. 뒤에 남은 조는 잠시 쉬고 나서 소소한 일들을 평화롭게 마무리 지었다.

아이들은 머리를 빗고 손을 씻은 뒤 가벼운 다과를 즐기고 나서 조바심을 내며 손님들이 오기를 기다렸다. 오직 가족과 친척 들만 오기로 되어 있었다. 이 작은 축제는 완전히 가족 중심으로 이루어졌고, 슬픈 이야기는 낄 수 없었다. 모두가 도착했다. 할머니와 할아버지가 메그와 함께 왔는데, 메그는 상중이라 검은 드레스를 입고 차분한 얼굴을 가리는 모자를 썼음에도, 무척이나 아름답고 사랑스러웠다. 로리와 에이미도 공주님을 데리고 왔다. 하늘색 가운을 걸친 베스는 어느 때보다도 요정처럼 보였고, 온실에서 만든 큰 꽃다발을 가지고 와서 아이들 단춧구멍에 하나씩 꽂아주며 유달리 우아하고 축제 같은 기분을 느끼게 해주었다. 낯선 얼굴도 보였다. 로리 이모부가 그 신사를 바에르 부부에게 소개했다.

"이쪽은 하이드 씨입니다. 댄이 어떻게 지내는지 항상 물으셨죠. 댄이 얼마나 좋아졌는지 보여드리고 싶어서 실례를 무릅쓰고 오늘 밤 모시고 왔어요."

바에르 부부는 댄을 기억하는 사람이 있다는 사실에 기뻐하며, 댄을 위해 정중하게 그를 맞았다. 잠시 대화를 나누면서 바에르 부부는 댄을 위해서만이 아니라 하이드 씨를 알게 된 것만으로도 기쁘다고 생각했다. 따뜻하고 솔직하고 재미있는 사람이었기 때문이다. 자기 친구 하이드 씨를 발견하고 밝아진 댄의 얼굴을 보는 것도 즐거운 일이었지만, 바람직하게 변한 댄의 태도나 외모를 보고 놀라고 만족스러워하는 하이드 씨를 보는 것은 더 즐거운 일이었다. 무엇보다도 하이드 씨와 댄이 구석에 마주 앉아 나이에 상관하지 않고 둘 다 관심이 있는 한 가지 화제에 몰두해 이야기하는 모습은 정말 보기 좋았다.

"곧바로 공연을 시작해야겠네요. 그러지 않으면 배우들이 잠들어 버릴 테니까요." 첫 인사가 오간 뒤 조가 말했다.

손님들은 모두 교실로 들어가, 침대보 두 장으로 만든 막 앞에 자리를 잡았다. 아이들은 벌써 사라지고 없었다. 하지만 막 뒤에서 들려오는 숨죽인 웃음소리와 익살스러운 작은 외침 덕분에 아이들이 어디 있는지는 누구나 알 수 있었다. 공연은 프란츠가 이끄는 팀에 속한 아이들의 힘찬 체조 시범으로 시작되었다. 파란 바지와 빨간 셔츠를 입은 큰 아이들 여섯은 조가 치는 피아노 소리에 맞춰 아령, 곤봉, 역기를 들고 근육을 뽐냈다. 댄이 너무 힘이 넘치게 곤봉을 돌리며 체조를 하는 바람에, 옆에 있는 아이들이 볼링 핀처럼 쓰러지거나 관객들 사이로 곤봉이 날아갈 것 같았다. 하이드 씨도 그 자리에 있는 데다 바에르 부부에게 고마움을 표하고 싶다는 열띤 소망으로 댄은 잔뜩 들떠 있었던 것이다.

"아주 멋지고 강한 아이군요. 제가 한두 해 정도 남미로 여행을 갈 생각인데 댄을 데리고 가도 될지 여쭤보고 싶군요, 바에르 교수님." 댄에 대한 이야기를 듣고 나서 그 아이에 대한 관심이 더 커진 하이드 씨가 말했다.

"물론 그렇게 하셔도 됩니다. 대환영이죠. 우리 어린 헤라클레스가 보고 싶어지겠지만 말입니다. 댄에게 참 좋은 일이고, 선생님을 성실하게 모실 거라 확신합니다."

댄은 두 사람의 대화를 듣고는, 하이드 씨와 새로운 나라를 여행할 생각에 너무나 기뻐 가슴이 뛰었다. 좋은 아이가 되려는 노력에 대한 보답으로 이런 상을 받았다는 생각이 들어 고마움에 가슴이 벅찼다.

체조가 끝나자 데미와 토미가 '돈은 암탕나귀를 앞으로 나아가게 한다'라는 옛날이야기를 들려주었다. 데미도 꽤 잘했지만, 늙은 농부 역할을 한 토미는 최고였다. 사일러스 흉내를 내는 토미를 보고 사람들은 배꼽이 빠질 지경이었고, 복도에 서서 신나게 공연을 즐기던 사일러스도 너무 심하게 웃는 바람에 옆에 있던 에이셔가 등을 두들겨주기까지 했다.

다음은 에밀 차례였다. 이때까지 계속 숨을 고르던 에밀은 의상을 갖춰 입고 '폭풍우', '바람이 이는 해변' 같은 말이 가득한 뱃사람 노래를 불렀고, '바람이다, 선원들. 바람이다!'라는 우렁찬 후렴구가 온 방에 울렸다. 그 다음에는 네드가 탑처럼 생긴 모자를 쓰고 큰 개구리처럼 뛰면서 재미있는 중국 춤을 보여주었다. 플럼필드의 유일한 공식 행사 자리라, 속셈 시범이나 맞춤법 대회, 낭송 등의 순서도 있었다. 잭은 칠판에서 빠르게 계산을 해보이면서 사람들을 놀라게 했다. 맞춤법 대회에서는 토미가 우승했고, 데미는 짤막한 프랑스어 우화를 낭송해 로리 이모부를 감탄하게 만들었다.

"다른 아이들은 어디 있죠?" 막이 내려갈 때까지 나이가 어린 아이들은 하나도 나오지 않자 모두 이렇게 물었다.

"깜짝 순서가 있어요. 정말 귀여울 거예요. 곧 놀랍고도 아름다운 연극이 시작돼요." 데미가 말했다. 데미는 엄마 메그 옆에 남아서, 곧 모습을 드러낼 비밀을 설명해 주었다.

공연을 보던 아빠를 뒤로하고 금발 꼬마 베스는 조 이모를 따라 어디론가 가버렸다. 베스의 아빠 로리는 '이제 무슨 일이 벌어질지' 궁금해하고 초조해하며 어쩔 줄 모르는 모습이었다.

바스락거리는 소리, 망치질 소리와 무대 감독의 지시가 이어진 뒤, 부드러운 음악과 함께 마침내 막이 올랐다. 갈색 종이로 만든 벽난로 옆 의자에 베스가 앉아 있었다. 이렇게 가련한 신데렐라는 본 적이 없었다. 회색 가운은 너덜너덜했고, 작은 구두는 닳아빠졌고, 밝은 머리칼 아래 얼굴은 사랑스러웠지만 너무 풀 죽은 표정이라 이 어린 배우를 보는 애틋한 눈에 미소뿐만 아니라 눈물이 날 지경이었다. 베스가 계속 가만히 있자 누군가가 "지금!"이라고 속삭여 주었다. 그러자 베스는 한숨을 쉬더니 "아, 나도 무도회에 가고 싶어!"라고 말했다. 어찌나 자연스러웠는지 베스의 아버지는 열광적으로 박수를 쳤고, 엄마 에이미는 "저 귀여운 것!"이라고 외쳐버렸다. 느닷없는 반응 덕에 신데렐라가 자기 역할도 잊고는 엄마 아빠를 향해 고개를 저으면서 꾸짖듯이 말했다. "나한테 말하면 안 돼."

금세 무대가 조용해졌다. 그러다 벽 쪽에서 두드리는 소리가 세 번 들렸다. 신데렐라가 "뭐지?"라는 대사를 생각하려고 애쓰는 사이에, 갈색 종이로 만든 벽난로 뒤쪽이 문처럼 열리면서 뾰족한 모자를 쓴 요정 대모님이 겨우겨우 몸을 드러냈다. 빨간 망토에 모자를 쓴 낸이 지팡이를 들고 있었다. 낸은 지팡이를 흔들면서 또랑또랑한 목소리로 말했다.

"널 무도회에 보내주마. 귀여운 아가야."

"이제 여기 잡아당겨서 예쁜 드레스 보여줘." 갈색 가운을 잡아당기면서 신데렐라가 말했다.

"아니야, 안 돼. 이렇게 말해야지. '이런 누더기옷을 입고 어떻게 무도회에 갈 수 있나요?'" 낸이 원래 자기 목소리로 말했다.

"아, 맞다. 그렇지." 공주님은 자기가 잊어버렸다는 사실은 신경 쓰지 않고 낸이 알려준 대로 대사를 시작했다.

"네 누더기옷을 훌륭한 드레스로 바꾸어주마. 넌 아주 착한 애니까." 대모님이 무대 말투로 말하고는 침착하게 갈색 앞치마 단추를 풀자 아주 아름다운 옷이 나타났다.

어린 공주는 수많은 어린 왕자들이 돌아보게 할 만큼 정말로 아름다웠다. 베스의 엄마는 작은 궁녀처럼 보이도록 딸에게 새틴 속치마와 여기저기 꽃무늬로 장식한 장밋빛 실크 드레스를 입혔는데, 무척이나 사랑스러웠다. 대모님은 분홍색과 흰색 깃털을 늘어뜨린 왕관을 신데렐라의 머리에 씌우고, 은색 종이로 만든 구두도 신겨주었다. 신발을 신고 일어선 베스는 치마를 살짝 들어 관객들에게 보여주고는 말했다.

"구두 참 예쁘지 않아요?" 옷에 푹 빠져버린 베스는 자기가 맡은 대사를 떠올리는 데 애를 먹다가 겨우 이렇게 말했다. "근데 전 마차가 없어요, 대모님."

"이걸 보렴!" 낸은 호들갑스럽게 지팡이를 휘둘러서 하마터면 공주의 왕관을 망가뜨릴 뻔했다.

그러자 연극에서 가장 웅장한 장면이 시작됐다. 먼저 "당겨라, 어이!"라고 에밀이 외치고 "천천히, 자, 천천히!"라고 사일러스가 거친 목소리로 답하자, 무대 위에 있던 밧줄이 흔들거리다가 팽팽하게 당겨졌다. 그 뒤에 큰 회색 쥐 네 마리가 등장하자 웃음소리가 터져 나왔다. 다리는 떨리고 꼬리가 이상한 모양으로 늘어졌지만, 머리만은 꽤 훌륭했고 검은 구슬로 장식한 눈은 정말로 살아 있는 듯 보였다. 쥐 네 마리가 마차를 끌었다. 아니, 그렇게 보이도록 만들어져 있었다. 거대한 호박을 반으로 잘라 만든 웅장한 마차는 테드의 수레에 올려놓았고, 수레도 화려한 마차처럼 보이도록 노란색으로 칠해두었다. 앞자리에 걸터앉은 쾌활해 보이는 작은 마부는 하얀 솜으로 만든 가발에 삼각 모자를 쓰고, 선홍색 반바지에 레이스 달린 코트를 입고 있었다. 아주 힘차게 긴 채찍을 휘두르고 빨간 고삐를 잡아당기자 회색 말들은 멋지게 우뚝 섰다. 마부는 바로 테드였다. 사람들을 향해 너무나 귀엽게 방긋 웃는 모습에 모두 박수를 보냈다.

"저렇게 성실한 마부를 찾을 수만 있다면 당장이라도 고용할 텐데." 로리가 감탄하며 말했다. 대모님이 마차를 멈추고 공주를 태워주었다. 유리 구두는 앞쪽으로 튀어나왔고, 분홍색 옷자락은 바닥에 질질 끌렸지만 공주는 사람들에게 입맞춤을 보내며 위엄 있게 앞으로 나아갔다. 마차는 우아했지만 공주님이 타기에는 다소 좁은 것이 유감이었다.

2막은 무도회장이었다. 낸과 데이지가 공작새같이 온갖 화려한 장식을 달고 등장했다. 낸은 도도한 언니 역할을 특히 잘해냈고, 궁전 무도회장을 휩쓸고 다녔다. 불안정해 보이는 왕좌에 혼자서 우두커니 앉아 있던 왕자는 특이하게 생긴 왕관을 쓴 채 주위를 두리번거렸고, 칼을 만지작거리거나 신발에 있는 장미꽃 장식을 넋을 잃고 바라보기도 했다. 그때 신데렐라가 등장하자 왕자는 벌떡 일어나서는, 열띤 목소리로 소리를 질렀다.

"어이쿠! 저게 누구야?" 그러고는 곧바로 그 아가씨를 데리고 춤을 추었고, 그러는 동안 언니들은 구석에서 얼굴을 찡그리면서 이들을 비웃었다.

귀여운 한 쌍이 당당하게 춘 지그 춤은 정말 멋졌다. 화려한 의상을 입은 아이들의 표정이 정말 진지했고 발동작은 너무도 독특해서, 프랑스 화가 바토가 그린 부채 속 인물처럼 앙증맞고 우아했다. 공주의 긴 옷자락이 춤을 추는 데 방해가 되어서 왕자 로브는 몇 번이나 넘어질 뻔했다. 하지만 두 사람은 이런 장애물에도 아랑곳없이 훌륭하게 춤을 끝마쳤다.

"신발을 떨어뜨려야지." 아가씨가 앉으려 하자 조가 속삭였다.

"아, 깜빡했어!" 신데렐라는 은빛 구두를 한 짝씩 벗어서 무대 가운데에 조심스럽게 놓고는 로브에게 "너, 이제 나 잡으러 와야 해."라고 말하며 그대로 달려갔다. 왕자는 구두를 주워 들고는 얌전히 총총거리면서 베스 뒤를 따라갔다.

3막은 모두가 알다시피 전령이 구두 주인을 찾는 장면이다. 아직 마부 차림인 테드가 양철 물고기 나팔을 불면서 등장했고, 도도한 언니들은 저마다 신발을 신어보려고 했다.

낸은 조각칼로 자기 발가락을 자르는 모습을 보여주겠다고 고집하면서 그 연기를 너무 잘해내서, 전령이 기겁하며 "제발 조심해."라며 사정하기까지 했다. 다음은 신데렐라 차례였다. 신데렐라는 앞치마를 걸치고 등장해 신발을 신어보고는, 만족스럽게 선언했다.

"제가 공주예요."

데이지는 흐느끼며 용서를 빌었다. 하지만 비극을 좋아하는 낸은 각본을 수정해, 정신을 잃고 바닥에 쓰러졌다. 그러고는 그 자리에 누워 얼마 남지 않은 연극 나머지 부분을 편안하게 감상했다. 왕자가 뛰어들어 무릎을 꿇고는 너무나도 열정적으로 금발 꼬마의 손에 입맞춤을 하자, 전령은 관객들이 귀먹을 정도로 크게 나팔을 불어댔다. 막이 내려갈 틈도 없었다. 공주는 무대에서 뛰어내려 아버지에게 달려가 "나 잘했어?" 하고 소리쳤고, 왕자와 전령은 나무칼로 칼싸움을 하기 시작했다.

"정말 아름다운 연극이었어!" 모두 입을 모아 말했다. 황홀감이 잦아들자 냇이 손에 바이올린을 들고 등장했다.

"조용! 조용!" 아이들이 외치자 이내 조용해졌고, 냇의 수줍은 태도와 눈빛에 모두가 집중했다.

바에르 부부는 냇이 잘 아는 옛 선율을 연주하리라고 생각했다. 그런데 놀랍게도 냇은 새롭고도 사랑스러운 선율을 연주하기 시작했다. 너무나도 부드럽고 달콤한 이 음악은 희망과 기쁨 같은 가정의 소중한 가치를 노래했으며, 듣는 사람들을 위로하고 기운을 북돋웠다. 메그는 데미의 어깨에 머리를 기댔고, 할머니는 눈물을 훔쳤다. 조는 로리를 올려다보면서 목이 멘 소리로 속삭였다.

"네가 작곡한 곡이구나."

"네 학생이 너희 부부에게 경의를 표하게 해주고 싶었어. 냇은 자신만의 방법으로 감사하는 마음을 보여주는 거야." 로리는 몸을 숙여 답례를 보내며 대답했다.

인사를 하고 무대를 떠나려던 냇은, 모두 큰 박수를 보내면서 한 곡 더 청하는 바람에 다시 무대에 서야 했다. 냇이 행복한 얼굴로 다시 연주를 시작한 곡은 너무도 흥겨워서 사람들은 가만히 있지 못하고 발을 구르며 박자를 맞췄다.

"의자를 다 치워!" 에밀이 외치자 순식간에 의자가 뒤로 옮겨졌다. 어른들은 구석으로 피했고 아이들은 중앙에 모였다.

"춤을 청할 시간이다!" 에밀이 소리쳤다. 그러자 남자아이들은 어른과 아이 가리지 않고 숙녀들에게 달려가, 딕 스위블러(1841년에 출간된 찰스 디킨스의 『오래된 골동품 가게』에 등장하는 악당-옮긴이)가 그랬듯이 '발을 꼬면서' 정중하게 춤을 청했다. 아이들은 공주님과 춤을 추려고 서로 주먹질까지 할 뻔했지만, 베스는 친절한 귀부인답게 딕을 선택했고, 딕은 자랑스럽게 베스를 춤을 추는 자리로 데리고 갔다. 조는 춤을 추지 않으려고 했지만 아이들이 가만두지 않았다. 에이미는 프란츠의 신청을 거절하고 댄을 선택했다. 냇과 토미, 냇과 데이지가 짝을 이뤘다. 로리는 에이셔에게 춤을 청했다. 지그 춤을 추고 싶어 안달이 나 있던 에이셔는 이 영광에 어쩔 줄 몰라 했다. 사일러스와 메리 앤은 복도에서 춤을 추었다. 반 시간 동안 플럼필드 가족은 그 어느 때보다 즐거운 시간을 보냈다.

파티의 마지막은 공주님과 마부를 태운 호박 마차가 앞장섰고, 마차에 달린 쥐 네 마리는 이리저리 까불며 어린 신사 숙녀 모두가 대행진하는 것을 장식했다.

아이들이 마지막 놀이를 즐기는 동안, 어른들은 거실에 앉아 아이들을 바라보며 이야기를 나누었다.

"그렇게 행복한 얼굴로 혼자서 무슨 생각을 하는거야, 조?" 소파에 나란히 앉으며 로리가 물었다.

"여름에 있었던 일, 로리. 그리고 우리 아이들의 미래를 상상하면서 즐거워하던 참이야." 조는 자리를 내주면서 웃으며 대답했다.

"이 아이들 모두 시인, 화가, 정치가, 군인, 아니면 적어도 대상인 정도는 될 것 같아, 조."

"아냐, 난 예전처럼 그런 욕심은 없어. 아이들이 정직한 사람이 되기만 해도 만족할 거야. 하지만 솔직히 말하면, 몇몇은 사람들에게 칭송받고 성공했으면 싶기도 해. 데미는 평범한 아이가 아니거든. 그 애의 놀라운 언어 감각으로 나중에 선하고 훌륭한 업적을 꽃피울 수 있을 거야. 다른 아이들도 잘될 거야. 그랬으면 좋겠어. 특히 나중에 이곳에 온 두 아이는. 오늘 밤 냇의 연주를 듣고 그 아이는 정말이지 천재라고 생각했어."

"재능은 확실히 갖고 있지. 틀림없이 얼마 지나지 않아 자기가 좋아하는 일로 생활을 꾸려갈 거야. 한두 해 정도 더 돌봐줘. 그러면 내가 그 애를 데리고 가서 적당한 곳에서 교육받을 수 있게 해줄게."

"친구 하나 없이 버려진 신세로 여섯 달 전에 이곳에 온 걸 생각하면 냇에게는 정말 기쁜 소식이네. 댄의 미래도 난 이미 알지. 하이드 씨가 그 애를 데려가고 싶어 해. 댄은 사랑과 믿음만 주어진다면 훌륭하게 제 몫을 해내는 아이니까 잘해낼 거라고 생각해. 그리고 그 애는 자기만의 방법으로 미래를 개척해 나가는 힘이 있거든. 그래, 난 이 두 아이의 일에 성공해서 정말로 행복해. 한 아이는 아주 약했고, 한 아이는 아주 거칠었는데 말이야. 지금은 둘 다 훨씬 좋아졌고, 앞으로도 기대가 돼."

"도대체 무슨 마법을 쓴 거야, 조?"

"난 이 가족을 작은 세상이라고 보고 있어. 아이들에게 사랑을 주고, 내가 사랑한다는 걸 그 애들이 알게 해줬을 뿐이야. 나머지는 프리츠가 했고."

"훌륭해! 넌 '사랑을 줬을 뿐'이라고 하지만 그게 쉽지만은 않은 일이야." 로리는 조가 어린 소녀였던 때 대하던 것보다 더 소중한 존경심을 갖고 바라보면서 야윈 뺨을 쓰다듬으며 말했다.

"난 이미 나이 들고 시들어버렸지만 아주 행복한 사람이야. 그러니 동정하지는 마, 로리." 조는 진정 만족한 눈으로 방 안을 둘러보았다.

"그래. 네 계획은 해마다 점점 더 잘되어가는 것 같아." 로리는 앞으로 펼쳐질 밝은 미래에 동의하는 듯 고개를 끄덕이며 말했다.

"모두 이렇게 도와주는데 어떻게 잘되지 않을 수가 있겠어?" 조는 가장 관대한 후원자 로리에게 고마움을 표하며 대답했다.

"우리 가족이 한 일 중 최고야. 네가 이 학교를 시작해서 성공한 일 말이야. 우리가 네게 기대한 미래와는 좀 달랐지만, 결국 너에게 딱 들어맞았으니까. 우리에게 항상 좋은 자극을 주고 있어, 조." 고마워하는 조의 눈빛을 여느 때처럼 피하면서 로리가 말했다.

"아! 하지만 이 학교를 시작할 때 넌 웃었잖아. 아직도 나와 내 생각을 온갖 방법으로 놀려대고 있고. 여자아이들을 남자아이들과 같이 있게 두면 크게 실패할 거라고 말하지 않았어? 지금 얼마나 잘되고 있는지 한번 보라고." 조는 함께 춤추고 노래하며 친밀한 우정을 나누면서 행복해하는 아이들을 가리켰다.

"내가 졌네. 우리 금발 꼬마 아가씨가 어느 정도 자라면 너한테 맡길게. 그러면 내가 졌다는 걸 받아들이겠어?"

"네 작은 보물을 날 믿고 맡겨준다면 더한 영광은 없을 거야. 여자아이들이 서로 영향을 끼치는 모습은 정말 대단했어. 넌 또 웃겠지만 익숙한 일이니까 상관없어. 내가 가장 좋아하는 공상 한 가지를 이야기해 줄게. 난 이 가족을 작은 세상이라고 보고 있어. 남자아이들이 발전하는 모습을 지켜보는 것도 좋지만 요즘에는 여자아이들이 서로에게 얼마나 좋은 영향을 주고받는지 보는 게 요즘 내 즐거움이야. 데이지는 가정적인 면이 있어. 모두 그 애의 차분하고 부드러운 모습에 마음이 끌리지. 낸은 가만있지 못하고 힘이 넘치는 아이야. 강한 의지를 가졌지. 남자아이들은 낸의 용기를 존경하고, 낸이 원한다면 함께 놀 수 있도록 공정한 기회를 줘. 낸은 강할 뿐만 아니라 동정심도 있거든. 이런 모습이 이 작은 세계에서는 큰 힘이 돼. 베스는 타고난 세련됨, 우아함, 아름다움으로 가득 차 있지. 베스는 자기도 모르는 사이에 다른 아이들을 빛나게 해줘. 사랑스러운 아이라면 으레 그렇듯이 자기도 모르게 남자아이들의 거친 면을 부드럽게 만들고 있어. 아이들을 진정한 의미의 신사가 되게 해주는 거야."

"그런 일을 꼭 점잖은 아가씨만 잘하는 건 아니야, 조. 강인하고 용감한 여성이 어느 소년을 격려해서 다른 사람으로 만들기도 하지." 로리는 의미심장한 미소를 띠고 고개를 숙여 인사하며 말했다.

"아냐. 현명하고 모성애가 강한 데이지 같은 아이가 말괄량이 낸보다 큰 역할을 하고 있어. 데이지가 데미를 대하는 것처럼 말이야." 그러면서 조는 고개를 돌려 자신의 어머니를 바라보았다. 어머니는 노년에 어울리는 품위와 아름다운 얼굴로, 메그와 조금 떨어진 곳에 앉아 있었다. 로리도 존경과 애정을 담은 눈길을 잠시 보내고는 진지하게 대답했다.

"세 여성 모두 그 아이를 위해 많은 걸 했어. 그래서 난 이곳 여자아이들이 남자아이들에게 얼마나 큰 도움이 되는지 이해할 수 있어."

"하지만 남자아이들만 여자아이들의 도움을 받는 건 아니야. 장담하는데, 서로가 마찬가지야. 냇은 음악으로 데이지를 즐겁게 해줘. 댄은 다른 어떤 아이들보다 낸을 잘 다루지. 데미는 너의 금발 꼬마 아가씨를 아주 쉽게 가르쳐. 그래서 프리츠는 이 두 아이의 관계가 레이디 제인 그레이와 스승인 대학자 로저 애스컴(레이디 제인 그레이는 왕위에 올랐다가 계략에 휘말려 9일만에 폐위된 영국 여왕. 유폐된 후 평화롭게 지냈으나 반란 사건에 연루되어 사형당했다. 그녀는 정치에 관심이 없고 학문을 즐겼다. 로저 애스컴은 엘리자베스 1세의 스승이기도 했던 학자로, 제인 그레이가 『플라톤』을 읽는 모습을 보고 감탄했다는 일화가 있다.-옮긴이) 같다고 말하곤 해. 아! 남성과 여성이 우리 아이들처럼 서로 믿고 이해하고 도와준다면 세상은 정말 멋진 곳이 될 거야!" 이렇게 말하며 조의 눈은 어딘가 먼 곳을 바라보는 듯했다. 사람들이 플럼필드의 아이들처럼 행복하고 밝게 살아가는 새롭고 아름다운 세상을 꿈꾸는 모양이었다.

"넌 그런 좋은 시대가 오도록 최선을 다하고 있는 거란다, 조. 그 믿음을 잃지 말고 열심히 노력해라. 너의 작은 실험을 성공시켜 가능성을 증명해 다오." 지나가다 잠시 멈춰선 마치 씨가 격려의 말을 해주었다. 선한 마치 씨는 인간성에 대한 자신의 믿음을 버린 적이 없었고, 평화와 선의와 행복이 이 땅에 가득하기를 바랐다.

"그렇게 큰 욕심은 없어요, 아버지. 전 그냥 아이들이 세상에 나와 맞서 싸울 때 느낄 고통을 덜어주는 데 도움이 될 몇 가지 간단한 것들을 배울 집을 주고 싶은 거죠. 정직, 용기, 근면, 그리고 자기 자신과 친구들에 대한 신뢰, 마지막으로 신에 대한 믿음. 제가 가르치고 싶은 건 이것뿐이에요."

"그게 전부란다. 아이들에게 그런 도움을 주고, 남자와 여자로서 각자의 인생을 살아갈 수 있도록 내보내는 거야. 성공하든 실패하든 상관없이 아이들은 너희들의 노력, 내 사위와 딸의 노력을 기억하고 축복할 거야."

바에르 교수도 언제부터인지 곁에 있었다. 마치 씨는 이렇게 말하면서 두 사람에게 차례로 손을 내밀었고, 축복하는 얼굴로 그 자리를 떠났다.

조는 남편과 잠시 그곳에 서서, 아버지 말씀처럼 잘 지냈다고 생각하면서 조용히 이야기를 나누었다. 그때 로리가 복도로 나가 아이들에게 뭐라고 말하자, 갑자기 모두가 방으로 뛰어 들어와 손을 잡고는 바에르 부부를 둘러싸고 춤을 추면서 즐겁게 노래했다.

여름날은 끝나고
여름에 하는 일도 끝났네.
즐겁게 차곡차곡
수확이 쌓였네.
이제 축제는 끝났고,
연극도 막을 내렸네.
하지만 한 가지 의식이 남았으니

바로 추수감사절이라네.

최고의 수확은
하느님 눈앞에 있네.
행복한 아이들이
집 안에 모였네.
아이들은 감사를 드리네.
마땅히 감사드려야 할 분에게.
감사한 마음과 감사하는 소리로,
아버지, 어머니, 당신들에게.

마지막 말과 함께 아이들이 손에 손을 잡고 만든 원은 점점 좁아졌다. 바에르 교수와 조의 곁을 아이들의 수많은 팔이 감싸 두 부부의 얼굴 절반이 가려질 지경이었다. 나무 한 그루가 뿌리를 내리고 작은 화단 여러 곳에 각기 아름답게 꽃을 피운 모습 같았다. 사랑이라는 꽃은 어느 땅에서도 잘 자라기에, 가을 서리나 겨울 눈에도 굴하지 않는다. 그 달콤한 기적 속에서 1년 내내 아름답게 만개한 그 꽃이 사랑하는 사람과 사랑받는 사람 모두를 축복하고 있었다.

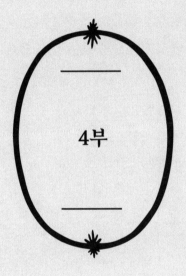

4부

10년 뒤

"10년 동안 이곳이 이렇게 근사하게 변할 거라고 누군가 말해 줬더라도 믿지 않았을 거야." 조가 메그에게 말했다. 어느 여름날, 두 사람은 플럼필드의 테라스에 앉아 자부심과 기쁨 가득한 얼굴로 주위를 둘러보고 있었다.

"자본과 선의가 이루어낸 마법 같은 결과지. 로런스 씨에게도 당신이 기꺼이 기부해 세운 이 대학보다 더 고귀한 기념비는 없을 거라고 확신해. 이 집이 지금처럼 유지되는 한, 마치 대고모에 대한 기억도 오래도록 생생할 거야." 곁에 없는 사람을 항상 칭찬하곤 하는 메그가 대답했다.

"언니도 기억하겠지만 우린 요정이 있다고 늘 믿었잖아. 세 가지 소원을 빈다면 뭘 달라고 할지 궁리하곤 했지. 이제 드디어 내 소원이 이루어졌다는 생각이 들지 않아? 돈과 명예, 내가 사랑하는 일까지 말이야." 어린 시절에 그랬듯 머리카락이 헝클어지든 말든 아랑곳하지 않고 두 손을 머리 위로 올려 잡으며 조가 말했다.

"내 소원도 이루어졌고 에이미도 소원 성취한 기분을 마음껏 즐기고 있지. 어머니와 존, 베스만 있다면 정말 완벽할 텐데. 다들 너무 보고 싶어." 메그가 덧붙였다. 어머니의 빈자리가 새삼스레 느껴졌는지, 목소리가 부드럽게 떨렸다.

조는 언니 손 위에 자신의 손을 얹었다. 두 사람은 잠시 말없이 앉아, 행복하면서도 슬픈 듯 만감이 교차하는 심정으로 눈앞에 펼쳐진 풍경을 바라보았다.

고요하던 플럼필드는 마법에라도 걸린 것처럼 활기찬 작은 세상으로 변했다. 집은 전보다 훨씬 기꺼이 사람들을 맞이하는 듯했다. 새로 칠도 하고, 증축도 하고, 잔디와 마당도 잘 손질해 한결 쾌적한 모습이었다. 아이들이 연을 날리던 언덕에는 로런스 할아버지가 세상을 떠나며 남긴 후한 유산으로 지은 대학이 훌륭한 자태로 서 있었고, 작은 발들이 오래전부터 다져놓은 오솔길에는 학생들이 분주하게 오갔다. 이제 플럼필드에서는 많은 젊은이들이 부와 지혜, 자애가 그들에게 부여한 모든 특권을 마음껏 누리고 있었다.

플럼필드의 대문 바로 안쪽 나무들 사이에는 비둘기 집을 꼭 닮은 예쁜 갈색 오두막이 있고, 서쪽 초록빛 언덕에는 로리의 하얀 기둥 저택이 햇빛을 받아 빛났다. 마을이 급격히 발전하고 번잡해지면서 메그의 보금자리는 엉망이 되었고, 로런스 할아버지의 집 앞에 비누 공장까지 들어서 그를 화나게 한 적도 있었다. 결국 우리의 친구들이 플럼필드로 이사하면서 큰 변화가 시작되었다.

그것은 즐거운 변화였다. 하늘로 떠난 어른들도 있었지만, 그분들이 남긴 축복은 아름다운 추억이 되었다. 이 작은 공동체에 남은 모두가 행복하게 살고 있었다. 바에르 교수는 대학 총장으로, 마치 씨는 교목으로 일하면서, 자신들이 오랫동안 키워온 꿈이 아름답게 실현되는 모습을 지켜보았다. 마치 집안 자매들은 학생들을 돌보면서 각자에게 제일 어울리는 역할을 맡았다. 메그는 젊은 여학생들의 어머니같고 친구 같은 존재였고, 조는 학생 모두가 속마음을 털어놓는 상담자이자 든든한 보호자였다. 에이미는 레이디 바운티풀(아일랜드의 극작가 조지 파쿼가 1707년에 쓴 희곡 『멋쟁이의 계략 The Beaux' Stratagem』에 등장하는 인심 좋은 부인-옮긴이)처럼, 어려운 학생들의 생활을 세심하게 돌보고 모두를 따뜻하게 품어주었다. 에이미의 근사한 집은 '파르나소스산(아폴론 신과 뮤즈 신의 영지라고 전해지는, 문예의 원천으로 여겨지는 산-옮긴이)'이라고 불렸다. 이 집에는 음악과 미술, 문화에 굶주린 젊은이들이 오랫동안 바라왔던 것들로 가득했다.

처음 여기서 지내던 열두 명의 아이들은 자연히 지난 몇 년 사이에 먼 곳으로 흩어졌다. 하지만 다들 옛 시절의 플럼 필드를 여전히 기억했고, 세계 구석구석에서 돌아와서는 자신이 겪은 경험담을 나누거나 예전의 추억을 떠올리며 즐거운 대화를 나누었다. 아이들은 집으로 돌아올 때마다 그렇게 어린 시절의 행복한 기억을 떠올리면서 위로와 힘을 얻었다. 이제 이 아이들이 각각 어떤 여정을 거쳐왔는지 이야기하고 나서, 새로이 펼쳐질 이들의 인생을 따라가려 한다.

이제 스물여섯 살 청년이 된 프란츠는 함부르크에서 사업을 하는 친척 집에서 지내면서 맡은 일을 제법 잘 해내고 있다. 에밀은 '푸른 바다를 항해하는' 쾌활한 뱃사람이 되었다. 외삼촌 바에르는 모험 가득한 인생에 실망하기를 내심 기대하면서 조카를 먼 여행길로 보냈던 것인데, 에밀은 항해를 마치고 실망은커녕 아주 만족해하면서 항해에서 돌아오는 바람에 이 일이 그의 천직임을 깨닫는 데 도움이 됐을 뿐이었다. 에밀에게는 그 일이 천직임이 분명했다. 독일에 있는 친척이 배에 탈 기회를 주자 에밀은 매우 행복해했다. 댄은 여전히 방랑자로 살았다. 남미에서 지질학 연구를 한 뒤에는 오스트레일리아에서 양을 쳤고, 지금은 캘리포니아에서 금광을 찾고 있다. 냇은 음악학교를 다니면서, 한두 해 동안 독일로 가서 공부를 마무리할 준비를 하고 있다. 톰(3부의 '토미'가 4부에서는 '톰'으로 불린다.–옮긴이)은 의학을 공부하면서 재미를 붙이려 애썼다. 잭은 아버지와 함께 사업을 하면서 오직 부자가 될 일념으로 불타올랐다. 돌리는 스터피와 대학에 들어갔고 네드는 법률을 공부하고 있다. 가엾은 꼬마 딕은 세상을 떠났고, 빌리도 그 뒤를 따랐다. 두 아이의 삶은 불행했고 몸도 마음도 너무 아팠기 때문에, 누구도 이들이 떠났다고 슬퍼하기만 할 수는 없었다.

테드와 로브는 '사자와 어린 양'이라고 불렸다. 테드는 맹수의 왕처럼 자유분방했고, 로브는 어린 양처럼 온화했기 때문이다. 조는 온화한 로브를 '우리 딸'이라 불렀는데, 로브는 플럼필드 출신 아이들 중 가장 성실하고 조용하고 부드러우면서도 용감했다. 그러나 테드는 전혀 달랐다. 조는 자기가 젊은 시절 갖고 있던 결점, 변덕, 열망, 장난기 등 모든 것이 새로운 형태로 테드의 내면에 존재하는 걸 보는 듯했다. 덥수룩한 황갈색 곱슬머리와 긴 팔다리에, 큰 목소리로 말하면서 끊임없이 움직이는 테드는 플럼필드에서 유달리 돋보였다. 테드는 우울한 기분에 사로잡혀 일주일에 한 번은 '절망의 수렁(1678년에 출간된, 영국의 작가 존 버니언의 『천로역정』에 등장하는 장소-옮긴이)'에 빠지곤 했는데, 그럴 때면 로브나 조가 참을성 있게 그를 수렁에서 건져 올려야 했다. 두 사람은 테드를 혼자 내버려 둬야 할 때와, 다가가 기운을 북돋워야 할 때를 알았다. 나이에 비해 영특하고 온갖 재능을 싹

띄워 올리는 이 놀라운 아이가 장래에 무엇이 될지, 어머니 조는 자랑스러워하면서도 동시에 고민이 되기도 했다.

데미는 우수한 성적으로 대학을 졸업했다. 메그는 아들이 목사가 되기를 내심 바랐다. 위엄 있는 청년 목사가 첫 설교를 하는 장면을 상상하고, 오래도록 영광스러운 생애를 보내는 모습을 꿈꾸기도 했다. 하지만 존(메그는 이제 아들을 이렇게 불렀다)은 신학교에 가지 않겠다고 단호히 거부했다. 책은 지금까지 충분히 읽었으니 이제는 더 많은 사람과 세상을 알아야 한다면서, 신문사 일을 경험하겠다고 작정한 것이다. 충격적인 결정이라 메그는 크게 낙담했다. 하지만 청년의 결심을 억지로 바꿀 수 없으며 경험은 최고의 스승이라는 사실을 알았기에, 설교단 위에 선 아들을 보고 싶다는 소망을 쉽게 버리지 못하면서도 아들이 바라는 길을 가도록 허락해주었다. 조는 집안에서 기자가 나오게 되었다는 사실에 불같이 화를 냈다. 데미의 글 쓰는 재주는 무척 아꼈지만, '폴 프라이(1825년에 초연된 존 풀의 익살극 「폴 프라이Paul Pry」의 등장인물로, 꼬치꼬치 캐묻고 다니기 좋아하는 사람의 대명사−옮긴이) 같은 사람들을 싫어했기 때문이다. 누가 뭐래도 데미는 자기 생각이 확고했고, 어머니의 근심 어린 말이나 친구들의 놀림에도 동요하지 않고 조용히 계획을 진행시켰다. 로리 이모부는 기자로 시작해 유명한 소설가가 된 디킨스나 다른 유명인들처럼 얼마든지 훌륭한 경력을 이어갈 수 있다고 조카 데미를 격려했다.

여자아이들도 모두 잘 지냈다. 여전히 집안일을 좋아하고 상냥한 데이지는 어머니를 위로하는 말동무 역할을 했다. 열네 살이 된 조시는 독특한 아이로, 온갖 장난과 기이한 행동을 즐겨 하곤 했다. 최근에는 연극을 향한 열정이 넘쳐서, 어머니 메그와 언니 데이지는 이 모습을 즐기면서도 한편으로는 걱정하기도 했다. 베스는 아름다운 아가씨가 되어 자기 나이보다 두세 살 위로 보였다. 어린 시절과 마찬가지로 취향이 우아하고 고상했고, 부모에게 물려받은 풍부한 재능을 꽃피우고 있었다. 하지만 플럼필드의 자랑은 누구보다도 천방지축이던 낸이었다. 고집이 센 데다 잠시도 가만있지 못하던 그 소녀는 활달하고 믿음직한 여성으로 성장했다. 야심만만한 탐구자는 자신에게 가장 적합한 일을 만나면 금세 꽃을 피우게 마련이다. 낸은 열여섯 살에 의학 공부를 시작해 스무 살이 된 지금도 목표를 이루려 공부하고 있었다. 여성들에게는 다행스럽게도, 이제는 대학과 병원이 여성들에게도 문호를 개방했기 때문이다. 오래된 버드나무 밑에서 "나는 병이나 서랍이나 공이(덩어리 약을 갈아서 가루약으로 만드는 데 쓰는 도구-옮긴이) 같은 걸 들고 마차를 타고 다니면서 아픈 사람들을 치료할 거야." 하고 말해 데이지를 놀라게 한 어린 시절부터 낸은 목표를 바꾼 적이 없었다. 그토록 어린 소녀가 자신의 미래를 예언하더니, 어엿하게 성장해 실현하고 있었다. 의학 공부를 하며 큰 행복을 느끼는 낸에게 자신이 선택한 길을 넘어설 수 있는 직업은 없었다. 데이지가 말한 '작고 예쁜 집과 보살필 가족'을 선택하는 쪽으로 낸의 마음을 바꾸려고 훌륭한 젊은 신사들이 애를 써보기도 했지만 낸은 웃기만 할 뿐, 흠모의 말을 속삭이는 혀를 한번 진찰해 보자고 하거나, 수락을 구하며 내미는 커다란 손을 잡고 의사처럼 맥을 짚으려고 들면서 접근하는 남자들을 쫓아냈다. 덕분에 모든 청년이 떠나갔지만 단 한 명만은 예외였다. 트레들스(1850년에 출간된 찰스 디킨스의 소설 『데이비드 코퍼필드』에 등장하는 인물. 주인공과 절친한 사이로, 열정으로 돈과 인맥의 벽을 극복하고 꿈을 이룬다.-옮긴이)처럼 헌신적인 이 청년을 막기란 불가능했다.

그는 바로 톰이었다. 낸이 '공이 같은 것'을 다루듯 톰도 어린 시절부터 사랑하던 이에게 충심을 다했다. 톰도 의학을 공부했는데, 사실 그 선택은 순전히 낸 때문이었다. 톰은 사업을 하며 살면 어떨까 자주 생각하곤 했고, 의학에는 아무 흥미가 없었다. 하지만 낸의 마음이 확고했기에 톰도 의학 공부에 매달렸고, 자신이 나중에 진료하면서 친구를 여럿 죽이는 일이 일어나지 않기를 진심으로 기원했다. 낸과 톰은 좋은 친구가 됐고, 둘의 동료들은 우여곡절 많은 그들의 유쾌한 연애에 열광했다.

메그와 조가 플럼필드의 테라스에서 이야기를 나누던 그날 오후, 낸과 톰은 각자 이곳으로 오고 있었다. 낸은 혼자서 씩씩하고 기분 좋게 걸었고, 톰은 마을 어귀에 접어들면서부터 우연히 만난 것처럼 보이려고 낸의 뒤를 열심히 쫓아오던 참이었다. 톰이 항상 써오던 장난스러운 수법이었다.

맑은 눈에 생기 있고 아름다운 미소를 띤 낸은 목표가 확실한 젊은 여성답게 침착한 표정이었다. 편한 옷차림으로 가볍게 걸으며, 어깨를 쫙 펴고 두 팔을 자유롭게 흔들었다. 움직임마다 젊고 건강한 활력이 가득했다. 기분 좋은 날, 생기발랄한 아가씨가 시골길을 걷는 모습이 얼마나 즐거워 보이던지 사람들은 길을 가다가 낸을 다시 돌아보기도 했다. 모자를 벗은 채 곱슬머리를 휘날리면서 상기된 얼굴로 낸을 뒤쫓아 빠르게 걷는 청년도 같은 마음인 게 분명했다.

이윽고 "안녕!"이라는 부드러운 소리가 산들바람을 타고 들려왔다. 낸은 걸음을 멈추고 깜짝 놀란 척을 하려다 실패하고는 상냥하게 말했다.

"와, 너였구나, 톰?"

"응, 오늘쯤 네가 오겠다 싶었거든." 톰은 쾌활한 얼굴로 밝게 웃었다.

"알고 있었잖아. 목은 좀 어때?" 낸은 평소처럼 사무적인 말투로 물었다. 낸의 이런 말투는 톰의 들뜬 기분을 사그라들게 만들곤 했다.

"목? 아, 맞다! 생각났어. 지금은 괜찮아. 그 처방 효과가 참 좋았어. 이제 동종 요법(인체에 질병 증상과 유사한 증상을 유발해 치료하는 방법. 1970년대에 독일 의사 사무엘 하네만이 발전시켰다.-옮긴이)이 사기라는 말은 절대 하지 않을게."

"사기는 네가 쳤지. 아프지도 않았잖아. 내가 준 건 약이 아니었어. 그게 효과가 있었다면 설탕이나 우유로도 디프테리아(디프테리아균 감염으로 인한 급성 호흡기 질환-옮긴이)를 치료할 수 있게? 그렇담 그 사실을 꼭 적어놔야겠지. 톰, 이제 장난은 그만 치는 게 어때?"

"아, 낸. 너나 날 이기려 드는 거 그만둬." 두 사람은 예전처럼 서로를 마주 보며 유쾌한 웃음을 터뜨렸다. 플럼필드에 올 때면 옛 생각이 또렷하게 되살아났다.

"병원에 갈 핑계라도 만들지 않으면 일주일은 못 보잖아. 넌 늘 바빠서 말도 못 붙일 정도니까." 톰이 변명했다.

"너도 바쁘게 지내야지. 이런 말도 안 되는 짓 관두고. 정말이야, 톰. 수업에 신경 쓰지 않으면 넌 졸업도 못 할 거야." 낸은 사뭇 진지했다.

"수업은 지금 듣는 것만으로도 차고 넘쳐." 톰은 지겹다는 듯 대꾸했다. "온종일 해부 수업을 한 뒤에는 좀 놀아야지, 안 그래? 그런 공부를 한꺼번에 오래 하는 건 너무 힘에 부치니까. 물론 엄청나게 즐기는 사람도 있긴 하지만 말이야."

"그럼 그만두고 너한테 맞는 일을 하는 게 어때? 알다시피 난 네가 의학 공부를 하는 게 바보 같은 일이라고 늘 생각했어." 사과처럼 새빨간 얼굴에서도 병의 징후를 읽어내던 예리한 낸의 눈에 근심하는 기색이 비쳤다.

"내가 왜 이 일을 선택했는지 알잖아. 그러다 죽더라도 이 일에 매달리는 이유도 알 테고. 나는 허약체질은 아니지만 마음 깊은 곳에 병이 있어. 조만간 그것 때문에 죽겠지. 날 맡아줄 의사는 세상에 단 한 사람인데, 치료해 주지 않을 거니까 말이야."

톰은 체념하는 기색이었고, 그 모습은 우스꽝스러우면서도 처량했다. 톰은 진지하게 이런 암시를 계속했지만, 정작 좋아하는 사람의 작은 격려조차 얻지 못했다.

낸은 얼굴을 찡그렸다. 이런 상황에 익숙하던 터라 어떻게 대해야 할지는 잘 알았다.

"그 의사는 최고의 방법이자 유일한 방법으로 네 병을 치료하는 중이야. 하지만 워낙 난치병이라 아직 낫지 않은 것뿐이지. 지난번 내 처방대로 했어? 무도회에 갔냐고?"

"응."

"어여쁜 웨스트 양에게는 최선을 다한 거니?"

"저녁 내내 같이 춤을 췄어."

"그런데 예민한 네 마음에 아무런 느낌도 없었어?"

"전혀. 그 아가씨 눈앞에서 하품하고 식사 챙기는 것도 잊어버린 데다, 웨스트 양 어머니께 다시 넘겨드릴 때는 안도하는 한숨까지 쉬었는걸."

"가능한 한 약을 자주 먹으면서 증상을 살펴야겠다. 그러다 보면 네가 약을 달라고 난리 칠 거야."

"무슨 소리야! 체질상 나한테 그런 건 안 맞는다고."

"금방 알게 되겠지. 처방을 따라야지!" 낸은 단호했다.

"네, 선생님." 톰은 순순히 대답했다.

잠시 침묵이 이어졌다. 이윽고 익숙한 풍경이 보이며 옛 기억이 떠오르자, 말싸움도 그쳤다. 낸이 불쑥 말을 꺼냈다.

"저 숲에서 우리 참 재밌게 지냈지! 네가 저기 큰 호두나무에서 떨어져서 쇄골이 부러질 뻔한 거 기억나?"

"당연하지! 네가 완전히 마호가니색으로 물들 때까지 약쑥 물을 발랐잖아. 조 선생님은 내 윗옷이 더러워진 꼴을 보고 호통을 치셨고." 톰은 어린아이로 돌아간 듯 크게 웃어댔다.

"집에 불도 냈잖아?"

"넌 짐을 가지러 몰래 집에서 빠져나갔고."

"아직도 '벼락 맞을 거북이'라는 말 해?"

"사람들이 지금도 널 '몽땅 쥐'라고 불러?"

"데이지는 그렇게 불러. 참 귀여운 친구야. 일주일이나 못 봤네."

"난 오늘 아침에 데미를 만났는데 데이지가 이모 대신에 집안일을 한다고 그러더라."

"조 선생님이 바쁘게 돌아다닐 때는 항상 걔가 해. 데이지는 모범적인 주부야. 너 공부하기 힘들고 좋아하는 사람 찾을 때까지 기다리기 싫으면 개한테 청혼해도 괜찮겠다."

"그랬다간 냇이 바이올린으로 내 머리를 내리칠걸. 생각해 줘서 고맙지만 사양할래. 내 마음에는 다른 사람 이름을 지울 수 없을 만큼 깊이 새겨두었거든. 내 좌우명은 '희망'이야. 네 좌우명은 '항복하지 말자'지? 누가 더 오래 버티는지 두고 보자고."

"너희 남자애들은 참 바보 같아. 어릴 때처럼 둘씩 짝을 지어야 한다고 생각하지만, 우린 그럴 일 없을 거야. 여기서 보니 파르나소스가 참 근사하다!" 낸이 갑자기 화제를 돌렸다.

"멋진 집이야. 하지만 난 플럼필드가 훨씬 더 좋아. 이곳이 어떻게 바뀌었는지 마치 할머니가 보시면 눈이 휘둥그레질걸?" 톰이 대답했다. 둘은 커다란 대문 앞에서 잠시 걸음을 멈추고 눈앞에 펼쳐진 기분 좋은 풍광을 바라보았다.

갑자기 '와!' 하는 소리가 들려 두 사람은 화들짝 놀랐다. 헝클어진 노란 머리에 키 큰 남자아이가 캥거루처럼 울타리를 뛰어넘었다. 날씬한 여자아이가 그 뒤를 따르다가 산사나무 가시에 걸리자 그 자리에 주저앉아 마녀처럼 웃었다. 검은 곱슬머리에 눈이 반짝거리는, 표정이 풍부한 아이였다. 모자는 등에 매달려 있었고 치마는 엉망이었다. 개울을 뛰어넘고 나무에 올라탔다가 마지막에 펄쩍 뛰는 바람에 몇 군데 더 찢어진 모양이었다.

"나 좀 일으켜 줘, 낸 언니. 톰 오빠, 테드 좀 잡아줘. 걔가 내 책 뺏어갔어. 다시 받아야겠어." 조시가 소리쳤다. 두 사람을 갑자기 만난 것쯤은 아무 일도 아니라는 투였다.

톰은 재빨리 도둑의 옷깃을 잡았고, 낸은 군소리 없이 덤불에서 조시를 일으켜 세웠다. 어린 시절에 장난이 심했던 낸은 자신과 닮은 아이에게 매우 너그러웠다.

"무슨 일이야, 조시?" 낸은 길게 찢어진 조시의 옷에 핀을 꽂아주면서 물었다. 조시는 손에 난 긁힌 자국을 살펴보며 말했다.

"버드나무에서 내가 맡은 대사를 외우는데, 테드가 몰래 다가와서 손에 든 책을 막대기로 찔렀어. 책은 개울에 빠졌고, 내가 나무에서 내려가기도 전에 저 녀석이 도망쳐 버린 거야. 나쁜 자식. 얼른 돌려주지 않으면 따귀를 갈겨버릴 거야!" 조시가 소리쳤다. 웃으면서도 동시에 으르렁대는 목소리였다.

테드는 톰의 손에서 빠져나오더니 갑자기 감상적인 태도로, 물에 젖어 옷이 너덜거리는 아가씨에게 다정한 눈길을 보냈다. 긴 다리를 꼬고 얼굴을 험상궂게 일그러뜨리면서 "사랑하는 이여, 그림이 마음에 드시나요?"라고 능글맞게 말하는 모습은 못 견딜 만큼 우스웠다.

한창 장난을 치던 네 사람은 집 앞길을 따라 올라갔다. 예전 모습 그대로 톰이 마차 모는 시늉을 하고 낸은 최고의 말 흉내를 내고 있었다. 장밋빛으로 물든 얼굴로 숨을 헐떡거리며 메그와 조에게 인사를 건넨 네 사람은 계단에 앉아 한숨을 돌렸다. 메그는 딸의 찢어진 옷을 꿰매주었고, 조는 아들의 사자 갈기 같은 머리를 쓰다듬고는 책을 받아서 조시에게 건네주었다. 곧이어 데이지가 친구를 맞으러 나왔다.

"차를 마실 땐 역시 머핀이지. 여기서 먹는 게 좋겠다. 데이지 누나 머핀은 실패하는 법이 없거든." 테드는 몹시 기대하는 듯 말했다.

"쟤 무슨 감식가 같아. 지난번에는 머핀을 아홉 개나 먹었어. 그래서 저렇게 뚱뚱한 거야." 조시는 짓궂은 눈빛으로 호리호리한 사촌을 보며 덧붙였다.

"루시 도브를 진찰하러 가야 해. 손에 종기가 생겼는데,

� 때가 되었어. 차는 학교에서 마실게." 낸이 진찰 도구 통을 챙겼는지 주머니를 만져보면서 대답했다.

"잘됐다, 나도 거기 가야 하는데. 톰 메리웨더 눈에 뭐가 났거든. 봐주겠다고 약속했어. 병원비도 아끼고 나도 공부가 되니까 서로 이득이지. 내가 좀 서툴긴 하지만 말이야." 가능하면 자기 우상 곁에 있고 싶었던 톰이 말했다.

"쉿! 데이지 누나는 그런 얘기 싫어해. 톱으로 뼈를 자르는 얘기들 말이야. 지금은 머핀 이야기가 더 어울려." 테드는 좋아하는 머핀을 먹을 생각에 씩 웃었다.

"에밀한테서 무슨 소식 온 거 있어요?" 톰이 물었다.

"지금 귀항 중이야. 댄도 조만간 오고 싶다고 하더라. 모두 같이 봤으면 좋겠다. 당장은 아니더라도 적어도 추수감사절까지는 오라고 그 방랑자들에게 부탁했어." 조는 아이들을 만날 생각에 미소를 지으며 대답했다.

"올 수 있다면 모두 다 오겠죠. 예전 같은 유쾌한 저녁 식사라면 잭도 돈을 잃을 위험을 마다하지 않을걸요." 톰이 웃었다.

"만찬에 오를 걸 아는지 칠면조도 통통하게 살이 찌고 있어요. 이제는 내가 칠면조를 쫓아다니지 않고 먹이만 잘 주거든요." 들판을 활개 치며 돌아다니는 칠면조를 가리키며 테드가 말했다.

"이달 말에 냇이 떠날 때 송별회를 성대하게 해주고 싶어. 우리 '경험 많은 쨱쨱이'는 올레 불(1810~1880, 노르웨이의 바이올린 연주자, 작곡가, 민족음악가–옮긴이)처럼 근사한 음악가가 되어 돌아오겠지." 낸이 데이지에게 말했다.

뺨은 붉게 물들었고, 가쁘게 숨을 쉬는 바람에 가슴 위에 달린 모슬린 주름 장식도 달싹거렸지만 데이지는 내색하지 않고 차분히 대답했다. "로리 이모부는 냇이 정말 재능이 있다고 하셨어. 외국에서 공부를 하고 오면 여기서 더 잘 해낼 수 있을 거래. 아주 유명해지지는 않더라도 말이야."

"젊은이들에 대한 예상은 늘 틀려. 그러니 뭘 기대해도 별 소용이 없을 거야." 메그가 한숨 섞인 목소리로 말했다. "우리 아이들이 선하고 쓸모 있는 사람이 된다면 그걸로 만족해야겠지. 찬란한 성공을 거두면 물론 더할 나위 없겠지만 말이다."

"아이들은 제 병아리 같아요. 어떻게 클지 알 수가 없죠. 저기 근사한 수탉을 좀 보세요. 녀석은 무리 중에서 제일 바보 같아요. 하지만 다리만 길고 못생긴 저 녀석이 이 마당의 대장이죠. 저 녀석 꼬꼬댁 소리는 몇백 년 동안 잠을 잤다는 에페소스의 일곱 영웅을 깨울 정도로 우렁차요. 그런데 잘생기기만 한 놈은 쉰 목소리를 내는 데다 엄청난 겁쟁이예요. 저도 지금은 무시만 당하지만 어른이 되면 어떻게 될지 두고 보세요." 테드의 긴 다리는 수탉과 꼭 닮았기에, 닭에 빗댄 테드의 겸손한 예언에 모두가 웃었다.

"댄도 어디든 정착하는 걸 보고 싶구나. '구르는 돌은 이끼가 끼지 않는다.'라는 말도 있긴 하지만 그 아이는 스물다섯 살이 되어서도 세계 곳곳을 떠돌잖니. 어디 한군데 마음을 붙이지 못하는 거지. 조만 빼고 말이야." 메그는 동생 조에게 고갯짓을 하며 말했다.

"댄도 결국 자기 자리를 찾을 거야. 경험은 최고의 스승이니까. 아직 거칠긴 해도 집에 돌아올 때마다 점점 더 좋아지는 게 보여. 실망시키는 법이 없지. 훌륭한 일을 하거나 부자가 되지는 못하더라도, 난폭한 소년이 정직한 인간으로 성장한다면 난 그걸로 족해." 언제나 무리 속 검은 양을 변호해 온 조가 말했다.

"맞아요, 엄마. 계속 댄 형을 믿어주세요! 형은 돈 버는 걸 자랑하고 부자가 되려고 용을 쓰는 잭이나 네드 같은 형들보다 나아요. 댄 형이 얼마나 자랑스러운 일을 할지, 그래서 어떻게 다른 형들 코를 납작하게 만들어 버릴지 두고 보자고요." 테드가 덧붙였다. 테드가 품은 '대니 형아'에 대한 사랑은 이제, 대담하고 모험적인 남자에 대한 소년다운 동경으로 한층 굳건해졌다.

"그랬으면 좋겠어. 꼭 그럴 거야. 댄은 덮어놓고 일을 벌

543

이고 이름을 날리는 녀석이거든. 마터호른 산(스위스와 이탈리아의 국경에 있는 알프스산맥의 높고 험한 봉우리—옮긴이)에 오른다거나, 나이아가라 폭포에 뛰어든다거나, 엄청난 금광을 발견한다거나 뭐 그런 일 말이야. 그게 댄만의 방법이고, 우리보다 나을 수도 있어." 이런저런 농사일을 경험한 톰이 생각에 잠겨 말했다.

"훨씬 낫지!" 조가 힘주어 말했다. "너희가 다른 사람들처럼 유혹 가득한 도시에서 아무것도 하지 않고 시간과 돈, 건강을 낭비하는 것보다는 댄처럼 세상 밖으로 나가는 게 난 차라리 낫다 싶어. 댄은 스스로 길을 찾아야 해. 그러면서 용기, 인내, 독립심을 배워야 하는 거지. 난 댄이라면 대학에 다니는 조지와 돌리보다도 걱정 안 해. 댄에 비하면 그 애들은 이제 겨우 걸음마를 시작한 아기에 불과하거든."

"존은 어때요? 걔는 신문기자로 온 마을을 돌아다니면서 목사님의 설교부터 권투 경기까지 온갖 일들을 보도하잖아요." 톰이 물었다. 의대 강의나 병동 근무보다는 기자 생활이 자기 적성에 맞을 거라고 생각하던 참이었다.

"데미한테는 안전장치가 세 가지 있어. 훌륭한 원칙, 세련된 취향, 그리고 현명한 어머니. 그 앤 괜찮을 거야. 그리고 데미의 경험들은 나중에 자기 글을 쓸 때 큰 도움이 될 테고." 자신이 키운 거위 몇 마리가 백조였음이 밝혀지기를 간절히 바라던 조는 예언하듯 말했다.

"호랑이도 제 말 하면 온다더니, 기자 이야기를 하니까 신문 바스락거리는 소리가 들리네요." 톰이 소리쳤다. 얼굴에 생기가 넘치는 갈색 눈의 청년이 머리 위로 신문을 흔들며 걸어오고 있었다.

"석간입니다! 최신판이죠! 끔찍한 살인! 은행원 도주! 화약 공장 폭발! 라틴어 학교 파업!" 테드는 우렁차게 외치면서 어린 기린처럼 가벼운 발걸음으로 사촌 형을 맞으러 뛰어나갔다.

"에밀 제독이 입항했어요. 하선하자마자 닻을 내리고 순풍을 타고 곧장 올 거예요." 데미는 항해 용어를 마구 섞어 고함을 지르면서 웃으며 다가왔다.

다들 잠시 이야기를 나누면서 신문을 돌려 보았다. 모두의 눈이 함부르크에서 온 브렌다호가 항구에 무사히 도착했다는 기사에 고정되었다.

"내일이면 에밀이 바다에서 모은 진기한 물건들과 생생한 이야기를 가지고 올 거예요. 전 벌써 만났어요. 아주 밝은 모습에, 커피콩처럼 까맣게 탔더라고요. 자기가 곧 이등 항해사가 될 거래요." 데미가 덧붙였다.

"그 다리 내가 고쳐주면 좋겠는데." 낸이 의사답게 뼈를 맞추는 시늉을 하며 중얼거렸다.

"프란츠는 어떻게 지내?" 조가 물었다.

"결혼한대요! 기쁜 소식이죠. 우리 중에서 첫 번째 결혼이잖아요, 이모. 이제 프란츠와도 작별이네요. 신부 이름은 루드밀라 헬데가르트 블루멘탈이라고 해요. 집안도 좋고 부유하고 아름다운 분이에요. 마음씨도 곱고요. 프란츠는 바에르 교수님 허락을 받고 싶어 해요. 행복하고 정직한 시민으로 살게 되겠죠. 오래오래 잘 살았으면 좋겠어요."

"기쁜 소식이구나. 난 우리 아이들이 좋은 배우자를 만나 행복한 가정을 이루어 정착하는 게 무엇보다 기쁘단다. 모든 일이 순조롭게 흘러 프란츠가 내 품을 떠나면 나도 홀가분할 거야." 만족스러운 듯 두 손을 깍지 걸며 말했다. 때때로 조는 양팔에 병아리나 오리 새끼 들을 품은 어미 새가 된 것 같은 기분이었다.

"저도요." 톰은 낸을 힐끗 보며 한숨을 쉬었다. "남성들은 동반자가 있으면 생활이 안정되잖아요. 최대한 빨리 결혼하는 게 좋은 여성들의 의무고요. 그렇지 않아, 데미?"

"하지만 여성들 주변에 훌륭한 배우자감이 충분하지 않은 걸 너도 알잖아. 여성 인구가 남성 인구를 넘어서니까. 뉴잉글랜드에서는 특히 더 그래. 어쩌면 그래서 우리 문화 수준이 높은 걸지도 모르지." 어머니 의자에 기대앉아서 속삭이듯 자기 경험을 이야기하던 존이 대답했다.

"그건 자비로운 섭리란다, 얘야. 남자 한 명이 세상에 태어나 살다 떠날 때까지는 여자 서넛의 도움은 받잖아. 너희 남자들은 손이 많이 가는 존재야. 어머니, 누이, 아내, 딸 들이 기꺼이 도와주기에 망정이지 그렇지 않았다면 너희들은 이 지구에서 완전히 사라졌을 거야." 조가 진지하게 말하면서 구멍 난 양말이 가득 찬 바구니를 꺼냈다. 훌륭하기 그지없는 바에르 교수도 양말을 험하게 신는 건 어쩔 수 없었고, 다른 남자아이들도 그 점에서는 바에르 교수와 다르지 않았다.

"상황이 이러니 '여자들이 넘쳐나도' 할 일은 태산이지. 도움 안 되는 남자들을 보살펴야 하니까. 가면 갈수록 분명히 알겠어. 의사라는 직업 덕분에 독립적인 비혼주의로 남을 수 있게 되어 참 기쁘고 고맙지 뭐야."

낸이 '비혼(결혼하지 않은 상태. 또는 그런 사람―옮긴이)'이라는 단어를 힘주어 말하자 톰은 신음했고 나머지 사람들은 웃었다.

"네가 정말 자랑스럽고 늘 대견하다, 낸. 네가 크게 성공했으면 좋겠어. 도움이 되는 여성이 세상에는 필요하거든. 가끔 나도 천직을 놓친 게 아닐까, 독신으로 남을 걸 그랬나 하는 생각이 들 때가 있어. 하지만 내 의무는 여기에 있다 싶어서 후회는 없어." 조가 여기저기 구멍 난 파란색 양말을 정리하며 말했다.

"저도 그래요. 소중한 엄마가 안 계셨다면 제가 뭘 할 수 있었겠어요?" 테드는 이렇게 덧붙이며 어머니를 뒤에서 껴안았다.

"테드, 가끔씩이라도 손을 씻는다면 이렇게 매달려도 내 옷깃이 덜 더러워질 텐데. 그래도 괜찮아. 안아주지 않는 것보다는 얼룩 좀 묻고 때 좀 타는 게 더 낫지." 뒷머리는 테드가 입은 옷 단추에 걸리고 옷깃은 구겨졌지만, 밝은 얼굴로 조가 말했다.

그때, 테라스 반대편 끝에서 배역 연습을 하던 조시가 느닷없이 낮은 비명을 내뱉더니 무덤에 누운 줄리엣의 대사를 읊조렸다. 그럴듯한 연기에 남자아이들은 박수를 보냈고, 데이지는 몸서리를 쳤으며, 낸은 이렇게 중얼거렸다.

"저 아이 또래가 할 연기는 아닌 것 같은데……."

"메그 언니도 마음을 먹어야 할 때가 되었어. 저 애는 타고난 배우야. 내가 쓴 '마녀의 저주'를 연기할 때 기억나? 우린 저렇게 잘하지 못했어." 조는 이렇게 말하고는, 상기된 얼굴로 숨을 헐떡이며 문 앞 발판 위에 우아하게 쓰러진 조카의 발치에 갖가지 색깔 양말을 꽃다발인 양 던져주었다.

"내가 어릴 때 무대 위 배우를 꿈꾼 탓에 벌을 받는 게 아닌가 싶다. 배우가 되고 싶다고 졸랐을 때 어머니가 어떤 기분이었을지 이제 알겠어."

어머니 목소리에서 책망하는 느낌을 받은 데미는 동생 조시를 부드럽게 일으켜 세우면서 짐짓 엄한 표정으로 말했다. "사람들도 있는데 바보 같은 짓은 그만해."

"손 치우지 못할까, 어딜 감히. 안 그러면 '미치광이 신부(1870년에 출간된 마거릿 블런트의 소설 『미치광이 신부The Maniac Bride』의 주인공—옮긴이)'가 뭔지 제대로 보여줄 테다." 조시는 화난 고양이처럼 오빠를 노려보며 소리쳤다. 그러고는 일어나서 당당하게 절을 하더니 연극하듯 "워핑턴 씨의 마차가 기다리고 있습니다."라는 대사를 읊고는, 계단을 내려가 데이지의 선홍색 숄을 장엄하게 휘날리며 모퉁이를 돌아나갔다.

"참 재밌지? 쟤가 없었다면 이 지루한 곳에서 견디기 힘들었을 거야. 정말 신나게 해주잖아. 조시가 얌전해지면 난 집을 나갈 거야. 그러니 저 애의 싹을 자르지 않도록 조심하면 좋겠어." 테드는 계단에서 무언가를 빠르게 적고 있는 데미에게 얼굴을 찌푸리면서 말했다.

"언니하고 조시는 한 팀이야. 다루려면 힘은 좀 들겠지만, 오히려 난 좋아 보이는걸? 조시가 내 딸이고 로브가 언니 아들이었다면 언니네 집은 평화 그 자체였을 테고, 우리 집은 그야말로 난장판이었겠지. 이제 로리에게 가서 새 소식을 전해줘야겠어. 같이 가자, 언니. 좀 움직이면 기분이 좋아질 거야." 조는 이렇게 말하며 테드의 밀짚모자를 쓰고 메그와 함께 걸었다. 데이지는 머핀을 마저 굽고, 테드는 조시를 달랬다. 톰과 낸은 각자 맡은 환자들을 치료해 주러 떠났다.

파르나소스

'파르나소스'는 이 집에 잘 어울리는 이름이었다. 그날은 뮤즈들이 집에 있는 듯했다. 새로운 방문자들이 비탈길을 올라가니, 집의 이름에 어울리는 광경과 소리가 이들을 맞아주었다. 열린 창문 너머로 클리오(역사를 주관하는 여신-옮긴이), 칼리오페(시를 주관하는 여신-옮긴이), 우라니아(천문을 담당하는 여신-옮긴이)가 도서관에서 토론을 이끌었고, 멜포메네와 탈리아(비극의 신과 희극의 신-옮긴이)는 복도에서 장난을 치면서 젊은이들과 함께 춤추고 연극 연습도 했다. 에라토(연애 시를 주관하는 여신-옮긴이)는 연인과 정원을 산책했고, 아폴론(제우스와 레토의 아들로 예언·의료·궁술·음악·시의 신-옮긴이)은 음악실에서 합창단을 멋지게 지휘하고 있었다.

원숙해진 아폴론은 우리의 오랜 친구 로리였는데, 반듯한 외모와 친절한 성격은 그대로였다. 시간은 장난꾸러기 소년을 고귀한 어른으로 키웠다. 근심과 슬픔은 편안함과 행복만큼이나 그에게 도움이 되었다. 로리는 할아버지의 소망을 이루는 의무를 착실하게 수행했다. 밝고 햇빛이 비치는 곳에서 꽃을 피우는 이들이 있고, 그늘진 곳에서 서리를 맞은 후 더욱 아름다운 향기를 풍기는 이들도 있다. 로리는 전자에 속했고 에이미는 후자에 속했다. 그래서 두 사람의 결혼 생활은 시와 같았다. 조화롭고 행복할 뿐 아니라, 근면하고 부유하면서도 아름다운 선행으로 빛나는 삶이었다. 부와 지혜가 자선과 손을 잡자 많은 일이 가능해졌다.

로런스 부부의 집은 아름다움과 편안함의 공간이었다. 예술을 사랑하는 남편과 아내는 온갖 예술가들을 초대해 대접했다. 로리는 이제 마음껏 음악을 즐겼고, 자신이 돕고 싶은 사람들에게는 너그러운 후원자였으며, 에이미는 젊은 화가와 조각가 들을 후원했다. 베스가 예술의 즐거움을 함께 누릴 만큼 자라자 에이미는 자신의 작품과도 같은 딸을 더욱 소중하게 여겼다. 에이미는 천부적인 재능을 버리지 않고도 좋은 아내, 좋은 엄마가 될 수 있음을 보여주고 있었다.

조와 메그는 곧장 에이미와 베스가 함께 작업을 하는 화실로 들어갔다. 베스는 어린아이 흉상을 만드느라 바빴고, 에이미는 남편 초상화에 마무리 붓질을 하고 있었다. 행복한 생활과 풍족한 환경 덕에 에이미 앞에서는 시간이 멈춘 듯했다. 옷을 고르는 안목도 뛰어나 옷태가 우아했고, 단아하고도 당당한 품격이 빛났다. 누군가는 이렇게 말했다. "에이미 로런스 씨가 어떤 옷을 입었는지 금세 잊어버리긴 하지만, 어쨌든 늘 같은 방에 있는 사람들 중 옷을 제일 잘 입었다는 인상을 주죠."

에이미는 정말로 딸을 사랑했다. 그럴 만도 했다. 적어도 에이미가 보기에는 자신이 오랫동안 간절히 바라던 아름다움이 자신의 어린 분신에 깃들어 있었기 때문이다. 베스는 에이미의 아르테미스 같은 체형, 푸른 눈, 깨끗한 피부, 그리고 고전적인 분위기를 풍기는 물결치는 금발을 물려받았다. 게다가 아버지의 잘생긴 코와 입을 그대로 빼닮았으면서도 부드러운 느낌을 주었다(아! 에이미에게는 이것이 끝없는 기쁨의 원천이었다). 단순한 모양의 긴 리넨 앞치마는 베스에게 기막히게 잘 어울렸다. 베스는 진짜 예술가처럼 작업에 완전히 몰두하고 있었다. 조가 뛰어들어 와 큰 소리로 말하기 전까지는 자신을 바라보는 다정한 눈길조차 알아차리지 못할 정도였다.

"이봐, 두 아가씨. 진흙 파이 그만 만들고 새로 들어온 소식 좀 들어봐!"

마침 창작욕이 활활 불타오르던 때라 귀중한 시간을 방해받긴 했지만, 두 예술가는 작업 도구를 내려놓고 조를 다

정하게 맞이했다. 로리까지 오자 다 같이 이야기꽃을 활짝
피웠다. 로리는 자매 사이에 앉아 프란츠와 에밀 소식을 흥
미진진하게 들었다.

"전염병이 터졌어. 이제 점점 퍼져 네 양 떼를 덮칠걸. 앞
으로 10년은 온갖 연애 사건과 경솔한 일들에 대비해야 해,
조. 네 아이들은 자라는 중이라 앞으로 종종 곤경의 바다에
빠질 거야. 어쩌면 너조차 겪은 적이 없는 거친 파도와 마주
칠지도 모르지." 로리는 조의 얼굴을 보며 놀려댔다.

"나도 알아. 아이들을 바다에서 이끌어 안전하게 육지에
오르게 도와줄 수 있으면 좋겠어. 하지만 큰 책임이 따르는
일이겠지. 아이들이 모조리 나한테 와서 자기들의 가련하고
작은 사랑이 순조롭게 이루어지게 해달라고 도움을 청할 테
니까. 그래도 난 그게 좋아. 메그 언니는 앞으로 벌어질 일을
기뻐만 하는 감상적인 사람이지만 말이야." 두 아들에게 지
금은 큰 문제가 없어 마음을 놓고 있던 조가 대꾸했다.

"냇이 데이지한테 가까이 다가가면, 메그도 마냥 좋아
할 수만은 없지 않을까? 무슨 뜻인지 알지? 난 냇의 음악 선
생님이지만 가장 가까운 의논 상대이기도 해. 그러니 냇에게
어떤 조언을 해줘야 하는지 알고 싶어." 로리가 진지한 얼굴
로 말했다.

"쉿! 저 애가 듣잖아." 다시 작업을 시작한 베스 쪽으로

턱짓을 하며 조가 말했다.

"이런! 하지만 베스는 정신이 아테네쯤 가 있어서 아무 말도 들리지 않을 거야. 그래도 여기 있기보다는 나가는 게 좋겠지. 애야, 그 아기는 이제 좀 자게 놔두고 밖에서 노는 게 좋겠다. 메그 이모가 거실에 있으니까, 새 그림을 보여드리렴. 그러면 우리도 따라 나갈게." 로리는 이렇게 말하고는, 피그말리온이 갈라테이아를 바라보듯(조각가 피그말리온은 이상적으로 생각하는 여인상을 조각상으로 만들고 진짜 사람이 되기를 바랐으며, 마침내 소망이 이루어지자 갈라테이아라는 이름을 붙여주었다.-옮긴이) 날씬한 딸을 바라보았다. 로리는 베스를 이 집에서 가장 훌륭한 조각상이라고 생각했다.

"네, 아빠. 그런데 괜찮게 만들있는지 말해주세요." 베스는 아빠가 시키는 대로 작업 도구를 내려놓으면서도 아쉬운 듯 흉상을 힐끗 보았다.

"어여쁜 우리 딸, 사실대로 고백하자면 한쪽 뺨이 다른 쪽보다 약간 부은 듯해. 이마 위쪽 곱슬머리는 우아한 뿔처럼 보이고 말이야. 그것만 아니면 라파엘로 못지 않아. 네 작품 참 훌륭하구나."

로리는 웃으면서 말했다. 딸이 처음으로 만든 조각이 에이미의 초기 작품들과 비슷했기 때문에 냉정한 평가를 할 수는 없었다.

"아빠는 음악 말고 다른 분야에서는 뭐가 아름다운지도 몰라요." 베스가 고개를 흔들며 대답했다. 베스의 금발은 차가운 화실을 환하게 밝히는 듯했다.

"음, 우리 딸이 아름답다는 건 아빠가 알지. 네가 바로 예술이지 뭐가 예술이겠니? 난 네게 자연을 더 불어넣고 싶을 뿐이야. 차가운 점토와 대리석에서 벗어나 햇빛 속으로 들어가서 다른 아이들처럼 춤추고 노래했으면 좋겠어. 작업 말고 다른 건 다 잊어버리는, 회색 앞치마를 두른 아름답기만 한 조각상 말고 살과 피가 있는 딸이 됐으면 좋겠다." 로리가 이렇게 말하자 베스는 점토투성이가 된 두 손으로 로리의 목을 끌어안고 가볍게 입을 맞춘 뒤 또박또박 진지하게 말했다.

"아빠가 한 말을 절대 잊지 않을 거예요. 하지만 머지않아 아빠가 날 자랑스럽게 여길 만한 아름다운 무언가를 만들고 싶을 뿐이에요. 엄마도 저한테 그만하라고 말할 때도 있지만, 일단 엄마랑 여기에 들어오면 바깥세상은 다 잊은 채로 바쁘고 행복하게 지내게 돼요. 지금은 나가서 놀고 노래도 부를게요. 그래서 아빠가 좋아하는 딸이 될래요." 베스는 앞치마를 벗어버리고 방에서 나갔다. 모든 빛이 베스와 함께 사라지는 것 같았다.

"당신이 그렇게 말해주니 다행이에요. 우리 소중한 딸은 나이에 비해 예술에 대한 희망에 너무 빠져 있어요. 내 잘못이죠. 하지만 난 베스의 그런 마음을 이해하니까 현명하게 대하지 못했나 봐요." 에이미는 한숨을 쉬면서 젖은 수건으로 아기 조각상을 조심스레 덮었다.

"난 우리 아이들 내면의 생명력이야말로 세상에서 가장 달콤하다고 생각해. 하지만 언젠가 어머니가 메그 언니에게 하신 말씀도 잊지 않으려 노력하고 있어. 아버지도 아들과 딸 모두의 교육에 참여해야 한다는 말씀 말이야. 그래서 난 테드를 가능한 한 그 애 아빠에게 맡기려고 해. 프리츠도 로브를 내게 맡기지. 그러니까 에이미, 베스가 점토 파이를 잠시 내려놓고 로리한테 음악 수업을 받게 해주면 어떨까? 그러면 베스도 한쪽으로 치우치지 않고 균형이 잡힐 테고, 로리가 시샘하는 일도 없을 거야."

"좋은 생각이야! 명재판관이야!" 로리가 크게 기뻐하며 소리쳤다. "네가 내 편을 들어줄 줄 알았어, 조. 난 에이미에게 약간 질투를 느끼거든. 베스랑 좀 더 같이 지내고 싶으니까. 여보, 이번 여름에는 베스가 나와 함께 있도록 해줘요. 그리고 내년에 우리가 로마에 갈 땐 당신과 로마의 예술에만 집중하고요. 이만하면 공평한 거래 아닌가요?"

"좋아요. 하지만 당신이 좋아하는 것, 그러니까 자연을 벗 삼거나 음악을 가르칠 때 이거 하나만은 잊지 말아줘요. 우리 베스는 아직 열다섯 살밖에 되지 않았지만 또래 여자아이들보다 어른스럽다는 거 말이에요. 그러니 어린애 취급은 하지 말아요. 저 아이는 너무도 소중한 존재예요. 그래서인지 베스가 그토록 사랑하는 저 대리석처럼 난 그 애를 항상 순수하고 아름다운 상태로 두고 싶어요." 에이미는 사랑하는 딸과 행복한 시간을 보내던 작업실을 둘러보며 아쉬운 듯 말했다.

"예전에 사과나무에 올라타거나 적갈색 장화를 신고 싶어 할 때 '차례대로 하는 게 공평하다'고 말하곤 했잖아." 조가 활기차게 말했다. "그러니까 너희 둘은 딸을 교대로 돌보는 거야. 그러고 나서 누가 더 베스에게 잘하는지 확인하는 거지."

"그럴게." 아이에 대한 사랑이라면 누구에게도 뒤지지 않는 두 사람은 이렇게 대답하면서 옛 추억에 웃음 지었다.

"난 그 오래된 사과나무 가지를 타는 걸 참 좋아했어! 진짜 말을 타는 것보다 신나고 운동도 됐다니까." 에이미는 그리운 옛 과수원과 그곳에서 놀던 어린 소녀들이 보이기라도 하는 양 높은 창문으로 밖을 내다보았다.

"나는 그 장화를 신고 얼마나 재밌게 놀았던지!" 조가 웃었다. "난 그 유물을 아직도 갖고 있어. 아이들이 누더기처럼 만들어놓았지만, 아직도 그 장화가 정말 좋아. 할 수만 있다면 다시 장화를 신고 연극 놀이를 하고 싶어."

"나는 뜨거운 팬에 구운 노끈하고 소시지가 기억에 남아. 정말 재미있었어! 그것도 꽤 오래전 일이네!" 로리는 앞에 있는 두 사람이 조그만 에이미와 천방지축 조였던 시절이 있었다는 걸 믿기 어렵다는 듯이 바라보면서 말했다.

"나이 들었다는 걸 떠오르게 하지 말아요, 여보. 우린 막 꽃을 피웠을 뿐이에요. 우리가 피운 꽃송이들이 주위에 모여 꽃다발이 된 거라고요." 이렇게 말한 에이미는 어린 시절 새 드레스를 입고 만족스럽게 사람들에게 보여주던 그때 기분을 생각하며 장밋빛 모슬린 치마의 주름을 폈다.

"가시도 있고 시든 잎도 있었지." 조가 한숨을 쉬며 덧붙였다. 조의 인생은 순탄하지만은 않았고 지금도 안팎으로 어려운 일이 많았다.

"피곤해 보이는데 저기 가서 차라도 마시자. 젊은 아이들이 뭘 하는지도 보고." 로리는 이렇게 말하면서 자매와 팔짱을 끼고서 차를 마시러 갔다. 파르나소스에서는 신들이 넥타르(그리스 신화에서, 신들이 마신다는 신비로운 술. 이 술을 마시면 죽지 않는다고 한다.-옮긴이)를 마시듯 언제든지 차를 마실 수 있었다.

세 사람이 차를 마시러 간 응접실에는 메그가 있었다. 응접실은 통풍이 잘되는 쾌적한 방이었다. 오후 햇살이 가득 비치고, 바스락거리는 나뭇잎 소리가 가득했다. 응접실 한쪽에는 음악을 위한 공간이 널찍하게 마련되어 있었고, 반대편 벽이 움푹 들어간 곳에는 먼저 떠난 가족을 추모하는 공간을 마련해 자주색 커튼을 드리워 놓았다. 그곳에는 초상화 세 개를 걸었고, 한쪽 구석에 대리석 흉상 두 개를 놓았다. 가구라고는 긴 소파 하나와 꽃병을 올려둔 직사각형 탁자가 전부였다. 에이미가 조각한 존 브룩과 동생 베스의 얼굴은 모두 생전의 모습 그대로였다. 오른쪽에는 이 집을 지은 로런스 할아버지 초상화를 걸어두었다. 자긍심이 넘치면서도 자비로운 표정은, 예전에 어린 조가 감탄해서 바라보았을 때와 마찬가지로 생생하고 매력적이었다. 맞은편에는 에이미가 물려받은 마치 대고모의 초상화를 걸었다. 거창한 터번형 모자를 쓰고, 엄청나게 큰 소매가 달린 자주색 새틴 가운 차림에 장갑 낀 손을 다소곳이 모은 모습이었다. 대고모의 엄격한 표정은 시간이 흐르면서 부드러워진 듯했다. 반대편 벽에서 잘생긴 노신사가 계속해서 바라보자 대고모도 입술에 상냥한 미소를 띠게 된 것일지도 모른다.

따스한 햇살이 비치는 정면에는, 위대한 화가가 훌륭한 솜씨로 그린 사랑하는 어머니 얼굴이 초록빛 화환으로 둘러싸인 채 걸려 있었다. 그 화가는 가난했던 무명 시절에 어머니의 도움을 받은 적이 있었다. 그림 속 얼굴은 생전의 모습과 너무나 똑같아 딸들을 바라보면서 밝은 목소리로 이렇게 말하는 듯했다.

"행복하게 지내렴. 난 지금도 너희들과 함께 있단다."

세 자매는 잠시 그 자리에 서서, 존경과 그리움이 가득한 눈으로 사랑하는 이의 초상화를 올려다보았다. 소중한 어머니는 자매들에게 너무도 많은 걸 주셨기에 누구도 그 자리를 대신할 수 없었다. 세상을 떠난 지 2년밖에 되지 않았지만, 어머니가 남긴 사랑스러운 기억은 플럼필드 가족에게 영감과 위로를 전해준다는 것을 세 자매는 서로 가까이 지내면서 더 깊이 느꼈다. 로리는 진심을 담아 말했다.

"난 우리 딸이 장모님 같은 사람으로 자라는 것 말고는 더 바라는 게 없어. 주님, 제가 그렇게 키울 수 있게 도와주소서. 제가 가진 가장 좋은 것은 이 성스러운 부인에게서 받았습니다."

때마침 음악실에서 「아베 마리아」를 부르는 아름다운 목소리가 들려왔다. 베스는 자기도 모르게 아버지의 소망을 충실히 따르고 있었다. 어머니가 자주 부르던 노래의 부드러운 선율을 듣자, 세 자매는 열린 창문 옆에 앉아 함께 노래를 감상했다. 세심한 로리가 마실 차를 가져다주었고, 덕분에 세 자매는 이 시간이 한결 더 행복하게 느껴졌다.

아이들 소식을 더 듣고 싶었는지 냇이 데미와 함께 방으로 들어왔고, 곧 테드, 조시, 바에르 교수, 그리고 교수의 충실한 조수 로브가 뒤따라 들어왔다. 찻잔 부딪치는 소리와 이야기하는 소리로 응접실이 떠들썩해질 즈음, 하루 일을 마치고 방에서 즐겁게 쉬는 모두에게 석양이 비쳐 들었다.

바에르 교수는 머리가 하얗게 세기 시작했지만 변함없이 다정한 성격에 우람한 체격이었다. 교수는 자신이 사랑하는 일을 하게 된 뒤, 대학 전체에 자신의 정성스러운 손길이 닿지 않는 곳이 없을 정도로 온 힘을 다해왔다. 로브는 더할 수 없을 만큼 아버지를 꼭 빼닮아, 어린 나이임에도 벌써부터 '젊은 교수님'이라고 불릴 정도였다. 로브는 학문을 좋아하고, 아버지를 존경해 모든 면에서 닮고자 노력했다.

"여보, 다시 조카를 만나게 되었군요. 두 아이 모두요. 정말 기쁜 일이에요." 바에르 교수는 조 옆에 앉아 환하게 웃으면서 축하 악수를 청했다.

"오, 프리츠. 에밀 일은 정말 기뻐요. 프란츠 일도 당신만 결혼을 허락한다면 역시 기쁜 일이 될 테고요. 루드밀라를 본 적 있어요? 프란츠에게 어울리는 짝이에요?" 조는 바에르 교수에게 찻잔을 건네며 다가앉아 이렇게 물었다.

"잘 진행되고 있어요. 프란츠에게 갔을 때 아가씨를 보았죠. 루드밀라는 그땐 아직 어렸지만 아름답고 매력적인 여성이었어요. 블루멘탈 가문도 이 결혼에 만족해할 거예요. 프란츠도 행복해질 테고요. 그 아이는 뼛속 깊이 독일인이라 조국을 떠나서 평생을 사는 건 힘들 거예요. 프란츠를 새로운 나라와 오래된 나라를 이어주는 다리로 삼도록 합시다. 그것만으로도 난 충분히 만족하니까."

"그리고 에밀은 다음 항해에서 이등 항해사가 된대요. 정말 잘됐죠? 조카 둘이 잘 자라서 정말 기뻐요. 당신은 조카들과 누님 때문에 많은 걸 포기했잖아요. 별거 아니라고 말했지만, 난 절대로 잊지 않아요." 조는 이렇게 말하며, 청혼을 받아들이던 마음으로 자기 손을 남편 손 위에 얹었다.

바에르 교수는 기분 좋게 웃으며 조가 든 부채 뒤로 고개를 기울여 속삭였다. "그 조카들을 돌보러 미국에 오지 않았다면 당신을 만나지 못했겠죠. 힘들었던 시절도 이제는 아름다운 기억이에요. 잃어버린 줄 알았던 모든 것에 대해서도 하느님께 감사드리고 있지요. 그 덕에 내 인생의 축복을 얻었잖아요."

"아, 민망해! 여기 몰래 사랑 고백하는 사람이 있네요." 테드가 이 흥미로운 순간에 부채 너머를 살짝 들여다보고는 소리치자, 조는 당황스러워했지만 교수는 아내를 사랑스럽게 대하는 자기 모습이 전혀 부끄럽지 않았기에 짐짓 미소를 지을 뿐이었다. 로브는 곧바로 동생을 창문 옆에서 끌어냈지만, 테드는 금방 다른 창문으로 얼굴을 내밀었다. 조는 부채를 접고는 제멋대로인 아들이 다시 곁으로 오면 한 대 때려주기라도 하겠다는 듯 자세를 취했다.

바에르 교수가 찻숟가락으로 가까이 오라는 신호를 보내자 냇이 다가와 부부 앞에 섰다. 냇의 얼굴에는 자신을 위해 많은 일을 해주신 훌륭한 분에 대한 존경의 마음이 가득했다.

"널 위해 준비한 편지가 있단다, 냇. 라이프치히에 있는 오랜 친구들에게 보내는 거란다. 네가 새로운 생활을 하는데 도움을 줄 거야. 그런 사람들이 곁에 있는 것은 좋은 일이지. 고향이 그리운 마음에 힘들어지면 도움을 받을 수 있을 거다." 바에르 교수는 편지를 여러 통 건네주면서 말했다.

"감사합니다, 교수님. 자리 잡기 전까지는 무척 외로울 거예요. 하지만 시간이 좀 지나면 음악과 성공에 대한 희망이 기운 나게 해주겠죠." 이렇게 가까운 사람들과 헤어져 새로운 친구를 사귄다는 생각에, 냇의 마음은 희망과 불안이 교차했다.

냇도 이제는 성인이었다. 하지만 파란 눈은 여전히 순수했고, 정성스레 다듬은 콧수염 아래 보이는 입은 아직도 조금 연약해 보였다. 넓은 이마는 영락없이 음악을 사랑하는 청년의 모습이었다. 조는, 겸손하고 다정하고 성실한 냇이 빛나는 성공을 거두지는 못하더라도 예의 바른 사람이 될 것이라고 생각했다. 하지만 그 아이가 이대로 여기서 공부하는 것보다는 외국에서 훈련하고 자립하는 쪽이 훌륭한 예술가이자 강한 어른으로 만들어주리라 기대하고 냇을 독일로 보내기로 했다.

"네 물건에 모두 이름을 붙여놓았어. 사실은 데이지가 다 했지만 말이다. 책만 다 정리하면 금방 보낼 수 있을 거야." 아이들을 세계 구석구석으로 보내는 데 익숙한 조가 말했다. 누가 북극으로 떠난다고 해도 크게 당황하지는 않았으리라.

냇의 얼굴은 데이지라는 이름이 언급될 때마다 붉어졌다. 아니, 창백한 뺨에 비친 마지막 저녁놀 때문이었던 걸까? 사랑스러운 데이시가 자신의 양말과 손수건에 'N'이나 'B'라는 글자를 꿰매는 모습을 생각하자 냇의 심장은 행복으로 두근거렸다. 냇은 데이지를 숭배하다시피 사랑했다. 냇이 자기 인생에서 이루어지기를 간절히 바라는 꿈은, 음악가로서 자리 잡고 이 천사를 배우자로 삼는 것, 두 가지였다. 이러한 희망은 바에르 교수의 조언, 조의 보살핌, 로리의 후한 도움보다 훨씬 더 큰 동기부여가 되었다. 냇은 데이지를 위해 인내하며 공부했다. 자신은 바이올린을 연주하고, 데이지는 아기자기한 가정을 꾸미는 행복한 미래를 냇은 꿈꾸고 있었다.

조는 냇의 마음을 알고 있었다. 조카에게 냇이 꼭 어울리는 짝이라고 말하기는 어려웠지만 데이지가 줄 수 있는 현

565

명하고 자상한 배려가 냇에게 필요하다는 사실만은 느끼고 있었다. 그런 배려가 없으면 냇은 세상이라는 파도를 안전하게 헤쳐나가게 해줄 키잡이를 구하지 못한 채, 어디로 가야 할지 모르고 그저 성격만 좋은 사람으로 떠다닐 위험성이 있었다. 메그는 그 가련한 소년의 사랑에 단호하게 눈살을 찌푸렸다. 지구상에서 찾을 수 있는 최고의 남자가 아니고서야 소중한 딸을 줄 생각이 전혀 없었기 때문이다. 메그는 매우 친절했지만, 성격은 단호한 면이 있었다. 그래서 냇은 위로를 받고 싶을 때는 조에게 갔다. 아이들이 다 자란 지금, 조에게는 새로운 걱정거리가 생겨났다. 자기 양 떼 사이에서 이미 싹트기 시작한 연애 사건이 흥미롭기도 하면서 한편으로는 근심거리였던 것이다. 로맨스를 사랑하는 메그는 언제나 조의 가장 가까운 친구이자 조언자였지만 냇에 대해서는 마음을 굳게 닫았고, 조의 애원하는 말을 단 한 마디도 들으려 하지 않았다.

"냇은 아직 어른이 아니야. 어른이 될 수 있을지도 모르겠고. 그 아이 가족을 아는 사람은 아무도 없고 음악가로 살아가는 것도 힘들잖아. 데이지도 너무 어려. 5년 정도는 지나야 두 사람 모두 어떨지 알 수 있겠지. 독일에 가 있는 동안 냇이 어떻게 될지 지켜보기로 하자."

그것으로 끝이었다. 소중한 자식을 위해서라면 마지막

깃털까지 뽑아내고 마지막 피 한 방울까지 줄 수 있을 정도로 희생적인 어미 펠리컨은 경계하는 데 한 치의 양보도 없었다.

바에르 교수와 라이프치히 이야기를 나누는 냇을 보면서 조는 두 아이 사이의 일을 생각했다. 그리고 냇이 떠나기 전에 이 일을 분명하게 매듭지어야겠다고 결심했다. 조는 아이들과 마음을 터놓는 사이였고, 인생 초반에 겪게 되는 많은 시련과 유혹에 대해 허심탄회하게 이야기를 나누었다. 적절한 순간에 아이들에게 제대로 된 조언을 해주는 것이 부모가 해야 할 가장 중요한 의무이다. 민감한 일일수록 부모가 주의 깊게 보살피고 부드럽게 경고해야, 젊은이들은 가정이라는 안전한 항구를 떠났을 때라도 나침반 역할을 해주는 자각과 자제력을 얻기 때문이다.

"플라톤과 그 제자들이 왔어요." 테드가 느닷없이 끼어들면서 외치는 동시에 마치 씨가 몇몇 젊은 남녀와 함께 들어왔다. 모두가 이 지혜로운 노인을 사랑했다. 마치 씨는 너무나도 훌륭하게 양 떼를 이끌며 아이들의 마음과 영혼에 큰 도움을 주고 있었다.

베스는 곧바로 할아버지에게 달려갔다. 할머니가 돌아가신 뒤로 할아버지에게 특별히 신경을 쓰던 터였다. 마치 할아버지 전용 안락의자를 가져와 바삐 시중을 드는 베스의

금빛 머리카락이 노인의 은발 위로 겹쳐지는 모습은 무척이
나 아름다웠다.

"여기에는 언제나 좋은 차가 준비되어 있습니다, 아버
님. 찻잔을 가득 채울까요? 신들이 먹는 음식 같은 훌륭한 다
과는 어떤가요?" 달콤한 차와 다과를 대접하기 좋아하는 로
리는 한 손에 설탕 통, 다른 손에 과자가 든 접시를 들고 다가
오며 물었다.

"아니, 둘 다 됐어. 이 아이가 벌써 다 갖다주었다네." 마
치 씨는 신선한 우유가 든 컵을 들고는, 의자 팔걸이에 걸터
앉은 베스를 돌아보았다.

"베스가 계속해서 이렇게 아버님을 도와드리면 좋겠
네요. '노인과 젊은이는 함께 지낼 수 없다.'는 소네트(셰익
스피어가 1599년에 쓴 소네트 모음 『열정의 순례자The Passionate
pilgrim』의 열두 번째 시. 원문은 *"Crabbed age and youth cannot live
together."*–옮긴이)가 틀렸다는 걸 확인할 수 있도록요!" 로리
는 미소를 머금고 두 사람을 바라보면서 대답했다.

"그 소네트에선 그냥 노인이 아니라 '옹고집 노인'이라
고 하잖아요, 아빠. 뜻이 완전히 달라요." 시를 좋아해서 뛰어
난 작품을 즐겨 읽는 베스가 재빨리 정정했다.

당신은 보았는가, 눈 덮인 하얀 들판에

갓 피어난 장미가 자라는 모습을.

마치 씨가 시를 흥얼거리는데, 조시가 다가와서 다른 쪽 팔걸이에 걸터앉았다. 조시는 가시 돋친 장미 같은 얼굴이었다. 테드와 말다툼을 하다가 밀렸기 때문이었다.

"할아버지, 여자는 항상 남자 말을 듣고 잘났다고 말해 줘야 해요? 남자가 힘이 더 세니까 그래야 하는 거예요?" 조시가 사촌을 노려보면서 큰 소리로 말했다. 테드는 큰 키에 어울리지 않는 아이 같은 얼굴에 약 올리는 듯한 미소를 띠면서 다가왔다.

"애야. 그건 옛날 생각이란다. 바뀌려면 아무래도 시간이 좀 걸리겠지. 하지만 할아버지는 여성의 시대가 다가왔다고 생각한단다. 남자아이들은 최선을 다하지 않으면 안 돼. 이제는 여자아이들도 뒤처지지 않아서, 먼저 목적지에 도달할 수도 있으니 말이지." 마치 씨는 그 자리에 있는 여러 젊은 여성들의 생기 넘치는 얼굴을 만족스럽게 바라보면서 대답했다. 이 여성들은 이곳 대학에서 가장 우수한 부류였다.

"신화 속에서 아탈란타 공주는 황금 사과를 줍느라고 경주에서 뒤처졌잖아(그리스 신화에 나오는 발 빠른 소녀로, 달리기 경주에서 그녀에게 진 구혼자는 모두 죽게 되었는데, 어떤 남자가 경기 중에 황금 사과 세 개를 떨어뜨렸고 공주는 그것을 줍느라 경기에서 지게 되었다.—옮긴이). 지금 가엾은 아탈란타 공주들도 경기장에 떨어진 장애물 때문에 늦어지는 거야. 황금 사과가 아니라도 말이지. 하지만 더 잘 달리는 방법을 배우면 정당하게 겨룰 수 있을 거야." 로리 이모부는 화난 새끼 고양이처럼 곤두선 조시의 머리를 쓰다듬으며 웃었다.

"일단 출발하면 사과를 한 통 가득 쏟아부어 놓아도 난 신경 쓰지 않을 거야. 테드 같은 아이 열 명도 날 막지는 못해. 여자도 최소한 남자만큼은 잘 해낼 수 있다는 걸 보여줄 거야. 전에도 그랬고, 앞으로도 그럴 거야. 내 머리가 테드보다 못하다는 건 받아들일 수 없어. 크기야 좀 작을지 몰라도 말이야!" 흥분한 조시가 소리쳤다.

"그렇게 과격하게 머리를 흔들면 네 머릿속만 더 혼란스러워질 텐데? 나라면 머리를 조심해서 다뤘을 거야." 테드가 또 놀리기 시작했다.

"이런 싸움은 왜 시작했지?" 마치 씨가 '왜'라는 말에 부드럽게 힘을 주어 묻자, 두 사람의 싸움은 조금 진정되기 시작했다.

"둘이 『일리아드』(고대 그리스의 작가 호메로스가 지었다고 전해지는 그리스의 영웅 서사시—옮긴이)를 열심히 읽고 있었는데, 제우스가 헤라에게 자기 계획에 대해 귀찮게 묻지 말라고, 그러지 않으면 채찍질을 하겠다는 부분이 나왔어요. 거길 읽더니 조시가 화가 난다는 거예요. 헤라가 그 말을 듣고도 가만히 있었다고요. 저는 괜찮다고 말했어요. 여자는 뭘 잘 모르니까 남자 말에 따라야 한다는 제우스의 말에 찬성이에요." 테드의 설명에 모두가 흥미로워했다.

"여자 신들도 자기 마음대로 할 수 있어. 그런데 그리스와 트로이 여자들은 소심해. 질 것 같은 상황에서는 제대로 싸우지도 못하고 팔라스(아테나-옮긴이)나 아르테미스, 헤라 같은 신들에게 쫓기는 남자들 눈치나 보니까. 두 영웅이 서로 돌을 던지는 동안 양쪽 부대는 싸움을 멈추고 그 자리에서 보고만 있었잖아!『일리아드』같은 건 별거 아니라고 생각해. 영웅 이야기라면 나폴레옹이나 그랜트 장군(1822~1885, 율리시스 심프슨 그랜트는 미국 남북 전쟁 때 활약한 장군이자 미국의 18대 대통령이었다.-옮긴이)이 훨씬 더 나아."

조시가 꾸짖는 모습은 벌새가 타조를 조롱하는 것처럼 우스꽝스러웠다. 불멸의 시인을 비웃고 신들을 비난하는 조시의 모습에 모두 웃음을 터뜨렸다.

"그렇게 훌륭했다는 나폴레옹의 아내가 참 행복하기도 했겠다. 여자애들이 토론하는 방식은 항상 저래. 처음에는 이리로 갔다가 다음에는 딴 쪽으로 가거든." 테드가 놀려댔다.

"난 군인인 두 사람 이야기를 한 것뿐이야. 하지만 네가 그 옆에 있는 여자 이야기를 하고 싶다면, 그랜트 장군은 다정한 남편이었고 그 아내는 행복한 여자였잖아? 장군은 아내가 당연한 질문을 한다고 채찍으로 위협하지는 않았어. 나폴레옹이 아내 조세핀에게 좋은 남편이 아니었을 수도 있지만 어쨌든 싸움은 잘했고, 아프로디테 같은 그리스 여신들에게는 관심도 없었어. 멋이나 부리는 파리스부터 아킬레우스까지 그 책에 있는 것들은 모조리 머저리야. 그리스의 헥토르나 아가멤논 같은 사람들이 아무리 많아도 내 생각은 안 바뀐다고." 조시는 자기 입장을 고집했다.

"너희는 트로이 사람들처럼 싸울 수 있겠구나. 우리는 너희 둘의 싸움이 끝날 때까지 얌전하게 구경하는 군대라고 할 수 있지." 로리 이모부는 그러면서 창을 들고 기대어 서 있는 병사의 모습을 흉내 냈다.

"이제 그만해야겠구나. 팔라스가 우리 헥토르를 끌어내리려는 참이니 말이다." 마치 씨가 웃으면서 말하자, 조는 아들에게 곧 저녁 식사 시간이라고 말해주었다.

"다음에는 우리 일에 참견하는 신들이 없을 때 싸우자." 테드는 이렇게 말하고 머핀 생각에 신이 나서 뒤돌아 나갔다.

"뭐야! 머핀 때문에 관두는 거야?" 조시는 테드의 뒤통수를 향해 쏘아붙였다.

하지만 테드는 질서 있게 퇴각하면서, 아주 그럴싸한 표현으로 반격했다.

"복종하는 건 군인의 의무지."

조시는 마지막까지 따라붙었지만, 가차 없는 말을 미처 내뱉지는 못했다. 파란 셔츠를 입은 구릿빛 얼굴의 젊은이가 쾌활하게 "어이! 다들 어디 있어?" 소리치며 계단을 뛰어올라왔기 때문이다.

"에밀! 에밀이야!" 조시가 외쳤고, 테드는 한달음에 에밀에게 달려갔다. 방금 전까지 원수처럼 싸우던 두 아이는, 새로 온 사람을 환영하면서 말다툼을 끝냈다.

아무도 머핀 따위는 신경 쓰지 않았다. 두 아이는 작은 예인선이 화물선을 끌 듯 사촌 에밀을 데리고 들어왔다. 에밀은 그 자리에 있는 모든 여성에게는 입맞춤을 하고 외삼촌을 제외한 모든 남성과는 악수를 나눴다. 외삼촌과 옛 독일 방식으로 포옹하는 모습은 보는 사람들까지 즐겁게 했다.

"오늘 여기 올 수 있을 거라고 생각도 못 했어요. 마침 시간이 나서 그리운 플럼필드로 직진했죠. 거기에 아무도 없어서 뱃머리를 파르나소스로 돌렸더니 다 여기 모여 계시네요. 와우, 이렇게 만나서 정말 기뻐요!" 젊은 선원 에밀은 소리치면서, 발밑에서 여전히 갑판이 흔들리기라도 하는 것처럼 다리를 벌리고 서서 모두를 둘러보며 미소를 지었다.

"'와우!'라고 하지 말고 '제길!'이라고 해야지, 에밀 오빠. 뱃사람처럼 말이야. 어머나, 정말 좋네. 배 냄새하고 타르 냄새가 나!" 조시는 이렇게 말하며 에밀이 몰고 온 신선한 바다 냄새를 맡았다. 조시는 플럼필드의 오빠들 중 에밀을 가장 좋아했고, 에밀도 조시를 귀여워했다. 조시는 에밀의 파란 웃옷에 달린 불룩한 주머니에 자기한테 줄 선물이 반드시 있을 거라는 사실도 이미 눈치채고 있었다.

"동작 그만, 조시. 자네가 물에 뛰어들기 전에 사태를 파악해 보도록 하지." 에밀은 조시가 왜 달라붙는지 알아차리고는 웃었다. 한 손으로는 조시를 잡고 다른 손으로는 각각 이름이 표시된 갖가지 이국적인 작은 상자와 꾸러미를 뒤적거리던 에밀은 우스갯소리를 하며 선물을 나누어 주었다.

"이 밧줄이면 우리 작은 배를 5분 정도는 잡아둘 수 있겠네." 에밀은 예쁜 분홍색 산호 목걸이를 조시의 머리 위로 던져주었다. "그리고 이건 인어가 물의 요정 운디네에게 준 거랑 같은 거야." 이렇게 덧붙이며 은으로 된 진주조개 목걸이를 베스에게 건네주었다. "데이지는 바이올린을 좋아할 거라고 생각했어. 활은 냇 네가 구해줘." 그러고는 에밀은 웃으며 금으로 세공한 바이올린 모양의 귀여운 브로치를 꺼냈다.

"데이지가 좋아할 거야. 내가 가져다줄게!" 데이지가 어디 있는지 안다고 확신한 냇은 이렇게 대꾸하고는, 선물을 전해주겠다는 기쁜 마음으로 금세 사라졌다.

에밀은 키득거리며 곰 조각상을 꺼내더니, 잉크를 넣는

머리 부분을 열어 보이며 조에게 주었다.

"외숙모는 이런 귀여운 동물을 좋아하시죠. 글을 쓸 때 사용하시라고 가져왔어요."

"정말 좋구나, 에밀 제독! 다시 열어봐." 조는 선물을 무척이나 마음에 들어 했다. 바에르 교수는 잉크병의 깊이로 볼 때 '셰익스피어 작품 같은 걸작'도 나오겠다며, 사랑스럽게 생긴 곰에게서 받는 영감도 대단할 거라고 덧붙였다.

"메그 아주머니는 아직 젊으시지만 모자를 쓰실 것 같아서 루드밀라에게 레이스를 조금 사다 달라고 했어요. 마음에 드셨으면 좋겠네요." 부드러운 종이 사이에서 엷은 안개 같은 천 여러 장이 나왔다. 에밀은 그중 하나를 메그의 머리에 올려주었는데, 레이스는 메그의 아름다운 머리카락 위에 얹은 눈송이 그물처럼 보였다.

"에이미 아주머니는 뭐든지 갖고 계실 것 같아서 뭐가 적당하게 어울리는지 찾을 수가 없었어요. 그래서 작은 그림을 사왔죠. 이걸 보면 항상 베스가 아기였을 때가 생각나거든요." 에밀은 타원형 상아 펜던트를 에이미에게 건네주었다. 펜던트 안에는 파란색 옷을 입고 장밋빛 아기를 안은 금발의 성모가 그려져 있었다.

"정말 예쁘다!" 모두가 소리쳤다. 에이미는 곧장 베스의 머리에서 파란색 리본을 떼다가 펜던트에 꿰어 목에 걸었다. 인생에서 가장 행복하던 때를 기억나게 하는 그 선물이 에이미는 마음에 쏙 들었다.

"자, 좀 자화자찬 같지만 낸에게 딱 맞는 선물을 찾았어. 보다시피 깔끔하면서도 요란한 데가 없어서 의사 선생님한 테 아주 잘 어울리지." 에밀은 이렇게 말하며 용암으로 만든 작은 두개골 모양 귀걸이를 뽐내듯 꺼내 보였다.

"끔찍해!" 흉한 건 싫어하는 베스는 자기가 받은 예쁜 조 개껍데기로 눈을 돌렸다.

"낸 언니는 귀걸이 안 하잖아." 조시가 말했다.

"그러면 네 귀에 구멍을 뚫는 데 이걸 쓰겠지. 낸은 사 람들 몸을 자세히 살펴보며 칼을 들고 덤벼드는 걸 세상에 서 제일 좋아하잖아." 에밀은 조시의 말에도 흔들리지 않고 대답했다. "남자분들 드릴 전리품도 많지만, 여자분들께 드 릴 짐을 다 풀기 전에 다른 걸 꺼내면 제 마음이 편치 않아요. 자, 그럼 그동안 무슨 일이 있었는지 이야기해 드릴게요." 선 원 에밀은 에이미가 가장 아끼는 대리석 탁자에 걸터앉아 다 리를 흔들면서 10노트의 빠른 속도로 무용담을 늘어놓기 시 작했다. 얼마 있다가 조는 제독 에밀을 환영하는 가족 다과 회에 참석하라고 사람들을 모두 불렀다.

조의 마지막 수난

마치 집안이 겪은 여러 놀라운 일들 중 가장 큰일은 '미운 새끼 오리'가 '백조', 아니 '황금알을 낳는 거위'로 변한 사건이었다. 이 거위가 낳은 문학이라는 알은 예상치도 못한 판매 실적을 기록했고, 조가 막연한 마음으로 소중히 품어온 꿈은 10년 만에 세상에 모습을 드러냈다. 어떻게, 왜 그런 일이 일어났는지는 명확하게 이해하지 못했지만, 조는 자기가 조금은 유명한 사람이 되었다는 사실만은 갑자기 깨달았다. 이 일에서 더욱더 좋은 면은, 가난을 벗어나 아이들의 미래를 보장해 줄 수 있는 재산을 얻게 되었다는 사실이었다.

　이 사건은 플럼필드가 모든 면에서 어려움을 겪던 해에 시작되었다. 경제적으로 힘든 시기라 학교의 규모는 점점 줄어들었고, 조는 너무 많은 일을 하는 바람에 건강까지 나빠지던 참이었다. 로리와 에이미는 외국에 있었다. 바에르 부부는 동생 부부를 비롯해 여러 가깝고 소중한 사람들에게 도움을 청하지 않고 어떻게든 자신들 힘으로 해나가려고 노력했다. 방에 틀어박혀 괴로워하던 조는 수입 부족을 메우기 위해 오랫동안 들지 않았던 펜에 의지해보면 어떨지, 이것이 자신이 쓸 수 있는 유일한 방법이 아닐지 생각하게 되었다. 마침 한 출판사에서 여자아이들을 위한 책을 의뢰받기도 했다. 사실 남자아이들 이야기를 더 쓰고 싶었지만 말이다. 조는 결국 자신과 언니 동생의 생활 속 몇몇 일화와 모험담을 담은 짤막한 이야기를 서둘러 써 내려갔고, 돈을 마련할 수도 있지 않을까 하는 아주 작은 기대를 담아 출판사로 보냈다.

상황은 조의 예상과는 항상 정반대로 흘러갔다. 몇 년 동안 고생한 끝에 완성한 첫 번째 책은 젊은 시절의 높은 희망과 야심 찬 꿈을 가득 담아 출항시켰지만 항해 중에 좌초되고 말았다. 이 난파선은 오랫동안 표류하고서야 출판사가 겨우 이익을 내는 정도까지 닿게 되었다. 그런데 급히 써서 몇 달러 정도만 기대하고 띄워 보낸 이 이야기는 어느 순간 갑자기 순풍을 타고 세간의 호평 속으로 진입하고는, 기대하지도 않은 황금과 영광의 화물을 가득 싣고 돌아온 것이다.

이제까지는 들린 적 없던 힘찬 대포 소리와 함께 깃발을 휘날리며 그 작은 배가 항구에 들어섰을 때 조세핀 바에르만큼 놀란 여성은 없을 것이다. 무엇보다도 함께 기뻐해 주는 친절한 얼굴들과 여러 우정 어린 손들이 전하는 축하가 행복을 더해주었다. 그 뒤로는 순조로운 항해가 펼쳐졌다. 조는 배에 짐을 실어서 성공이라는 여행길로 내보냈고, 그 배는 사랑하고 아끼는 사람들 모두를 편안하게 해줄 만한 것들을 싣고 돌아왔다.

하지만 이름을 날리는 것은 썩 반갑지 않았다. 쓸데없는 명성은 진정한 영광이 아니기 때문이었다. 하지만 크게 기대하지 않았던 수입은 큰 도움이 되었다. 세상에 알려진 액수의 절반도 되지 않았지만, 바다의 물결은 계속 상승해 가족들을 아늑한 항구로 편안하게 운반해주었다. 그 항구에서 어른들은 폭풍우를 피해 안전하게 쉴 수 있었고, 아이들은 인생이라는 바다로 자신들의 배를 출항시킬 수 있었다.

그 세월 동안 행복과 평화와 풍요가 찾아들었다. 실망과 빈곤과 슬픔을 겪으면서도 하느님의 지혜와 정의를 끝까지 믿고 인내하는 이들을 하느님은 축복해 주셨다. 세상은 믿는 이들의 번영을 보았고, 이 가정에 찾아든 풍요에 함께 기뻐해 주었다. 하지만 조가 정작 가장 귀하게 생각한 성공과 행복이 무엇인지 제대로 아는 사람은 거의 없었다.

그것은 어머니의 말년을 행복하고 평온하게 만들 힘이었다. 어머니가 보살핌의 짐을 마지막으로 내려놓고 지친 두 손을 쉴 수 있게, 어떤 불안에도 소중한 그 얼굴이 흔들리지 않게, 자선에 마음을 쏟으며 기쁨으로 가득하게 할 힘을 조는 원했다. 어린 시절, 고된 하루를 마친 어머니가 평화롭게 앉아 즐겁게 쉴 수 있는 방을 갖는 것이 조의 소망이었다. 소설의 성공으로 그 꿈은 행복한 현실이 되었고, 어머니는 안락하고 쾌적한 집에서 시중을 들어줄 애정 넘치는 딸들, 의지할 수 있는 충실한 남편, 인생의 황혼을 환히 밝혀주는 손주들과 함께 말년을 보낼 수 있었다. 모두에게 비할 바 없이 소중한 시간이었다. 어머니는 당신이 뿌린 씨의 열매를 수확했다. 기도의 응답을 받았고, 희망이 꽃 피고 훌륭한 재능이 열매 맺는 모습을 보게 되었다. 세상을 떠난 어머니는 소명을 마친, 용감하고 인내심 강한 천사처럼 천국을 향해 얼굴을 돌리고 기쁘게 안식을 취하셨으리라.

이는 조가 유명 작가가 되었다는 변화가 가져다준 행복하고 거룩한 면이었다. 하지만 우리의 기묘한 세상사가 그렇듯, 여기에도 골치 아픈 면이 있었다. 처음에는 모든 게 놀랍고 믿을 수 없을 만큼 기뻤다. 하지만 인간 본성이 지닌 뻔뻔함 탓에, 조는 이런 명성을 부담스러워하며 자유를 잃게 되었다고 원망하기 시작했다. 작품에 감동한 사람들이 조의 일거수일투족을 지켜보았기 때문이다. 낯선 사람들이 조를 보고 싶어 했고, 질문하거나 조언하고, 경고하거나 축하하고 싶어 했다. 아무리 선의라지만 성가신 관심으로 조를 기진맥진하게 만들었고, 조가 마음을 열지 않으면 비난했다. 동물애호가협회, 빈민구호단체, 그리고 여러 자선 단체에 기부해 달라는 요청을 해왔고 이를 거부하면 이기적이고 거만하다고 손가락질했다. 산더미 같은 편지에 답장을 못 하면 독자에 대한 의무를 소홀히 한다는 말이 돌았다. 공식적인 자리보다 집에 있는 걸 더 좋아한다고 말하면 '작가 행세'나 한다는 비난이 쇄도했다.

조가 쓰는 글의 독자들은 아이들이었기에. 그녀는 그들을 위해 온 힘을 다했다. "더 써주세요. 빨리요!" 하며 조르는 아이들의 욕구를 충족시키려고 쉴 새 없이 애썼다. 조의 건강을 해치는 이런 헌신에 가족들은 반대했지만 조는 청소년 문학의 제단에 자신을 기꺼이 바쳤다. 이 어린 친구들 덕분에 20년 동안 노력한 끝에 자기 일을 인정받았다고 생각했기 때문이었다.

하지만 끝내 조의 인내심도 바닥이 났다. 사냥꾼에게 쫓기는 사자 같은 신세에 지쳐 굴속에 들어간 곰처럼 집에 틀어박혀 있기로 결심했고, 누가 굴 밖으로 나오라고 할 때마다 으르렁거렸다. 조는 이러한 상황을 인생 최악의 시련이라고 생각했다. 그녀에게는 가장 소중한 자유가 빠르게 사라져가는 듯했다. 조는 인기라는 화려함을 좇기에는 이제 나이도 들었고 지쳤으며, 지나치게 바빴다. 조는 자기에게 맡겨진 요구를 다 이행했다고 생각했다. 하지만 조의 사인, 사진, 자전적인 글이 온 나라에 뿌려졌고, 화가들이 사방에서 집을 둘러싸고 진을 쳤으며, 기자들은 조가 이런 일로 힘들어하는 모습을 기사로 써댔다. 열정적인 학생들은 정원을 헤집어놓았고, 조를 존경하는 순례자들은 집 계단이 닳도록 드나들었다. 하인들은 온종일 울리는 초인종 소리에 일주일을 채우지 못하고 그만두기 일쑤였다. 남편은 식사 때마다 아내를 지켜야 했고, 두 아들은 방문객들이 예상치 못한 시간에 아무런 양해 없이 불쑥 들이닥칠 때마다 어머니 조가 뒤쪽 창문으로 도망치도록 도와야만 했다.

　어느 날 하루에 벌어진 일을 간략히 정리해 보면 여러분도 불쌍한 조를 이해할 것이다. 그리고 이 땅에 가득 퍼진 사인 수집가들에게도 경고가 될 것이다.

　에밀이 도착하고 얼마 지나지 않은 어느 날 아침이었다. "불행한 작가를 보호해 주는 법이 있어야 해." 평소보다 유난히 많이 배달된 편지를 보고 조가 말했다. "나한텐 국제 저작권보다 시급한 문제야. 시간은 돈이고 평화는 건강이라는데, 난 둘 다 잃어버렸고 얻은 거라고는 인간에 대한 불신과 황야로 도망쳐 버리고 싶은 욕망뿐이지. 찾아오는 사람들을 말릴 수도 없고. 자유로운 미국 땅에서조차 말이야."

"유명한 사람들을 만나고 싶어 하는 사람들은 먹잇감을 찾아 나설 때 가장 끔찍하게 굴어요. 다른 일에 관심을 두는 게 그 사람들에게 더 나은 일일 텐데요. 누가 그랬잖아요. '좋아하는 작품에 대한 찬사를 표하려고 직접 작가를 찾아간다면 기대하지 않은 지루한 모습만 보게 될 것이다.'라고요." 테드는 고개 숙여 인사하는 시늉을 하며 사인을 요청하는 편지 열두 통을 얼굴을 찡그린 채 쳐다보았다.

"결심했어." 조는 단호하게 말했다. "이런 편지에는 답장하지 않을 기야. 이 남자애한테는 적어도 여섯 번은 답장을 보내줬어. 받은 편지를 어디 팔아버리는 게 아닌가 싶네. 이 여자애는 학교에서 편지를 썼다는데, 답장을 보내면 금방 다른 아이들 모두가 편지를 쓰겠지. 이런 편지들은 모두 '실례가 되겠지만'이라거나 '이런 부탁을 드려 죄송하지만'이라는 말로 시작해. 그러곤 '남자아이들을 좋아하시잖아요.', '책을 정말 잘 읽었어요.', '딱 한 번만입니다.' 하면서 터무니없는 부탁을 하는 거야. 에머슨(1803~1882, 랠프 월도 에머슨은 미국의 시인이자 사상가로 미국 사상계에 큰 영향을 끼쳤다.-옮긴이)이나 휘티어(1807~1892, 존 그린리프 휘티어는 미국의 농민 시인으로 작품에 「영광은 가다」 등이 있다.-옮긴이) 같은 작가는 이런 편지를 휴지통에 버린다더라. 난 애들이 보는 읽을거리나 쓰는 가정주부지만, 위대한 작가들을 따라 해볼까 싶어.

이렇게 버릇없는 아이들이 해달라는 대로 다 해주면, 난 먹거나 잘 시간도 없을 테니 말이야." 조는 한숨을 쉬면서 편지 뭉치를 치워버렸다.

"남은 편지는 제가 열어볼 테니 천천히 아침이나 드세요, 엄마." 종종 비서 역할을 해주던 로브가 말했다. "이건 남부에서 온 거네요." 로브는 봉투를 뜯고 편지를 읽기 시작했다.

선생님, 하느님께서는 작가님의 노고에 막대한 재산으로 보답해 주셨습니다. 그래서 저희 교회의 새로운 성찬식 도구 구입 자금을 부탁드리고 싶습니다. 선생님이 어느 교파에 속해 계시든 이 요청에 대해 관대하게 응해주시리라 기대합니다.

당신을 존경하는 하비에르

"정중하게 거절해 줘, 로브. 난 주위의 가난한 사람들에게 음식과 옷을 주는 데만 돈을 쓸 거야. 그게 바로 내 성공에 대한 감사 헌금이지. 계속 읽어봐." 어머니 조는 고마운 눈빛으로 자기 집을 둘러보면서 대답했다.

"열여덟 살 문학 청년이 자기가 쓴 소설에 어머니 이름을 붙이고 싶다네요. 초판이 다 팔리면 어머니 이름을 빼고 자기 이름을 올리고요. 정말 뻔뻔한 제안이에요. 아무리 어머니가 어린 작가들한테 관대하더라도 설마 이런 제안을 받아들이지는 않겠죠?"

"그럴 수는 없지. 친절하게 알려주도록 해. 원고도 보내지 말라고 하고. 지금도 다른 데서 받은 원고가 일곱 편이나 있는데, 그걸 읽을 겨를도 없어." 조는 이렇게 말하고는 편지 뭉치 속에서 작은 봉투를 집어 들어 조심스럽게 뜯어보았다. 삐뚤빼뚤한 글씨로 쓴 주소 덕택에 어린아이가 쓴 편지라는 걸 알아보았기 때문이다.

"이건 내가 답장을 쓸게. 아픈 여자아이가 다음 책을 보고 싶다고 하는구나. 지금 쓰는 책을 보내줄 수도 있겠네. 하지만 이 아이를 위로하려고 끝없이 속편을 쓸 수는 없어. 다음은 뭐니, 로빈?"

"짧고 귀여운 내용이네요."

　　조 바에르 작가님. 선생님 작품에 대해 제 의견을 말씀드리고 싶습니다. 저는 선생님 책 전부를 여러 번 읽었습니다. 정말 좋다고 생각합니다. 책을 더 써주세요.

　　　　　　　　　　　　　애독자 빌리 배브콕 올림

"이런 편지는 좋네. 빌리는 괜찮은 아이고 훌륭한 비평가야. 자기 의견을 섣불리 말하기 전에 내 작품 모두를 여러 번 읽었으니까 말이야. 그리고 답장을 보내달라고 하지도 않잖아. 그러니 감사의 말이라도 보내는 게 좋겠어."

"이건 딸을 일곱 명 키우는 영국인 어머니에게서 온 거예요. 교육에 대한 의견을 듣고 싶대요. 그리고 열두 살인 큰딸부터 시작해 나머지 아이들 직업에 대해서도요. 걱정하는 것도 무리는 아니네요." 로브가 웃었다.

"답장을 써줘야겠네. 하지만 난 딸은 없으니까, 내 의견이 별 도움은 되지 않을 거야. 직업 이야기를 하는 대신에 아이들을 뛰어놀게 하고 건강하게 키워야 한다고 말하면, 아마 깜짝 놀라지 않을까 싶은데. 아이들을 일정한 틀에 끼워 맞추려고 하지 않고 자유롭게 두면 자연히 결정될 텐데 말이야."

"다음 편지는 어떤 여자와 결혼하는 게 좋은지 알고 싶다는 내용이에요. 어머니 책에 나오는 것 같은 여자아이를 실제로도 아는지 묻는데요."

"낸 누나의 주소를 알려주면 어때? 어떻게 되는지 보게 말이야." 옆에서 테드가 말했다. 가능하다면 자기가 직접 알려주겠다고 속으로 생각했다.

"이 편지는 어떤 어머니가 쓴 거네요. 자기 딸을 입양해주고 몇 년 동안 외국에서 미술을 공부하도록 돈을 빌려달라는 내용이에요. 부탁을 들어줄까요? 여자아이도 키워보면 어때요, 엄마?"

"사양할게. 그냥 지금 하던 일이나 계속해야지. 저기 얼룩이 많이 묻은 건 뭐야? 온통 잉크투성이라 좀 무서워 보이는데." 조가 물었다. 날마다 편지 겉모습만 보고 내용이 어떤지 알아맞히느라 고생이었다. 열성적인 애독자가 보낸 시인 모양이었다.

J. M. B.(조 마치 바에르─옮긴이)에게 바치는 시

아, 내가 헬리오트로프꽃이었다면
나는
시인이 되어
아무도 모르게 당신께
향기로운 산들바람을 보내리라.

그대의 모습은 금빛 아침 햇살이 비치는
당당한 느릅나무 같네.
그대의 뺨은 5월에 장미 봉우리를 여는
바다와도 같네.

그대의 말은 지혜롭고 밝아서
사람들에게 남긴 유산을 다시 당신께 보내드리네.
그대의 영혼이 날아올라
천국에서 꽃이 피기를 기원한다네.

나의 혀는 아첨하는 말을 하네.
더욱 달콤한 침묵은
분주한 거리와 외로운 골짜기에서도
결코 깨지지 않으리.
내가 든 펜은 섬광을 내뿜으며 당신을 따르네.

백합을 생각하라. 자라는 모습을.
수고하지 않고도 아름다움을 보여준다.
보석이여, 꽃이여, 솔로몬의 봉인이여.
이 세상의 제라늄꽃은 J. M. 바에르로다.

제임스

격렬한 감정을 담은 시를 보고 아이들이 시끌벅적하게 떠드는 사이에, 조는 이런저런 부탁을 담은 편지들을 계속해서 읽었다. 이제 막 창간한 잡지사에서는 보수 없이 편집을 해달라고 부탁했다. 슬픔에 잠긴 소녀는 장문의 편지를 보내 자기가 좋아하는 주인공이 죽었으니 "바에르 작가님께서 그 이야기를 다시 써서 행복한 결말을 맞게 해주실 수는 없나요?"라고 부탁했다. 사인을 받지 못해 화가 난 소년이 쓴 편지에는, 지금 당장 자신과 친구들 모두에게 사인, 사진, 자전적인 글을 보내주지 않는다면 조가 재정적인 피해를 입고 인기를 잃게 될 거라는 저주가 담겨 있었다. 한 목사는 조가 어느 교파에 속하는지 알고 싶어 했고, 어떤 아가씨는 사랑하는 사람 둘 중 누구와 결혼해야 하는지 물었다. 이러한 사례들은 어느 바쁜 작가에게 쏟아지는 요구의 한 단면을 보여주기에 충분하리라. 독자들께서는 조가 모든 편지에 정중하게 답장하지 못해도 양해해 주시리라 생각한다.

"자, 그만하자. 청소 좀 하고 나서 일하러 가야지. 원고가 죄다 밀렸어. 연재물은 늦게 보내면 안 되니까. 누가 와도 만날 수가 없겠네. 메리, 오늘은 빅토리아 여왕이 와도 안 된다고 해요." 조는 냅킨을 내던졌다. 세상 모든 사람을 거절하는 것 같은 모습이었다.

"오늘 하루도 잘 지냈으면 좋겠네요. 여보." 엄청나게 많은 편지를 처리하느라 바쁘던 바에르 교수가 말했다. "난 학교에서 플로크 교수님과 점심을 먹을 거예요. 오늘 방문하신다고 했거든요. 아이들은 파르나소스에서 밥을 먹을 테니까,

당신은 조용하게 하루를 보낼 수 있겠네요." 그는 조의 이마 위에 걱정 때문에 생긴 주름을 작별 입맞춤으로 펴주며 말했다. 그런 뒤 양쪽 주머니에 책을 가득 넣고, 한 손에는 오래된 우산을, 다른 손에는 지질학 수업을 위해 가지고 온 돌 주머니를 든 채 힘차게 집을 나섰다.

"모든 여성 작가에게 이렇게 사려 깊고 천사 같은 남편이 있다면, 모두 오래오래 살면서 더 많은 글을 쓸 수 있을 거예요. 하지만 그게 세상에 도움이 되는 일인지는 모르겠네요. 지금도 우린 글을 너무 많이 쓰니까요." 조가 이렇게 말하며 남편을 향해 손에 든 먼지떨이를 흔들자 교수도 우산으로 화답하며 길을 따라 내려갔다.

로브도 학교로 갔다. 책과 가방을 든 각진 어깨와 침착한 모습이 아버지를 꼭 빼닮아서, 조는 돌아서며 미소를 지을 수밖에 없었다. 그리고 조용히 말했다. "저 두 교수님을 지켜주세요, 주님. 저렇게 훌륭한 사람들은 세상에 다시없을 테니까요."

에밀은 벌써 배로 돌아가고 없었는데 테드만 남아서 조 주위에서 서성거리고 있었다. 낸의 주소를 훔치거나, 설탕 통을 헤집어놓고 싶어서였다. 아직도 테드와 '엄마' 조는 서로 장난을 치는 사이였다. 조는 거실을 손수 정리하곤 했다. 꽃병에 꽃을 꽂으며 그날 하루가 깨끗하고 상쾌하도록 여기저기 신경을 썼다. 그런데 커튼을 걷으려다 누군가 잔디밭에서 그림을 그리는 모습을 발견한 조는 '끙' 소리를 내며 먼지떨이를 든 채 창문 뒤쪽으로 몸을 숨겼다.

그때 초인종 소리가 났고 길에서는 마차 바퀴 소리가 들렸다.

"제가 나가볼게요. 메리가 들여보내기 전에요." 테드는 머리를 만지며 현관 쪽으로 갔다.

"난 아무도 만나지 않을 거야. 2층에 올라가 있을게." 조는 도망갈 준비를 하면서 작은 소리로 말했다. 하지만 그녀가 몸을 피하기도 전에 어떤 사람이 손에 명함을 들고 문 앞에 나타났다. 테드가 단호한 얼굴로 그 사람을 상대하는 동안, 조는 창문 커튼 뒤에 숨어서 도망칠 기회를 엿보았다.

"저는 『새터데이 태틀러』에 연재 기사를 쓰고 있습니다. 바에르 작가님을 누구보다 먼저 뵙고 싶어 찾아왔습니다." 방문객은 이런 일을 하는 사람답게 아첨하는 투로 말을 꺼내며, 하나라도 놓치지 않으려는 눈길로 재빨리 집 안 전체를 훑어보았다. 이런 방문은 시간을 최대한 활용해야 한다는 사실을 경험으로 알았던 모양이었다.

"바에르 작가님은 기자를 만나지 않으십니다, 선생님."

"아주 잠깐이라도 괜찮습니다." 기자는 이렇게 말하며 안으로 들어오려고 했다.

"작가님을 뵐 수는 없을 겁니다. 집에 안 계시거든요."
테드는 이렇게 대답하고는, 힐끗 뒤를 보며 불쌍한 어머니가
사라졌는지 확인했다. 어쩔 수 없는 경우에 가끔 그러듯 창
문으로 나가진 않았을까 생각한 것이었다.

"정말 유감이네요. 다시 방문하겠습니다. 저기가 작가님
서재인가요? 좋은 방이네요!" 침입자는 죽는 한이 있더라도
뭐든 찾아내 기삿거리를 챙길 생각으로 거실을 둘러보았다.

"안 됩니다." 테드는 부드럽지만 단호하게 기자를 현관
쪽으로 돌려보내며 대답했다. 그러면서 어머니가 집 모퉁이
를 지나 무사히 탈출했기를 간절하게 바랐다.

"바에르 작가님 나이와 출생지, 결혼 날짜, 자녀분의 수
를 알려주시면 정말 고맙겠습니다." 현관 매트에 걸려 넘어
지는 꼴을 당하면서도 뻔뻔한 방문자는 말을 계속했다.

"나이는 예순 살 정도고, 노바야제믈랴섬(러시아 북극해
에 있는 섬-옮긴이)에서 태어났고, 40년 전 오늘 날짜에 결혼
해 딸 열한 명을 두었습니다. 다른 궁금한 점은 없으신가요,
선생님?" 테드가 진지한 얼굴로 이런 엉뚱한 대답을 내놓자,
기자는 패배를 인정하고 웃으며 물러났다. 바로 그때, 방글
방글 웃는 여자아이 셋과 함께 한 여성이 계단을 올라왔다.

"저희는 멀리 오슈코시(미국 위스콘신주 중동부에 있는
도시-옮긴이)에서 왔어요. 조 선생님을 뵙지 않으면 돌아

갈 수 없어요. 우리 아이들은 작가님의 작품을 읽고 정말 감동했답니다. 잠깐만 뵙게 해주세요. 이른 시간이지만, 홈스(1809~1894, 올리버 웬들 홈스. 미국의 의사이자 수필가―옮긴이), 롱펠로(1807~1882, 헨리 워즈워스 롱펠로. 미국의 시인―옮긴이), 그리고 다른 유명한 분들을 만나 뵈러 가는 길이라 제일 먼저 이곳에 왔어요. 오슈코시에 사는 에라스투스 킹즈베리 파말리라고 전해주세요. 얼마든지 기다려도 괜찮아요. 아직 사람들을 만날 준비가 되지 않으셨다면 우린 잠깐 근처를 구경하고 있을게요."

모든 말이 너무 빨리 쏟아져 나오는 통에 테드는 멍하니 서 있을 수밖에 없었다. 푸른 눈 여섯 개가 간절한 표정으로 그에게 고정돼 있었기에 배려심 깊은 테드로서는 무시할 수가 없었고, 거절하더라도 최소한 정중한 대답은 해야겠다고 생각했다.

"바에르 작가님은 오늘 보이지 않네요. 외출 중이신 모양입니다. 집하고 마당은 둘러보셔도 좋습니다." 테드가 더듬거리며 말하자 네 사람은 뛸 듯이 기뻐하면서 테드를 밀어내더니 주위를 둘러보았다.

"어머, 고마워요! 상상하던 대로 멋지고 예쁜 집이에요! 저기가 작가님이 글을 쓰는 곳이군요, 그렇죠? 작가님 초상화도 있네! 제가 상상한 그대로예요!"

파말리 부인의 딸들은 노턴 경 부인의 모습을 새긴 판화를 보며 말했다. 그림 속 부인은 머리에 관을 쓰고 진주 목걸이를 하고 있었고, 한 손에 펜을 잡은 채 무엇에 열중한 듯한 표정이었다.

테드는 애써 웃음을 참으며, 그 옆에 괴상하게 그려진 조의 초상화를 가리켰다. 코끝과 뺨이, 앉아 있는 의자 색깔처럼 새빨갛게 빛나면서 기묘한 효과를 냈는데, 재미있다 못해 음산한 느낌까지 전해주는 그림이었다.

"이게 조 바에르 작가님의 초상화입니다. 아주 잘 그린 그림은 아니죠." 현실과 이상의 차이에 실망하지 않으려고 애쓰는 아이들의 모습을 재밌게 바라보며 테드가 말했다. 열두 살 막내는 결국 실망감을 감추지 못하고 휙 돌아섰다. 자신의 우상이 평범한 사람이라는 사실을 발견했을 때 많은 사람이 그렇게 느끼곤 한다.

"난 작가가 열여섯 살 정도고 양 갈래로 길게 머리를 땋았을 거라고 생각했어. 이젠 안 만나도 괜찮아." 아이는 이렇게 솔직하게 말하고는 현관 쪽으로 걸어가 버렸다. 어머니는 딸의 말에 대해 사과했고, 언니들은 형편없는 초상화를 보면서도 "너무 사랑스럽고, 너무 생생하고 시적이야. 특히 눈썹 부근이 그래."라고 말했다.

"얘들아, 이만 가야겠다. 오늘 안에 전부 돌아봐야 하잖

아. 너희들이 가져온 앨범은 여기 두고 가도록 하자. 바에르 작가님이 뭔가 감상을 써서 다시 보내주실 거야. 정말 감사합니다. 어머니께 안부 전해주세요. 뵙지 못해서 죄송하다고 말씀도 해주시고요." 에라스투스 킹즈베리 파말리 부인은 이렇게 말하던 중에, 머리를 손수건으로 묶고 큰 체크무늬 앞치마를 입은 중년 여성이 건너편 끝에 서재처럼 보이는 방을 열심히 청소하는 모습이 눈에 들어왔다.

"작가님이 안 계시다니 성스러운 서재를 잠깐 들여다보고 싶네요." 열성적인 그녀는 이렇게 외치더니 딸들을 데리고 복도를 곧장 가로질러 갔다. 테드가 조에게 경고할 틈도 없었다. 아직 떠나지 않은 화가와 기자가 조의 앞뒤를 가로막았고, 파말리 일행은 복도에 있어 도망칠 길이 완전히 막혀버리고 말았다.

'아, 잡혔네!' 우스꽝스럽고 당황스러운 상황 속에서 테드는 이렇게 생각했다. '초상화를 봤으니까 하인인 척해도 아무 소용없을 텐데.'

조는 명배우였기에 초상화만 아니었다면 탈출에 성공했으리라. 파말리 부인은 책상 앞에서 잠시 멈춰 서서는 슬리퍼, 바에르 교수 앞으로 온 편지 뭉치는 쳐다보지도 않고 두 손을 꼭 쥐면서 감격스러운 목소리로 외쳤다. "얘들아, 여기가 바로 작가님이 아름답고 도덕적인 이야기를 쓰시는 곳이야! 우리가 감동한 그 이야기 말이야! 저, 음, 훌륭하신 작가님의 서재에 온 기념으로 종이 한 장 가져가도 될까요? 오래된 펜이나 우표도 괜찮고요."

"그럼요. 가져가세요." 하인은 이렇게 대답하고는 웃음을 참지 못하는 테드를 힐끗 보았다.

파말리 부인의 큰딸이 둘의 모습을 보고 무언가 이상하다는 생각을 했고, 앞치마를 두른 사람을 힐끗 보고는 진상을 파악했다. 아이는 어머니를 툭툭 치면서 나지막하게 말했다. "엄마, 저분이 바에르 작가님이에요. 확실해요."

"정말? 맞네! 어머, 정말 잘됐어요!" 파말리 부인은 문까지 가는 데 거의 성공한 조의 뒤를 황급히 쫓아가면서 큰 소리로 말했다.

"잠깐만요! 바쁘신 건 아는데요, 손 한 번만 잡아주세요. 그렇게 해주시면 금방 갈게요."

조는 모든 걸 포기하고 돌아서서는, 찻잔이라도 드는 듯 손을 내밀고 마음껏 움켜잡도록 그대로 놔두었다. 파말리 부인은 조의 이런 모습에 약간 움찔하면서 말했다.

"혹시 오슈코시에 오실 일이 있으면 작가님 발이 땅에 닿지도 않을 거예요. 사람들이 작가님을 업고 다닐 테니까요. 다들 얼마나 좋아할지 몰라요."

조는 그렇게 열렬히 환영해 주는 마을에는 절대로 가지

않으리라 결심하면서도, 최대한 예의를 갖춰 응대했다. 앨범에 사인을 해준 뒤 파말리 가족에게 기념품을 주고, 쭉 돌아가면서 입맞춤을 해주었다. 그런 후에야 그들은 '롱펠로, 홈스, 그리고 다른 사람들'을 방문하러 떠났다. 그분들은 부디집에 안 계시기를.

"테드, 신문 기자한테는 무슨 엉뚱한 말을 한 거니! 부디우리 죄를 용서받기를. 하지만 피하지 않으면 어떻게 될지장담할 수가 없으니까. 여러 사람이 한 사람한테 덤벼드는건 잘못된 일이라고." 조는 복도 옷장에 앞치마를 걸면서 자신에게 닥친 시련을 한탄했다.

"사람들이 아까보다 많이 오고 있어요! 들키지 않도록숨는 게 좋겠어요! 제가 가서 막아볼게요." 학교에 가려고 집앞 계단을 내려가던 테드가 뒤돌아보며 소리쳤다.

조는 서둘러 2층으로 올라가 방에 자물쇠를 채우고는,마당에 모여 앉은 젊은 아가씨들을 조용히 내려다보았다. 이들은 집 안에 들어오지 못하자 머리를 묶더니 꽃을 꺾고, 자기들끼리 점심을 먹으면서 놀다가, 이곳과 이곳 사람들에 대해 즐겁게 이야기를 나누고는 떠났다.

몇 시간 정도 조용한 시간이 이어졌다. 조는 오후 내내열심히 일하려던 참이었는데, 로브가 돌아와서는 기독교청년회에서 학교를 방문하는 길에 조에게 경의를 표하러 오고 싶어 한다는 말을 전했다.

"비가 내릴 모양이라 그 청년들이 안 올 수도 있겠지만, 어머니도 이 일을 아셔야 한다고 아버지가 그러셨어요. 어머닌 항상 어린 남자아이들은 만나주시잖아요. 여자아이들한테는 완고하시지만." 아침에 온 방문객들에 대한 이야기를 테드에게서 들은 로브가 말했다.

"남자아이들 표현이 덜 부담스럽긴 해. 지난번에 여자아이들을 집에 들였더니 한 아이가 내 팔에 막 안겨서는 '선생님, 저 예뻐해 주세요!' 하는 거야. 그냥 확 뿌리치고 싶었어." 조는 있는 힘을 다해 펜을 닦으면서 대답했다.

"어머니는 남자들이 그러지 않을 걸로 생각하시지만, 사인은 갖고 싶어 할 거예요. 그러니까 미리 몇십 장 준비해 놓을까 싶어요." 로브는 이렇게 말하며 종이 뭉치를 꺼내놓았다. 로브는 손님에게 친절하고, 자기 어머니를 존경하는 사람들의 마음을 헤아릴 줄 알았다.

"하긴 남자라고 여자보다 낫지도 않아. 어디 대학에 갔을 때였나, 그날 하루만 삼백 장 넘게 사인을 했으니까. 그렇게 했는데도 자리를 뜰 때 보니 카드와 앨범 더미가 책상 위에 엄청 많이 남아 있었어. 그런 광적인 팬들 때문에 너무 머리 아파."

조는 그런 말을 하면서도 자기 이름을 몇십 번이나 써두고 검은 비단옷으로 갈아입으며, 갑작스럽게 닥칠지 모를 방문객을 맞으려고 준비를 했다. 그러고는 비가 오기를 기대하며 다시 일을 하러 방으로 돌아갔다.

소나기가 내렸다. 마침내 안전하다고 느낀 조는 머리를 편하게 내리고 장식 소매를 뗀 뒤, 쓰다 만 원고를 서둘러 끝내려고 했다. 조의 목표는 하루 서른 장인데, 항상 저녁 전에 제대로 끝내고 싶어 했다. 조시가 꽃을 가져와 꽃병에 꽂으며 마지막 손질을 하고 있을 때였다. 언덕 아래로 우산 여러 개가 다가오는 모습이 눈에 들어왔다.

"사람들이 와요, 이모! 이모부도 그 사람들을 맞으러 들판을 가로질러 뛰어가고 있고요." 조시가 계단 밑에서 소리쳤다.

"잘 보고 있다가 집 앞에 도착하면 말해줘. 잠깐이면 준비해서 내려갈 수 있으니까." 조는 이렇게 대답하면서 필사적으로 펜을 놀렸다. 기독교청년회 사람들이 전부 다 온다고 해도 연재는 미룰 수 없었다.

"두세 명 정도가 아닌데요, 적게 잡아도 대여섯은 돼 보여요." 현관문에서 앤이 소리쳤다. "아니! 열 명도 넘을 거야. 이모, 좀 보세요. 우르르 몰려와요! 어떻게 하죠?" 빠르게 다가오는 검은 무리와 맞서야 한다는 생각에 조시는 겁을 먹었다.

"맙소사. 몇백 명은 되나 봐! 빨리 뒷문에 있는 빨래통을 가져와. 우산을 털게 말이야. 우산은 복도로 가서 세워놓으라고 말해줘. 모자는 탁자 위에 두라고 하고. 모자걸이만으론 어림도 없을 테니까. 현관 매트도 소용없을 것 같아. 카펫 다 망쳐놓겠군!" 조는 침입에 대비하러 아래층으로 내려갔다. 조시와 하인들은 진흙 묻은 구두가 얼마나 많을지 끔찍해하며 허둥지둥 뛰어다녔다.

사람들이 다가왔다. 긴 우산 행렬 밑으로 흙탕물이 묻은 다리와 상기된 얼굴이 드러났다. 청년들은 비에도 굴하지 않고 온 마을을 다니며 흥겨운 시간을 보낸 참이었다. 바에르 교수가 정문 앞에서 이들을 맞으며 간단하게 환영 인사를 하는데, 비에 젖어 후줄근한 청년들의 모습이 안타까웠던 조는 문 앞으로 나와서 안으로 들어오라고 손짓했다. 젊은이들은 우산도 없이 비에 젖은 채 연설을 하던 집주인을 그 자리에 두고는, 발그레해진 얼굴로 집 앞 계단을 서둘러 올라갔다.

저벅, 저벅, 저벅. 구두 일흔다섯 켤레가 복도를 따라 행진해 왔다. 이어서 우산 일흔다섯 개가 통 속에 툭툭 빗물을 털었고, 그동안 우산 주인들은 집 아래층에 무리 지어 서 있었다. 조는 불평도 하지 못하고 일흔다섯 개의 손과 악수를 했다. 젖은 손도, 따뜻한 손도 있었다. 대부분이 그날 산책에서 얻은 전리품을 든 채였다. 조심성 없는 청년은 작가에게 찬사를 보내면서 작은 거북을 휘둘러댔고, 또 다른 청년은 여기저기에서 꺾어온 나뭇가지를 한 뭉치 가지고 있었다. 여기에 더해 모두가 플럼필드의 기념품을 달라고 부탁했다. 그러더니 어디서 나타났는지 모를 카드 한 뭉치가 사인을 기다리며 탁자 위에 쌓였다. 아침에 한 다짐도 무색하게 조는 일일이 사인을 해주었고, 그동안 남편과 아이들은 손님을 접대해야 했다.

조시는 안방으로 도망쳤다가 집 구석구석을 구경하던 청년들에게 발견되었고, 그중 한 사람에게는 바에르 작가냐는 천진난만한 질문을 받기도 했다. 모임은 오래 이어지지는 않았고, 끝은 처음보다 좋았다. 비가 그치고 무지개가 아름답게 뜨자 청년들이 마당에서 달콤한 목소리로 작별 노래를 불러주었다. 행복을 나타내는 약속의 일곱 빛깔 활은 그들의 모임에 하늘이 지어주는 미소라도 되는 듯 청년들 머리 위로 둥글게 떠올랐고, 진흙투성이 땅과 비 내리는 하늘 너머에서는 축복받은 태양이 빛났다. 일행은 만세를 세 번 외치고 떠났다. 이들의 방문은 가족에게 즐거운 추억을 남겼다. 그들은 떠나면서 카펫에 묻은 진흙을 작은 삽으로 긁어내고 통에 반이나 찬 빗물을 비워주기까지 했다.

"착하고 정직하고 부지런한 청년들이야. 30분 정도 시간을 허비했지만, 전혀 아깝지 않았어. 하지만 이제 글을 마무리해야 하니까, 차 마시는 시간까지 아무도 방해하지 못하게 해줘." 조는 이렇게 말하며 메리에게 문을 걸어 잠그게 했다. 아빠와 아이들은 손님과 함께 나갔고, 조시는 조 이모에게 일어난 재미있는 일을 어머니 메그에게 알리러 집으로 뛰어갔다.

한 시간 정도 평화가 이어지더니 초인종이 울렸고, 메리가 키득키득 웃으며 올라와서는 말했다. "어떤 이상한 여자분이 와서는 정원에서 메뚜기를 잡아도 되는지 묻는데요?"

"뭘 잡는다고?" 조는 펜을 떨어뜨리는 바람에 잉크를 흘리고 말았다. 이제까지 들은 이상한 요청 중에서도 이번이 가장 이상했다.

"메뚜기요, 조 선생님. 저는 선생님이 바쁘다고 하고, 무슨 일로 오셨냐고 물었어요. 그랬더니 이렇게 말했어요. '전 유명한 사람들의 정원에 있는 메뚜기를 모으고 있어요. 플럼필드에 있는 메뚜기도 제 수집품에 추가하고 싶습니다.' 그런 거 들어보셨어요?" 메리는 다시 키득거렸다.

"전부 다 가져가도 괜찮다고 전해줘. 모두 없애주면 고맙겠네. 맨날 얼굴에 튀어 오르고 옷 속으로 기어들고 하니까 말이야." 조가 웃었다.

메리는 돌아가더니, 금세 우스워 죽겠다는 얼굴로 다시 왔다.

"아주 고마워해요, 선생님. 그리고 자기가 만드는 깔개에 넣을 헌 옷이나 양말 같은 걸 받고 싶대요. 저 여자분 말이, 에머슨 작가님 조끼, 홈스 작가님 바지, 스토(1811~1896, 해리엇 비처 스토는 미국의 사실주의 작가이자 노예제 반대자였다. 대표작으로 『톰 아저씨의 오두막』이 있다.-옮긴이) 작가님 옷도 받았대요. 정말 이상한 사람이에요!"

"빨간 솔이라도 줘. 그러면 멋진 깔개에 들어 있는 훌륭한 사람들 옷 중에서 내가 준 옷이 눈에 띌 테니 말이야. 유명한 사람을 쫓아다니는 사람들은 다들 정신이 이상한데 이 사람은 괜찮네. 내 시간을 빼앗지도 않았고 재미있게 해주기까지 하고." 조는 이렇게 말하며 일을 다시 시작하기 전에 창밖을 슬쩍 보았다. 빛바랜 검은 옷을 입은 키가 크고 마른 여성이, 벌레를 쫓아 정신없이 마당을 이리저리 뛰어다니는 모습이 보였다.

이제 더는 방해받지 않아도 되었다. 그런데 해가 질 무렵 메리가 고개를 내밀고는, 한 신사분이 바에르 작가님을 만나고 싶어 하는데 거절은 사양한다는 말까지 했다고 전해주었다.

"무슨 소리야? 난 내려가지 않을 거야. 오늘은 끔찍한 날이었고 더는 방해받고 싶지 않아." 조가 쓰던 글의 마무리를 잠시 멈추며 대답했다.

"저도 그렇게 말했어요, 조 선생님. 그런데 뻔뻔하게도 그냥 들어오더라고요. 그 사람도 미친 것 같아요. 좀 무섭기도 하고요. 아주 키가 크고 시커먼 데다가 오이처럼 차갑기까지 해요. 그런데 잘생기기는 했어요." 메리가 웃으면서 덧붙였다. 그 낯선 사람은 무례하게 행동하면서도 메리에게 호감을 준 모양이었다.

"오늘은 완전히 엉망진창이었어. 앞으로 30분 동안은 일해야 해. 돌아가시라고 말해줘. 난 안 내려가." 조가 큰 소리로 외쳤다.

메리가 방을 나갔다. 조는 작업을 계속하겠다고 말했지만, 궁금한 마음이 들어 아래층에서 무슨 소리가 들리는지 귀를 기울였다. 메리가 뭐라고 말하다가 고함을 치는 듯했다. 조의 머리에 신문 기자들의 수법이 어떤지, 메리가 얼마나 어여쁘고 소심한지 떠올렸다. 조는 곧장 펜을 팽개치고 메리를 구하기 위해 위풍당당하게 계단을 내려갔다. 산적 같은 모습의 불청객은 계단으로 올라오려 했고, 메리는 용감하게 이를 막아서고 있었다. 조는 위엄 있는 목소리로 물었다.

"아무도 만나지 않겠다고 했는데, 기다리겠다고 우기는 이 사람은 도대체 누구야?"

"정말 모르겠어요, 조 선생님. 이름도 밝히지 않고, 자길 보지 않으면 선생님이 후회하실 거라네요." 메리는 이렇게 대답하고는 화가 나서 벌게진 얼굴로 비켜섰다.

"후회하지 않을 자신 있으세요?" 낯선 사람이 물었다. 그는 고개를 들어 검은 눈과 긴 수염 사이의 하얀 이를 내비치더니, 화난 조에게 대담하게 다가서서 두 손을 내밀었다.

조는 그 사람을 자세히 살펴보았다. 친숙한 목소리였기 때문이다. 곧 그 산적의 목을 두 팔로 감싸며 반갑게 소리치는 조의 모습에 메리는 당황했다.

"너였구나, 댄! 어디서 오는 길이야?"

"캘리포니아에서요. 어머니를 보려고 왔죠. 제가 그냥 가면 후회하실 거라고 했잖아요." 댄이 다정하게 입을 맞추며 대답했다.

"지난 1년 동안 그렇게 보고 싶었는데, 그만 쫓아내 버릴 뻔했구나." 조는 웃으면서, 돌아온 방랑자와 즐거운 대화를 나누기 위해 계단을 내려갔다.

댄

조는 댄에게 아메리칸 원주민의 피가 흐르는 게 아닐까 생각하곤 했다. 거친 방랑 생활을 좋아하는 성격뿐만 아니라 외모 때문이기도 했다. 댄이 자라면서 그 모습은 더 두드러졌다. 스물다섯 살이 된 댄은 큰 키에 팔다리가 튼튼했고, 날카롭고 거무스름한 얼굴에서는 어떤 상황에서도 방심하지 않는 예리한 표정이 드러났다. 항상 기운이 넘쳤으며, 말은 거침없었고 주먹도 빨랐다. 눈빛은 늘 무언가를 주의 깊게 살피는 듯이 날카로웠다. 댄이 풍기는 생기 넘치는 분위기로 보아, 그가 겪은 모험은 위험하면서도 흥미진진한 것 같았다. 사람들은 댄의 이런 모습에 매력을 느꼈다. 댄은 구릿빛 손으로 조를 잡고는 다정한 목소리로 말했다.

"옛 친구를 어떻게 잊겠어요! 하나밖에 없는 집을 또 어떻게 잊고요! 제가 어떤 행운을 얻었는지 말씀드리고 싶어

서둘러 오는 바람에 차려입을 새도 없었어요. 보시다시피요. 저를 들소 같다고 생각하실 걸 알면서도 말이에요." 댄은 헝클어진 머리와 턱수염이 흔들릴 정도로, 온 방이 가득 울리게 큰 소리로 웃었다.

　"지금 네 모습이 좋아. 항상 산적에 대한 환상이 있었는데, 딱 지금 네 모습이구나. 메리는 새로 온 아이라서, 네 외모를 보고 겁을 먹었나 봐. 조시는 기억 못 하겠지만, 테드는 옛날 '대니 형아'를 알아볼 거야. 수염이나 머리가 아무리 덥수룩해도 말이지. 금방 널 보러 다들 여기로 올 거야. 그러니까 아무도 없을 때 네 얘기를 더 해줘, 댄. 네가 여기 왔다 간지 거의 2년이나 되었네! 잘 지낸 거야?" 조는 댄의 친어머니처럼 다정하게 물었다. 댄은 캘리포니아에서 했던 생활이나 작은 사업에서 이룬 예상치 못한 성공에 대한 이야기를 들려주었다.

　"최고예요! 돈이 들어오는 것도 재미있고, 마음대로 쓸 수 있다는 사실도 좋아요. 그런데 전 돈은 별로 신경 안 쓰잖아요. 그냥 지낼 만하게 적당히 있으면 돼요. 돈이 너무 많아서 신경을 쓰기는 싫거든요. 쌓아둘 필요는 없잖아요. 돈이 많이 필요할 정도로 오래 살지도 않을 텐데요." 이렇게 말하는 댄은 자신이 가진 얼마 안 되는 재산이 부담스러운 얼굴이었다.

"하지만 결혼해서 어디 정착하려면, 네가 그랬으면 좋겠는데 말이야, 그때 쓸 돈이 좀 필요하겠지, 얘야. 그러니 돈은 신중하게 모아두어야 해. 전부 써버리면 안 되고. 살다 보면 힘든 때가 오기 마련이야. 넌 남의 도움을 받는 건 싫어하잖아." 조는 이 운 좋은 청년이 돈벌이 열풍에 휘말리지 않아 기뻐하면서도, 지혜로운 어른이 할 법한 조언을 해주었다.

댄은 고개를 저으며 방을 둘러보았다. 벌써 답답해 다시 밖으로 나가고 싶은 눈치였다.

"누가 저같이 종잡을 수 없는 사람하고 결혼하겠어요? 여자들은 착실한 남자를 좋아해요. 전 그런 사람은 될 수 없어요."

"댄, 난 어렸을 때 너처럼 모험심 강한 남자를 좋아했어. 여자들은 새롭고 대담하거나, 자유롭고 낭만적이면 항상 매력을 느끼니까 말이야. 실망하지 않아도 돼. 언젠가는 너를 잡아둘 닻을 발견할 거야. 그러면 여행도 지금보다는 짧게 다니고, 여행을 가서도 좋은 화물을 싣고 집으로 돌아가고 싶어지겠지."

"혹시 제가 원주민 아가씨를 데리고 오면 뭐라고 말씀하시겠어요?" 댄은 구석에서 하얗게 빛나는 갈라테이아 대리석 흉상을 바라보다가 장난기 어린 눈빛으로 물었다.

"물론 환영이지. 좋은 아가씨라면 말이야. 그렇게 될 수도 있는 거니?" 조는 혹시 댄이 누굴 좋아하는 건 아닌가 생각하면서 뚫어지게 바라보았다. 작가라도 이런 연애사에는 흥미를 갖는 법이다.

"지금은 없지만 물어봐 주셔서 고마워요. 지금은 놀러다닐 시간이 없어요. 테드는 잘 지내요?" 댄은 연애 이야기는 이제 그만하자는 듯이 자연스럽게 다른 주제를 꺼냈다.

조는 금방 화제를 돌렸다. 두 아들의 재능과 장점에 대해 자세히 이야기하기 시작했을 때, 로브와 테드가 갑자기 방으로 들어오더니 아기 곰처럼 댄에게 달려들었다. 반가운 마음을 레슬링으로 표현하려는 듯했다. 물론 사냥꾼 댄이 이들을 제압하면서 승부는 금세 났다. 바에르 교수도 곧 방으로 들어와 다 같이 이야기 꽃을 피웠고, 그동안 메리는 팔을 걷어붙이고 귀한 손님을 위한 특별한 저녁 식사를 준비했다.

저녁 식사가 끝난 뒤에도 이 방 저 방 돌아다니며 이야기를 계속하던 댄은 때때로 복도로 나가 신선한 공기를 들이마셨다. 댄의 폐에는 문명인들보다 더 많은 공기가 필요했던 모양이었다.

복도를 지나다가, 댄은 어두운 문간에 서 있는 하얀 형체를 보고는 걸음을 멈췄다. 베스도 동시에 그 자리에 섰다. 베스는 옛 친구를 금방 알아보지는 못했고, 여름밤의 부드러운 어두움을 등지고 선, 키 크고 날씬한 자기 모습이 한 폭의 아름다운 그림처럼 보인다는 사실도 미처 몰랐다. 금빛 머리 카락은 후광처럼 얼굴 위에서 빛났고, 하얀 숄 끝자락은 복도를 따라 불어오는 시원한 바람에 날개처럼 나부꼈다.

"댄이야?" 베스는 이렇게 물으면서 우아한 미소를 짓고 손을 내밀며 다가왔다.

"보다시피. 몰라봤네, 공주님. 요정인 줄 알았어." 댄은 놀랍고도 궁금하다는 표정으로 베스를 내려다보며 대답했다.

"나 꽤 많이 컸지? 그런데 댄도 2년 전하고는 완전히 달라졌네." 베스는 어린아이처럼 기뻐하는 기색으로 눈앞에 서 있는 잘생긴 댄을 올려다보았다.

두 사람이 더 이야기를 이어가려는 참에 조시가 달려들었다. 조시는 얼마 전 열세 살이 되었지만 아이 때처럼 안겨 입맞춤을 했다. 댄은 조시를 내려놓을 때가 되어서야 이 아이도 많이 자랐다는 사실을 눈치채고 조금 당황스러워하며 말했다.

"와, 너도 꽤 컸구나! 이젠 여기 같이 놀아줄 아이도 없으니 뭘 해야 할지 모르겠네. 테드도 콩나무처럼 자랐고, 베스도 아가씨가 다 되었으니까. 그리고 겨자씨 같던 조시 너까지 치맛자락을 길게 늘어뜨리며 다니잖아."

베스와 조시가 웃었다. 조시는 키 큰 청년이 된 오빠 댄을 물끄러미 바라보다가, 앞뒤 가리지 않고 달려들었다는 사실이 떠올라 얼굴이 붉어졌다. 두 사촌은 아름다운 대비를 이루었다. 한쪽은 백합처럼 아름다웠고, 다른 한쪽은 작은 야생 장미 같았다. 댄은 이 둘을 자세히 바라보면서 만족스러운 듯이 고개를 끄덕였다. 여행지에서 어여쁜 아가씨들을 여럿 봐왔지만, 옛 친구들이 이렇게나 아름답게 피어나는 모습에 뿌듯한 마음이 들었다.

"이런! 댄을 독차지하면 안 돼." 조가 말했다. "데리고 와서 잘 감시해. 그러지 않으면 반나절도 지나기 전에 슬쩍 빠져나가 몇 년 정도 돌아오지 않을 테니까 말이야."

댄은 유쾌한 납치범들의 손에 이끌려 다시 응접실로 돌아왔다. 조시는 댄이 다른 남자아이들을 제치고 가장 먼저 어른처럼 보이게 되었다고 법석을 피웠다.

"나이는 에밀 오빠가 더 많지만, 아직 어린애 같아. 어릴 때처럼 지그 춤을 추고 뱃사람 노래나 부르고 있으니 말이야. 댄 오빠 서른 살 정도로 보여. 연극에 나오는 악당처럼 크고 시커멓기도 하고. 아, 정말 좋은 생각이 있어! 오빠『폼페이 최후의 날』(1834년에 출간된 에드워드 불워 리턴의 역사 소설-옮긴이)에 나오는 아르바케스에 아주 잘 어울려. 그 연극을 할 생각이거든. 사자하고 검투사하고 화산도 준비되어 있어. 톰하고 테드가 재를 잔뜩 쏟아붓고 돌무더기를 굴려버릴 거야. 근데 여기서 이집트인을 맡을 거무스름한 사람이 필요했거든. 오빠가 빨갛고 흰 숄을 걸치면 정말 멋있을 거야. 그렇 겠죠, 이모?"

쏟아져 나오는 조시의 말에 댄은 두 손을 들어 귀를 막 아야 했다. 조가 성질 급한 조카에게 뭐라고 말하기도 전에 메그가 가족들과 함께 도착했고, 톰과 낸도 그 뒤를 이었다. 모두 댄의 모험담을 들으려고 자리에 앉았다. 댄이 어찌나 간결하면서도 효과적으로 이야기하는지, 둘러앉은 사람들 얼굴에는 흥미로움, 놀라움, 유쾌함, 긴장감이 번갈아 나타났 다. 남자아이들은 당장이라도 캘리포니아로 떠나서 한밑천 마련하고 싶다고 생각했고, 여자아이들은 댄이 여행 중에 자 신들을 위해 가져왔다는 진귀하고 예쁜 선물을 빨리 보고 싶 어 안달을 냈다. 어른들은 댄의 활기 넘치는 모습을 보고 그 의 밝은 미래를 상상하며 기뻐했다.

"물론 다른 행운을 얻으려 돌아가고 싶겠지. 네가 바라 는 걸 얻을 수 있으면 좋겠구나. 하지만 투기는 위험해. 네가 번 것을 다 잃을 수도 있어." 로리는 이렇게 말하기는 했지만, 다른 남자아이들 못지않게 흥미진진한 이야기를 즐겁게 들 으며 댄을 따라 거친 생활을 하고 싶다는 생각까지 했다.

"돈은 충분히 벌었어요. 당분간 쓸 만큼은 있어요. 너무 도박 같다는 생각이 들거든요. 돈을 벌면서 흥분되는 느낌은 좋지만, 제게 도움이 되지는 않아요. 서부에서 농장을 해볼 생각이에요. 아주 큰 규모로요. 여기저기 다니다 보니까 꾸준하게 일해도 재미있겠다는 생각이 들었어요. 제가 농장 일을 시작하면 로리 선생님의 검은 양처럼 말썽 피우는 놈들을 보내셔도 돼요. 오스트레일리아에서 양을 친 적이 있어서 검은 양에 대해선 좀 알거든요."

"멋지구나, 댄!" 댄이 어딘가에 정착해 남을 돕고 싶어하는 소망을 알아챈 조가 외쳤다. "이제는 네가 어디에 있는지 알 수 있을 테니까 널 보러 갈 수도 있겠어. 그동안 얼마나 답답했다고. 나중에 너한테 테드를 보낼게. 앤 가만히 있지 못하는 성격이니까, 테드한테도 좋을 거야. 네 옆에 있으면 안전하기도 할 테고. 열심히 일하면서 사업을 어떻게 하는지 배울 수도 있겠지."

"거기 가면 「네드 아저씨Old Uncle Ned」(미국의 작곡가 포스터가 작곡한 노래–옮긴이)에 나오는 아주 좋은 '삽과 곡괭이'를 쓸 거야. 그런데 스페란자 광산에 가는 게 더 재미있을 것 같기도 해." 테드는 댄이 바에르 교수에게 선물한 광석 견본을 자세히 살펴보면서 말했다.

"가서 새로운 마을을 만들어 봐. 우리도 준비되면 다 같이 가서 정착할게. 그러면 얼마 지나지 않아 신문도 필요해질 거야. 난 지금처럼 고생하면서 일하기보다는 신문사를 직접 경영해야겠다는 생각도 하거든." 언론계에서 성공하고 싶은 마음이 간절한 데미가 말했다.

"그곳엔 새 대학을 세우기도 쉬울 거다. 씩씩한 서부 사람들은 배움에 목말라 있거든. 가장 좋은 걸 금방 알아보고 받아들이는 사람들이란다." 영원한 청년 마치 할아버지도 이곳과 같은 훌륭한 학교가 계속해서 세워지는 모습을 상상하며 덧붙였다.

"그렇게 해, 댄. 훌륭한 계획이다. 우리도 도울게. 목초지와 카우보이를 얻는 데 투자할 생각도 있어." 자립하려는 아이들에게 기꺼이 재정적인 도움을 줄 준비가 되어 있는 로리가 말했다.

"돈이 조금 있으면 마음이 안정되겠죠. 그걸 땅에 쏟아부으면 정착하게 되고요. 적어도 당분간은요. 제가 뭘 할 수 있는지 알아보고 싶지만, 결정하기 전에 여러분과 상의해야겠다고 생각했어요. 그 일이 제게 맞는지, 몇 년 동안 고민했거든요. 그런데 전 힘들 때 일을 가장 잘해요." 자기 계획에 사람들이 큰 관심을 보이자 댄이 감동하며 말했다.

"오빠 그 일을 좋아하지 않을걸. 전 세계를 돌아다닌 오빠 눈에 작은 농장은 성에 안 찰 거야." 조시가 말했다. 돌아올 때마다 긴장감 넘치는 이야기와 예쁜 선물을 가져다주는 방랑 생활의 낭만이 훨씬 더 좋아 보인 모양이었다.

"그곳에도 예술 같은 게 있을까?" 베스는 빛을 반쯤 등지고 서서 이야기하는 댄의 모습이 빛과 그림자를 공부하는 데에 도움이 되지 않을까 생각하면서 이렇게 물었다.

"거긴 자연이 넓게 펼쳐져 있어. 그게 너한테 더 좋지 않겠니? 모델로 삼을 만한 멋진 동물을 볼 수 있고, 유럽에서는 볼 수 없는 풍경도 그릴 수 있으니까. 평범한 호박도 그쪽의 건 아주 커. 그 호박으로 신데렐라 연극도 할 수 있을 거야, 조시. 네가 댄스빌에서 극장을 열면 말이야." 댄의 계획에 찬물을 끼얹으면 안 된다는 생각을 하며 로리가 서둘러 대답했다.

연극에 열중하던 조시는 금방 그 말에 걸려들었다. 이 계획에 큰 관심을 보이면서 아직 세워지지도 않은 무대에서 비극적인 역할은 전부 자기가 하겠다는 약속까지 받아냈고, 댄에게는 지체하지 말고 빨리 계획을 실행하라고 졸라댔다. 베스도 자연에서 배우는 것이 자기에게 도움이 될 테고, 섬세하고 아름다운 것만으로는 지나치게 까다로워질 수도 있는 취향을 야생의 풍경이 개선해 주리라는 사실을 인정했다.

"난 새 마을에서 할 진료에 대해 이야기할게." 새로운 계획에는 항상 열심인 낸이 말했다. "댄의 일이 순조롭게 시작될 때쯤이면 나도 준비가 되어 있을 거야. 그곳에서는 마을이 빨리 발전하겠지."

"댄은 자기 땅에 마흔 살 이하의 여성은 들여보내지 않을지도 몰라. 낸은 여자를 싫어하니까. 특히 젊고 아름다운 여성은 더 그렇고." 낸을 바라보는 댄의 눈에 떠오른 존경을 눈치챈 톰이 질투심에 차서 끼어들었다.

"그런 건 상관없어. 의사는 어떤 규칙에서든 예외로 봐주는 존재야. 댄스빌에는 병에 걸리는 사람이 별로 없을 거야. 다들 일도 많이 하고 건강한 생활을 할 테고, 활동적인 젊은 사람만 거기 갈 거니까. 하지만 사고는 자주 일어나겠지. 들소도 있고 말도 빨리 달리고 원주민하고 싸움도 하잖아. 그래서 다치는 사람도 많을 거고. 나한테 딱 맞아. 난 뼈가 부러진 사람을 치료하는 게 좋아. 수술도 너무 재미있고. 여기선 그런 게 별로 없잖아." 빨리 간판을 걸고 병원을 시작해 보고 싶어 조바심을 내며 낸이 대답했다.

"잘 부탁할게, 의사 선생님. 동부 해안 지역에서 네가 하던 일이 새 마을에서 큰 도움이 될 거라고 생각하니 좋네. 열심히 준비해 둬. 병원 지붕을 올리자마자 금방 불러줄게. 필요하다면 널 위해 카우보이 열 명 정도를 때려눕혀 놓을게." 댄은 다른 여자아이들과는 다르게 힘이 넘치고 씩씩한 낸의 모습을 보고 웃으며 말했다.

"고마워, 꼭 갈게. 팔 좀 만져봐도 돼? 훌륭한 이두박근이야! 얘들아, 와서 봐. 이게 바로 근육이라는 거야." 낸은 댄의 튼튼한 팔을 예로 들어 짧은 강의를 해주었다. 톰은 방구석 창가에 처박혀 찌푸린 얼굴로 별을 바라보면서 자기야말로 누군가 때려눕히고 싶다는 듯 오른팔을 휘둘러댔다.

"톰 형에게는 무덤 관리를 맡기면 되겠어. 톰 형은 낸 누나가 죽인 환자를 묻어주는 걸 좋아할 거야. 그 일에 딱 맞는 우울한 표정을 저기서 연습 중이잖아. 톰 형도 신경 좀 써, 댄 형." 테드는 구석에서 시무룩해서 구석에 처박혀 있는 톰에게 관심을 돌리며 말했다.

하지만 톰은 오랫동안 부루퉁할 성격이 아니어서, 잠시 물러나 있다가 해맑은 얼굴로 다시 나타났다.

"여기 봐. 황열병이나 천연두, 콜레라에 걸린 사람들을 모두 댄스빌로 보내 버리는 거야. 그러면 낸은 행복할 테고, 혹여 실수를 하더라도 이민자나 죄수 들한테는 별로 문제가 되지 않을 테니까."

"난 잭슨빌 같은 도시 근처에 정착하는 게 좋다는 생각이 드는구나. 그러면 플라톤 클럽도 있고, 철학에 대한 간절한 갈망이 있는 곳에서 교양 있는 사람들과 댄도 친분을 쌓을 수 있을 테지. 거긴 동부에서 왔으면 뭐든 환영하는 곳이니까 새로운 계획은 그런 친절한 토양에서 발전하게 될 거다." 활기찬 대화를 바라보며 흐뭇해하는 어른들 사이에서 마치 씨가 온화하게 의견을 말했다.

댄이 플라톤을 공부한다니 무척이나 우스운 일이었다. 하지만 장난꾸러기 테드 말고는 아무도 웃지 않았다. 댄은 머릿속에 끓어 넘치는 다른 계획을 재차 내놓았다.

"농장이 성공할지는 잘 모르겠어요. 그래서 제 오랜 친구인 몬태나 원주민들에게 많은 기대를 하고 있어요. 그 사람들은 평화로운 부족이고, 많은 도움이 필요해요. 정당한 몫을 받지 못해 몇백 명이 굶어 죽은 적도 있어요. 근처에 있는 부족은 호전적이고 몇만 명이나 되기 때문에, 정부는 그 사람들을 두려워하면서 해달라는 대로 다 해줘요. 창피하기 그지없는 일이에요. 빌어먹을!" 댄은 무심코 욕설이 튀어나오자 잠시 입을 다물었지만, 여전히 눈을 빛내며 다시 말을 이어갔다. "지나친 말은 아니에요. 제가 거기 있을 때 돈을 좀 갖고 있었다면, 모든 걸 빼앗긴 불쌍한 사람들에게 한 푼도 남김없이 주었을 거예요. 그들은 자기네 땅에서 쫓겨나 아무것도 자라지 않는 황무지로 가게 되었는데도 참을성 있게 기다리죠. 이제는 정부보다 정직한 중개인이 더 많은 일을 할 수 있을 거예요. 전 그곳에 가서 도와주어야 한다고 생각해요. 몬태나 부족이 쓰는 말도 알고, 그 사람들도 좋아하니까요. 지금 몇천 달러 정도를 갖고 있는데, 그 돈을 쓰는 게 좋을까요?"

친구들과 얼굴을 마주한 댄의 모습은 무척이나 호기롭고 열의에 차 보였고, 격렬한 내용을 이야기하느라 상기되고 흥분한 상태였다. 모두들 어려움에 처한 사람에 대한 안타까운 마음에 전율을 느꼈다.

"반드시 그렇게 해, 꼭!" 행복한 사람들보다 불행한 사람들에게 훨씬 더 관심을 보이는 조가 곧장 소리쳤다.

"그렇게 해!" 테드도 따라 말하고는 연극을 보고 난 듯 박수를 치며 덧붙였다. "나도 데려가. 도와줄게. 그런 멋진 사람들 속에 들어가 사냥을 하고 싶어서 죽겠단 말이야."

"좀 더 들어보고 나서 현명한 일인지 생각해 보자." 로리가 말했다. 로리는 자신이 매입하려고 생각한 초원에 몬태나 원주민을 거주하게 해주고, 부당한 대접을 받는 사람들에게 선교사를 보내는 단체에 기부금을 더 많이 내야겠다고 생각했다.

댄은 북서부에서 만난 다코타족과 또 다른 부족 들이 받아온 부당한 대접, 그리고 그들의 인내심과 용기에 대해 자신이 마치 그들의 형제인 양 이야기했다.

"그 사람들은 저를 '불구름 댄'이라고 불렀어요. 제 소총이 그들이 본 중에서 최고라서요. 블랙 호크라는 정말 좋은 친구가 있었어요. 적어도 두 번 이상 제 목숨을 구해주었고, 그곳이 아닌 다른 곳에서도 도움이 될 만한 걸 가르쳐주었어요. 그 사람들은 이제 내리막길에 서 있어요. 그래서 전 보답하고 싶어요."

모두 댄의 이야기에 푹 빠져 있었지만, 신중한 바에르

교수는 한 사람의 힘만으로는 그렇게 많은 일을 할 수 없을 거라고 말했다. 물론 그 노력은 고귀하지만, 문제를 신중하게 생각하고 올바른 방향으로 영향력과 권한을 얻어야 한다고 말하며 그동안은 땅을 알아보는 게 더 현명한 일이라고 제안했다.

"네, 그렇게 할게요. 전 캔자스로 가서 괜찮은 땅이 있는지 알아볼 생각이에요. 샌프란시스코에서 캔자스 출신 사람을 만났는데, 좋은 곳이 있다고 했거든요. 사실 어딜 가도 할 일이 너무 많아서 뭐에 집중해야 할지 모르겠어요. 차라리 제가 돈이 없었으면 싶을 정도예요." 댄은 자선 사업을 하고 싶어 하는 친절한 사람이라면 누구나 느끼는 걱정에 눈썹을 찌푸리며 대답했다.

"결정할 때까지 내가 돈을 맡아둘게. 넌 성미가 급해서 처음 매달리는 사람에게 다 줘버릴 테니까. 잘 알아보는 동안 그 돈을 좀 굴려놓으마. 그러다 투자할 할 준비가 되면 돌려주는 거야. 어때?" 젊은 시절에 사치를 부리다가 교훈을 얻은 경험이 있는 로리가 물었다.

"감사합니다, 선생님. 걱정을 덜어주셔서 고마워요. 제가 말씀드릴 때까지 돈을 맡아주세요. 그리고 제게 무슨 일이 생기면, 선생님이 저를 도와주셨듯이 방황하는 다른 아이를 도와주는 데 써주세요. 그게 제 유언입니다. 여러분 모두

증인이 되어주세요. 이제 홀가분하네요." 댄은 자신의 전 재산을 넣어둔 허리띠를 건네주고는, 무거운 짐이라도 벗어던진 듯 어깨를 폈다.

댄이 이 돈을 받으러 돌아오기 전에 얼마나 큰일이 벌어질지, 그리고 이 일이 댄의 마지막 유언과 얼마나 맞닿아 있을지 아무도 상상하지 못했다. 로리가 돈을 투자할 방법을 설명하는데, 밝은 목소리로 부르는 노랫소리가 들려왔다.

오, 페기는 유쾌한 아가씨.
돛을 감아라, 선원들, 돛을 감아라!
잭에게 술 한 잔을 건네네.
백이 바다로 배를 띄우면,
돛을 감아라, 선원들, 돛을 감아라!
페기는 약속을 지키네.
돛을 감아라, 선원들, 돛을 감아라!

에밀은 항상 이렇게 자신의 도착을 알렸다. 그는 마을에서 음악 수업을 듣고 돌아오던 냇과 함께 집으로 들어오고 있었다. 냇은 친구 댄을 보더니 활짝 웃으며 다가와 손목이 부러지도록 악수를 했다. 보기에 흐뭇한 모습이었다. 댄이 자신의 성격 그대로 이자까지 넉넉히 쳐서 냇에게 진 빚을 갚으려고 하는 모습은 더 보기 좋았다. 하지만 뭐니뭐니해도 제일 유쾌했던 순간은 에밀과 댄이 서로의 여행 기록을 비교하며 뽐내는 것을 보고 모두가 즐거워했을 때였다.

두 사람이 돌아오면서 집이 터질 듯해지는 바람에 모두 테라스로 자리를 옮겨 야행성 새처럼 계단에 진을 치고 앉았다. 마치 할아버지와 바에르 교수는 서재로 갔고, 메그와 에이미는 과일과 과자를 준비하러 들어갔다. 조와 로리는 긴 창문 안쪽에 앉아 밖에서 이어지는 대화에 귀를 기울였다.

"저기 모두 있네, 사랑스러운 우리 아이들!" 조는 모여 앉은 아이들을 가리키며 말했다. "세상을 떠난 아이도, 다른 곳으로 떠난 아이도 있지만, 저 남자아이 일곱과 여자아이 넷은 나한테 특별한 위안이고 자랑거리야. 나중에 온 앨리스 히스까지 더하면 딱 열둘이네. 힘이 닿는 데까지 저 아이들의 삶을 이끌어줄 생각이야."

"아이들이 처음에 서로 얼마나 달랐는지 생각해 봐. 어디서 왔는지, 어떤 가정환경에서 컸는지 말이야. 우린 지금까지 꽤 만족할 만한 성과를 이뤘어."

"여자아이들은 걱정하지 않아. 메그 언니가 돌봐주니까. 언니는 정말 현명하고 참을성이 있고 자상한 사람이라, 아이들은 잘 자랄 수밖에 없어. 하지만 남자아이들은 해가 갈수록 관심을 더 기울이는데도, 집을 떠날 때마다 내게서 더 멀어지는 듯해." 조는 한숨을 쉬었다. "아이들은 어른이 되어가는데, 난 가느다란 실로 아이들을 붙잡을 수밖에 없어. 잭과 네드한테서는 툭 끊어지고 말았잖아. 돌리와 조지는 여기 돌아오고 싶어 하니까 내가 뭔가 해줄 수 있을 거야. 맏형인 프란츠는 진실한 아이니까 이곳을 잊지 않겠지. 하지만 이제 곧 다시 세상으로 나갈 세 아이는 조금 걱정이 되네. 에밀은 착하고 의지가 굳으니까 잘해 나가겠지? 이런 노래도 있잖아.

높은 곳에서 착한 천사가
가련한 뱃사람의 목숨을 지켜준다오.

그런데 냇은 너무 연약해서 외국 생활을 잘할 수 있을지 불안해. 네가 그 아이를 튼튼하게 만들어주려고 그렇게 애썼는데도 말이야. 그리고 댄은 여전히 거친 면이 있어. 그 아이가 제자리를 찾으려면 뭔가 큰일을 겪어야만 할 거야."

"댄은 훌륭한 청년이야, 조. 농장을 경영한다는 계획이 작아 보일 정도로. 조금만 갈고닦으면 훌륭한 신사가 될 거야. 여기서 우리하고 같이 있으면 달라질지도 몰라." 로리는 오래전에 함께 장난 치던 때처럼 조의 의자에 기대면서 대답했다.

"그건 좋은 방법이 아냐, 로리. 좋아하는 일을 하고 자유롭게 생활해야 댄은 좋은 사람이 될 거야. 우린 댄의 성격을 바꿀 수 없어. 올바른 방향으로 발전할 수 있게 도와줄 뿐이지. 댄은 예전 같은 충동적인 면이 아직도 있어. 우리가 바로 잡아주지 못하면 잘못된 방향으로 갈 거야. 그럴 거라는 게 눈에 선해. 하지만 우리를 사랑하는 댄의 마음이 안전판 역할을 하는 거야. 그 아이가 더 자라거나 도움이 될 만한 더 강한 인연을 만날 때까지, 우리가 더 꼭 붙잡고 있어야 해."

조는 진심을 담아 말했다. 누구보다도 댄을 잘 아는 조는 야생마 같은 아이에게는 삶이 항상 어렵다는 사실을 알기에 희망과 두려움을 함께 느꼈다. 댄은 다시 떠나기 전 둘만 있는 조용한 순간에 자신에게만은 속마음을 내보일 것이라고 조는 확신했다. 그러면 댄에게 필요한 충고와 격려를 해줄 수 있으리라. 조는 그때가 오기를 기다리면서 댄을 유심히 살펴보았다. 아이에게 어떤 전도유망한 점이 있는지 보면서 기뻐했고, 세상이 그 아이에게 어떤 해를 끼치는지도 놓치지 않고 알아냈다. 조는 격정적인 소년 댄이 성공하기를 간절히 바랐다. 다른 사람들은 댄이 실패하리라고 예언했지만 사람이 진흙처럼 틀에 맞춰질 수 없다고 조는 생각했다. 이 방치된 아이가 좋은 사람으로 성장할 거라는 희망만으로도 만족해하고 더는 바라지 않았다. 댄은 다루기 힘들 만큼 성격이 충동적이었고 감정 기복이 심했으며, 무법자 같은 기질도 강했다. 그런 그가 유일하게 애정을 유지하고 있는 것이 플럼필드에 대한 기억이었다. 가까운 친구들을 실망시키지는 않을까 하는 두려움, 많은 결점이 있는데도 항상 자신을 존경하고 사랑해 준 동료들의 관심을 잃지 않으려는 자존심이 그 애정을 지켜나가게 해주는 힘이었다.

"초조해하지 마, 조. 에밀은 위험한 일을 항상 용케 피하는 아이야. 냇은 내가 지켜볼게. 댄은 지금 잘 지내고. 캔자스를 살펴보게 놔둘까 싶어. 농장 계획에 흥미를 잃게 되더라도 도움이 필요한 원주민들에게 다시 돌아갈 수 있겠지. 거기서 아주 잘 지낼 거야. 댄에게는 평범하지 않은 일이 이상할 정도로 잘 맞아. 난 그 아이가 그런 일을 하겠다고 결심했으면 해. 압제자와 싸우고 억압받는 사람들의 친구가 되어주는 동안은 그 아이가 가진 위험한 열정이 다른 곳으로 빠지지 않겠지. 그리고 그런 생활은 양을 치고 밀밭을 일구는 일보다 훨씬 더 댄에게 잘 맞을 거야."

"나도 그러면 좋겠어. 그런데 저건 뭐지?" 조는 테드와 조시가 고함치는 소리를 듣고 무슨 일인지 보려고 몸을 내밀었다.

"무스탕(미국의 대평원에 사는 야생의 작은 말-옮긴이)이네. 진짜 야생마 무스탕! 우리 타도 되는 거지. 댄 형, 정말 최고야!" 테드가 소리쳤다.

"내가 입을 원주민 옷이네! 이제 남자아이들이 메타모라를 공연할 때 나도 나메오케(메타모라와 나메오케는 원주민 추장의 숭고한 정신과 비극적 최후를 다룬 존 어거스터스 스톤의 희곡『메타모라Metamora』의 등장인물이다. 1829년 초연되었다.—옮긴이)를 연기할 수 있을 거야." 조시는 손뼉을 치며 말했다.

"베스한테 들소 머리를 주다니! 이런 맙소사. 댄, 왜 이렇게 무서운 걸 베스한테 주는 거야?" 낸이 물었다.

"강하고 자연 그대로인 무언가를 모델로 삼으면 도움이 될 것 같아서. 멋 부리는 신들이나 새끼 고양이만 계속 만들면 제대로 된 결실을 얻지 못할 거야." 조금은 무례한 대답이었다. 지난번에 왔을 때 베스가 아폴론의 머리와 페르시아 고양이를 양쪽에 두고 조각하느라 정신없이 왔다 갔다 하던 모습을 떠올리고 가져온 모양이었다.

"고마워. 한번 해볼게. 혹시 실패해도 이 들소 머리를 복도에 걸어놓을 거야. 그럼 볼 때마다 댄이 생각나겠지." 자신이 숭배하는 신들을 모욕하는 말에 발끈 화가 나긴 했지만, 아이스크림처럼 달콤하고 차가운 목소리 말고는 이런 기분을 표현할 방법을 알지 못하는 베스가 얌전하게 말했다.

"다들 우리 새 마을을 보러 올 때도 당신은 오지 않으실 건가요? 너무 거친 곳이라 그런가요?" 댄은 남자아이들 모두가 공주님에게 말을 걸 때 쓰던 공손한 말투로 물었다.

"몇 년 정도 로마로 공부하러 가기로 했어. 전 세계 모든 아름다운 것들과 예술이 거기 있으니까. 그걸 다 즐길 만큼 인생이 길지도 않잖아." 베스가 대답했다.

"로마는 콜로라도에 있는 '신들의 정원 (미국 콜로라도스 프링스에 있는 공원 이름—옮긴이)'이나 내가 좋아하는 장대한 로키산맥에 비하면 곰팡이 핀 낡은 무덤에 불과해. 난 그림을 걸어놓는 것 따위에는 관심 없어. 자연 말고는 견딜 수가 없거든. 내가 보여주는 건 네 예전 거장들의 작품보다 훨씬 더 너를 압도할 거야. 연을 날리는 것보다 더 높은 감동으로 말이야. 새 마을로 오는 게 좋을 거야. 조시가 말을 타면, 그걸 그리면 되잖아. 백 마리쯤 되는 야생마 무리를 보고도 네가 아름답다고 생각하지 않으면 내가 진 걸로 할게." 댄은 자연의 은총과 힘에 감탄하면서도 그것을 묘사할 능력이 없다는 사실을 안타까워하며 소리쳤다.

"언젠가 아빠랑 같이 갈게. 산마르코 대성당이나 카피톨리노 언덕에 있는 말 동상보다 더 훌륭한지 어디 한번 보자. 그리고 제발 내 신들을 모욕하지 마. 나도 댄이 말하는 걸 좋아하려고 노력해 볼게." 베스는 이렇게 말하면서 서부에도 볼 만한 것이 있지 않을까 생각했다. 물론 라파엘로나 미켈란젤로 같은 사람들은 아직 거기서 나오지 않았지만 말이다.

"훌륭한 거래야! 난 사람들이 외국으로 나다니기 전에

627

먼저 자기 나라를 봐야 한다고 생각해. 안 그러면 신세계를 발견한 의미가 없잖아." 댄은 화해할 기색을 보였다.

"이 나라엔 좋은 점도 있지만, 다 좋은 건 아니야. 영국에서는 여성들도 투표를 할 수 있지만, 우린 못 하잖아(영국에서는 19세기 중반부터 여성들이 선거법 개정을 요구하며 평화적인 시위를 벌였다. 1869년 의회선거에서 여성 납세자에게 처음으로 투표권이 인정되었고, 1928년에 와서야 모든 여성이 남성과 동등한 투표권을 행사할 수 있었다. 미국은 1869년 와이오밍주에서 여성 투표권이 인정되었고 1920년에 모든 주로 확대되었다.–옮긴이). 미국에 아무리 좋은 점이 많아도, 그것 때문에라도 난 부끄러워." 모든 개혁에 대해 진보적인 입장을 지지하며 자기 권리에 대해 적극적인 낸이 소리쳤다. 낸은 이미 몇 가지 권리를 투쟁해서 얻어낸 경험도 있었다.

"아, 제발 그런 얘기는 꺼내지 마. 사람들은 항상 그 문제로 말다툼하고 욕을 하면 했지 서로 의견이 맞는 일이 없잖아. 오늘 밤은 그냥 조용히 즐겁게 지내자." 데이지가 애원했다. 데이지는 낸이 논쟁을 좋아하는 딱 그만큼 논쟁을 싫어했다.

"우리가 만들 새로운 마을에서는 너도 얼마든지 투표할 수 있을 거야, 낸. 시장이나 의원도 될 수 있고, 모든 마을 일에 참여할 수도 있어. 공기처럼 자유로운 마을이 될 거야. 그렇지 않으면 난 거기서 살지 못할 테니까." 댄은 이렇게 말하고는, 웃는 얼굴로 덧붙였다. "몽땅 줘 씨와 셰익스피어 스미스 씨는 예전보다 더 의견이 안 맞는 모양이네."

"모든 사람이 똑같은 생각을 가졌다면 세상은 오히려 더 나빠질 거야. 데이지는 착한 아이지만 조금 보수적인 데가 있어. 그래서 내가 데이지에게 자극을 주는 거야. 내년 가을쯤이면 우린 같이 투표를 하러 갈 거야. 데미가 우리를 데려다줄 테고. 우리한테 허락된 건 아직 그거 하나뿐이겠지만 말이야."

"네가 데려다줄 거니, 집사님?" 댄은 자신이 좋아하던 데미의 옛 별명을 쓰면서 물었다. "와이오밍에서는 여성 투표가 잘 진행되고 있어."

"물론 내가 데려다줄 거야. 엄마와 이모들도 매년 갈 거고. 데이지는 나하고 가겠지. 걔는 지금도 내 반쪽이야. 어떤 일이건 내버려 두고 갈 생각은 없어." 데미는 동생을 팔로 안으며 말했다. 지금 데미는 동생을 어느 때보다 좋아했다.

댄은 이런 유대감을 갖는 게 얼마나 행복한 일인지 생각하며 두 사람을 바라보았고, 홀로 싸워온 자신의 외로운 어린 시절 기억이 더욱더 뼈저리게 아려왔다. 댄의 우울한 감상을 깨뜨리며 톰이 크게 한숨을 쉬었다.

"난 항상 내가 쌍둥이였으면 싶었어. 날 의지하고 편안하게 해주는 누군가가 있으면 즐겁고 편안하게 지낼 수 있겠지. 다른 여자아이들이 잔인하게 굴더라도 말이야."

낸에 대한 톰의 일방적인 열정은 이 가족의 재밌는 놀림거리였다. 톰이 넌지시 암시한 말을 듣고 모두 웃음을 터뜨렸다. 낸은 위장약이 든 병을 꺼내 휘저으면서 평소처럼 딱딱한 어조로 말했다.

"너 저녁에 랍스터를 너무 많이 먹었어. 이 약을 네 알 먹어. 속이 좋아질 거야. 톰은 너무 많이 먹으면 항상 한숨을 쉬고 이상한 소리를 하더라."

"먹을게. 네가 나한테 주는 달콤한 거라곤 이것밖에 없으니까." 톰은 우울한 얼굴로 약을 먹었다.

"누가 병든 마음을 다스릴 수 있겠는가? 뿌리 깊은 슬픔을 떨쳐버릴 수 있겠는가?"(셰익스피어의 희곡 「맥베스」 5막 3장에 나오는 맥베스의 대사 "마음의 병을 고치지 못한다면 기억의 뿌리에서 깊은 슬픔을 제거해 주시오."를 변형—옮긴이) 조시가 이 모습을 보더니 울타리 위에서 비극적으로 대사를 읊었다.

"나랑 같이 가자, 토미. 널 남자로 만들어줄게. 약은 버리고 세상을 한번 둘러보는 거야. 그러면 그런 네 마음은 모두 잊게 되겠지. 물론 배가 아플 일도 없을 거고." 댄은 자신이 가진 단 하나의 만병통치약을 권했다.

"나하고 배를 타자, 톰. 뱃멀미가 익숙해질 때쯤이면 너도 좋아질 거고, 거친 북서풍은 네 우울함도 날려버릴 거야. 우리 배에서 의사로 일해. 잠자리도 괜찮고, 흥미로운 일이 계속 일어나니까."

> 너의 낸시가 눈살을 찌푸리고
> 뱃사람이 입는 네 웃옷을 조롱한다면,
> 다른 항구로 배를 돌리고,
> 더 좋은 아가씨를 찾아보라.

에밀은 이렇게 덧붙여 노래했다. 에밀은 항상 걱정과 슬픔을 달랠 수 있는 노래 한 소절을 준비해 친구들에게 아낌없이 선사하곤 했다.

"아마 의학 공부가 끝나면 생각해 볼 수 있을 거야. 죽을 만큼 힘들었던 지난 3년을 날려버려 허사로 만들 생각은 없으니까. 그때가 되면……"

"나는 절대로 미코버 부인(『데이비드 코퍼필드』에 나오는 인물. 미코버 부부는 힘든 현실 속에서도 찬란한 미래를 꿈꾼다.-옮긴이)을 버리지 않겠소." 테드가 말을 끊고는 우는 시늉을 했다. 톰은 곧장 테드를 붙잡아 계단에서 풀밭으로 밀어버렸다. 이 작은 몸싸움이 끝날 무렵 찻숟가락 소리가 들렸다. 즐거운 다과 시간이 되었다. 예전에는 혼란을 피하려고 남자아이들이 먼저 식사를 했지만 지금은 여자아이들이 먼저 앉았고, 남자아이들은 아가씨들의 음식을 가져다주었다. 별것 아닌 이 일은 시간이 지나면서 형세가 어떻게 바뀌었는지를 잘 보여주는 것이다. 얼마나 즐거운 일인가! 조시까지도 가만히 앉아 에밀에게 산딸기를 가져다 달라고 하며 귀부인처럼 굴었다. 그러다 테드가 케이크를 훔쳐 먹자 조시는 예의도 잊은 채 손등을 찰싹 때렸다. 댄은 이 작은 세계에서 여전히 가장 높은 자리를 차지하고 있는 베스의 심부름만 했다. 톰은 낸에게 주려고 가장 좋은 음식을 조심스럽게 골라왔지만, 낸의 말에 이런 노력도 허사가 되었다.

"난 늦은 시간에는 아무것도 먹지 않아. 너도 그렇게 먹으면 악몽을 꾸게 될걸."

톰은 배고픔을 참으며 데이지에게 자기 접시를 건네주었고, 저녁 대신 장미 꽃잎만 씹었다.

놀랄 만큼 많았던 음식이 곧 바닥을 보일 때쯤, 누군가 "노래를 부르자!"라고 말했고 곧 음악이 흐르는 시간이 이어졌다. 냇이 바이올린을 켜고, 댄은 밴조(미국의 민속 음악이나 재즈에 쓰는 현악기-옮긴이)를 쳤고, 에밀이 노래를 시작하자 모두가 함께 따라 부르기 시작했다. 집 앞을 지나던 사람은 울려 퍼지는 노랫소리를 듣고 미소를 지으며 말했다. "플럼 필드가 오늘은 참 즐겁구나!"

모두가 떠난 뒤 댄은 테라스에 선 채 건초지에서 불어오는 산들바람을 즐기고 있었다. 파르나소스의 꽃향기가 묻은 바람이었다. 댄이 낭만적인 달빛 아래 서 있는데, 조가 다가왔다.

　　"무슨 꿈을 꾸는 거야, 댄?" 댄과 속마음을 이야기할 순간이 아닐까 생각하면서 조가 물었을 때, 댄이 흥미로운 비밀이나 애정 어린 말 대신 불쑥 이렇게 무뚝뚝한 말을 꺼냈을 때 조가 얼마나 놀랐을지 상상해 보라.

　　"담배를 피울까 생각했어요."

　　기대를 저버리는 댄의 대답에 조는 웃음을 터뜨리고는 부드럽게 대답했다.

　　"네 방에서 피우면 되잖아. 집에 불을 내지는 말아라."

　　아마도 댄은 조가 가볍게 실망하는 기색을 본 모양이었다. 아니면 어린 시절에 친 장난이 어떤 결과를 낳았는지 생각이 나 뭉클해져서 그랬는지도 모른다. 댄이 몸을 숙여 조에게 입맞춤을 하고는 이렇게 속삭였다. "안녕히 주무세요, 어머니." 조도 조금은 만족해 했다.

여름방학

다음 날 아침, 식사가 끝난 뒤 모두 식탁에 앉아 휴일을 즐기는데 갑자기 조가 외쳤다.

"어머, 저기 개가 있네!" 커다란 사냥개가 문턱에 서서 꼼짝도 하지 않고 댄에게 눈을 고정하고 있었다.

"이 녀석! 내가 갈 때까지 기다리라고 했을 텐데? 몰래 빠져나온 거야? 빨리 자백해. 떳떳하게 벌을 받아야지." 댄은 이렇게 말하고는 일어나 개에게 다가갔다. 개는 뒷발로 일어서서 주인의 얼굴을 보며 자기는 아무 잘못도 하지 않았다는 듯 짖어댔다.

"그래, 돈은 거짓말 안 하는 녀석이니까." 댄은 커다란 개를 껴안았다. 그리고 창밖으로 말과 함께 집 쪽으로 걸어오는 사람을 힐끗 보고는 덧붙였다.

"어젯밤 제 전리품을 호텔에 두고 왔거든요. 여기 상황이 어떨지 몰라서요. 다들 나와서 옥투를 만나보세요. 제 무스탕요. 예쁜 말이죠." 댄은 손님을 환영하러 나갔고, 가족들도 뒤를 따랐다.

검은색 암말 옥투는 주인에게 다가가려고 열심히 계단에 오르려고 버둥댔고, 옆에 있던 사람은 난감해하며 말을 뒤로 잡아끌었다.

"그냥 놔주세요." 댄이 소리쳤다. "이 녀석은 고양이처럼 기어오르고 사슴처럼 뜀박질한다니까요. 자, 이놈. 너 뛰어다니고 싶은 거니?" 예쁜 옥투가 또각또각 다가오자 댄이 물었다. 말의 코를 문지르고 윤기가 흐르는 옆구리를 철썩 두드려주자, 말은 기분 좋은 듯 '히힝' 하는 소리를 냈다.

"키울 만한 가치가 있는 말이네!" 댄이 없을 때 말을 돌봐주기로 한 테드가 말의 모습에 감탄하며 말했다.

"정말 똑똑한 눈빛이구나! 잘하면 말도 할 수 있겠어." 조가 말했다.

"자기 나름대로 말을 해요. 얘가 모르는 건 거의 없다니까요. 이봐, 그렇지?" 댄은 자그마한 검은 암말이 너무나도 사랑스럽다는 듯이 뺨을 갖다 댔다.

"'옥투'가 무슨 뜻이야?" 로브가 물었다.

"번개라는 뜻이야. 그런 이름을 가질 만해. 금방 알게 될 거야. 블랙 호크가 나한테 소총을 받고 준 말인데, 이 녀석은 여러 번 나를 구했지. 이 상처 보여?"

댄은 긴 갈기에 반쯤 가려진 작은 상처를 가리키고는, 옥투의 목에 팔을 얹고 서서 이야기를 시작했다.

"블랙 호크하고 내가 들소를 찾아 나섰다가 예상보다 너무 오래 걸린 적이 있었어. 우리 베이스캠프가 있는 레드디어강까지는 160킬로미터는 되는데 먹을 게 다 떨어졌지 뭐야. 끝장이라고 생각했는데 용감한 친구 블랙 호크가 이렇게 말했어. '들소 떼를 찾을 때까지 살아남을 방법을 알려줄게.' 우린 작은 연못가에서 안장을 내리고 자리를 잡았어. 근처에 살아 있는 거라고는 아무것도 보이지 않았지. 새 한 마리도 없었어. 몇 킬로미터고 이어지는 초원만 보였으니까. 우리가 어떻게 했게?" 댄은 자신을 둘러싼 사람들의 얼굴을 쳐다보았다.

"벌레를 먹었겠지. 오스트레일리아 사람들처럼 말이야." 로브가 말했다.

"풀이나 나뭇잎을 끓여 먹었나?" 조가 덧붙여 말했다.

"진흙으로 배를 채웠을 수도 있겠지. 야만인들이 그렇게 한다는 이야기를 읽은 적 있어." 바에르 교수가 말했다.

"말 한 마리를 죽였구나." 테드가 소리쳤다.

"그러진 않았어. 하지만 말의 피를 뽑았어. 이거 봐, 바로 이 상처야. 양철 컵에 피를 가득 담아서 야생 세이지 잎을 넣고 물을 부은 다음에, 잔가지로 불을 피워 끓여먹었지. 아주 좋았어. 그걸 마시고 푹 잘 수 있었거든."

　"옥투는 잠을 못 잤을 거야." 조시는 불쌍해서 견딜 수 없다는 얼굴로 말을 토닥여 주었다.

　"옥투는 괜찮았어. 블랙 호크 말로는 이렇게 하고 며칠 동안 타고 다녀도 말은 아무것도 모른다더라. 그런데 다음 날 아침 들소를 발견했지. 내가 그중 한 마리를 쐈고, 그놈 머리는 지금도 내 상자 안에 있어. 언제라도 벽에 걸어놓아 버릇없는 아이들을 겁줄 수 있게 말이야. 정말 사나운 녀석이었거든."

　"이 끈은 뭐야?" 인디언 안장, 고삐, 재갈, 올가미를 부지런히 살펴보던 테드가 말 목에 두른 가죽 끈을 가리키며 물었다.

　"적들과 멀리 떨어진 곳에서 말의 옆구리에 매달릴 때 붙잡는 끈이야. 이리저리 달리다가 말의 목 밑에서 총을 쏘는 거지. 지금 보여줄게." 댄은 안장에 올라타고는 계단을 내려가 엄청난 속도로 마당을 내달렸다. 옥투 등에 올라탔다가 등자와 고삐를 잡고 몸을 반쯤 숨기기도 했고, 말에서 뛰어내려 나란히 달리기도 했다. 옥투도 속도를 줄여 보조를 맞췄다. 목줄이 풀려 자유로워진 돈도 흥분해서 뒤를 쫓아 달렸다.

멋진 광경이었다. 활력, 우아함, 자유가 넘쳐흐르는 가운데 거친 생명체 셋이 뛰어노는 모습 덕에, 매끄럽게 다듬어진 마당이 그 짧은 시간 동안은 거친 초원으로 보일 정도였다. 이곳과는 전혀 다른 삶을 사는 댄의 모습에, 구경꾼들은 자신들의 생활이 재미없고 단조롭다고 느낄 지경이었다.

"서커스보다 낫네요!" 다시 어린아이가 된다면 이 번개 같은 말을 타고 전속력으로 달리고 싶다고 생각한 조가 소리쳤다. "낸은 뼈를 맞추느라 바빠지겠어요. 테드가 댄을 따라 할 때마다 뼈가 전부 부러질 테니까 말이에요."

"몇 번 떨어진다고 크게 다치진 않을 거예요. 이렇게 처음으로 말을 돌보고 즐겁게 지내는 일도 여러 가지 면에서 저 아이에게 좋겠지요. 그런데 내 걱정은 댄이 페가수스(그리스 신화에 나오는 날개 달린 말-옮긴이) 같은 말을 타고 다니느라 쟁기질할 틈이 나지 않을 거라는 점이에요." 바에르 교수가 대답했다. 그때 옥투가 대문을 뛰어넘어 집 앞길을 달려왔고, 댄의 한 마디에 멈춰 서서는 흥분으로 몸을 떨었다. 댄은 휙 뛰어내리더니 박수를 기다리듯이 고개를 들었다.

박수가 쏟아졌다. 댄은 자신보다는 옥투에게 쏟아지는 박수가 더 기쁜 기색이었다. 테드는 당장 말 타는 걸 배우고 싶다고 졸라댔다. 옥투가 어린 양처럼 얌전했기 때문에 테드는 독특한 안장에 금세 익숙해졌고, 학교에 가서 자랑할 생각에 말을 몰고 달려갔다. 멀리서 경주를 지켜보던 베스도 서둘러 언덕을 내려왔다. 모두가 테라스에 모이자, 댄은 배달부가 문 앞에 '쩡 박아둔' 큰 상자 뚜껑을 '날려버렸다.' (댄은 그런 말을 즐겨 썼다.)

댄은 항상 가벼운 차림으로 여행했고, 오래 가지고 다녀서 해진 손가방에 들어갈 만큼만 짐을 싸서 다녔다. 하지만 돈이 약간 생기자, 활과 창으로 얻은 전리품을 친구들에게 나누어주려고 귀찮음을 무릅쓰고 집으로 가지고 온 것이었다.

'여긴 좀이 슬게 생겼네.' 상자 안에서 털북숭이 머리가 나오자 조가 생각했다. 그 뒤를 이어 조에게 주려고 가져온 늑대 가죽 깔개, 바에르 교수 서재에 놓을 곰 가죽 깔개, 그리고 아이들이 입을 여우 꼬리 장식 원주민 옷이 계속해서 나왔다.

7월의 더운 날에 쓰기에는 적당치 않았지만, 모두 기쁜 마음으로 선물을 받았다. 테드와 조시는 얼른 옷을 차려입고 원주민이 지르는 함성을 연습했다. 그러고 나서 손도끼와 활과 화살을 들더니, 지쳐 떨어질 때까지 집과 마당 주위에서 전투를 벌이며 친구들을 위협하고 다녔다.

여자아이들은 새의 날개, 깃털처럼 생긴 팜파스(아르헨티나 부에노스아이레스를 중심으로 한 초원 지대-옮긴이) 풀, 조개껍데기로 만든 원주민 장신구, 그리고 구슬, 나무껍질, 깃털로 만든 여러 예쁜 물건들을 보고 즐거워했다. 광물, 화살촉, 그림은 바에르 교수의 흥미를 끌었다. 상자가 텅 비자 댄은 로리에게 자작나무 껍질에 새긴 구슬픈 원주민 노래 몇 곡을 선물했다.

"이제 텐트만 있으면 완벽하겠어. 저녁 식사로 우리 용사들에게 볶은 옥수수와 말린 고기를 주어야 하는 게 아닌가 하는 생각이 들어. 원주민 모임이 끝나고 양고기나 완두콩을 원하는 사람은 없을 테니까 말이야." 저마다 깃털 장식, 원주민 신발, 구슬로 꾸미고 깔개 위에 누워 있는 아이들로 북적거리는 기다란 복도를 바라보며 조가 말했다.

"사슴 코, 들소 혀, 곰 스테이크, 골수 구이 같은 게 저녁으로 좋겠어요. 하지만 다른 것도 상관없어요. 어머니가 준비한 양고기와 채소 요리도 괜찮아요." 상자 안에 앉아 있던 댄이 대답했다. 자신의 부족을 거느린 추장처럼 커다란 개를 발치에 두고 있었다.

여자아이들이 정리를 시작했지만, 진척이 거의 없었다. 손에 잡히는 것마다 각각 사연이 있었으며, 하나같이 전율을 불러일으킬 만큼 흥미로웠다. 로리가 댄을 데리고 사라지기 전까지는 아이들은 차분하게 정리는 걸 포기할 수밖에 없었다.

여름방학은 이렇게 시작되었다. 댄과 에밀이 집으로 돌아오면서 학구적인 공동체의 조용한 생활은 즐거운 자극을 받았다. 두 사람은 모두에게 활기를 불어넣는 신선한 바람을 일으킨 듯했다. 방학 동안 많은 학생이 학교에 남아 있었고, 플럼필드와 파르나소스는 이들이 즐거운 날을 보낼 수 있도록 최선을 다했다. 남아 있는 학생들은 먼 주에서 왔거나, 가난하거나, 문화나 오락을 즐길 기회라곤 이곳에서밖에 얻지 못하는 경우가 대부분이었기 때문이다. 에밀은 남학생과 여학생 모두와 잘 어울렸고, 진짜 뱃사람처럼 장난을 치고 다녔다. 하지만 댄은 '아름다운 여학생들'에게는 약간 겁먹은 듯한 모습이었다. 여학생들과 함께 있으면 입을 다물었고, 독수리가 비둘기 떼를 내려다보듯이 바라보기만 했다. 남자아이들과는 금세 친해져 그 사이에서 영웅이 되었지만 말이다. 남자아이들은 댄이 이룩한 용맹스러운 성취에 감탄했다. 하지만 댄은 자기가 제대로 교육을 받지 못했다는 사실을 절감했고, 광활한 자연의 풍경에서 배운 교훈만큼 무언가를 책에서 배울 수 있을까 궁금해질 때가 더러 있었다. 좀처럼 입을 열지 않았는데도 여학생들은 댄의 뛰어난 자질을 알아차렸고, '스페인 사람'이라는 별명을 붙여주며 호의를 보였다. 댄의 검은 눈은 입보다 많은 것을 말했기에, 친절한 여학생들은 친밀감을 이런저런 다정한 방식으로 보여주려고 했다.

댄도 여자아이들의 뜻에 따르려고 노력했다. 무례한 말을 삼가고, 거친 태도를 누그러뜨리고, 자신이 말하고 행동하는 모든 것이 어떤 결과를 낳는지를 살펴보면서 좋은 인상을 주려고 애썼다. 이곳의 사교적인 분위기 덕분에 댄의 외로운 마음이 따뜻해졌고, 댄 역시도 최선을 다하게 했다. 댄이 떠나 있는 동안 댄과 다른 사람들 모두에게 생긴 변화는 오래된 집을 새로운 세상처럼 보이게 했다. 캘리포니아를 떠나 친숙한 얼굴들과 함께 지내니 댄은 즐겁고 편안했다. 후회스러운 일들을 잊을 수 있었고, 좋은 친구들의 신뢰와 순진무구한 여자아이들의 존경에 더욱더 어울리는 사람이 되겠다는 다짐도 하게 됐다.

여름방학 동안 이곳에서는 낮에는 승마, 조정, 소풍을 즐겼고, 밤에는 음악, 춤, 연극을 즐겼다. 지난 몇 년 동안 이렇게 즐거운 방학은 없었다고 다들 입을 모아 이야기했다. 베스는 약속을 지켰다. 자신이 좋아하는 점토는 먼지가 쌓이도록 내버려 두고 친구들과 즐겁게 시간을 보냈으며, 아버지와는 음악을 공부했다. 로리는 베스의 뺨이 신선한 장밋빛으로 물들고, 신나게 웃는 데다 평소 꿈꾸는 듯하던 표정이 사라진 것을 보며 기뻐했다. 조시는 테드와 싸우는 일이 줄어들었다. 댄이 바라보기만 해도 조시와 테드 둘 다 차분해졌기 때문이다. 하지만 활기찬 테드에게는 옥투가 가장 큰 영향을 끼쳤다. 옥투의 매력은 이제까지 테드에게 가장 큰 즐거움을 주었던 자전거의 매력을 완전히 잊게 할 정도였다.

테드는 아침 일찍부터 저녁 늦게까지 지칠 줄도 모르고 말을 타고 다니면서 몸집도 건장해지기 시작했다. 아들이 콩줄기처럼 키만 빨리 자라 건강을 해칠까 걱정하던 조는 매우 기뻐했다.

데미는 앞에 앉히거나 세워둘 수 있는 사람은 죄다 모아놓고 사진을 찍으면서 시간을 보냈고, 많은 실패 끝에 걸작도 몇 점 건졌다. 데미는 구도를 잡는 데에 재능이 있었고, 인내심도 상당했다. 데미는 카메라 렌즈를 통해 세상을 보는 듯했다. 검은 천 아래에서 눈을 가늘게 뜨고 친구들을 보는 게 즐거운 눈치였다. 댄은 데미에게 보물 같은 존재였다. 댄은 사진 찍기를 거절하지 않았고, 기꺼이 말과 사냥개를 데리고 멕시코 의상을 입은 모습으로 포즈를 취해주기까지 했다. 다들 이렇게 해서 나온 사진을 인화해 달라고 부탁했다. 베스도 훌륭한 모델이었다. 어깨에 두른 하얀 구름 같은 레이스 위로 머리카락을 늘어뜨린 사촌의 사진 한 장은 아마추어 사진전에서 상을 받기도 했다. 콧대 높은 예술가들은 데미의 여러 사진들을 돌려 보았고, 그중 한 장은 앞으로 이야기할 소중하고 작은 사연을 담고 있었다.

냇은 긴 이별을 앞두고 데이지와 함께 있으려고 매 순간 애썼다. 냇이 떠나면 불행한 사랑도 끝나리라고 확신한 메그의 마음은 좀 누그러져 있었다. 데이지는 거의 말을 하지 않았다. 하지만 혼자 있을 때면 부드러운 그녀의 얼굴이 침울해졌고, 자기 머리카락으로 우아하게 머리글자를 수놓은 손수건 위로 눈물 몇 방울을 떨어뜨렸다. 하지만 데이지는 냇이 자신을 잊지 않으리라 확신했다. 과자 굽는 팬을 가지고 놀거나 버드나무에서 비밀 이야기를 나누던 시절부터 가깝게 지낸, 사랑하는 친구 냇이 없는 인생은 조금 쓸쓸할 것 같아 슬플 뿐이었다. 데이지는 항상 어머니를 따랐고, 어머니 말이 곧 법이라고 생각했다. 시대에 뒤처졌다는 느낌을 줄 정도로 순종적이고 유순한 딸인 데이지에게 사랑이 금지된다면 우정이라도 허락되어야 했다. 그녀는 슬픔을 혼자 간직하고 냇에게 밝게 미소를 보냈다. 그리고 냇을 최대한 편안하고 즐겁게 대하면서, 떠나기 전 며칠 동안이라도 행복하게 해주려고 노력했다. 현명한 조언과 따뜻한 말로 시작해, 냇이 혼자 생활하는 데 필요한 물건을 싸주고 여행에 필요한 과자 상자를 챙겨주는 것까지 친구를 위해 할 수 있는 모든 일을 했다.

톰과 냇은 플럼필드에서 옛 친구들과 신나게 놀기 위해 바쁜 연구 시간 중에도 최대한 시간을 냈다. 에밀은 긴 항해를 떠날 예정이었고, 냇의 유학 생활은 얼마나 길어질지 알 수 없었고, 댄은 언제 다시 나타날지 아무도 몰랐기 때문이다. 모두 자신들의 인생이 점점 진지해진다고 느끼는 모양이었다. 즐거운 여름날을 함께 보내면서도 자신들이 이제 더는 어린아이가 아니라는 사실을 의식했고, 즐거운 시간 틈틈이 자신들의 계획과 희망을 진지하게 이야기했다. 다들 다른 길로 더 멀리 흩어져버리기 전에 서로에 대해 더 알고, 도와주고 싶어 했다.

함께한 시간은 몇 주뿐이었다. 에밀이 탑승할 브렌다호는 출항 준비를 마쳤고, 냇은 뉴욕에서 출발할 예정이었으며, 댄은 냇을 배웅하러 함께 가기로 했다. 댄은 머릿속에 끓어오르는 여러 가지 계획을 빨리 실행에 옮기고 싶어 참기 힘들어했다. 파르나소스에서는 여행자들을 위한 송별 무도회가 열렸다. 다들 가장 좋은 옷을 차려입고 즐거운 얼굴로 등장했다. 조지와 돌리는 최신 하버드풍으로, 예복과 모자를 갖추고 환한 모습으로 나타났는데, 조시는 소년다운 영혼의 특별한 긍지와 기쁨을 나타내는 이 모자를 '찌그러진 모자'라고 불렀다. 잭과 네드는 함께하지 못하고 안부만을 전해왔지만, 이들이 오지 못해 아쉬워하는 사람은 없었다. 불쌍한 톰은 여느 때처럼 곤경에 빠져 있었다. 심한 곱슬머리를 최신 유행대로 곧고 부드럽게 만들겠다는 헛된 희망을 안고, 냄새가 지독한 향료를 머리에 마구 발라버린 것이다. 불행하게도 제멋대로인 머리카락은 더 꼬일 뿐이었고, 이발소 여러 곳을 합친 듯한 냄새는 필사적인 노력이 무색하게도 톰에게서 떨어지지 않았다. 낸은 톰을 가까이 오지 못하게 했고, 눈에 띌 때마다 맹렬하게 부채질을 해댔다. 이런 낸 때문에 톰은 상처받아 마음이 찢어졌고, 천국 문에 가로막힌 요정 페리(페르시아 신화에 등장하는 요정. 천국에서 죄를 짓고 쫓겨났다.-옮긴이)가 된 느낌이었다. 친구들도 놀려댔지만, 어떤 일에도 굴하지 않는 톰의 밝은 성격만이 그를 절망에 빠지지 않게 해주었다.

에밀은 새 제복을 입고 환한 모습으로 나타나, 뱃사람 특유의 자유분방함을 발휘하며 춤을 추었다. 에밀의 발걸음은 너무나 활기차서, 함께 춤을 추는 파트너는 그를 따라가느라 금방 숨이 차올랐다. 하지만 여자아이들은 에밀이 천사처럼 춤을 이끌었다고 입을 모아 이야기했는데, 그렇게 빠른 속도로 춤을 추었는데도 부딪친 사람이 없었기 때문이다. 에밀에게는 춤 상대가 끊이지 않았다.

예복이 없는 댄은 사람들의 요구로 멕시코 의상을 입었다. 단추가 많은 바지에 헐렁한 상의, 화려한 띠까지 갖춰 입어 편안해 보였다. 화려한 망토를 걸치고 긴 박차를 단 모습은 단연 최고였다. 조시에게 낯선 스텝을 가르쳐준 댄은 몇몇 금발 아가씨들에게는 감히 말을 걸지는 못하고 찬탄의 눈빛만 보내기도 했다.

어머니들은 옷을 수선할 핀을 가지고 미소를 지으며 모

두에게, 특히 이런 장소가 처음이라 어색해하는 남자아이들과 색이 바랜 모슬린 드레스가 깨끗한 장갑과 어울리지 않아 수줍어하는 여자아이들에게 다정한 말을 건넸다. 큼지막한 구두를 신은, 키가 크고 이마가 넓은 시골 청년에게 팔을 잡힌 채 걷는 우아한 에이미나, 수줍은 청년과 함께 소녀처럼 춤을 추는 조의 모습은 보기만 해도 즐거웠다. 조와 춤을 추는 청년은 팔을 위아래로 요란하게 움직였고, 총장의 부인과 춤을 춘다는 자부심과 발을 밟았다는 당혹감으로 얼굴이 새빨갛게 달아올랐다. 메그는 언제나처럼 여학생 서너 명과 함께 소파에 앉아 있었고, 로리는 평범한 드레스를 입은 아가씨들에게 친절하고 우아하게 대해 그녀들의 마음을 사로잡았다. 바에르 교수는 갈증을 달래주는 음료처럼, 밝은 얼굴로 모두를 챙기면서 돌아다녔다. 마치 씨는 들뜬 분위기에 익숙하지 않은 진지한 신사들과 함께 서재로 가서 그리스 희극에 대해 토론했다.

음악실, 응접실, 복도, 테라스 어디에나 하얀 드레스를 입은 아가씨들, 그리고 이들을 그림자같이 따라다니는 청년들로 가득했다. 곳곳에 활기찬 목소리가 넘쳐났고, 가정 악단의 힘찬 연주에 따라 마음과 발이 함께 가볍게 날아다녔다. 다정한 달빛은 이 정경에 마법을 힘껏 더했다.

"여기에 핀 좀 꽂아줘, 메그 언니. 던바 출신 아이가 내

치마를 '갈가리' 찢어버렸어. 페고티 부인(『데이비드 코퍼필드』에 등장하는 페고티는 코퍼필드 가문의 충실한 하인으로, 평생 데이비드를 돌보았다.-옮긴이) 말처럼 말이야. 하지만 그 애 참 재밌어 보이지 않아? 사람들과 막 부딪치고, 날 무슨 대걸레처럼 휘둘러댔잖아. 이렇게 춤을 출 때면 예전처럼 젊지는 않다고 느껴. 다리도 마음대로 움직이지 않고. 10년쯤 지나면 우린 자루같이 뚱뚱한 할머니가 되어 있을걸, 언니. 어쩔 수 없는 일이지." 아이들을 위해 애쓰느라 머리가 온통 흐트러진 조는 구석으로 물러났다.

"난 살이 찌겠지. 하지만 넌 나중에도 뼈가 다 보이게 마른 채일 거야. 그리고 에이미는 언제까지나 지금처럼 사랑스러운 몸매일 테고. 오늘 밤 하얀 드레스에 장미를 단 에이미는 꼭 열여덟 살처럼 보였잖아." 여전히 에이미의 아름다움에 감탄하는 메그는 동생 옷의 찢어진 주름 장식에 핀을 꽂으면서, 다른 동생의 우아한 움직임을 애정 어린 눈으로 바라보았다.

조가 살이 찌고 있다는 말은 가족들이 즐겨 하는 농담이었다. 살이 조금 오르기는 했지만 아직은 중년다운 분위기를 풍기는 정도였고, 그 몸집이 조에게는 잘 어울렸다. 이제 곧 이중 턱도 생길 거라며 두 자매가 웃고 있을 때, 주인 역할에서 잠시 벗어난 로리가 다가왔다.

"또 옷이 찢어진 거야, 조? 넌 옷을 엉망으로 만들지 않고 얌전하게 춤을 춘 적이 없지. 저녁 먹기 전에 몸 좀 식히게 조용히 산책이나 할까? 보여주고 싶은 멋진 작품이 있거든."

로리는 이렇게 말하면서 비어 있는 음악실로 조를 데리고 갔다. 로리는 긴 창문 네 곳 중에서 넓은 발코니를 향해 열린 첫 번째 창문 앞에 멈춰 서더니, 밖에 있는 사람들 한 무리를 가리키며 말했다. "이 작품은 '강가의 잭'이야."

단정한 구두를 신은, 파란색 기다란 두 다리가 담쟁이덩굴 사이 발코니 지붕에서 삐죽 나와 있었다. 얼굴이 보이지는 않았지만 그 다리의 주인은 아래쪽 난간에 백조 무리처럼 앉아 있는 아가씨들 무릎에 장미꽃을 던지고 있었다. 그때 '떨어지는 별처럼' 남자다운 목소리로 누군가 처연한 노래를 부르기 시작했다. 청중들은 숨죽였다.

메리의 꿈

디강 근처 동쪽 모래 언덕 위로
달이 떠올랐네.
언덕 위에서 은빛으로
탑과 나무를 비추는구나.
메리가 누워 잠을 청할 때

(바다 멀리 있는 샌디를 생각하며)

부드럽고 낮은 목소리가 들려온다네.

메리, 이제 나를 위해 울지 마오.

메리는 조용히 고개를 들고

누구인지 보려고 하네.

새파랗게 질린 얼굴로 떨면서 서 있는

젊은 샌디가 보이는구나.

오 사랑하는 메리, 내 몸은 차갑게 식어

거친 바닷속에 누웠소.

그대에게서 멀리 떨어져, 죽음 속에 잠들었소.

메리, 이제 나를 위해 울지 마오.

사흘 밤낮 폭풍우가 몰아치는 동안

우리는 분노하는 바다를 떠돌았네.

배를 구하려 싸웠어도

우리 모든 노력은 헛된 것이 되었구나.

그때 두려움에 내 피가 차갑게 식었을 때도

내 마음 그대를 향한 사랑으로 가득했다오.

폭풍이 지나가고 나도 쉬고 있으니,

메리, 이제 나를 위해 울지 마오.

사랑스러운 아가씨, 준비해 주오.

우리 곧 그 해안에서 만나게 되리니.

사랑은 의심과 걱정이 없는 곳에 있어,

당신과 나, 더는 헤어지지 않으리.

수탉 우는 소리에 그림자는 사라지네.

샌디의 모습이 더는 보이지 않는구나.

하지만 지나가는 영혼이 부드럽게 말한다네.

사랑스러운 메리, 이제 나를 위해 울지 마오.

"밝은 성격은 저 아이에게 귀중한 재산이지. 저런 자신감은 인생이라는 바다에서 안전하게 떠 있도록 도와줄 거야." 노래가 끝나고 우레와 같은 박수 속에 장미꽃이 쏟아지자 조가 말했다.

"정말 그래. 고마워할 만한 일이지. 그렇지 않아? 우리처럼 잘 우울해하는 사람들은 그 가치를 잘 아니까. 내 첫 작품이 마음에 든다니 다행이야. 그럼 두 번째 작품을 보러 가자. 망치지 않았으면 좋겠는데. 아까까진 참 아름다웠거든. 이번 것은 '데스데모나에게 말하는 오셀로'라는 작품이야."

두 번째 창문으로 보이는 세 사람의 모습은 액자 안에 든 그림 같았다. 마치 씨는 팔걸이의자에, 베스는 발밑에 방석을 깔고 앉아 댄의 말에 귀를 기울이고 있었다. 낸은 기둥을 등지고 활발하게 손짓하며 이야기했다. 그늘이 드리워 마치 씨는 잘 보이지 않았지만, 작은 데스데모나는 달빛을 가득 머금은 채 젊은 오셀로의 얼굴을 올려다보며 이야기에 빨려들고 있었다. 댄의 어깨에 걸친 화려한 망토, 짙은 피부, 그리고 손짓은 인상적인 광경을 만들어냈고, 두 관객은 말없이 이 모습을 즐겼다. 그러는 동안 조가 속삭였다.

"댄이 떠날 거라 다행이야. 낭만적인 여자아이들이 이렇게나 많은 이곳에서 댄은 너무 눈에 띄니까 말이지. 저 아이가 가진 '야심차고도 우수 어린 독특한' 모습은 우리 순진한 아가씨들에게는 너무 지나친 것 같아서 걱정이었거든."

"그런 걱정은 하지 마. 물론 댄은 아직 거친 편이지. 많이 좋아지기는 했지만 말이야. 그나저나 저기 달빛 아래 빛나는 작은 여왕님의 모습 좀 봐!"

"사랑스러운 금발 꼬마 아가씨는 항상 눈에 띄지." 조는 감탄과 애정이 가득한 눈으로 돌아보며 말을 이었다.

세 번째 창문을 통해 본 작품은 한눈에 보기에도 비극적이었다. 로리는 웃음을 참으며 '상처 입은 기사'라고 제목을 속삭이고는, 커다란 손수건으로 머리를 감싼 채 낸 앞에서 무릎을 꿇은 톰을 가리켰다. 낸이 톰의 손바닥에서 가시나 유리 조각 같은 걸 뽑아주는 모양이었다. 편안해 보이는 환자의 표정으로 미루어보아 의사의 실력은 좋은 듯했다.

"아파?" 낸은 상처를 더 잘 보려고 손을 달빛 쪽으로 가져가며 물었다.

"아니, 전혀. 그냥 계속해. 난 괜찮아." 톰은 가장 좋은 바지가 더러워지고, 무릎이 아팠지만 신경 쓰지 않고 대답했다.

"거의 다 했어."

"몇 시간 걸려도 괜찮아. 지금처럼 행복한 시간은 없을 테니까."

이런 부드러운 대답에도 전혀 동요하지 않던 낸은 커다란 안경을 쓰더니 무미건조하게 말했다. "이제 알겠다. 그냥 나무 가시야. 여기 있네."

"손에서 피가 나는데 붕대는 안 감아줘?" 조금이라도 더 시간을 끌고 싶은 톰이 물었다.

"말도 안 되는 소리. 그냥 입으로 빨아. 하지만 내일 해부학 수업이 있으면 조심하도록 해. 이제 패혈증은 그만 봤으면 좋겠거든."

"해부학 수업은 네가 나한테 친절하던 유일한 시간이었어. 내 한쪽 팔이라도 자르고 싶을 정도였다니까."

"네 머리나 통째로 잘랐으면 좋겠다. 오늘은 유난히 포마드 냄새가 심하네. 마당에서 뛰면서 냄새 좀 날리고 와."

두 관객은 들키면 안 된다는 생각에 웃음을 참았다. 상처받은 기사는 밖으로 뛰쳐나갔고, 기사를 거절한 부인은 고

약한 냄새를 지우려고 큰 백합을 가져와 향기를 맡았다.

"불쌍한 톰, 저 아이의 운명은 쉽지 않네. 시간만 낭비하고 있잖아! 사랑 놀이는 그만두고 일에 전념하라고 말 좀 해줘, 조."

"내가 안 했을 것 같아? 저 아이가 정신을 차리려면 뭔가 엄청나게 충격적인 일이라도 벌어져야 할 거야. 어떻게 되려는지 두고 봐야지. 어머! 저건 다 뭐야?"

조가 그렇게 외친 것도 무리는 아니었다. 테드가 낡은 의자 위에 한 발로 서고 다른 다리는 쭉 뻗은 채 두 손을 공중에 휘두르고 있었다. 조시와 다른 여자아이 몇은 테드가 보여주는 곡예에서 눈을 떼지 않고, '작은 날개', '구부러진 금색 철사', '이상한 베레모' 같은 말을 했다.

"이번 작품은 '날아오르려고 하는 헤르메스' 정도가 적당하겠네." 로리가 말했다. 두 사람은 레이스가 달린 커튼 뒤에서 아이들의 모습을 훔쳐보았다.

"저 아이는 다리가 참 길어! 그 다리로 어떻게 저런 걸 하지? 신들의 조각상을 흉내 내는 모양이네. 그런데 어떻게 해야 하는지 아무도 가르쳐주지 않아서 그런지 신들이 엉망진창이 되잖아." 조는 아들의 모습을 무척 재미있어하며 대답했다. 테드가 울타리에 발끝을 대고 잠시 균형을 유지하자, 여자아이들은 "자, 다 됐어!", "지금 아주 완벽해!", "계속 그렇게 하고 있어봐!" 하고 소리쳤다. 하지만 안타깝게도 체중이 한쪽 다리에 전부 쏠려 짚으로 만든 방석이 의자에서 미끄러지고, 날아오르려던 헤르메스는 요란한 소리를 내면서 떨어지고 말았다. 여자아이들이 깔깔거리며 웃었다. 하지만 떨어지는 데 익숙한 테드는 금방 몸을 추스르고, 한쪽 발이 의자에 끼인 채 즉흥적으로 지그 춤을 추면서 깡충깡충 뛰었다.

"네 점의 멋진 작품을 보여줘서 고마워. 덕분에 좋은 생각이 났어. 나중에 정기적으로 이런 작품을 만들어 순회공연을 하는 극단을 만드는 거야. 아주 색다르고 멋지지 않겠어? 우리 매니저한테 제안해 봐야겠어. 네 덕에 떠오른 생각이라는 이야기도 하고." 조가 말했다. 두 사람은 컵과 찻잔이 부딪치는 소리가 나는 방으로 걸어갔다. 검은 예복을 입은 청년들이 어슬렁거리는 모습이 보였다.

두 사람과 함께 청년들 사이를 거닐면서 이들의 대화를 들어보도록 하자. 그러면 이야기를 엮어가는 데에 도움이 될 여러 단서를 얻을 수 있으리라. 식당에 있는 조지와 돌리는 숙녀들의 식사 시중을 마치고, 구석에 서서 온갖 음식을 맛보고 있었다. 우아하게 무관심한 척하려고 했지만, 왕성한 식욕을 숨기지는 못했다.

"진수성찬인데. 로리 선생님은 음식 취향이 참 좋아. 커피도 최고급이고. 그런데 포도주가 없다니, 그건 실수야."스터피가 말했다. 조지는 스터피라는 예전 별명에 걸맞게 여전히 뚱뚱했고, 졸린 듯한 눈과 칙칙한 얼굴색도 그대로였다.

"아이들에게 포도주는 해롭다고 말씀하셨지만, 말도 안 돼! 가끔 우리가 포도주 마시는 모습을 보여드리고 싶어. 에밀 말처럼 우린 그냥 힘든 일을 위로하려고 술잔을 돌리는 것뿐이잖아."멋부리기 좋아하는 돌리답게, 별처럼 빛나는 다이아몬드 장식이 박힌 셔츠 앞 쪽으로 조심스럽게 냅킨을 둘렀다. 말 더듬는 버릇은 거의 고쳤지만, 조지처럼 잘난 척 하는 말투였다. 두 사람의 말투와 심드렁한 분위기는 그들의 앳된 얼굴, 바보 같은 대화와 우스꽝스러운 대조를 이루었다. 둘 다 착한 아이들이기는 했지만, 대학 2학년이 됐다는 자부심과 대학 생활이 주는 자유로움이 너무 앞섰던 것이다.

"조시는 정말 예쁘게 자라고 있어, 그렇지?"조지는 얼음이 천천히 목구멍으로 내려가는 걸 느끼자 만족스러운 한숨을 내쉬면서 말했다.

"음. 요정 같다고 할 수 있지. 근데 난 공주님 쪽이 더 좋아. 금발에 여왕처럼 우아한 분위기 말이야. 너도 알잖아."

"그래, 조시는 지나치게 활발해. 같이 춤을 춘 적이 있는데, 메뚜기랑 춤을 추는 게 더 나을 정도였어. 너무 힘든 상대야. 페리 양은 어때? 착하고 느긋한 아가씨잖아. 같이 독일

춤을 춘 적이 있거든."

"넌 춤 잘 추는 사람은 못 될 거야. 너무 게을러. 이제 난 어떤 상대와 춤을 추든 누구보다도 잘 출 수 있어. 춤이 바로 내 특기니까." 돌리는 행진에 나선 젊은 수컷 칠면조처럼 거만한 자세로 자신의 말끔한 구두부터 셔츠 앞자락에 단 보석까지 훑어보며 말했다.

"그레이 양이 널 찾는다. 뭔가 더 먹고 싶나 봐. 넬슨 양 접시도 비지 않았나 좀 봐줘. 고마워, 친구. 난 지금 아이스크림을 먹고 있어서 못 가거든." 조지는 안전한 구석 자리에 남았다. 돌리는 자기 의무를 다하려고 사람들을 헤치고 갔다가, 웃옷 소매에 샐러드드레싱이 잔뜩 묻어 화를 내며 다시 돌아왔다.

"저 시골뜨기들은 뭐야! 붕붕거리는 벌레처럼 마음대로 돌아다니면서 엉망진창으로 만들잖아. 저런 놈들은 책이나 붙들고 있는 게 나아. 괜히 이런 데 오지 말고. 할 수 없네. 끔찍한 얼룩이야. 닦고 나서 먹을 것 좀 갖다줘. 배고파 죽겠거든. 여자애들이 그렇게 많이 먹는 건 처음 봐. 이래서 여자들은 공부하면 안 돼. 난 남녀 공학은 처음부터 싫었어." 정신이 사나워진 돌리가 투덜댔다.

"맞아. 숙녀답지 않아. 아이스크림하고 케이크 조금 정도로 만족하고 예쁘게 먹어야지. 여자애들이 식사 시중을 받다니 말도 안 돼. 열심히 일하는 우리 남자들이 시중을 받아야지. 아이고, 머랭쿠키 더 가져와야 하는데. 남았다면 말이야. 여기, 이봐요! 저기 있는 접시 좀 갖다줘요. 빨리요." 스터피는 컵을 올린 쟁반을 들고 지나가던 조금 허름한 예복을 입은 청년을 쿡 찌르며 말했다.

청년은 금방 접시를 가져다주었다. 하지만 다음 순간 조지는 식욕이 뚝 떨어지고 말았다. 돌리가 눈을 돌려 그 사람의 얼굴을 보더니 깜짝 놀라며 이렇게 소리쳤기 때문이다.

"야, 너 지금 실수했어! 쟤는 하인이 아니라 모턴이야. 바에르 교수님이 아끼는 제자라고. 모르는 게 없고, 정말 열심히 공부하고, 학교에 있는 상은 죄다 받은 녀석이야. 이제 사람들이 계속 널 놀릴걸." 돌리는 이렇게 말하며 어찌나 웃어댔던지 먹던 아이스크림을 아래쪽에 앉은 숙녀의 머리 위에 흘려 궁지에 몰리게 되었다.

절망에 빠진 두 아이를 떠나, 가져다주는 음식을 기다리며 편안하게 앉아 있는 여자아이 둘이 나누는 대화에 귀를 기울여보자.

"로런스 선생님 부부의 파티 정말 멋지다. 너도 재미있지?" 이런 파티에 익숙하지 않은 듯 두리번거리던, 좀 더 어려 보이는 아이가 물었다.

"정말 재미있어. 그런데 옷을 제대로 입었는지 불안해.

집에서는 이 옷이 우아해 보였는데. 너무 멋을 부렸나 싶을 정도였거든. 그런데 여기 와보니 촌스럽고 초라하네." 싸구려 레이스가 달린 분홍색 실크 드레스를 걱정스럽게 보면서 다른 한 아이가 대답했다.

"메그 브룩 부인에게 가서 옷을 어떻게 고쳐야 하는지 물어봐. 나한테는 정말 친절하게 대해주셨거든. 내 드레스는 녹색 실크라서, 여기 있는 다른 훌륭한 드레스 옆에만 서면 너무 싸구려 같고 끔찍해 보여서 항상 불만이었어. 그래서 로런스 부인(에이미−옮긴이)이 입은 드레스 같은 건 얼마나 하는지 브룩 부인께 여쭤봤어. 아주 단순하고 품위 있어 보여서 그렇게 비싸지는 않을 것 같았거든. 그런데 인도산 면에다가 프랑스에서 사온 발랑시엔 레이스를 단 드레스라는 거야. 물론 난 그런 건 살 수가 없지. 그러자 브룩 부인이 이렇게 말씀하셨어. '모슬린을 녹색 실크 드레스 위에 덧대고 분홍색 꽃 대신에 색이 연한 말린 꽃이나 흰 꽃을 머리에 달아보세요.' 이거 정말 예쁘고 어울리지 않아?" 버튼 양은 소녀다운 만족감으로 자기 옷을 살펴보았다. 옷감을 약간 덧댄 것만으로도 요란한 녹색이 차분해 보였고, 붉은 머리에는 말린 꽃이 장미보다 더 잘 어울렸다.

"응, 정말 예뻐. 아까부터 감탄했어. 내 옷도 그렇게 해야겠어. 보라색 옷도 어떻게 할지 여쭤봐야겠다. 브룩 부인은 내가 두통이 있을 때도 도와주셨고, 메리 클레이가 속이 안 좋았을 때도 커피하고 뜨거운 빵을 먹지 말라는 처방으로 고쳐주셨지 뭐야."

"로런스 부인은 굽은 어깨를 바로잡고 가슴을 펴는 데는 걷기와 달리기가 좋다고 조언해 주셨어. 체육관에서 운동도 하라고 하셨고. 덕분에 자세가 많이 좋아졌어."

"로런스 선생님이 어밀리아의 학비를 모두 내주셨다는 얘기 들었어? 아버지가 사업에 실패하시고 어밀리아는 대학을 떠나야 할지도 모른다고 힘들어했잖아. 그런데 저 멋진 분이 그걸 아시고 모두 해결해 주셨대."

"응, 들었어. 바에르 교수님은 남자아이들 몇 명을 저녁에 집에서 따로 가르쳐주셨잖아. 다른 학생들을 따라갈 수 있게 말이야. 조 선생님은 작년에 찰스 매키가 열이 났을 때 간병해 주셨지. 두 분은 세상에서 가장 친절한 분들이야."

"나도 그렇게 생각해. 여기 있는 시간은 내 인생에서 가장 행복하고 유익한 시기가 될 거야."

두 소녀는 옷이나 저녁 식사는 잠시 잊은 채, 공부뿐만 아니라 자신들의 몸과 마음도 돌봐주는 분들을 감사와 애정을 담은 눈으로 바라보았다.

이번에는 계단 위에서 벌어지는 활기찬 파티로 자리를 옮겨보자. 여자아이들은 거품처럼 위에 떠 있고, 남자아이들은 가장 무거운 입자들이 위치하는 하층부에 자리를 잡았다. 어디 올라가거나 기댈 수만 있다면 절대로 앉는 법이 없는 에밀은 계단 기둥에 붙은 장식물처럼 서 있었고, 톰, 냇, 데미, 댄은 계단에 진을 쳤다. 이들은 자신이 맡은 숙녀들을 도운 뒤 잠시 틈을 내서 무언가를 허겁지겁 먹고 있었다.

"남자아이들이 다 가버린다니 아쉽네. 걔네가 없으면 끔찍하게 지루할 거야. 요새는 짓궂게 굴지도 않고 얌전한 편이잖아. 참 재있었는데." 오늘 밤에는 톰이 당한 불상사 덕분에 자신을 귀찮게 하지 못할 테니 정말 다행이라고 생각하며 냇이 말했다.

"나도 그래. 베스도 남자애들이 떠나는 게 섭섭하다고 했어. 우아하게 서서 모델이 되어줄 때 말고는 같이 있기 싫어하는 편이면서도 그래. 지금 댄의 두상을 만드는 중인데, 아직 다 끝내지 못했나 봐. 베스가 그렇게 열심히 하는 거 처음 봤어. 아주 잘 만들었던데. 댄은 무척 잘생기고 키도 크잖아. 그래서 항상 댄을 보면, 로마에 있는 '죽어가는 검투사' 같은 조각상이 생각나. 베스가 왔네. 어머, 오늘 참 예쁘다!" 데이지는 이렇게 말하고는, 할아버지의 팔을 잡고 지나가는 공주님에게 손을 흔들어주었다.

"난 댄이 그렇게 잘될 거라고는 상상도 못 했어. 우리가 댄을 '나쁜 아이'라고 부르고, 해적 같은 무서운 사람이 될 거라고 생각했잖아. 기억나? 늘 우릴 노려보고 욕도 했으니까 말이야. 그런데 이제는 여기 남자애 중에서 제일 멋지잖아. 댄의 이야기나 계획도 굉장히 재미있고. 난 댄이 참 좋아. 키도 크고 힘도 센 데다가 독립적이기도 하고. 쩨쩨한 녀석이나 책벌레들한테는 질렸어." 낸은 평소처럼 단호하게 말했다.

"냇이 더 잘생겼지!" 냇만 바라보는 데이지가 이렇게 소리치며 아래쪽에 있는 두 얼굴을 살펴보았다. 한쪽은 어느 때보다 즐거운 듯했고, 다른 한쪽은 케이크를 베어 물 때마저도 감성적이고 진지해 보였다. "나도 댄이 좋고, 잘 지내서 기쁘게 생각해. 하지만 함께 있는 건 힘들어. 아직도 댄을 좀 무서워하나 봐. 난 조용한 사람들하고 지내는 게 잘 맞아."

"인생은 전쟁이잖아. 난 훌륭한 군인이 좋아. 남자아이들은 무슨 일이건 너무 가볍게 생각하잖아. 모든 게 얼마나 심각한지 모르니까 진지하게 대하지 않는 거야. 바보 같은 톰을 좀 봐. 자기가 원하는 걸 못 가진다고 시간만 낭비하면서 투정을 부리잖아. 달을 따달라고 우는 아기처럼 말이야. 이런 말도 안 되는 장난은 참을 수가 없어." 낸은 톰을 내려다보면서 화난 목소리로 말했다. 자신을 멀리하는 낸의 마음을 달래려고 항상 최선을 다하는 톰이지만, 지금도 에밀의 신발에 마카롱을 집어넣고는 해맑은 표정으로 즐거워하고 있었다.

"여자들은 대부분 그렇게 자기만 보는 사람에게 감동받잖아. 난 그런 마음이 아름답다고 생각해."

"넌 너무 감상적이라니까. 논리적이지 않고. 냇이 유학을 끝내고 돌아오면 지금보다 두 배는 남자다워질 거야. 톰도 냇하고 같이 가면 좋을 텐데. 난 말이지, 우리 여자들에게 남자들의 생각을 바꿀 힘이 있다면 그걸 유용하게 써야 한다고 봐. 노예가 돼서 폭군을 섬기는 것처럼 남자들을 우쭐하게 만들어서는 안 된다는 거지. 남자들이 우리에게 뭘 요구하기 전에 자신들이 무얼 할 수 있는지, 무엇이 될 수 있는지 입증하게 하고, 우리에게도 똑같은 기회를 주게 하는 거야. 그러면 우리의 상황이 어떤지 알게 될 테고, 평생 슬퍼만 하는 잘못을 저지르지도 않을 거야."

"자, 모두 잘 들어!" 낸과 생각이 같은 앨리스 히스가 소리쳤다. 앨리스는 용감하고 분별력 있는 젊은 여성답게 벌써 자기 직업을 직접 정했다. "먼저 세상이 우리에게 기회를 주고, 우리가 최선을 다할 때까지 기다려야 해. 지금은 우리가 남성보다 현명하지 못하다고 하잖아. 남성들은 여러 세대에 걸쳐 도움을 받아왔고 우린 거의 도움받은 게 없는데도 그런 취급을 당해. 우리에게도 똑같은 기회가 있으면, 몇 세대가 지난 뒤에 어떤 판단을 내리게 될지 두고 보라지. 난 공정한 게 좋지만, 공정한 대접을 받은 적은 한 번도 없었어."

"아직도 자유의 함성을 외치는 거야?" 난간 사이로 엿보던 데미가 물었다. "깃발을 들어라! 난 너희들 편이고, 원한다면 도울게. 너하고 낸이 앞장선다면 도움이 그렇게 필요할 것 같지는 않지만 말이지."

"넌 정말 위로가 돼, 데미. 정말 필요한 일이 생기면 널 부를 거야. 넌 정직한 아이니까. 너도 어머니와 여동생들, 이모들에게 많은 신세를 졌다는 사실을 잊어선 안 돼." 낸이 말을 이었다. "나는 솔직하게 나서서 자신들이 신이 아니라는 걸 인정하는 남자가 좋아. 위대하다는 남자들한테서 끔찍한 실수들이 반복되는데, 어떻게 우리가 너희를 신처럼 완벽하다고 생각할 수 있겠어? 너도 나처럼 남자들이 어떤 결점을 지녔는지 지켜본다면 무슨 말인지 알게 될 거야."

"우리가 잘못을 저질렀다고 해도 그렇게 괴롭히지는 말아줘. 자비를 베풀어서 우리의 결점을 치유해 주시고, 너희를 영원히 축복하고 믿도록 해주시기를." 데미가 난간 뒤에서 애원했다.

"너희가 공정하게 대하면 우리도 친절하게 대할 거야. 관대하게 대해달라고는 말하지 않을게. 그냥 공정하게만 대해줘. 작년 겨울에, 입법부에서 열린 선거권 토론회에 갔었는데, 그렇게 천박하고 말도 안 되는 헛소리는 처음 들었지. 정말 최악이었어. 저런 남자들이 우리를 대표하다니 말이야.

난 그 사람들 때문에, 그리고 그들의 배우자들과 어머니들 때문에 얼굴이 빨개졌어. 내가 직접 의회로 나갈 수 없다면 좀 똑똑한 사람이 나를 대표해 주었으면 좋겠어. 그런 바보 말고."

"낸이 선거 운동 중이야. 모두 잘 들으라고." 낸의 뜨거운 목소리가 들리는 가운데, 분노의 눈길이 마침 자기에게 향하자 톰은 우산을 펼쳐 불운한 머리카락을 가리면서 소리쳤다.

"계속해, 계속! 내가 정리해서 '선거 이모저모란'에 크게 실을게." 데미가 신문기자다운 태도로 공책과 연필을 꺼내면서 덧붙였다.

데이지는 난간 사이로 손을 뻗어 데미의 코를 비틀었다. 모임은 잠시 소란스러워졌다. 에밀은 "배를 멈춰라, 여기 돌풍이 분다!" 하고 소리쳤고, 톰은 요란하게 박수를 쳤고, 댄은 싸움 구경을 하듯이 고개를 들었다. 냇은 데미를 지지했다. 데미의 입장이 옳은 듯 보였기 때문이다. 모두가 낄낄거리고 제각기 떠드는 중대한 순간에 베스가 2층 복도에서 옷자락을 휘날리며 나타났다. 깜짝 놀란 눈으로 평화의 천사처럼 아래에 있는 시끄러운 무리를 내려다보면서 미소를 띤 채 베스가 물었다.

"무슨 일이야?"

"분노의 집회입니다. 낸과 앨리스는 날뛰었고, 우리는 목숨이 달린 판결을 기다리고 있죠. 공주님, 재판을 맡아 저희들에게 판결을 내려주시지 않겠습니까?" 공주님 앞에서는 아무도 폭동을 일으키지 못해 갑자기 조용해진 틈을 타서 데미가 대꾸했다.

"전 그 정도로 현명하지 않아요. 그냥 여기 앉아 듣기만 하죠. 계속해 보세요." 베스는 작은 정의의 신상처럼 침착하고 조용한 모습으로, 모두가 보이는 위쪽에 앉았다. 칼과 저울 대신 부채와 꽃다발을 든 채였다.

"자, 숙녀 여러분, 마음 놓고 이야기해 주세요. 아침까지는 우릴 살려주시고요. 식사가 끝나자마자 독일 춤을 춰야 하니까요. 파르나소스에 있는 모든 신사는 자신의 의무를 다해야 하거든요. '몽땅 줘' 재판관님이 발언하실 차례입니다." 데미가 말했다. 데미는 연애보다 이런 놀이를 더 좋아했다. 연애를 완전히 없앨 수도 없고 남녀 공학이든 아니든 이성교제도 교육의 일부라는 단순한 이유로, 플럼필드에서는 가벼운 연애 정도는 허용되었는데도 말이다.

"제가 드릴 말씀은 하나뿐입니다. 그건 이렇습니다." 낸은 재미와 열정이 반반 섞인 눈빛으로, 진지하게 말을 꺼냈다. "남성분들 모두에게 이 문제를 정말 어떻게 생각하는지 묻고 싶습니다. 댄과 에밀은 지금까지 세상을 경험해 왔으니 자기 생각도 확고하겠죠. 톰과 냇은 오랫동안 눈앞에 있는 훌륭한 예들을 보면서 살아왔습니다. 데미는 우리 편이고, 우린 데미를 자랑스럽게 생각합니다. 로브도 마찬가지입니다. 테드는 왔다 갔다 하죠. 물론 돌리와 조지는 학교에서 받은 교육이 무색하게 고루합니다. 에밀 제독님, 질문에 답할 준비가 되셨습니까?"

"네. 선장님."

"여성 선거권을 지지하십니까?"

"물론이죠! 지지합니다. 여성분들이 원하신다면 언제든 탑승시키겠습니다. 모든 선원에게는 자신들을 안전하게 항구로 이끌어줄 항해사가 필요합니다. 여성들은 그 일을 잘해낼 수 있죠. 그런 항해사가 없으면 난파당할 게 분명한데 여성들이 우리와 함께하면 안 될 이유는 없습니다."

"잘했어, 에밀! 그런 훌륭한 연설이라면 냇이 널 일등 항해사로 뽑아줄 거야." 데미가 말했다. 여자아이들의 박수가 터져 나오자 톰은 언짢은 표정을 지었다.

"다음은 댄입니다. 당신은 자유를 사랑하죠. 그럼 우리 여성들도 자유를 가져야 한다는 사실을 지지하십니까?"

"여성들도 최대한 자유를 누려야죠. 저는 여성들에게는 그런 자격이 없다고 말하는 비열한 사람과 싸울 겁니다."

간결하고 힘찬 대답에 열정적인 재판장은 매우 기뻐했

고, 캘리포니아 출신 의원 댄에게 환한 미소를 지었다. 재판장은 힘차게 말을 이어갔다.

"냇은 반대편에 서 있더라도 그렇다고 말하지는 못할 듯합니다. 하지만 적어도 우리가 전쟁터에 나갔을 때 우릴 위해 나팔을 불겠다는 결심은 해주셨으면 좋겠습니다. 전쟁이 끝날 때까지 기다렸다가 이긴 편에서 북을 치면서 영광을 함께하지는 말아주십시오."

냇은 얼굴을 붉히며 고개를 들었다. 이 모습을 보자 '몽땅 줘' 씨는 냇을 의심하던 마음을 완전히 접었고, 괜히 날카로운 말을 했다고 후회했다. 이제까지 보지 못했던 듬직함이 냇의 얼굴에 나타났다. 냇은 모두에게 감동을 주는 목소리로 이렇게 말했다.

"이제까지 제가 진심으로 여성들을 사랑하고 존경하고 섬기지 않았다면, 전 세상에서 가장 배은망덕한 사람일 겁니다. 저는 여성들에게 모든 것을 빚지고 있으니까요. 지금도 그렇고 앞으로도 마찬가지죠."

냇의 진심이 담긴 작은 연설은 호소력이 깊었다. 데이지는 손뼉을 쳤고 베스는 냇의 무릎에 꽃다발을 던졌으며, 다른 여자아이들도 기쁜 얼굴로 부채를 흔들었다.

"자, 토마스 B. 뱅스 씨. 법정에 나와 진실을 말씀하세요. 최선을 다해서 모든 진실을, 진실만을 말해야 합니다." 낸은 단상을 두드리고 좌중을 조용히 시키면서 톰에게 지시했다. 톰은 양산을 접어 손을 들고 일어나면서 엄숙하게 말했다.

"저는 모든 종류의 선거권에 찬성합니다. 저는 모든 여성을 숭배하고, 여성들을 위해서 필요하다면 언제든 죽음을 불사하겠습니다."

"살아서 일하는 것이 더 힘듭니다. 더 명예롭기도 하고요. 남자들은 우릴 위해 죽을 준비가 되어 있다고 하지만, 그런 죽음이 우리 삶의 가치를 높여주는 건 아닙니다. 싸구려 감상이고 논리적이지도 않아요. 일단 넘어가겠습니다. 톰, 그런 헛소린 그만하세요. 자, 여러분 의견을 모두 들었으니 이만 마칩니다. 춤을 출 시간도 다 됐고요. 옛 플럼필드가 진실한 남성 여섯을 세상에 내보냈다는 사실에 기뻐하며, 이들이 이곳에서 배운 원칙에 따라 살아가기를 바랍니다. 어디를 가든지 말입니다. 자, 숙녀 여러분은 바깥바람을 쐬면서 너무 오래 앉아 있지는 마세요. 신사 여러분도 덥다고 얼음물을 너무 많이 마시면 안 됩니다."

낸은 의학도라는 신분에 잘 어울리는 폐회사를 하고 연단에서 내려왔다. 여자아이들은 자신들에게 허락된, 몇 안 되는 권리 중 하나를 즐기러 나갔다.

∽

마지막 말

다음 날은 일요일이었다. 젊은이들과 어른들이 함께 교회에 갔다. 마차에 타거나 걸어가면서 모두가 아름다운 날씨를 즐겼고, 한 주 동안의 일을 끝낸 후 상쾌함과 행복한 고요를 만끽했다. 조는 머리가 아픈 데이지를 돌보려고 집에 남았다. 이별이 가까워질수록, 냇에 대한 사랑과 어머니에게 순종하는 마음이 갈등하면서 데이지가 극심한 고통을 겪고 있다는 사실을 조는 잘 알았다.

"데이지는 내가 바라는 걸 알고, 나도 그 아이를 믿어. 네가 냇을 잘 지켜보다가 '사랑'은 가당치 않다는 사실을 분명하게 이해시켜 줘. 만약 냇이 이 사실을 이해하지 못한다면 서로 편지도 쓰지 못하게 할 거야. 하지만 매정하게 보이기는 싫어. 둘 사이를 막으려고 데이지를 약혼이나 결혼을 시켜서 묶어두기에도 너무 이르고 말이야." 외출용 회색 실크 드레스를 입고 데미를 기다리던 메그가 말했다. 조가 바로 대답했다.

"그렇게, 언니. 오늘은 거미처럼 그물을 쳐놓고 세 아이를 기다리려고 했어. 그리고 한 사람씩 이야기를 나눠볼 생각이야. 내가 자기들을 이해한다는 걸 아니까, 아이들도 조만간 속마음을 털어놓겠지." 저만치서 데미가 반짝반짝한 검은 구두부터 부드러운 갈색 머리까지 교회에 어울리는 깔끔한 차림으로 다가오자 조가 덧붙여 말했다. "그런데 언니 오늘 참 예쁘네. 저렇게 큰 청년이 언니 아들이라고는 아무지 믿지 못할 거야."

"지금 냇에 대한 내 마음을 누그러뜨리려고 아첨하는 거잖아. 네 수법 다알아, 조. 난 양보하지 않을 거야. 정신 똑바로 차리고 앞으로 내가 그런 일을 당하지 않게 해줘. 존에 대해서라면, 저 애가 이 늙은 엄마에게 만족하는 한, 사람들이 어떻게 생각하더라도 상관 안 해." 메그는 이렇게 대답하고는 미소를 지으며 데미가 가져온 스위트피와 물푸레 다발을 받았다. 데미는 어머니의 뜻을 거스른 여러 가지 일에 대해 속죄하는 마음으로, 경건한 신자인 어머니와 항상 함께 교회에 갔다. 메그는 비둘기색 장갑을 조심스럽게 끼고는 아들의 팔을 잡고 에이미와 베스가 기다리는 마차로 당당하게 걸음을 옮겼다. 조는 뒤에서 예전에 어머니가 그런 것과 똑같이 큰 소리로 외쳤다.

"얘들아, 깨끗한 손수건은 챙겼니?" 익숙한 이 말에 다 같이 웃으며 하얀 손수건을 깃발처럼 흔들었다. 파리가 거미 줄에 걸리기를 기다리는 거미같이 세 아이를 만나려고 기다 리는 조를 뒤로하고 마차가 떠났다. 집에서는 데이지가 냇과 함께 자주 불렀던 찬송가 책을 눈물 젖은 뺨에 대고 엎드려 있었고, 조는 이를 피해 마당으로 나왔다. 그때, 댄과 함께 산 책 갔던 냇이 혼자 돌아오는 모습이 보였다. 이곳에서 지내 는 마지막 날에 보금자리에서 멀리 떨어져 있기 싫었고, 자 신의 우상과 가까이 있을 수 있는 순간을 놓치고 싶지 않아 혼자 돌아온 모양이었다. 조는 냇을 보자마자 옛 추억이 가 득한 느릅나무 아래 낡은 의자로 오라고 손짓했다. 그곳이라 면 아무런 방해 없이 속마음을 털어놓을 수 있었다. 담쟁이 덩굴 사이로 반쯤 드러난 하얀 커튼이 있는 창 쪽을 지켜볼 수도 있었다.

"여긴 시원해서 좋아요. 오늘은 댄이 걷는 속도를 따라 갈 수가 없었어요. 너무 더운 데다가 댄은 무슨 증기 기관차 처럼 걷거든요. 예전에 키우던 뱀이 있던 늪 쪽으로 가자고 하기에 양해를 구하고 돌아왔어요." 그렇게 더운 날도 아닌 데 냇은 밀짚모자로 부채질을 하면서 말했다.

"잘했어. 같이 여기 앉아 쉬면서 옛날처럼 이야기나 하

자. 요즘 우리 둘 다 너무 바빠서 네 계획을 절반도 못 들었네. 지금 이야기해 줄래?"라이프치히 이야기로 시작하더라도 마지막에는 플럼필드 이야기가 나오리라 확신하며 조가 말했다.

"고맙습니다. 저한테 이렇게 좋은 일은 없을 거예요. 그렇게 멀리 간다는 사실이 지금도 실감 나지 않거든요. 배에 오르기 직전까지도 마찬가지일 거예요. 정말 훌륭하게 경력을 시작하게 되었어요. 로리 선생님이 해주신 모든 일에 어떻게 감사해야 할지 모르겠어요. 조 선생님도 마찬가지고요."마음이 여리고, 다른 사람에게 받은 친절을 절대 잊지 못하는 냇은 목이 메어 이렇게 덧붙였다.

"우리가 바라고 기대하는 사람이 되어준다면, 그게 바로 가장 아름다운 보답일 거야. 새로운 생활을 하면서 수많은 시련과 유혹이 있겠지. 그럴 때 의지할 수 있는 건 너의 판단력과 지혜뿐이란다. 우리가 그동안 너에게 지키라고 했던 원칙이 얼마나 확고하게 자리 잡았는지 확인해 볼 때가 올 거야. 물론 실수도 하겠지. 우리 모두 그러니까. 하지만 양심을 저버리고 맹목적으로 세상을 살아서는 안 된다. 사랑하는 냇, 깨어서 기도해야 해. 네 손이 기술을 익히는 동안 네 머리는 더 현명해져야 하고, 네 마음은 지금처럼 깨끗하고 따뜻하게 유지돼야 해."

"최선을 다할게요, 선생님. 제가 이곳의 자랑거리가 될 수 있도록요. 바이올린 연주 실력은 좋아질 거예요. 그곳에서는 그렇게 될 수밖에 없을 테니까요. 하지만 현명한 사람이 될 수 있을지는 모르겠어요. 그리고 제 마음은 잘 아시겠지만…… 이곳에 두고 떠나요."

이렇게 말하는 냇의 눈은 애정과 그리움을 담은 채 데이지가 있는 방 창문에 고정되어 있었다. 조용하지만 믿음직스러운 얼굴에 스치는 슬픈 표정은 냇의 사랑이 얼마나 깊은지 숨김없이 보여주었다.

"바로 그 이야기를 하고 싶었어. 내가 야속하겠지만, 그 이야기를 꺼내도 용서해 주리라는 걸 알거든. 난 진심으로 너에게 공감하니까 말이다." 조는 이야기를 하게 되어 기쁜 얼굴이었다.

"네, 데이지 이야기를 해요! 그 애를 두고 떠나 헤어져 있게 된다는 생각 말고는 다른 생각이 나지 않아요. 아무런 희망이 없어요. 너무 무리한 요구죠. 하지만 데이지를 사랑하지 않을 수가 없어요. 제가 어디에 있든 말이에요!" 냇이 외쳤다. 반항심과 절망감이 뒤섞인 얼굴을 보고 조는 깜짝 놀라지 않을 수 없었다.

"내 말 잘 들어. 위로와 좋은 충고가 되는 이야기를 해줄게. 데이지가 널 좋아한다는 사실은 우리 모두 알아. 하지만 개 엄마는 반대하잖아. 데이지는 착한 아이라 엄마 말을 따르려고 하고. 그리고 젊은 사람들은 자신들이 절대 변하지 않을 거라고 생각하지만, 신기하게도 변하게 마련이야. 실연 당했다고 죽는 사람은 거의 없단다." 조는 자신이 언젠가 이렇게 위로했던 소년이 떠올라 미소를 지었다. 그러다가 곧바로 냉정하게 말을 이었다. 냇은 자기 운명이 조의 입에 달렸다는 듯 귀를 기울였다.

"두 가지 중 하나일 거야. 네가 다른 사람을 사랑하게 될 수도 있어. 더 좋은 결과는, 음악 공부를 하며 바쁘고 행복하게 지내면서 시간이 두 사람 문제를 해결해 주길 기다리는 거지. 아마 데이지는 네가 가버리면 널 잊고 너와 친구라는 사실에 만족할 거야. 어쨌든 지금은 약속 같은 건 하지 않는 편이 더 현명해. 그러면 두 사람 모두 자유로울 테고, 한두 해 뒤에 만나면 미리 싹을 없애버린 작은 사랑을 떠올리면서 웃을 수도 있겠지."

"정말 그렇게 생각하세요?" 냇이 물었다. 너무나 간절하게 바라보는 눈빛에 조는 진실을 말할 수밖에 없었다. 그의 파란 눈에 냇의 모든 마음이 담겨 있었다.

"아니, 사실 그렇지는 않아!" 조가 대답했다.

"그럼 제 입장이라면 어떻게 하시겠어요?" 냇은 이전의 부드러운 목소리에서는 들을 수 없었던 다그치는 어조로 물었다.

'이런! 얘는 정말 진지하네. 자칫하면 이 아이를 가엾게 여기다가 신중하지 못한 말을 할 수도 있겠어.' 조는 냇이 보여준 뜻밖의 강단에 내심 놀랍고 기쁜 마음이었다.

"나라면 이렇게 할 거야. 먼저 나 자신에게 말하는 거지. '나는 내 사랑이 얼마나 강하고 진실한지 증명해 보이겠다. 그리고 좋은 음악가일 뿐만 아니라 훌륭한 사람이 되어 데이지의 어머니가 나를 자랑스럽게 여기고 존중하고 신뢰하도록 만들겠다. 이를 위해 노력하겠다. 실패하더라도 나는 그 노력으로 더 나아질 테고, 데이지를 위해 최선을 다했다는 생각에 위로를 얻을 것이다.'"

"그게 바로 제 생각이에요. 전 그냥 용기를 주는, 희망 섞인 말이 필요했어요." 냇이 소리쳤다. 약한 불길이 격려의 숨결로 타오르게 되었는지 격앙되어 보였다. "저보다 더 가난하고 어리석은 사람이 훌륭한 일을 해내고 명예를 얻은 일도 있어요. 저는 왜 안 되겠어요? 지금은 아무것도 아니지만요. 제 아버지는 원래 정직한 분이셨어요. 그냥 모든 게 잘 안 풀렸을 뿐이었죠. 전 다른 분들의 도움을 받고 자랐을 뿐이고 하나도 부끄러울 게 없어요. 앞으로도 제 가족이나 저 자신에 대해서 부끄러울 일은 없을 거고요. 할 수만 있다면 다른 사람들에게 존경받는 사람이 될 거예요."

"훌륭하구나! 그게 바로 올바른 정신이야, 냇. 그걸 잊지 말고 훌륭한 사람이 되어야 한다. 그런 용감함을 알아차리고 감탄하는 건 메그 언니가 최고야. 언니는 네 가난이나 과거를 경멸하는 게 아니야. 하지만 어머니라는 존재는 딸의 일에 대해서는 마음이 약할 수밖에 없지. 우리 마치 집안의 사람들도 가난하게 지낸 적이 있지만, 솔직히 고백하자면 우리는 그 사실을 자랑스럽게 여긴단다. 우린 돈에 신경 쓰지 않아. 돈보다는 덕망 있는 조상들이 있기를 더 바라지."

"우리 블레이크 집안도 좋은 편이에요. 제가 알아봤는데요, 감옥에 갇히거나 교수형을 당한 사람도 없었고 어떤 식으로든 불명예스러운 일을 저지른 사람도 없었어요. 우리도 예전에는 부자였고 사람들의 존경도 받았는데, 집이 어려워지고 가난해졌죠. 그래서 아버지는 남에게 도와달라고 하기보다는 거리의 악사가 되는 길을 택한 거예요. 어떤 사람들은 비열한 일을 하고도 아무렇지 않게 살아가지만, 저는 그러느니 아버지처럼 될 거예요."

냇이 너무 흥분해서 말하는 바람에 조는 그만 웃음을 터뜨리고 말았다. 조는 냇을 진정시키고 이야기를 계속했다.

"그 이야기를 언니한테 전부 해줬어. 그랬더니 언니도 기뻐하더라. 앞으로 몇 년 동안 네가 잘 해내면 언니의 반대도 누그러지고 모든 일이 행복하게 자리 잡을 거라고 확신해. 자, 기운 내자. 그렇게 얼이 빠져서 우울한 표정만 짓지는 말고. 밝고 용감하게 작별 인사를 하고 씩씩한 모습을 보여 줘. 기분 좋은 기억만 남기고 떠나는 거야. 다들 네가 그곳에서 잘 지내면서 많은 걸 얻기를 바란단다. 매주 편지를 써줘. 이런저런 이야기를 적은 답장을 보내줄 테니까. 데이지에게 편지를 쓸 때는 조심해라. 너무 감정에 치우치거나 눈물을 보이지 말고. 메그 언니도 편지를 읽을 테니까 말이지. 네가 분별 있고 즐겁게 생활하고 있다는 걸 우리 모두에게 알려주면 네 목적을 이루는 데 도움이 될 거야."

"그렇게 할게요. 꼭 그렇게 할 거예요. 벌써 기분이 밝아지고 좋아졌어요. 제 잘못으로 단 하나뿐인 위안을 잃는 일 따위는 없을 거예요. 정말 감사합니다. 제 편을 들어주셔서요. 저 스스로 너무 배은망덕하고 비열하고 못된 놈이라는 기분이 들었어요. 다들 저를, 자격도 없으면서 데이지를 몰래 넘보는 놈이라고 여긴다는 생각이 들 때마다요. 아무도 뭐라고 하지는 않았지만 전 사람들이 어떻게 느끼는지 알거든요. 로리 선생님도 부분적으로는 그런 이유로 절 외국에 보낸다고 생각했고요. 아, 인생은 가끔 꽤 힘들어요. 그렇지 않나요?" 냇은 두 손으로 머리를 움켜쥐었다. 희망과 두려움, 열정으로 뒤범벅이 되어 고통스러워하는 그의 모습은 더 이상 소년이 아니라 어른이 되었다는 증거였다.

678

"맞아, 꽤 힘들지. 하지만 인생은 장애물과 싸워나가는 과정이고, 장애물은 우리에게 도움이 된단다. 이제까지 너는 이런저런 도움으로 비교적 잘 지내왔어. 하지만 이제는 너도 스스로 배를 저어야만 해. 급류를 피하고, 가고 싶은 항구까지 곧장 가는 방법을 배워야 하는 거야. 네가 겪게 될 유혹이 어떤 것일지 모르지만 네겐 나쁜 습관도 없고, 음악을 무척 사랑하잖아. 그런 네 모습을 망칠 유혹은 없을 거야. 나는 그냥 네가 공부를 지나치게 열심히 하지만 않으면 좋겠어."

"전 정말 열심히 공부할 수 있겠다는 생각이 들어요. 성공하고 싶은 마음이 간절하니까요. 하지만 조심할게요. 아파서 시간을 허비하면 안 되니까요. 제가 건강하게 지낼 수 있도록 약도 충분히 챙겨주셨잖아요." 냇은 모든 경우에 대비할 수 있도록 적어준 조의 메모를 생각하면서 웃었다.

조는 외국에서 먹을 음식 목록을 말로 보충해 주고 나서 자신이 좋아하는 취미 이야기를 꺼내려는데, 마침 낡은 집 지붕 위를 돌아다니는 에밀이 보였다. 그곳은 에밀이 좋아하는 산책로였다. 파란 하늘과 신선한 공기로 둘러싸여 배의 갑판을 걷는 듯한 착각이 들었기 때문이다.

"에밀 제독하고 할 이야기가 있어. 저 위라면 조용해서 좋겠네. 넌 데이지한테 가서 바이올린 연주로 그 애를 좀 재워줘. 니희 둘 모두에게 좋을 거야. 현관에 앉아서 연주를 해주렴. 그래야 내가 메그 언니하고 약속한 대로 널 계속 지켜볼 수 있을 테니까." 조는 냇에게 즐거운 임무를 맡긴 뒤 어머니처럼 어깨를 두드려주고는, 상쾌한 마음으로 지붕 위에 올라갔다. 예전처럼 덩굴 지지대를 타고서가 아니라, 안쪽 계단을 통해서였다.

조가 지붕에 올라가 보았더니 에밀은 나무로 된 부분에 자기 이름 머리글자를 새기면서 뱃사람답게 「해안으로 배를 저어라」를 부르고 있었다.

"탑승을 환영합니다. 배에서 편하게 지내세요, 외숙모." 에밀은 장난스럽게 경례를 하며 말했다. "옛날에 자주 놀던 장소에 작별 인사장을 남기는 참이에요. 외숙모가 이 은신처에 올라왔을 때 절 기억하실 수 있게요."

"오, 얘야. 널 잊을 것 같지는 않구나. 그렇게 나무와 울타리마다 E. B. H.(에밀 바에르 호프만—옮긴이)를 새길 필요는 없단다." 조는 설교를 어떻게 시작해야 할지 생각하면서, 푸른색 선원 복장으로 난간에 다리를 벌리고 선 조카 옆에 앉았다.

"제가 배를 탈 때, 외숙모가 예전처럼 눈물을 터뜨리거나 이상한 표정을 짓지 않아 다행이에요. 전 날씨가 좋을 때 즐거운 배웅을 받으며 출항하고 싶거든요. 특히 이번에는 여기에 다시 닻을 내릴 때까지 1년 이상은 걸릴 테니까요." 에밀은 이렇게 말하더니 모자를 뒤로 젖히고는 사랑하는 플럼 필드를 이제는 다시 보지 못할 것처럼 아쉬워하는 눈빛으로 주위를 둘러보았다.

"내 눈물이 아니더라도 넌 소금물을 충분히 볼 수 있잖니. 난 아들을 전쟁터에 보내면서도 통곡하는 일 없이 '방패를 가지고 돌아오거나 방패에 실려 돌아오라.'라고 명령하는 스파르타인 어머니처럼 될 거야." 조는 밝은 목소리로 말하고는 잠시 말을 멈췄다가 덧붙였다. "가끔은 나도 떠나고 싶을 때가 있어. 언젠가는 너와 함께 갈 수 있겠지. 네가 선장이 되어서 네 배를 갖게 되면 말이야. 머지않아 그렇게 될 거야. 헤르만 삼촌도 널 도와주실 테고."

"그렇게 되면 배 이름을 '유쾌한 조'라고 지을 거예요. 외숙모를 일등 항해사로 임명하고요. 외숙모가 배에 타면 정말 재미있을 거예요. 전 자랑스럽게 전 세계로 모시고 다니겠죠. 오랫동안 꿈꿔왔지만 가지 못하셨던 곳으로요." 에밀은 문득 이런 행복한 상상을 하며 대답했다.

"첫 번째 항해는 너하고 가야지. 뱃멀미나 폭풍 같은 바람 따위는 상관없이 아주 즐겁게 말이야. 난 항상 난파선을 보고 싶었어. 큰 위험을 용감하게 극복한 뒤에 구조된 멋진 난파선 말이야. 그동안 우리는 큰 돛대 위 장루와 갑판 배수 구멍에 매달려 있는 거지."

"난파선은 아직 준비가 안 되었습니다, 선생님. 하지만 저희는 고객의 요구를 수용하려고 애쓰고 있습니다. 선장님은 제가 행운이라 좋은 날씨를 가져온다고 합니다. 손님께서 원하신다면 기꺼이 나쁜 날씨도 구해드리겠습니다." 에밀이 웃으며 말했다.

"고마워. 그렇게 해주면 좋겠네. 이번 긴 항해는 너에게 새로운 경험일 거야. 상급 선원이 되었으니 새로운 의무와 책임도 생겼을 테고. 각오는 됐니? 넌 모든 걸 즐겁게 받아들이는 편이라 크게 걱정은 안 되지만, 이제는 복종뿐 아니라 명령도 해야 하는 입장이라는 걸 아는지 모르겠구나. 권력은 위험한 거야. 악용하지 않도록 조심해야 해."

"외숙모 말씀이 맞아요. 전 그런 경우를 많이 봤고 꽤 잘 참아왔다고 생각해요. 제 위에는 피터스라는 사람이 있어서 마음대로 할 수 있는 일은 별로 없을 거예요. 하지만 그 녀석이 '끽주'하고 행패를 부릴 때 선원들이 곤욕을 겪지 않게 잘 지켜볼 생각이에요. 지금까진 뭐라 말할 위치가 아니었지만 이제는 참지 않을 겁니다."

"뭔가 무서운 일처럼 들리는데. 그런데 '끽주'라는 말이 무슨 뜻인지 물어봐도 될까?" 조는 무척이나 관심 있는 목소리로 질문을 던졌다.

"술을 마신다는 뜻이에요. 피터스만큼 술을 많이 마시는 사람은 본 적 없어요. 윗사람한테는 멀쩡하게 대하지만, 아랫사람들에게는 거친 북풍만큼이나 야만적으로 굴어요. 모든 일을 온통 엉망으로 만드는 사람이죠. 한번은 밧줄 걸이로 제 동료를 때려눕혔는데 도와줄 수가 없었어요. 이제는 제가 뭔가 할 수 있으면 좋겠어요." 에밀은 자신이 책임을 맡은 선미 갑판에 서 있는 듯 얼굴을 찌푸렸다.

"문제에 휘말려서는 안 돼. 알겠지만 하극상 문제는 헤르만 삼촌도 도와주시기 힘들 테니. 이제까지 넌 훌륭한 선원이라는 걸 증명해 왔잖아. 이제는 좋은 상사가 되어야 해. 아마 쉬운 일은 아닐 거야. 바르고 따뜻하게 사람들을 통솔하려면 올곧은 인품이 필요하니까. 이제 철부지 같은 행동은 버리고 위엄을 보여야 한다는 걸 기억하렴. 그 일로 많은 걸 배울 수 있을 거야, 에밀. 그리고 넌 좀 진지해져야 해. 여기 말고 다른 곳에서는 법석 떨지 말고. 행동에 주의를 기울여 제복에 부끄럽지 않은 사람이 되어야 한다." 조는 에밀이 자랑스러워하는 새 제복의 놋쇠 단추를 두드리면서 말했다.

"최선을 다할게요. 저도 장난이나 칠 나이는 지났다고 생각해요. 배를 똑바로 몰듯이 앞으로 쭉 나아가야죠. 하지만 걱정하지 마세요. 뱃사람은 육지에 있을 때와 바다에 있을 때가 완전히 달라요. 어젯밤에 외삼촌과 오래 이야기를 나눴어요. 제가 할 일도 말씀해 주셨고요. 그 말씀을 잊지 않을 겁니다. 제가 신세 진 것도 모두 기억할 거고요. 그리고 아까 말씀드렸듯이 제 첫 번째 배 이름도 그렇고, 배 앞머리에는 외숙모 흉상을 놓을 거예요. 두고 보세요. 꼭 그렇게 할 테니까요." 에밀은 조에게 다짐의 표시로 진심 어린 입맞춤을 했다. 집 현관 앞에서 감미로운 곡을 연주하던 냇이 이 모습을 보고 미소를 지었다.

"영광이네요, 선장님. 하지만 얘야, 한 가지만 더 말하고 끝낼게. 외삼촌이 말씀하셨다면 내가 할 만한 조언이 그렇게 많지는 않을 테니까. 어디선가 읽었는데, 영국 해군에서 쓰는 밧줄에는 모두 붉은 가닥이 들어 있다더라. 어디선가 발견되면 알아볼 수 있게 말이야. 이게 바로 너에게 해주는 작은 설교란다. 명예, 정직, 용기 같은 덕목은 훌륭한 사람임을 알려주는 붉은 가닥이야. 어느 곳에 있는 사람이든 마찬가지지. 어딜 가든 항상 그 가닥들을 몸에 지니렴. 그러면 불행한 일로 난파를 당하더라도 그 표시로 사람들이 널 알아볼 수 있을 거야. 너는 거친 생활을 하잖니. 네 동료도 우리가 바라는 그런 사람들만 있는 건 아닐 테고. 하지만 너는 진정한 의미의 신사가 될 수 있을 거야. 무슨 일이 일어나더라도 네 영혼은 깨끗이 유지하고, 너를 사랑하는 사람들에게 항상 진실하게 대하고 끝까지 의무를 수행하는 마음도 지켜라."

조가 이렇게 말하는 동안, 에밀은 모자를 벗고 일어난

채로 최고 지휘관의 명령을 듣는 듯 진지하고도 밝은 얼굴로 귀를 기울였다. 조의 말이 끝나자 에밀은 진심을 담아 짧게 대답했다.

"반드시 그렇게 할게요!"

"그게 전부야. 네가 별로 걱정되지는 않지만, 언제 어떤 식으로 힘든 순간이 벌어질지는 아무도 몰라. 그러면 우리가 해준 말이 도움이 될 때도 있겠지. 우리 어머니도 아주 많은 말씀을 해주셨는데, 지금 그 말씀이 위안이 되고 아이들을 지도하는 데 도움이 되기도 하거든." 이제 하고 싶은 말을 다 한 조는 마무리하며 일어섰다.

"해주신 말씀을 언제든 기억할 수 있게 잘 간직했어요. 배 위에서도 몇 번이고 계속해서 플럼필드가 눈앞에 보이고 외숙모와 외삼촌 말씀도 또렷하게 들렸어요. 마치 여기 있는 것처럼요. 하지만 저처럼 그런 생활을 좋아하는 사람에게는, 그러니까 바람이 부는 곳으로 가서 닻을 내리는 사람에게는 좋은 생활이에요. 제 걱정은 하지 마세요. 내년에는 차 한 상자를 가지고 돌아올게요. 그걸 마시면 외숙모도 기운이 나고 소설 열몇 권은 쓸 수 있는 아이디어도 얻게 될 거예요. 밑으로 내려가시려고요? 좋아요. 발 디딜 때 조심하세요! 식사를 다 차릴 때쯤 저도 따라갈게요. 육지의 훌륭한 밥을 먹을 마지막 기회니까요."

조는 웃으면서 내려갔고, 에밀은 즐겁게 휘파람을 불다가 하선했다. 옥상에서 나눈 짧은 대화를 언제 어디서 다시 떠올리게 될지, 두 사람 모두 꿈에도 생각하지 못했다.

댄은 다른 두 아이보다 이야기를 나누기가 힘들었다. 저녁 무렵 분주한 집에 조용한 시간이 찾아오면서야 겨우 기회를 얻었다. 모두 산책하러 나간 뒤, 조는 서재에서 책을 읽기 시작한 지 얼마 되지 않아 창문으로 안을 들여다보는 댄의 모습을 발견했다.

"들어와서 좀 쉬렴, 댄. 오래 산책해서 피곤하잖아." 조는 큰 소파 쪽으로 와서 앉으라고 고갯짓을 하며 불렀다. 그 소파는 맹수처럼 온종일 뛰어다니던 많은 아이들이 쉬던 곳이었다.

"방해가 되지 않을까 싶어서요." 댄은 이렇게 말하면서도 지친 발을 어딘가에 놓고 쉬고 싶은 눈치였다.

"천만에. 난 언제든지 이야기할 준비가 돼 있어." 조가 웃었다. 댄은 훌쩍 들어가 만족스러운 얼굴로 자리에 앉았다.

"내일이면 떠나요. 그런데 왠지 떠나는 게 별로 내키지 않아요. 전에는 잠시만 머물러 있어도 어디론가 가고 싶어서 못 참았거든요. 이상하다고 생각하지 않으세요?" 고요한 여름밤, 여러 생각에 빠져 지금까지 풀밭에 누워 있던 탓에 머리와 수염에 붙은 풀과 나뭇잎을 떼어내면서 댄이 물었다.

"아니, 전혀. 네가 세련되게 변하기 시작한 거야. 좋은 신호지. 기쁜 일이네." 조가 곧바로 대답했다. "넌 마음 내키는 대로 살아왔잖아. 이제는 변하고 싶은 거지. 농장 일이 그런 기대를 채워주면 좋겠다. 원주민을 도와주는 편이 더 내 마음에 들기는 하지만 말이다. 자기 혼자만을 위해서보다 다른 사람들을 위해서 일하는 게 훨씬 더 좋은 일이야."

"그렇기는 해요." 댄은 진심으로 동의했다. "어딘가에 뿌리를 내리고 싶고, 제가 돌봐줄 사람들도 있었으면 좋겠단 생각이 들어요. 제 일만 하는 것에 지쳐서 이제는 더 나은 걸 바라게 되었구나 싶어요. 하지만 전 거칠고 아는 것도 별로 없어요. 다른 사람들처럼 교육을 받는 대신에 자연을 떠돌다가 무언가를 놓친 건 아닐까요?"

댄은 걱정스러운 얼굴로 조를 바라보았다. 조는 뜻밖의 고백을 듣고 놀란 모습을 보이지 않으려 애썼다. 지금까지 댄은 책을 경멸하고 자유를 자랑스럽게 여겨왔기 때문이다.

"아니. 네 경우는 그렇다고 생각하지 않아. 지금까지는 자유로운 생활이 최선이었다고 확신해. 어른이 된 지금은 무법자 같은 성격을 제어할 수가 있잖아. 하지만 어렸을 때 그렇게 돌아다니면서 모험을 하지 않았다면 오히려 잘못된 길에 빠질 수밖에 없었을 거야. 시간이 지나면 아무리 거친 망아지도 길들지. 너도 잘 알잖아. 마차를 끄는 말이 되어서 굶주린 사람들에게 음식을 날라주든 쟁기질을 하러 가든 상관 없어. 난 그 망아지를 계속해서 자랑스러워할 거야."

댄은 이 비유가 마음에 들었는지 소파 구석에 편히 앉은 채 미소를 지었다. 새로운 생각으로 가득한 눈빛이었다.

"그렇게 생각해 주시니 기뻐요. 그런데 문제는, 엄청나게 노력한다 해도 열심히 일할 수 있게 저를 길들일 수 있을지 모르겠다는 거예요. 저도 길들고 싶어서 여러 번 노력했지만 항상 가죽끈을 벗어던지고 도망치게 되더라고요. 아직 사람을 죽인 적은 없어요. 하지만 그런 일이 있었다고 해도 이상한 일은 아닐 거예요. 언제든 일어날 수도 있는 사고 같은 거니까요."

"아니, 댄. 여길 떠나 있는 동안 무슨 위험한 일이라도 겪은 거야? 혹시 그런 상황에 놓이지 않았을까 생각하긴 했지만 묻지는 않았었어. 어떤 식으로든 내가 도울 일이 있으면 먼저 이야기해줄 거라고 생각했으니까. 지금 물어봐도 되겠니?" 조는 걱정스러운 눈길로 댄을 바라보았다. 댄은 갑자기 드러난 침울한 표정을 감추려는 듯이 고개를 숙였다.

"그렇게 나쁜 일이 있었던 건 아니에요. 아시다시피 샌프란시스코가 천국 같은 곳은 아니니까요. 여기와는 달리 그곳에서는 성자처럼 굴기가 너무 어렵거든요." 댄은 천천히 대답했다. 그러고 나서 무슨 고백을 할 결심이라도 한 듯 일

688

어나서는, 반쯤은 반항적으로 그리고 반쯤은 부끄럽다는 듯이 빠르게 덧붙였다. "도박을 한 적이 있어요. 좋은 일은 아니었죠."

"도박으로 돈을 번 거니?"

"아니에요, 도박으로 번 건 한 푼도 없어요. 정말이에요. 투기를 도박이라 하지 않는다면요. 많이 따기도 했어요. 하지만 그 돈은 다시 잃거나 다른 사람에게 줘버렸어요. 그리고 도박이 절 집어삼키기 전에 완전히 마음을 뗐어요."

"정말 다행이다! 다시는 그러면 안 돼. 많은 사람에게 그렇듯 너한테도 도박이 매력적으로 보이겠지. 그런 것들이 널 유혹한다면 도시를 피해 산이나 초원에 머무르도록 해라, 댄. 영혼을 잃는 것보다는 목숨을 잃는 게 나으니까. 그런 열정은 더 나쁜 죄악으로 사람들을 이끌어. 네가 나보다 잘 알겠지."

고개를 끄덕인 댄은 조가 얼마나 괴로워하는지 보고는 좀 더 밝은 목소리로 말했다. 하지만 그 속에도 여전히 과거 경험의 그림자는 남아 있었다.

"그렇게 걱정하지는 마세요. 이제 괜찮아요. 한번 덴 개는 불을 무서워하잖아요. 저는 술을 마시지도 않고, 걱정하시는 일도 하지 않아요. 그런 데 관심도 없고요. 하지만 한 번씩 발끈하곤 하죠. 이런 악마 같은 성질은 어떻게 할 수가 없어요. 전 싸울 때 상대가 정말 대단한 놈이라도 전 안 봐주거든요. 언젠가 사람을 죽이겠다 싶은 생각이 들어요. 제가 걱정하는 건 그게 전부예요. 비겁한 사람은 정말 싫으니까요!" 댄은 램프가 흔들리고 책이 들썩일 만큼 세게 주먹으로 탁자를 내리치며 말했다.

"그게 항상 네 고민이었지, 댄. 네 심정을 알 것 같아. 나도 평생 성미를 억누르려고 했지만 아직도 잘 안 되니까 말이야." 조는 한숨을 쉬면서 말했다. "제발 네 악마 같은 면이 나오지 않도록 잘 막아내서, 한순간의 분노로 일생을 망치지 않도록 해라. 냇한테도 말했는데, 너도 깨어서 기도하렴. 인간의 나약함을 돕는 것은 하느님의 사랑과 인내밖에 없어."

조의 눈에는 눈물이 맺혔다. 진심으로 생각하던 바였고, 내면의 죄악을 다스리기가 얼마나 어려운지 느꼈던 것이다. 댄은 그 모습에 마음이 움직이는 듯하면서도 어딘지 불편했다. 종교 이야기만 나오면 댄은 늘 어색해했다. 하지만 댄도 나름의 단순한 신조가 있어서 어쨌든 거기에 따라 살려고 노력해 오기는 했다.

"기도를 많이 하지는 않아요. 제겐 별 도움이 안 됐거든요. 하지만 감시하는 건 원주민처럼 할 수 있어요. 저주받은 제 성미를 감시하기보다는 산에 숨어 있는 회색 곰을 감시하는 편이 더 쉬워보이기는 하지만요. 정착하려고 할 때 걱정되는 부분이 바로 그거예요. 야생동물과는 정말 잘 지낼 수 있지만 사람들은 정말 짜증 나요. 그렇다고 곰이나 늑대하고 싸우듯 죽도록 싸울 수는 없잖아요. 로키산맥에 가서 오래 지내보는 것도 괜찮지 않을까 싶어요. 괜찮은 사람들과 어울릴 수 있을 정도로 길들여질 때까지만이라도요." 댄은 낙담한 듯이 두 손으로 헝클어진 머리를 감싸 쥐었다.

"내가 말하는 대로 해봐. 포기하지 말고. 책을 더 많이 읽고, 더 나은 사람들을 만나보도록 해. '짜증 나게' 만드는 대신에 널 진정시키고 강하게 해주는 사람들 말이야. 우리도 널 화나게 만들지는 않았잖아. 그건 분명해. 네가 어린 양처럼 온순해져서 우릴 기쁘게 해줬으니까."

"정말 감사했어요. 하지만 전 항상 닭장 속에 있는 매가 된 듯 느꼈어요. 덤벼들어서 할퀴고 싶다는 생각이 몇 번이나 들었거든요. 물론 그전만큼은 아니었지만요." 댄은 조의 깜짝 놀란 얼굴을 보고 웃으면서 덧붙였다. "말씀하신 대로 해볼게요. 할 수만 있다면 이번에는 좋은 사람들과 사귀어보죠. 그런데 그렇게 까다롭게 고를 수는 없을 거예요. 저처럼 여기저기 헤매고 다닌다면요."

"아니, 이번에는 할 수 있을 거야. 넌 평화의 사자로 다니게 될 테고, 마음만 먹으면 유혹은 피할 수 있을 테니까. 책을 좀 가지고 가서 읽어보는 게 어때? 큰 도움이 될 거야. 책은 잘 고르기만 하면 항상 좋은 친구가 되지. 몇 권 골라줄게."
조는 자신의 기쁨이자 삶의 위안인, 책이 꽉 찬 책장으로 곧
바로 걸어갔다.

"여행기나 이야기책으로 골라주세요. 종교적인 건 말고
요. 그런 책은 재미도 없고, 그렇다고 그런 척하기도 싫으니
까요." 댄은 조의 어깨 너머로 죽 늘어선 손때 묻은 책들을
별로 흥미가 없다는 얼굴로 바라보면서 말했다.

조는 휙 돌아서더니 댄의 듬직한 어깨에 손을 얹고 눈을
똑바로 바라보면서 진지한 목소리로 말했다.

"자, 댄. 내 말을 잘 들어. 좋은 것을 비웃거나 실제보다
더 악한 척해서는 안 돼. 일부러 종교를 무시하는 척은 하지
말아야 해. 종교 없이는 누구도 살아갈 수 없으니까 말이야.
싫다면 굳이 말할 필요는 없지만, 어떤 형태로든 마음은 닫
지 마. 지금은 자연이 너의 신이지. 자연은 너에게 많은 것을
해주었어. 앞으로도 많은 걸 해줄 거야. 그리고 이제까지보
다 더 현명하고 상냥한 선생님, 친구, 위로자를 알게 되고 사
랑하도록 이끌어주겠지. 이게 너의 유일한 희망이야. 하지만
조만간 너도 하느님이 필요하다는 사실을 느낄 거다. 더는
네게 다른 방법이 없을 때, 그분이 다가와 도와주실 거야."

댄은 그대로 서 있었다. 조는 댄의 온화해진 눈빛을 보
고 무언의 소망을, 댄의 마음에 있었지만 뭐라고 표현하지

못하던 소망을 알아차렸다. 모든 인간의 영혼 안에서 번쩍이는 신성한 불꽃을, 오직 조만이 엿보았다. 댄은 아무 말도 하지 않았다. 조는 마음에 없는 대답은 하지 않는 댄의 모습을 보고 어머니 같은 미소를 한껏 지으며 말했다.

"오래전에 내가 준 작은 성경책을 네 방에서 봤어. 겉은 많이 낡았지만, 별로 읽지 않았는지 안은 깨끗하더라. 일주일에 한 번은 조금이라도 읽겠다고 약속해 주지 않을래? 날위해서 말이야. 일요일은 어디서든 조용한 날이야. 언제 어디서나 성경책은 가치를 잃지 않지. 네가 어렸을 때 내가 들려준 이야기 중에서 좋아하던 부분부터 시작해 보자. 다윗 이야기 좋아했잖아. 기억나지? 그 부분을 다시 읽어봐. 지금은 더 마음에 들 거야. 다윗이 죄를 짓고 회개하는 이야기가 흥미롭다고 생각하고 계속 읽다 보면, 다윗보다 더 훌륭한 삶을 살고 더 귀중한 일을 한 사람들의 이야기도 보게 될 거야. 항상 너를 사랑하고 구원받기를 바라는 엄마를 위해 그렇게 해주겠니?"

"네, 읽을게요." 아주 잠깐이기는 했지만 구름 사이로 새어 나오는 햇살처럼 환한 얼굴로 댄이 대답했다.

댄이 지금은 성경책 이야기를 더 듣고 싶어 하지 않는다는 사실을 잘 알았기에 조는 곧장 책장 쪽으로 돌아서서 다른 책 이야기를 시작했다. 자기 마음속을 보여주는 것을 항상 힘들어하던 댄은 안도하는 기색이었다.

"와, 옛날에 보던 『신트람Sintram』(프리드리히 하인리히 카를 푸케가 1815년에 쓴, 기독교를 기반으로 한 금욕적인 사랑과 이교도적인 열정 사이의 갈등을 그려내는 소설 제목—옮긴이)이네! 저 기억나요. 저 이 책 좋아했는데, 신트람이 성질을 내는 것도 좋아했어요. 그 부분을 테드한테도 읽어줬고요. '죽음', '악마'와 함께 나란히 말을 타고 가는 부분이네요."

댄이 보던 것은, 사냥개를 거느린 젊은이가 말을 타고 바위 가득한 좁은 길을 용감하게 달려 올라가는 그림이었다. 이 세상 사람의 길동무인 죽음과 악마와 함께였다. 댄이 이 그림을 보고 있는데, 조는 문득 어떤 생각이 떠올라 재빨리 말했다.

"그게 너야, 댄. 바로 지금의 너지! 지금 네 삶에서 위험과 죄는 가까이 있고, 변덕과 열정은 고통을 안겨주잖아. 너는 나쁜 아버지에게 버림받아 혼자 싸워나가게 되었고, 야성적인 정신 때문에 온 세상 여기저기를 떠돌면서 평화와 자제력을 구하는 거야. 게다가 말하고 사냥개까지 있잖아. 옥투하고 돈 말이야. 둘은 이상한 길동무를 겁내지도 않고 너와 함께 다니는 충실한 친구들이지. 네겐 아직 갑옷이 없지만, 그걸 어디서 찾을 수 있는지 보여주는 거야. 신트람이 찾으려고 한, 사랑하는 어머니를 기억하니? 용감하게 싸워서 결국 어머니를 찾아냈잖아. 너도 어머니 생각나지? 난 네가 가진 좋은 자질이 모두 너희 어머니에게서 왔을 거라고 항상 생각했어. 아름다운 옛 이야기처럼 어머니께 자랑스러운 아들의 모습을 보여드리자."

댄의 삶, 그리고 댄이 필요로 하는 것은 이 옛 이야기와 너무도 비슷하다는 데 마음을 빼앗긴 조는 신트람의 모험을 묘사한 여러 삽화를 계속해서 가리켰다. 그러다 문득 고개를 들어보니, 댄은 의외로 열중하고 있었다. 댄은 감수성이 매우 예민한 데다가, 사냥꾼과 원주민 사이에서 살다 보니 미신을 잘 믿게 되어서였는지도 몰랐다. 댄은 꿈이 무엇인가를 예견한다고 믿었고 기이한 이야기도 좋아했다. 말보다는 눈과 마음에 호소할 때 더 생생한 인상을 받았다. 책의 그림을 보고 조의 이야기를 들으면서 고통을 겪은 불쌍한 신트람의 이야기가 생생하게 되살아난 듯했다. 심지어 이 이야기는 조가 미처 알지 못하던 댄의 시련에 더 맞닿아 있었다. 댄은 나중까지 절대로 잊지 못할 정도로 그 순간 감동하고 있었다. 하지만 말은 이렇게 했다.

"그럴 리는 없겠죠. 천국에서 다시 만난다는 말은 별로 믿지 않아요. 저희 어머니도 오래전에 버린 불쌍한 어린놈을 기억하지 못할 거고요. 기억할 이유도 없잖아요."

"진정한 어머니는 절대로 자식을 잊지 못해. 너희 어머니도 그럴 거라는 사실을 난 알아. 어린 아들이 나쁜 영향을 받을까 봐 잔인한 남편에게서 떠나신 거란다. 어머니가 살아 계셨으면 네 삶은 좀 더 행복했을 거야. 내 어머니가 그러셨 듯 네 어머니도 널 도와주고 위로해 줬을 테니까. 어머니가 널 위해 모든 걸 포기했다는 사실을 절대 잊지 마. 그리고 그 걸 헛된 일로 만들어서는 안 돼."

갑자기 굵은 눈물방울이 책 위에 툭 하고 떨어졌다. 댄의 눈물이었다. 죄와 죽음을 이겨낸 신트람이 상처 입은 몸으로 어머니의 발밑에 무릎을 꿇은 곳에 눈물 자국이 번졌다. 댄의 마음속 깊숙한 곳에 울림을 주었다는 사실이 조는 흐뭇했지만 댄은 팔로 책을 문질러 눈물 자국을 지우더니 책을 덮고는 떨리는 목소리를 가다듬으며 말했다.

"이 책 제가 가져갈게요. 보는 사람이 없으면요. 다시 읽어보면 도움이 될 것 같아서요. 어디에서든 어머니를 만나보고 싶지만, 그렇게 되진 않겠죠."

"물론이지. 이건 우리 어머니가 주신 책이야. 읽을 때마다 두 어머니께서 우리를 잊지 않을 거라고 믿어보자."

조는 책을 어루만진 뒤 댄에게 주었다. 댄은 다정하게 속 깊은 이야기를 나누는 낯선 분위기에서 벗어나고 싶었는지 "고맙습니다. 안녕히 주무세요."라고 짧게 말하고는 책을 주머니에 쑤셔 넣더니 곧장 강 쪽으로 걸어갔다.

다음 날 여행자 세 명은 길을 떠났다. 모두 밝은 기분이었다. 한 사람 한 사람의 손에, 특히 조의 손에 입맞춤하고는 모두에게 모자를 흔들며 마차를 타고 떠났다. 허공에는 하얀 손수건이 물결쳤다. 마차 소리가 멀어지자 조는 눈물을 닦으며 앞날을 예견하듯 말했다.

"저 중 누구에겐가 무슨 일이 일어날 것만 같아. 다시 여기로 돌아오지 못하는 건 아닐지, 돌아오더라도 너무 변해 있지는 않을지 걱정이 돼. 하지만 내가 할 수 있는 말은 이것뿐이겠지. 하느님께서 내 아이들과 함께해 주시기를!"

하느님께서는 그 아이들과 늘 함께하셨다.

사자와 어린 양

아이들 셋이 떠난 후 플럼필드에는 정적이 흘렀다. 가족들은 짧은 여행을 떠나느라 여기저기 흩어졌다. 8월이 오면서 다들 기분 전환이 필요했기 때문이다. 바에르 교수는 조를 데리고 산으로 갔다. 로런스 가족은 바닷가에 있었다. 누군가는 이런저런 학교 일을 해야 했기 때문에, 메그 가족과 로브, 테드가 플럼필드에 남아 있었다.

사건은 메그가 데이지와 함께 학교에 있을 때 일어났다. 로브와 테드는 이제 막 로키 누크에서 돌아온 참이었고, 낸은 친구와 함께 이곳에서 한 주 동안 휴가를 보내고 있었다. 데미는 톰과 함께 여행 중이었다. 그래서 로브는 사일러스를 총괄 감독관으로 두고 자신이 대장 역할을 맡았다. 바닷바람이 머릿속을 뒤흔들어 놓기라도 한 건지 테드는 평소보다 심하게 장난을 치면서 얌전한 메그 이모와 로브 형을 괴롭혔다. 옥투는 테드가 거칠게 다루는 바람에 완전히 지쳐버렸고, 돈은 뛰어오르라거나 다른 재주를 보여 달라는 명령에 대놓고 반항했다. 밤마다 유령이 튀어나오고 공부 시간에는 섬뜩한 노랫소리가 들려오는 바람에, 여학생들은 가만있지 못하는 이 아이가 홍수나 지진이나 화재를 일으키지 않을까 싶어 걱정스러워하기도 했다. 그러다 마침내 테드를 정신 차리게 만드는 일이 일어났다. 그 일은 로브와 테드 모두에게 잊지 못할 기억을 남겼다. 갑작스러운 위험과 끊임없는 공포로 사자는 어린 양이, 어린 양은 사자가 되었다. 용기라는 면에서 말이다.

9월 1일이었다. 이날을 로브와 테드는 평생 잊지 못했다. 상쾌하게 산책을 하고 운이 따라주었던 낚시를 즐긴 뒤, 두 형제는 헛간에서 시간을 보냈다. 데이지가 친구들을 데려오는 바람에 자리를 비켜준 것이었다.

"잘 들어봐, 형. 돈이 아픈가 봐. 놀지도 않고 밥도 안 먹고 물도 안 마시고 이상하게 행동하잖아. 저 개한테 무슨 일이 생기면 댄 형이 우릴 죽일지도 몰라." 테드는 돈을 보면서 말했다. 댄의 방문 앞과 마당의 그늘진 구석을 시계추처럼 왔다 갔다 하던 돈은 자기 집 옆에서 누워 잠시 쉬고 있었다. 그 구석에는 댄이 돈을 위해 놓아둔 오래된 모자가 있었다. 돈은 주인이 돌아올 때까지 모자를 지키려는 모양이었다.

"더워서 그렇겠지. 그런데 댄 형이 보고 싶어서 그러는 거 같기도 해. 개들은 다 그러잖아. 그리고 녀석은 불쌍하게 도 형이 떠난 다음부터 풀이 죽었어. 댄 형한테 무슨 일이 생 겼을지도 몰라. 어젯밤에 돈이 계속 짖어대고 잠도 못 잤거 든. 그런 얘기 들은 적이 있어." 로브가 생각에 잠겨 대답했 다.

"홍! 그런 걸 어떻게 알아. 그냥 짜증이 난 거야. 기운 좀 차리게 데리고 나가서 뛰게 해주자. 난 그러면 항상 기분이 좋아지거든. 아이, 돈! 일어나서 좀 놀자!" 테드가 손바닥으 로 두드려봤지만, 돈은 축 처져서 아무 관심 없다는 듯 쳐다 보기만 했다.

"그냥 놔두는 게 좋겠어. 내일도 이러면 왓킨스 수의사 선생님께 데리고 가서 뭐라고 하시는지 들어봐야겠다." 로브 는 건초 위에 누워 제비를 지켜보면서, 자기가 지은 라틴어 시를 다듬으며 대꾸했다.

테드는 심술궂은 생각을 떠올렸다. 돈을 놀리지 말라는 말을 듣자 더더욱 놀리고 싶었다. 돈은 테드가 쓰다듬고 명 령하고 야단치고 화를 내도 그냥 무시했다. 참을성이 바닥난 테드는 옆에 적당한 나뭇가지를 발견하자, 힘으로라도 저 큰 개가 말을 듣게 만들어야겠다는 유혹을 참을 수 없었다. 그 러려면 먼저 돈을 묶어두어야 했다. 돈은 주인이 아닌 사람이 위협하면 사나워진다는 걸 몇 번 시험해 보고 알고 있었다. 돈은 묶이는 수모를 또 당하자 흥분해 으르렁거렸다. 그 소리를 듣고 고개를 든 로브는 나뭇가지를 휘두르는 테드를 보고는 둘 사이를 가로막으면서 소리쳤다.

"건드리면 안 돼! 댄 형이 그러지 말랬잖아! 불쌍한 돈을 내버려 둬. 이러는 건 용서 못 해."

로브는 뭐라고 지시하는 법이 거의 없었지만, 일단 지시를 내리면 테드 대장도 따라야만 했다. 로브의 윗사람 같은 말투를 듣자, 성질 급한 테드는 그 말을 따르기 전에 말 안 듣는 개를 때리지 않고는 못 견딜 것 같아 딱 한 대 때렸다. 하지만 그 일격의 대가는 엄청났다. 테드가 때리자마자 개는 으르렁거리며 테드에게 달려들었고, 이 모습을 본 로브가 둘 사이로 뛰어들었다. 그 즉시 돈의 날카로운 이빨이 로브의 다리 속을 파고들었다. 돈은 로브가 "그만!" 하는 소리를 듣고 금방 물러서더니 후회하는 기색으로 로브의 발치에 엎드렸다. 돈은 로브를 좋아했기에, 실수로 친구를 다치게 해서 미안해하는 게 분명했다. 로브는 괜찮다는 뜻으로 돈을 쓰다듬어주고는 다리를 절뚝거리며 헛간으로 갔다. 뒤따라오던 테드의 눈에 로브의 다리에 난 상처에서 피가 흘러 흥건하게 젖은 양말이 보였다. 방금까지 느끼던 분노가 부끄러움과 슬픔으로 바뀌었다.

"형, 미안해! 그러게 왜 끼어든 거야? 여기 잘 씻어. 상처 묶을 천 좀 갖고 올게." 테드는 이렇게 말하고는 재빨리 해면을 물에 적셔오고 허둥지둥 손수건을 꺼냈다. 평소 로브는 자신이 당한 사고는 가볍게 생각하고, 다른 사람 잘못으로 생긴 일이라도 금방 용서해 주곤 했다. 그런데 지금은 가만히 앉아서 보랏빛으로 변한 상처 자국을 바라보기만 했다. 로브의 창백한 얼굴에 나타난 알 수 없는 표정에 테드는 곤혹스러웠지만, 짐짓 웃으면서 이렇게 덧붙였다. "뭐, 그렇게 깊이 물리지도 않았는데 무서워진 건 아니지, 형?"

"광견병에 걸렸을까 봐 걱정돼서 그래. 하지만 돈이 미친개가 되는 것보단 차라리 내가 병에 걸리는 편이 나아." 로브는 미소를 지으면서도 몸을 떨며 대답했다.

끔찍한 말을 들은 테드는 형보다 얼굴이 더 창백해지더니, 해면과 손수건을 떨어뜨리고는 겁에 질린 표정으로 로브를 바라보며 속삭였다.

"아, 형. 그렇게 말하지 마! 어떻게 해야 해? 우리 뭘 해야 되는 거야?"

"낸 누나를 불러. 누나라면 뭘 해야 하는지 알 거야. 이모를 놀라게 하면 안 돼. 누나 말고는 아무한테도 말하지 마. 뒤쪽 테라스에 있을 테니까. 최대한 빨리 가서 데려와. 누나가 올 때까지 상처를 씻고 있을게. 별일 아닐 테니 너무 겁먹지 마, 테드. 그냥 돈이 이상하게 굴어서 광견병이 아닐까 생각한 것뿐이니까."

로브는 용감하게 말했다. 하지만 이상하게도 테드는 서두를수록 다리에 힘이 빠지는 것 같았다. 가는 도중에 아무도 만나지 않아 다행이었다. 테드의 얼굴을 보면 무슨 일이 일어났다는 사실을 금방 알아차렸을 테니까 말이다. 낸은 해먹에 누워 후두염에 대한 논문을 읽으며 쉬고 있었다. 그때, 갑자기 낸을 잡아끌며 숨넘어갈 듯한, 하지만 조용히 속삭이는 소년의 목소리가 들렸다.

"누나, 헛간에 가서 로브 형 좀 봐줘! 돈이 미쳐서 형을 물었어. 뭘 해야 할지 모르겠어. 전부 내 잘못이야. 아무한테도 말하지 마. 아, 제발 빨리 가자!"

낸은 곧장 해먹에서 뛰어내렸다. 깜짝 놀랐지만 금세 어떤 상황인지 파악했던 것이다. 두 사람 모두 아무 말도 하지 않고 집 주위를 돌아 달렸다. 아무것도 모르는 데이지는 응접실에서 친구들과 이야기를 나누고 있었고, 메그 이모는 2층에서 편안하게 낮잠을 자고 있었다.

로브는 남의 눈에 띄지 않게 마구간으로 가 있었다. 두 사람이 보았을 때는 정신을 바짝 차린 채 평소처럼 차분하고 침착한 모습이었다. 낸은 곧바로 어떻게 된 일인지 들었다. 개집 안에서 슬픈 듯 시무룩한 표정을 짓고 있는 돈을 살펴

본 뒤, 물이 가득 찬 물통을 보면서 천천히 말했다.

"로브, 안전하게 처치하려면 한 가지 방법뿐이야. 지금 당장 해야 해. 돈이 어떤지, 그러니까 광견병에 걸렸는지 알아볼 시간도 없어. 당장 의사에게 갈 수도 없고. 난 어떻게 치료하는지 알고, 지금 그렇게 치료할 거야. 그런데 굉장히 아플 거야. 정말 미안해, 로브."

낸의 목소리는 의사답지 않게 떨렸다. 간절하게 도움을 청하는 두 얼굴을 보자, 평소에는 날카롭기만 하던 낸의 눈도 흐릿해지는 것 같았다.

"나도 알아. 불로 지지는 거잖아. 음, 지금 해줘. 난 참을 수 있어. 하지만 테드는 저쪽으로 가 있는 게 좋겠다." 로브는 괴로워하는 동생에게 고개를 끄덕이면서 비장한 표정으로 말했다.

"여기 있을래. 형이 참을 수 있다면 나도 참을 수 있어. 내가 다쳤어야 했는데!" 테드는 울음을 꾹 누르면서 소리쳤다. 하지만 슬픔과 공포와 부끄러움으로 가득 차서, 용감하게 참기는 불가능해 보였다.

"테드도 여기서 돕는 게 좋겠어. 하고 싶은 대로 그냥 둬." 자기가 이 아이들에게 어떤 일을 겪게 할지 알았기에 속으로는 기절할 것 같았지만 낸은 일부러 엄한 얼굴로 대답했다. "조용히 있어. 금방 돌아올게." 낸은 집 쪽으로 가면서 덧붙였다. 그러는 동안에도 낸은 최선의 방법이 무엇일지 빠르게 고민했다.

그날은 다림질하는 날이라 부엌에 불이 피워져 있었다. 하인들은 위층에서 쉬고 있어서 부엌에는 마침 아무도 없었다. 낸은 가느다란 부지깽이를 불 속에 넣고 기다렸다. 손으로 얼굴을 가리고는 이런 갑작스러운 상황에 필요한 것, 그러니까 힘, 용기, 지혜를 갖게 해달라고 빌었다. 곁에는 도와줄 사람도 없었다. 하지만 낸은 어린 나이임에도 지금 무엇을 해야 할지 잘 알았다. 그 일을 할 배짱이 필요했지만 말이다. 다른 환자라면 흥미로워하면서 차분하게 치료했겠지만 지금은 자신이 아끼는 착한 로브가 환자였다. 아버지의 자랑이자 어머니의 위로이며, 모든 사람이 가장 좋아하는 친구인 로브가 위험에 처했다는 사실은 너무나도 끔찍했다. 낸은 자기가 하려는 치료가 실수이거나 쓸데없는 짓은 아닐까 걱정하면서 마음을 진정시키려고 노력했고, 그러는 동안 뜨거운 눈물 몇 방울이 반짝반짝 윤이 나는 탁자 위로 떨어졌다.

"별것 아닌 것처럼 보여야 해. 그러지 않으면 쟤들은 너무 놀라서 아무것도 못 하고 허둥지둥하겠지. 그 애들을 괴롭히고 무섭게 만들 필요는 없잖아? 빨리 로브를 모리슨 선생님에게 데려가고, 돈은 수의사에게 봐달라고 해야겠다. 우리가 할 수 있는 걸 일단 다 해야지. 별 게 아니라고 밝혀지면 우리가 괜히 무서워했다고 웃게 될 수도 있어. 그렇지 않다면 앞으로 생길 일에 대비한 세 되고. 빨리 불쌍한 로브에게 가야겠다."

가장 심각한 '응급 환자'에게 최선을 다할 준비를 마친 낸은 새빨갛게 달아오른 부지깽이, 얼음물을 담은 주전자, 빨랫줄에서 집어온 손수건 몇 장을 가지고 헛간으로 돌아왔다. 두 아이는 조각상처럼 굳어 있었다. 한쪽은 절망, 다른 한쪽은 체념한 모습이었다. 이 일을 빠르고 제대로 수행하려면 낸이 평소 자랑하던 배짱을 모두 발휘해야만 했다.

"자, 로브. 아주 잠깐이야. 잠깐만 참으면 괜찮을 거야. 로브 옆에 서 있어, 테드. 로브가 잠시 정신을 잃을 수도 있으니까."

로브는 눈을 감고 두 손을 꽉 쥔 채 영웅처럼 앉았다. 옆에서 무릎을 꿇은 테드는 종잇장처럼 하얗고 어린아이처럼 나약한 얼굴이었다. 후회의 고통이 테드를 괴롭혔고, 이 모든 괴로움이 자신 때문이라는 생각에 마음이 무너져 내렸다. 치료는 금세 끝났다. 작은 신음 한 번뿐이었다. 낸이 물을 건네받으려고 조수 쪽을 돌아보았더니, 정작 물이 필요한 사람은 테드였다. 팔다리가 축 늘어진 채 정신을 잃고 바닥에 쓰러져 있었기 때문이다.

로브는 웃었다. 생각지도 못한 웃음소리에 마음이 놓인

낸은 상처에 붕대를 감았다. 손은 떨리지 않았지만, 이마에는 굵은 땀방울이 맺혀 있었다. 낸은 1번 환자와 물을 나누어 마시고 2번 환자 쪽으로 다가갔다. 테드는 결정적인 순간에 정신을 잃었다는 사실을 깨닫고는 몹시 부끄러워하면서 완전히 망연자실했다. 그리고 정말로 어쩔 수 없는 일이었다며 사람들에게 말하지 말라고 사정했다. 그러더니 너무나도 창피한 나머지 울음을 터뜨리고 말았다. 어른인 척하던 체면을 완전히 구겨버렸지만, 이제는 개운한 표정이었다.

"걱정하지 마. 신경 안 써도 돼. 다 잘 끝났잖아. 아무도 모를 거야." 낸은 씩씩하게 말했다. 불쌍한 테드는 로브의 어깨를 붙잡고 딸꾹질을 해댔고, 웃다 울기를 반복했다. 오히려 로브가 테드를 달래주었고, 젊은 의사는 사일러스의 밀짚모자로 두 아이에게 부채질을 해주었다.

"자, 얘들아. 내 말 잘 들어. 이 일을 얘기해서 사람들을 불안하게 만들지는 말자. 우리가 걱정한 게 말도 안 되는 일이라는 생각이 들어서 그래. 지나가면서 보니까 돈이 밖에서 물을 마시더라. 미친 거 같지는 않았어. 차라리 내가 더 정신이 나가 있었지. 그래도 마음을 진정시키고 정신도 좀 차리려면, 그리고 죄책감도 떨쳐버리려면, 마차를 몰고 내가 잘 아는 모리슨 선생님에게 가는 게 좋겠어. 내가 한 치료가 어땠는지 보여드리고 상처를 가라앉힐 약도 조금 받아오는 거야. 지금은 셋 다 제정신이 아닌 상태니까 말이지. 로브는 가만히 앉아 있어. 테드 넌 마차를 준비하고. 나는 모자를 가지러 가는 길에 데이지한테 먼저 간다고 말하고 올게. 어차피 난 데이지를 만나러 온 페니먼 씨 집 딸들도 잘 모르고, 데이지도 친구랑 차를 마실 때 우리 방에서 놀 수 있어서 더 좋아할 거야. 우린 마을로 나간 김에 우리 집에 들러서 편안하게 뭘 좀 먹고 종달새처럼 즐겁게 집으로 돌아오자."

낸은 의사라는 직업적 자존심 때문에 억누르던 감정의 배출구가 생겼다는 듯 계속 이야기했고, 아이들은 낸의 계획에 바로 찬성했다. 조용히 기다리기보다는 움직이는 쪽이 더 좋았기 때문이다. 테드는 말을 준비하기 전에 비틀거리며 걸어가서 얼굴을 씻었고, 그제야 뺨에 혈색이 돌았다. 로브는 건초 위에 누워서 제비집을 다시 조용히 올려다보며 평생 기억에 남을 좀 전의 일들을 떠올렸다. 아직 어린 소년이었지만, 갑작스럽게 죽음의 위협을 느꼈으니 이런 상황 속에서 숙연해진 것도 무리는 아니었다. 로브는 참회할 만한 죄도 짓지 않았고, 실수도 거의 저지르지 않았다. 끝없이 편안하게 기억되는, 행복하고 충실한 시간들만 떠오를 뿐이었다. 그래서 겁먹을 두려움도 슬퍼할 후회도 없었다. 무엇보다도 로브에게는 자신을 지탱해 주고 격려해 주는, 강하고 순수한 신앙심이 있었다.

"아버지." 로브가 처음으로 떠올린 말이었다. 바에르 교수의 마음속 가장 깊숙한 곳을 차지하고 있었기에, 이 장남을 잃는다면 아버지에게 쓰라린 상처가 남을 것이 분명했다. 뜨거운 부지깽이로 상처를 지졌을 때 꽉 다문 입술이 떨리면서 새어 나온 이 말은, 또 다른 아버지를 떠오르게 했다. 항상 가까이에서 도움을 주시는 하느님이었다. 로브는 건초 위에서 두 손을 모으고는, 아기 새들의 부드러운 지저귐과 함께 이제까지의 기도 중에서 가장 진심 어린 짧은 기도를 그분께 올렸다. 로브는 모든 두려움과 의심과 걱정을 조심스럽게 하느님의 손에 맡기면서 무슨 일이 닥쳐도 감당할 준비가 되었고, 그 시간부터는 그의 앞에 단 하나의 의무만이 분명히 남았다고 느꼈다. 늘 용감하게 행동하고 즐겁게 지내며, 묵묵히 하느님을 따르고 최상의 것을 소망하는 의무를 다하겠다고 로브는 다짐했다.

　낸은 몰래 모자를 갖고 오면서 데이지의 반짇고리에 쪽지를 남겼다. 로브, 테드와 마차를 타고 가서 다과 시간이 끝날 때쯤 돌아올 거라는 내용이었다. 그러고 나서 헛간으로 서둘러 돌아와보니 두 환자는 훨씬 차도가 있어 보였다. 한 환자는 일한 덕분이었고, 다른 환자는 휴식을 취한 덕분이었다. 모두 마차에 올랐고, 로브는 다리를 올린 채로 뒷자리에 탔다. 아무 일도 없었다는 듯 즐겁고 걱정 없는 모습이었다.

모리슨 선생님은, 상처가 대수롭지 않고 치료도 제대로 되었다고 얘기했다. 두 아이가 가슴을 쓸어내리며 아래층으로 내려가자 선생님은 작은 목소리로 덧붙였다. "그 개는 당분간 떨어뜨려 놓고, 다친 아이를 잘 지켜봐라. 아이한테는 알리지 말고, 뭔가 잘못되었다 싶으면 나한테 알려줘. 이런 경우는 어떻게 될지 아무도 몰라. 조심해서 나쁠 건 없지."

낸은 고개를 끄덕였고, 일단 책임에서 벗어났다는 생각에 크게 안심하며 아이들과 함께 왓킨스 수의사에게 갔다. 왓킨스는 돈을 살펴보러 가겠다고 약속했다. 낸네 집으로 가서 즐겁게 차를 마시며 기운을 낸 세 사람이 선선한 저녁 무렵 플럼필드로 돌아갔을 때는, 테드의 눈이 부었고 로브가 다리를 가볍게 저는 것 말고는 소란을 피운 흔적을 전혀 찾아볼 수 없었다. 아직도 손님들이 테라스에서 이야기를 나누고 있어서, 셋은 집 뒤쪽으로 돌아가야 했다. 테드가 로브를 해먹에 눕히고 흔들어주면서 후회하는 마음을 달래고 낸이 이런저런 이야기를 해주고 있을 때, 수의사가 도착했다.

수의사는 돈이 약간 더위를 먹었을 뿐이며 근처에서 가르랑거리는 회색 고양이만큼이나 돈도 멀쩡한 상태라고 말했다.

"돈은 주인이 보고 싶어서, 그리고 더워서 그랬던 거야. 너무 잘 먹인 탓일 수도 있겠지. 내가 2, 3주 정도 데리고 있다가 괜찮아지면 집으로 보내주마." 왓킨스 선생님이 말했다. 돈은 커다란 머리를 왓킨스 씨의 손에 얹고 영리해 보이는 눈으로 그 얼굴을 가만히 보고 있었다. 이런 돈의 모습은, 이 사람이 자신을 위해 무엇을 해줄 것인지 아는 듯 보였다.

돈은 별다른 저항 없이 따라나섰고, 세 명의 공모자는 어떻게 하면 가족들이 걱정하지 않도록 이 일을 숨기면서 다리가 불편한 로브를 쉽게 해줄 수 있을지 함께 상의했다. 로브는 자기 방 책상에서 몇 시간씩 지내곤 했기 때문에, 다행히도 다른 사람들에게 의심받지 않고 소파에 누워서 마음껏 책을 읽을 수 있었다. 본래 침착한 성격이던 로브는 쓸데없는 걱정으로 자신이나 낸을 힘들게 하기보다는 의사의 말을 그대로 믿었고, 모든 암울한 가능성을 잊어버리고 즐겁게 지내면서 충격에서 금방 벗어났다.

하지만 테드는 달랐다. 별것 아닌 일에도 곧잘 흥분하던 그는 마음을 가라앉히기 훨씬 더 힘들었다. 테드가 비밀을 발설하지 않게 만들려고 낸은 모든 판단력을 발휘하고 지혜를 짜내야만 했다. 사건에 관한 이야기가 하나도 나오지 않게 하는 게 로브에게는 최선이었다. 테드의 마음은 후회로 가득했는데, 속마음을 털어놓을 '엄마'도 지금 곁에 없어서 너무나도 비참한 심정이었다. 낮 동안은 모두 로브에게 바치면서 계속 시중을 들고 이야기를 나누고 걱정스러운 얼굴로 가만히 쳐다보기만 하자 오히려 로브가 테드를 걱정할 정도였지만, 그렇게 하면서 테드가 편해지는 것 같았기에 로브는 테드가 하고 싶은 일을 하도록 내버려 두었다. 하지만 밤이 되고 모든 것이 조용해지자, 테드는 무거운 마음에 사로잡혀 잠을 이루지 못하고 몽유병자처럼 걸어 다니기까지 했다. 낸은 테드에게서 눈을 떼지 못했다. 적어도 한 번 이상은 진정제를 주기도 했고 책도 읽어줬고 야단을 치기도 했다. 밤에 자지도 않고 집 안을 돌아다니는 테드를 붙잡았을 때는 침대에 누워 있지 않으면 방문을 잠가두겠다고 위협하기도 했다.

이런 일은 차츰 사라졌지만, 이 별난 아이에게는 어떤 변화가 생기기 시작했다. 도대체 무슨 일이 있었기에 사자의 영혼이 얌전해졌는지 집에 돌아온 어머니 조가 물어볼 정도였다. 테드는 여전히 명랑했지만, 예전처럼 막무가내로 굴지는 않았다. 고집을 부리고 싶을 때마다 로브를 보면서 냉정하게 생각했다. 하고 싶은 일을 포기해서 시무룩해진 얼굴을 남에게 보이지 않으려고 밖으로 나가 돌아다니곤 했다. 이제 더는 형을 구식이라거나 책벌레라고 놀리지 않았고, 전에 없던 존경심을 갖고 대했다. 로브는 이런 동생의 모습에 감동하고 기뻐했으며, 다른 사람들도 놀라기는 마찬가지였다. 테드는 자신의 바보 같은 행동 때문에 로브가 목숨을 빼앗길 수도 있었기에, 그에 합당한 보상을 해주어야 한다고 느끼는 모양이었다.

　"이해할 수가 없네." 집에 돌아온 지 일주일이 지난 뒤 둘째 아들의 착한 행실에 놀란 조가 말했다. "테드는 무슨 성자 같아요. 이러다 갑자기 죽을까 봐 무서울 지경이라니까요. 메그 언니가 부드럽게 감화를 준 걸까요? 데이지가 맛있는 음식을 해줘서? 아니면 낸이 몰래 무슨 약이라도 줬을까요? 내가 집에 없을 때 무슨 마법에라도 걸렸나 봐요. 도깨비불 같던 아이가 이제는 너무 상냥하고 조용하고 고분고분해져서 낯선 사람 같을 지경이에요."

　"어른이 되어가는 거예요, 여보. 조숙한 아이라서 남보다 빨리 꽃이 피는 거죠. 난 우리 로브도 달라진 것 같아요. 이전보다 더 씩씩하고 진지해졌고 나하고 더 가까워졌어요. 성장하면서 나이 든 아빠에 대한 애정도 함께 자라는 모양이에요. 우리 두 아들은 종종 이런 식으로 우릴 놀라게 할 거예요, 조. 우리는 그 모습을 기뻐하고, 하느님이 좋아하시는 모습으로 성장하도록 그냥 맡겨놓으면 되죠."

　바에르 교수는 이렇게 말하면서 계단 위로 함께 올라오는 형제를 자랑스럽게 바라보았다. 테드는 로브의 어깨에 팔을 올리고는, 돌을 든 로브가 들려주는 지질학 이야기에 열심히 귀를 기울였다. 평소엔 이런 취미를 놀리면서, 로브가 다니는 길에 큰 돌을 갖다 놓거나 베개 밑에 벽돌 조각을 두었다. 아니면 신발 속에 자갈을 넣거나 'R. M. 바에르 교수' 앞으로 진흙 소포를 속달로 보내곤 했다. 요즘 테드는 로브의 취미를 존중했고, 과소평가하던 조용한 형의 좋은 자질을 인정하기 시작했다. 테드는 불꽃 아래 숨어 있던 로브의 용기에 찬사를 보냈고, 끔찍한 결과를 낳았을지도 모를 자신의 잘못도 잊지 않았다. 로브의 다리는 잘 회복되어갔지만 아직은 절뚝거렸다. 테드는 그럴 때마다 팔을 내밀어 부축해 주고 걱정스럽게 바라보면서 로브에게 필요한 일이 무엇인지 알아내려고 했다. 테드의 마음속에는 후회라는 감정이 여전히 강하게 남아 있었고, 로브의 용서는 이 감정을 오히려 더 무겁게 만들었다. 마침 로브가 계단에서 발을 헛디디는 바람에 다리를 저는 핑계가 생겼고, 낸과 테드 외에는 상처를 본 사람이 아무도 없었기에 이때까지는 비밀이 안전하게 유지되었다.

"너희들 이야기를 하고 있었어, 얘들아. 우리가 없는 사이에 어떤 멋진 요정이 마법을 부리고 다녀갔는지 이리 와서 말해주렴. 너무 오랜만이라 눈이 예리해져서 기분 좋은 변화를 발견한 건가?" 조가 소파 양쪽을 두드리면서 말했다. 바에르 교수는 그동안 쌓인 산더미 같은 편지도 잊은 채, 양옆에 앉은 아이들을 안은 조의 기쁜 얼굴을 감탄하듯 바라보았다. 지금까지 한번도 '엄마'와 '아빠'에게 무엇을 숨긴 적이 없던 두 아이는 다정하게 웃었지만 어딘가 조금 불편해 보였다.

"아, 로브 형과 제가 너무 오래 둘만 있어서 그래요. 저흰 쌍둥이 같은 사이잖아요. 전 형한테 자극을 좀 주었고, 형은 절 꽤 차분하게 만들어주었어요. 엄마하고 아빠도 똑같잖아요. 서로 보완해 주는 사이는 좋다고 생각해요." 이렇게 말한 테드는 문제를 멋지게 해결했다고 생각했다.

"어머니는 너랑 비교되는 걸 별로 안 좋아하실 것 같은데, 테드. 난 어떤 식으로든 아빠랑 닮은 게 자랑스럽지만 말이야. 그렇게 되려고 노력도 하고 있고." 로브가 대답했다.

"난 그렇게 말해서 고맙단다. 그게 사실이니까. 그리고 로빈, 아빠가 나한테 한 것의 절반만큼만 네가 테드한테 해준다면 네 인생은 성공한 거야." 조는 진심을 담아 말했다. "너희들이 서로 돕는 모습을 보니 정말 기뻐. 그게 바로 옳은 길이야. 가장 가까운 사람들에게 필요한 점, 좋은 점, 부족한 점을 이해하려는 노력은 빨리 시작할수록 좋아. 사랑한다고 해서 결점을 눈감아 주어서는 안 되지만, 친하다고 해서 눈에 띄는 단점을 함부로 비난해서도 안 돼. 그러니까 너희들이 더 노력해서 우리를 자주 놀라게 해주면 좋겠구나."

"너희 어머니가 중요한 이야기를 모두 다 해주셨구나. 너희 둘이 사이좋게 지내는 모습을 보니 나도 정말 기분이 좋구나. 모두에게도 좋은 일이야. 부디 오래 계속되길!" 바에르 교수는 두 아이에게 고개를 끄덕였다. 형제는 기쁜 얼굴이면서도 과분한 칭찬에 어떻게 반응해야 할지 조금 난감해했다.

로브는 말을 너무 많이 하게 될까 걱정하며 현명하게 침묵을 지켰다. 하지만 테드는 한번 말문이 터지자 무슨 말이든 하고 싶어서 참을 수가 없었다.

"사실대로 말씀드리자면, 저는 로브 형이 용감하고 선한 사람이라는 사실을 알게 되었고, 그동안 형을 괴롭힌 것을 보상하려고 노력하고 있어요. 로브 형이 굉장히 똑똑하다는 건 알았지만 좀 약하다고 생각했었거든요. 놀기보다 책을 더 좋아하고, 자꾸 양심이 어떻다는 이야기만 하니까요. 그런데 목소리가 크고 자랑만 한다고 용감한 게 아니라는 사실을 알게 되었어요. 맞아요, 아버지! 말이 없는 로브 형이야말로 영웅이고 훌륭한 사람이에요. 전 형이 자랑스러워요. 엄마 아빠도 그렇게 생각하실 거예요. 이유를 전부 알게 되시면요."

그때 로브가 말을 그만하라는 듯 테드에게 눈짓을 했다. 테드는 입을 다물고 얼굴이 뻘게지더니 손으로 입을 가렸다.

"음, 우리가 '이유를 전부 알면' 안 되는 거니?" 조가 곧바로 물었다. 조의 예리한 눈은 어머니의 직감으로 위험의 징후를 보았고 자신과 아이들 사이를 가로막는 무언가를 느꼈다. "애들아." 조는 엄숙한 목소리로 말을 이어갔다. "우리가 말하던 변화는 너희들이 성장하면서 자연스럽게 일어난 게 아닌 모양이구나. 테드가 뭔가 잘못해서 문제가 생기니까 로브가 구해주었구나 싶은 생각이 드는데. 그래서 나한테 아무것도 숨기지 않던 성실한 아들과 개구쟁이 아들 사이에 다정한 분위기가 생겨난 거겠지."

이제는 로브도 테드만큼 얼굴이 빨개졌지만, 잠시 머뭇거리다가 고개를 들고 포기했다는 표정으로 대답했다.

"네, 어머니. 그 말이 맞아요. 하지만 이미 끝난 일이고 아무런 해도 없었으니까 그대로 두는 게 좋겠어요. 당분간만이라도요. 어머니께 숨겨서 죄송하지만, 이만큼이라도 얘기하니 마음이 한결 가볍네요. 걱정하실 필요 없어요. 테드도 후회하고 있고, 전 지금 괜찮거든요. 우리 둘에겐 잘된 일이었어요."

조는 테드를 쳐다보았다. 테드는 로브에게 그러지 말라고 열심히 눈짓을 하긴 했지만, 자기 잘못을 인정하는 성숙한 책임감도 느끼는 듯했다. 이번에는 다시 로브를 쳐다보았다. 밝게 미소를 짓는 로브의 모습에 안심하던 조는 그 아이의 얼굴에 무언가가 스치는 걸 발견했다. 더 성숙하고 의젓하면서, 그 어느 때보다도 사랑스러운 무언가를 보았다. 몸의 고통뿐만 아니라 마음의 고통을 보여주는 모습이었고, 피할 수 없는 어떤 시련을 묵묵히 인내하고 있는 표정이었다.

이 아이가 무슨 위험한 일을 겪지 않았을까 하는 의문이 번개처럼 머리에 스쳤다. 그리고 두 형제와 낸이 서로 힐끔거리던 게 떠올랐다.

"로브, 애야. 어디 아프거나 다쳤어? 아니면 테드 때문에 무슨 큰 문제라도 생겼던 거 아니야? 지금 말해줘. 이제 비밀은 없었으면 좋겠구나. 가끔 남자아이들은 사고나 부주의로 생긴 일을 그냥 무시했다가 평생 고생하곤 하지. 여보, 애들이 말 좀 하게 해줘요."

바에르 교수는 서류를 내려놓고 형제 앞으로 와서는, 조를 진정시키고 아이들에게 용기를 주는 목소리로 말했다.

"애들아, 사실을 말해봐라. 우린 다 받아들일 수 있어. 우릴 위한다며 입을 다무는 건 안 돼. 테드 너도 알잖니. 우린 너를 사랑하니까 무엇이든 용서한다는 걸 말이야. 그러니까 솔직히 말해라. 너희 둘 다."

테드는 금세 소파 쿠션 아래로 몸을 숨기더니 새빨간 귀만 내민 채 꼼짝도 하지 않았다. 로브는 사실 그대로이면서도 최대한 차분하게, 어떻게 된 일인지 간략히 이야기했다. 돈은 미치지 않았고, 상처는 거의 다 회복되었으며, 이제 상처 때문에 위험한 일은 없을 거라는 말도 서둘러 덧붙였다.

하지만 조는 얼굴이 창백해졌고, 로브는 어머니를 안아주어야 했다. 아버지는 돌아서서 반대쪽으로 걸어가더니, 고통과 안도가 뒤섞인 목소리로 "오, 하느님!"이라고 외쳤다. 테드는 그 소리를 듣기 괴로워 쿠션을 몇 개 더 뒤집어썼다. 얼마 지나지 않아 다들 진정되었지만 이런 일은 큰 충격일 수밖에 없었다. 조는 로브를 껴안았고, 이윽고 바에르 교수가 다가와 로브의 양손을 꼭 잡고 흔들면서 떨리는 목소리로 말했다.

"목숨을 잃을 위험에 처하면 그 사람의 용기를 확인할 수 있게 되지. 넌 그 위험을 이겨냈구나. 감사합니다, 하느님. 우리 아들은 무사합니다!"

질식과 신음의 중간쯤 되는 소리가 쿠션 밑에서 흘러나왔다. 비틀린 테드의 긴 다리는 그가 얼마나 절망하고 있는지 숨김없이 표현해 주었다. 덕분에 조는 마음이 누그러졌고, 엉망이 된 테드의 노란 머리가 드러나도록 쿠션을 치웠다. 조는 헝클어진 테드의 머리를 빗기며 정리해 주다가 참을 수 없다는 듯이 갑자기 웃음을 터뜨렸다. 뺨은 아직 눈물로 젖어 있던 채였다.

"이리 와서 용서를 구해야지, 이 불쌍한 죄인아! 이미 충분히 괴로웠을 테니까 뭐라고 하지는 않을게. 그런데 로브에게 무슨 일이 생겼다면 난 너보다 훨씬 더 괴로웠을 거야. 오, 테드, 너무 늦기 전에 제멋대로인 성격은 좀 고쳐야 해!"

"아, 엄마. 고칠게요! 이 일은 잊을 수 없을 거예요. 이 일 때문에 제 성격도 고쳐지면 좋겠어요. 이런 일이 있었는데도 고치지 못한다면, 전 죽어도 싸요." 테드가 머리를 쥐어뜯으며 대답했다. 크게 후회하는 마음을 표현하는 테드만의 방법이었다.

"아니, 넌 그런 아이가 아니야, 테드. 나도 열다섯 살 때 그렇게 생각한 적이 있었어. 에이미가 물에 빠져 죽을 뻔했을 때, 우리 어머니께서 날 도와주셨거든. 나도 널 그렇게 도와줄 거야. 이리 와라, 테드. 악마가 널 붙잡으면 우리가 쫓아내 줄게. 아, 나도 그랬어! 나도 악마와 정말 여러 번 싸웠어. 진 적도 있었지만 항상 지지는 않았지. 도와줄 테니 이길 때까지 같이 싸워 보자꾸나."

모두가 잠시 아무 말이 없었다. 테드와 어머니는 손수건에 얼굴을 파묻으며 웃고 울었고, 로브는 아버지의 팔에 안겨 서 있었다. 다 같이 행복해하면서, 절대로 잊을 수 없을 이 일을 함께 이야기했다. 이 경험 덕분에 이 가족은 더 선한 길로 나아가게 되고, 서로를 더욱 가깝게 느끼며 사랑하게 되었다.

이윽고 테드가 벌떡 일어나더니 아버지에게 가서 당당하지만 겸손한 목소리로 말했다.

"제게 벌을 주세요. 제발요. 하지만 먼저 절 용서한다고 말씀해 주세요. 형이 용서해 줬듯이요."

"항상 말했단다, 아들아. 필요하다면 백 번도 더 용서한다고 말해주마. 그렇지 않으면 난 아버지도 아니겠지. 넌 이미 벌을 받았어. 내가 더 벌을 줄 수는 없단다. 하지만 그 경험을 헛되게 만들지 마라. 너의 어머니와 하느님 아버지의 도움 없이는 불가능할 거야. 너희 둘이 있을 곳은 항상 여기란다!"

바에르 교수는 두 팔을 벌리고 독일인답게 두 아이를 꼭 껴안았다. 미국인이라면 어깨를 툭툭 치면서 '좋아.'라고 짧게 말하고 끝낼 일이지만, 교수는 부끄러워하지 않고 아버지로서의 감정을 말이나 몸짓으로 표현했다.

조는 앉은 채 그 광경을 소설가처럼(실제로도 소설가다.) 즐겁게 바라보았다. 그리고 네 사람은 조용히 이야기를 나누었다. 마음속에 있는 것 모두를 거리낌 없이 꺼냈고, 사랑이 두려움을 쫓아낼 때 신뢰가 찾아온다는 사실에 위안을 얻었다. 그리고 이 일은 낸 말고 다른 사람들에게는 말하지 않기로 의견을 모았다. 낸이 보여준 용기, 분별력, 정확한 판단은 감사와 상을 받아야 했다.

"전 그 아이가 훌륭하게 될 소질이 있다는 걸 항상 알았는데, 이번 일로 증명이 되었네요. 당황하지도, 놀라지도, 정신을 잃지도, 소란을 피우지도 않았을 뿐 아니라, 침착하게 판단하고 훌륭하게 치료해 주었잖아요. 정말 대단해요. 어떻게 고마움을 전할 수 있을까요?" 조가 감격한 얼굴로 말했다.

"톰 형을 쫓아내서 누나를 평화롭게 만들어주면 어때요?" 테드가 제안했다. 장난스러움을 가리고 있던 수심의 안개가 걷히고 다시 예전 모습으로 돌아온 모양이었다.

"좋아요, 그렇게 해요! 톰 형은 낸 누나를 모기처럼 쫓아다니잖아요. 누나는 자기가 여기 있는 동안 톰이 오면 안 된다고, 데미와 함께 억지로 여행을 보냈어요. 저도 톰 형을 좋아하긴 하지만 낸 누나한테는 그냥 바보 같을 뿐이에요." 로브는 이렇게 덧붙이고는, 아버지를 도와 산더미 같은 편지를 정리하러 나갔다.

"그렇게 하자!" 조가 단호하게 말했다. "낸의 앞날이 어리석은 아이의 공상 때문에 방해받아서는 안 돼. 낸이 지친 순간에 포기해 버리면 모든 게 끝나잖아. 현명한 여성이라도 그런 판단을 하고는 평생을 후회하기도 하니까 말이야. 낸은 먼저 자기 자리를 찾고, 그 자리가 자신에게 어울린다는 사실을 증명해야만 해. 그러고 나서 결혼하고 싶다면 자기에게 어울리는 남자를 찾을 수 있을 거야."

하지만, 조가 낸을 도와줄 필요는 없어졌다.

인어 공주가 된 조시

바에르 가족 아이들이 집에서 힘든 시간을 보내고 있을 때, 조시는 로키 누크에서 너무나도 즐겁게 지내고 있었다. 로런스 부부는 어떻게 하면 지루한 여름을 근사하고 유익하게 보낼 수 있는지 잘 알았다. 베스는 어린 사촌 조시를 아주 좋아했고, 에이미는 조카딸 조시가 앞으로 배우가 되든 안 되든 우선 숙녀가 되어야 한다고 생각했기 때문에, 어디에서건 잘 자란 여성임을 드러내도록 사교계에 필요한 훈련을 시키기로 했다. 한편 로리는 유쾌한 소녀 둘을 데리고 배를 타거나 느긋하게 승마를 하면서 더할 나위 없이 행복한 시간을 보냈다. 조시는 자유롭게 생활하면서 야생화처럼 피어났고, 베스도 활기차게 지내며 혈색이 발그레해졌다. 해안가나 예쁜 포구를 따라 절벽에 자리 잡은 별장 이웃들에게 두 아이 모두 인기가 많았다.

그런데 평화롭게 지내던 조시를 방해하는 문제가 있었다. 채워지지 않는 갈망이 조시를 덮쳐, 당장 해결해야 하는 사건을 맡은 탐정처럼 안절부절못하게 만든 것이다. 그것은 유명 배우 캐머런 씨가 근처 별장을 빌려서, 그곳에서 휴식을 취하며 다음 시즌에 맡은 새로운 배역을 연구하고 있다는 사실 때문이었다. 그녀는 가까운 친구 한두 명 말고는 누구도 만나주지 않았고, 개인 해변 밖으로 나오지도 않았다. 마차를 타고 바람을 쐴 때나 오페라글라스를 든 호기심 많은 구경꾼에게 들켰을 때를 제외하고는 아무에게도 모습을 드러내지 않았다. 로런스 부부는 캐머런 씨와 친분이 있었지만, 배우의 사생활을 존중했기 때문에 한 번 방문한 이후로는 그녀가 조용히 지낼 수 있도록 아무 연락도 하지 않았다. 그러던 어느 날, 캐머런 씨가 로런스 부부의 방문에 대한 답례로 조만간 다시 만났으면 한다는 이야기를 전해 왔다. 그 사정을 차차 알게 될 것이다.

조시는 밀봉된 꿀단지 주위를 날아다니는 배고픈 한 마리 벌 같은 모습이었다. 자기 우상을 이렇게 가까이 볼 수 있다는 사실이 너무나도 기뻐 마음이 진정되지 않았다. 조시는 위대한 그 여성을 만나 이야기를 듣고 대화를 나누고 자세히 살펴보기를 갈망했다. 캐머런 씨는 예술적 재능으로 수많은 사람을 감동시켰고, 덕망과 자비를 갖춘 데다 아름다워서 곁에 친구가 많았다. 조시는 이런 배우가 되고 싶었다. 조시에게도 그런 재능이 있다면 반대할 사람은 아무도 없으리라. 연극계는 배우라는 직업의 품격을 높여줄 여성을 원했기 때문이다. 친절한 캐머런 씨가 이 작은 소녀의 가슴속에 뜨거운 애정과 갈망이 타오르고 있다는 사실을 알았다면, 자신이 바위를 건너뛰고 해변에서 텀벙거리는 모습을 멍하니 바라보기만 하는 그 아이를 슬쩍 쳐다보거나 한 마디 말을 걸어 행복하게 해줬으리라. 하지만 지난겨울 출연했던 작품으로 지친 데다, 새로 맡은 배역으로 바빴던 그녀는 이웃의 어린 소녀에게 바닷가의 갈매기나 들판에 흔들리는 꽃을 바라보는 것 이상의 관심을 주지 않았다. 현관 계단에 가져다 둔 꽃다발, 정원 울타리 아래에서 부르는 세레나데, 물끄러미 바라보는 두 눈은 어디에나 있었기 때문에 별다른 주의도 기울이지 않았다. 여러 가지 시도가 실패하자 조시는 점점 더 절망에 빠져들었다.

"소나무에 올라가 캐머런 씨의 별장 테라스 지붕으로 떨어져 버리거나 대문 앞에 가서 조랑말에서 떨어져 기절한 척하면 어떨까? 캐머런 씨가 수영하고 계실 때 물에 빠진 척하는 건 소용없을 거야. 난 물에 가라앉지도 않을 거고, 그분은 다른 사람을 보내서 날 구해주라고만 할 테니까. 어떻게 하든 그분을 만나 내 꿈을 말씀드리고 싶어. 캐머런 씨가 언젠가 나도 연기를 할 수 있을 거라고 말씀해 주시면 좋겠어. 엄마도 그분 말씀이라면 믿으실 거야. 그리고 혹시, 혹시 말이야, 그분께서 날 곁에 두고 연기를 가르쳐주신다면 정말 기쁠 텐데!" 조시는 어느 날 오후 베스에게 이렇게 말했다. 낚시하는 사람들 때문에 아침에는 수영을 할 수가 없어서 오후가 되어서야 수영할 준비를 하고 있던 참이었다.

"때가 오기를 기다려야지 그렇게 안달하면 안 돼. 여름이 지나기 전에 기회를 만들어주시겠다고 아빠가 약속하셨잖아. 아빠는 그런 일들을 항상 잘 처리해 주시니까 네가 이상한 짓을 하느니 기다리는 게 훨씬 나을 거야." 베스는 수영복 차림에 맞게 머리카락을 흰색 망에 넣으려고 애쓰면서 대답했다. 새빨간 수영복을 입은 조시는 바닷가재처럼 보였다.

"기다리기 싫어. 하지만 그래야 하겠지. 그분이 지금 수영하고 계시면 좋겠다. 썰물이긴 하지만. 오후에만 바다에 들어갈 수 있다고 이모부한테 말씀하셨대. 오전에는 사람들이 해변에서 왔다 갔다 하면서 쳐다본다고 말이야. 우리 저기 큰 바위에 올라가서 바다에 뛰어들자. 저쪽에는 어린 아기들하고 유모밖에 없으니까 마음껏 뛰어놀고 물을 튀겨도 괜찮을 거야."

두 아이는 바다로 들어가 신나게 헤엄쳤다. 작은 포구라서 달리 수영하는 사람들도 없어 수영 선수처럼 헤엄을 치는 베스와 조시의 모습은 어린아이들의 감탄을 자아냈다.

얼마 뒤, 두 소녀는 큰 바위 위에 앉아 물을 털고 있었다. 그때 갑자기 조시가 옆에 앉은 베스를 물에 집어넣을 듯이 붙잡아 흔들면서 홍분한 목소리로 소리쳤다.

"그분이야! 저기 봐! 수영하러 왔어. 정말 멋있어! 아, 저분이 물에 빠져서 내가 구해주게 되면 얼마나 좋을까! 아니면 게한테 발가락을 물린다거나, 내가 가서 말을 걸 수 있는 일이 벌어지면 정말 좋을 텐데!"

"쳐다보면 안 돼. 저분은 조용히 혼자 있고 싶어서 여기 온 거잖아. 못 본 척해야지. 그게 예의야." 베스는 하얀 돛을 달고 지나가는 요트를 넋이 빠져라 쳐다보며 말했다.

"바위 근처에서 해초를 찾는 것처럼 슬쩍 저쪽으로 가보자. 하늘을 보고 누운 자세로 물에 떠서 코만 내밀고 있으면 그분도 신경 쓰지 않으실 거야. 그러다 보이는 곳까지 가면 당황했다는 듯 헤엄쳐서 되돌아오는 거지. 그러면 저분은 깊은 인상을 받을 거야. 조용히 있고 싶다는 자기 소망을 존중하는 예의 바른 젊은 아가씨들에게 고맙다고 말하려고 부를 수도 있잖아." 넘치는 상상력으로 항상 극적인 상황을 계획하던 조시가 제안했다.

두 아이가 바위에서 내려가려던 바로 그때, 운명의 신도 마침내 측은함을 느꼈는지, 허리 깊이까지 물에 잠긴 채 서 있는 캐머런 씨가 아래를 내려다보며 손짓하는 모습이 보였다. 하인을 불러 무언가를 찾으라고 한 모양이었다. 하인이 해변 여기저기를 돌아다니면서도 찾지 못하자 두 아이에게 도와달라고 수건을 흔들고 있었다.

"빨리 가자! 캐머런 씨가 우릴 부르잖아. 우릴 부르는 거야!" 조시는 이렇게 외치면서 기운찬 바다거북처럼 물에 뛰어들어, 오랫동안 동경해 온 기쁨의 항구를 향해 가장 멋진 자세로 헤엄쳐 갔다. 베스는 좀 더 천천히 뒤를 쫓았고, 이윽고 두 사람은 숨을 헐떡이며 미소를 띠고는 캐머런 씨 앞에 도착했다. 그녀는 특유의 멋진 목소리로 이렇게 말했다.

"팔찌를 떨어뜨렸어. 여기 보이는데 건질 수가 없네. 거기 남자애가 긴 막대기 좀 구해주겠니? 난 팔찌가 떠내려가지 않게 계속 지켜봐야 하니까 말이야."

"제가 들어가서 꺼내볼게요. 그런데 전 남자애가 아니에요." 조시는 이렇게 대답하고는 웃으면서 곱슬머리를 흔들었다. 멀리서는 잘못 볼만도 했다.

"미안하구나. 지금 물에 들어가 주겠니? 팔찌가 금방 모래에 파묻혀 버릴 것 같네. 나한텐 아주 소중한 거거든. 지금까지 한 번도 팔에서 뺀 적이 없었는데."

"제가 가져올게요!" 조시가 물속에 들어갔다가 나왔지만, 조약돌을 한 움큼 가져왔을 뿐 팔찌는 없었다.

"떠내려갔나 봐. 괜찮아. 내 잘못이야." 캐머런 씨는 안타까운 목소리로 말하면서도 조시의 실망한 표정을 재미있어하는 듯했다. 조시는 고개를 세차게 흔들어 눈에 들어간 물을 털어내며 씩씩하게 숨을 몰아쉬었다.

"아니, 떠내려간 게 아니에요. 밤을 새워서라도 찾아낼게요!" 조시는 숨을 길게 들이마신 뒤 다시 물속으로 들어갔고, 두 발만 물 위에서 퍼덕거렸다.

"저 아이가 괜찮을지 모르겠네." 베스를 쳐다보면서 말하던 캐머런 씨는 어머니를 꼭 빼닮은 얼굴을 보고는 어느집 딸인지 바로 알아보았다.

"아, 괜찮아요. 조시는 물고기 같은 아이예요. 물에 들어가는 것도 좋아하고요." 베스는 사촌의 소원이 멋지게 이루어져 행복한 미소를 지었다.

"너, 로런스 씨 딸이구나, 그렇지? 다들 어떻게 지내시니? 금방 찾아가겠다고 아빠한테 말씀드려라. 전에는 너무 피곤할 때 갔어. 실례가 많았지. 지금은 괜찮아졌거든. 아! 우리 잠수부께서 올라왔네. 어떻게 됐니?" 조시의 발이 바닷속으로 내려가고 물이 뚝뚝 떨어지는 머리가 수면 위로 올라오자 캐머런 씨가 물었다.

조시는 숨이 막혀 캑캑거리며 거의 질식할 듯한 모습이었다. 그녀의 손은 비어 있었지만 용기는 여전히 꺾이지 않았다. 젖은 머리를 결연히 흔들며 밝은 얼굴로 키가 큰 캐머런 씨를 보면서 숨을 헐떡거리면서도 침착하게 말했다.

"'절대 포기하지 마라.'가 제 좌우명이에요. 리버풀까지 헤엄쳐 가서라도 찾아올 거예요! 자, 다시 갈게요!" 다시 물속에 들어간 인어 공주 조시는 바다 밑바닥을 샅샅이 더듬고 있었다.

"참 용감한 아이네! 마음에 들어. 쟤는 누구니?" 이제 팔찌가 보이지 않아 굳이 물속에 있을 필요가 없어진 캐머런 씨가 바위에 반쯤 걸터앉아 잠수부를 지켜보다가 물었다.

베스는 조시 이야기를 해주고는, 아버지 로리가 다른 사람을 설득할 때 짓는 미소를 똑같이 지으며 덧붙였다. "조시는 배우가 되고 싶어 해요. 선생님을 뵈려고 한 달이나 기다렸죠. 그래서 오늘 가장 행복할 거예요."

"이런! 왜 찾아오지 않았니? 집에 들여보내 줬을 텐데 말이야. 뭐, 보통은 신문기자들도 그렇고 무대를 선망하는 아가씨들은 만나주지 않기는 해." 캐머런 씨가 웃었다.

더 이야기할 틈은 없었다. 팔찌를 움켜쥔 구릿빛 손이 바다 위로 올라왔고, 보랏빛 얼굴이 그 뒤를 따랐다. 조시는 앞을 제대로 못 보고 비틀거리는 바람에 베스를 붙잡고 있어야 했지만, 익사 직전의 모습임에도 의기양양한 얼굴이었다.

캐머런 씨는 자신이 앉은 바위로 조시를 끌어올리고는

머리카락을 넘겨주며 "브라보! 브라보!" 하고 외쳤다. 조시는 자신의 첫 번째 연기가 성공했음을 확신했다. 이제까지 위대한 배우와 만나는 장면을 수없이 상상했던 그녀였다. 기품 있고 우아하게 캐머런 씨의 집에 들어가 야심 찬 희망을 이야기하는 모습을 떠올려보았고, 어떤 옷을 입고 어떤 재치 있는 말을 해야 할지, 깊은 인상을 주려면 어떻게 천재성을 드러내야 할지를 고민해 왔다. 하지만 이런 만남은 상상도 해본 적이 없었다. 시뻘건 얼굴에 모래투성이가 되어 물을 뚝뚝 흘리고 말도 제대로 못 하는 모습으로 위대한 사람의 어깨에 기댄 장면은 꿈에도 생각하지 못했던 것이었다. 조시는 귀여운 물개 같은 모습으로 캐머런 씨를 쳐다보면서 눈을 껌뻑거리고 가쁜 숨을 몰아쉬다가, 마침내 기쁨에 겨운 미소를 지으며 자랑스럽게 소리쳤다.

"찾았어요! 정말 다행이에요!"

"이제 숨 좀 쉬어라, 얘야. 그래야 나도 기뻐할 수 있어. 이렇게까지 고생을 해주다니 정말 친절하구나. 고마운 마음을 어떻게 전하면 좋을까?" 캐머런 씨는 예의 그 아름다운 눈으로 조시를 보면서 물었다. 그 눈빛은 말보다 훨씬 더 많은 뜻을 전해주었다.

조시는 젖은 손이라 조금 망설였지만, 캐머런 씨의 손을 꼭 잡았다. 그리고 세상 가장 딱딱한 마음이라도 금세 부드럽게 만들 만큼 애원하는 목소리로 대답했다.

"선생님 댁에 가고 싶어요. 딱 한 번만요! 제가 배우를 할 수 있을지 말씀해 주시면 좋겠어요. 그럼 선생님 말씀대로 할게요. 제가 배우를 할 수 있다고─지금 말고 나중에 말이에요. 열심히 공부하고 있거든요.─어쨌든 제가 가능성 있다고 선생님께서 생각하신다면, 전 세상에서 가장 행복한 아이일 거예요. 찾아뵈어도 될까요?"

"좋아. 내일 11시에 오도록 해. 같이 이야기를 해보자. 네가 뭘 할 수 있는지 보여주면 의견을 말해줄게. 하지만 네 맘에 드는 이야기는 아닐 거야."

"그렇지 않아요. 제 연기가 바보 같다고 하셔도 괜찮아요. 전 앞으로의 진로를 정하고 싶어요. 엄마도 제가 결정하기 원하시고요. 선생님이 아니라고 말씀하시면 용감하게 받아들일게요. 하지만 좋다고 말씀해 주시면 끝까지 최선을 다하고 절대 포기하지 않을 거예요. 선생님처럼요."

"오, 애야. 힘든 길이야. 네가 결국 장미를 얻게 된다고 해도 거기엔 가시도 많은 법이지. 그렇지만 넌 용기가 있구나. 참을성도 뛰어나고. 너라면 할 수 있을지도 모르겠다. 내일 보면 알게 되겠지."

캐머런 씨는 이렇게 말하면서 팔찌를 쓰다듬고는 다정하게 미소를 지었다. 성격 급한 조시는 이 모습을 보고 그녀에게 입을 맞추고 싶었지만 현명하게 잘 참았다. 하지만 감사하다고 말하는 조시의 눈은 바닷물보다도 촉촉한 눈물로 젖어 있었다.

"캐머런 선생님이 수영하시는 걸 우리가 방해하잖아. 물도 빠지고 있고. 가자, 조시." 받아주었다고 너무 오래 이야기를 나누면 안 된다고 생각한, 사려 깊은 베스가 말했다.

"해변에서 뛰어다니면서 몸을 녹이는 게 좋겠다. 정말 고마워, 인어 공주님. 아빠한테는 언제라도 따님과 함께 방문해 달라고 전해줘. 그럼 안녕." 비극의 여왕은 손을 흔들면서 자신의 궁전에서 아이들을 물러나게 했지만, 해초로 덮인 옥좌 위에 앉아 나긋나긋한 두 아이의 모습이 사라질 때까지 지켜보았다. 그러고는 물속에 들어가 천천히 위아래로 몸을 움직이면서 혼잣말을 했다. "무대에 어울리는 얼굴이야. 눈도 아름답고 표정도 풍부하고 생기 넘치네. 자유분방한 데다가 담력과 의지도 있어 보여. 아마 잘 해낼 수 있을 거야. 재능 있는 집안 태생이기도 하고. 기대되네."

물론 조시는 그날 밤 한숨도 못 잤고, 다음 날에도 흥분해서 어쩔 줄 몰랐다. 로리 이모부는 무척 흥미로워하며 응원했고, 에이미 이모는 캐머런 씨를 만나는 성대한 행사에 가장 잘 어울리는 하얀 드레스를 찾아주었다. 베스는 자기 모자 중에서 가장 예쁜 모자를 빌려주었다. 조시는 들판과 습지를 돌아다니면서 야생 장미, 향기로운 하얀 철쭉 등 여러 아름다운 화초를 꺾어 진심 어린 마음을 전할 꽃다발을 만들었다.

10시가 되자 조시는 엄숙한 마음으로 옷을 차려입고, 시간이 될 때까지 자신의 깔끔한 장갑과 버클 달린 구두를 살펴보며 앉아 있었다. 자기 운명이 곧 결정된다는 생각에 얼굴이 창백해지고 엄숙한 기분이 들었다. 조시는 자기의 인생을 한 명의 인간이 결정할 수 있다고 믿었다. 하느님의 섭리는 우리를 실망시키며 단련하고, 예기치 않은 성공으로 놀라움을 주고, 시련으로 보이는 것까지도 마침내 축복으로 바꾸어놓는다는 것을 까맣게 잊은 채로 말이다.

"혼자 갈게. 그래야 편하게 이야기할 수 있을 거야. 아, 베스. 그분이 날 제대로 평가해 주시도록 기도해 줘. 거기 많은 게 달려 있으니까! 웃지 마세요, 이모부! 나한테는 아주 중대한 순간이에요. 캐머런 씨도 그걸 알아요. 이모부한테 말씀해 주실 거예요. 에이미 이모. 엄마 대신 행운의 입맞춤을 해주세요. 제가 예뻐 보인다고 이모가 말해주시면 안심이 될 거예요. 다녀올게요." 조시는 자기 우상과 최대한 비슷한 모습으로 손을 흔들면서 밖으로 나갔다. 조시의 모습은 아주 예뻤고, 마음은 매우 비장했다.

들여보내 주리라는 사실을 확실히 알았기에 조시는 많

은 사람이 거부당한 캐머린 씨의 집 문 앞에 서서 마음껏 초인종을 울렸다. 시원한 응접실로 안내를 받아 기다리는 동안 위대한 배우들의 여러 훌륭한 초상화를 마음껏 바라보기도 했다. 조시는 이들의 고난과 시련에 대해 잘 알았기에 금세 역할에 빠져 명배우 세라 시든스(1755~1831, 영국의 연극 배우로 당대 최대의 비극 여배우로 알려졌다.-옮긴이)의 맥베스 부인 연기를 흉내 내기 시작했다. 시든스 씨의 초상화를 올려다보면서, 몽유병 장면에 나오는 촛불처럼 꽃다발을 들고는 괴로운 듯이 미간을 찌푸리며 환영에 시달리는 여왕의 대사를 읊었다. 조시는 연기에 열중하느라 캐머런 씨가 몇 분 동안이나 지켜보고 있다는 것도 알지 못했다. 그러다 갑자기 캐머런 씨가 조시의 대사와 얼굴 표정을 그대로 이어받아, 이제까지 자신이 한 최고의 연기를 그대로 보여주었다.

"전 도저히 그렇게 할 수 없어요. 그래도 한번 해볼게요. 선생님이 허락해 주시면요." 조시는 그 자리에서 받은 격한 감동 때문에 예의를 차리는 것도 잊은 채 외쳤다.

"네가 할 수 있는 걸 보여주렴." 평범한 대화로는 열정적인 소녀를 만족시킬 수 없다는 사실을 잘 알고 있는 캐머런 씨는 현명하게 곧장 핵심을 파고들면서 대답했다.

"먼저 꽃다발을 받아주세요. 온실에서 키운 꽃보다 야생화를 더 좋아하실 것 같았어요. 선생님이 제게 베풀어준 친절에 어떻게 감사를 드려야 할지 몰라서 이걸 가져왔어요."

조시는 소박하고 따스한 마음을 담아 꽃다발을 내밀었다.

"난 이런 선물이 가장 좋단다. 내 방에도 꽃다발이 잔뜩 있지. 마음씨 고운 요정이 우리 집 문 앞에 두고 간 것들이야. 그런데 그 요정이 누구인지 알 듯하구나. 꽃다발이 다들 비슷하거든." 캐머런 씨는 빠르게 덧붙이면서, 방금 받은 꽃다발과 근처에 있던 다른 꽃다발을 슬쩍 비교해보았다. 모두 같은 사람이 만든 것 같았다.

조시의 붉어진 얼굴은 자신이 범인이라는 자백이나 다름없었다. 이윽고 소녀다운 동경과 공손함이 가득한 얼굴로 말했다. "그렇게 할 수밖에 없었어요. 선생님을 너무 존경하니까요. 허락도 안 받고 한 일이라는 건 알아요. 하지만 집에 들어갈 수는 없으니까 제 꽃다발이 선생님을 기쁘게 해준다는 생각만으로도 좋아서 그런 거예요."

조시의 이런 태도와 작은 선물이 캐머런 씨의 마음을 움직였다. 그녀는 조시를 가까이 오게 한 뒤, 다정한 목소리로 말했다.

"꽃다발을 받고 정말 기뻤단다, 애야. 너도 날 기쁘게 했고. 난 칭찬받는 데에 지쳤어. 애정이란 이렇게 단순하고 진실할 때 아름다운 법이지."

조시는 캐머런 씨에 대한 소문 하나를 떠올렸다. 몇 년 전 사랑하는 사람을 잃었고, 그 뒤로는 예술만을 위해 산다는 내용이었다. 조시는 이 이야기가 사실인 모양이라고 생각했다. 화려하지만 외로운 그녀의 삶이 안타까워, 조시는 그녀에게 더 고마워졌다. 이윽고 캐머런 씨는 과거를 잊고 싶은 마음이 간절하다는 듯, 배우라는 직업에 어울리는 위엄 있는 말투로 새로운 친구에게 말했다.

"이제 네가 할 수 있는 걸 보여줘. 아마도 줄리엣이겠지? 다들 그 배역부터 하니까. 가련한 영혼이여, 그는 어떻게 죽음을 맞았던가!"

조시는 로미오의 영원한 연인 줄리엣부터 시작해「오셀로」(셰익스피어의 4대 비극의 하나-옮긴이)의 비앙카나「겨울 이야기」(셰익스피어의 로맨스극-옮긴이)의 폴린을 비롯해 무대에 열광하는 소녀들이 가장 좋아하는 배역을 선보일 생각이었다. 하지만 상황 판단이 빠른 아이답게 로리 이모부의 현명한 조언을 떠올리고는 이를 따르기로 마음먹었다. 그래서 조시는 캐머런 씨가 예상한 요란한 역할 대신「햄릿」(셰익스피어의 4대 비극의 하나-옮긴이)의 오필리아를 선택했다. 조시는 발성법 교수님에게 훈련을 받은 적도 있고 연기한 경험도 여러 번 있어서, 버림받은 오필리아가 펼치는 광란의 장면을 아주 잘 연기했다. 물론 이 역할을 맡기에 조시는 너무어렸지만, 흰색 옷과 늘어뜨린 머리카락, 상상 속 무덤에 뿌리는 진짜 꽃 덕분에 오필리아가 실제로 눈앞에 있는 듯 보였다. 조시는 아름답게 대사를 읊고 애절하게 인사를 하고는, 뒤를 돌아보면서 방과 방 사이에 친 커튼 속으로 사라졌다. 판정관은 이 모습을 보자마자 놀라워하며 박수쳤다. 반가운 소리에 힘을 얻은 조시는 이전에 자주 연기해 본 희극의 천방지축 아가씨가 되어 다시 무대로 돌아왔다. 재미와 익살스러움이 가득한 이야기로 시작해, 후회하는 울음, 용서를 구하는 간절한 기도로 끝을 맺었다.

"정말 좋아! 다시 해봐. 생각보다 잘했어." 신탁의 목소리가 울려 퍼졌다.

조시가 선택한 부분은 「베니스의 상인」(셰익스피어의 5대 희극의 하나—옮긴이)에 나오는 포샤의 연설이었다. 중요한 문장 하나하나에 힘을 주며 훌륭하게 낭송했다. 그러는 동안 자신이 가장 노력해서 준비한 배역을 선보이고 싶어 참을 수 없게 된 조시는, 갑자기 줄리엣의 발코니 장면을 연기하기 시작해 독약과 무덤으로 마무리했다. 그러고는 이제까지 한 연기를 뛰어넘었다고 확신하고 박수가 나오기를 기다렸다. 그런데 들려오는 건 박수가 아닌 웃음소리였다. 실망한 조시는 캐머런 씨 앞에 서서 정중하지만 의아함이 담긴 목소리로 말했다.

"이 역할은 항상 잘한다는 말을 들었는데요. 선생님은

그렇게 생각하지 않으시는 것 같아 안타까워요."

"서툴렀어. 당연하지. 너처럼 어린아이가 어떻게 사랑이나 두려움이나 죽음을 알겠니? 그런 건 아직 시도하지 마. 제대로 준비가 될 때까지 비극은 손대지 말도록 해라."

"하지만 오필리아를 할 때는 박수를 치셨잖아요."

"그래, 아주 예뻤어. 그 배역은 영리한 아이라면 누구나 잘 연기할 수 있어. 하지만 셰익스피어의 진정한 의미를 이해하기에 넌 아직 어리단다, 얘야. 희극 연기가 제일 좋았어. 거기서 진짜 재능을 보여줬지. 우스운 모습과 애처로운 모습이 어우러져 있었어. 그게 바로 예술이야. 그걸 잃어서는 안돼. 포샤의 연설도 좋았어. 그런 걸 계속해 봐. 발성 연습도 되고, 표현의 음영도 익힐 수 있으니까. 네겐 좋은 목소리와 타고난 우아함이 있어. 배우에게는 둘 다 얻기 어려운, 큰 도움이 되는 것들이지."

"제가 무언가를 갖고 있다니 기뻐요." 조시는 한숨을 쉬었다. 풀이 죽어 의자에 얌전하게 앉아 있긴 했지만, 완전히 기가 죽지는 않았다. 캐머런 씨는 조시에게 무슨 말이든 해주어야 했다.

"조시, 내 말이 마음에 들지 않을 거라고 했잖아. 하지만 네게 정말로 도움을 주려면 정직하게 말해야 해. 너처럼 날 찾아온 사람은 많았어. 그때마다 정직하게 말할 수밖에 없었지. 대부분은 날 용서하지 않았단다. 내 말이 사실로 드러났을 때도 말이야. 그 사람들은 내가 권한 대로 살고 있어. 조용한 가정에서 좋은 배우자나 행복한 어머니로 지내지. 몇 명은 계속 노력해서 꽤 성공적인 배우가 되기도 했어. 그중 한 사람의 이름은 너도 금방 듣게 될 거야. 그 사람은 미모뿐 아니라 재능과 불굴의 인내, 그리고 이 일을 사랑하는 마음도 갖고 있었으니까. 넌 너무 어려서 어디에 속하는지 잘 모르겠구나. 천재적인 재능을 가진 사람은 아주 드물단다. 대부분은 열다섯 살이 되어도 앞으로 어떻게 될지 거의 알 수가 없지."

"아, 제가 천재라고 생각하지는 않아요!" 조시가 소리쳤다. 캐머런 씨의 감미로운 목소리를 듣고 풍부한 표정의 얼굴을 보면서 조시는 점점 더 차분해지고 진지해졌다.

"전 제가 이 길로 나아갈 만큼 재능이 있는지, 몇 년 정도 공부한다면 사람들이 지루해하지 않을 만한 좋은 연극에서 한몫을 해낼 수 있을지 알고 싶을 뿐이에요. 제가 시든스 씨나 선생님같이 되리라고 기대하지는 않아요. 물론 그렇게 되고 싶기는 하지만요. 하지만 이 길 말고 다른 길을 가서는 절대 나올 수 없는 무언가가 제 안에 있어요. 전 연기할 때 너무나 행복해요. 저만의 세계에서 존재하며 산다고 느껴요. 새로운 배역은 처음 만난 친구 같고요. 셰익스피어가 정말 좋아요. 셰익스피어가 만들어낸 멋진 사람들에게는 한 번도 싫증 난 적이 없어요. 물론 모든 걸 이해하지는 못해요. 그냥 밤에 혼자 밖에 나와서 장엄하고 웅대한 산이나 별을 바라볼 때의 그런 느낌이죠. 저는 그 웅장한 광경이 날이 밝으면 어떤 모습일지 상상해요. 영광스럽고 찬란한 모습을 드러내겠죠. 그 모습을 아직은 볼 수 없지만 아름다움은 느낄 수 있어요. 바로 그걸 표현하고 싶어요."

완전히 넋을 잃고 말하는 동안 조시는 흥분으로 얼굴이 창백해졌으며, 눈은 빛났고, 입술은 떨렸다. 그녀의 가녀린 영혼은 자신에게 쏟아지는 감정을 말로 표현하려고 무척 애썼다. 캐머런 씨는 조시가 무엇을 말하려고 하는지 이해했고, 이 아이에게는 소녀의 변덕을 넘어서는 무언가가 있음을 느꼈다. 그래서 캐머런 씨의 다음 대답에는 아까와는 다른 분위기가 담겼고 새로운 흥미가 드러나는 표정이 되었다. 하지만 젊은이들이 자신의 한마디만 듣고 어떤 화려한 꿈을 꾸는지, 그리고 그 꿈이 물거품이 되어버렸을 때 얼마나 쓰라린 고통을 겪는지 잘 알기에, 현명하게도 자신이 생각한 모든 것을 말하지는 않았다.

"네가 그렇게 느낀다면 이런 조언을 할 수밖에 없겠구나. 위대한 셰익스피어를 계속해서 사랑하고 연구하렴." 캐머런 씨는 차분하게 말했지만 조시는 그녀의 말투가 바뀐 것을 알아차렸다. 새로운 친구 캐머런 씨가 자신을 동료 대하 듯 말한다는 사실을 느끼고는 기뻐서 온몸이 떨릴 정도였다. "그 자체로 공부가 된단다. 인생은 셰익스피어의 비밀을 모 두 배울 만큼 그렇게 길지는 않아. 하지만 무대에서 셰익스 피어를 연기하고 싶다면 그 전에 네가 갖추어야 할 많은 것 들이 있어. 네게는 인내, 용기, 힘이 있니? 밑바닥부터 시작 하기 위해, 고통을 참으며 천천히 앞으로의 일을 위한 기초 를 놓기 위해 필요한 것들 말이야. 명성은 진주 같아. 많은 사 람이 바다로 뛰어들지만 진주를 찾아 올라오는 사람은 몇 명 밖에 없잖아. 더구나 진주를 얻었다고 하더라도, 조금 흠이 있다 싶으면 더 나은 걸 구하려고 애쓰다가 더 중요한 것들 을 잃어버리게 되지."

마지막 말은 듣는 사람보다는 자신에게 하는 말 같았다. 하지만 조시는 미소를 짓고 알아들었다는 몸짓을 하면서 재 빨리 대답했다.

"전 눈에 짠물이 가득 들어갔어도 팔찌를 찾아냈어요."

"그랬지! 잊고 있었네. 좋은 징조야. 그걸 고려해야겠다."

캐머런 씨는 조시에게 햇살 같은 미소를 짓고, 보이지 않는 선물이라도 받는 듯 하얀 손을 내밀며 대답했다. 그러 고는 자기 말에 조시가 어떻게 반응하는지 지켜보면서 다른 말투로 덧붙였다.

"이제 넌 실망할 거야. 나랑 같이 공부하자거나 어딘가 적당한 극장에서 당장 연기를 해보라고 말하는 대신, 학교로 돌아가 공부를 마치라고 조언할 거니까. 그게 바로 첫 단계야. 교양을 갖춰야 해. 재능만으로 하는 연기는 불완전하단다. 몸과 마음, 영혼을 가꾸어서 지적이고, 우아하고, 아름답고, 건강한 사람이 되어야 하는 거야. 그런 다음 열여덟이나 스무 살 정도가 되면, 훈련을 받고 능력을 시험해 보도록 해라. 전투에 임하려면 먼저 무기를 갖고 시작하는 게 좋아. 너무 급하게 서두르다 보면 힘든 교훈이 따르는 걸 피할 수 없으니까. 가끔은 천재가 나타나 모든 걸 휩쓸어버리기도 하지만 자주 있는 일은 아니야. 보통 사람들은 미끄러지고 넘어지기도 하면서 정상까지 천천히 올라가야 하지. 뭔가를 하려면 참고 기다릴 필요도 있어. 그렇게 할 수 있겠니?

"할 수 있어요!"

"어떨지 지켜보자. 내가 무대에서 내려올 때 날 대신하고도 남을 만큼 잘 훈련되고 성실하고 재능 있는 동료가 내 뒤를 잇게 된다면, 내겐 무척 즐거운 일이겠지. 내가 진정으로 바란 것, 그러니까 무대의 정화를 이뤄낼 수 있는 동료 말이야. 네가 바로 그런 사람일 수도 있어. 하지만 이것만은 기억해야 한다. 아름다운 외모와 화려한 의상만으로 배우가 될 수 있는 것도 아니고, 여자아이가 이런저런 영리한 짓을 하면서 위대한 역할을 연기한다고 해서 진정한 예술이 되는 것도 아니라는 사실을 말이야. 그런 건 겉만 번쩍거리는 가짜야. 지금 연극계에 퍼져 있는 수치스럽고 부끄러운 일이지. 진리와 아름다움, 시와 애수의 세계를 해석하고 감상해야 하는 지금, 사람들이 희가극이나 대중 연극이라는 쓰레기에 만족할 이유는 없지 않겠니?"

캐머런 씨는 자신이 누구와 이야기하는지도 잊어버리고는, 오늘날의 저속한 연극계에 대해 모든 교양 있는 사람들이 느끼는 안타까움을 품은 채 방 안을 이리저리 돌아다녔다.

"로리 이모부도 그렇게 말씀하세요. 이모부하고 조 이모는 진실하고 사랑스러운 일들을 연극으로 만들려고 하시거든요. 사람들의 마음에 와닿는 소박한 가정의 모습들을요. 사람들을 웃기고 울리면서 기분이 좋아지도록 만들자는 거죠. 이모부는 그런 연극이 저한테 적합하다면서 비극 같은 건 생각하지 말라고 하셨어요. 하지만 전 맨날 입는 옷을 입기보다는 왕관을 쓰고 벨벳 옷자락을 끌면서 돌아다니는 편이 훨씬 더 멋지다고 생각해요. 평상시 제 모습을 연기하는 게 훨씬 쉽겠지만요."

"하지만 그게 바로 예술이야, 애야. 위대한 거장의 작품을 연기할 준비가 될 때까지는 당분간 그런 게 필요하단다. 네 재능을 키워나가야 해. 사람들의 눈물과 미소를 끌어내는 능력은 특별한 재능이야. 마음에 와닿는 연기는 피를 얼어붙게 하거나 상상력에 불을 지피는 연기보다 훨씬 더 멋져. 이모부가 옳았다고 말씀드려라. 그리고 이모에게 네가 할 연극을 써달라고 부탁드리고. 다 준비가 되면 보러 갈게."

"정말요? 와! 진짜죠? 우린 크리스마스에 연극을 할 예정이었어요. 제가 맡을 좋은 역할도 있고요. 작은 역이지만, 꼭 할 거예요. 선생님이 와주신다니 정말 영광이에요. 행복하기도 하고요."

시계를 슬쩍 보고는 너무 오래 머물렀다고 생각한 조시는 이렇게 말하면서 일어섰다. 기념할 만한 만남을 끝내기가 몹시 아쉬웠지만, 이제는 가야 한다고 마음을 추슬렀다. 조시는 모자를 들고 캐머런 씨 앞으로 갔다. 캐머런 씨가 일어서서 조시를 뚫어지게 바라보자 조시는 자신이 유리창처럼 투명해진 것만 같았다. 조시는 붉어진 얼굴로 고개를 들고는 고마운 마음에 떨리는 목소리로 말했다.

"이렇게 시간을 내주시고 많은 말씀을 해주셔서 뭐라고 감사하다고 해야 할지 모르겠어요. 선생님 충고대로 해볼게요. 엄마도 제가 다시 책을 들고 공부하면 아주 기뻐하실 거예요. 이제는 마음을 다해 공부할 수 있어요. 저한테 도움이 될 테니까요. 그렇게 대단한 걸 바라지도 않을 거예요. 그냥 열심히 공부하고 기다리면서 신생님이 기뻐하시도록 노력할게요. 선생님이 해주신 일에 보답하려면 그 방법밖에는 없으니까요."

"그러고 보니 아직 답례를 못 했네, 꼬마 친구. 이걸 달아보면 어떨까. 인어 공주에게 잘 어울리는 거야. 나랑 처음 만났을 때 바닷속으로 들어간 일도 기억나게 해줄 테고. 다음에는 더 멋진 보석을 찾으렴. 입 안에 짠물도 남지 않으면 좋겠고!"

캐머런 씨는 이렇게 말하면서 자신의 목을 장식한 레이스에서 예쁜 옥색 핀을 떼어내 조시의 가슴에 훈장처럼 달아주었다. 그리고 행복해하는 아이의 작은 얼굴을 들어 올려 다정하게 입맞춤을 해주었다. 그런 다음, 자신도 잘 아는 시련과 영광으로 가득한 미래를 내다보는 듯한 눈으로 미소를 지으며 사라지는 조시의 얼굴을 바라보았다.

베스는 조시가 미칠 듯이 기뻐하며 흥분한 모습으로 뛰어오거나 아니면 실망의 눈물을 흘리며 돌아오거나 둘 중 하나일 거라고 생각했다. 하지만 조시는 조용히 만족하면서 무언가 결심한 것처럼 보였다. 자부심과 안도감, 그리고 새로운 책임감을 느끼면서 차분한 마음으로 앞으로 나아갈 힘을 얻은 조시는 미래에 배우라는 영예를 누릴 수만 있다면, 소녀다운 열정으로 숭배해 온 캐머런 선생님과 동료가 될 수 있다면, 아무리 지루한 공부나 긴 기다림이라도 견딜 수 있다고 생각하게 되었다.

무척이나 궁금해하는 가족들에게 조시는 그날 있었던 일을 이야기해 주었고, 모두들 캐머런 씨가 좋은 충고를 해 주었다고 생각했다. 조시가 배우가 되지 않았으면 하고 내심 바라던 에이미는 당장은 배우가 되지 않을 거라는 조시의 이야기를 듣고 안심한 눈치였다.

로리 이모부는 매력적인 계획을 잔뜩 세우고 앞으로 일어날 일을 계속해서 이야기하고는, 캐머런 씨의 친절함에 감사하는 마음을 담아 자신이 쓸 수 있는 가장 유쾌한 카드를 써 보냈다. 모든 예술을 사랑하는 베스는 사촌 조시의 야심만만한 희망에 진심으로 뜻을 같이하면서도 자신의 이상을 왜 하필 연기로 표현하고 싶어 하는지, 차라리 대리석에 새겨놓는 게 더 좋지 않을지 의아해했다.

만남은 그 후로도 계속 이어졌다. 캐머런 씨는 정말로 조시에게 관심을 가졌고, 몇 번 더 로리 가족과 잊지 못할 대화를 하며 시간을 보냈다. 그동안 두 아이는 곁에 앉아, 예술을 사랑하는 사람들의 아름다운 세계에 기쁨을 느끼며 어른들이 나누는 말을 한마디도 놓치지 않고 들었다. 예술가들이 타고난 재능을 어떻게 알아볼 수 있는지, 그런 재능이 사람들에게 얼마나 많은 영향을 끼치고, 고귀한 목적을 위해서 어떻게 쓰이는지에 대한 이야기들과, 재능을 가진 사람은 어떤 걸맞은 자리에 있어야만 더 나아지고 새로워질 수 있는지에 대한 이야기들이었다.

조시는 어머니에게 긴 편지를 여러 통 썼다. 여행이 끝나고 무언가 달라져서 집으로 돌아온 딸의 모습을 메그는 무척이나 반가워했고, 예전에는 그렇게 싫어하던 책을 들고 공부에 열중하는 조시의 모습에 다들 놀라며 기뻐했다. 캐머런 씨의 충고는 조시의 마음에 닿았다. 앞으로 교양이 필요하다고 생각하니 프랑스어 공부와 피아노 연습까지도 견딜 수 있었다. '몸과 마음, 영혼을 가꾸어야 한다.'라는 말을 생각하니 옷, 예절, 취미 생활에도 관심이 생겼다. '지적이고 우아하고 아름답고 건강한 사람'이 되려고 공부하는 동안, 조시는 훗날 어떤 역할이든 훌륭하게 소화해 낼 수 있는 배우로 자기도 모르는 사이에 성장하고 있었다.

지렁이도 밟으면 꿈틀한다

9월 어느 오후, 햇볕에 탄 먼지투성이 청년 둘이 번쩍거리는 자전거를 타고 플럼필드로 달려 오고 있었다. 무척이나 만족스럽게 자전거를 탄 모양이었다. 다리는 좀 피곤했을지 모르지만, 높은 곳에 앉아 세상을 바라보는 얼굴에는 만족스러운 표정이 차분하게 빛났다. 이런 느낌은 자전거를 타는 사람이라면 누구나 갖고 있을 것이다. 몸과 마음이 고통을 느끼고 나서야 오를 수 있는 행복한 경지겠지만 말이다.

"어서 가서 말씀드려, 톰. 난 여기 있을 테니까. 나중에 봐." 데미는 비둘기 집 앞에 자전거를 세우면서 말했다.

"아무한테도 얘기하면 안 돼. 믿어도 되지? 조 선생님한테 먼저 말씀드릴게." 톰은 무겁게 한숨을 쉬면서 자전거를 타고 집으로 향했다.

데미는 웃었다. 온 집안을 충격에 빠뜨릴 소식을 갖고

왔다는 생각에, 톰은 집에 아무도 없기를 간절히 바라면서 천천히 집 앞길을 올라갔다.

다행스럽게도 조는 혼자서 원고를 손보고 있다가, 돌아온 방랑자를 반갑게 맞이하면서 내려놓았다. 최근 겪은 여러 일들 때문에 유달리 예리한 눈을 갖게 되었고 의심도 많아진 조는 톰을 보자 무슨 문제가 있다는 사실을 알아차렸다.

"이번에는 무슨 일이야, 톰?" 벽돌처럼 붉어진 얼굴에 두려움, 부끄러움, 즐거움, 괴로움이 한데 섞인 기묘한 표정을 지으며 안락의자에 털썩 앉은 톰을 보고 조가 물었다.

"엄청 끔찍한 일이 생겼어요, 선생님."

"그건 알겠다. 곤란한 일이 생길 때마다 여기 오잖아. 이번에는 무슨 일이니? 자전거로 어떤 할머니를 들이받기라도 해서 법정에라도 가야 하는 거야?"

"더 나쁜 일이에요." 톰이 신음하듯 말했다.

"널 믿고 처방을 부탁한 사람에게 설마 독을 준 건 아니겠지?"

"그것보다도 나쁜 일이죠."

"데미가 어떤 끔찍한 일을 당하게 두고 그냥 왔어? 그런 거야?"

"훨씬 심각해요."

"이제 항복할게. 어서 말해줘. 나쁜 소식을 기다리는 건 싫으니까."

톰은 짧은 문장을 던지고는 반응을 보려고 몸을 뒤로 젖혔다.

"저 약혼했어요!"

조의 원고가 사방으로 휘날렸다. 조는 두 손을 꼭 맞잡고는 외쳤다.

"낸이 항복한 거라면 절대 용서 안 할 거야!"

"낸이 아니에요. 다른 여자애죠."

그렇게 말하는 톰의 얼굴이 너무나 우스워 조는 웃음을 참을 수가 없었다. 걱정과 당혹뿐만 아니라 멋쩍어하면서도 내심 좋아하는 마음이 드러났기 때문이다.

"정말 기쁘구나. 상대가 누구라도 괜찮아. 금방 결혼하는 거니? 어떻게 된 일인지 전부 이야기해 줘." 조가 말했다. 이제 완전히 마음이 놓여서 무슨 말을 들어도 놀라지 않을 듯했다.

"낸은 뭐라고 말할까요?" 난처한 이야기에 조가 보인 반응을 보고 당황한 톰이 물었다.

"낸은 오랫동안 자길 괴롭힌 모기가 없어져서 기뻐하겠지. 낸 걱정은 하지 마. '다른 여자애'는 누구니?"

"데미가 그 여자애 얘길 편지에 쓰진 않았나요?'

"네가 퀴트노에서 웨스트라는 아가씨를 화나게 했다는

이야기만 있었어. 꽤 곤란한 상황 같았는데."

"여러 곤란한 상황의 시작이었을 뿐이에요. 제 팔자가 그렇죠! 물론 불쌍한 여자애를 물에 빠뜨린 이상, 신경을 써줘야 하잖아요. 그렇지 않나요? 다들 그렇게 생각하는 모양이더라고요. 도망갈 수도 없었고, 정신을 차렸을 때는 이미 늦어버렸어요. 전부 데미 잘못이에요. 걔가 거기 더 있자고 했고, 사진 찍는다고 법석을 떨었으니까요. 경치도 좋았고, 여자아이들이 다들 사진을 찍어달라고 했어요. 이것 좀 보실래요, 선생님? 테니스를 치지 않을 때는 이렇게 시간을 보냈어요." 톰은 주머니에서 사진을 잔뜩 꺼내더니 자기가 잘 나온 사진 몇 장을 늘어놓았다. 바위 위에서 아리따운 아가씨에게 양산을 들어주는 모습도 있었고, 풀밭에 앉아 아가씨 발치에서 쉬는 모습도 있었다. 그리고 수영복을 입고 테라스 난간에 앉아 다른 커플들과 함께 멋진 포즈를 취한 사진도 있었다.

"여기 있는 이 아가씨겠지?" 나풀거리는 옷에다가 멋진 모자와 귀여운 신발을 신고 손에 라켓을 든 젊은 여성을 가리키면서 조가 물었다.

"그 애가 바로 도라예요. 사랑스럽지 않아요?" 톰은 시련을 잠시 잊어버리고는 사랑에 빠진 남자다운 열정을 담은 목소리로 말했다.

"아주 좋은 아가씨처럼 보이는구나. 도라(『데이비드 코퍼 필드』에 나오는 집안일을 하지 않는 인물–옮긴이)는 아니겠지? 짧은 곱슬머리가 닮아 보이기는 하지만 말이다."

"물론 아니죠. 앤 아주 똑똑해요. 집안일이나 바느질이나 뭐든지 다 잘해요. 정말이에요, 선생님. 여자애들도 다들 도라를 좋아해요. 상냥하고 쾌활하니까요. 새처럼 노래도 잘 부르고, 춤도 예쁘게 춰요. 책도 좋아하고요. 선생님 책을 정말 멋지다고 생각해서, 제게 그 이야기를 끝도 없이 했어요."

"마지막 말은 아첨하는 거지? 곤경에서 벗어나게 도와달라고 그러는 거잖아. 우선 어떻게 된 일인지 말해줘." 조는 지대한 관심을 보이며 자세를 고쳐 앉았다. 남자아이들의 연애사는 절대로 지루한 적이 없었다.

톰은 정신을 차리려는 듯 머리를 마구 문지르고는 본격적으로 이야기를 시작했다.

"음, 우린 전에 만난 적이 있었어요. 하지만 그때는 도라가 거기 있었는지도 몰랐죠. 데미가 누굴 만나고 싶다고 해서 같이 갔는데, 시원한 곳이라 일요일 하루 내내 거기서 쉬었어요. 그 다음엔 재미있는 사람들을 만나서 같이 배를 타러 갔죠. 거기에 도라도 있었는데 배가 망할 바위에 부딪힌 거예요. 도라는 수영을 할 줄 몰랐고요. 다치진 않았고, 깜짝 놀라고 옷이 젖기만 했죠. 도라는 괜찮다고 했고 우린 금방 친해졌어요. 그럴 수밖에 없었죠. 다들 웃으면서 다시 배로 기어 올라갔어요. 물론 데미와 전 도라가 괜찮은지 보려고 하루 더 거기 있어야 했죠. 데미도 그러자고 했어요. 우리 대학에 다니는 앨리스 히스하고 다른 여자아이 둘도 있었거든요. 그래서 우리도 거기서 더 지냈어요. 데미는 계속 사진을 찍었고, 우린 춤도 추고 테니스 시합도 나갔죠. 테니스가 자전거 타기만큼이나 좋은 운동이라고 생각했거든요. 사실 테니스는 위험해요, 선생님. 테니스 코트에서는 사랑 고백을 아주 많이 하거든요. 하지만 우리 남자들에겐 그런 식의 '봉사'가 엄청 기분 좋아요. 모르진 않으시죠?"

"우리 때는 테니스를 많이 치진 않았어. 하지만 무슨 말인지는 알겠네." 톰만큼이나 이야기에 빠진 조가 말했다.

"맹세해요. 절대로 진지하게 고백하진 않았어요." 톰은 이 부분이 말하기 힘들다는 듯 천천히 말을 이었다. "하지만 다들 여자애들한테 사랑한다고 그랬거든요. 그래서 저도 해봤어요. 도라는 제가 고백하니까 좋아하더라고요. 기대한 것 같기도 했고요. 물론 저도 기분이 좋았죠. 그 아인 제가 꽤 괜찮은 사람이라고 생각했어요. 낸하고는 달랐죠. 몇 년 동안 구박만 당하다가 그렇게 인정받으니 기분이 좋았어요. 맞아요. 정말 즐거웠어요. 온종일 귀여운 아가씨가 웃어주고, 다정한 이야기를 해주면 얼굴이 붉어지고, 만나면 기뻐하고 헤어지면 슬퍼하고, 제가 하는 일마다 감탄했어요. 진짜 남자가 되었다는 생각이 들어서 최선을 다하게 됐죠. 몇 년간 무시와 비웃음을 당했는데, 이제 지긋지긋해요. 좋은 뜻으로 다가갔는데도 바보 취급만 당했잖아요. 어렸을 때부터 한 사람만 사랑했는데도 말이에요. 아니, 정말 말도 안 되는 일이에요. 이젠 참지 않을 거라고요!"

톰은 자신이 받아온 부당한 대접을 되짚어 보다가 점점 열을 올리더니 갑자기 벌떡 일어나 방 안을 이리저리 걸었다. 머리를 흔들면서 평소처럼 억울한 감정을 느껴보려고 했지만, 놀랍게도 이제는 마음이 조금도 아프지 않다는 사실을 깨달았다.

"나라도 억울했을 거야. 하지만 옛날 일은 잊어버려. 이젠 아무것도 아니잖니. 앞으로 있을 일만 생각해라. 네가 진심이라면 말이야. 그런데 어떻게 청혼을 한 거니, 톰? 약혼했다면 물론 청혼도 했겠지?" 이야기에서 가장 중요한 부분을 빨리 듣고 싶은 조가 물었다.

"아, 그냥 사고였어요. 그럴 생각은 전혀 없었거든요. 제가 당나귀처럼 멍청한 놈이라 그랬나 봐요. 도라의 마음을 다치게 하지 않고는 궁지에서 빠져나올 방법이 없었어요. 무슨 말인지 아시죠?" 톰은 드디어 피할 수 없는 순간이 왔다고 생각하며 이야기를 시작했다.

"그러니까 당나귀처럼 멍청한 사람 둘이 있었단 뜻이네, 그렇지?" 흥미로운 이야기를 예상하며 조가 말했다.

"놀리지 마세요. 우스운 얘기처럼 들린다는 건 알아요. 하지만 끔찍한 일이 될 수도 있었다고요." 톰은 어두운 얼굴로 대답하긴 했지만 눈은 반짝였다. 톰이 사랑의 수난 때문에 자기 모험의 우스운 면까지 보지 못했던 것은 아닌 모양이었다.

"여자아이들은 데미와 제가 탄 새 자전거를 보고 감탄했어요. 물론 우리도 자랑하고 싶었죠. 걔네를 태워주면서 재미있게 놀았어요. 글쎄, 하루는 도라를 제 뒤에 태우고 돌아다녔는데 어떤 멍청한 당나귀가 길을 가로막았어요. 비킬 줄 알았는데 그냥 가만있는 거예요. 그래서 발로 찼죠. 그랬더니 그놈도 저를 차는 거예요. 그러다 다 같이 넘어졌어요. 당나귀하고 우리 둘 모두가요. 완전히 엉망이었죠! 전 도라 생각만 했어요. 도라는 웃다가 울다가 완전히 실성한 것 같았어요. 당나귀도 히힝거리고요. 정말이지 우리 모두 제정신이 아니었어요. 어떤 사람이라도 길 한복판에 여잘 넘어뜨리면 눈물을 닦아주고 사과부터 하잖아요. 뼈가 부러졌는지 아닌지 걱정도 될 테고요. 전 도라한테 '자기야.'라고까지 했어요. 너무 당황해서 바보 같은 짓을 계속했죠. 도라가 괜찮아질 때까지요. 그러자 도라는 다정한 얼굴로 말했어요. '용서해 줄게, 톰. 나 자전거에 태워줘. 다시 타고 가자.'라고요. 두 번이나 화날 만한 일을 저질렀는데도 그렇게 말하다니, 정말 착하지 않아요? 정말 감동했어요. 그래서 너 같은 천사와 함께라면 세상 어디라도 영원히 갈 수 있다고 말했어요. 또 뭐라고 했는지 정확히는 기억이 안 나요. 도라가 제 목에 팔을 두르고 이렇게 속삭였을 땐 정말 깜짝 놀랐어요. '사랑하는 톰. 당신과 함께라면 길에 사자가 있어도 두렵지 않아.' 사실은 당나귀였겠지만요. 하지만 도라는 진지했고 제 기분이 상하지 않게 조심해서 말한 거예요. 정말 친절했어요. 하지만 그 덕분에 전 연인이 둘이나 생긴 셈이고 난처한 상황에 처했죠."

정말이지 톰다운 이야기였다. 도저히 참을 수 없을 지경이 된 조는 눈물이 나도록 웃었다. 톰은 원망하는 표정으로 쳐다보았지만 그마저도 웃음을 더해줄 뿐이었다. 결국 톰도 방이 떠나가라 웃음을 터뜨리게 되었다.

"토미 뱅스! 토미 뱅스! 네가 아니면 누가 이런 재앙에 빠지겠니?" 한숨 돌리고 난 조가 말했다.

"죄다 엉망이죠? 다들 이 일로 얼마나 놀려댈지 모르겠네요. 당분간은 플럼필드에 모습을 보이지 말아야겠어요." 톰은 자신에게 닥친 엄청난 위험을 깨닫고는 땀을 닦으며 대답했다.

"그러지 않아도 돼. 내가 네 편을 들어줄게. 이번 여름 가장 재미있는 사건이라고 생각하니까. 그런데 어떻게 마무리되었는지 말해줘. 진지하게 진행된 거니, 아니면 여름날의 불장난이었니? 장난스럽게 연애하는 건 반대하지만, 젊은이들은 위험한 장난도 치고 다치기도 하는 법이지."

　"글쎄, 도라는 자기가 약혼했다고 생각하고는 바로 가족들에게 편지를 썼어요. 모든 일을 너무 진지하게 받아들였고 또 아주 행복해 보여서 한마디도 할 수가 없었죠. 그 아인 아직 열일곱 살밖에 되지 않았고, 전에는 한 번도 연애해 본 적이 없대요. 모든 일이 다 잘될 거라고 확신하고 있고요. 그 애 아버지도 우리 아버지를 잘 알고, 우리 둘 다 집안 형편이 좋으니까요. 전 완전히 당황해서 말했어요. '저기, 우린 서로를 잘 모르잖아. 그런데도 날 정말 사랑할 수 있어?' 그런데 도라는 부드러운 목소리로 바로 대답했어요. '아니, 난 잘 알아, 톰. 넌 밝고 친절하고 정직한 사람이야. 그래서 널 사랑할 수밖에 없는 거야.' 이러면 전 그곳에 있는 동안 계속해서 도라를 행복하게 해줄 수밖에 없잖아요. 오해를 바로잡는 건 앞으로의 운에 맡기고 말이에요."

　"별 고민 안 하고 곧바로 행동한 걸 보니 참 너다운 방식이구나. 아버지께도 말씀드렸니?"

　"아, 네. 그냥 세 줄 정도로 편지를 써서 알려드렸죠. '아버지께. 저는 도라 웨스트와 약혼했어요. 도라가 우리 집안에 어울리는 사람이었으면 좋겠어요. 저하고는 정말 잘 맞아요. 아들 톰 올림.' 아버지는 반대 안 하실 거예요. 낸은 마음에 안 들어 하셨지만요. 선생님도 아시다시피요. 하지만 도라는 아주 마음에 들어 하실 거예요." 톰은 완전히 만족해하는 얼굴이었다.

"데미는 이렇게 신속하고 우스운 연애에 대해 뭐라고 했니? 반대하지는 않았어?" 당나귀, 자전거, 남자, 여자 모두가 먼지를 뒤집어쓴, 전혀 낭만적이지 않은 광경을 생각한 조는 다시 웃음을 애써 참으며 물었다.

"전혀요. 엄청 흥미로워하면서 친절하게 들어줬어요. 아버지처럼 말해줬죠. 약혼은 사람을 착실하게 만들어준다고요. 자신과 상대방에게 정직해야 하고 단 한순간도 소홀히 하면 안 된다는 거예요. 데미는 정말 솔로몬 같은 사람이에요. 특히 자기와 같은 상황에 있을 때는요." 톰은 흐뭇해 하며 대답했다.

"그러면 설마 데미도?" 연애 사건이 또 있으리라고는 생각지도 못한 조는 갑작스러운 이야기에 놀라서 숨을 죽였다.

"네, 맞아요. 선생님. 데미가 처음부터 계획한 거예요. 여자애들과 같이 논다는 핑계로 아무것도 모르는 절 데리고 간 거죠. 데미는 프레드 월리스를 만나러 퀴트노에 간다고 했지만 사실 만나지도 않았어요. 윌리스는 우리가 거기 머무는 내내 요트를 타고 바다에 나가 있었는데, 어떻게 만나겠어요? 진짜 목적은 앨리스였어요. 저를 내버려 두고는 개네 둘이 카메라를 들고 돌아다녔죠. 이 일에는 당나귀 같은 멍청이가 셋이나 있었던 거예요. 제가 그중 최악은 아니에요. 웃음거리가 되는 건 감수해야 되겠지만요. 데미는 순진해 보이는 얼굴로 침착하게 굴 테니 아무도 뭐라 하지는 않겠죠."

"한여름의 광기인 걸까? 다음 차례는 누구일지 모르겠네. 뭐, 데미 일은 데미 어머니에게 맡겨두고, 우린 네가 앞으로 뭘 해야 할지 생각해 보자, 톰."

"저도 정확히는 모르겠어요. 한 번에 두 여자를 사랑하다니 곤란한 일이에요. 뭐라고 조언해 주시겠어요?"

"상식적인 의견밖에 없지. 도라는 널 사랑하고, 너도 도라를 사랑하는 모양이구나. 낸은 널 좋아하지 않아. 너도 낸을 친구로 좋아했던 거고. 내 생각인데 톰, 넌 도라를 사랑하는 거야. 혹은 사랑하게 되는 과정이겠지. 널 몇 년 동안 지켜봤는데, 지금 도라에게 하듯이 낸을 바라보거나 말한 적은 없었어. 남들이 반대하니까 막무가내로 낸한테 매달린 거지. 그러다가 우연히 더 매력적인 아가씨를 만난 거란다. 이제 옛사랑은 친구로 남겨두고 새로운 사람과 연인으로 지내는 게 더 좋을 것 같아. 그러다가 때가 되어서 네 감정이 진짜라는 걸 확인하면 그 아가씨와 결혼하는 거야."

조는 완전히 확신하지는 않았지만, 톰의 얼굴은 조의 의견이 옳다고 말해주고 있었다. 톰의 눈은 빛났고 입술에는 미소가 어렸다. 햇볕에 탄 먼지투성이 얼굴이 새로운 행복으로 환하게 빛났다. 톰은 젊은 자신의 마음에 진정한 사랑이 생기면서 일어나는 아름다운 기적을 이해하려는 듯 잠시 말없이 서 있었다.

"사실 낸을 질투하게 만들려는 생각이 있었어요. 낸은 도라를 알고 있고, 분명히 우리 일에 대해 들을 테니까요. 그런데 저는 짓밟히는 일에 지쳤어요. 낸을 떠나면 더는 지겨운 놈 소리를 듣거나 웃음거리가 되지 않을 거라고 생각했죠." 톰은 천천히 말했다. 의심과 슬픔, 희망과 기쁨을 오랜 친구 같은 조에게 털어놓아 다행이라 여기는 모습이었다. "일이 그렇게 쉽고 즐겁게 진행되는 바람에 무척 놀랐어요. 누구에게 상처를 주려던 건 아니었고, 그냥 일이 되어가는 대로 두었을 뿐인데 말이에요. 데이지한테 편지를 쓸 때 이 일도 적어달라고 데미에게 부탁했죠. 낸이 알도록요. 그러고는 낸을 완전히 잊고는 다른 사람이 아닌 도라만 보고, 듣고, 느끼고, 좋아했어요. 그러다가 당나귀가―당나귀한테는 정말 고마워요!―제 품에 도라를 안겨주었죠. 그래서 도라가 절 사랑한다는 사실을 알게 됐어요. 말도 안 되죠. 도라는 절 왜 좋아하죠? 전 별 볼 일 없는데요."

"정직한 남자라면 누구나 순진한 아가씨가 처음 손을 잡을 때 그렇게 느끼게 마련이야. 그 아가씨에게 어울리는 사람이 되어야 해. 그 아가씨도 천사가 아니라 단점을 가진 여성일 뿐이고. 그러니 서로 도와야 하는 거야." 조는 이 진지한 청년이 자기가 데리고 있던 말썽꾸러기 토미가 맞는지 다시 쳐다보면서 말했다.

"절 괴롭히는 문제는, 그런 의도로 시작한 일이 아니라는 거예요. 낸을 괴롭히는 도구로 사랑스러운 아가씨를 이용하려던 거였죠. 올바른 일이 아니잖아요. 전 이렇게 행복해질 자격이 없어요. 이제까지 잘못한 일이 죄다 이렇게 끝났다면, 전 세상에서 가장 행복하게 살고 있을 거예요!" 이렇게 말하면서도 톰은 황홀한 미래를 생각하며 다시 빙그레 미소를 지었다.

"톰, 그건 잘못이 아니야. 아주 아름다운 경험이 갑자기 널 덮친 거지." 조가 진지하게 대답했다. "네게 찾아온 경험을 지혜롭게 즐기고 그에 걸맞은 사람이 되어야 해. 한 여성의 사랑과 믿음을 받아들인다는 건 중요한 일이니까. 그래서 도라도 널 다정하고 진실하게 바라보도록 만들어야 하지. 귀여운 그녀를 실망시키지 않도록 해. 이 사랑이 너희 둘 모두에게 축복이 될 수 있도록."

"노력할게요. 맞아요, 저도 도라를 사랑해요. 그냥 믿기지 않을 뿐이에요. 도라를 보여드리고 싶네요. 정말 귀여운 아이예요. 벌써 보고 싶어요! 어젯밤 헤어질 때 도라는 울었고 저도 떠나기 싫었어요." 톰은 도라가 자신을 잊지 않겠다는 약속을 하며 입맞춤한 장밋빛 인장이 아직도 느껴지기라도 한다는 듯 손으로 뺨을 문질렀다. 낙천적인 토미 뱅스는 태어나서 처음으로 진실한 감정과 순간적인 감정의 차이를 이해하게 된 모양이었다. 톰은 낸을 생각하면서는 그런 사랑스러운 설렘을 한 번도 경험한 적이 없었다. 예전의 우정은, 낭만과 놀라움, 사랑과 즐거움이 뒤섞인 지금의 기쁨에 비한다면 조금은 평범하게 느껴졌다.

"정말로 무거운 짐을 내려놓은 기분이에요. 하지만 낸이 이 일을 알게 되면 도대체 뭐라고 할까요!" 톰은 킥킥대고 웃으며 소리쳤다.

"뭘 알게 된다는 거야?" 맑은 목소리가 들리자 두 사람은 깜짝 놀라 뒤를 돌아보았다. 낸이 문가에 서서 조용히 바라보고 있었다.

"톰과 도라 웨스트가 약혼한대." 조가 바로 대답해 주었다. 톰이 마음을 졸이지 않게 해주고 싶었고, 낸이 이 소식을 듣고 뭐라고 할지도 궁금했던 것이다.

"정말요?" 낸이 너무 놀란 얼굴이어서 조는 혹시 낸이 생각보다 훨씬 더 옛 소꿉친구를 좋아했던 건 아닌지 내심 걱정이 되었다. 하지만 낸의 말을 듣고는 금세 안심했고, 편안하고 즐거운 분위기가 되었다.

"꾸준히 복용만 하면 내 처방이 효과 있을 줄 알았어. 야, 톰. 정말 다행이다. 축하해! 정말 축하한다!" 낸은 진심 어린 애정을 담아 톰의 두 손을 꼭 잡았다.

"정말 우연히 이루어진 일이야, 낸. 처음부터 그럴 생각은 아니었는데, 난 항상 일을 엉망으로 만들잖아. 이렇게 되는 것 말고는 다른 길이 없었거든. 자세한 이야긴 조 선생님한테 들어. 난 옷 갈아입고 나가야 해. 데미하고 차를 마시러 가거든. 나중에 봐."

말을 더듬거리면서 얼굴을 붉히던 톰은 멋쩍은 듯 다행이라는 표정을 지으며 허둥지둥 달려 나갔다. 자리에 남은 둘 중 나이 많은 사람이 나이 적은 사람에게 자세한 이야기를 들려주었고, 사고라고 부를 만한 이 연애담에 다시 웃음을 터뜨렸다. 낸은 깊은 흥미를 보였다. 낸도 도라를 알고 있었고, 좋은 아가씨라고 생각했기 때문이다. 톰을 존경하고 '인정'했다니 도라는 훌륭한 반려자가 될 거라고 예언하기도 했다.

"물론 톰을 그리워하겠죠. 하지만 이젠 안심이에요. 톰한테도 훨씬 좋은 일이고요. 여자한테 매달리는 건 남자아이로서는 최악의 심정일 테니까요. 이제 톰은 아버지와 같이 사업을 하게 되겠죠. 잘할 거예요. 그리고 모두가 행복해질 거예요. 도라에게 예쁜 가정용 구급상자를 결혼 선물로 보낼까 봐요. 사용법도 가르쳐주고요. 톰은 믿을 수가 없어요. 사일러스만큼이나 의사라는 직업에 어울리지 않거든요."

이어지는 말을 듣고 조는 마음이 놓였다. 말을 시작했을 때 낸은 어쩐지 무언가를 잃어버린 듯 두리번거렸지만 구급상자 이야기를 하면서 기운이 난 듯했고, 톰에게 적당한 직업 이야기까지 나오자 조는 완전히 안심했다.

"지렁이도 밟으면 꿈틀하는 법이야, 낸. 너한테 묶였던 노예는 이제 자유의 몸이 되었어. 톰은 잊어버리고 네 일에 전념해라. 네겐 의사라는 직업이 잘 맞으니까, 머지않아 이름을 날리게 될 거야." 조는 만족스러운 듯이 말했다.

"그러면 좋겠어요. 그러고 보니 생각나는데요, 마을에 홍역이 발생했대요. 조시하고 베스에게 아이가 있는 집에 가지 말라고 말해줘야겠어요. 학기가 시작하자마자 홍역 같은 게 퍼지면 곤란하잖아요. 이제 데이지한테 갈게요. 데이지가 톰한테 뭐라고 할지 궁금해요. 톰은 참 재미있지 않아요?" 낸은 웃으며 집을 나섰다. 정말로 재미있어하는 모습을 보니, '사랑을 모르는 처녀의 마음(셰익스피어의 5대 희극 중 하나인 『한여름밤의 꿈』 2막 1장 오베론의 대사─옮긴이)'이 감상적인 후회로 얼룩지지 않았음은 분명했다.

'이제는 데미를 잘 지켜봐야겠구나. 하지만 아무 말도 하면 안 되겠지. 메그 언니는 자신만의 방식으로 아이들을 다루고, 또 잘 해내니까. 하지만 아들이 이번 여름에 유행하는 전염병에 걸렸다는 사실을 알면, 펠리컨같이 자식밖에 모르는 언니는 조금 심란할 거야.'

조가 말한 전염병은 홍역이 아니라 사랑이라는, 더 심각한 병이었다. 이 병은 겨울의 흥겨움과 여름의 게으름 속에 약혼이라는 꽃다발을 만들어, 봄과 가을에 공동체를 휑하게 해놓는다. 그런 뒤에 젊은이들을 새들처럼 짝지어 날아가게 한다. 프란츠가 이 병에 처음 걸렸다. 냇은 만성이고 톰은 급성이었다. 데미도 증상이 나타난 모양이었다. 무엇보다 당황스러운 점은, 사랑하는 아들 테드도 그저께 태연한 얼굴로 이런 말을 했다는 사실이었다.

"엄마, 나도 여자 친구가 있으면 좋겠어요. 다른 애들처럼요."

소중한 아들이 다이너마이트를 가지고 놀아도 되냐고 물었어도 조는 그렇게 놀라지 않았을 테고 그렇게 단호하게 거절하지도 않았으리라.

"베리 모건이 그러는데, 저한테도 누가 있어야 한대요. 친구 중에서 괜찮은 애로 골라준다고 했어요. 처음엔 조시하고 사귀려고 말해봤는데, 비웃기만 했어요. 그래서 베리한테 찾아봐달라고 부탁하려고요. 사귀는 사람이 있으면 정신을 차리게 된다고 엄마도 말씀하셨잖아요. 저도 정신을 차리고 싶어요." 다른 때라면 웃지 않고는 못 배길 테드의 진지한 목소리였지만 이번에는 사정이 달랐다.

"맙소사! 머리에 피도 안 마른 아이들이 이런 요구를 하고 삶에서 가장 신성한 감정을 놀잇감 삼는다니, 도대체 세상이 어떻게 바뀐 거니?" 조가 소리쳤다. 그리고 몇 마디 말로 이 문제에 대해 제대로 된 이치를 설명해 주고는, 건전하게 야구를 하거나 옥투를 타고 노는 놀이를 안전한 애인이라고 생각하라며 아들을 내보냈다.

여기, 모두의 한가운데에 톰이 떨어뜨린 폭탄이 있다. 아마도 모든 곳을 초토화하리라. 한 마리의 제비가 여름을 가져오지는 않지만, 약혼 한 번은 여러 번이 되기 쉽다. 아이들 대부분은 불꽃이 스치기만 해도 활활 불붙어 버릴 나이가 된 것이다. 그 불은 깜빡거리다가 금방 꺼져버릴 수도 있고 평생을 불태울 수도 있다. 현명한 선택을 하도록, 그리고 좋은 배우자가 되도록 돕는 것 말고는 다른 방법이 없었다. 조가 아이들에게 가르치려던 것 중에서 이 중대한 문제가 가장 힘들었다. 사랑은 성자나 현자까지도 쉽사리 광기로 이끌 수 있기에, 젊은이들이 이 광기의 달콤한 기쁨과 환상, 실망과 실수에서 벗어나기를 기대하기란 힘들다.

'우리가 미국에 사는 이상 피할 수는 없겠지. 그러니 쓸데없는 걱정은 하지 말자. 대신 새로운 교육의 성과로, 우리 아이들에게 어울릴 만큼 유능하고 지적인 여자아이들이 나와주기를 기대해야지. 내가 우리 아이들 열두 명을 전부 책임지는 게 아니라 다행이야. 그랬다면 제정신이 아니었을 거야.' 조는 이런 생각을 하면서 잠깐 잊고 있던 원고를 다시 손보기 시작했다.

톰은 자기 약혼이 플럼필드에 일으킨 커다란 파장에 크게 만족했다. 데미의 말처럼 다들 마비되었다. 친구들은 너무 놀란 나머지 제대로 숨도 쉬지 못했고, 놀릴 생각조차 못했다. 그렇게 한결같던 톰이 자기 우상을 버리고 낯선 신에게 가버렸다는 소식에, 낭만적인 순정파들은 충격을 받았고 예민한 이들은 경고로 받아들였다. 우리의 토마스가 잘난 척하는 모습을 보자니 우스워 죽을 지경이었다. 이 사건에서 가장 터무니없는 부분이 진상을 아는 사람들의 친절한 배려로 묻혀버렸기 때문에 톰은 영웅으로 알려졌다. 한 소녀를 깊은 물속에서 구해낸 용감한 행동으로 감사와 사랑을 얻게 되었다고 다들 믿게 된 것이다. 플럼필드 가족들에게 인사하려고 찾아온 도라도 이런 이야기를 재미있어하면서 비밀을 지켜주었다. 명랑하고 귀여운 작은 소녀인 도라는 금세 모두의 사랑을 받았다. 생기 있고 솔직한 이 소녀는 너무나도 행복해했다. 새로운 아이, 아니 새로운 사람이 된 톰을 자랑스러워하는 천진한 모습은 아름다워 보였다. 톰의 내면에도 커다란 변화가 일어났다. 항상 그랬듯이 유쾌하고 충동적이었지만, 도라가 기대하는 모든 걸 이루려고 노력하면서 그의 내면에 감춰져 있던 좋은 자질이 일상생활에서도 겉으로 드러났다. 톰에게는 좋은 면이 놀랄 만큼 많았다. 약혼한 사람이라는 자랑스러운 위치에 걸맞게 어른스러운 위엄을 지키려는 노력은 무척 우스꽝스럽기도 했다. 낸에게 굴욕적으로 헌신하던 톰을 도라는 우상처럼 숭배했고, 단점이나 결점 같은 것은 꿈에도 생각하지 않았다. 시들어버렸던 존재라도 이해와 사랑과 신뢰라는 따뜻한 공기 속에서는 아름답게 꽃을 피운다. 톰은 이제는 노예가 되지 않으리라 생각하면서 마음껏 자유를 즐겼다. 세상이라는 폭군이 평생 자신을 묶어놓을 줄은 생각지도 못한 채로 말이다.

톰은 의학 공부를 포기해서 그의 아버지를 기쁘게 했고, 곧이어 사업 준비를 시작했다. 성공한 상인인 톰의 아버지는 거액의 지참금을 가져오는 웨스트 씨 딸과의 결혼을 환영하며 순조롭게 진행되도록 도와주려 했다. 톰의 침실 안 장미에 박힌 유일한 가시는, 낸이 이 결혼에 별다른 반응도 없고 톰이 마음을 바꾸어 안심하는 듯 보였다는 사실이었다. 낸을 괴롭히고 싶어서 한 일은 아니었지만, 연인을 잃었다고 적당히 후회하는 모습만 보였어도 톰은 흡족했으리라. 도라를 안고 지나갈 때 낸이 조금이라도 우울한 기색이거나, 원망하는 말이나 선망의 눈빛을 보이기만 했더라도 몇 년간 이어진 한결같은 봉사와 진심 어린 애정에 대한 적절한 찬사가 되었을 터다. 하지만 낸은 어머니 같은 눈길로 톰을 바라보거나 『데이비드 코퍼필드』의 독신 여성 줄리아 밀스처럼 세상일에 관심 없다는 듯 도라의 곱슬머리를 쓰다듬어서 톰의 신경을 긁을 뿐이었다.

톰이 예전 감정과 새로운 감정을 편안하게 조화시키는 데는 시간이 좀 걸렸다. 하지만 조가 톰을 도와주었고 로리도 인간의 마음은 놀라운 변화를 일으킬 수 있다는 현명한 조언을 해주었다. 마침내 톰도 자기 입장을 분명히 정했고, 가을이 오자 플럼필드를 방문하는 일도 훨씬 줄었다. 톰의 새로운 이정표는 도시에 있었고, 사업으로 너무 바빠 시간을 낼 수도 없었다.

톰은 이제 확실히 자기에게 맞는 옷을 입은 것이었다. 사업은 금방 번창해 톰의 아버지를 기쁘게 했다. 톰의 쾌활함은 조용하기만 하던 사무실에 상쾌한 바람처럼 퍼져나갔고, 그의 임기응변은 병을 연구하면서 해골을 가지고 볼썽사나운 장난을 칠 때보다 사람을 대하고 업무를 보는 데에 더 적합하다는 사실을 보여주었다.

　　이제 톰의 이야기는 잠시 접어두고, 친구들이 겪은 좀 더 심각한 모험담으로 눈을 돌려보자. 어쨌든 유쾌하게 성사된 약혼으로 우리 익살스러운 톰은 행복한 곳에 머물게 해줄 닻이 생겼고 의젓한 모습을 자랑하게 되었다.

데미의 취직

"어머니, 좀 진지한 이야기를 하고 싶은데요." 어느 날 저녁, 메그와 함께 앉아 그 계절 들어 처음으로 피운 벽난로의 불을 쬐는데 데미가 말을 꺼냈다. 데이지는 2층에서 편지를 쓰고 있었고, 조시는 옆쪽 작은 서재에서 공부 중이었다.

"물론이지, 데미. 나쁜 이야기가 아니었으면 좋겠구나." 메그는 어머니다운 얼굴로 반가워하면서도 염려되는 표정으로 바느질감에서 눈을 떼고 고개를 들었다. 메그는 아들과 이야기를 나누기 좋아했다.

"어머니께는 좋은 소식일 거예요." 데미는 미소를 지으며 대답하고는 신문을 내려놓고 2인용 작은 소파로 가서 메그 옆에 앉았다.

"그럼 바로 이야기해 주렴."

"어머니가 기자 일을 싫어하는 걸 알아요. 그만두었다고 말씀드리면 기뻐하시겠죠."

"정말 기쁘구나! 너무 불안정한 직업이야. 오랫동안 일해도 별다른 전망이 없잖니. 계속해서 일할 수 있는 좋은 직업을 가졌으면 좋겠다. 돈도 모았으면 좋겠고. 네가 성직자가 됐으면 싶었지만, 네 생각은 다르니 뭐든 정직하고 확실한 직업이면 괜찮겠다."

"철도 회사는 어떻게 생각하세요?"

"별로야. 시끄럽고 정신없는 일이잖니. 별별 거친 사람들이 드나드는 곳이기도 하고. 거긴 아니겠지, 얘야?"

"원하면 들어갈 수 있긴 하죠. 가죽 도매상 회계원은 마음에 드세요?"

"아니. 높은 책상에서 사무만 본다면 등이 굽을 거야. 한번 회계원이면 평생 회계원만 한다는 말도 있잖아."

"여행사 직원은 좋은 직업 같나요?"

"전혀. 끔찍한 사고도 자주 일어나고. 음식이나 기후가 좋지 않은 곳을 여기저기 옮겨 다니다 보면 죽을 수도 있고 건강을 해치기도 쉽겠지."

"어느 작가의 개인 비서 자리도 있어요. 그런데 월급도 적고 언제까지 할 수 있는 일인지 모르겠어요."

"그건 좀 낫구나. 내가 바라는 일에 가까워. 정직한 직업이라면 반대하지 않아. 우리 아들이 몇 푼 안 되는 돈을 벌자고 어두운 사무실에서 가장 좋은 때를 다 보내거나 성공하려고 여기저기 헤매고 다니지 않길 바랄 뿐이지. 네 취미와 재능을 유용하게 쓸 수 있는 일을 하면 좋겠다. 승진도 할 수 있고 나중에는 돈도 조금 벌고 공동 경영자도 될 수 있는 일 말이야. 네가 어렸을 때 아버지와 이런 이야기를 자주 했단다. 아버지께서 살아계셨다면 내가 말하려는 게 무엇인지 직접 보여주시고, 네가 아버지 같은 사람이 될 수 있도록 도와주셨을 텐데.”

메그는 이렇게 말하면서 남편과의 소중한 기억이 떠올라 조용히 눈물을 훔쳤다. 아이들 교육은 메그가 마음과 삶 전체를 바친 성스러운 일이었다. 지금까지 메그는 이 일을 훌륭하게 잘 해냈고, 착한 아들과 사랑스러운 딸들이 그 삶을 증명했다. 데미는 팔로 어머니를 감싸면서 메그에게는 음악처럼 들리는, 아버지를 꼭 닮은 목소리로 말했다.

“어머니, 사실은 어머니가 원하는 그런 직업을 찾은 듯해요. 어머니가 원하는 사람이 되지 못하더라도 제 잘못은 아닐 거예요. 전부 이야기해 드릴게요. 확실해지기 전에는 말씀드릴 수가 없었어요. 걱정만 끼치게 되니까요. 하지만 조 이모와 함께 상황을 지켜보았는데 이제 말씀드릴 때가 되었다고 생각해요. 어머니도 이모 책을 출판하는 타이버 씨를 아시죠? 출판계에서 가장 성공한 사람이에요. 그리고 관대하고 친절한 인격자이기도 해요. 이모를 대하는 태도를 보면 알 수 있어요. 거기 취직하면 어떨까 했죠. 전 책을 좋아하잖아요. 직접 쓰지는 못하니까 출판하는 사람도 좋겠다고 생각했어요. 그러려면 문학적 소양과 판단력이 필요하죠. 훌륭한 사람들과 만날 기회도 생길 거고요. 그것 자체가 교육이에요. 이모 일로 타이버 씨를 만나러 크고 멋진 사무실로 갈 때마다 거기 계속 머무르고 싶었어요. 책과 그림이 줄지어 들어찼고, 유명한 사람들이 드나들었죠. 타이버 씨는 신하들을 접견하는 왕처럼 자기 책상에 앉아 있고요, 위대한 작가들도 타이버 씨에게는 겸손한 태도를 보여요. 걱정스럽게 예, '아니오' 하는 답을 기다리면서요. 물론 제가 타이버씨처럼 되지는 않겠지만 그런 모습을 보는 게 저는 좋아요. 분위기도 다른 곳과는 달랐어요. 보통 사무실들은 어두운 곳에서 허겁지겁 많은 거래를 하면서 돈 이야기만 하잖아요. 그런데 그곳은 전혀 다른 세상이에요. 아주 편안한 기분이 들었죠. 맞아요. 많은 보수를 받으면서 가죽 도매상의 높은 자리에 앉기보다는 차라리 타이버 씨 사무실에서 문 앞 발판 먼지를 털고 불을 피우는 게 나을 것 같아요." 여기서 데미는 말을 멈추고 숨을 내쉬었다. 얼굴이 점점 더 밝아지던 메그는 기뻐서 소리쳤다.

"내가 바라던 그런 일이구나! 거기서 일하기로 한 거니?

오, 우리 아들! 그렇게 번창하는 회사에 들어가 훌륭한 사람들의 도움을 받는다면 정말 행운일 거야!"

　"일하게 될 듯해요. 하지만 뭐든 너무 믿으면 안 되겠죠. 저한테 그 일이 안 맞을 수도 있고요. 지금은 그 일이 맞는지 알아보는 중이에요. 밑바닥부터 시작해서 성실하게 제 길을 닦아나가야 하니까요. 타이버 씨는 아주 친절해요. 다른 직원들에게 피해를 주지 않는 선에서 되도록 빨리 절 승진시켜 줄 모양이에요. 물론 제가 그럴 만한 능력이 있다는 걸 보여줘야겠지만요. 다음 달 1일부터 책방에서 주문서 적는 일을 시작하기로 했어요. 그리고 여기저기 돌아다니면서 주문을 받거나 비슷한 다른 일들을 하는 거죠. 전 그런 일들이 좋아요. 책에 대한 일이라면 뭐든지 준비되어 있거든요. 책에서 먼지를 터는 일도 상관없어요." 다양한 일을 해본 뒤에 마침내 자신이 좋아하는 일을 찾게 된 데미는 앞길이 마음에 드는 듯 웃었다.

　"책을 좋아하는 네 취향은 할아버지한테 물려받은 거야. 할아버지는 책 없이는 살 수가 없는 분이거든. 그런 취향은 세련된 성격을 드러내주고, 평생 위로와 힘이 된단다. 정말 기쁘고 고맙구나, 존. 마침내 네가 어디 취직할 생각을 하고, 이렇게 만족스러운 곳을 찾다니 말이다. 이제 너도 어른이 되었으니 독립해서 살기 시작해야 해. 최선을 다해라, 네

아버지처럼 정직하고 쓸모 있고 행복한 사람이 되도록. 돈을 얼마 벌든 그건 상관없단다."

"노력할게요, 어머니. 이보다 좋은 기회는 없을 테니까요. 타이버 출판사는 직원을 신사처럼 대해주고, 성실하게 일하면 충분한 보수도 줘요. 거기서는 일도 효율적으로 이뤄지는데, 그것도 저한테 맞아요. 타이버 씨는 이렇게 말했어요. '이걸 시키는 건 자네에게 기본적인 일 처리를 가르쳐주기 위해서일 뿐이네, 브룩 군. 앞으로 다른 일도 찾아주겠네.' 조 이모는 제가 서평을 쓴 적이 있다고 타이버 씨에게 이야기해 줬어요. 문학을 좋아한다는 이야기도요. 이모 말씀처럼 제가 '셰익스피어 같은 작품'은 쓰지 못하더라도 나중에 짧은 작품 정도는 쓸 수도 있겠죠. 그럴 수 없더라도 좋은 책을 골라서 세상에 내보내는 일도 아주 명예롭고 고귀한 직업이라고 생각해요. 저는 그런 일에 겸손한 조력자가 되는 것만으로도 만족해요."

"그렇게 느낀다니 기쁘구나. 자기 일을 사랑하는 건 그 사람의 행복이니까 말이다. 나도 가정교사 일이 싫을 때가 있었단다. 그런데 가족을 위해 집안일을 하는 건 항상 즐거웠지. 물론 여러 가지로 훨씬 힘든 일이긴 하지만 말이다. 이번 일은 조 이모도 기뻐하셨지?" 유명 출판사의 문에 '타이버 앤드 브룩 출판사'라는 멋진 간판을 내건 모습을 벌써 마음속에 그려본 메그가 물었다.

"아주 기뻐하셨죠. 어머니께 비밀을 너무 빨리 밝히게 될까 봐 제가 조심해 달라고 말씀드려야 했을 정도였어요. 가방에서 튀어나오려는 고양이를 잡고 있는 것 같았다니까요. 그동안 너무 많은 계획을 세우면서 어머니를 자주 실망시켰잖아요. 이번에는 아주 확실하게 하고 싶었어요. 제가 소식을 알릴 때까지 이모를 집에 잡아두려고 로브와 테드한테 뇌물까지 주어야 했어요. 이모는 어머니한테 달려와서 직접 이야기하고 싶어 하셨거든요. 이모는 제 장래를 여러 가지로 계획해 주시고는, 제 운명이 결정되기를 기다리는 동안 계속해서 절 도와주셨어요. 타이버 씨는 서둘러서 일하는 분이 아니에요. 하지만 한번 마음을 정하면 아무 문제 없이 일을 처리하세요. 시작이 꽤 좋은 것 같아요."

"잘됐구나, 얘야. 정말 그랬으면 좋겠다! 오늘은 정말 행복한 날이야. 내가 신경을 쓴다고 썼지만, 널 너무 하고 싶은 대로 다 하도록 키웠나 걱정했거든. 우리 아들처럼 재능이 많은 사람이라면, 해롭진 않지만 만족스럽지도 않은 일을 하면서 시간을 낭비할 수도 있겠다 싶었어. 이제 네 일은 안심해도 되겠다. 데이지가 행복해지고 조시가 배우가 되려는 꿈만 포기한다면 정말 마음이 놓일 거야."

데미는 잠시 어머니가 행복해하는 모습을 지켜보면서,

아직 이야기할 준비가 되지 않은 다른 작은 꿈 생각에 미소를 지었다. 그러고 나서 여동생들 이야기를 할 때면 무의식적으로 나오는 아버지 같은 말투로 대답했다.

"동생들은 제가 돌볼게요. 그런데 저는 요즘 우리 각자는 하느님과 자연이 만들어주었다는 할아버지 말씀이 옳다는 생각이 들기 시작했어요. 우린 그걸 크게 바꿀 수 없어요. 우리 안에 있는 좋은 점은 키우고 나쁜 점은 누르는 정도밖에는요. 저는 여기저기 더듬거리다가 마침내 제자리를 찾아냈다고 생각해요. 데이지도 자기가 원하는 방식으로 행복하게 지내도록 해주세요. 데이지답고 좋은 소망이잖아요. 저는 냇이 공부를 잘 끝내고 돌아오면 축하해 주고 그 애들이 머물 둥지를 마련해 주려고 해요. 그러고 나서 어머니와 저는 조시에게 맞는 길이 '연극 무대'인지 '즐거운 우리 집'인지 알아보게 돕는 거죠."

"그렇게 해야겠지, 존. 하지만 난 여러 계획을 세울 수밖에 없어. 그리고 그 계획이 이뤄지길 원하고. 데이지와 냇은 헤어질 수 없는 사이라는 건 알겠다. 냇이 데이지에게 어울리는 상대라면 두 사람이 원하는 대로 행복하게 살도록 해줘야지. 우리 부모님이 내게 그랬듯 말이지. 하지만 조시는 문제가 될 거야. 나도 무대를 좋아했단다. 항상 그랬지. 그렇다고 우리 어린 딸에게 배우가 되라고 어떻게 허락할 수 있겠니. 대단한 재능을 가진 건 분명해 보이지만 말이다.”

"누구 때문에 그렇게 됐을까요?" 어머니가 젊은 시절 보여준 멋진 연기, 아이들의 연극에 보였던 어머니의 예사롭지 않은 관심을 떠올리며 데미가 웃으면서 물었다.

"나 때문이지. 잘 알아. 아직 말도 잘 못하는 너랑 데이지를 데리고 「숲속의 아이들」 연극을 하고 요람에 누워 있는 조시에게 '마더 구스'를 암송하도록 가르쳐주었는데, 내 책임이 아니면 누구 책임이겠니. 이런, 맙소사! 어머니 취향이 아이들에게 그대로 이어지다니. 아마도 자식이 원하는 길을 가게 해줘야 속죄할 수 있는지도 모르겠다." 메그는 마치 집안이 연극을 좋아한다는 부인할 수 없는 사실에 고개를 흔들면서 데미와 함께 웃었다.

"우리 집안에는 작가에, 목사에, 저명한 출판인도 있는데, 위대한 배우만 빠질 이유는 없잖아요. 우리가 자기 재능을 선택하지는 않았지만, 원하던 게 아니라고 해서 냅킨 밑에 숨길 필요는 없어요. 조시가 원하는 길을 가게 해주고 할 수 있는 데까지 해보도록 도와주면 어떨까 해요. 제가 조시를 돌볼게요. 어머니도 조시의 화려한 의상을 고쳐주는 걸 좋아하시잖아요. 그리고 어머니가 오랫동안 꿈꾸던 무대에서 조시가 각광받는 모습을 보는 게 싫지 않으실 테고요. 자, 어머니. 기꺼이 허락해 주세요. 어차피 고집이 센 아이들이라 자기 맘대로 할 테니까요."

"잘 모르겠지만 그래야겠지. '결과는 하느님 몫이다.' 네 할머니는 뭔가 결정해야 하는데 다음 단계를 알 수 없으면 이렇게 말씀하시곤 했어. 그런 생활로 우리 딸이 상처를 입지 않고, 그만두고 싶을 때 너무 늦어버려 불만족스러워지는 일이 없다는 확신만 들면 정말 기쁠 거야. 그 직업이 가져다 주는 흥분보다 포기하기 어려운 건 없을 테니까. 그건 나도 좀 알지. 훌륭한 네 아버지를 만나지 않았다면 배우가 되었을지도 모르니. 마치 대고모와 훌륭하신 조상님들께서 아무리 반대했어도 말이야."

"조시가 마치 집안에 새로운 명예를 더하도록 허락해 주죠. 그리고 우리 집안의 재능을 적절한 곳에서 발휘하도록 해주고요. 저는 조시를 지키는 용 역할을 맡을게요. 어머니는 간호사 역을 해주시고요. 그러면 아무리 많은 로미오가 발코니 밑에서 유혹해도 우리 작은 줄리엣은 무사할 거예요. 이번 크리스마스에 이모가 쓴 연극 주인공을 맡아 관객들의 마음을 사로잡을 부인께서 이렇게 심하게 반대할 줄은 몰랐어요. 그건 제가 본 일 중에서 가장 슬퍼요, 어머니. 저는 어머니가 배우가 되지 않아서 안타까워요. 그랬다면 우린 태어나지도 않았겠지만요."

데미는 불을 등지고 위엄 있게 서 있었다. 모든 일이 잘 풀렸을 때나 어떤 주제에 대해 원칙을 세우고 싶을 때 곧잘 취하는 모습이었다.

　　메그는 아들의 진심이 담긴 칭찬에 얼굴이 붉어졌다. 오래전 「마녀의 저주」나 「무어인 처녀의 맹세」를 연기할 때 들은 박수 소리를 생각하면 지금도 기분이 좋아진다는 사실은 부인할 수가 없었다.

　　"주인공 역을 맡다니 정말 터무니없지. 하지만 조와 로리가 내 배역을 만들어놓고는 너희들도 같이 연극에 나온다고 하니까 거절할 수가 없었어. 어린 시절에 다락방에서 연극을 했을 때와 똑같이 가슴이 뛰었어. 게다가 너와 조시가 내 상대역이라니 더 긴장되는구나. 너무 실제 그대로라서 말이야."

　　"특히 병원 장면이 그렇죠. 부상당한 아들을 만나는 부분 말이에요. 그런데, 어머니. 지난번 리허설에서 절 안고 우셨을 때 제 얼굴이 진짜 눈물로 젖은 거 아세요? 그 장면을 보면 다들 난리가 날 거예요. 하지만 눈물 닦는 걸 잊으시면 안 돼요. 안 그러면 제가 재채기를 할 수도 있으니까요." 데미는 어머니가 가장 잘하는 연기를 떠올리면서 말했다.

　　"그래, 알았다. 그런데 네가 그렇게 창백하고 끔찍한 모습으로 있으면 가슴이 무너져 내리는 것 같아. 내가 살아 있는 동안이라도 전쟁이 없었으면 좋겠어. 전쟁이 나면 너를 보내야 하잖니. 아버지에 이어 아들까지 전쟁터에 보내게 된다면 살고 싶지 않을 거야."

"앨리스가 그 역할을 데이지보다 잘할 거라고 생각하지는 않으세요? 데이지는 배우가 될 소질이 전혀 없어요. 그리고 앨리스는 아무리 지루한 대사라도 그 안에 생기를 불어넣잖아요. 우리 연극의 후작 부인 역에 정말 딱 맞을 듯해요." 데미는 얼굴이 갑자기 붉어진 건 난롯불 열기 탓이라는 듯 방 안을 돌아다니며 말했다.

"나도 그렇게 생각해. 앨리스는 사랑스러운 아이야. 오늘 밤에는 뭐 한다고 하니?"

"그리스어 공부를 하고 있을걸요. 밤에는 항상 공부하거든요. 안타까운 일이에요." 데미는 작은 목소리로 덧붙이고는 책 표지를 뚫어지게 바라보았지만, 실은 제목도 눈에 들어오지 않았다.

"정말 마음에 드는 아이야. 사랑스럽고, 좋은 가정에서 교육도 잘 받은 데다가 가정적이잖니. 착하고 똑똑한 남자에게는 훌륭한 배우자이자 진정한 동반자가 될 수 있을 거야."

"저도 그렇게 생각해요." 데미가 중얼거렸다.

메그는 아직 마무리하지 못한 단춧구멍을 바느질하는 데 열중하느라 아들의 얼굴을 보지 못했다. 데미는 책장에 줄지어 꽂힌 시인들을 향해 밝은 미소를 보냈다. 시인들은 비록 책장 유리 감옥에 갇혀 있지만, 위대한 열정의 장밋빛 서광 속에 서 있는 데미를 응원하며 기뻐하는 듯했다. 데미는 똑똑한 젊은이였기에, 주의 깊게 살피기 전에 함부로 뛰어내리지는 않았다. 게다가 자신의 마음조차 아직 제대로 알지 못했다. 데미의 감정은 고이 접혀 있던 날개의 첫 날갯짓을 느꼈으나, 앞으로 허물을 벗고 햇빛 속으로 날아오를 준비를 하면서 사랑스러운 짝을 찾아 나설 때까지 기다리는 데 만족했다. 데미는 아무 말도 하지 않았다. 하지만 갈색 눈동자에는 그 마음이 고스란히 드러났고, 그와 앨리스 히스가 함께 연기하는 모든 연극에는 자신들도 모르는 복선이 깔려 있었다. 앨리스는 공부로 바빴고, 최우수 성적으로 상을 받고 졸업할 예정이었다. 데미도 사회라는 커다란 학교에서 노력하고 있었다. 데미는 앨리스에게 자기 자신 말고는 아직은 아무것도 줄 게 없었다. 겸손한 청년인 데미는 한 여성을 행복하게 해줄 권리를 얻기 전까지는 이 초라한 선물을 주지 말아야 한다고 생각했다.

데미가 열병에 걸렸다는 사실을 짐작한 사람은 날카로운 눈을 가진 조시를 제외하면 아무도 없었다. 오빠를 어려워하던 조시는―너무 간섭하면 데미가 자신에게 무섭게 대할 수도 있다고 생각했다―허점이 보이면 달려들 준비를 하면서 새끼고양이처럼 조용히 지켜보는 현명함을 보였다. 데미는 밤이면 방에 틀어박혀 슬픈 음색으로 플루트를 불었다. 플루트 선율을 친구로 삼았고, 마음속에 가득 찬 연약한 희망과 두려움을 불어넣어 노래했다. 메그는 집안일로 바빴고 데이지는 냇의 바이올린 외에는 어떤 음악에도 관심이 없었기 때문에, 방에서 들려오는 이런 연주회에는 아무런 주의를 기울이지 않았다. 하지만 조시는 점잖지 못하게 쿡쿡 웃으면서 '딕 스위블러가 소피 워클스 양(1840년에 출간된 찰스 디킨스의 소설『오래된 골동품 상점』에 나오는 인물들–옮긴이)을 생각해요'라고 계속해서 중얼거렸다. 조시는―자신을 나무라는 데이지 언니 편만 들던―오빠에게 복수할 기회를 노리고 있었다.

기회를 잡은 건 그날 밤이었다. 메그는 단춧구멍을 막 마무리한 참이고, 데미는 아직도 방 안을 돌아다니고 있었다. 그때 옆방에서 책 덮는 소리가 나더니 공부를 하던 조시가 큰 소리로 하품을 하면서 나타났다. 잠을 잘지 장난을 칠지 고민하는 눈치였다.

"내 이름이 들리던데, 나쁜 말이라도 한 거야?" 조시는 안락의자 팔걸이에 걸터앉으며 데미를 추궁했다.

어머니가 좋은 소식을 이야기해 주자 조시도 기뻐했고, 데미는 웃으면서 축하 인사를 받았다. 조시는 이 모습을 보고 너무 행복한 일만 계속되어도 오빠에게 좋지 않을 거라고 생각하면서, 오빠 침대에 있는 장미에 가시 하나 정도는 남겨두는 게 어떨까 생각했다.

"지금 막 연극에 대해 뭐가 생각났어. 내 역할에 활기를 불어넣으려고 노래 한 곡을 부를까 싶은데. 이 노랜 어때?" 조시는 피아노 앞에 앉아 「내 사랑 캐슬린」의 선율에다가 오빠가 쓴 시를 붙여 부르기 시작했다.

더없이 사랑스러운 처녀여. 오, 어떻게 전할 수 있을까,
온 세상을 바꿔놓는 사랑을.
당신에게 바칠 나의 생을 생각할 때마다,
내 가슴에 차오르는 갈망을.

조시는 노래를 계속할 수 없었다. 화가 나서 얼굴이 벌게진 데미가 달려들었기 때문이다. 곧이어 조시와 데미 사이에 열띤 추격전이 벌어졌다. "이런 나쁜 녀석! 왜 남이 쓴 걸 함부로 손대는 거야?" 분노한 시인은, 놀리듯이 눈앞에서 종이를 흔들면서 이리저리 도망치는 짓궂은 소녀를 붙잡지 못하고 소리쳤다.

"함부로 손댄 거 아니야. 큰 사전 속에 끼어 있었어. 아무 데나 버렸으니까 그런 일을 당해도 싸. 내 노래 괜찮지 않아? 아주 근사하잖아."

"안 돌려주면 네가 뭘 싫어할지 제대로 가르쳐주지."

"잡을 수 있으면 이리 와서 잡아봐." 조시는 싸움을 피하려고 서재로 들어갔다. 메그가 이렇게 말했기 때문이다.

"얘들아! 그만 좀 해라."

데미가 서재로 따라갔을 때 그 종이는 이미 불 속에 있었다. 데미는 금세 흥분을 가라앉혔다.

"그래, 태워버려도 상관없어. 그냥 어떤 여자애가 필요하다고 해서 노래 가사를 써준 거니까. 하지만 내 종이에는 손대지 말아줬으면 좋겠어. 안 그러면 오늘 밤, 연극에서 네가 원하는 역할을 맡게 허락해 달라고 어머니께 부탁한 걸 취소해 버릴 거야."

끔찍한 협박에 조시는 정신이 번쩍 들었고, 무슨 말을 했는지 알려달라고 사정했다. 데미는 원수를 은혜로 갚는 마음으로 조시에게 어머니와 무슨 얘기를 나누었는지 이야기해 주었고, 능숙한 외교술 덕분에 그 자리에서 아군을 확보하게 되었다.

"오빠밖에 없어! 오빠가 밤낮으로 사랑 고백을 중얼거린다고 해도 다신 놀리지 않을게. 오빠가 내 편이 되면 나도 오빠 편에 서서 한마디도 안 할 거야. 이거 좀 봐! 앨리스가 보낸 쪽지가 있어. 오빠 기분을 달래주는 평화의 선물로 괜찮지 않아?"

조시가 삼각모자 모양으로 접은 종이를 보여주자 데미의 눈이 반짝였다. 하지만 내용을 짐작했기에, 조시를 맥 빠지게 만들려고 아무렇지도 않은 듯 말했다.

"아무것도 아니야. 내일 밤 우리랑 음악회에 갈 건지 알려주는 내용밖에 없어. 읽어봐도 돼."

그 말을 듣자마자 호기심이 사라진 조시는 순순히 쪽지를 건네주었다. 데미는 쪽지에 있는 두 줄을 차분하게 읽더니 불 속에 집어넣었다.

"왜 그래, 오빠. '사랑스러운 소녀'의 손이 닿았다면 종잇조각이라도 소중하게 간직할 줄 알았는데. 앨리스를 좋아하지 않아?"

"많이 좋아해. 누구라도 앨리스를 좋아할 거야. 그런데 네가 말한 그런 우아한 '사랑 고백'은 나한테는 맞지 않아. 우리 예쁜 동생, 넌 연극을 너무 좋아해서 낭만적인 애가 되어버렸어. 앨리스하고 나는 연극에서 가끔 연인 역할을 하니까, 우리가 실제로도 그렇다는 생각이 네 멍청한 머릿속에 가득하잖아. 쓸데없는 일에 시간을 낭비하지 마. 네 일이나 잘하고, 날 그냥 내버려 둬. 이번에는 용서해 줄게. 하지만 다시는 그러지 마. 악취미야. 비극의 여왕은 장난 같은 거 치지 않아."

마지막 한마디에 조시는 항복하며 순순히 사과하고 잠

자리에 들었다. 데미도 방으로 들어가면서 이제 싸움은 끝났고 호기심 많은 여동생이 더는 자길 괴롭히지 않으리라고 생각했다. 하지만 부드럽게 흐느끼는 플루트 소리에 귀 기울이는 동생의 얼굴을 데미가 보았다면, 그렇게 확신하지는 못했을 것이다. 조시는 까치처럼 음흉한 얼굴로 코웃음을 치면서 이렇게 중얼거렸다. "흥, 오빠 날 속일 수 없어. 난 딕이 소피 워클스 양에게 세레나데를 연주하는 걸 아니까."

에밀의 추수감사절

브렌다호는 순풍에 돛을 달고 빠르게 나아갔다. 긴 항해의 끝이 다가오고 있어 갑판 위 사람들은 모두 기분이 좋았다.

"4주 남았습니다, 부인. 그때가 되면 전에는 드셔보지 못한 차를 내어드리겠습니다." 이등 항해사 에밀 호프만은 갑판 그늘 한쪽에 앉은 두 여성 곁에 걸음을 멈추며 말했다.

"그 차를 마시면 참 좋겠어요. 하지만 더 반가운 건 단단한 땅에 발을 내디딜 수 있다는 거죠." 둘 중 나이가 많은 쪽 여성이 미소를 지으며 대답했다. 두 사람은 우리 친구 에밀을 몹시 마음에 들어 했다. 승객 선장 부인과 딸인 자신들을 각별히 보살펴 주었으니 그럴 만도 했다.

"저도 그래요. 배에서 내리면 중국제 싸구려 신발이라도 사서 신어야 하겠지만요. 그동안 갑판 위를 너무 많이 걸었어요. 빨리 도착하지 않으면 맨발로 다녀야 할 거예요." 딸 메리는 다 해진 작은 구두를 보여주면서 웃었다. 그러고는 산책의 동반자를 슬쩍 쳐다보았다. 에밀 덕분에 얼마나 즐겁게 지냈는지 생각하자 고마운 마음이 들었다.

"중국에도 그렇게 작은 구두가 있을지 모르겠네요." 에밀은 선원답게 신속하고 정중한 대답을 하면서, 상륙하자마자 좋은 구두를 찾아봐야겠다고 생각했다.

"호프만 씨가 매일 산책시켜 주지 않았다면 어디서 운동을 했겠니. 이런 게으른 생활은 젊은 사람들에게는 좋지 않아. 나 같은 늙은이는 날씨만 좋으면 여기서 지내도 꽤 괜찮긴 하지만 말이다. 날씨가 나빠지진 않겠죠? 어떻게 생각하세요?" 붉은 태양이 지는 서쪽 하늘을 근심스럽게 바라보면서 부인이 물었다.

"산들바람만 붑니다, 부인. 배가 나아가기에 적당하네요." 에밀은 갑판 위아래를 주의 깊게 살피며 대답했다.

"노래 좀 불러주시겠어요, 호프만 씨? 지금 노래를 들으면 참 좋을 거예요. 상륙하면 호프만 씨 노래를 더는 듣지 못할 테니까요." 메리는 상어라도 거절 못 할 만큼 간절한 목소리로 말했다. 상어가 노래할 수 있다면 말이다.

지난 몇 달 동안 에밀은 자기가 노래를 부를 수 있다는 사실을 고맙게 생각하곤 했다. 바람과 날씨만 허락해 준다면, 노래 덕분에 긴 낮을 즐겁게 보냈고 밤에도 행복한 시간을 누렸다. 그래서 이번에도 목을 가다듬고는, 바람에 날리는 메리의 갈색 머리카락을 보면서 난간에 기대 그녀가 좋아하는 노래를 부르기 시작했다.

상쾌한 바람을 맞으라, 선원들아.
돛은 하얗게 부풀고
배는 물결을 가른다.
강풍이 몰아쳐도 헤치고 나간다.
선원의 삶은 어떤가.
자유롭고 대담하고 용감하지 않은가.
선원의 집은 넓은 바다,
산호초는 무덤이니.

맑고 강인한 목소리로 부른 마지막 한 소절이 잦아들던 순간, 갑자기 부인이 소리쳤다.

"저게 뭐죠?"

재빨리 눈을 돌린 에밀은 승강구에서 연기가 조금 올라오는 것을 보았다. 연기가 나서는 안 되는 곳이었다. "불이다!"라는 무시무시한 말이 머릿속에 섬광처럼 스치면서 한순간 심장이 멎는 듯했다. 그러나 금방 침착함을 되찾고는 자리를 뜨며 조용히 말했다.

"저기는 담배를 피우면 안 되는 곳인데요, 가서 못 피우게 하겠습니다." 하지만 부인과 아가씨의 시야에서 벗어나자마자 에밀의 얼굴색은 바뀌었고, 승강구를 뛰어 내려가면서 묘한 미소를 띤 표정으로 생각했다. '불이 난 거면 정말로 산호초가 내 무덤이 되는 건가!'

에밀의 모습은 몇 분 동안 보이지 않았다. 연기 때문에 반쯤 질식해서 다시 올라왔을 때는 그의 구릿빛 얼굴이 새하얗게 질렸지만, 침착함과 냉정함을 잃지 않은 채 선장에게 보고하러 갔다.

"화물칸에 불이 났습니다, 선장님."

"여자들을 놀라게 하지 말도록." 선장의 첫 번째 명령이었다. 그런 다음에 두 사람은 이 위험한 적이 얼마나 강한지 확인한 뒤, 그 적을 궤멸시키기 위해 서둘러 움직였다.

브렌다호에는 가연성이 매우 높은 화물들이 실려 있었다. 화물칸에 계속 물을 뿌렸지만, 배가 곧 가라앉으리라는 사실이 분명해지기 시작했다. 널빤지 사이로 연기가 피어올랐고, 점점 강해지는 강풍에 여기저기 치솟는 불길은 심각한 일이 벌어졌음을 모두에게 알리고 있었다. 부인과 메리는 명령을 내리면 즉시 배를 떠날 수 있도록 준비하라는 말을 들으면서도 의연하게 충격을 견뎌냈다. 구명정을 신속하게 준비하는 사이, 선원들은 불이 새어 나올 만한 곳에 열심히 널

빤지를 댔다. 얼마 지나지 않아 가엾은 브렌다호는 바다에 떠 있는 용광로가 되었고, "구명정에 타라!" 하는 명령이 모두에게 떨어졌다. 여성들이 먼저였다. 화물선이라 다른 승객은 없기에 공황 상태가 벌어지지 않은 것은 그나마 다행이었다. 구명정이 차례로 배에서 멀어졌다. 용감한 선장이 가장 마지막에 배를 떠날 터라 두 여성이 탄 구명정은 브렌다호 가까이에 머물러 있었다.

에밀은 끝까지 선장 옆에 있었지만, 명령에 따라 마지못해 배를 떠났다. 에밀에게는 다행한 일이었다. 에밀이 구명정에 올라탄 순간, 밑에서 무언가가 크게 요동치더니 배 중심부에서 불길이 맹렬히 치솟은 것이다. 그와 동시에 연기 속에 반쯤 가려졌던 돛대가 엄청난 소리와 함께 무너져 내리면서 하디 선장을 덮쳤고, 선장은 바다로 떨어지고 말았다. 난파선 근처에 떠오른 선장 옆으로 구명정이 곧장 다가갔고, 에밀이 바다로 뛰어들어 선장을 구했지만 크게 다친 선장은 의식이 없었다. 에밀은 어쩔 수 없이 선원들을 지휘해야 했다. 그는 언제 폭발이 일어날지 모르니 이곳에서 빨리 벗어나라고 명령을 내렸다.

다른 구명정에 탄 사람들도 무사히 위험에서 벗어나, 넓은 바다 위에 홀로 불타는, 장엄하고도 무시무시한 브렌다호의 모습을 지켜보았다. 밤하늘은 시뻘겋게 물들었고 수면에는 섬뜩한 빛이 번쩍였다. 거기 떠 있는 구명정은 금방이라도 부서질 듯했다. 선원들은 새파랗게 질린 채 운명을 다한 배가 물속 무덤으로 천천히 가라앉는 모습을 망연하게 바라보았다. 하지만 배의 최후는 아무도 보지 못했다. 곧바로 불어온 강풍에 구명정들이 떠밀려 배를 바라보던 사람들이 제각기 흩어져 버렸던 것이다. 그중 몇몇은 모든 죽은 이들이 부활하기 전까지는 결코 다시 만나지 못할 곳으로 떠나버리고 말았다.

새벽이 되자, 우리가 좇아야 하는 운명의 구명정은 살아남은 단 한 척이 되었다. 배의 모습은 생존자들에게 상황이 얼마나 위험한지를 보여주고 있었다. 물과 식량은 미리 실어 놓았고 생존에 필요한 다른 물품들도 시간이 허락하는 한 최대한으로 확보해 두었지만, 심하게 다친 선장과 여성 둘, 선원 일곱에게 비축량은 그렇게 오래 버틸 만한 게 못 되었다. 게다가 밤새 불어댄 강풍 때문에 원래 항로에서 벗어나 있었다. 다른 배를 우연히 만나는 것이 유일한 희망이었다. 모두 이 희망에 매달렸다. 가만히 수평선을 바라보며 곧 구조될 거라고 서로를 격려하면서 힘든 시간을 보내야 했다.

생각지도 못한 책임이 어깨를 짓누르는 가운데에서도 이등 항해사 에밀 호프만은 용감하고 유능했다. 선장의 상태는 절망적으로 보였고, 가엾은 부인이 슬퍼하는 모습이 에밀의 가슴을 쥐어뜯었다. 여기에 더해 자신들을 구해주리라고 맹목적으로 믿는 메리를 보면서, 에밀은 걱정하거나 두려워하는 모습을 보여서는 안 된다고 생각했다. 지금은 선원들도 각자 맡은 임무를 잘 수행했다. 하지만 배고픔과 절망이 덮쳐오면 선원들이 난폭하게 행동할 테고 자신의 임무도 끔찍한 일이 될 것임을 에밀은 알았다. 하지만 그는 용기를 내어 용맹스러운 모습을 잃지 않으려 했다. 반드시 구조된다고 힘써 말하는 에밀의 모습을 보고 다들 본능적으로 에밀의 지휘를 받아들이고 의지했다.

처음 맞은 낮과 밤은 비교적 편안하게 지냈지만, 셋째 날이 되자 어두운 기운이 엄습했고 희망은 사라지기 시작했다. 선장은 의식을 찾지 못했다. 부인은 걱정과 불안으로 완전히 지쳤고, 딸은 비스킷 반을 어머니에게 주고 자기 몫으로 받은 물도 열이 나는 아버지의 입술을 적시는 데 써버린 바람에 갈수록 쇠약해지고 있었다. 선원들은 노 젓기를 멈추고 불만스럽게 앉아 있었다. 자신들의 충고를 따르지 않았다고 노골적으로 지도자를 비난하고, 음식을 더 달라고 몰아붙였다. 굶주림과 고통이 선원들 안에 있던 동물적 본능을 끄집어냈고, 모두가 위험할 만큼 신경이 곤두섰다. 에밀은 최선을 다했으나 그곳에서 인간이 할 수 있는 일은 없었다. 갈증을 달랠 비도 뿌려주지 않는 무자비한 하늘, 배 한 척 보이지 않는 망망대해를 초췌한 눈으로 좇을 뿐이었다. 에밀은 온종일 모두를 격려하고 위로했지만, 정작 자신은 허기에 시달리고 갈증에 고통받았으며 커지는 두려움에 짓눌리고 있었다. 에밀은 선원들에게 사정을 이야기하며 여성들을 위해 물과 식량을 양보해 달라고 부탁했다. 그리고 잃어버린 항로를 찾아갈 가능성도 있으니 자신도 힘껏 노력하겠다면서, 구조될 기회를 잡기 위해 열심히 노 젓는 선원들은 포상하겠다고 약속했다. 한편 괴로워하는 선장을 위해 돛을 찢어 햇볕을 가릴 차양을 만들고, 아들처럼 선장을 돌보며 부인을 위로했다. 그리고 새파랗게 질린 메리에게는 자신이 아는 모든 노래를 불러주고 육지와 바다 모든 곳에서 겪은 모험담을 들려주면서 괴로움을 달래주었다. 에밀의 이야기는 모두 무사히 끝나는 내용이라, 메리도 마침내 얼굴에 미소가 떠오르며 기운을 되찾을 수 있었다.

　넷째 날엔 식량과 물이 거의 바닥났다. 남은 것들은 아픈 사람과 여성을 위해 남겨두자고 에밀이 제안했지만, 선원 두 명은 거부하고 자기 몫을 요구했다. 에밀은 자기 몫을 포기하면서 모범을 보였고, 몇몇 충성스러운 선원들이 이를 따랐다. 거친 겉모습 속에 따뜻한 배려가 빛나는 영웅다운 모습이었다. 다른 선원들은 이를 보고 스스로를 반성했고, 다음 날은 고통과 불안에 찬 작은 세계에도 평화가 유지되는 것 같았다. 하지만 밤이 되면서 상황이 바뀌었다. 탈진한 에밀이 가장 신뢰하는 선원에게 경계를 맡기고 한 시간 정도 잠들었을 때, 전에 자기 몫을 요구했던 선원 두 명이 마지막 남은 빵과 물, 그리고 브랜디 한 병을 훔친 것이다. 선원들의 기력을 보충하고 비교적 덜 짠 바닷물을 마실 수 있게 하려고 신중하게 남겨둔 브랜디였다. 갈증으로 반쯤 정신이 나간 선원 둘은 벌컥벌컥 브랜디를 마셔버렸다. 아침이 되자 한 선원은 정신을 잃고 결국 깨어나지 못했다. 다른 선원은 술이 주는 강한 자극에 정신 착란 상태로 날뛰다가, 에밀이 붙잡으려는 데도 바다로 뛰어들어 버렸다. 이 끔찍한 광경을 본 다른 선원들은 공포에 질려 고분고분해졌고, 구명정은 고통받는 이 영혼과 몸들을 실은 채 끊임없이 표류했다.

그러는 사이, 전보다 더 절망적인 시련이 찾아왔다. 멀리 배 한 척의 돛이 보이자 모두 미친 듯이 환호했지만, 그 배는 그냥 사라져버린 것이다. 잠시의 기쁨이 쓰라린 실망으로 바뀌었다. 너무 멀리 떨어져 있어서 손을 흔드는 모습도 보이지 않았고 살려달라는 아우성도 그 배까지 들리지 않았던 모양이었다. 에밀의 마음은 무겁게 가라앉았다. 선장은 죽어가는 듯했고 부인과 딸도 더는 버티기 힘들어 보였다. 에밀은 밤이 오기 전까지 계속 깨어 있다가 어둠이 내리면 아픈 선장의 힘없는 신음, 선장 부인의 속삭이는 애처로운 기도 소리, 끊임없는 파도 소리에 무너져 내려, 얼굴을 가리고 침묵 속에서 한참 동안 괴로워했다. 그의 얼굴은 행복했던 예전의 흔적을 찾아볼 수 없을 정도로 나이 들어 보였다. 에밀을 괴롭힌 것은 육체적 고통이 아니었다. 정말로 괴로운 것은 구명정에 탄 사람들의 운명을 잔인하게 집어삼키는 지독한 무력감이었다. 선원들은 이런 위험도 자신들이 선택한 삶의 일부분이기에 그렇게 크게 신경 쓰지 않았다. 하지만 존경하던 선장, 에밀에게 친절하게 대해주던 선량한 부인, 그 존재만으로도 긴 항해 시간 동안 모두를 즐겁게 해준 사랑스러운 메리는 달랐다. 이 무고한 사람들을 잔혹한 죽음에서 구할 수만 있다면 에밀은 기꺼이 목숨을 버릴 수도 있다고 생각했다.

그는 자신의 젊은 인생에서 맞은 최초의 고난에 짓눌려 손으로 머리를 감싸 쥐고 앉아 있었다. 위로는 별 하나 없는 하늘만 보였고, 아래로는 끝없는 파도 소리만 들려왔다. 고통에 몸부림치는 사람들에게 에밀은 아무 도움도 줄 수 없었다. 그때, 정적을 깨고 부드러운 소리가 들려왔다. 에밀은 꿈에서 들리는 게 아닌가 생각하며 귀를 기울였다. 메리가 어머니에게 불러주는 노랫소리였다. 오랜 고통으로 탈진한 그녀의 어머니는 딸의 팔에 안겨 흐느꼈다. 갈증으로 바싹 마른 입술에서 나오는 노랫소리는 너무나 약했고 끊어질 듯 간신히 이어졌다. 하지만 메리의 선한 마음은 절망의 시간에도 위대한 구세주를 향했고, 신은 메리의 가냘픈 외침을 들었다. 메리가 부르는 노래는 플럼필드에서 자주 부르던 아름다운 찬송가였다. 행복하던 옛 시절이 선명하게 되살아나, 어느덧 에밀은 쓰디쓴 현재를 잊고 그리운 집으로 돌아가 있었다. 옥상에서 외숙모 조와 이야기를 나누던 일이 어제처럼 느껴졌다. 그는 문득 자책하며 생각했다.

'붉은색 가닥이야! 잊으면 안 돼. 그리고 끝까지 책임을 다해야지. 전진해야 해. 선원이여, 항구까지 갈 수 없다면 돛을 활짝 펴고 바다 밑으로 용감히 전진하라!'

부드러운 노랫소리에 지친 부인이 살짝 잠든 동안, 에밀도 플럼필드의 꿈에 빠져들어 자기가 진 짐의 무게를 잊을 수 있었다. 플럼필드 가족의 얼굴이 보이고 친숙한 목소리가 들렸다. 에밀을 환영하며 손을 잡아주는 느낌도 들었다. 그는 나지막하게 혼잣말을 했다. "그래, 가족과 영영 만날 수 없다고 해도 모두들 날 부끄러워하지는 않을 거야."

갑작스러운 외침이 들려 에밀은 짧은 잠에서 깨어났다. 이마에 빗방울이 떨어지고 있었다. 굶주림, 더위나 추위보다 견디기 어려운 갈증을 이겨낼 구원이 찾아온 것이다. 기쁨의 빗소리를 들으며 다들 바싹 마른 입술을 하늘 쪽으로 돌리고, 두 손을 내밀거나 옷가지를 펼쳐 빗물을 모았다. 굵은 빗방울은 금세 폭우가 되어 아픈 이의 열을 식히고 갈증을 달래주었으며, 구명정에 탄 모든 사람의 지친 몸에 희망을 불어넣었다. 비는 밤새 내렸다. 조난자들은 날이 밝도록 구원의 비를 한껏 즐기면서, 말라비틀어져 가는 식물이 천국의 이슬로 살아나듯 다시금 기운을 회복했다. 새벽이 되자 구름이 걷혔고 에밀은 몸이 가뿐해져 벌떡 일어났다. 그뿐이 아니었다. 수평선을 훑던 에밀의 눈에, 장밋빛 하늘 속에서 선명하게 드러난, 흰 돛을 단 배가 들어오는 것이 아닌가! 돛대 꼭대기 깃발과 갑판에서 돌아다니는 사람의 그림자까지 보일 정도로 그 배는 가까이 있었다.

너나없이 간절한 외침이 터져 나와 바다를 건너 울려 퍼졌다. 구원의 하얀 천사를 향해 선원들은 모자와 손수건을 흔들었고, 두 여성은 간절함을 담아 손을 뻗었다. 그 배는 상쾌한 바람을 타고 가까이 다가왔다.

이번에는 실망할 필요가 없었다. 구조 신호에 배가 응답하고 있었다. 구조되었다는 기쁨에 두 여성은 에밀을 껴안았고, 감사의 마음으로 넘쳐흐르는 눈물을 쏟아냈다. 메리를 팔에 안고 그 자리에 서 있던 시간이 자기 인생에서 가장 자랑스러운 순간이었다고 에밀은 훗날 말하곤 했다. 오랜 시간 버텨온 용감한 소녀는 그 순간 무너져 내리고 정신이 혼미해져 에밀에게 매달렸다. 부인은 아픈 남편을 돌보면서 바쁘게 움직였다. 선장은 구조되었다는 기쁨에 기운이 났는지, 침몰한 배의 갑판에 다시 서기라도 한 듯 선원들에게 지시를 내렸다.

구조 작업은 금방 끝났다. 귀향하던 우라니아호에 모두가 안전하게 올라탔다. 에밀은 선장 가족이 쉴 수 있는 자리를 마련하고 선원들을 챙긴 뒤, 어쩌다 배가 난파당했는지 설명하느라 자기 몸을 챙기는 것은 깜빡 잊고 있었다. 선원들이 선장 부인과 딸이 있는 선실로 가져다준 수프 냄새를 맡고 나서야 며칠째 아무것도 먹지 못했음을 깨닫고 갑자기 휘청하며 비틀거렸다. 선원들은 에밀을 곧장 선실로 안내하고는, 음식과 옷을 내어주고 위로하면서 더할 나위 없이 친절하게 대접한 뒤 혼자서 쉬도록 배려해 주었다. 방을 나서려는 의사에게 에밀이 쉰 목소리로 물었다. "오늘이 며칠이죠? 머리가 뒤죽박죽이라 날짜를 계산할 수가 없네요."

"추수감사절이야, 젊은이! 필요하다면 진짜 뉴잉글랜드 만찬을 가져다주겠네." 의사는 따뜻한 목소리로 대답했다.

하지만 에밀은 너무 지친 나머지 가만히 누워서 감사하다고만 말했다. 생명이라는 축복받은 선물을 얻은 데에 대한, 진심 어린 마음을 담은 감사였다. 자신의 임무를 성실히 수행했다는 생각에 그 선물은 더욱 달콤하게 느껴졌다.

댄의 크리스마스

댄은 어디에 있었을까? 그는 감옥 안에 있었다. 가엾은 조! 플럼필드가 크리스마스를 맞아 기쁨으로 빛나는 동안 사랑하는 아이가 감방에 홀로 앉아 있다는 사실을 알았다면 그녀는 얼마나 가슴이 아팠을까. 조에게 받은 작은 책을 읽으려 애쓰던 댄은 뜨거운 눈물로 자꾸만 눈앞이 흐려졌다. 그 어떤 육체적 고통에도 흘린 적 없는 눈물이었다. 댄은 자신이 잃은 모든 것을 마음속 깊이 그리워했다.

그렇다. 댄은 감옥에 있었다. 하지만 화형을 당하는 아메리칸 원주민처럼 끔찍한 상황에 직면해 말 못 할 절망을 느끼면서도 그는 도와달라고 외치지 않았다. 누구에게도 말할 수 없는 비밀스러운 죄로 이곳에 갇힌 댄은 무법자 같은 성격을 길들이고 자제력을 기를 뼈아픈 교훈을 얻고 있었다.

시련이란 흔히 그렇듯, 댄이 평소와는 달리 더 나은 삶을 꿈꾸며 새로운 각오를 했을 때 찾아왔다. 댄은 여행을 하다가 블레어라는 유쾌한 젊은이를 만났고, 자연스럽게 그에게 관심을 가졌다. 블레어는 캔자스 목장에 있는 형들을 만나러 가는 길이었다. 열차 흡연실에서는 다들 카드놀이를 하고 있었는데, 긴 여행에 지친 그 소년(아직 스무 살도 되지 않았다)은 서부의 자유에 취해서 카드놀이를 하는 무리에 끼어 어울렸다. 댄은 조와 한 약속을 지키느라 그 사람들에게 합류하지는 않았지만, 카드놀이가 진행되는 모습을 관심 있게 지켜보고 있었다. 그러던 중 블레어의 돈을 뜯어내려는 사기꾼 두 명이 있다는 사실을 금방 알아차렸다. 경솔하게도 소년은 그들에게 두둑한 지갑을 내보였다. 댄은 항상 어리거나 힘없는 사람들에게 약했는데, 더군다나 블레어를 보면 왠지 테드가 떠올랐다. 블레어를 계속 지켜보면서 새로운 친구들을 조심하라고 경고하는 이유였다.

물론 댄의 말은 소용없었다. 큰 마을에서 하룻밤 묵으려고 열차가 멈추자, 댄은 블레어를 호텔로 데려가 보호하려고 했다. 그런데 어느 순간, 소년이 보이지 않았다. 누가 데려갔는지 알아차린 댄은 곧장 블레어를 찾아 나섰다. 그렇게까지 하는 건 바보짓이라고 생각하면서도 자신을 의지하는 그 아이를 위험 속에 놔둘 수는 없었다.

댄은 어느 허름한 장소에 도착해, 아까 함께 있던 사람들과 도박을 하고 있는 블레어를 발견했다. 사기꾼들은 어떻게든 소년의 돈을 빼앗을 요량이었다. 자신을 보고 겨우 안심한 듯한 블레어의 불안한 얼굴에서 댄은, 소년이 이미 손해를 봤다는 사실을 눈치챘다. 하지만 너무 늦게 발견한 모양이었다.

"아직 돌아갈 수가 없어. 돈을 다 잃었으니까. 내 돈이 아니라 되찾아야 해. 그러지 않으면 형들을 볼 낯이 없어." 돈을 더 잃기 전에 돌아가는 게 낫다고 댄이 설득하자 불쌍한 소년은 작은 목소리로 말했다. 소년은 수치와 공포로 자포자기 상태에서도 자신에게 맡겨진 돈을 다시 찾으리라 확신하며 도박을 계속했다. 댄의 단호한 표정과 날카로운 눈빛, 그리고 풍부한 세상 경험에서 나오는 특유의 분위기 때문에 사기꾼들은 조심스럽게 속임수를 멈추고 소년이 돈을 약간 따도록 해주었다. 하지만 먹잇감을 놓아줄 생각은 전혀 없었다. 댄이 소년의 뒤에 서서 지켜보는 모습을 확인하고, 자기들끼리 나누는 기분 나쁜 눈빛은 이렇게 말하는 것 같았다.

'저 녀석을 쫓아내야겠어.'

댄은 곧장 사기꾼들의 눈빛을 알아차리고 경계했다. 댄과 블레어는 서로 아는 사이도 아니었고, 이런 곳에서 나쁜 일들이 벌어진다고 뭐라고 하는 사람도 없다. 하지만 댄은 소년을 버릴 수 없었다. 계속해서 카드 한 장 한 장을 지켜보던 그는 명백한 속임수를 발견하고는 대담하게 이를 지적했다. 거친 말이 오가면서 댄의 인내심이 한계에 달했다. 사기꾼이 모욕적인 욕을 퍼부으며 총을 꺼내 들자, 발끈한 댄은 남자를 한 방에 때려눕혔다. 그 사기꾼은 쓰러지며 난로에 머리를 부딪혔고, 피를 흘리며 바닥에 엎어진 후 의식을 잃고 말았다. 이렇게 한바탕 소란이 벌어지는 와중에 댄은 소년에게 속삭였다. "빨리 도망쳐. 아무 말도 하지 말고. 난 괜찮아."

겁에 질려 당황한 블레어는 곧바로 마을을 떠났고, 댄은 홀로 남아 유치장에서 밤을 지새웠다. 며칠 뒤, 그는 살인죄로 법정에 섰다. 그 남자가 죽어버린 것이다. 댄의 편을 들어줄 사람은 아무도 없었다. 댄은 간략하게 사건 경위를 이야기했고, 그 뒤로는 침묵을 지켰다. 절대로 집에는 이 슬픈 소식을 알리지 않으려고 했다. 심지어 자기 이름을 감추기까지 했다. 비상시에 여러 차례 그랬듯 '데이비드 켄트'라고 자기 이름을 밝혔다. 재판은 금방 끝났다. 다만 정상을 참작할 만하다고 해서 1년 노역형을 선고받았다.

상황이 너무나도 급하게 진행되어, 댄은 등 뒤에서 철문이 닫힐 때까지 자기 삶에 닥친 끔찍한 변화를 실감하지 못했다. 그저 무덤처럼 좁고 차갑고 조용한 감방에 홀로 앉아 있었다. 한마디만 하면 로리 선생님이 자신을 돕고 위로해

주러 온다는 사실을 알았다. 하지만 이런 불명예스러운 일을 차마 알릴 수는 없었다. 그리고 자신을 도와준 친구들이 슬퍼하고 부끄러워하는 모습을 보는 것도 그에게는 견디지 못할 일이었다.

"아니야." 댄은 주먹을 불끈 쥐고 말했다. "차라리 내가 죽었다고 생각하는 게 나아. 여기 오래 있으면 어차피 그렇게 될 테지." 댄은 갑자기 일어서더니, 머릿속에 뒤섞여 끓어오르는 분노와 슬픔, 반항심과 후회로 미칠 것만 같았다. 우리에 갇힌 사자처럼 돌바닥 위를 이리저리 걸어 다니던 댄은, 자신에게는 생명과도 같은 자유를 막아버린 벽을 힘껏 쳤다. 며칠 동안 몹시 괴로워하다가 완전히 탈진한 댄은 깊은 우울감에 빠져들었다. 흥분한 모습보다 침울해져 있는 그의 모습이 더 서글퍼 보였다.

교도소 소장은 필요 이상으로 가혹한 짓을 해 악평이 자자한 인물이었다. 반면, 목사는 마음이 따뜻하고 성실한 사람이었다. 그는 가엾은 댄에게 많은 신경을 썼지만 별다른 감명을 주지는 못한 모양이었다. 댄은 고통 속에서도 불평 한마디 하지 않을 정도로 자존심도 강했다. 목사는 댄의 욱하는 성질이 누그러지기를 기다려야 했다.

댄은 칫솔 만드는 작업장에 배치되었다. 이곳에서 하는 노동만이 유일한 구원이라고 생각한 댄은 온 힘을 다해 일한 결과 얼마 지나지 않아 작업 조장에게 인정을 받고 일이 서툰 동료 죄수들의 부러움을 얻었다. 매일매일 무장한 감독관의 감시 속에서 자기 자리를 지켜야 했고, 필요한 말 외는 모두 금지당하고 곁에 있는 사람과 대화도 나눌 수 없었다. 감방에서 작업장으로 가는 것 이외에는 아무 변화도 없는 생활이었고, 위축된 채 이리저리 옮겨 다니는 것 말고는 어떤 운동도 할 수 없었다. 앞 사람 어깨에 손을 얹고 걷는 죄수들의 우울한 발걸음은 군인들의 씩씩한 발걸음과는 전혀 달랐다. 수척해진 댄은 입을 굳게 다문 채 굳은 얼굴로 매일 맡겨진 일을 계속했다. 쓰디쓴 빵을 먹으며 반항하는 눈빛으로 명령에 따랐다. 댄의 모습을 보고 소장은 이렇게 말했다.

"위험인물이야. 잘 지켜보도록 해. 언젠가는 탈옥할 놈이니까."

감옥에는 댄보다 위험한 죄수들도 있었다. 오래전부터 범죄를 저질러왔고, 긴 감옥 생활에 지쳐 위험한 폭동을 일으킬 준비가 된 패거리였다. 이 죄수들은 댄의 마음을 금방 알아차렸다. 댄이 들어온 지 한 달도 채 되지 않았을 때, 자신들이 개발해 낸 은밀한 방법으로 계획을 알려주었다. 기회가 오는 대로 폭동을 일으킬 준비가 되었다는 내용이었다. 추수감사절은 죄수들이 이야기를 나눌 수 있는 몇 안 되는 날 중 하루였다. 그날 죄수들은 교도소 마당에서 한 시간 동안 자유를 누린다. 모든 준비가 갖추어진 그 때쯤이면 그 무모한 계획이 실행될 터였다. 아마도 유혈 사태가 벌어져 대부분은 탈옥에 실패하고 몇 명만이 자유를 얻는 정도로 마무리되리라. 댄은 이미 탈출할 계획을 세워놓고 적당한 시기만 기다리고 있었다. 댄은 자유를 잃으면서 점점 더 우울하고 반항적으로 변했으며, 몸과 마음 모두 피폐해졌다. 자유롭고 건강하게 생활하던 그가 갑자기 각박하고 비참한 삶을 살다 보니 끔찍하게 변할 수밖에 없었다.

댄은 피폐해진 자신의 삶을 곰곰이 돌아보고, 행복한 희망과 계획을 모두 포기했다. 그리운 플럼필드를 다시 볼 수는 없다고, 피로 얼룩진 채 가족들의 친절한 손을 잡을 수는 없다고 생각했다. 자신 때문에 죽은 형편없는 사기꾼에 대해서는 조금도 개의치 않았다. 그런 목숨은 빨리 끝내주는 편이 낫다고 생각했다. 하지만 감옥이라는 불명예는 결코 기억에서 지울 수 없었다. 짧게 깎은 머리는 다시 자랄 테고 회색 죄수복은 쉽게 벗어 던질 수 있으며, 빗장과 철창에서는 멀리 떠날 수 있겠지만 말이다.

"이제 끝장이야. 일생을 망쳐버린 거야. 이젠 아무래도 좋아. 더는 노력하지 말고, 그냥 재미있게 살면 돼. 어디서든, 어떻게든 말이지. 다들 내가 죽었다고 생각하면서 날 걱정하겠지. 하지만 내가 진짜 어떤 사람인지는 아무도 모를 거야.

불쌍한 조 선생님! 그렇게 날 도와주셨지만, 아무 소용없게 되었잖아. 나 같은 망나니는 어쩔 수가 없어."

댄은 낮은 침대에 걸터앉아 손으로 머리를 쥐어뜯으며, 눈물도 흘리지 못할 만큼 비참한 마음으로 자신이 잃어버린 모든 것을 슬퍼했다. 그러다 문득 잠이 든 순간, 행복했던 어린 시절이 꿈에 떠올랐다. 친구들과 함께 뛰어놀고, 모두가 자신을 보고 미소 지으며 그를 위로했다. 플럼필드는 신비한 매력으로 새롭게 다가왔다.

한편, 댄의 작업장에는 더 가혹한 운명을 지닌 죄수가 있었다. 메이슨이라는 이름의 죄수였는데, 봄에 형기가 끝날 예정이었지만 그때까지 살아남을 가능성이 거의 없었다. 메이슨을 보면 이곳에서 가장 비정한 사람이라도 안타까워했다. 메이슨은 비좁은 감방에서 목숨을 갉아먹는 듯한 심한 기침을 하면서 부인과 어린 자식을 다시 볼 날을 손꼽아 기다렸다. 나빠진 건강 때문에 사면되리라는 실낱 같은 희망을 가져보아도, 그를 도와줄 사람은 아무도 없었다. 그의 몸이 석방되기 전에 위대한 재판관이신 하느님만이 메이슨을 오랜 고통에서 영원히 해방시켜 주실 수 있을 터였다.

댄은 겉으로 드러내지는 않았지만, 메이슨을 몹시 불쌍하게 여겼다. 이 따뜻한 감정은 교도소 뜰의 돌들 사이에서 피어난 작은 꽃처럼, 절망하던 죄수의 마음을 달래주었다. 댄은 메이슨이 자신에게 할당된 일도 못 할 정도로 약해질 때마다 도와주었고, 고마워하는 메이슨의 얼굴을 보면 한 줄기 햇살을 받은 것처럼 힘이 났다. 메이슨은 동료 댄의 건장한 체격을 부러워했고, 이런 곳에서 낭비되는 것을 탄식했다. 평화적인 사람이었던 메이슨은 가능한 한 작게 이야기하거나 눈치를 주면서 댄에게 '나쁜 놈들'이 부른다고 함께 어울리지는 말라고 부탁했다. 하지만 빛을 외면하던 댄에게는 타락하는 길이 더 편하게 느껴졌고, 폭동이 일어날 듯한 분위기가 오히려 반가웠다. 폭동이 일어나는 동안 폭군 같던 교도소장에게 복수하고 자유를 얻을 수 있을지도 몰랐다. 그리고 반란의 시간은 그동안 묶여 있던 열정의 해방구가 되어 주리라. 댄은 야생 동물은 여러 번 길들여 봤어도, 자신을 통제하는 방법은 알지 못했다.

추수감사절을 앞둔 일요일, 교회를 찾은 댄은 미리 마련된 자리에 자리 잡은 외부 손님 중에 혹시 아는 얼굴이 있는지 걱정스럽게 둘러보았다. 플럼필드에서 온 누군가와 만날까 싶어 죽을 만큼 두려웠다. 둘러보니 다행히 모두 낯선 사람들이었다. 댄은 걱정을 내려놓고 목사의 활기찬 설교와 죄수들이 부르는 구슬픈 찬송가를 들었다. 외부인이 죄수들에게 설교해 주는 일이 자주 있었기에, 한 여성이 일어나서 짧은 이야기를 들려준다는 소식에 아무도 놀라지 않았다. 설교가 시작되자 젊은 죄수들은 귀를 기울였고, 늙은 죄수들까지도 흥미를 보였다. 교도소의 단조로운 생활 속에는 작은 변화라도 환영받았다.

설교 강단에는 검은 옷을 입은 중년 부인이 섰다. 이해심 많은 얼굴에 눈에는 연민이 가득했고, 목소리는 어머니처럼 다정했다. 댄은 그 부인의 얼굴에서 조가 떠올라 한 마디도 빼놓지 않고 열심히 들었다. 따뜻한 기억이 필요한 순간에 들려온 그 우연한 이야기는 한마디 한마디가 자신을 향해 있는 것 같았고, 자기의 선한 본성을 가로막는 절망의 얼음을 깨고 싶도록 만들었다.

아주 단순하고 짧았지만 금세 죄수들의 마음을 사로잡은 그 이야기는 남북 전쟁 동안 병원에 있던 군인 둘에 대한 것이었다. 두 사람 모두 오른팔에 큰 부상을 입었는데, 생계를 유지하는 데 꼭 필요한 팔이었기에 치료를 받아 사지가 멀쩡한 몸으로 고향에 가기를 간절히 원했다. 참을성 있고 고분고분하던 군인은 의사의 지시를 순순히 따랐다. 오른팔을 절단해야 한다는 말을 들었을 때도 마찬가지였다. 고통스러운 회복 과정을 거친 뒤에도 그는 목숨을 잃지 않았다는 사실에 고마워했다. 더 이상 전투에 나서지 못하게 되었지만 상관하지 않았다. 반면 반항적이었던 다른 군인은 어떤 조언도 들으려 하지 않았다. 너무 늦게까지 수술을 미루던 그는 결국 고통스러운 죽음을 맞았다. 어리석은 행동을 나중에는 후회했지만 너무 늦은 뒤였다. "자, 모든 이야기에는 작은 교훈이라도 있는 법이죠. 제가 얻은 교훈을 말씀드릴게요." 부인은 미소를 지으며 덧붙이고는, 자기 앞에 줄지어 앉은 젊은 죄수들을 보면서 이 사람들은 무슨 죄를 지었기에 여기 있는지 슬픈 마음으로 생각하고 있었다.

"여기는 인생이라는 전투에서 부상당한 군인들이 있는 병원입니다. 병든 영혼, 약한 의지, 무모한 열정, 눈먼 양심, 법을 어긴 모든 병이 있죠. 이런 병들로 인해 고통과 벌을 받고 있습니다. 저마다 희망도 있고, 자비하신 하느님의 구원도 있겠지만 상처가 아물기 전까지는 인내와 복종이 필요합니다. 꿋꿋하게 죗값을 치러야 합니다. 그게 정당한 일이니까요. 그러나 이 고통과 부끄러움을 통해 고귀한 삶을 위한 새로운 힘을 얻게 됩니다. 흉터는 남겠지만, 영혼을 잃느니 두 팔을 잃는 게 낫습니다. 지금의 힘든 세월은 그냥 흘려보내는 시간이 아니라 여러분의 삶에서 가장 소중한 한때가 될 수 있습니다. 어떻게 자기 자신을 다스려야 하는지 배운다면 말이죠. 오, 여러분. 쓰라린 과거를 넘어서서 죄를 씻어내고 새롭게 시작하고자 노력해 주세요. 여러분 자신을 위해서가 아니라 사랑하는 어머니, 부인, 아이들을 위해서입니다. 끈기 있게 여러분을 기다리고 희망을 버리지 않는 사람들을 위해서요. 그분들을 기억하고, 그분들이 보내주는 사랑과 염원을 헛되게 하지 마세요. 그리고 돌봐주는 친구가 없는 외로운 분이 혹시 있더라도 하느님 아버지를 잊어서는 안 됩니다. 그분은 항상 두 팔을 벌리고 방탕한 아들을 받아주시고, 용서하시고, 위로해 주시니까요. 너무 늦었다고 생각할 때도 말입니다." 짧은 설교는 여기서 끝났다. 설교를 마친 부인은 진심을 담은 말이 헛되지 않았음을 느꼈다. 한 소년은 머리를 숙였고, 몇몇 죄수들은 아련한 기억이 떠오른 듯 온화한 얼굴이었다. 댄은 희망을 버리지 않고 기다리는 친구 이야기가 나오자 표정을 숨기려 입을 굳게 다물었고, 갑작스럽게 흐르는 눈물을 감추려 눈을 내리깔아야 했다. 독방으로 돌아가 혼자 있게 되자 오히려 댄은 기뻤다. 그리고 현실을 잊고 잠드는 대신에 가만히 앉아 깊은 생각에 잠겼다. 조금 전에 들은 말은 지금 자신이 어디에 서 있는지, 그리고 앞으로의 며칠이 자신에게 얼마나 운명적인 시간이 될지를 결정하는 데 필요한 것이었다. '나쁜 놈들'과 함께 행동해 이미 저지른 죄 위에 또 다른 죄를 덧대어 이미 감당하기 힘든 형기를 또 늘리고, 선한 사람들 모두에게 일부러 등을 돌리면서까지 속죄할 기회를 망쳐야 할까. 아니면 이야기 속 현명한 군인처럼 순순히 운명을 받아들이면서 더 나은 사람이 되려고 노력해야 할까. 받아들인다면, 흉터가 남더라도 영혼의 전투를 잊지 않게 해주지 않을까. 더구나 순수함은 사라졌어도 영혼은 구했으니 전투에서 완전히 패하지도 않았다. 그런 다음 집으로 돌아가 고백하게 될지도 모른다. 그리고 나를 포기하지 않은 사람들의 동정과 위로 속에서 새로운 힘을 찾게 되리라.

천사와 악마가 신트람을 두고 싸웠듯 그날 밤 선과 악이 댄을 두고 싸웠다. 무법자적인 성격이 이겼는지, 아니면 사랑하는 마음이 이겼는지 어느 쪽이라고 쉽게 말할 수는 없었다. 후회와 원망, 부끄러움과 슬픔, 자존심과 열정은 좁은 감방을 전쟁터로 만들었다. 가엾은 댄은 이제까지의 방랑 생활속에서 만난 어떤 상대보다 강한 적과 싸우는 듯한 기분이 들었다. 그 상황을 바꾼 건 아주 작은 말 한마디였다. 연민의 손길이 축복과 저주의 갈림길에 선 댄을 도와준 것이다.

날이 밝기 전, 아직 어두운 시간이었다. 댄이 눈을 뜨고 침대에 누워 있는데 철창 사이로 한 줄기 빛이 비치더니 조용히 빗장이 벗겨지면서 한 사람이 들어왔다. 선한 목사였다. 아픈 아이의 베개 옆으로 어머니가 이끌려 오듯이 목사는 이곳으로 온 것이었다. 영혼의 간호사로서 겪은 오랜 경험 덕에 목사는 자신을 대하는 댄의 고집스러운 얼굴에 떠오른 희망의 조짐을 읽었다. 그리고 도움이 되는 말을 언제 전해야 하는지, 시험받고 고통받는 마음에 편안함과 치유를 가져다주는 진실한 기도를 언제 해야 하는지도 알고 있었다. 목사는 전에도 예상치 못한 시간에 댄을 찾아온 적이 있었지만, 그때의 댄은 무뚝뚝하게 모른 척하면서 반항적으로 굴었기에 그냥 돌아가서는 적당한 날이 오기를 참을성 있게 기다렸다. 이제 때가 되었다. 빛에 비친 댄의 얼굴에는 안도하는 표정이 떠올랐다. 열정과 의심과 공포의 속삭임을 듣다가 사람 목소리를 듣자 댄은 신기할 정도로 마음이 편안해졌다. 그는 몇 시간 동안 감방 안을 사로잡았던 속삭임의 위력에 혼란스러웠고, 아무런 갑옷도 입지 못한 채 싸움에서 승리하려면 얼마나 큰 도움이 필요한지 깨달았던 차였다.

"켄트, 가엾은 메이슨이 세상을 떠났네. 자네에게 전할 말을 남겼어. 무슨 일이 있어도 당장 전해줘야 한다는 생각이 들었네. 자네는 오늘 들은 설교에 감동한 모양이고, 메이슨의 도움도 필요해 보였으니까 말일세." 옆에 앉으면서 침대 속에 있던 음울한 얼굴에 다정하게 눈을 맞추며 목사가 말했다.

"감사합니다, 목사님. 듣고 싶네요." 댄의 대답은 이게 전부였다. 마지막으로 부인이나 아이도 보지 못하고 감옥에서 죽은 가엾은 동료 생각에 자기 고통은 잊어버렸다.

"메이슨은 갑자기 세상을 떠났네. 하지만 자네를 기억하며 이 말을 전해달라고 했지. '그 일에 가담하지 말라고 전해주세요. 어려움을 참아내고 최선을 다하라고요. 그리고 형기를 마치자마자 메리를 찾아가라고 해주세요. 메리가 저 대신 켄트를 반겨줄 겁니다. 켄트는 근처에 친구가 하나도 없어서 외로울 거예요. 하지만 남자가 내리막길에 서면 여자는 늘 안식처가 되어주죠. 제 사랑과 인사를 전해주세요. 켄트는 제게 친절했습니다. 하느님의 축복이 있을 거예요.' 이렇게 말하고 메이슨은 조용히 눈을 감았다네. 내일이면 하느님의 용서를 받고 하늘나라로 돌아가겠지. 사람의 용서는 너무 늦었지만 말일세."

댄은 아무 말도 하지 않았다. 단지 얼굴에 팔을 얹은 채 조용히 누워 있었을 뿐이었다. 메이슨의 유언이 바라던 것보다 훨씬 더 좋은 결과를 낳자, 목사는 계속해서 말을 이어갔다. '집에 가고 싶다.'라고 갈망하면서도 권리를 잃었다고 생각하는 불쌍한 죄수에게, 아버지 같은 자신의 목소리가 얼마나 큰 위로가 되었는지 목사는 미처 몰랐.

"마지막 숨을 거두면서 자네를 생각한 겸손한 친구를 실망시키지 않기를 바라네. 무슨 문제가 일어날 모양인데, 자네를 나쁜 편에 가담시키려고 누군가 유혹하는 게 아닌가 걱정되는군. 그러지 말게나. 음모는 성공하지 못할 테니 말일세. 그런 일은 일어나지 않아. 자넨 지금까지 성실하게 이곳 생활을 해냈는데, 망쳐버릴까 걱정이 되네. 용기를 갖게, 젊은이. 힘든 경험을 통해 올해 말까지라도 좀 더 나은 사람이 되도록 노력해 보게. 더 못한 사람이 되어서는 안 되네. 혹시 친구가 한 명도 없다 해도 자넬 반갑게 맞이해 주려고 기다리는 고마운 여성이 있다는 사실을 기억해야지. 친구가 있다면, 그들을 위해 최선을 다하고. 하느님께서 자넬 도와주시도록 우리 함께 기도하세."

목사는 대답을 기다리지도 않고 온 마음을 다해 기도를 시작했다. 댄은 이제까지와는 전혀 다른 태도로 귀를 기울였다. 외로운 시간, 죽기 전에 남긴 메이슨의 말, 더 나은 사람이 되고 싶다는 갑작스러운 깨달음 덕분에, 친절한 천사가 내려와 자신을 구원하고 위로해 주는 듯한 기분이었다. 그날 밤부터 댄에게는 변화가 일어났다. 목사 말고는 아무도 눈치채지 못했다. 다른 사람들에게는 여전히 무뚝뚝하게 침묵을 지키며 같이 어울리지 않는 동료였고, 나쁜 사람이나 좋은 사람 모두에게 등을 돌린 채 목사가 가져다준 책을 읽는 데에만 열중했다. 계속해서 떨어지는 빗방울이 바위에 구멍을 내듯이, 목사의 참을성 있는 친절은 천천히 댄의 신뢰를 얻었다. 댄은 목사를 따라 『천로역정』에 나오는 '굴욕의 골짜기'에서 벗어나 산을 향해 오르기 시작했다. 그곳에서는 구름 사이로 '천국의 도시'를 잠시 보게 되리라. 모든 참된 순례자들이라면 언젠가는 향하는 곳, 동경하는 눈빛과 지친 발걸음을 향하게 하는 그곳 말이다. 가는 도중에 미끄러져 버리는 일도 많고, '절망의 거인'이나 '성난 아폴리온'과 싸울 일도 많았다. 인생은 살 만한 가치도 없어 보였고 메이슨의 죽음을 부러워할 정도로 힘든 순간도 많았다. 하지만 꼭 붙잡아 주는 따뜻한 손, 도움을 주는 목소리, 집에 돌아가고 싶은 강력한 소망은 그 해가 끝날 때까지, 가엾은 댄을 모든 일에 매달릴 수 있게 해주었다. 댄은 지금 인생이라는 책에서 가장 힘든 교훈을 배우고 있었고, 새해가 되면 새로운 장을 넘기게 될 것이었다.

크리스마스가 되자 플럼필드가 몹시도 그리웠던 댄은 소식을 보낼 방법을 생각해 냈다. 그렇게 하면 자신을 걱정하는 가족들의 마음을 달래주고 스스로의 마음도 위로할 수 있을 터였다. 댄은 다른 주에 사는 메리 메이슨 씨에게 편지를 써서 동봉한 편지를 부쳐달라고 부탁했다. 편지에다 자신은 건강하고 바쁘게 지내고 있으며, 농장 일은 포기하고 다른 일을 계획하고 있으니 나중에 이야기하겠다고 간단히 적었다. 내년 가을 전까지는 집에 가지 못할 테고 편지도 자주 못 보내겠지만 모두에게 사랑한다고, 즐거운 크리스마스를 보내기 바란다는 내용도 덧붙였다.

그러고 나서 댄은 자신이 감당해야 할 죗값을 치르기 위해 다시 고독한 생활로 돌아갔다.

냇의 새해

"에밀은 아직 연락이 올 때가 안 됐고 냇은 계속해서 편지를 보내주는데, 댄은 지금 어디에 있는 걸까요? 떠난 뒤로 편지가 두세 장밖에 안 왔어요. 힘이 넘치는 아이라 지금쯤이면 캔자스에 있는 농장을 죄다 사들였을 수도 있을 텐데요." 어느 날 아침, 도착한 우편물 중에 댄의 기운찬 글씨가 적힌 엽서나 편지가 없자 조가 말했다.

"댄이 편지를 자주 쓰지는 않잖아요. 일을 하다가 느닷없이 집에 돌아오곤 했지요. 몇 달이 지났는지 몇 년이 지났는지는 그 아이에겐 아무런 의미가 없어요. 아마도 시간이 가는 것도 잊고 어디 황무지를 개척하고 있겠죠." 바에르 교수는 냇이 라이프치히에서 보내온 긴 편지에 열중한 채 대답했다.

"하지만 그 아인 자기가 어떻게 지내는지 알려주겠다고

약속했어요. 댄은 할 수 있는 한은 약속을 지키는 아이인데 무슨 일이 일어난 건 아닌지 걱정이 돼요." 조는 스스로를 위로하듯 돈의 머리를 가볍게 두드려주었다. 자기 주인 이름을 듣자 다가온 돈은 그리움이 담긴 눈으로 조를 올려다보았다.

"걱정하지 마세요, 엄마. 댄 형한테는 아무 일도 없을 거예요. 어느 날 한쪽 주머니에 금광을, 다른 쪽 주머니에 대초원을 넣고 아무 문제 없는 모습으로 씩씩하게 올 거예요." 옥투를 진짜 주인에게 돌려줘야 하는 상황을 미루고 싶었던 테드가 말했다.

"몬태나에 갔을 거예요. 농장 계획은 포기했겠죠. 제가 보기에 댄 형은 원주민을 제일 좋아하더라고요." 로브는 밝게 대답한 뒤, 어머니 앞으로 온 산더미 같은 우편물 정리를 도우러 갔다.

"그러면 좋겠구나. 그 아이에겐 가장 잘 맞는 일이니까. 하지만 그랬다면 우리에게 자기 계획이 바뀌었다고 이야기하고 그 일을 할 돈을 보내달라고 했을 텐데. 아니, 뭔가 잘못됐다는 예감이 들어." 조는 아침 식사 접시에 댄의 운명이라도 적혀 있다는 듯 심각한 표정으로 쳐다보며 말했다.

"그러면 우리도 들었겠죠. 나쁜 소식은 금방 퍼지는 법이잖아요. 괜한 걱정은 하지 말아요, 조. 그러지 말고 냇이 어떻게 지내는지 들어봐요. 그 아이가 음악 말고 다른 것도 좋아할 거라고는 생각 못 했어요. 내 좋은 친구 바움가르텐 덕분에 그곳 생활을 잘 시작했군요. 착한 아이지만 바깥 세상엔 처음 나갔고, 라이프치히에는 조심성 없는 사람들을 유혹하는 게 많아 조금 걱정이 되기는 하네요. 하느님, 냇을 지켜주소서!"

바에르 교수는 냇의 편지를 읽어주었다. 편지에서 냇은 자신이 참석한 파티의 문학적이고 음악적인 분위기, 오페라의 화려한 모습, 친절한 새 친구들, 베르크만 선생님 밑에서 공부하는 즐거움, 빠르게 목적을 이루고 싶다는 희망, 이런 매혹적인 세계를 열어준 분들에 대한 감사를 흥분 속에서 설명하고 있었다.

"그렇다면 정말 안심이에요. 냇이 떠나기 전부터 저도 그 애에게는 예상치 못한 의외의 능력이 있다고 생각했어요. 정말 의젓하네요. 훌륭한 계획도 많고." 조는 만족한 얼굴로 말했다.

"금방 알게 되겠죠. 틀림없이 냇도 나름대로 인생의 교훈을 배워서 더 발전할 거예요. 젊었을 때는 다들 그런 일을 겪잖아요. 교훈을 얻느라 우리 착한 아이가 너무 힘들지는 않았으면 좋겠네요." 바에르 교수는 독일에서 보낸 학창 시절을 회상하고는 미소 지었다.

바에르 교수 말이 맞았다. 이미 냇은 고향 친구들이 들으면 깜짝 놀랄 만큼 빠르게 인생의 교훈을 배우고 있었다. 그런데 조가 기뻐하던 의젓함은 생각지도 못한 방식으로 전개되었다. 처음으로 향락을 맛본 미숙한 젊은이가 열정을 모두 쏟아 즐기듯, 성격이 조용한 냇도 도시의 방탕한 생활에 조금씩 빠져들었다. 온전하게 누리는 자유와 자립은 달콤했다. 그동안 받아온 많은 은혜가 짐이라는 생각이 들기 시작했고, 이제는 자기 두 발로 서서 마음대로 하고 싶은 마음도 생겼다. 이곳에는 냇의 과거를 아는 사람이 아무도 없었다. 옷장에는 옷이 가득했고, 은행에는 잔고가 넉넉했다. 게다가 냇은 라이프치히 최고의 선생님 밑에서 공부하며, 존경받는 바에르 교수와 부유한 로런스 씨의 후원을 받아 젊은 음악가로 데뷔했다. 두 사람의 소개라면 기꺼이 냇을 집으로 초대할 사람들도 많았다. 후원자의 소개에 더해 유창한 독일어 실력, 겸손한 태도, 누구도 부인할 수 없는 재능 덕분에 사람들은 이 이방인을 따뜻하게 환영해 주었다. 냇은 많은 야심에 찬 젊은이들이 아무리 노력해도 초대받지 못한 사교계에 발을 들인 것이다.

그 모든 일을 겪으면서 냇은 조금씩 흔들렸다. 화려한 오페라 극장에 앉아 있을 때, 상류층 커피 모임에서 아가씨들과 대화를 나눌 때, 저명한 교수의 사랑스러운 딸을 데이지라고 상상하면서 방으로 안내할 때, 냇은 여기 있는 근사

한 청년이 비 오는 날 플럼필드의 대문 앞에 딱한 모습으로
서 있던 거리의 음악가가 맞는지 스스로에게 물어보곤 했다.
냇의 마음은 진실했고 성격은 선했지만, 이곳에서 내면의 약
한 면이 가장 먼저 드러났다. 허영심은 그를 길 잃게 했고, 쾌
락은 그를 중독시켰다. 한동안 냇은 새롭고 매력적인 생활의
즐거움 외에는 모든 것을 잊었다. 속일 생각은 아니었지만,
사람들이 자기를 좋은 가정에서 자란 전도유망한 청년이라
고 생각하도록 내버려 두었다. 로런스 씨의 부유함과 영향력,
바에르 교수의 명성, 그리고 자신이 예전에 다닌 훌륭한 대학
을 조금씩 자랑하기도 했다. 조의 책을 읽은 감상적인 아가씨
들에게는 조 이야기를 해주었고, 이해심 많은 어머니들에게
는 사랑하는 데이지의 매력과 미덕을 늘어놓았다. 이 모든 소
년다운 자랑과 순진한 허세는 다른 소문들과 함께 퍼져나갔
고, 덕분에 냇은 더 주목받는 인물이 되었다. 냇은 놀라워하
면서 만족해했지만 조금은 부끄러운 마음도 들었다.

　　냇의 이런 행동은 결국 쓸쓸한 열매를 맺었다. 사람들이
자신을 상류 사회의 일원이라 받아들인다는 것을 알게 되자,
냇은 자신이 구한 초라한 숙소에서 살 수 없다고 생각하게
되었고, 학생다운 조용한 생활을 계속할 수도 없었다. 냇은
다른 학생과 젊은 군인 등 이런저런 화려한 사람들과 사귀었
고, 이들이 자신을 반갑게 맞아주자 우쭐해졌다. 그런 즐거

움을 누리기 위해서는 돈을 많이 써야 했다. 결국 냇은 상류층이 사는 멋진 거리에 더 좋은 방을 얻기로 했다. 이전 숙소에서 냇을 보살펴 주던 주인 테첼 부인은 그의 이사 소식을 듣고는 섭섭해했다. 옆방에 있던 젊은 화가 보겔슈타인 씨는 그녀의 긴 은빛 곱슬머리가 휘날리도록 고개를 저으면서, 냇이 슬픈 일을 겪은 뒤 더 현명해져서 이곳에 다시 돌아오게 되리라고 장담했다.

기본적으로 들어가는 생활비, 그리고 유흥비로 쓸 수 있는 돈의 총액은 로리가 처음 제안한 후한 금액보다는 적었지만 냇에게는 큰돈이었다. 냇은 그 돈으로 작지만 훌륭한 숙소를 얻어 그곳 생활을 즐겼고, 자신도 모르는 사이에 이전까지는 익숙하지 않던 사치에 빠져들기 시작했다. 음악을 사랑하는 냇이 레슨을 빠진 적은 없었지만, 인내심을 갖고 연습해야 할 시간을 극장, 무도회장, 술집, 클럽 같은 곳에 가서 낭비하는 경우가 너무나 잦았다. 나쁜 짓을 한 것도 아니고 그냥 신사처럼 기분 전환을 한 것에 지나지 않았으니, 귀중한 시간과 자기 것도 아닌 돈을 낭비한다는 사실 말고는 별달리 해롭지는 않은 행동이었다. 여태까지는 말이다. 하지만 상황은 서서히 나빠졌고, 그 사실을 마침내 냇도 알아차렸다. 그가 첫발을 내디딘 꽃길은 오르막이 아니라 내리막이었음을 말이다. 불성실하게 살고 있다는 자책이 곧 냇을 괴롭

히기 시작했고, 혼자 조용히 시간을 보낼 때면 자기가 누리
는 행복 안에서 뭔가 잘못되어 가고 있음을 느끼곤 했다. "한
달만 더 이렇게 사는 거야. 그 뒤부터는 그러지 말아야지." 냇
은 몇 번이고 스스로에게 말했다. 모든 것이 자신에게는 새
롭고, 고향에 있는 친구들도 냇이 행복해지기를 바랄 테고,
사교계 생활은 음악가로서 필요한 자질을 갈고닦는 것이라
며 공부가 늦어지는 데에 대해 애써 변명했다. 하지만 한 달,
두 달이 지나자 그런 생활에서 벗어나기가 점점 더 어려워졌
다. 미적거리며 익숙한 삶의 흐름에 몸을 맡기니 너무나 편
했기에 힘든 일은 가능한 한 뒤로 미루었다. 비교적 건전하
게 여름을 즐기고 나자 곧 겨울 축제가 시작되었고, 냇은 돈
이 더 많이 들게 되었다는 사실을 깨달았다. 손님을 맞는 부
인들이 이방인에게도 어느 정도 답례를 기대했기 때문이다.
마차, 꽃다발, 연극 표 등 젊은 남성이라면 이런 경우에 피할
수 없는 자잘한 비용이 필요했고, 처음에는 바닥이 없는 듯
보이던 지갑도 차차 부담을 느끼게 되었다. 냇은 로리를 본보
기 삼아 꽤나 멋진 청년이 되어 있었다. 우아한 태도에 더해
진 솔직하고 소박한 매력 덕분에 냇을 만난 모든 사람은 그
를 믿고 좋아했다.

　그중에는 음악을 좋아하는 딸을 둔 다정한 노부인이 있
었다. 가문은 좋았지만 가난했기 때문에 딸을 부유한 청년과

결혼시키고 싶은 마음이 매우 간절한 사람이었다. 냇이 자기 장래와 친구들에 대해 소소하게 꾸며낸 이야기는 그 우아한 부인을 매료시켰다. 감상적인 딸 민나도 냇의 음악적 재능과 헌신적인 태도에 매력을 느꼈다. 이 가족의 조용한 응접실은 화려한 곳에 질린 냇에게는 편안한 느낌을 주었다. 소녀의 다정하고 푸른 눈은 냇이 올 때마다 환영의 마음이 가득했고, 떠날 때면 서운한 기색이 역력했다. 그가 앞에서 바이올린을 연주하면 감탄으로 빛났다. 그래서 냇은 이 매력적인 집에서 멀어지기는 불가능하다고 생각했다. 결혼을 약속한 사람이 있다고 부인에게 이미 말했기에, 이곳에 드나들어도 이 모녀에게 상처를 주거나 자신이 곤란해질 것 같지는 않다. 냇은 부인의 희망이 무엇인지, 낭만적인 이 독일 소녀에게 받는 흠모의 마음에 어떤 위험이 담겼는지 꿈에도 생각하지 못한 채 계속 그 집에 드나들었다. 그는 뒤늦게 깨달았지만 소녀의 고통과 자신의 큰 후회를 씻기에는 너무 늦어 있었다.

물론 새롭고 기분 좋은 경험들은 냇이 보낸 두툼한 편지 속에 암시되어 있었다. 아무리 즐겁게 지내고, 아무리 바쁘고 피곤해도, 냇은 매주 거르지 않고 편지를 썼다. 데이지는 냇의 행복한 생활과 성공에 기뻐하고, 남자아이들은 '멋진 쩍쩍이(3부 8장 참고─옮긴이)'가 사교계 청년이 된 모습을 생각하며 웃었다. 한편 어른들은 무거운 표정이었고, 한 사람은 이렇게 말하기도 했다.

"냇은 너무 속도를 내고 있어요. 경고해 주어야 해요. 이러다가 곤란한 일이 생길 겁니다."

하지만 로리는 대수롭지 않게 말했다. "맘껏 즐기도록 그냥 두죠. 냇은 오랫동안 다른 사람들에게 의존하고 간섭받았으니까요. 지금 가진 돈으로는 그렇게 멀리 나갈 수도 없고 빚더미에 앉을 걱정도 없어요. 무모한 일을 하기에는 너무 소심하고 정직한 아이입니다. 처음 자유를 맛보는 거니까요. 충분히 즐기게 해줍시다. 그러면 머지않아 더 열심히 공부할 겁니다. 전 압니다. 분명히 제 말이 맞을 거예요."

그래서 냇이 받은 경고는 가벼웠다. 선량한 가족들은 냇이 더 열심히 공부하고 '멋진 시간'은 줄였다는 소식을 듣기를 걱정스러운 마음으로 기다렸다. 데이지는 매력적이라는 민나, 힐데가르데, 로첸 같은 아가씨 중 한 명이 냇을 빼앗아가지는 않을까 생각하며 마음이 쓰라리기도 했다. 하지만 절대 그런 질문은 하지 않았고, 차분하고 명랑한 편지만을 썼다. 그러고는 너무 많이 읽어 너덜너덜해진 편지를 들여다보며 혹시 냇에게 심경의 변화가 일어난 조짐은 없는지 찾아보았지만 별다른 걸 발견하지는 못했다.

몇 달이 지나 크리스마스 연휴가 시작되었다. 냇은 마음껏 즐기리라 기대했고, 시작은 좋았다. 독일에서 맞는 크리스마스는 볼만한 구경거리였다. 하지만 그 한 주의 즐거움에 풍덩 빠지면서 냇은 큰 대가를 치러야 했다. 새해 첫날, 결산이 이루어졌다. 악의를 지닌 요정이 놀랄 만한 일들을 준비한 모양이었다. 달갑지 않은 일들로 인해 냇의 행복한 세상은 팬터마임의 변신처럼 급작스럽게 비참하고 절망적인 장으로 바뀌었다.

첫 번째 놀라움은 아침에 찾아왔다. 탁자 위에 민나 모녀가 선물한, 물망초 자수를 놓은 멜빵과 솜씨 좋게 뜨개질한 양말을 발견한 냇은 값비싼 꽃다발과 사탕을 가지고 민나의 집으로 감사 인사를 하러 갔다. 부인은 우아하게 냇을 맞이했다. 하지만 민나가 어디 있는지 묻는 그에게 부인은 대뜸 냇의 솔직한 마음을 알고 싶다고 말했다. 그러고는 두 사람에 대한 소문이 자기 귀에도 들어온 이상, 민나의 마음을 흐트러뜨려서는 안 되니 냇이 입장을 정확히 밝히거나 더는 찾아오지 말아야 한다고 덧붙였다.

예기치 않은 요구를 받고 냇은 충격을 받았다. 자신의 미국식 관심이 순진한 소녀를 속였으며 능수능란한 민나의 어머니가 마음만 먹는다면 자신을 이용할 수도 있음을 너무 늦게 깨달았다. 이제는 진실만이 냇을 구원할 수 있었다. 그는 성실하고 정직하게 사실 그대로를 이야기했다. 그러자 서글픈 장면이 이어졌다. 냇은 그동안 꾸며낸 화려함을 벗어던지고 자신이 가난한 학생일 뿐이라는 사실을 어쩔 수 없이 고백해야 했다. 그리고 모녀의 신뢰와 환대를 누리려던 생각 없는 행동에 대해 겸허하게 용서를 구했다. 부인은 노골적으로 실망한 모습을 보이면서 거칠게 비난을 퍼부었으며, 상상 속의 성이 무너지자마자 경멸 어린 시선을 던졌다. 그녀의 동기와 욕망이 무엇이었는지는 의심의 여지가 없었다.

냇이 진심으로 후회하자 부인의 마음이 조금 누그러졌고, 민나에게 작별의 말을 할 수 있게 허락했다. 열쇠 구멍으로 이야기를 듣던 민나는 눈물에 젖은 얼굴로 나와 냇의 가슴에 안겨서 울음을 터뜨렸다. "오, 사랑하는 냇. 당신을 잊을 수 없을 거예요. 제 마음은 찢어졌지만요."

욕을 먹는 것보다 이런 말을 듣기가 더 힘들었다. 억척 스러운 부인도 울기 시작했다. 독일인답게 쏟아내는 부인의 구차한 이야기를 모두 들은 뒤에야 냇은 자리에서 벗어날 수 있었다. 베르테르(1774년에 출간된 괴테의 소설 『젊은 베르테르의 슬픔』의 주인공. 로테는 그가 사랑하는 여인-옮긴이)가 된 기분이었다. 버림받은 로테는 냇이 가져온 사탕으로, 그리고 그녀의 어머니는 비싼 선물로 마음을 달랬다.

두 번째 놀라움은 바움가르텐 교수와 함께한 식사 자리에서 찾아왔다. 아침에 일어난 일로 냇은 식욕이 거의 없었다. 그런데 동료 학생이 미국에 갈 예정이라며 기쁜 얼굴로 '존경하는 바에르 교수님'을 방문해서 제자 냇이 라이프치히에서 얼마나 즐겁게 지내는지 알려드리겠다고 말하는 것이 아닌가. 자신에 대한 요란한 이야기가 플럼필드에 전해지는 모습을 상상하자 냇은 맥이 탁 풀리는 기분이었다. 일부러 모두를 속이려고 한 것은 아니었다. 편지에서 말하지 않은 부분이 많을 뿐이었다. 미국에 간다는 카를센은, 아름다운 민나와 자신의 '진정한 친구' 냇이 곧 약혼한다는 사실을 넌지시 전하리라고, 친근하게 눈을 찡긋거리면서 덧붙였다. 냇은 '전혀 진정하지 않은 친구'가 플럼필드에 도착하기 전에 바다 밑바닥에 가라앉아 버렸으면 했다. 겨울 동안 자신이 누린 방탕한 생활을 전하면서 자신의 모든 희망을 날려버린다면……. 큰일이었다. 냇은 머리를 쥐어 짜낸 끝에 카를센이 바에르 교수를 찾는다면 기적일 정도로 뒤죽박죽인 지도를 그려주었다. 하지만 점심 식사는 이미 망쳐버린 뒤였다. 냇은 최대한 빨리 자리에서 빠져나와 암담한 심정으로 거리를 돌아다녔다. 오후에 볼 연극도, 흥겹게 지내던 친구들과 함께할 예정이었던 저녁 식사 자리에도 갈 생각이 전혀 없어졌다. 냇은 거지 몇 명에게 돈을 주고, 두 어린아이에게 고급스러운 생강빵을 건네고 그들이 기뻐하는 모습을 보면서 자신을 겨우 위로했다. 그리고 혼자 맥주 한 잔을 마시면서 데이지를 위해 건배하고, 새해는 더 나은 해가 되기를 소망했다.

한참 뒤에 집으로 돌아오자, 세 번째 놀라움이 기다리고 있었다. 바로 홍수처럼 밀려든 청구서였다. 청구서들은 눈보라처럼 덮쳐와서는 후회와 절망과 자기혐오의 눈사태 속으로 냇을 묻어버렸다. 너무 많은 청구서와 거기에 적힌 엄청난 액수에 그는 깜짝 놀랐다. 현명한 바에르 교수의 예상대로 냇은 돈의 가치를 전혀 몰랐던 것이다. 그 금액을 한꺼번에 내려면 은행에 있는 돈이 다 들어가야 했다. 돈을 더 보내달라고 집에 편지라도 쓰지 않는다면 앞으로 반년은 한 푼도 없이 살아야겠지만, 편지를 보내느니 차라리 굶어 죽는 게 나았다. 새 친구들이 종종 같이 가자고 했던 도박장에 도움을 청해볼까 하는 생각도 들었다. 하지만 냇은 도박의 유혹을 멀리하기로 바에르 교수와 약속했었다. 그때는 도박이란 자신과 상관없는 유혹이라고 여기던 때였다. 무엇보다 수많은 잘못이 적힌 목록에 또 다른 하나를 덧붙일 수는 없는 노릇이었다. 남에게 돈을 빌릴 수도, 달라고 애원할 수도 없었다. 그렇다면 무엇을 할 수 있을까. 끔찍한 청구서를 처리하고 레슨도 계속 받아야 했다. 그러지 않으면 유학은 수치스러운 실패로 끝나고 말 것이었다. 하지만 당분간 어떻게 생활한단 말인가. 어리석었던 지난 몇 달에 대한 후회로 괴로워하던 냇은 그제야 자신이 어디로 떠다니고 있었는지 보았고, 절망의 수렁에서 허우적거리며 몇 시간 동안이나 방 안을 이리저리 걸어 다녔다. 냇을 이 골짜기에서 끌어내 줄 손길 하나 없던 그때, 편지가 도착했다. 새로 받은 청구서들 사이에 익숙한 봉투가 보였다. 봉투 구석에 미국 우표가 붙어 있었다.

아, 얼마나 반가운 편지였던가! 플럼필드 가족의 애정 어린 소망이 가득한 긴 편지를 냇은 너무나도 열심히 읽었다! 모두가 한 마디씩은 적어주었다. 익숙한 이름이 나올 때마다 냇의 눈은 계속해서 눈물로 흐려졌고, 마지막 줄―'하느님, 우리 아이를 축복해 주소서! 조.'―을 읽으면서는 완전히 무너져 내렸다. 두 팔에 얼굴을 묻고 눈물을 비 오듯 쏟는 바람에 편지가 다 젖어버릴 정도였다. 눈물은 냇의 마음을 가볍게 해주었고, 양심을 그렇게나 무겁게 누르던 죄를 씻어주었다.

"그리운 사람들, 모두가 이렇게나 날 사랑하고 믿어주다니! 내가 이렇게 바보처럼 생활했다는 걸 알면 얼마나 끔찍이 실망하게 될까! 도와달라고 하기 전에 다시 거리에서 바이올린을 연주해 보자." 냇은 자신을 부끄러워하며 눈물을 닦고는 외쳤다.

이제 무엇을 해야 하는지 냇은 분명히 알았다. 바다 건너에서 도움의 손길이 뻗어왔고, 그 사랑은 냇을 속박에서 건져내어 구원으로 향하는 좁은 문으로 인도했다. 그는 편지를 읽고 또 읽었다. 한쪽 구석에 그려진 데이지꽃에 열정적으로 입을 맞춘 냇은 이제 최악의 상황을 이겨낼 수 있을 것 같은 마음이었다. '청구서는 남김없이 지불하자. 팔 수 있는 것은 모두 팔아버리고, 비싼 방도 포기하자. 그리고 알뜰한 테첼 부인에게 돌아가면 생계를 꾸릴 수 있는 일을 찾을 수 있으리라. 다른 학생들이 그러듯 말이다. 새로운 친구들과도 더는 어울리지 말아야 한다. 화려한 생활에 등을 돌리고, 겉치레도 그만두고, 착실한 사람들과 함께 지내야 한다.' 자신이 가진 유일하게 정직한 방법은 바로 이런 것들이었다. 하지만 작은 허영심을 부숴버리고 자신의 어리석음을 인정하며, 지금 있는 곳에서 한 계단 내려와 남들에게 동정을 받고 비웃음거리가 되는 일이 냇에게는 얼마나 힘든 일일까.

이렇게 하려면, 냇은 자존심을 내려놓고 모든 용기를 쏟아부어야 했다. 예민한 냇에게는 존중받는 것이 매우 소중했고, 실패를 알리자니 매우 쓰라렸다. 하지만 비열함과 속임수는 싫었기에 도움을 청하거나 적당한 거짓말로 필요한 것을 얻어낼 수는 없었다. 그날 밤이었다. 홀로 방에 앉아 있던 냇의 마음속에서 바에르 교수가 해준 말이 신기할 정도로 뚜렷하게 기억났다. 냇은 어린아이가 되어 플럼필드에 있었다. 겁이 나서 거짓말을 했을 때, 냇에게 교훈을 주려고 교수는 자신을 대신 때리라고 했던 장면이었다.

"나 때문에 또다시 선생님을 아프게 해서는 안 돼. 난 바보 같긴 해도 거짓말이나 하는 사람은 되지 않을 거야. 바움가르텐 교수님한테 가서 모두 말씀드리고 조언을 구해야지. 차라리 대포에 맞는 게 나을 거야. 그러고 나서 가진 걸 다 팔아 빚을 갚고 원래 자리로 돌아가는 거야. 공작새 흉내를 내는 갈까마귀보다는 정직한 거지가 나아." 냇은 이렇게 말하며 미소 지었다. 그리고 방에 있는 자잘한 사치품들을 둘러보면서 자신이 어디에서 왔는지를 떠올렸다.

냇은 용기 있게 결심을 지켰다. 바움가르텐 교수도 비슷한 경험을 한 적 있다는 이야기를 듣고 많은 위로를 받았다. 교수는 냇의 계획에 찬성하며 친절하게 조언을 해주었다. 그리고 냇이 다시 일어설 때까지 자기 친구 바에르 교수에게는 어리석은 행동에 대해 아무 말도 하지 않겠다고 약속했다.

우리의 방탕한 아들은 참회하는 마음으로 자기 계획을 실행하는 데 새해 첫 주를 다 보냈고, 자기 생일에 테첼 부인의 작은 다락방에 혼자 앉아 있었다. 예전의 화려한 물건은 어디에도 없었고, 남은 거라고는 부잣집 아가씨들이 준, 팔수도 없는 잡다한 기념품뿐이었다. 아가씨들은 냇을 다시 볼수 없다는 사실에 무척 안타까워했다. 동료들 한두 명은 돈을 빌려주겠다고 하거나 계속 옆에 있겠다고 약속했지만, 대부분은 냇을 비웃거나 동정했고 얼마 지나지 않아서 냇을 혼자 두고 떠나버렸다. 냇은 무겁고 외로운 마음으로 작은 난롯불 앞에 우울하게 앉아 플럼필드에서 보낸 지난 새해를 떠올렸다. 작년 이맘때쯤에는 데이지와 춤을 추고 있었다.

문을 두드리는 소리에 정신이 든 냇은 무심코 "들어오세요" 하고 말했다. 누가 자기를 보러 다락방까지 올라왔는지 궁금해하며 문이 열리기를 기다렸다. 마음씨 고운 테첼 부인이었다. 부인이 자랑스럽게 들고 있는 쟁반에는 포도주 한 병과, 슈가 플럼으로 장식한 멋진 생일 케이크가 놓여 있었다. 케이크에는 촛불이 왕관처럼 꽂혀 있었다. 장미 화분을 안은 채 부인 뒤에 서 있던 포겔슈타인 씨가 말을 시작하자 장미꽃 위에 은빛 곱슬머리가 휘날렸고 다정한 얼굴도 환하게 빛났다.

"블레이크 씨, 기념할 만한 날을 맞아 작은 선물을 가지고 축하하러 왔어요. 생일 축하해요! 당신을 소중하게 생각하는 우리가 바라는 만큼, 새해에는 모든 일이 아름답게 이루어지기를 기원할게요."

"맞아요, 우린 정말 그렇게 생각해요. 냇." 테첼 부인이 덧붙였다. "내가 즐겁게 만든 케이크를 먹어봐요. 좋은 포도주도 마시면서, 멀리 떨어져 있는 사랑하는 사람들의 건강을 기원하고요."

이 선한 사람들이 보여준 친절은 즐겁고도 감동적이었다. 냇은 두 사람에게 고맙다고 말하고는, 방으로 들어와서 만찬을 함께 즐겨달라고 부탁했다. 두 사람은 기꺼이 그렇게 했다. 어머니 같은 마음을 가진 두 사람은 사랑스러운 젊은 이가 겪는 어려움을 위로해 주려고 했다. 그리고 친절한 말과 맛있는 음식뿐 아니라 실질적인 도움을 주었다.

조금 머뭇거리던 테첼 씨는 몸이 아파서 이류 극장의 오케스트라 자리를 떠나게 된 친구 이야기를 하면서, 그런 초라한 자리도 괜찮다고 한다면 기꺼이 그 자리를 양보하고 싶어 한다고 말했다. 미혼인 포겔슈타인 씨는 얼굴을 붉히고 수줍은 소녀처럼 장미를 만지작거리면서 시간이 있다면 자기가 미술을 가르치는 여학교에서 영어를 가르쳐보겠냐고 묻고, 많지는 않지만 정해진 보수도 나올 거라고 덧붙였다.

냇은 고마워하며 두 제안을 모두 받아들였다. 검소하게 생활하는 데 도움이 되고, 음악에 관련한 학비도 마련할 수 있을 터였다. 자신들의 작은 계획이 성공하자 기뻐하던 친절한 두 이웃은 기분 좋은 말과 따뜻한 악수를 건넨 뒤 방에서 나갔다. 두 사람의 빛바랜 뺨에 냇이 진심 어린 입맞춤을 하자 그 얼굴들은 수줍은 만족감으로 빛났다. 입맞춤은 두 사람의 친절한 도움에 대해 냇이 할 수 있는 유일한 보답이었다.

그 뒤로 냇의 세상은 신기할 정도로 밝아졌다. 희망은

포도주보다 더 좋은 음료였고, 좋은 결심은 방 안 가득 향기를 내뿜는 장미 화분처럼 신선하게 피어났다. 냇의 방은 그가 좋아하던 옛 선율로 메아리쳤다. 최고의 위안은 역시 음악 속에 있음을 새삼 느끼면서, 앞으로는 충성스러운 음악의 신하가 되겠다고 맹세했다.

플럼필드의 연극

존경받는 샬럿 영(1823~1901, 『레드클리프의 상속인The Heir of Redclyffe』을 쓴 영국의 작가—옮긴이)은 재미있는 이야기를 쓸 때 아이들을 최소 열둘이나 열넷을 꼭 등장시켰다. 마치 가족 이야기를 기록하는 보잘것없는 역사가는 연극 부분을 빼놓고 이야기를 이어나가기란 불가능하다. 이 사실을 받아들이고, 플럼필드의 크리스마스 연극 이야기를 통해 이제까지 보아온 고통스러운 사건에 지친 기분을 풀어보고자 한다. 우리의 등장인물 몇몇의 운명을 좌우하는 연극이기에 생략할 수도 없다.

이곳에 대학을 지었을 때, 로리는 연극뿐 아니라 연설, 강연, 음악회도 할 수 있는 작고 아름다운 극장을 추가로 기증했다. 무대의 막에는 뮤즈에게 둘러싸인 아폴론을 그려두었다. 화가는 극장을 기증한 사람에게 경의를 표하고자 아폴론을 우리 친구 로리와 비슷한 얼굴로 그려놓았고, 다들 매우 재치 있는 일이라고 생각했다. 이곳 가족만으로도 주인공, 보조 출연진, 오케스트라, 무대 미술가 모두를 채울 수 있어서 그 작고 아름다운 무대 위에서 놀라운 공연이 펼쳐졌다.

언제부터인가 조는 한창 유행하는 프랑스 연극 각색물보다 나은 작품을 만들고 싶어 했다. 각색 연극은 요란한 의상에 거짓된 감상주의가 가득한 데다가 재치도 떨어지는, 이상하고 부자연스러운 혼합극이었다. 고상한 연설과 긴장감 넘치는 상황으로 가득한 연극은 계획하기는 쉽지만, 막상 쓰는 작업은 어려웠다. 그래서 조는 희비극이 함께 펼쳐지는 평범한 생활의 몇몇 장면을 쓰는 것으로 만족했다. 그리고 각각의 등장인물들에게 적절한 배역을 맡기면서, 진실함과 소박함은 여전히 매력이 있다는 사실을 증명하고자 했다. 로리가 조를 도왔다. 두 사람은 서로를 보몬트와 플레처(17세기에 활동한 영국의 공동 극작가 프랜시스 보몬트와 존 플레처—옮긴이)라고 부르면서 즐겁게 공동 작업을 했다. 연극에 대한 보몬트의 방대한 지식은 지나치게 야심만만한 플레처의 펜 놀림을 진정시키는 데 큰 도움을 주었고, 두 사람은 이 실험을 통해 멋진 작품을 만들어냈다고 으쓱해했다.

이제 모든 것이 준비되었다. 크리스마스 당일은 마지막 리허설을 하고, 노심초사하는 소심한 배우들을 달래주고, 어디론가 사라진 소품들을 찾고, 무대를 장식하느라 무척이나 어수선했다. 숲에서 꺾어온 상록수와 호랑가시나무, 파르나소스의 온실에서 가져온 꽃들과 만국기로 그날 밤 찾아올 손님들, 특히나 중요한 손님인 캐머런 씨를 환영하는 화려한 장식을 만들었다. 오케스트라는 특별히 신경 써서 각각 악기를 조율했고, 무대 장치를 맡은 사람들은 우아하게 무대를 꾸몄으며, 프롬프터는 질식하도록 좁은 공간에 몸을 숨기고 앉았다. 떨리는 손으로 옷을 갈아입은 배우들의 이마에는 땀이 맺혀 분도 바르기 힘들 정도였다. 보몬트와 플레처는 자신들의 문학적 평판이 이번 연극에 달렸다는 사실을 실감하고 있었다. 초대한 평론가들은 전부 와 있었고, 기자들까지 와글바글했던 것이다. 기자들은 위대한 인물이 임종하는 곳부터 싸구려 구경거리가 펼쳐지는 곳까지 가리지 않고 지구상 모든 장소에 모기처럼 들러붙게 마련이다.

"그분은 오셨어?" 커튼 뒤에 있는 사람들이 물었다. 노인 역을 맡은 톰이 살짝 엿보려고 긴 다리가 보일 정도로 길게 몸을 빼고는, 귀빈석에서 캐머런 씨의 아름다운 얼굴을 확인했다. 캐머런 씨가 왔다는 사실에 극단 전체에 긴장감이 퍼져나갔다. 조시는 숨을 몰아쉬면서 난생처음 무대 공포증이 생길 지경이라며 흥분했다.

"공포증 때문에 망치면 안 돼!" 조가 말했다. 아까부터 많은 일을 처리하느라 엉망으로 흐트러진 조는 누더기를 입거나 너덜너덜한 머리를 붙이지 않고도 야생 동물 같은 매지와일드파이어 역을 맡을 수 있을 듯 보였다.

"대사를 주고받는 동안 정신을 가다듬을 시간이 생길 거야. 우린 오랫동안 무대에 섰으니 시계처럼 침착하잖아." 데미가 앨리스에게 고갯짓하면서 말했다. 아름다운 의상을 갖춰 입고 소품을 손에 든 앨리스는 무대에 설 준비를 마친 참이었다.

그러나 붉게 상기된 얼굴, 흔들리는 눈, 레이스와 벨벳 코트 아래에서 떨고 있는 모습으로 봐서는 그 두 시계도 평소처럼 정확하게 움직이지는 못하는 게 분명했다. 두 사람은 예전에 공연해 큰 성공을 거두었던 유쾌하고 짧은 작품으로 행사를 시작할 예정이었다. 앨리스는 큰 키에 검은 머리카락과 검은 눈동자를 가진 소녀였다. 지적이고 건강하면서도 행복한 마음이 담긴 그녀의 얼굴에는 아름다움이 절로 묻어났다. 비단, 깃털 분으로 가꾼 후작 부인 분장이 앨리스의 당당한 모습과 몹시 잘 어울렸다. 하얀 가발 위에 삼각 모자를 쓰고, 궁중 예복 위에 칼을 찬 데미는 누구라도 계속 쳐다볼 만큼 용맹한 남작 그 자체였다. 하인 역을 맡은 조시는 진짜 프랑스 하인처럼 예쁘고 당돌하고 호기심이 많아 보였다. 등장인물은 세 사람이 다였다. 작품의 성공은, 다투는 연인들의 변덕스러운 분위기, 두 사람의 재치 있는 대화, 작품 배경인 궁정 시대에 걸맞은 연기에 달려 있었다.

연극이 시작되자, 변덕스러운 모습으로 관객들에게 웃음을 주는 멋진 신사와 요염한 부인이 착실한 존과 모범생 앨리스라고 알아본 사람은 거의 없었다. 사람들은 화려한 의상을 눈으로 즐기면서, 젊은 배우들의 자유롭고 우아한 연기에 감탄했다. 그중에서도 조시가 무대에서 가장 눈에 띄었다. 열쇠 구멍에 귀를 대거나 편지를 몰래 보는가 싶더니, 도도한 자세로 앞치마 주머니에 손을 넣은 채 무대 위로 불쑥 나타났다가 사라졌다. 멋들어진 모자 끝에 달린 나비 장식에서부터 슬리퍼의 빨간 뒤꿈치까지, 조시의 작은 몸 전체에 호기심이 가득해 보였다. 모든 게 순조롭게 진행되었다. 변덕스러운 후작 부인은 헌신적인 남작을 마음껏 가지고 논 뒤, 재치 싸움에서 졌음을 인정하고 승리를 축하하며 손을 내밀었다. 그때 갑자기 '쾅!' 하는 소리가 나더니, 무거운 장식이 달린 옆쪽 벽이 앞으로 흔들리며 앨리스를 덮치려고 했다. 데미는 이 모습을 보고 곧장 앨리스 앞으로 뛰어나와 벽을 붙잡고는, 건물 벽을 등으로 떠받치고 마치 삼손이라도 된 듯 우뚝 섰다. 위험은 금세 사라졌다. 당황한 담당자가 고장 난 무대 장치를 고치려고 서둘러 사다리를 타고 올라간 뒤 몸을 굽혀, 마지막 대사를 하려는 데미에게 "이제 괜찮아."라고 속삭이면서 날개 편 독수리 같은 자세는 이제 그만해도 된다고 일러주었다. 그 순간, 무대 장치 담당자의 주머니에서 망치가 미끄러지면서 위를 보는 데미의 얼굴에 정통으로 떨어지고 말았다. 남작의 대사는 데미의 머릿속에서 말 그대로 뭉개져버렸다.

서둘러 막을 내리는 바람에 관객들은 대본에 없던 가련한 장면은 보지 못했다. 후작 부인이 놀라 비명을 지르면서 뛰어와 피를 닦아주려고 했다. "오! 존, 아프지? 여기 기대." 존은 잠시나마 기쁜 마음으로 앨리스에게 몸을 맡겼다. 조금 어지럽기는 했지만, 분주하게 자신을 돌보는 부드러운 손길과 근심 어린 그녀의 얼굴을 보고 행복해할 만한 여유는 충분했다. 망치가 비처럼 내리고 학교 전체가 머리 위에 무너져 내린다 해도, 앨리스의 손과 얼굴을 이렇게 마주하는 데 치러야 할 대가로는 너무 가볍게 느껴질 정도였다.

낸은 잠시도 몸에서 떠나보낸 적이 없는 구급상자를 가지고 데미에게 달려갔다. 낸이 상처에 붕대를 말끔하게 감고 있을 때, 조가 걱정 가득한 얼굴로 물었다.

"많이 다쳤니? 계속할 수 없을 정도야? 그러면 연극은 엉망이 될 텐데!"

"이러니까 역할에 더 잘 맞네요, 이모. 색칠한 가짜 상처가 아니라 진짜예요. 금방 정신을 차릴 테니까 걱정 마세요."

데미는 가발을 집어 들고는 후작 부인에게 생생한 감사의 눈빛을 보내며 무대로 나갔다. 앨리스는 데미 때문에 팔꿈치까지 올라오는 아주 비싼 장갑을 못 쓰게 되었지만, 전혀 신경 쓰지 않았다.

"긴장돼, 플레처?" 마지막 종소리가 울리기 전, 숨 막히는 순간에 로리가 물었다.

"괜찮아. 너랑 똑같이 편안해, 보몬트." 메그에게 모자를 똑바로 쓰라는 신호를 정신없이 보내던 조가 대답했다.

"힘내, 파트너! 무슨 일이 있어도 네 곁에 있을게!"

"연극은 반드시 진행되어야 해. 하찮지만 우리가 열심히 일한 노력과 진실이 가득 들었으니까. 저기 메그 언니를 좀 봐. 사랑스러운 진짜 시골 할머니처럼 보이지 않아?"

맞는 말이었다. 메그는 농가 부엌, 밝게 빛나는 난롯가에 앉아 요람을 흔들면서 양말을 꿰매고 있었다. 평생 그 일 말고 다른 일은 해본 적이 없다는 듯한 모습이었다. 반백의 머리, 솜씨 있게 그려놓은 이마 주름, 소박한 의상, 여기에 더해 모자, 작은 숄, 격자무늬 앞치마는 메그를 순박한 시골 아주머니의 모습으로 바꾸어놓았다. 막이 오르는 순간, 요람을 흔들고 양말을 꿰매며 옛 노래를 부르는 메그의 모습에 관객들은 주목했다. 짧은 독백이 이어졌다. 군대에 자원해 떠난 아들 샘, 도시로 가서 안락하고 즐겁게 살고 싶었던 불만 가득한 딸 돌리, 불행한 결혼 생활 끝에 집으로 돌아와 어머니에게 아이를 맡기고는 못된 전 남편이 데리고 가지 못하게 해달라는 유언을 남기고 세상을 떠난 불쌍한 엘리지의 사연 속에 이야기는 소박하게 시작되었다. 난로 위에서 실제로 물이 끓는 주전자, 똑딱거리는 커다란 시계, 아기의 귀여운 옹알거림에 맞춰 요람 위로 흔들거리는 파란 털실 신발이 극에 효과를 더해주었다. 모양이 제대로 잡히지 않은 아기 신발이 박수를 가장 먼저 받았다. 로리는 만족해서 평소의 점잖은 태도도 잊어버리고는 조에게 속삭였다.

"역시 아기가 인기를 끌 줄 알았어!"

"저 사랑스러운 녀석이 이상한 데서 울어버리지만 않아도 다행일 텐데. 아무래도 위험해. 메그가 안아줘도 소용없으면 곧장 데리고 나가야 할 거야." 조가 말했다. 그때 창가에 초췌한 얼굴이 나타나자 조는 로리의 팔을 붙잡았다.

"데미가 나왔어! 나중에 아들 역으로 나올 때 같은 사람인 줄 아무도 몰라야 하는데. 네가 악당 역을 안 맡아줘서 그렇잖아. 영원히 원망할 거야."

"연출하면서 연기도 할 수는 없잖아. 분장이 아주 잘됐어. 그리고 데미는 과장된 역할을 좋아하기도 하고."

"이 장면은 나중으로 미뤘어야 하는데. 하지만 되도록 빨리 저 엄마가 주인공이라고 알리고 싶었어. 사랑에 빠진 여자아이나 도망가는 부인 같은 건 질렸거든. 우린 나이 든 부인에게도 낭만이 있다는 사실을 증명하게 될 거야. 자, 이제 데미가 나와!"

너덜너덜한 옷에 수염도 깎지 않고, 눈을 무섭게 뜬 험상궂은 남자가 구부정한 모습으로 나타났다. 남자는 거만한 태도로 아이를 내놓으라고 소란을 피우며 노부인의 평화를 깨버렸다. 강렬한 장면이 이어졌다. 부인은 두려워하던 사위를 처음 만났지만 차분하고 품위 있는 태도를 보여주었다. 그 연기는 메그를 가장 잘 아는 사람들까지도 놀라게 했다. 난폭하게 고집을 부리는 남자에게, 노부인은 아이 어머니가 죽어갈 때 약속했으니 아이를 보낼 수 없다며 떨리는 목소리로 애원했다. 남자가 강제로 아이를 빼앗으려고 하자, 노부인은 요람에 누운 아이를 꼭 끌어안은 채로 성스러운 피난처에서 아이를 빼앗아가는 건 하느님도 용납하시지 않는다며 맞섰다. 관객 사이에는 전율이 퍼져나갔다. 정말 뛰어난 연기였다. 격분한 노부인과 그녀의 목에 매달린 발그레한 얼굴의 아기, 사악한 목적을 감히 실행하지 못해 기가 꺾인 남자를 보며 객석에서 박수가 터져 나왔다. 감격한 두 작가는 1막이 성공했음을 알 수 있었다.

2막은 1막보다 차분했다. 아름다운 시골 아가씨 돌리 역을 맡은 조시가 언짢은 얼굴로 저녁상을 차리는 장면으로 시작되었다. 소녀다운 시련이나 야심을 이야기하면서, 컵과 접시를 거칠게 내려놓고 커다란 갈색 빵을 아무렇게나 자르는 심술궂은 연기가 훌륭했다. 조는 캐머런 씨에게서 눈을 떼지 못했다. 조시의 대사와 몸짓이 자연스러울 때, 그 어린 얼굴 위에 4월의 날씨처럼 풍부한 표정이 나타날 때 캐머런 씨는 잘했다는 듯 여러 번 고개를 끄덕였다. 조시가 기다란 포크와 씨름하는 부분은 떠들썩한 웃음을 자아냈다. 고단한 집안일에 단맛을 더하듯 흑설탕을 핥아 먹는 장면도 마찬가지였다. 조시가 신데렐라처럼 아늑한 방 난롯가에 앉아 눈물을 흘리며 불꽃이 춤추는 모습을 바라보는 장면에서는, 어느 소녀가 자기도 모르게 "불쌍해! 쟤한테도 재미있는 일이 있으면 좋겠어!"라고 외치는 소리가 들리기도 했다.

이때 노부인이 방으로 들어온다. 어머니와 딸이 다투는 연기를 시작한다. 딸은 어머니를 구슬리다가 위협하기도 하고 입을 맞추기도 하고 울기도 한다. 그러다 어머니는 마을에 있는 부유한 친척을 방문하고 싶다는 딸의 부탁을 마지못해 허락한다. 불안한 어머니를 보면서도 딸 돌리는 바라던 바가 이루어지자 싱글벙글한다. 가엾은 노부인이 시련에서 회복할 틈도 없이, 파란 군복을 입은 아들 샘이 등장해 입대 사실을 알리고 지금 바로 가야 한다고 말한다. 엄청난 충격을 받았지만 어머니는 애국심을 발휘해 힘겹게 참는다. 배려심 없는 젊은 아들이 자기가 마침내 군인이 되었다는 기쁜 소식을 주변 사람들에게 알리려고 서둘러 나가자, 부인의 마음은 무너져 내려 시골집 부엌은 가슴 아픈 곳이 되어버린다. 늙은 어머니는 홀로 앉아 자식들의 일을 슬퍼하다가, 반백 머리를 두 손으로 감싸고는 요람 옆에 무릎을 꿇고 울면서 기도한다. 요람에 누운 아기만이 부인의 착하고 성실한 마음을 위로한다.

이 장면 후반부 내내 객석에서는 훌쩍거리는 소리가 들렸고, 막을 내렸을 때는 관객들이 눈물을 닦느라 박수 치는 것도 잊을 지경이었다. 침묵의 순간은 열광하는 소리보다 조를 더 기쁘게 했다. 조는 자기 코끝에 립스틱이 조금 묻은 것도 모른 채 언니의 얼굴에 흐르는 진짜 눈물을 닦아주면서 진지하게 말했다.

"메그 언니, 언니 덕분에 내 연극이 살았어! 오, 왜 언니가 배우가 아니고 내가 극작가가 아닌 걸까?"

"지금 그렇게 요란 피우지 말고 조시 의상이나 봐줘. 그 아인 너무 떨고 있는데, 어떻게 해줄 수가 없네. 너도 알겠지만, 다음이 그 애가 가장 중요하게 나오는 장면이잖아."

물론 그랬다. 조시의 이모 조가 특별히 조시를 위해 쓴 부분이었다. 화려한 의상을 입은 돌리는 자기 야망을 충족시킬 만큼 기다란 옷자락을 끌면서 행복해했다. 부유한 친척의 응접실은 축제 행렬 같았다. 그녀는 바닥에 끌리는 옷자락을 돌아보며 방으로 들어온다. 이 시골 소녀가 빌린 옷을 입고 어찌나 기뻐하는지 사람들은 비웃을 수가 없었다. 소녀는 거울 속 모습을 보자 자신감이 생긴다. 하지만 시간이 지나면서, '빛나는 것이 모두 금은 아니다.'라는 것을 깨닫는다. 사치스러운 삶이 무의미함을 알게 된 소녀는 자신에게 사랑을 고백하는 남자의 유혹에 저항한다. 순진한 소녀는 어머니가 계셨다면 위로와 조언을 들었을 거라고 생각한다. 소녀가 어머니를 그리워하던 그때, 노부인이 딸을 찾아온다.

도라, 낸, 베스, 그리고 남자아이들 몇 명이 즐겁게 춤을 추는 모습은 미망인 모자를 쓰고 낡은 숄을 걸친 채 큰 우산과 바구니를 든 노부인의 소박한 모습과 좋은 대비를 보여주었다. 부인은 젊은이들이 춤을 추는 모습을 지켜보면서 커튼을 만지작거리고 낡은 장갑의 주름을 펴다가, 그곳에 있는 딸을 발견했다. 순진한 얼굴로 놀라는 조시의 연기는 매우 훌륭했다. 어머니가 딸을 보는 순간 돌리가 "아아, 어머니!" 하고 외치며 달려가는 모습은 너무나 자연스러워서 긴 옷자락에 걸려 넘어지는 연기가 굳이 필요하지도 않았다.

돌리를 사랑한다는 남자가 나와 자신이 맡은 부분을 연기했다. 핵심을 찌르는 노부인의 질문과 남자의 퉁명스러운 대답은 관객들의 웃음을 자아냈다. 두 사람의 대화를 들던 소녀는 남자의 사랑이 얼마나 얄팍한지를, 그리고 하마터면 불쌍한 엘리지 언니처럼 신세를 망칠 뻔했다는 사실을 알게 된다. 소녀는 솔직하게 청혼을 거절한다. 모녀만 남자, 딸은 화려하게 치장한 자기 모습을 돌아보고 어머니의 초라한 옷, 거칠어진 손, 다정한 얼굴로 시선을 옮긴다. 그리고 서럽게 흐느껴 울고는 어머니에게 입을 맞춘다. "집에 갈래요, 어머니. 여긴 지긋지긋해요. 이런 건 이제 그만할래요!"

"너한테 딱 맞는 연극이구나, 마리아. 이 이야기를 잊지 말도록 해라." 막이 내리자 관객석에서 한 부인이 딸에게 말했다. "음, 왜인지는 모르겠지만 정말 감동적이에요." 눈물로 젖은 레이스 손수건을 펼치며 딸이 대답했다.

장면이 바뀌자 톰과 낸이 씩씩하게 무대로 나왔다. 육군 병원 병동이었다. 의사와 간호사는 병상을 옮겨 다니면서 맥박을 재고 약을 처방했으며, 활기차면서도 진지한 모습으로 환자들의 어려움을 살폈다. 그들의 연기에 관객들이 술렁였다. 환자의 팔에 붕대를 감던 의사는 며칠 동안 전쟁터와 야전 병원을 누빈 끝에 이곳에 왔다는 노부인이 병원 전체를 뒤지며 아들을 찾고 있다고 간호사에게 이야기하고 있었다.

"그 부인이 금방 여기로 올 거야. 좀 곤란한데, 방금 숨을 거둔 불쌍한 군인이 그 부인의 아들이 아닐까 걱정되거든. 그런 용감한 어머니와 마주치느니 대포 앞에 서는 게 나아.

희망을 품고 용기 있게 오신 분이 큰 슬픔을 겪는 모습을 보게 되잖아."의사가 말했다.

"오, 그런 딱한 어머니들을 보는 건 너무 마음 아파요!"간호사가 커다란 앞치마로 눈물을 닦으며 덧붙이는데, 메그가 등장했다.

부인은 아까와 똑같은 옷, 똑같은 바구니와 우산을 들었다. 시골 억양과 꾸밈없는 태도도 마찬가지였다. 참담한 경험은 평온하던 노부인을 초췌한 모습으로 바꿔버렸다. 눈에는 핏발이 섰고 발은 더러워졌으며, 손은 떨리고 있었다. 얼굴에 어린 고뇌와 결의와 절망이 뒤섞인 표정이 노부인에게 비극적인 위엄과 힘을 보태 모든 관객을 감동시켰다. 부인은 아들을 찾아 헤맨 이야기를 떠듬떠듬 들려주더니 다시 슬픈 여정을 시작한다. 간호사의 안내를 받아 이 침대 저 침대를 살펴보는 부인의 얼굴은 침대 하나하나를 거치면서 희망, 두려움, 쓰디쓴 실망으로 변해갔고, 이 모습을 지켜보는 관객은 숨을 죽였다. 좁은 침대 위에 흰 천으로 덮은 키 큰 시신 앞에서 부인은 잠시 걸음을 멈추고는 용기를 얻으려는 듯, 한 손을 가슴에 얹고 다른 손을 눈에 가져다 댔다. 그러고 나서 흰 천을 걷더니 곧 안도의 숨을 내쉬며 조용히 말했다.

"제 아들은 아니군요. 하느님 감사합니다! 하지만 누군가의 아들이겠죠."그러고는 몸을 숙여 시신의 차가운 이마에 부드럽게 입맞춤했다.

객석의 누군가가 흐느꼈다. 캐머런 씨는 두 눈에 맺힌 눈물을 닦으면서도, 금방 쓰러질 것 같은 모습으로 줄지어 늘어선 침대를 살펴보는 불쌍한 부인의 표정이나 몸짓을 하나라도 놓치지 않으려 했다. 다행히도 부인의 고생은 행복하게 끝을 맺었다. 고열로 신음하다가 부인 목소리에 잠이 깬 듯, 수척한 한 남자가 침대에서 일어나 앉아 팔을 뻗으며 방 안 가득 울리는 목소리로 외쳤다.

"어머니, 어머니! 와주실 줄 알았어요!"

기쁨의 탄성을 지르며 아들에게 달려가는 어머니 모습은 모든 관객에게 전율을 불러일으켰다. 어머니는 눈물을 흘리며 아들을 껴안고 오직 신실한 어머니만이 줄 수 있는 기도로 축복해 주었다.

마지막 장면은 앞 장과 밝은 대조를 이루었다. 시골집 부엌은 크리스마스의 기쁨으로 빛났다. 안대를 하고 부상당한 영웅은 옆에 목발을 세워 두고 오래된 의자에 앉아 있었다. 의자에서는 삐걱거리는 익숙한 소리가 기분 좋게 들려왔다. 돌리는 즐거운 듯 이리저리 다니면서 옷장, 긴 의자, 벽난로 선반, 오래된 요람을 겨우살이와 호랑가시나무로 장식했다. 그동안 어머니는 무릎에 아기를 앉히고 아들 옆에서 쉬고 있었다. 낮잠과 우유 덕분에 기운을 차린 어린 아기 배우가 사람들의 시선을 모았다. 아기는 몸을 흔들거리고, 알아들을 수 없는 말을 옹알거리고, 무대에 비친 조명을 잡으려고 버둥거리며 눈을 깜빡거렸다. 메그가 등을 어루만지고, 오동통한 다리를 가리듯이 끌어안고, 버둥거리는 아이를 각설탕으로 달래는 모습은 무척이나 보기 좋았다. 아기는 고맙다는 듯 메그를 꼭 껴안으면서 관객들의 박수갈채를 한 몸에 받았다.

행복한 가정의 고요함을 깨뜨리는 노랫소리가 들려온다. 이웃 사람들이 달밤에 캐럴을 부르며 집으로 들어와 크리스마스 선물과 함께 인사를 건넨다. 많은 조연 배우들이 등장하자 집은 생생한 그림처럼 보였다. 샘의 애인 역을 맡은 앨리스는, 후작 부인이었을 때 남작에게는 보여주지 않던 다정한 모습으로 샘 주위를 맴돌았다. 돌리는 겨우살이 장식 밑에서 시골 출신의 숭배자와 즐거운 시간을 보냈다. 쇠가죽 구두, 투박한 상의, 짙은 색 수염과 가발로 분장한 남자는 햄 페고티(『데이비드 코퍼필드』에서 코퍼필드 집안의 성실한 하인 클라라 페고티의 조카. 키가 크고 힘이 센 사람으로 묘사된다.-옮긴이)처럼 보였다. 긴 다리를 가릴 수 있는 가죽옷만 있더라면, 아무도 테드인 줄 몰랐을 것이다. 연극의 마지막은 손님들이 가져온 소박한 음식을 나눠 먹는 장면이었다. 모두가 도넛, 치즈, 호박파이 등 여러 음식을 차린 탁자에 둘러앉았고, 샘은 목발을 짚고 일어나 첫 번째 건배를 제안한다. 사과주스가 든 잔을 들고 경례를 하면서 "하느님, 어머니를 축복하소서!" 하고 목멘 소리로 그가 외친다. 모두가 일어서서 잔을 마신다. 돌리가 어머니를 끌어안자, 어머니는 딸의 품에서 행복의 눈물을 감춘다. 신난 아기가 숟가락으로 탁자를 마구 두들기고 소리를 지르면서 연극의 막이 내렸다.

막은 금세 다시 올라가, 주인공들을 에워싼 사람들이 마지막으로 모습을 드러냈다. 빗발치는 꽃다발을 본 아기 로스키우스(로마 시대의 희극 배우로, 크게 성공한 배우를 명예롭게 일컬을 때 이 이름을 사용한다.-옮긴이)는 기뻐서 어쩔 줄 몰랐다. 그러다 커다란 장미꽃 봉오리가 코끝을 건드려 크게 '으앙' 하고 울음을 터뜨리기도 했지만 사람들 걱정과는 달리 다치지는 않았고, 그 순간 흥을 더하는 정도에 그쳤다.

"이 정도면 첫 작품으로 괜찮았어." 마침내 막이 완전히 내려가고 배우들이 마지막 작품의 의상으로 갈아입기 위해 자리를 떠나자, 보몬트가 안도의 한숨을 쉬며 말했다.

"처음 시도치고는 꽤 성공했어. 이제 우린 위대한 미국 연극을 시작할 수 있을 거야." 훌륭한 희곡에 대한 멋진 생각을 잔뜩 떠올린 조는 크게 만족스러워하며 대답했다. 다만 가족에게 생긴 여러 극적인 사건 때문에, 조가 그해에는 희곡을 쓸 수 없었다는 사실을 덧붙이고자 한다.

「아울스다크의 대리석 신」이 이번 행사의 마지막을 장식했다. 어딘지 색다른 연극이었지만, 이곳의 너그러운 관객들은 재미있어했다. 파르나소스의 신들이 무대 위 회의장을 가득 메웠다. 주름을 잡고 자세를 잡아준 에이미의 솜씨 덕분에, 하얀 가발과 플란넬 천 가운은 그리스·로마 시대의 분위기를 우아하게 그대로 보여주었다. 이런저런 현대적 장식 때문에 효과가 조금 반감되기는 했지만, 공연 기획자의 깊이 있는 연출에 힘을 더해주기에 충분했다. 모자를 쓰고 가운을 입은 아울스다크 교수 역을 맡은 사람은 로리였다. 그는 거창한 자기소개 뒤에 석상을 하나씩 보여주면서 설명을 시작했다. 첫 번째 석상은 당당한 모습으로 나타난 지혜와 전쟁의 신 아테나였다. 그런데 석상을 자세히 본 관객들은 웃음을 터뜨렸다. 방패에는 '여성의 권리'라는 말이 장식되었고, 창에 앉은 올빼미 부리에는 '일찍, 자주 투표하라'라는 구호가 적힌 두루마리가 걸렸으며, 자그마한 절구와 공이가 투구를 장식했기 때문이었다. 강인한 정신을 지닌 고대 신의 굳게 다문 입, 꿰뚫는 듯한 눈, 경외감을 불러일으키는 이마에 관객들의 관심이 쏠렸다. 아울스다크 교수는 아테나의 자매들이 자신들의 의무를 다하지 못하는 현실에 대해 매서운 비판을 쏟아냈다. 다음 차례는 전령의 신 헤르메스였다. 날개 달린 두 발은 활기찬 신을 제자리에 두기 어렵다는 듯 떨렸지만, 공기처럼 가볍게 날아갈 듯한 모습은 매우 훌륭했다. 교수는 가만히 있지 못하는 헤르메스의 성격을 자세히 설명했고, 어떤 짓궂은 장난을 쳤는지 언급하며 이 불멸의 전령사는 못된 등장인물이라고 말했다. 이 이야기를 들은 그의 친구들이 신나게 박수를 치는 가운데 우리의 희생자 헤르메스는 대리석 코를 찡긋하며 대응했다. 그 옆에 선 작고 매력적인 헤베는 젊음의 신으로, 은으로 된 찻주전자에 담아온 신의 음료 넥타르를 파란색 찻잔에 붓고 있었다. 교수는 넥타르가 나쁜 양조주로 여겨지는 경향이 있지만 사실은 활기를 주면서도 취하지는 않는 음료라고 설명했다. 헤베 역할은 조시가 맡았다. 재주 많고 외향적인 이 소녀는 석상 분장을 한 채로 자신과 어울리지 않게 현대의 하인처럼 서 있었던 탓에, 뺨이 하얀 분 아래에서 붉게 물들었다. 관객들은 앞선 연극의 돌리와 이 연극의 단정한 하인이 모두 조시라는 사실을 알아채고는 따스한 갈채를 보냈다.

위풍당당한 제우스가 뒤를 이었다. 제우스와 그의 부인 헤라는 불멸의 신들이 반원 모양으로 자리 잡은 무대의 중심에 섰다. 아름다운 이마를 장식하는 머리카락과 신성한 턱수염 덕에 장엄해 보이는 제우스는 한 손에는 은빛 번개를, 다른 손에는 오래된 지팡이를 들었다. 발치에는 박물관에서 가져온 커다란 박제 독수리가 놓여 있었다. 위엄 있는 얼굴에 나타난 자애로운 표정의 제우스는 매우 흡족해 보였다. 그도 그럴 것이, 그는 평화로운 왕국을 지혜롭게 통치하고 있었고 그의 강력한 뇌에서 매해 태어나는 뛰어난 아테네 여신들 덕분에 높은 칭송을 받고 있었기 때문이다. 환호성과 칭찬에, 천둥의 신 제우스는 고개를 숙여 감사를 표했다. '제우스도 고개를 숙인다Jove nods'라는 말이 있듯, 제우스 같은 신에게도 겸손한 모습이 있고, 신이든 인간이든 추켜세우는 말에는 마음이 움직일 수밖에 없는 모양이었다.

제우스의 부인 헤라는 공작새 깃털, 짜깁기용 바늘, 펜, 국자까지 들고나왔지만, 아울스타크 교수가 온갖 비난을 퍼붓고 모욕하며 적대감을 보인 터라 순조롭게 등장하지는 못했다. 가정사의 무능함, 간섭을 좋아하는 성격, 독설, 다급한 성격, 질투까지 온갖 단점이 언급되었다. 하지만 상처를 치유하는 능력, 호전적인 영웅을 중재하는 솜씨, 그리고 올림포스의 신들과 지상의 젊은이들에 대한 애정을 칭찬하며 소개는 마무리되었다. 엄청난 웃음이 터져 나오는 걸 보니 이 소개도 큰 성공을 거둔 것 같았다. 농담이라지만 사랑하는 조 선생님에게 무례하게 대하는 모습에 화가 난 남자아이들 몇 명은 야유를 보냈다. 하지만 조는 눈을 반짝이며 터지는 웃음을 참지 못해 입가를 실룩거리는 것으로 그 비난을 즐기고 있음을 보여주었다.

다음에 등장한 신은 술통에 올라선 유쾌한 술의 신 디오니소스였다. 한 손에는 맥주잔을, 다른 손에는 샴페인병을 들고, 곱슬곱슬한 머리 위로 포도 화관을 얹은 여유로운 모습이었다. 디오니소스는 교수가 절제에 대한 짧은 강의를 하기에 적당한 신이었다. 이번 강의는 공연장 벽에 줄지어 선 젊은이들을 겨냥했다. 어느 순간 조지 콜이 기둥 뒤에 몸을 숨기자, 옆에 있던 돌리가 다른 쪽으로 조지를 슬쩍 밀었다. 교수가 큰 안경 너머로 뚫어지게 바라보면서 이들의 술잔치를 폭로하고 놀리자, 모두가 큰 웃음을 터뜨렸다.

두 사람이 처형당한 것을 확인한 뒤, 고매한 교수는 사랑스러운 아르테미스 쪽으로 몸을 돌렸다. 아르테미스는 가죽신을 신고 활과 화살을 든 채, 옆에 둔 수사슴 석고상만큼이나 희고 고요한 모습으로 서 있었다. 이번 공연에 등장한 조각상 중에서 가장 뛰어나고 완벽한 모습이었다. 아르테미스는 평론가가 아버지인 덕분에 아주 상냥한 대접을 받았다. 교수는 이 여신의 확고한 독신주의, 운동 경기에 대한 애정, 신탁의 능력을 간략히 언급하고 진정한 예술에 대해 짧으면서도 우아하게 설명한 뒤 마지막 석상으로 향했다.

이번에는 잘 차려입은 아폴론이었다. 고불고불한 머리카락은 솜씨 좋게 정돈되어 있었고, 쭉 뻗은 다리는 균형 잡힌 자세를 취하고 있었다. 은색 석쇠로 만든 리라(하프와 비슷한 고대 그리스의 작은 현악기-옮긴이)를 잡은 재능 넘치는 손가락은 신성한 음악을 지금이라도 연주할 것만 같은 모습이었다. 교수는 아폴론의 신성한 속성과 함께 어리석은 부분과 결점도 말해주었다. 사진과 플루트 연주에 너무 빠져 있었으며 신문사를 운영하려고 했고 아름다운 뮤즈와 함께 있기를 좋아한다는 사실을 언급했다. 마지막 폭로로 관객석에서는 키득거리는 소리가 들렸고, 여자 졸업생들은 얼굴을 붉혔으며, 괜히 찔린 젊은이들은 유쾌하게 웃어댔다.

교수는 우스꽝스러운 소개를 마무리하고 나서 허리를 굽혀 감사를 표했다. 몇 번의 커튼콜 뒤에 막이 완전히 내려갔다. 하지만 날개를 뗀 다리를 요란스럽게 흔드는 헤르메스, 찻주전자를 떨어뜨린 헤베, 술통을 멋지게 굴리는 디오니소스, 제우스의 지팡이를 뺏어 아울스다크 교수의 머리를 때리는 헤라의 모습을 관객들은 고스란히 볼 수 있었다.

관객들이 저녁 식사를 하려고 응접실을 가득 메우는 동안 무대에서는 신들, 농부와 귀족, 하인과 목수가 모여서 자신들의 노고가 이룬 성공을 함께 축하하는 떠들썩한 장면이 펼쳐졌다. 갖가지 의상을 입은 배우들이 손님들과 섞여 앉아서 아낌없는 칭찬을 들으며 커피를 마셨고, 발그레하게 달아오른 기운을 아이스크림으로 식혔다. 메그는 조시 옆에 앉았고, 데미는 모녀에게 다과를 가져다주었다. 캐머런 씨가 다가와 진심 어린 찬사를 했는데, 그때의 메그처럼 자랑스럽고 행복한 마음이 든 사람도 없을 것이다.

"브룩 부인. 저는 당신 자녀들이 어디서 그런 재능을 얻었는지 더는 궁금해하지 않을 거예요. 남작 연기에도 찬사를 보냅니다. 그리고 내년 여름에 해변 옆 별장에서 지낼 때 제가 귀여운 '돌리'를 가르치도록 허락해 주셨으면 해요."

이 제안이 어떻게 받아들여졌는지는 누구라도 쉽게 짐작할 수 있을 것이다. 당연히 보몬트와 플레처의 작품도 친절한 평론가 캐머런 씨의 우정 어린 찬사를 받았다. 두 작가는 거창한 대사나 요란한 무대 장치의 도움 없이 자연과 예술이 함께 어우러지도록 노력했다고 설명했다. 모두가 행복한 분위기였지만, 그중에서도 특히 행복한 사람은 '돌리', 조시였다. 조시는 발걸음 가벼운 헤르메스와 함께 도깨비불처럼 신나게 춤을 췄다. 아폴론은 후작 부인과 팔짱을 끼고 산책했다. 방금까지 무대에서 상대의 마음을 들었다 놨다 하던 모습은 립스틱과 함께 분장실에 놓고 온 모양이었다.

모든 행사가 끝난 뒤 눈이 내리는 길을 따라 집으로 걸어가며, 헤라가 제우스의 팔을 잡고 말했다. "사랑하는 프리츠, 크리스마스는 새로운 결심을 하기에 좋은 때죠. 난 이제 사랑하는 남편과 지내면서 다시는 조급해하거나 초조해하지 않을 거예요. 난 내가 어떤지 알아요. 당신은 인정하지 않겠지만요. 하지만 로리의 농담에는 어느 정도 진실이 담겨 있었어요. 약점을 찔린 기분이었죠. 난 운이 좋은 아내예요. 세상에서 하나뿐인, 사랑스러운 최고의 남자를 가졌으니까요."

달빛 아래에서 헤라는 상기된 모습으로 제우스를 부드럽게 안았고, 부부 뒤에 따라오던 사람들은 그 모습을 흐뭇한 마음으로 바라보았다.

연극 세 편이 모두 성공했고, 즐거운 크리스마스 밤은 마치 가족들에게 잊지 못할 추억으로 남았다. 데미는 무언의 질문에 대한 답을 얻었고, 조시의 간절한 소망도 이루어졌다. 아울스다크 교수의 농담을 들은 조는 조급하고 초조해하는 자기 성격을 자제하면서, 바쁜 생활 속에서도 바에르 교수를 편안하게 해주었다. 며칠 뒤, 조는 이런 행동에 대한 보답처럼 댄의 편지도 받았다. 그녀는 마음이 놓였고 행복했다. 댄이 봉투에 주소를 적어놓지 않아 그 기쁨을 알릴 수는 없었지만 말이다.

기다림

"여보, 나쁜 소식이 있어요." 1월 초 어느 날, 바에르 교수가 말했다.

"빨리 말해줘요. 어서요, 프리츠." 조는 하던 일을 내려놓고는 총에 맞더라도 용감하게 받아들이겠다는 듯 벌떡 일어나며 말했다.

"하지만 희망을 잃지 말고 기다려야 해요, 당신. 우리 함께 견뎌내야 해요. 에밀의 배가 사라졌어요. 아직 그 아이 소식도 없고요."

바에르 교수는 금방이라도 쓰러질 것처럼 비틀거리는 조를 부축했다. 하지만 조는 금방 정신을 차리고는 남편 옆에 앉아서 자초지종을 들었다. 몇몇 생존자가 함부르크에 있는 선주들에게 난파 소식을 전했고, 프란츠가 곧바로 이를 외삼촌에게 전보로 알린 것이다. 빠르게 항해하는 증기선이 얼마 안 되는 소식이나마 알려주었고, 앞으로 좋은 소식이 들려올 수도 있었다. 하지만 강풍이 이곳저곳에서 불고 안개가 구조를 방해하고 있으며, 돛대가 쓰러지는 바람에 선장의 구명정은 분명 난파되었을 것이라고 선원들이 말했다는 사실을, 착한 프란츠는 전보에 덧붙이지 않았다. 쾌활한 에밀제독이 노래를 부르며 집에 오는 일은 이제 없으리라는 슬픈 소문이 얼마 지나지 않아 플럼필드에 전해졌다. 모두가 좌절했지만 조는 그렇게 믿지 않았다. 에밀은 어떤 폭풍우라도 이겨내고 활기찬 모습으로 무사히 돌아올 거라고 고집스럽게 우겼다. 바에르 교수는 친자식처럼 아껴온 누나의 아이를 잃었다는 소식에 너무나도 고통스러워했다. 그나마 조가 희망을 버리지 않아 버틸 수 있었다. 헤라가 약속을 지킬 기회가 온 것이다. 희망이 희미해지고, 마음이 무겁게 가라앉을 때조차도 에밀이 돌아올 거라고 조는 밝은 목소리로 이야기했다. 그런 바에르 부부에게 위로가 되는 건 오직 아이들이 보여준 애정과 슬픔이었다. 프란츠는 계속 바뀌는 소식을 바삐 전보로 알려왔고, 냇은 라이프치히에서 애정 어린 편지를 보내주었다. 톰은 해운 회사에서 새로운 소식이 온 게 없는지 알려달라고 재촉했다. 심지어 잭까지도 평소와는 전혀 다른 따뜻한 편지를 보내왔다. 돌리와 조지는 아름다운 꽃과 맛있는 사탕을 가지고 와서, 조가 기운을 차리도록 위로하고 조시의 슬픔을 달래주었다. 네드도 시카고에서부터 먼 길을 달려와, 눈물 가득한 눈으로 부부의 손을 꼭 잡고 말했다. "제 친구 소식을 듣고 너무 걱정되어서 안 올 수가 없었어요."

"이게 진정한 위로예요. 우리가 아이들에게 다른 건 몰라도 형제 같은 사랑만큼은 가르쳐주었네요. 그런 사랑이 평생 서로를 지켜줄 거예요." 네드가 돌아가고 나서 조가 말했다.

로브가 동정 어린 편지들에 답장을 보냈다. 조와 가족들에게 얼마나 많은 친구가 있는지 그 많은 편지들이 말해주고 있었다. 실종된 에밀에 대한 친절한 칭찬들이 사실이라면, 에밀은 영웅이자 성자임이 분명했다. 인생이라는 힘든 학교에서 결과를 받아들이는 법을 배운 어른들은 조용히 슬픔을 참았으며, 젊은이들은 희망을 버리지 않고 계속 부여잡기도 했고 절망하기도 했다. 에밀이 가장 귀여워하던 놀이 친구 조시는 어떤 것으로도 위로할 수 없을 정도로 마음이 완전히 무너져 내린 것 같았다. 낸의 약도 효과를 내지 못했고, 데이지의 위로도 바람처럼 스쳐 지나갔다. 베스는 여러 재미있는 일을 생각해 냈지만 조시의 힘을 북돋는 데는 완전히 실패했다. 조시는 어머니의 팔에 안겨 울거나 꿈속에까지 나오는 난파선 이야기를 하곤 했다. 메그도 그런 딸이 점점 걱정되기 시작할 무렵, 캐머런 씨가 조시에게 친절한 편지를 보내주었다. 진짜 비극에서 용감하게 교훈을 배워야 한다고, 그래서 조시가 연기하고 싶어 하던 영웅처럼 이겨내야 한다고 말하는 내용이었다. 편지는 조시에게 도움이 되었다. 조시는 노력하기 시작했고, 테드와 옥투도 조시를 도왔다. 빛을 잃으면 죽게 되는 반딧불의 불이 갑자기 다시 깜빡거리기 시작하자, 테드는 조시에게 검은 말 옥투가 끄는 마차를 타고 밖을 둘러보고 오자고 매일같이 졸라댔다. 옥투가 눈 덮인 길을 달릴 때면 조시는 혈관 속에서 피가 춤추는 것처럼 느껴졌고, 자기도 모르는 사이에 옥투가 만드는 즐거운 방울 소리에 귀를 기울이지 않을 수 없었다. 조시는 햇살, 맑은 공기, 즐거운 대화(아무리 괴로운 젊은이라도 이 세 가지는 거부할 수가 없다.)로 위로를 받으며 집으로 돌아왔다.

에밀은 구조되어 하디 선장을 돌보면서 무사히 잘 지내던 때였기에, 플럼필드의 이 모든 슬픔이 헛되다고 느껴질 수도 있다. 하지만 그렇지 않았다. 슬픔을 함께하며 모두의 마음이 서로 더 가까워졌다. 어떤 사람은 인내를 배웠고, 어떤 사람은 동정심을 배웠다. 이제는 영영 떠나버린 사람에게 잘못한 일이 있다며 양심의 가책 속에 뉘우치는 법을 배운 사람도 있었다. 그리고 모두가 최후의 부르심에 대비해야 한다는 엄숙한 교훈을 얻었다. 여러 주 동안 플럼필드에는 고요함이 감돌았다. 언덕 위 학생들의 얼굴에도 계곡 아래 있는 사람들의 슬픔이 그대로 비쳤다. 파르나소스에서 들려오는 거룩한 음악은 듣는 사람 모두를 위로했다. 갈색 지붕 집에는 조시의 슬픔을 위로하는 선물이 가득했고, 에밀이 조와 마지막으로 앉아 있던 지붕 위에는 에밀의 깃발이 한 폭 아래에 반기(半旗)로 걸렸다.

이렇게 무거운 분위기로 몇 주가 지난 뒤였다. "무사함. 곧 소식 전하겠음." 마른하늘에 번개가 치듯 갑작스러운 전보였다. 그러자 "감사합니다, 하느님!"이라는 행복한 목소리의 합창이 들려왔고 깃발은 제 위치로 올라갔다. 대학교의 종도 울려 퍼졌고, 오랫동안 사용하지 않던 테드의 대포까지 발사되었다. 모든 사람이 밖으로 나와서 웃고 울다가 기쁨에 겨워 서로를 부둥켜안았다. 얼마 지나지 않아 기다리던 편지가 도착했다. 여러 통의 편지에는 난파에 대한 모든 이야기가 적혀 있었다. 에밀은 간단하게, 선장 부인은 감동적으로, 선장은 감사의 마음을 담아 글을 적었다. 메리는 다정한 몇 마디를 덧붙였다. 모두의 마음을 움직이는 사랑스러운 내용이었다. 이 편지들만큼 많이 읽히고 여러 번 돌려보고 감탄을 자아내고 눈물을 쏟게 한 편지는 다시없을 것 같았다. 이 편지들은 조나 바에르 교수의 주머니에 항상 들어 있었고, 두 사람 모두 밤에 기도할 때마다 슬쩍 꺼내 보았다. 바에르 교수는 수업에 들어갈 때 커다란 벌 소리 같은 콧노래를 다시 부르기 시작했다. 조는 자기 소설은 미뤄두고는 걱정해

준 친구들에게 진짜 이야기를 써 보냈고, 그러는 동안 이마의 주름도 펴졌다. 축하 편지가 밀려들고, 여기저기서 웃는 얼굴이 보였다. 로브는 나이답지 않게 감탄스러울 만큼 훌륭한 시를 지어 부모를 놀라게 했고, 데미는 선원 에밀이 돌아왔을 때 부를 수 있도록 그 시에 맞춰 곡을 지었다. 테드는 폴리비어(미국 독립 전쟁 발발 당시, 말을 타고 여러 도시를 달리며 영국군의 침공 소식을 전한 인물—옮긴이)라도 되는 듯 옥투를 타고 정신없이 달려 이웃들에게 좋은 소식을 전했다. 하지만 무엇보다 다행인 건 어린 조시가 수선화처럼 고개를 들고 다시 꽃피우기 시작한 것이었다. 그 꽃은 지나간 슬픔의 그림자를 머금고 예전의 활발함은 누그러뜨린 채 조용히 높이 자랐다. 모두가 인생이라는 거대한 진짜 연극 무대에서 자신의 배역을 잘 연기해야 한다는 교훈을 조시는 분명하게 배운 모양이었다.

이제는 다른 기다림이 시작되었다. 에밀이 집으로 오기 전에 함부르크에서 한동안 머무를 예정이었기 때문이다. 브렌다호의 선주가 헤르만 삼촌이었으므로 선장은 그에게 보고를 해야 했고 에밀은 프란츠의 결혼식 때까지는 남아 있어야 했다. 결혼식은 에밀의 실종 때문에 미뤄진 상태였지만 이제는 경쾌하게 진행될 참이었다. 고통의 시간이 지나간 뒤라 두 배로 기쁘고 즐거웠다. 테드가 부른 노래 가사처럼, 이번

봄처럼 아름다운 봄은 다시없으리라.

　　우리의 불만이 가득한 겨울을
　　이제 바에르의 아이들이 영광스러운 봄으로 만들었네!

　'조와 바에르 교수의 아이들'은 정말로 프란츠와 에밀을 자신들의 형이라 여겼다.

　부인들은 졸업 파티 때문만이 아니라 신혼여행으로 이곳에 올 예정인 신랑과 신부를 맞이하려고 열심히 문질러 닦고 먼지를 털면서 집을 정돈했다. 플럼필드 가족은 많은 계획을 세우고 선물을 준비하며, 프란츠를 다시 만난다는 생각에 모두 기뻐했다. 물론 함께 오는 에밀이 더 중요한 영웅이라는 사실에는 변함이 없었지만 말이다. 프란츠와 에밀은 자신들을 위해 어떤 놀라운 일이 준비되어 있는지 꿈에도 생각하지 못했다. 이 두 사람이 집으로 돌아갈 날을 기다리며 행복하게 지내는 동안, 더 나은 삶을 꿈꾸며 집에 갈 날을 기다리는 나머지 두 사람을 살펴보기로 하자. 냇은 현명하게 선택한 길을 꾸준히 걷고 있었다. 비록 꽃길이 아닌 가시밭길이었지만 말이다. 금단의 열매를 먹고 편안함과 즐거움을 맛본 뒤에는 더더욱 다니기 힘든 길이기도 했다. 하지만 냇은 자신이 뿌린 씨에서 자란 작물을 흔들리지 않는 마음으로 거

뒤들였고, 잡초 속에서 좋은 밀도 찾아냈다. 낮에는 학생들을 가르쳤고, 매일 밤 허름한 작은 극장에서 바이올린을 연주했다. 열심히 공부하는 모습을 보고 베르크만 교수도 뿌듯해했고, 언젠가 기회가 오면 발탁할 인물로 냇을 염두에 두었다. 함께 놀던 친구들은 냇을 잊었지만, 옛 친구들은 곁에 남아 냇이 향수에 시달리고 슬퍼할 때마다 격려해 주었다. 봄이 오면서는 상황이 조금 나아졌다. 지출은 줄었고 일도 즐거워졌다. 얇은 옷을 입은 등을 겨울 폭풍이 찰싹찰싹 때리고 낡은 구두를 신고 걷는 발끝을 서리가 찔러대던 때에 비해서는 생활도 견딜 만해졌다. 이제는 빚 부담도 없었고, 궁핍한 시기도 거의 끝났다. 이곳에 더 머무르기로 한다면 잠깐이라도 자립할 수 있도록 베르크만 교수가 도와줄 것이었다. 냇은 가벼운 마음으로 보리수 길을 걸었다. 5월에는 연주 여행 중인 학생 악단과 밤마다 함께 도시 곳곳을 다녔고, 자신이 손님으로 앉아 있었던 집 앞에서 바이올린을 연주했다. 옛 친구들이 연주를 들을 때도 있었지만, 어두운 밤이라 아무도 냇을 알아보지 못했다. 한번은 민나가 돈을 던져준 적도 있었다. 냇은 그 돈을 겸허하게 받았다.

어느 날, 기대한 것보다 빨리 큰 보상이 찾아왔다. 베르크만 교수는 오는 7월 런던에서 열리는 대규모 페스티벌에 참가할 악단 단원으로 다른 우수한 제자들 여러 명과 함께 냇이 뽑혔다고 알려주었다. 냇은 뛸 듯이 기뻤다. 자신이 선택한 직업에서 더 좋은 자리를 얻고 높은 보수를 받게 될 기회도 열릴 터였다. 여기에는 바이올리니스트로서의 명예뿐만 아니라 한 인간으로서의 행복도 달려 있었다.

"자네는 영어를 하니 런던에서 바흐마이스터 씨와 일하기가 편하겠군. 일이 잘 진행되면 기꺼이 자넬 미국으로 데려가겠지. 겨울에 음악회가 미국에서 열릴 예정이니 가을이 시작되면 출발할 걸세. 자네는 지난 몇 달 동안 잘 해왔어. 난 자네에게 희망을 걸고 있네."

베르크만 교수는 제자를 칭찬하는 법이 거의 없었기에, 그 말을 들은 냇은 마음 가득 자부심과 기쁨을 느꼈다. 냇은 교수의 기대에 부응하려고 전보다 더 열심히 연습했다. 영국 여행만으로도 더없이 행복하다고 생각한 냇에게 그보다 큰 행복이 찾아왔다. 6월 초에 프란츠와 에밀이―어려운 와중에도 시간을 내어―냇을 방문했던 것이다. 그들은 많은 선물과 함께 여러 좋은 소식과 가족들의 안부도 전해주었다. 옛 친구를 다시 보게 된 냇은 친구들 목에 매달려 울고 싶을 정도로 반가워했다. 빌린 돈으로 게으른 신사처럼 사는 모습이 아니라 자그마한 방에서 제대로 된 일을 하며 바쁘게 사는 모습을 보여줄 수 있었으니 얼마나 기뻤는지! 친구들에게 자기 계획을 이야기하고 빚도 청산했다는 이야기를 하고 나니, 경제적으로 안정된 생활을 하며 음악적으로 발전한 데 대한 친구들의 존경 어린 칭찬이 쏟아졌다. 냇은 얼마나 스스로 자랑스러웠는지 모른다. 자기 잘못을 솔직히 고백하는 냇에게 친구들이 웃으면서 자신들도 비슷한 경험을 했고 덕분에 더 현명해졌다고 말해주었을 때, 냇의 마음은 한결 더 편해졌다. 냇은 6월 말 프란츠의 결혼식에 참석한 뒤 런던에 있는 동료와 합류하기로 했다. 신랑 들러리를 맡았으니 새 양복을 맞춰주겠다는 프란츠의 고집을 냇은 꺾을 수가 없었다. 그런 뒤에 고향에서 온 수표를 받아들자 냇은 백만장자, 그것도 행복한 백만장자가 된 기분이었다. 냇의 성공을 기뻐하는 내용으로 가득한 편지 여러 장을 읽고 나니, 자신이 수표를 받을 자격이 있다고 느꼈다. 냇은 어린아이처럼 조바심을 내며 휴가를 손꼽아 기다렸다.

한편, 댄도 자유의 몸이 되는 8월이 오기만을 기다렸다. 그러나 댄을 기다리는 것은 결혼식 종소리나 축제 음악이 아니었다. 감옥에서 나갈 때 맞아줄 친구도 없었다. 댄의 앞에는 희망찬 미래도 없었고, 행복한 마음으로 고향에 돌아갈 수도 없었다. 그러나 실상 댄의 성공은 냇의 성공보다 훨씬 큰 것이었다. 하느님과 단 한 명의 선량한 사람만이 아는 사실이었지만 말이다. 어렵게 이긴 싸움이었다. 하지만 다시 이렇게 힘들게 싸우는 일은 없을 것이었다. 적들은 여전히 안팎에서 공격해 오겠지만, 이제는 그리스도인이 가슴에 품고 다니는 작은 안내서를 갖게 되었기 때문이다. 사랑, 인내, 기도라는 사랑스러운 세 자매가 댄을 안전하게 지켜줄 갑옷을 선사했다. 갑옷을 입다가 피부가 벗겨지기도 했고 아직은 갑옷 입는 법을 완전히 배우지는 못했지만, 갑옷의 가치만은 충분히 느낄 수 있었다. 쓰디쓴 지난 한 해 동안 댄의 곁을 지켜준 한 명의 충실한 친구 덕분이었다.

곧 자유의 몸이 될 그였다. 싸움에 지치고 상처 입은 몸이지만, 축복받은 태양과 공기 속에 살고 있는 사람들 사이로 나아가리라. 댄은 이런 생각이 떠오를 때마다 하루빨리 나가고 싶은 마음이 간절해졌다. 시냇가에서 자주 관찰하던 나방이 하늘로 날아가려고 풀고사리를 타고 기어올라 관처럼 딱딱한 고치를 찢고 나오듯이, 댄도 좁은 감방을 부수고 날아가야만 했다. 매일 밤 계획을 세우며 잠을 청했다. 약속대로 메리 메이슨을 찾아보고, 곧장 오랜 원주민 친구한테로가 황야 속에서 자기 치욕을 감추고 상처를 치료하겠다는 생각이었다. 많은 사람을 구하려 노력한다면, 한 사람을 죽인 죄의 대가를 치를 수 있으리라. 그리고 예전처럼 자유로운 생활을 한다면 도시에서 그를 괴롭히던 유혹에서 자신을 보호할 수도 있을 터였다.

"머지않아 다시 괜찮아지면, 부끄럽지 않게 이야기할 무언가가 생기면, 그때 집으로 돌아가자." 댄은 혼자 중얼거렸다. 너무나도 간절하게 집으로 가고 싶은 마음에 빨라진 심장 박동을 느끼면서, 그것은 초원을 뛰어다니는 야생마를 길들이는 것만큼이나 힘든 계획이라는 사실을 깨달았다. "아직은 안 돼. 먼저 이곳 생활을 지워야 해. 지금 간다면 사람들은 나를 더럽힌 교도소의 흔적을 알아챌 거야. 나도 그들 얼굴을 본 순간 진실을 숨길 수가 없을 테고. 테드의 사랑, 조 선생님의 신뢰, 여자아이들의 존경을 잃을 수는 없어. 내가 힘이 세서 좋아해 주긴 했지만, 이젠 나랑 마주치려고 하지도 않을 거야. 나를 스스로 자랑스럽게 생각할 만한 일을 해보자. 끔찍하던 지난 1년은 아무도 알지 못하게 해야지. 지워버릴 수 있어. 그렇게 할 거야. 하느님, 절 도와주소서!" 기도를 마친 댄은 굳은 다짐과 회개가 기적을 이룰 수만 있다면, 잃어버린 지난 1년을 좋은 해로 바꿔놓으리라고 엄숙하게 맹세하듯 움켜쥔 손을 치켜들었다.

테니스 코트에서

플럼필드에서는 운동 경기가 큰 인기를 끌었다. 예전에 이곳 강에서는 소년을 태운 작은 배가 흔들거리고, 백합을 꺾으려는 소녀들이 재잘대는 소리가 메아리치곤 했다. 하지만 이제는 폭이 좁고 길쭉한 나룻배부터 시작해, 쿠션과 햇빛 가리개, 바람에 펄럭이는 삼각 깃발 등으로 화려하게 장식한 유람선까지 온갖 종류의 배가 떠다니는 활기 넘치는 곳으로 바뀌었다. 모두가 노 젓는 법을 알았다. 어린 여자아이들까지 조정 경주를 하면서 가장 과학적인 방법으로 근육을 단련하고 있었다. 옛 버드나무 근처 넓은 풀밭은 이제 대학 운동장이 되었다. 이곳에서는 열광적인 야구 경기가 진행되었고, 미식축구나 높이뛰기를 비롯한 여러 운동 경기가 펼쳐졌다. 학생들은 운동을 하다가 손가락 피부가 벗겨지거나 갈비뼈가 부러지기도 했고, 더 열정적인 참가자들은 허리를 다치는 일도 있었다. 여학생들은 이 마르스 광장(프랑스 파리에 있는 공원에 비유한 것. 군신 '마르스'라는 이름이 붙은 이유는 이곳이 군사 훈련 장소로 사용되었기 때문이다.—옮긴이)에서 조금 떨어진 안전한 곳에서 운동했다. 들판에 늘어선 느릅나무 밑에서 크리켓 배트로 공을 치는 소리가 들렸고, 테니스 코트 여러 곳에서는 라켓이 힘차게 오르내렸다. 여학생들은 높이가 다른 여러 문을 우아하게 뛰어넘는 높이뛰기 연습을 하면서, 언제 덮쳐올지 모르는 성난 황소—항상 주변에 있지만 가까이 올 것 같지는 않은—로부터 목숨을 구할 수 있지 않을까 생각했다.

테니스 코트 중 한 곳에는 '조시의 코트'라는 이름이 붙었다. 어린 아가씨 조시는 이곳을 여왕처럼 통치했다. 조시는 테니스를 매우 좋아했고, 아직은 부족한 실력을 최고로 완벽한 수준까지 끌어올리려고 틈만 나면 희생자를 찾았다. 어느 기분 좋은 토요일 오후, 조시는 베스를 상대로 테니스를 치면서 계속해서 이기고 있었다. 베스 공주님은 아름다운 장미를 돌보는 일처럼 조용한 일에 전념하던 터라 사촌 동생보다 동작은 우아했지만 몸놀림은 활발하지 못했다.

"맙소사! 벌써 지친 거야? 남자애들은 바보 같은 야구나 하고 있잖아. 그럼 이제 난 뭘 하지?" 조시는 한숨을 내쉬더니 쓰고 있던 커다란 빨간 모자를 뒤로 젖히면서 자신이 정복할 다른 세상은 없는지 서글픈 얼굴로 주위를 둘러보았다.

"땀 좀 식히고 나서 바로 다시 경기하자. 그런데 사실 재미는 없어. 난 지기만 하잖아." 베스가 커다란 나뭇잎으로 부채질을 하면서 대꾸했다. 낡은 벤치에 베스와 나란히 앉아 기다리려던 조시의 눈에 흰색 플란넬 천 옷을 입은 두 남자가 들어왔다. 파란 바지를 입은 남자들의 다리는 멀리서 진행되는 전투를 향하는 듯 보였다. 하지만 그들은 야구장에 가지 못했다. 하늘이 내려준 지원병을 붙잡기 위해 조시가 기쁨의 함성을 지르며 달려왔던 것이다. 두 사람은 조시를 보고는 멈추고 모자를 들어 올려 인사했다. 두 사람의 인사 방식은 서로 완전히 달랐다. 뚱뚱한 젊은이는 들어 올린 모자를 귀찮다는 듯 바로 다시 머리에 썼다. 하기 싫은 임무를 끝마쳐서 기쁘다는 모양새였다. 진홍색 넥타이를 맨 다른 청년은 모자를 벗으며 우아하게 몸을 굽혀 인사하더니, 숨을 헐떡이는 장밋빛 얼굴의 아가씨에게 다가갔다. 덕분에 차분하게 가르마를 탄 칠흑 같은 머리와 이마 위로 내려온 곱슬머리 한 가닥이 보였다. 돌리는 그 인사법을 자랑스러워하며 거울 앞에서 연습도 했지만, 누구에게나 똑같이 해주지는 않았다. 그는 빼어난 미남인 데다가 스스로가 그리스 신화의 아도니스쯤 된다고 생각했기에, 그 인사는 자신의 마음에 드는 아름다운 여성들에게만 해주는 예술이라고 여겼다.

함께 테니스를 치고 싶어서 안달이 난 조시는 돌리의 인사에 영광스러워하지도, 고마워하지도 않았다. 그저 고개만 까딱 하면서 두 사람에게 "같이 가서 테니스 치자. 다른 오빠들하고 땀이나 흘리고 먼지투성이가 되려고 저기 갈 필요는 없잖아." 하고 사정했다. 스터피는 이미 땀범벅이었고, 돌리는 새로 맞춘 양복을 입은 터라 '땀'과 '먼지'라는 두 단어는 효과가 있었다. 돌리는 자신에게 잘 어울리는 새 옷을 가능한 한 오래 깨끗한 상태로 유지하고 싶은 마음이었다.

"기꺼이 함께하겠습니다." 예의 바른 돌리가 또다시 고개를 숙이면서 대답했다.

"네가 쳐. 난 쉴래." 시원한 그늘에서 쉬면서 공주님과 고상한 대화나 나누고 싶었던 뚱뚱한 청년이 덧붙였다.

"좋아, 오빠 베스 언니를 위로해 줘. 나한테 완전히 졌으니까 누가 기분을 풀어줘야 할 거야. 주머니에 뭔가 맛있는 게 있는 거 알아, 조지 오빠. 베스 언니한테 좀 줘. 돌리 오빠 언니 라켓을 빌리면 되겠다. 자, 그럼 시작하자고!" 조시는 붙잡은 먹잇감을 몰면서 의기양양하게 코트로 복귀했다.

육중한 몸이 앉자 벤치가 삐걱거렸다. 스터피(이제는 아무도 조지를 스터피라는 옛 별명으로 부를 생각을 감히 하지 않지만, 여기서는 계속 그렇게 부르기로 하자.)는 항상 가지고 다니던 과자 상자를 주머니에서 곧장 꺼내고는, 설탕 뿌린 제비

꽃을 비롯해 여러 맛있는 것들로 베스를 대접했다. 그동안에 돌리는 최고의 적수를 상대로 힘겹게 싸웠다. 하지만 넘어지는 바람에 새 바지의 무릎 부분에 보기 흉한 얼룩이 생겨버렸고, 그걸 보자 정신이 산만해지고 집중력이 흐트러진 돌리는 그만 지고 말았다. 운 나쁘게 넘어지지만 않았어도 돌리가 이겼을지도 몰랐다. 어쨌든 조시는 이겼으니 신나고 만족스러워하며 돌리에게 야유조의 위로를 건넸다.

"그렇게 할머니같이 굴지 마. 빨면 되잖아. 오빠 전생에 고양이였을 거야. 옷에 뭐 묻는 걸 그렇게 싫어하니 말이야. 아니면 평생 양복만 만드는 재단사였거나."

"이봐, 넘어진 사람을 때리지는 말아야지." 스터피와 함께 여자아이들에게 자리를 내주고 풀밭에 누운 돌리는 '재단사'라는 말에 짜증을 내며 응수했다. 그는 손수건 한 장은 몸 아래에 깔고 다른 손수건으로는 팔꿈치를 받치고서, 초록색과 갈색 얼룩에서 눈을 떼지 못했다. "난 단정한 게 좋아. 낡은 구두에 빛바랜 플란넬 셔츠를 입고 숙녀들 앞을 마구 돌아다니는 게 예의라고 생각하진 않아. 우리 학교 학생들은 모두 신사라서 이렇게 입거든."

"우리 학교도 그래. 하지만 여기선 좋은 옷만으로는 신사가 될 수 없어. 우린 더 많은 걸 요구하니까." 발끈한 조시는 즉시 자기 학교를 옹호할 태세를 갖췄다. "오빠나 오빠의 신사 친구들이 넥타이를 손으로 꼬아대고 머리에 이상한 향수나 뿌리고 있을 때, '낡은 구두'를 신고 '빛바랜 플란넬 셔츠'를 입은 사람들에 대한 이야기를 듣게 될걸? 난 낡은 구두를 좋아하고 신기도 해. 멋만 부리는 사람은 싫더라. 베스 언닌 어때?"

"나한테 친절하게 대해줄 땐 싫지 않아. 옛 친구라면 더더욱 그렇고." 베스는 돌리에게 고맙다고 고개를 끄덕이면서 대답했다. 돌리가 베스의 조그만 빨간 구두에 붙은 애벌레를 조심스럽게 떼어낸 참이었다.

"난 항상 예의가 바른 숙녀가 좋아. 자기랑 생각이 다르다고 마구 화내지 않는 그런 아가씨 말이야. 너도 그렇지, 조지?" 돌리는 베스에게는 가장 멋진 미소를, 그리고 조시에게는 하버드식 비난의 눈총을 보내면서 이렇게 물었다.

평온하게 코를 고는 소리가 스터피의 대답이었다. 이 모습을 보고 모두 박장대소하면서 평화가 찾아왔다. 하지만 자기주장이 지나치게 강한 남자들을 괴롭히길 좋아하는 조시는 테니스를 더 친 후에 새롭게 공격할 기회를 노리고 있었다. 그녀는 돌리에게 테니스를 한 경기 더 하자고 했고, 기사도 정신이 투철한 돌리는 조시의 요청을 받아들였다. 그동안에 베스는, 둥글고 빨간 얼굴을 모자로 반쯤 가리고 통통한 다리를 꼰 채로 등을 바닥에 대고 누워 있는 스터피를 스케치했다.

두 번째 경기는 조시의 패배였다. 심술이 난 조시가 평온하게 자는 스터피의 코를 지푸라기로 간질여 깨우자, 그는 재채기를 하며 벌떡 일어나 화난 얼굴로 '빌어먹을 파리'가 어디 있나 찾으며 주위를 두리번거렸다.

"자, 똑바로 앉아서 우아한 대화를 좀 나눠봐요. 오빠들 같은 '똑똑한 멋쟁이들'이 우리의 생각과 예의범절을 고쳐줘야 하잖아. 우리는 '초라한 드레스에 낡은 모자를 쓴 시골 아가씨'일 뿐이니까." 몸치장보다 책을 더 좋아하는 여학생에 대해 돌리가 무심하게 한 말을 슬쩍 인용하면서 조시가 전투를 개시했다.

"너희들 얘기 아니야! 너희 드레스는 아주 괜찮아. 모자도 요새 것들이고." 생각 없이 말을 하는 바람에 스스로를 유죄로 만들어버린 돌리가 대꾸했다.

"오빠가 하는 말은 다 그런 식이야. 예전엔 오빠 같은 남자들이 전부 신사인 줄 알았어. 친절하고 예의 바른 사람들 말이야. 그런데 오빤 옷을 잘 못 입는 여자애들을 비웃잖아. 그건 성숙하지 못한 일이야. 엄마도 그렇게 말씀하셨어." 조시는 화려하게 장식한 사원에서만 절을 하는 우아한 젊은이에게 제대로 한 방 먹였다고 생각했다.

"네가 당했네, 이 친구야. 애 말이 맞아. 난 너처럼 옷이 어쩌고 하는 그런 헛소리를 하지는 않잖아." 기분 전환을 위해 사탕이나 하나 더 먹고 싶다고 생각하던 스터피가 하품을 참으면서 말했다.

"오빠는 먹는 얘기만 하잖아. 그건 더 어른스럽지 못해. 나중에 요리사랑 결혼해서 식당을 차리면 되겠네." 조시는 곧바로 스터피도 공격하며 야유했다.

무서운 예언을 들은 스터피는 몇 분 정도는 입을 다물었다. 하지만 돌리는 조시를 놀리다가 영악하게 주제를 바꾸면서 적의 진영으로 전장을 옮겼다.

"아까 예의범절을 가르쳐달라고 했잖아. 그래서 하는 말인데, 상류 사회 아가씨들은 개인적인 의견을 내보이거나 훈계를 해대지는 않는 법이야. 아직 사교계에 나가지 못한 어린 여자애나 그런 행동이 재치 있다고 생각하지. 그건 좋은 태도가 아니야."

조시는 '어린 여자애'라는 말에 충격을 받아서 회복하는 데 잠깐 시간이 필요했다. 열네 번째 생일을 축하받은 게 생생한데 그런 말을 듣다니 말이다. 그때 베스가 당당한 말투로 말했다. 조시의 무례한 말보다 훨씬 압도적인 효과가 있었다.

"그래. 하지만 우린 우리보다 나이가 많은 어른들과 줄곧 살아왔잖아. 그래서 오빠들이 아는 젊은 아가씨들 같지 않은 거야. 그렇게 사교적으로 말하지도 않고 말이야. 우린 분별 있는 대화에 익숙하고, 상대방의 잘못을 이야기해 주면서 서로를 도와주지. 남의 험담 같은 건 하지 않아."

베스 공주님이 꾸짖으면 남자들은 그다지 싫은 기분이 들지 않았다. 돌리는 입을 다물었다. 조시는 사촌 언니의 말이 통쾌하다고 생각하면서 이어서 목소리를 높였다.

"우리 학교 남자애들은 여자들과도 얘기하는 걸 좋아해. 우리가 조금만 주의를 시켜도 잘 받아들이고. 자기들이 뭐든지 다 안다거나 열여덟이면 다 컸다고 생각하지도 않아. 하버드 학생들은, 그중에서도 어린 학생들은 특히 그런 식으로 구는 모양이지만 말이야."

조시는 자신의 말에 스스로 엄청나게 만족해했다. 돌리는 총알을 한 방 맞은 것 같았다. 그는 야구장에 있는 땀에 젖은 먼지투성이 학생들을 슬쩍 보고는 짜증 섞인 말투로 대꾸했다. "너희 학교 애들은 너 같은 여자애들한테 품위나 교양을 배워야겠지. 걔네가 너희들 말을 들어서 다행이네. 그런데 우리 학교 학생들은 이 나라에서 가장 좋은 집안 출신이라 여자애들한테까지 배울 필요는 없어."

"우리 학교에 있는 그런 '애들'이 오빠네 학교에는 많이 없다니 딱하다. 우리 학교 애들은 대학에서 배우는 걸 중요하게 생각하고, 배운 걸 잘 활용해. 실컷 놀고 공부도 안 하면서 시간만 낭비하지는 않는다고. 아, 그리고 오빠네 '학생들' 이 말하는 걸 들었는데, '대학 나왔다는 말이나 하려고 시간과 돈을 낭비하지는 않았다면 얼마나 좋았을까'라고 아버지들이 말씀하신다던데? 우리 학교 여학생들이 하버드에 들어가게 되면 남자들에게도 좋긴 하겠네. 오빠들처럼 게으른 남자들도 우리 수준을 따라가야 할 테니까."

"우리가 그렇게 엉망이라고 생각하면서 너희는 왜 우리 학교 색깔이 있는 모자를 쓰는 거야?" 모교의 장점을 제대로 말하지 못해 억울하지만, 일단은 학교를 편들어야 한다고 생각한 돌리가 말했다.

"안 썼는데? 이 모자는 주홍색이야. 진홍색이 아니고. 오빠 색깔을 참 잘도 알고 있네." 조시가 비웃었다.

"그렇게 빨간색을 흔들어대면 흥분한 소가 쫓아올걸." 돌리가 응수했다.

"상관 없어. 오빠네 착한 아가씨들은 이런 거 할 수 있어? 오빠 어때?" 최근에 익힌 기술을 자랑하고 싶어 몸이 근질거리던 조시는 가까이 있는 작은 문으로 달려가 맨 위 난간을 한 손으로 짚고는 새처럼 가볍게 뛰어넘었다.

베스는 고개를 저었고 스터피는 성의 없이 박수를 쳤다. 하지만 씩씩한 여자아이를 우습게 생각하는 돌리는 그 문을 훌쩍 뛰어넘어 조시 옆에 착지하고는 태연하게 말했다. "이런 건 할 수 있어?"

"아직은 못 해. 하지만 금방 할 수 있을 거야."

적이 조금 풀 죽어 보이자 살짝 마음이 풀린 돌리는 이런저런 묘기를 잇따라 보여주었다. 그는 자신이 무서운 올가미에 걸려들었다는 사실은 꿈에도 모르고 있었다. 돌리는 뒤돌아선 채로 페인트 칠을 한 문을 뛰어넘다가 칙칙한 빨간색 페인트를 옷에 묻혀버렸다. 그 모습을 본 조시는 기다렸다는 듯이 약을 올렸다.

"진홍색이 어떤 색인지 궁금하면 오빠 등을 보면 돼. 아주 예쁘게 찍혔거든. 빨아도 안 지워질걸?"

"뭐? 이게 대체 뭐야!" 돌리는 소리치며 등을 보려고 애쓰다가 짜증을 내며 자포자기했다.

"이제 가는 게 좋겠다, 돌리." 평화를 사랑하는 스터피가 말했다. 아군의 형세가 최악이니 또 다른 전쟁이 벌어지기 전에 퇴각하는 게 현명하다고 본 것이다.

"서두를 필요 없어. 천천히 여기서 쉬어. 이번 주에는 두뇌 활동을 아주 엄청나게 했을 테니까 오빠들한테는 휴식이 좀 필요할 거야. 우린 그리스어를 할 시간이네. 가자, 베스 언니. 신사분들은 편히 쉬세요." 마지막 말을 했으니 명예롭게 물러서도 되겠다고 생각한 조시는 정중하게 인사를 하고는, 위풍당당하게 모자를 올려 쓰고 라켓을 승리의 깃발처럼 어깨에 메고 앞장섰다.

돌리는 베스에게 냉담한 얼굴로 예의를 갖춰 인사했고, 스터피는 다리를 허공에 올리고 느긋하게 누운 채 졸린 목소리로 중얼거렸다.

"조시는 오늘은 기분이 좋지 않은가 봐. 난 한숨 더 잘 거야. 너무 더워서 뭘 하고 싶지도 않으니까."

"맞아. 이 끔찍한 얼룩이 안 지워진다는 말 진짤까?" 돌리는 앉아서 손수건으로 얼룩을 지워보려고 애썼다. "자?" 지루한 작업을 계속하던 돌리는 자기는 화가 나 죽겠는데 태평하게 누워 있는 친구의 모습이 괘씸했다.

"아니. 우리가 시간만 낭비한다는 조시 말이 그렇게 틀리지는 않는다고 생각하고 있었어. 공부를 안 하는 건 부끄러운 일이지. 난 대학에 가고 싶지 않았는데 아버지 때문에 간 거야. 아버지나 나한테 별로 좋을 것도 없을 텐데!" 스터피가 끙끙거리며 대답했다. 공부하는 게 싫은 스터피에게는 앞으로 남은 2년이라는 시간이 너무 길게 느껴졌다.

"멋있어 보이잖아. 그렇게 열심히 공부할 필요는 없어. 난 재미있게 놀 거야. 원하기만 하면 '똑똑한 멋쟁이'처럼 보일 수도 있고. 우리끼리니까 하는 말인데, 여자애들이랑 어울리면 정말 재밌을 거라고. 공부야 될 대로 되라지! 그래도 아주 열심히 해야 할 때는 귀여운 여자애들이 도와주면 참 좋겠지. 안 그래?"

"지금 당장 여자애들 셋이 있었으면 좋겠어. 부채질해주고 입 맞춰주고 시원한 레모네이드를 갖다줄 애들 말이야!" 스터피는 한숨을 쉬면서 집 쪽을 바라보았지만, 지원병은 나타나지 않았다.

"루트 비어(열매 과즙 등을 탄산수나 액상과당에 섞어 마시는 음료-옮긴이)는 어때?" 뒤에서 목소리가 물었다. 돌리는 벌떡 일어났고, 스터피는 깜짝 놀란 돌고래처럼 데굴데굴 굴렀다.

근처 담장 옆 계단에, 유행 지난 햇빛 가리개 모자를 쓴 조가 물병 두 개를 가죽끈으로 묶어 어깨에 메고, 손에는 양철 컵을 든 채 앉아 있었다.

"남자아이들이 목말라서 얼음물을 죽도록 찾을 테니까, 맛도 뛰어나고 몸에도 좋은 음료를 가져온 거야. 다들 몽땅 마셔버렸지. 그래도 사일러스가 같이 들고 와준 덕분에 아직 남아 있어. 좀 마실래?"

"네, 정말 감사합니다. 잘 마실게요." 돌리가 잔을 들자 스터피가 행복한 얼굴로 음료를 따랐다. 두 사람은 무척 고마워하면서도, 조가 음료를 건네주기 전에 자신들이 나누던 이야기를 들었을까 봐 조금 겁이 났다.

조가 그들의 말을 들은 건 사실이었다. 술을 팔려고 술

병과 잔을 들고 온 중년 부인처럼 보이는 조를 사이에 두고 돌리와 스터피는 그녀의 건강을 위해 건배했다. 음료를 마신 두 사람에게 조는 이렇게 말했다.

"너희들 대학에도 여학생이 있었으면 좋겠다고 하는 말을 듣고 기뻤단다. 하지만 여학생들이 대학에 가기 전에 너희들은 더 예의 바르게 말하는 법을 배워야 할 거야. 그게 너희들이 여학생들과 어울리기 전에 들어야 할 첫 번째 수업이란다."

"농담이었어요, 선생님. 정말이에요." 음료를 서둘러 들이켜며 스터피가 말했다.

"저도요. 확실히 저는, 그러니까 저는 여자아이들에게 잘해줘요." 설교를 들어야 하는 상황임을 직감하고 공황 상태에 빠진 돌리는 말을 더듬었다.

"올바른 방법으로 대하는 것 같지는 않은데. '귀여운 아가씨' 같은 말을 좋아하는 아가씨들도 있을지 모르지만, 공부하기 좋아하는 여학생들은 이성적인 존재로 대접받고 싶어 해. 그래, 난 설교를 할 생각이야. 그게 내가 할 일이니까. 그러니까 일어서서 성숙한 사람답게 잘 듣도록 해라."

조는 웃으며 말했지만 진지한 얼굴이었다. 지난겨울 내내 두 아이가 잘못된 방식으로, 특히 조가 달갑게 생각하지 않는 방식으로 인생을 보기 시작했다는 조짐을 보이기는 했다. 두 사람 다 집에서 멀리 떨어져 생활했고, 낭비하기에 부족함 없을 정도로 돈도 많았다. 많은 또래 젊은이가 그렇듯 호기심이 강하고 남의 말을 잘 믿는 편이었다. 책도 즐겨 읽지 않으니, 학생들을 해로운 것에서 지켜주는 안전장치가 이들에게는 없었다. 한 사람은 제멋대로에 게으르고, 사치스러운 생활로 욕구를 쉽게 채우는 데 익숙했다. 다른 한 사람은 잘생긴 남자아이답게 허영심이 강했고 잘난 척이 심했으며 동료들 눈에 들 수만 있다면 무슨 일이든 할 준비가 되어 있었다. 두 사람은, 쾌락을 좋아하고 의지가 약한 사람들을 노리는 유혹에 빠지기가 특히 더 쉽다는 약점이 있었다. 조는 이런 사실을 잘 알았기에 돌리와 스터피가 대학에 간 뒤부터는 자주 경고의 말을 해주었지만 두 사람은 잘 알아듣지 못하는 듯했다. 조는 이제 제대로 이야기해 주기로 마음먹었다. 남자아이들을 오래 겪어본 조는 위험한 일이라도 대담하고 능숙하게 다룰 수 있었다. 아무 말 하지 않고 넘어가거나 그냥 놔두면, 나중에는 불쌍하게 여기거나 책망하는 것 외에는 다른 방법이 없다는 것도 알고 있었다.

　"너희들 어머니를 대신해서 해줄 이야기가 있어. 어머니들이 가장 잘할 수 있는 일이지. 부모의 의무를 다하려고 한다면 말이야. 하지만 너희는 집이 너무 머니까." 조는 모자 속 깊은 곳에서 울리는 엄숙한 목소리로 말을 시작했다.

'이런 맙소사! 이젠 도망갈 수가 없겠는걸!' 돌리는 당황한 기색을 숨기면서 생각했다. 한편 스터피는 음료 한 잔을 더 마시면서 기운을 차리려다 첫 번째 일격을 당했다.

"그 음료는 해롭진 않을 거야. 하지만 다른 걸 마시는 일에 대해선 경고를 해야겠다. 조지, 네가 과식한다는 건 다시 말할 필요도 없겠지. 몇 번 더 아프다 보면 너도 정신을 차릴 거야. 하지만 음주는 더 심각한 문제란다. 몸을 상하게 하는 걸 넘어서 더 해로운 결과를 낳겠지. 너희들이 다른 아이들보다 포도주를 잘 알고 더 좋아한다고 자랑하는 걸 들은 적 있어. 그리고 농담처럼 나쁜 말을 하는 것도 여러 번 들었고. 제발 부탁이다. 너희들 말처럼 '재미 삼아'라든가, 유행이라든가, 다들 한다든가 하는 이유로 이런 위험한 취미를 즐기기 시작하지는 말았으면 해. 당장 그만둬. 모든 일에 절제만이 유일하고 안전한 규칙이라는 사실을 배워야 해."

"맹세해요. 전 포도주와 철분만 먹어요. 전 포도주를 마셔야 한다고 엄마가 그러셨어요. 공부할 때 너무 써서 없어진 뇌 조직을 회복시켜 준대요." 스터피는 손가락을 불에 데기라도 한 것처럼 컵을 황급히 내려놓으며 말했다.

"좋은 고기와 오트밀이 뇌 조직을 회복시키는 데 훨씬 좋을 거야. 평범한 식사를 하며 공부하는 게 네게 가장 필요하단다. 해로운 걸 멀리하도록 여기 몇 달쯤 붙잡아 두고 싶

구나. 밴팅 요법(기름기, 녹말, 당분 등을 피하여 살을 빼는 방법
—옮긴이)을 알려주고 싶어. 하루에 네다섯 끼나 먹고, 달리기
를 할 때 숨을 심하게 헐떡이지 않게 말이다. 그 투박한 손은
또 뭐니! 그런 건 부끄러워해야 해!" 그러면서 조는 마디마다
살에 파묻혀 있는 스터피의 통통한 주먹을 잡아 올렸다. 스
터피는 그 나이 청년으로 보기에는 상당히 굵은 허리를 감싼
허리띠 버클을 괴로운 듯 더듬거렸다.

"어쩔 수 없어요. 우리 집안 사람들은 모두 뚱뚱한 걸
요."스터피가 자신을 방어하며 말했다.

"그럴수록 네가 몸 관리를 더 잘해야지. 일찍 죽고 싶은
거야, 아니면 평생 환자로 살고 싶은 거야?"

"아니에요, 선생님!"

스터피가 겁에 질린 듯 보여, 조는 더는 심하게 몰아붙
일 수 없었다. 제멋대로 하도록 놔둔 어머니의 책임이 크다
는 걸 알았기 때문이다. 그래서 조는 말투를 누그러뜨리고
는, 스터피가 자그마한 손으로 조의 그릇에서 설탕 덩어리를
슬쩍 가져가려고 했던 시절처럼 스터피의 통통한 손을 살짝
때리면서 이렇게 덧붙였다.

"다음부터는 주의하도록 해라. 자기 성격이 얼굴에 나타
난다고 하잖니. 네 얼굴에 과식과 과음이라고 씌어 있길 바
라진 않겠지?"

"물론이에요! 건강한 식단을 만들어주세요. 그러면 할 수 있는 데까지는 꼭 지킬게요. 요즘 살이 점점 더 찌는데, 그건 저도 싫어요. 간은 제 기능을 못 하고 가슴은 두근거리는 데다가 두통까지 있어요. 저희 어머니는 공부를 너무 많이 해서 그렇다는데, 아마 과식 때문이겠죠." 스터피는 좋아하는 걸 포기해야 하는 아쉬움, 그리고 조가 손을 놓자마자 허리띠를 풀면서 느낀 안도감이 뒤섞인 한숨을 내쉬었다.

"만들어줄 테니까 잘 지키도록 해봐. 1년 안에 '음식 주머니'가 아니라 사람이 될 수 있을 거야. 자, 이번엔 돌리 차례야." 조는 다음 범인 쪽으로 돌아섰다. 돌리는 전전긍긍하며 차라리 여기 안 왔다면 좋았을 거라고 생각했다.

"작년 겨울처럼 열심히 프랑스어 공부를 하고 있니?"

"아뇨, 선생님. 저 프랑스어 싫어해요. 그러니까, 그게, 지금은 그리스어를 공부해요." 돌리는 이상한 질문의 의도를 정확히 모르고 처음에는 당당하게 대답했다가, 갑자기 어떤 기억이 떠오르자 말을 더듬으며 가만히 신발만 내려다보았다.

"아, 돌리는 공부 안 해요. 프랑스 소설을 읽거나 오페라 극단이 오면 극장에 가는 거밖에 없어요." 스터피가 순진한 얼굴로 말하는 통에 조는 더 의심스러운 얼굴이 되었다.

"그럴 줄 알았어. 내가 이야기하고 싶은 게 바로 그거야. 갑자기 테드가 네가 말해준 방식으로 프랑스어를 배우고 싶다고 하더라, 돌리. 그래서 직접 가봤지. 그런데 예의 바른 아이가 갈 만한 장소가 아니었어. 너희 학교 아이들이 많이 있었고. 어린 학생들은 그나마 부끄러워하는 모습이라 다행이었지만 상급생들은 재미있어하더구나. 밖에 나가 보니 화장한 여자애들하고 저녁을 먹으려고 기다리던데. 너도 가본 적이 있니?"

"한 번 갔어요."

"가서 좋았니?"

"아뇨, 선생님. 저, 전 일찍 나왔어요." 돌리는 매고 있던 화려한 넥타이만큼 벌게진 얼굴로 더듬거리며 대답했다.

"아직은 얼굴을 붉히는 걸 보니 다행이야. 하지만 이런 공부를 계속하면 금방 아무렇지도 않게 되고 부끄러운 마음도 잊게 될 거야. 그뿐 아니라 바람직한 여성들과 어울리지 못하게 되고, 괴로움과 죄와 부끄러움으로 이끌려 갈 거야. 아, 왜 도시에 있는 아버지들은 이런 악한 일이 해롭다는 걸 알면서도 멈추게 하지 않는 걸까? 자야 할 시간에 남자아이들이 광란의 밤을 보내는 모습을 보면 가슴이 아파. 그중에는 스스로를 평생 망치게 될 아이들도 있을 테니까."

한창 유행하는 놀이를 조가 진지하게 반대하자 두 아이는 양심의 가책을 느끼며 아무 말도 하지 못했다. 스터피는 자신이 그런 즐거운 식사 자리에 가지 않아서 기뻤고, 돌리는 일찍 나왔다는 사실에 깊이 안도했다. 조는 두 사람의 어깨에 손을 얹고는 걱정스러운 얼굴을 거두고 어머니다운 목소리로 말을 이었다.

"애들아, 너희들을 사랑하지 않는다면 이런 말을 하지도 않았을 거야. 듣기 즐거운 말이 아니라는 건 알아. 하지만 내가 아무 말도 하지 않아서 너희들을 큰 죄에서 지켜주지 못한다면, 난 양심의 가책을 느끼게 되겠지. 그 죄는 세상을 저주하고 수많은 젊은이를 나락으로 떨어뜨린단다. 너희들은 이제 막 죄악에 빠져들기 시작했고 얼마 지나지 않아 그 유혹을 뿌리치기 힘들게 될 거야. 부탁한다. 제발 그만둬. 그러면 너희들 자신을 구하게 될 뿐만 아니라 그 용감한 모범이 다른 사람들에게도 도움을 줄 거야. 곤란한 일이 생기면 나한테 오도록 해라. 두려워하거나 부끄러워하지 말고. 난 너희들이 갖고 옴 직한 것보다 훨씬 슬픈 고백을 많이 들어봤어. 제때 한마디 말을 듣지 못해 잘못된 길로 가버린 많은 불쌍한 사람들도 위로해 주었지. 내 말대로 하면 너희들은 깨끗한 입술로 어머니에게 입 맞출 수 있을 거야. 그리고 머지않아 때 묻지 않은 아가씨에게 사랑해 달라고 부탁할 권리도 얻게 될 테고."

"네, 선생님. 고맙습니다. 선생님 말씀이 맞아요. 하지만 아가씨들이 술을 권하거나 우리 같은 신사들이 여자들을 데리고 유명 배우가 나오는 연극을 보러 갈 때는 그런 규칙을 지키기가 정말 힘들어요." 스스로 멈춰야 할 때라는 것을 알면서도, 앞으로 눈앞에 놓은 쾌락과 유혹을 견디기 힘들 거라는 생각을 하며 돌리가 말했다.

"그렇겠지. 하지만 대중의 잘못된 의견에 맞서고, 생각 없이 나쁘게 사는 사람들의 안이한 도덕에 저항하면서 용감하고 현명하게 행동하는 게 더 가치 있지 않을까? 너희들이 가장 존경하는 사람들을 생각해 봐. 그들을 본받는다면 너희들도 존경받게 될 거야. 나는 너희가 순결함과 자존심을 잃느니 바보 같은 사람들 백 명에게 비웃음을 당하는 편이 차라리 낫다고 생각해. 그것들은 한번 잃으면 어떤 힘으로도 돌이킬 수 없어. '규칙 지키기'가 힘든 건 당연해. 책, 그림, 무도회장, 극장, 거리가 너희를 온통 유혹하니까. 하지만 마음만 먹는다면 맞설 수 있을 거야. 지난겨울에 메그 언니는 존이 신문사 일로 너무 늦게까지 다녀서 매우 걱정했단다. 그래서 길에서 보거나 듣게 되는 것들에 대해 이야기를 꺼냈더니 존은 진지한 얼굴로 이렇게 말했어. '무슨 말씀을 하시는지 알겠어요, 어머니. 하지만 사람들이 모두 다 나쁜 길로 빠지는 건 아니에요. 스스로 원해야 그렇게 되는 거죠.'"

"역시 항상 집사님처럼 말하던 데미답네요!" 통통한 얼굴에 미소를 지으며 스터피가 외쳤다.

"말씀해 주셔서 감사합니다. 데미 말이 맞아요. 걔는 나쁜 길로 빠지지 않으려고 해요. 그래서 우리는 데미를 좋아하죠." 돌리가 덧붙였다. 조는 돌리의 얼굴에 떠오른 표정을 보고 자신의 말이 그에게 가닿았다고 확신했다. 훌륭한 사람을 본받는 마음이 생긴다면 조가 다른 말을 더 하지 않더라도 잘해 나갈 수 있으리라. 조는 만족했다. 그래서 유죄 판결을 내리려던 두 죄인을 자비로운 마음으로 용서해 주고, 법정을 떠날 준비를 하며 말했다.

"그럼 너희들도 존이 너희에게 그랬듯이 다른 사람에게 좋은 모범이 되어주도록 해라. 불편한 이야기를 해서 미안하구나, 얘들아. 하지만 내 짧은 설교를 기억하렴. 나이 든 사람이 들려주는 친절한 말은 언젠가 너희에게 도움이 될 거야. 자, 젊은 사람들이 있는 곳으로 가렴. 너희에게만은 플럼필드의 문을 닫을 필요가 없으면 좋겠다. 너희 같은 '신사들' 중 몇에게는 그런 적이 있었거든. 너희를 최대한 안전하게 지켜주고 싶다는 뜻이야. 예전의 좋은 미덕이 살아 숨 쉬는 곳, 그리고 그것을 가르쳐주는 곳으로 남겨두기 위해서 말이지."

돌리는 깊은 존경심을 표하며 계단에서 일어나려는 조의 손을 잡아주었고, 스터피는 텅 빈 음료 잔을 건네면서 모든 술 종류는 삼가겠다고 엄숙하게 맹세했다. 물론 이들은 다시 둘만 남게 되자 '조 선생님의 강의'를 가볍게 넘기는 듯했다. '요새 청년들'에게는 놀랄 일도 아니었다. 하지만 마음 깊은 곳에서는 자신들의 어린 양심을 일깨워 준 조에게 감사하고 있었다. 그리고 훗날에 적어도 한 번 이상은 테니스 코트에서 보낸 이 30분을 고마운 마음으로 떠올리는 일이 생기리라.

소녀들과 함께

조의 아이들에 대해 다루는 이 책에서 여자아이들을 무시할 수 없다. 소녀들은 이 작은 공화국에서 높은 자리를 차지했고, 더 많은 기회가 있는 큰 공화국에서도 훌륭하게 제 역할을 해내도록 특별히 신경을 쓴 교육을 받았다. 교육은 책에만 국한된 것이 아니라서, 여자아이들은 사회적 영향을 통해 많은 공부를 했다. 대학을 나오지 않아도 경험을 스승으로, 삶을 책으로 삼아 살아온 훌륭한 여성도 있다. 한편 어떤 대가를 치르더라도 공부를 포기해서는 안 된다는 뉴잉글랜드식 환상에 빠져, 건강과 참된 지혜를 간과한 채 공부에만 과도하게 매달리는 여성도 있다. 또한 정말 필요로 해서인지, 재능이 애매해 절박해서인지, 협소한 생활 반경에서 벗어나고 싶은 강렬한 열망 때문인지, 자신이 진정 무엇을 원하는지도 모르는 상태로 생계를 유지할 수 있게 해준다면 무슨 일이든 하려는 소녀들도 있었다.

플럼필드에서는 모두가 자신에게 도움이 되는 무언가를 찾아냈다. 아직 성장 중인 이곳에는 메디아와 페르시아의 법률 같은 불변의 규칙(구약성경 「다니엘서」에 나오는 내용으로, 너무 오래되어 변경할 수 없는 잘못된 규칙을 상징한다.—옮긴이)은 없었고, 성별, 피부색, 종교, 계급과 상관없이 교육받을 권리를 진심으로 믿었기에, 학교 문을 두드리는 사람이라면 누구나 들어올 수 있었다. 산간 오지 출신의 초라한 젊은이, 서부에서 온 열정적인 소녀, 제대로 교육을 받지 못한 남부 노예 출신의 자유민, 가난하다는 이유로 다른 곳에서 거부당한 학생까지 모두가 환영받았다. 물론 상류 사회의 편견과 비웃음과 경시는 여전했고, 이런 식으로는 결국 실패할 거라는 이야기도 있었다. 하지만 이곳 교수진은 밝고 희망에 찬 남녀로 구성되었고, 이들은 작은 뿌리에서 위대한 개혁의 싹이 트고, 아름답게 꽃이 피어 이 나라에 번영과 영광을 더해주는 모습을 보아왔다. 그래서 그들은 꾸준히 학생들을 가르치면서 때가 오기를 기다렸다. 해가 거듭할수록 학생 수가 늘고 여러 계획이 성과를 거두면서, 자신들의 시도에 더 큰 확신을 가졌다. 여기에 더해, 세상에서 가장 중요한 일을 한다는 자부심은 플럼필드에서 일하며 얻는 달콤한 보상이었다.

플럼필드에서 자연스럽게 생겨난 여러 습관 중 특히 관

심을 끄는 한 가지가 있었다. '여자아이들'―이곳 젊은 여성들은 이렇게 불리는 것을 좋아했다.―에게 유용하게 여겨지는 일이었다. 예전 소녀 시절의 작은 작업 상자가 커다란 옷 바구니로 바뀐 지금까지 메그, 조, 에이미가 계속해서 이어가는 바느질 시간에서 비롯된 습관이었다. 세 자매는 모두 바빴지만, 토요일만 되면 세 집의 바느질 방 중 한곳에서 모이려고 노력했다. 고풍스러운 파르나소스 한 구석에도 바느질 방이 있었고, 에이미는 그곳에서 하인들과 함께 앉아 옷을 만들고 수선하는 법을 가르치며 절약 정신을 일깨웠다. 부유한 부인도 양말을 꿰매거나 단추를 다는 일을 결코 우습게 여기지 않는다는 사실을 보여주었던 것이다. 이들은 가정의 은신처에 책과 바느질감뿐 아니라 딸도 데리고 와서는, 가정적인 여성이라면 다들 좋아하는 친밀한 분위기 속에서 책을 읽고 바느질을 하고 대화도 나눴다. 요리와 화학, 식탁보와 신학, 집안일과 훌륭한 시에 대한 대화가 섞여 오가는, 유익한 시간이었다.

이 모임을 발전시키자고 처음 제안한 사람은 바로 메그였다. 메그는 학교의 여학생들을 살펴보다가 이곳 교육 과정에는 안타깝게도 정리 정돈, 손재주, 근면성을 가르치는 수업이 없다는 사실을 발견했다. 라틴어, 그리스어, 고등 수학, 과학 등 여러 수업들은 좋은 성과를 이루었지만, 반짇고리에는 먼지가 쌓였고 닳아버린 팔꿈치는 수선되지 않은 그대로 였으며, 꿰매야 하는 파란 양말도 여러 켤레였다. 교육받은 여성은 집안일을 제대로 못 한다는 비웃음이 '우리 여자아이들'에게도 미치지 않을까 걱정한 메그는, 가장 어수선한 여학생 두셋을 집으로 슬쩍 불러 즐거운 시간을 보내며 여러 가지를 친절하게 가르쳐주고는, 넌지시 자기 뜻을 전했다. 여학생들은 메그의 호의를 고마워하며 다시 오고 싶어 했다. 다른 여학생들도 하기 싫은 집안일을 즐겁게 해보려고 끼워 달라고 부탁했고, 얼마 지나지 않아 모임에 참여하는 것은 모든 여학생들이 바라는 특권이 되었다. 예전 박물관이 재봉틀, 탁자, 흔들의자, 아늑한 벽난로로 새롭게 단장되었고, 비오는 날이나 맑은 날이나 마음 놓고 바느질을 할 수 있게 되었다.

이곳은 메그의 독무대였다. 커다란 가위를 여왕처럼 휘두르면서 흰 천을 재단하고, 옷 치수를 쟀다. 특별 조수인 데이지의 도움을 받아 모자를 손질했고, 레이스와 리본 장식을 마무리했다. 이 작업은 단순한 옷을 우아하게 만들어주어, 형편이 어려운 아가씨들에게 큰 도움이 되었다. 미적 안목이 남다른 에이미는 각자의 얼굴색에 어울리는 옷 색깔을 골라주었다. 아무리 학식이 높아도 아름다워 보이고 싶은 욕구가 없는 여성은 거의 없었다. 조화로움에 대한 뛰어난 감각은 평범한 얼굴도 사랑스럽게 보이도록 만들 수 있는 법이다. 읽을 책을 공급하는 역할도 맡은 에이미는 미술이라는 특기를 살려 존 러스킨(1819~1900, 영국의 문학 평론가, 옥스퍼드대 미술학 교수−옮긴이), 필립 길버트 해머튼(1834~1894, 영국의 평론가이자 작가−옮긴이), 애나 브라우넬 제임슨(1794~1860, 영국의 예술 사학자이자 작가−옮긴이) 등 여전히 생명력을 유지하고 있는 미술 평론가들의 책을 골라주었다. 베스가 책들을 소리 내어 읽어주었고, 조시는 로리 이모부와 바에르 이모부가 추천해 준 소설, 시, 희곡을 맡았다. 조는 건강, 종교, 정치 등 모두가 관심을 가져야 하는 다양한 질문에 대해 간단하게 강의를 해주면서, 여성의 현실을 깨우쳤다. '우리는 지금 무엇을 해야 하는가?'라고 질문을 던지는 자매들을 위해 쓴 프랜시스 파워 코브(1822~1904, 아일랜드의 여성 권리 운동가이자 자선사업가−옮긴이)의 『여성의 의무The Duties of Women』, 애나 브래킷(1836~1911, 미국의 철학자, 교육자, 여성 권리 운동가−옮긴이)의 『미국 소녀의 교육The Education of American Girls』, 엘리자 비즈비 더피(1838~1898, 미국의 화가이자 시인, 여성 권리 운동가−옮긴이)의 『교육에는 성별이 없다No Sex in Education』, 아바 굴드 울슨(1838~1921, 미국의 작가−옮긴이)의 『의상 개혁Dress-reform』을 비롯해 현명한 여성들의 훌륭한 여러 책에서 많은 부분을 발췌해 들려주기도 했다.

무지를 깨닫고, 지적으로 사고하게 되자 흥미롭게도 편견이 사라졌다. 토론 때마다 재치 있고 활발한 발언이 이어졌다. 깔끔하게 수선한 양말을 신은 발은 예전보다 더 현명해진 머리를 가지게 되었고, 예쁜 드레스는 더 큰 목적으로 뜨거워진 심장을 감쌌다. 펜과 사전, 천구의를 들고 다니느라 골무를 떨어뜨렸던 손은 삶에서 필요한 일 ─ 요람을 흔들거나, 환자를 돌보거나, 세상의 위대한 학문에 도움이 되는 일 ─ 에 더욱 적합해졌다.

어느 날, 여성의 직업에 대한 활발한 토론이 벌어졌다. 조는 주제와 연관된 글을 읽어준 뒤, 방에 모인 여학생들 십여 명에게 학교를 졸업하면 무엇을 할 생각인지 일일이 물어보았다. 늘 듣던 대답들이었다. "선생님이 되겠어요.", "어머니를 도울 거예요.", "의학, 예술을 공부할 생각이에요." 하지만 모든 대답은 다음과 같은 말로 끝을 맺었다. "결혼할 때까지요."

"하지만 결혼하지 않는다면 그때는 어떻게 할 거니?" 모두의 대답을 들은 조는 다시 소녀가 된 듯한 기분을 느끼며 물었다. 그러고는 명랑한 얼굴로 생각에 잠긴 학생들을 바라보았다.

"노처녀가 되어 있겠죠. 그러긴 싫지만 어쩔 수 없잖아요. 여자들이 너무 많이 남아도니까요." 쾌활한 여학생이 대답했다. 결혼을 안 한다면 몰라도 결혼을 하지 못할까 걱정하기에는 너무나 아리따운 소녀였다.

"그 말이 맞는지는 잘 따져보는 게 좋아. 그리고 너희들은 남아도는 여자가 아니라 쓸모 있는 여자가 되어야겠지? 여자가 남아돈다고는 하지만 주로 남편을 잃은 부인을 두고 하는 말이라더라구나. 그러니 젊은 아가씨들을 무시하는 그런 말은 염두에 두지 않는 게 좋아."

"정말 다행이네요! 요즘은 결혼 안 한 여자가 예전에 받았던 비웃음을 절반도 안 받아요. 결혼을 하지 않고도 훌륭한 사람이 되어서, 여자는 반쪽이 아니라 온전한 인간이고 혼자 힘으로도 설 수 있다는 걸 증명하고 있으니까요."

"하지만 마냥 좋아할 수는 없을 거야. 우리가 모두 나이팅게일(1820~1910, 크림 전쟁 때 종군 간호사로 활약하며 적십자 운동의 계기를 만든 영국의 간호사-옮긴이), 엘미라 펠프스(1793~1884, 미국의 과학 교육자-옮긴이)가 될 수는 없으니까."

"그럼 구석에 앉아서 구경하는 것 말고 우리가 할 수 있는 건 뭐예요?" 평범해 보이는 여학생이 불만스럽게 물었다.

"최소한 밝은 마음으로 만족해하며 사는 법을 배울 순 있잖니. 꼭 해야 하는 자잘한 일들은 정말 많으니까. 자기가 원하는 게 아닌 이상, 누구라도 게으르게 '앉아서 구경할' 필요는 없어." 메그가 미소를 지으며 말하고는, 방금 손질을 끝낸 새 모자를 그 소녀의 머리에 씌워주었다.

"정말 고맙습니다. 맞아요, 브룩 부인. 무슨 말씀인지 알겠어요. 작은 일이지만 절 행복하게 해주네요. 그리고 고마운 마음도 들고요." 사랑의 수고로움과 교훈을 받아들이면서, 그것을 준 사람의 다정한 마음을 느끼게 된 소녀는 한결 밝아진 얼굴로 메그를 바라보았다.

"내가 아는 사람 중에 정말 훌륭한 여성이 한 명 있는데, 그분은 하느님을 위해 오랜 세월 동안 자잘한 일을 해왔어. 관 속에 들어가는 날까지 그 일을 계속할 거야. 그 여성은 지금까지 정말 많은 일을 했단다. 버려진 아이들을 데려와서 안전한 가정에서 살게 해주고, 가출한 소녀를 구해주고, 병든 가난한 여인을 간호해 주고, 바느질과 뜨개질을 하고, 여기저기 다니면서 가난한 사람들을 매일같이 도왔지. 어려운 사람들에게는 감사의 말을 듣고 부유한 사람들에게는 사랑과 존경을 받는 것 외에는 아무런 보상을 받지 못했지만 말이야. 가난한 이의 수호자 마틸다 성인이 세상에 내려오기라도 한 듯한 분이지. 정말 가치 있는 삶이지. 조용하고 작은 그 부인은 천국에 가서, 세상에 이름을 떨친 수많은 사람들보다 더 높은 자리에 앉게 될 거라 생각해."

"그게 아름다운 삶이라는 건 알아요, 조 선생님. 하지만 젊은 사람들에게는 지루한 이야기일 뿐이에요. 우린 무슨 일

을 제대로 시작하기 전에 재미있는 걸 하고 싶어요." 똘망똘
망해 보이는 서부 아가씨가 말했다.

"그럼 그렇게 하렴. 하지만 네가 보수를 받고 일하게 된
다면, 밝은 마음으로 즐겁게 하도록 노력해야 할 거야. 하는
일이 재미없다고 매일 후회하며 마지못해 지내지 말고. 한때
나는 내가 아주 힘든 운명을 타고난 게 아닐까 생각한 적이
있었어. 화를 잘 내는 할머니 시중을 들어야 했거든. 그런데
그 집 조용한 서재에서 읽은 책들이 이후에 내게 엄청난 도
움이 되었어. 그리고 그분은 '즐거운 마음으로 한 봉사와 애
정 어린 보살핌'에 대한 답례라며 플럼필드를 유산으로 남겨
주셨단다. 내게 그걸 받을 자격은 없었지만 할머니한테 밝고
친절하게 대하려고 노력했고 힘든 일을 하면서도 가능한 한
많은 즐거움을 얻으려고 힘쓰긴 했지. 사실 우리 어머니의
도움과 조언 덕분이었지만."

"세상에나! 제가 그런 일자리를 얻는다면 하루 종일 노
래 부르며 천사처럼 지낼 거예요. 하지만 그런 기회부터 잡
아야 할 테고, 고생을 해도 전 아마 아무것도 못 얻을 거예
요." 집은 가난하지만 꿈은 큰 서부 아가씨가 말했다.

"보상을 바라고 일을 해서는 안 돼. 보상은 반드시 올 거
야. 네가 기대하는 형태는 아니더라도 말이야. 난 어느 겨울
에 명성과 돈을 얻으려고 열심히 글을 쓴 적이 있는데, 결국

아무것도 얻지 못했어. 한 해가 지나고 나서야 내가 상을 두 개나 받았다는 걸 알게 되었단다. 바로 글 쓰는 실력과 바에르 교수님이었지."

조가 웃자 여자아이들도 즐겁게 따라 웃었다. 아이들은 이런 대화가 실제 삶의 이야기로 활기를 띠는 걸 좋아했다.

"선생님은 운이 따라주셨네요." 불만 가득한 얼굴로 한 학생이 말했다. 이 학생의 영혼은 새로 손질한 모자보다 더 높은 곳을 헤매며 어디로 향해야 하는지 갈피를 잡지 못하고 있었다.

"조는 어렸을 때 '불행한 조'라고 불렸어. 뭔가를 원해도 갖지 못할 때가 많았으니까. 그런데 신기하게도 조가 포기를 하면 그땐 또 갖게 됐거든." 메그가 말했다.

"그럼 제가 바라는 걸 지금 당장 포기하면 될까요? 제 소망이 이루어지는지 확인하게요. 전 가족을 도와주고 싶을 뿐이에요. 좋은 학교도 다니고 싶고요."

"이 속담을 지침으로 삼으면 어떨까? '실감개를 준비하면 주님께서 실을 내려주신다.'라는 말 들어봤지?" 조가 대답했다.

"모두 그 말을 지침으로 삼아도 좋겠어요. 다들 독신으로 지내려면 말이에요." 아리따운 학생이 말했다. 그리고 밝은 목소리로 이렇게 덧붙였다. "이런저런 생각을 해보면 전 독신으로 살아야 할 듯해요. 독신으로 사는 여성은 독립적이니까요. 우리 제니 이모는 자기가 하고 싶은 걸 다 할 수 있어요. 누가 허락해 주지 않아도요. 우리 엄마는 무슨 일이든 아빠와 의논해야 하는데 말이에요. 샐리, 너한테 기회 양보할게. 난 '남아도는 여자'가 될래."

"쳇, 너야말로 제일 먼저 결혼하게 될 것 같은데 뭘. 안 그런가 어디 볼게. 아무튼 고마워."

"어쨌거나, 난 실감개를 준비할 거야. 그리고 운명이 내려주는 실이 무엇이든 받아들여야지. 한 가닥 실이든 두 가닥 꼬인 실이든 그분이 좋으실 대로 말이야."

"좋은 생각이야, 넬리. 그 마음을 계속 갖고 있어야 한다. 그리고 용감한 마음과 부지런한 손과 많은 일거리가 있으면 삶이 얼마나 즐거워질지 확인해 보도록 해."

"우리가 집안일을 하거나 멋부리며 노는 것에 대해서 사람들은 아무도 반대하지 않아요. 그런데 우리가 공부를 시작하자마자 견디지 못할 거라고 해요. 그러고는 조심하라고 경고하죠. 전 여러 가지 일을 해봤지만 전부 다 싫증이 나서 대학에 왔어요. 우리 가족들은 제가 신경 쇠약에 걸려 일찍 죽을 거라고 하지만요. 공부가 정말 위험하다고 생각하세요?" 우아한 분위기를 풍기는 소녀가 반대편 거울에 비친 자신의 상기된 얼굴을 걱정스럽게 보면서 물었다.

"2년 전 여기 왔을 때보다 튼튼해졌니, 아니면 약해졌니, 윈스럽?"

"몸도 튼튼해졌고 마음은 더 행복해졌어요. 전에는 따분해서 거의 죽을 지경이었거든요. 그런데 의사들은 유전적으로 허약 체질이라서 그렇다고 했어요. 그래서 엄마가 걱정하시는 거죠. 전 너무 일찍 죽고 싶지는 않아요."

"걱정 마라, 애야. 네 활발한 두뇌가 좋은 음식을 갈망했던 거야. 충분히 좋은 음식을 먹었으니 이제는 평범한 생활이, 사치스럽고 방탕한 생활보다 훨씬 더 나을 거다. 여자는 남자만큼 공부할 수 없다니 터무니없는 말이야. 갑자기 많은 공부를 하는 건 남녀 모두에게 힘들지만, 적절한 주의를 기울이면 모두에게 좋은 일이겠지. 그러니 네가 원하는 대로 지내도록 해. 그리고 현명한 두뇌 활동이야말로 강장제를 먹거나 소파에서 소설을 읽는 것보다 더 좋다는 사실을 모두 알게 될 거야. 그나저나 요즘 우리 여학생들이 너무 늦게까지 돌아다니면서 소파에 뻗어버리는 것 같구나. 촛불을 양쪽에서 태우듯 스스로를 탈진시키면서 건강이 나빠지면 무도회장이 아니라 책 때문이라고 하고 말이야."

"낸 선생님이 해 주신 환자 이야기가 있는데요, 그 환자는 자기가 심장병이라고 생각했대요. 선생님이 그 사람한테 코르셋을 벗고 커피는 그만 마시고 한밤중까지 춤을 추지 말라면서, 당분간이라도 규칙적인 생활을 하라고 했대요. 선생님의 말대로 하고 난 후로는 아주 많이 좋아졌대요. 상식과 습관이 싸우는 거라고 낸 선생님이 그러셨어요."

"전 여기 온 뒤로는 한 번도 두통이 생기지 않았어요. 공부도 집에서 할 때보다 두 배나 많이 했고요. 공기 좋은 곳에 사는 데다 남자아이들을 앞서나가는 재미를 느끼기 때문이라고 생각해요." 또 다른 여학생이 골무로 자신의 넓은 이마를 가볍게 치면서 말했다. 그 이마 속에서는 두뇌가 활발하고도 질서 있게 움직이는 모양이었다.

"양보다 질이라고 하잖아요. 우리 뇌는 남자들보다 작을지 모르지만 그 안에 든 건 부족하지 않다고 생각해요. 내가 잘못 안 게 아니라면, 우리 반에서 머리가 가장 큰 남자애가 제일 바보 같잖아요." 넬리가 진지한 얼굴로 말하자, 다들 넬리가 언급한 젊은 골리앗이 영리한 다윗에게 참패를 당했다는 사실을, 그것도 골리앗과 전우들이 지긋지긋하게 여길 정도로 여러번 무너졌다는 사실을 떠올리고는 크게 웃었다.

"브룩 부인, 이쪽을 꿰매는 게 맞나요?" 반에서 가장 뛰어난 그리스어의 대가가 어쩔 줄 모르는 눈빛으로 검정색 실크 앞치마를 쳐다보면서 물었다. "맞아요, 피어슨. 주름 사이는 남겨두는 거예요. 그게 더 예쁘니까."

"다시는 이런 걸 만들지 않을 거예요. 그래도 앞치마를 입으면 옷에 잉크가 묻지 않을 테니 좋아요." 박학다식한 피어슨은 바느질이 이제까지 파고들었던 어떤 그리스 어원보다 힘든 임무라고 생각하면서 작업을 계속했다.

"글쟁이들은 방패 만드는 법을 배워야 해. 그러지 않으면 잉크 얼룩한테 지고 말 거야. 내가 젊은 시절에 소설을 쓸 때 입던 앞치마의 본을 줄게." 조는 작업 도구를 보관하던 예전 양철통이 어디 있는지 기억해 내려고 애쓰면서 말했다.

"작가 이야기만 나오면 조지 엘리엇(1819~1889, 빅토리아 시대를 대표하는 영국의 작가-옮긴이)처럼 되어서 세상을 깜짝 놀라게 하고 싶다는 꿈이 떠올라요! 제가 그럴 만한 능력이 있다는 걸 알게 되고, 사람들에게 '남성 못지 않은 지성'이 있다는 말을 들으면 아주 멋질 거예요! 전 여성 작가들의 소설 대부분은 좋아하지 않지만, 조지 엘리엇의 글만은 엄청나다고 봐요. 그렇게 생각하지 않으세요, 조 선생님?" 올이 뜯어진 스커트를 입은, 이마가 넓은 소녀가 물었다.

"나도 그렇게 생각해. 그래도 샬럿 브론테(1816~1885, 『제인 에어』를 쓴 영국의 작가-옮긴이)의 책만큼 날 흥분시키진 않지. 조지 엘리엇의 이야기는 감탄스럽긴 하지만 좋아하지는 않아. 그 사람의 생애는 브론테의 삶보다 훨씬 슬프다는 생각이 들어. 엘리엇은 천재성을 갖춘 데다 사랑과 명성까지 얻었지만 소중한 빛을 놓쳤으니까. 그 빛이 없으면 어떤 영혼도 진정으로 위대하고 선하고 행복하진 않아."

"무슨 말씀인지 알겠어요, 선생님. 하지만 여전히 낭만적이고 신비롭기도 해요. 그리고 어떤 면에서는 위대한 작가죠. 엘리엇이 신경과민과 소화 불량을 앓았다니 환상을 깨는 면이 있긴 하지만요. 전 유명한 사람을 정말 좋아하니까, 언젠가 런던에 가면 될 수 있는 대로 전부 다 만나볼 거예요."

"훌륭한 분들 중에는 내가 너희에게 권한 작품을 읽느라고 바쁜 사람도 있다는 걸 너도 알게 될 거야. 위대한 여성을 만나보고 싶다니 말인데, 오늘 에이미가 그런 분을 모시고 여기 올 거야. 지금 애버크롬비 부인하고 식사를 하고 있거든. 학교를 둘러본 뒤에 우릴 방문하기로 했단다. 애버크롬비 부인은 우리 바느질 모임을 특히 보고 싶어 하셨어. 이런 일에 관심이 많아 집에서도 직접 하신대."

"어머나! 상류 사회 분들은 여섯 마리 말이 끄는 마차를 타거나 무도회에 가거나 모자와 드레스로 한껏 장식하고 여왕을 알현하는 일만 하는 줄 알았어요." 메인주 미개척지에서 온 순박한 소녀가 그곳에 가끔 들어오던 신문 삽화로 본적 있는 모습을 떠올리며 외쳤다.

"전혀 그렇지 않단다. 애버크롬비 경은 미국 교도소 제도를 조사하러 이곳에 오셨고, 부인은 여러 학교를 돌아보느라 바쁘셔. 두 분 모두 명문가 출신이지만 아주 검소하고, 내가 오랫동안 만난 사람들 중에서도 가장 분별 있는 분들이야. 두 분은 젊지도 않고 용모가 뛰어난 편도 아니야. 옷도 수수하게 입으시고. 그러니 아주 멋진 모습을 기대하지는 마. 어젯밤 로리가 자기 친구 이야기를 해줬어. 그 친구는 자기 집 현관에서 애버크롬비 경을 봤는데, 허름한 외투와 벌건 얼굴 때문에 마부로 착각해 이렇게 말했대. '이봐, 자네 무슨 일로 왔나?' 애버크롬비 경은 온화한 얼굴로 자신이 누구인지 밝히고는 만찬에 참석하러 왔다고 말씀하셨대. 불쌍한 집주인은 너무 당황했고, 나중에 이렇게 말했대. '왜 가터 훈장(영국 최고 권위의 훈장─옮긴이) 같은 걸 달고 오지 않은 거야? 그래야 귀족인 줄 알 수 있었을 텐데.'"

학생들은 또다시 웃었다. 그리고 그렇게 높은 사람을 손님으로 맞는다는 사실에 다들 조금 긴장해 분위기가 술렁였다. 심지어 조까지도 옷깃을 바로잡았고, 메그도 모자를 제대로 썼는지 확인했다. 베스는 곱슬머리를 매만졌고 조시는 거울을 빤히 쳐다봤다. 철학과 박애를 논하고 있던 여성들이었지만 말이다.

"일어서야 하나요?" 곧 겪을 명예로운 일에 깊게 감동한 소녀가 물었다.

"그게 정중한 행동이겠지."

"악수도 해야 하겠죠?"

"아니, 내가 너희들을 한꺼번에 소개할게. 너희들의 밝은 얼굴이면 충분하니까."

"좋은 옷을 입고 왔으면 좋았을 텐데. 진작 말씀해 주셨어야죠." 샐리가 소곤거렸다.

"진짜 귀족 부인이 우릴 방문하셨다고 하면 우리 가족도 깜짝 놀랄 거야." 다른 학생이 말했다.

"귀부인을 처음 만나는 티를 내며 쳐다보지는 마, 밀리. 우리가 전부 미개척지에서 갓 나온 사람들은 아니니까 말이야." 자기 선조가 메이플라워호를 타고 왔으니 유럽 모든 왕족과 동등하다고 생각한 학생이 당당한 모습으로 덧붙였다.

"쉿, 오셨어! 아, 심장이야. 저 모자 좀 봐!" 명랑해 보이는 소녀가 속삭였다. 문이 열리고 에이미와 손님이 들어오자 모두 떨리는 자기 손만 얌전하게 바라보았다.

전체적인 소개가 끝난 뒤, 몇 대를 이어온 명문가의 따님이 평범한 드레스에 낡은 모자를 쓰고 한 손에는 서류 봉투를, 그리고 다른 손에는 공책을 든 통통하고 복스러운 부인이라는 사실을 알게 되자 다들 조금 충격을 받았다. 하지만 부인의 얼굴에는 자비로움이 가득했고, 목소리는 매우 낭랑하고 다정했으며, 상냥한 태도는 모두의 마음을 사로잡았다. 사람 전체를 감싸고 있는 뭐라 말할 수 없는 분위기 앞에서 겉모습은 더는 중요한 게 아니었다. 그녀가 무엇을 입었는지도 다들 금방 잊어버렸다. 무엇도 놓칠 수 없다는 듯 애버크롬비 부인에게 눈을 고정하고 있는 학생들에게 잊을 수 없는 순간이었다.

이 특별한 모임이 어떻게 생겨나 커가고 성공했는지 짧은 대화가 오간 뒤, 높은 지위에 있는 사람들도 노동을 중요하게 여긴다는 것과 자선 활동을 통해 부유함이 의미를 갖게 된다는 사실을 학생들에게 보여주고 싶었던 조는 영국 귀부인이 해온 일로 화제를 옮겼다.

이곳 여학생들에게 이 이야기는 축복이었다. 자신들이 존경하던 여성들이 야학을 후원하고 직접 가르치기까지 한다는 것을 알게 되었다. 코브 씨의 설득력 있는 항의 덕분에 학대받는 부인들이 법의 보호를 받게 되었고, 조세핀 버틀러 부인(1828~1906, 영국의 여성 권리 운동가-옮긴이)이 거리의 소녀들을 구했으며, 클레멘티아 테일러 부인(1810~1908, 영국의 여성 권리 운동가-옮긴이)은 유서 깊은 저택의 방을 하인들의 도서관으로 만들었고, 섀프츠베리 경(1801~1885, 영국의 정치가-옮긴이)은 런던 빈민가에 공동 주택을 짓느라 바쁘다는 이야기 등 부유하고 신분이 높은 사람들이 가난하고 초라한 사람들을 위해 하느님의 이름으로 해온 용감한 일들에 대한 일화를 들었다. 집에서 조용히 듣는 강의보다 훨씬 감동적이었고, 소녀들은 때가 되면 자신들도 힘을 보태겠다는 포부를 갖게 되었다. 영광으로 빛나는 미국이지만, 진정으로 정의롭고 자유롭고 위대한 나라가 되기까지는 아직 해야 할 일이 많다는 사실을 이 학생들은 잘 알았다. 또한 애버크롬비 부인이 에이미부터 어린 조시까지 모두를 동등하게 대한다는 사실을 금방 알아차렸다. 이들은 모든 것을 마음에 새기면서도, 밑창이 두꺼운 영국식 구두를 가능한 한 빨리 구해서 신어보겠다고 몰래 결심했다. 부인은 파르나소스에 찬사를 보내고, 플럼필드를 '정겨운 옛집'이라고 부르며 학교의 모든 것이 존경스럽다고 말했다. 자신은 런던에 큰 저택을, 웨일스에 성을, 스코틀랜드에 웅장한 별장을 가지고 있는데도 그런 내색을 전혀 하지 않았다. 부인이 돌아가면서 진심으로 따뜻한 악수를 청하자 모두가 손을 내밀었다. 그때 부인이 한 말은 학생들의 기억에 오래도록 남았다.

"그동안 많이 무시당하던 여성 교육이 이곳에서 훌륭하게 진행되는 모습을 보게 되어 정말 기쁘네요. 제가 미국에서 본 그림 중에서도 가장 매력적인, '소녀들에게 둘러싸인 페넬로페(그리스 신화에 나오는 오디세우스의 아내. 남편이 트로이 전쟁에 출정하자 많은 구혼자의 유혹을 물리치기 위해 시녀들과 함께 천을 짜며 오디세우스를 기다렸다고 한다.-옮긴이)'를 보여준 에이미 로런스 부인에게 감사드려야 하겠군요."

묵직한 구두가 묵직하게 발걸음을 옮기는 모습을 모두

환한 얼굴로 바라보았고, 낡은 모자가 보이지 않는 곳까지 움직여 가는 동안 존경 어린 시선을 보냈다. 고귀하신 분이 온통 다이아몬드로 장식하고 여섯 마리 말이 끄는 마차를 타고 나타났다고 하더라도 지금보다 진심 어린 존경심을 느끼지는 않았으리라.

"난 이제 '하찮은 일'이 더 좋아졌어. 애버크롬비 부인이 하듯 나도 할 수 있으면 좋겠어." 한 소녀가 말했다.

"난 단추를 잘 달아서 정말 다행이야. 부인이 보시고는 '정말 전문가 솜씨구나' 하고 말씀하셨거든." 자신이 입은 체크무늬 드레스가 영예를 얻었다고 생각하며 다른 소녀도 자랑스럽게 말했다. "그분이 보여주신 태도는 상냥하고 친절했어. 브룩 부인 같았다니까. 생각과는 달리 전혀 거만하지 않잖아. 이제 선생님 말씀이 무슨 뜻인지 알겠어요. 좋은 가정교육을 받고 자란 사람은 전 세계 어디에서도 마찬가지라고 하셨잖아요."

메그는 찬사에 허리를 굽혀 감사를 표했다. 이어서 조가 말했다.

"그런 사람을 보면 금방 알아볼 수 있지. 난 절대로 그런 몸가짐의 본보기가 될 수는 없겠지만 말이야. 너희들이 이 짧은 방문을 좋아하니까 기쁘구나. 자, 우리가 여러 면에서 영국에 뒤처지고 싶지 않다면 너희 젊은이들이 특히 분발하고 노력해야만 해. 너희들도 알다시피 저쪽 자매들은 항상 진지한 마음으로 노력하고 있고, 관심 없는 일에도 신경을 쓰면서 자신들을 필요로 하는 일이 생기면 그게 어디든 찾아 가니까 말이다.”

"최선을 다할 거예요, 선생님." 학생들은 진심을 담아 대답했다. 해리엇 마티노(1802~1876, 영국의 작가이자 경제학자 -옮긴이), 엘리자베스 브라우닝(1806~1861, 영국의 시인-옮긴이), 조지 엘리엇 같은 사람은 될 수 없더라도 고결하고 유능하며, 독립적인 여성이 되고 싶다고 느꼈다. 그래서 여왕이 하사하는 작위보다도 더 가치 있는, 가난한 사람들의 입술에서 전해지는 아름다운 칭호를 얻으리라고 생각하며 반짇고리를 들고 차례로 방을 나섰다.

졸업식

날씨의 신은 젊은 사람들에게 호의를 가진 게 분명했다. 졸업식 날에는 가능한 한 햇살을 비춰주었다. 이 흥미로운 행사가 다가오자 올해도 태양은 유난히 아름답게 플럼필드 위에서 빛나고 있었다. 이곳에는 장미와 딸기가 가득했고, 하얀 드레스를 입은 아가씨들과 환한 얼굴의 청년들이 졸업식을 기다렸다. 이들을 자랑스러워하는 친구들도 자리에 함께했고, 한 해의 수확을 만족스러워하는 고위 인사들도 참석했다. 남녀 공학인 로런스 대학은 젊은 여학생들 덕분에 우아함과 활기가 더해졌다. 여성이 단순한 관람객으로 참석하는 곳에서는 볼 수 없는 광경이었다. 어려운 책을 넘기던 손들은 강당을 꽃으로 장식하는 솜씨를 발휘했고, 공부로 지쳤던 눈에는 이곳에 모인 손님들을 환영하는 따스함이 묻어났다. 하얀 모슬린 드레스 안에서는 남성들의 셔츠 아래와 마찬가지로 야망과 희망과 용기로 가득 찬 심장이 요동쳤다.

칼리지 힐, 파르나소스, 옛 플럼필드에는 밝은 얼굴이 가득했고, 손님, 학생, 교수 들은 도착하는 사람들을 맞이하고 환영하느라 이리저리 바쁘게 뛰어다녔다. 잘 자란 아들이나 딸이 그동안의 노력에 대한 보상으로 영예를 얻는 모습을 다들 보러 왔다. 훌륭한 마차를 타고 왔든 터벅터벅 걸어왔든 모두가 진심 어린 환영을 받았다. 에이미와 로리 부부는 접대를 담당해 그들의 아름다운 집은 손님들로 넘쳐났다. 메그는 데이지와 조시를 조수로 두고, 여학생들이 옷을 차려입도록 도와주거나 차려놓은 음식을 자세히 살피고 식장을 장식하는 일을 지도했다. 조는 총장 부인으로서 해야 하는 일들로 정신이 없었다. 테드의 어머니로서도 마찬가지였다. 아들에게 일요일에만 입는 가장 좋은 옷을 입히느라 모든 힘과 기술을 동원해야 했다.

테드가 잘 차려입기 싫어했다는 말이 아니다. 오히려 테드는 멋진 옷을 굉장히 좋아했다. 키가 껑충 큰 덕분에 멋쟁이 친구가 보내준 연미복을 벌써 입을 수 있어서 기뻐했지만, 그 옷을 입은 테드는 너무 우스꽝스러워 보였다. 하지만 친구들의 야유에도 아랑곳하지 않고 연미복을 입고 싶어 했고, 여기에 어울리는 정장용 모자가 없는 것을 안타까워했다. 엄격한 어머니 조는 그 선까지 넘도록 허락하지 않았던 것이다. 테드는 영국에서는 열 살만 되어도 그런 모자를 쓰고 다니며 '끝없는 귀족다움'을 뽐낸다고 애원했지만, 조는 테드의 노란 곱슬머리를 가볍게 두드리며 위로하듯 이렇게 대답했을 뿐이다.

"테드, 넌 지금도 충분히 우스워 보여. 네게 그 높은 모자까지 쓰도록 허락하면, 우린 플럼필드에 발을 붙이고 있지 못할 거야. 네 모습을 본 모든 사람이 전부 비웃을 테니까 말이다. 그러니 웨이터 유령 정도로 보이는 데 만족하렴. 세상에서 가장 이상하다고 소문난 모자를 쓰고 싶다는 말은 하지 말고."

남성성의 고상한 상징을 거부당하자, 테드는 놀랄 만큼 높고 뻣뻣한 옷깃을 달고 모든 여성의 이목을 끄는 넥타이를 매고 나타났다. 다림질하는 하인을 절망에 빠뜨린 옷깃에, 세 명이 한참 동안 달라붙어야만 겨우 맬 수 있는 넥타이로 꾸민 이 괴상한 모습은 무정한 어머니에 대한 복수라고 할 수 있었다. 계속 "이건 아니야!"라는 말만 반복하던 테드를 도와준 이는 역시 로브였다. 로브는 깔끔하고 단정하게, 재빨리 옷을 차려입고 나타났던 것이다. 평상시처럼 옷을 갖춰 입기까지 난리법석인 테드를 오늘도 어린 양이 참을성 있게 돌봐주었다. 그 굴 속에서는 사자가 화를 내며 울부짖는 소리, 휘파람 소리, 명령하는 소리, 끙끙대는 소리가 들려왔다.

조는 꾹 참으며 내버려 두었지만, 구두가 내동댕이쳐지고 머리빗이 비처럼 쏟아지자 장남을 구하러 들어가야 했다. 그리고 재치와 권위가 현명하게 섞인 말로, 테드의 모습이 '영원한 기쁨'은 아닐지라도 '아름다운 것'은 된다고 설득했다(존 키츠의 대서사시 「앤디미온」에 나오는 구절. "아름다운 것은 영원한 기쁨이다."—옮긴이). 그 난리 끝에 테드는 당당한 모습으로 걸어 나왔다. 연미복은 어깨가 조금 헐렁했지만 광택이 나는 가슴 부분 덕에 고귀한 분위기를 풍겼고, 적절한 각도로 자연스럽게 늘어지도록 섬세하게 접은 장식 손수건은 정말로 훌륭했다. '길고 검은 빨래집게(조시는 테드를 이렇게 불렀다.)' 한쪽 끝에는 반짝거리고 꽉 조이는 구두가 있었고, 다른 쪽 끝에는 어린 티가 나면서도 엄숙한 얼굴이, 그렇게 계속 있으면 척추가 휠 것만 같은 각도로 붙어 있었다. 신중하게 골라 단춧구멍에 꽂은 꽃이나 아래로 늘어뜨린 회중시계 줄은 말할 것도 없었고, 얇은 장갑, 지팡이, 여기에 더해—오, 기쁨의 잔에 있는 쓰디쓴 한 방울이여!—볼썽사나운 밀짚모자가 이 인상적인 소년의 옷차림을 마무리해주었다.

"저 어때요?" 테드가 물었다. 그는 이들을 연회장으로 안내하기로 되어 있었다.

사람들은 폭소했고, 한편으로는 경악했다. 테드는 연극 분장용으로 사용하는 작은 금발 콧수염을 붙이고 있었던 것이다. 사랑하는 모자를 쓰지 못한 상처를 보듬어줄 유일한 약인 모양이었다.

"당장 수염 떼. 이런 뻔뻔한 녀석! 다들 단정하게 있어야 하는 오늘 같은 날 그런 우스꽝스러운 모습을 아버지가 보시면 뭐라고 말씀하시겠니?" 조는 이렇게 말하고 얼굴을 찌푸리기는 했지만, 속으로는 주위에 있는 많은 젊은이 중에서 이 훤칠한 아들만큼 멋지고 독창적인 사람은 없다고 생각했다.

"수염 붙이게 허락해 주세요, 이모. 아주 잘 어울리잖아요. 아직 열여덟 살도 안 됐을 거라고는 아무도 생각하지 않을걸요." 조시가 소리쳤다. 조시에게는 분장을 하는 것 자체가 항상 매력적이었다.

"아버진 모르실 거예요. 높은 사람들하고 여학생들한테 온 신경을 다 쓰시느라고요. 알아차리신다고 해도 상관없어요. 이런 장난을 재미있어하시면서 저를 우리 집 장남이라고 소개하실걸요. 제가 이렇게 꾸미고 나타나면 로브 형은 다른 곳으로 가버릴 테니까요." 테드는 연미복에 꽉 조이는 넥타이를 맨 햄릿이 된 듯 무대 위로 비장한 발걸음을 옮겼다.

"이 녀석, 어서 말 들어!" 조가 이런 말투를 썼을 때는 그 말이 곧 법이었다. 하지만 콧수염은 나중에 테드의 얼굴 위에 다시 나타났고, 이곳을 방문한 많은 사람들은 이 집에 아들이 셋이라고 믿게 되었다. 이로써 테드는 자신의 우울함을 달래줄 한 줄기 빛을 발견했다고 느꼈다.

　바에르 교수는 시간에 맞춰 아래층 좌석에 앉은 젊은 얼굴들을 내려다보면서 무척이나 자랑스럽고 행복해했다. 여러 해 전, 희망에 차 성실하게 좋은 씨를 뿌린 '작은 정원'에서 드디어 아름다운 수확을 거두게 되었다고 생각했다. 이곳의 모습은 오랜 인내 끝에 이루어진 평생의 꿈이었기에, 중후하게 나이 든 마치 할아버지의 얼굴도 더할 나위 없이 평온한 만족감으로 빛났다. 마치 할아버지를 올려다보는 젊은 남녀의 얼굴에 나타난 사랑과 존경은, 그가 갈망하던 보상이 완전히 이루어졌다는 사실을 분명하게 보여주었다. 대학을 창립하고 고귀한 자선을 베푼 로리에게는 모두들 송가, 시, 연설 등으로 감사의 말을 하려고 드는 바람에, 로리는 예의에 벗어나지 않는 한도 내에서 되도록 눈에 띄지 않게 있으려 했다. 세 자매는 다른 부인들 사이에 앉아 자랑스러운 마음으로 미소를 지으며 자신들이 사랑하는 남성들에게 영예가 주어지는 모습을 즐겼다. 이것은 여성들만 맛볼 수 있는 기쁨이었다. 한편 이 모든 일이 자신들의 업적이라고 생각하며 우쭐해하는 '플럼필드 토박이들'―초창기 이곳에서 자란 젊은이들은 스스로를 이렇게 불렀다.―은 방문객들에게 호기심과 감탄과 부러움의 시선을 받았는데, 좀 우습기는 해도 엄숙하면서도 즐거운 일이었다.

음악은 훌륭했다. 아폴론이 지휘봉을 잡았으니 당연한 일이었다. 낭송하는 시 역시 다양하고 훌륭했다. 젊은 낭송자들은 오랜 진리를 새로운 언어에 담느라 고심했고, 진지한 얼굴과 맑은 목소리로 낭송하며 시에 힘을 실었다. 여학생들이 남학생의 연설에 열렬한 관심으로 귀를 기울이고 꽃밭에 부는 바람처럼 웅성거리며 박수를 보내는 모습은 무척이나 아름다웠다. 더욱 뜻깊고 보기 좋았던 광경은, 흰 드레스를 입은 한 여학생이 검은 옷차림의 높은 분들을 배경으로 서 있는 모습을 바라보는 남학생들의 표정이었다. 단상에 오른 여학생은 뺨이 창백했다가 붉어졌다가 했고 입술도 떨리고 있었지만, 진지한 마음으로 긴장과 공포를 이겨내면서 한 여성으로서 느끼고 생각하는 바를 이야기했다. 모두가 알아야 하는 여성의 희망과 두려움, 열망과 보상, 노력을 쏟아냈다. 또렷하고 감미로운 그녀의 목소리는 남학생들의 영혼을 깨어나게 했으며, 앞으로 영원히 잊지 못할 추억으로 만들었다.

앨리스 히스의 연설이 가장 성공적인 순서였다는 사실에는 아무도 이의를 제기하지 않았다. 처음 그런 자리에 선 젊은 사람이라면 흔히 나타내기 쉬운 감상주의가 없는, 진지하고 합리적이며 감동적인 연설이었다. 그녀는 엄청난 박수를 받으며 단상에서 내려왔다. 동료 학생들은 '어깨를 나란히 하고 행진하자'는 여성 해방에 대한 설득력 있는 호소에 흥분을 감추지 못했다. 한 학생은 너무 흥분한 나머지 앨리스를 맞으러 자리에서 뛰쳐나오려 하기까지 했다. 그 덕분에 앨리스는, 애정 어린 자부심과 눈물이 가득한 얼굴로 기다리는 동료 여학생들 사이로 서둘러 몸을 피해야 했다. 젊은이는 신중한 여동생이 말린 덕분에 침착함을 되찾고는 곧바로 총장님 말씀에 귀를 기울였다.

총장 바에르 교수는 인생이라는 전쟁터에 아이들을 보내는 아버지처럼 이야기했다. 교수가 들려준 다정하고 현명하고 유용한 이야기는 그 뒤로도 오랫동안 젊은이들의 마음에 남았다. 다음으로 플럼필드 특유의 몇 가지 의식이 이어지며, 행사가 마무리되었다. 남학생들 폐회 찬송가가 어찌나 우렁찼던지 지붕이 날아가 버리지 않은 게 수수께끼였다. 높아졌다 잦아드는 음악의 물결에 따라 잔잔하게 진동하는 화환만이 다음 해를 기약했다.

오후에는 점심 식사와 연회가 있었고 해가 질 무렵에는 모두가 조용한 시간을 보냈다. 저녁 축제가 시작되기 전에 잠시나마 휴식을 취하는 시간이었다. 총장이 주최하는 연회는 따로 남겨둔 즐거움이었고 파르나소스에서 출 춤도 마찬가지였다. 그리고 이제 막 학교를 졸업한 젊은이들은 중간의 몇 시간을 최대한 활용해, 산책하고 노래를 부르거나 사랑을 속삭였다.

테라스, 잔디밭, 창가 의자에 제각기 모여 여유를 즐기던 사람들은, 활짝 열린 바에르 교수의 집 문 앞에 먼지투성이 마차가 짐을 가득 싣고 나타나자 대단한 호기심을 보였다. 이국적으로 보이는 두 신사가 마차에서 내리고, 곧이어 젊은 아가씨 둘이 따라 내렸다. 기쁨의 함성과 함께 달려 나온 조와 바에르 부부가 그 네 사람과 포옹을 나누자, 사람들의 궁금증은 더 커졌다. 네 사람 모두 집 안으로 들어갔고 짐들도 안으로 옮겨졌다. 신비한 이 낯선 이들을 호기심 어린 눈으로 바라보는 사람들 사이에서, 한 여학생이 두 사람은 바에르 교수의 조카들이고 그중 한 사람은 신혼 여행 중이 분명하다고 말했다.

그녀의 말은 적중했다. 프란츠는 금발의 귀여운 신부를 자랑스럽게 소개했던 것이다. 그런데 새 신부가 입맞춤과 축복을 받기도 전에, 에밀이 사랑스러운 영국인 아가씨 메리를 이끌고 나오더니, 열정적인 발표를 했다.

"외삼촌, 외숙모. 여기 딸이 한 명 더 생겼어요! 제 아내도 환영해 주실 거죠?"

물론이었다. 새 가족들이 어찌나 꼭 껴안아 주던지 메리는 그 품을 빠져나오는 데 한참이나 걸렸다. 가족들은 젊은 한 쌍이 함께 겪은 고통을 기억하면서, 긴 항해의 행복한 결말에 함께 기뻐했다.

"그런데 왜 말 안 했어? 얘기했으면 신부 한 명이 아니라 둘을 맞을 준비를 했을 텐데." 밤에 있을 행사 준비를 하다가 방에서 서둘러 내려오느라 실내복을 입고 핀으로 머리를 만 채로 조가 물었다.

"로리 선생님이 결혼했을 때 다들 놀라고 재밌어했다는 이야기가 생각났거든요. 다시 한번 깜짝 놀랄 만한 근사한 일을 저도 벌여보려고 했죠."라고 말하며 에밀은 웃었다. "지금은 휴가 중이에요. 바람과 파도가 형을 여기로 실어올 때 메리도 함께 오는 게 최선이라고 생각했어요. 어젯밤에 도착하려고 했는데 시간을 맞출 수가 없었어요. 어쨌든 파티가 끝나기 전에 여기 올 수 있었네요."

"오, 우리 두 아들. 너희 둘이 이렇게 행복하게 옛집에 다시 오니 정말 벅차구나. 이 고마움을 어떻게 말해야 할지 모르겠다. 하늘에 계신 사랑하는 아버지께 너희들을 축복하고 지켜달라고 부탁하는 것밖에 없겠구나." 바에르 교수는 넷 모두를 한꺼번에 안으며 독일어를 섞어 외쳤다. 감격한 마음에 눈물이 그의 뺨을 타고 흘렀고, 말도 제대로 나오지 않았다.

4월의 소나기로 공기는 맑아졌고 행복으로 부풀었던 마음도 한층 가라앉았다. 프란츠와 루드밀라는 외삼촌과 독일어로 이야기했고, 에밀과 메리는 외숙모와 대화를 나눴다. 다른 젊은이들은 난파와 구조와 귀향 항해에 대한 경험담을 들고 싶어 했다. 이야기는 편지에 적은 내용과는 무척 달랐다. 에밀은 사실 그대로를 말했고, 이따금씩 메리의 부드러운 목소리가 끼어들어 에밀이 보여준 용기와 인내와 자기희생을 덧붙였다. 이 행복한 커플이 겪은 엄청난 이야기를 들은 젊은이들은 비장한 기분을 느꼈다.

"이제는 비 내리는 소리를 들으면 기도를 안 할 수가 없어요. 여성들에 대해서도 생각이 바뀌었어요. 모자를 벗고 한 사람 한 사람에게 경의를 표하고 싶어요. 그들은 제가 만난 어떤 남성보다 용감하니까요." 에밀이 말했다. 이제까지와는 다른 엄숙함이었다. 시련을 겪은 뒤에 얻은 온화한 태도와 함께 그에게 잘 어울리는 모습이었다.

"여성이 용감하다면, 여성만큼이나 부드럽고 자기희생적인 남성도 있었어요. 저는 밤에 몰래 여자아이의 주머니에 자기 몫의 음식을 넣어준 사람을 알아요. 자기는 굶주리면서 말이에요. 자신은 잠도 못 잔 상태에서 아픈 사람을 재우려고 몇 시간이고 안아주기도 했고요. 아니, 내 사랑. 난 말할 거야. 계속 말하게 해줘요!" 메리는 더는 말하지 못하게 입을 막으려는 에밀의 손을 붙잡으면서 소리쳤다.

"제 의무를 다했을 뿐이에요. 고통이 더 오래 계속되었다면 저도 불쌍한 베리나 갑판장 같은 운명에 처했겠죠. 정말 끔찍한 밤이었어요!" 에밀은 그때 일을 떠올리면서 몸서리를 쳤다.

"그건 생각하지 말아요, 에밀. 우라니아호를 타고 오던 행복한 때 이야기를 해줘요. 아빠가 점점 좋아지고 우리 모두가 안전하게 집으로 향하던 때 말이에요." 메리는 믿음직스럽다는 표정으로 에밀에게 손을 얹으며 말했다. 끔찍한 경험의 어두움 속에서 은은히 빛나는 위로의 손길이었다.

에밀은 금세 얼굴이 밝아졌다. '사랑스러운 아가씨'의 어깨를 안으며 진정 선원다운 모습으로 이야기의 행복한 결말을 말했다.

"함부르크에서는 정말 즐거운 시간을 보냈어요! 헤르만 삼촌은 더할 나위 없이 선장님께 잘해주셨고요. 어머님이 선장님을 보살피시는 동안 메리가 절 돌봐줬죠. 전 배 수리가 잘됐는지 보려고 선착장으로 가야 했어요. 그런데 화재로 눈을 다친 데다가 구조선을 찾느라 잠을 못 자서, 시야가 런던 안개처럼 흐려진 상태였어요. 그래서 메리가 조타수가 되어 안내해 줬죠. 아시다시피 전 동료를 버리지 못하잖아요. 그래서 메리는 일등 항해사로 승선하게 되었어요. 그리고 저는 지금 영광스러운 곳으로 나아가는 거고요."

"쉿! 너무 바보 같잖아요, 당신." 부끄러운 이야기가 나오자 메리가 영국인 아가씨답게 수줍어하며 속삭였다. 하지만 에밀은 메리의 부드러운 손을 잡고 손가락에 끼운 반지를 바라보면서, 기함에 승선한 제독 같은 모습으로 말을 이었다.

"선장님은 메리가 그 일을 맡아도 될지 좀 더 생각해 보자고 했어요. 하지만 우리가 함께 이겨낸 것보다 더 거친 날씨를 볼 수 있을 것 같지 않았고, 지난 한 해 동안 서로를 충분히 알게 되었다고 말했어요. 그리고 제 손이 조타륜 위에 있지 않다면 월급 받을 자격이 없다고 생각했죠. 그래서 전 이 여정에 나섰고 제 용감한 여성과 함께 긴 항해에 나서게 됐어요. 신이여, 메리를 축복하소서!"

"정말 에밀과 함께 항해할 거예요?" 데이지는 메리의 용기에 감탄하면서도 물을 무서워하는 고양이처럼 몸을 움츠리며 물었다.

"전 두렵지 않아요." 메리는 미소로 대답했다. "저의 선장님 에밀은 좋은 날씨든 나쁜 날씨든 자신의 능력을 증명했죠. 그리고 또 난파를 당하게 된다면 육지에서 기다리기보다는 같이 있는 편이 나아요."

"진정한 여성이고, 타고난 선원이구나! 넌 행복한 사람이야, 에밀. 이 항해는 분명히 성공할 거야." 조는 바다 냄새 가득한 이들의 사랑에 기뻐하며 외쳤다. "아, 사랑하는 우리 아이. 네가 돌아올 거라고 항상 생각했어. 모두가 절망했을 때에도 난 포기하지 않았고, 네가 무서운 바다 어딘가에 있는 큰 돛대 위 장루에 매달려 있다고 우겼지." 조는 에밀을 꽉 붙잡고 말했다.

"매달려 있었고말고요!" 에밀이 대답했다. 그때 제 '큰 돛대 위 장루'는 외숙모와 외삼촌이 해주신 말씀을 생각하는 거였어요. 그게 절 지켜줬죠. 여러 기나긴 밤 동안 떠올랐던 몇만 가지 생각 속에서 붉은 가닥 이야기만큼 더 또렷한 건 없었어요. 기억하시죠? 외숙모가 해주신 영국 해군 이야기와 다른 이야기 전부 말이에요. 전 그 이야기가 좋았어요. 그래서 제 밧줄이 아주 조금이라도 바다 위에 떠다니게 된다면 붉은색 실이 섞여 있어야 한다고 결심했죠."

"그랬구나! 네가 하디 선장님께 한 행동이 그걸 증명해 주는 거야. 그리고 여기 네가 받은 상도 있고." 조는 어머니처럼 다정하게 메리에게 입맞춤을 했다.

에밀은 이 작은 예식을 흡족하게 바라보다가, 다시는 보지 못하리라 생각한 방을 둘러보면서 말했다. "참 이상해요. 그렇지 않나요? 위험한 순간에 사소한 일들이 생생하게 떠오르는 거 말이에요. 굶주림으로 반쯤 죽은 상태로 절망 속에 바다를 떠다닐 때, 여기서 나는 종소리가 들리는 것만 같았어요. 테드가 아래층으로 쿵쿵거리며 뛰어내려오고 외숙모가 '얘들아, 일어날 시간이다!' 하고 외치는 소리도요. 자주 마시던 커피 향까지 진짜로 났어요. 에이셔 아주머니가 구워주던 생강빵 꿈을 꾸었던 어느 날 밤에는 거의 울 뻔했죠. 그런 맛있는 냄새를 코끝으로 맡으며 굶주림과 대면한 건 제 인생에서 가장 쓰라린 절망이었어요. 혹시 지금 생강 과자가 있으면 하나만 주시겠어요?"

부인들과 사촌들은 에밀을 가여워하며 그렇게 원하던 과자를 먹을 수 있는 곳으로 곧장 이끌고 갔다. 과자는 항상 충분히 준비되어 있었다. 조와 자매들은 이제 프란츠가 냇에 대해 하는 이야기를 들으려고 자리를 옮겼다.

"그렇게 야위고 초라한 몰골을 한 냇을 본 순간 뭔가 잘못됐다는 걸 알았죠. 하지만 냇은 별거 아니라면서, 우리가 찾아와 이런저런 소식을 들려주었다고 기뻐했어요. 그래서 굳이 무슨 일이 있었는지 묻지는 않았어요. 그리고 바움가르텐 교수님과 베르크만 교수님을 찾아갔죠. 거기서 모든 일을 알게 되었어요. 냇이 써야 할 돈보다 더 많이 돈을 쓰는 바람에, 잘못을 속죄하려고 필요 이상으로 일하고 있다는 것을요. 바움가르텐 교수님은 그 일이 냇에게 도움이 된다고 생각하셨어요. 그래서 제가 갈 때까지 비밀을 지키신 거고요. 정말 냇에게 도움이 된 것 같았어요. 정직하게 이마에 땀을 흘리면서 빚을 갚고 생계를 유지하고 있었으니까요."

"냇의 좋은 점이 그거야. 내가 말한 인생의 교훈을 냇은 잘 배웠군. 그 아이는 자신이 어른이라는 걸 증명했어. 베르크만 교수가 준 자리를 받을 만한 사람이 된 거야." 바에르 교수는 뿌듯해하는 얼굴로 말했다.

"내가 말했잖아, 메그 언니. 냇에겐 좋은 모습이 있다고. 그리고 데이지에 대한 사랑도 냇을 바르게 지켜준 거야. 정말 괜찮은 아이야. 지금 여기에 있으면 더 바랄 게 없을 텐데!" 조는 지난 몇 달 동안 자신을 괴롭히던 의심과 걱정을 완전히 잊고 소리쳤다.

"나도 정말 기뻐. 언제나처럼 이번에도 내가 양보해야 하지 않을까 싶네. 전염병이 정말로 아이들 사이에서 퍼지고 있나 봐. 너하고 에밀 때문에 모두들 머릿속이 엉망이 된 모양이다. 이러다간 내가 몸을 돌이키기도 전에 조시까지 애인을 만들고 싶다고 하겠어." 메그는 조금 시무룩해져 대답했다.

하지만 조는 언니가 냇이 겪은 시련을 극복한 이야기에 감동했음을 눈치채고, 승리를 굳히려고 서둘러 프란츠에게 덧붙여 물었다. "베르크만 교수님의 제안은 참 좋다는 생각이 드네, 그렇지?"

"여러 가지로 아주 괜찮은 일이에요. 냇은 바흐마이스터 오케스트라에서 많은 걸 배울 수 있고, 런던도 구경할 수 있으니까요. 미국으로 돌아오면 바이올린 연주자로서도 멋진 출발을 하게 될 테고요. 대단히 명예로운 일은 아니지만 착실하게 한 걸음 전진하는 셈이죠. 제가 축하해 주었더니 냇은 좋아하면서 이렇게 말했어요. 데이지의 진정한 연인이라도 되었다는 듯이요. '데이지에게 알려줘. 모든 걸 확실히 말해줘야 해.' 이 일은 뜻대로 하세요, 메그 아주머니. 그리고 그 아이가 금발 턱수염을 기른다는 사실을 데이지한테 슬쩍 이야기할 수도 있을 거예요. 꽤 잘 어울려요. 연약해 보이는 입가를 숨길 수 있는 데다가 커다란 눈과 멘델스존(1809~1847, 독일의 낭만주의 작곡가-옮긴이)을 닮은 이마는 고상한 분위기도 풍기니까요. 한번 보시라고 루드밀라가 사진을 가져왔어요."

프란츠가 전해주는 다른 여러 흥미로운 소식에 모두가 귀를 기울였다. 친절한 프란츠는 자신의 결혼이라는 행복한 일만으로도 바빴지만 사람들에게 냇의 소식을 전하는 데 더 신경을 썼다. 프란츠가 이야기를 능숙하게 이끌어가며 냇이 참을성 있게 어려움을 극복한 과정을 너무도 생생히 묘사하자, 메그도 반쯤은 넘어온 것 같았다. 민나와 어울렸던 일이나 술집과 거리에서 바이올린을 연주한 일을 들었다면 그렇게 빨리 마음이 누그러지지는 않았겠지만 말이다. 하지만 메그는 들은 이야기를 일단 간직해 둔 뒤에 데이지와 조용히 이야기해보기로, 빈틈없는 성격답게 스스로에게 약속했다. 아마 대화를 나누는 동안 '나중에 생각해 보자.'라던 그녀의 확신 없는 말이 '냇은 잘해왔어. 너도 행복해야 한다.'라는 다정한 말로 바뀌게 될지도 몰랐다.

　유쾌하게 이야기를 나누다가 갑자기 울리는 시계 소리에 정신을 차린 조는, 로맨스에서 현실로 돌아와 머리에 말고 있던 핀을 쥐고 소리쳤다.

　"여러분, 이제 식사 시간이에요. 나도 옷을 갈아입어야지. 안 그러면 이런 민망한 옷차림으로 손님을 맞아야 해. 메그 언니, 루드밀라하고 메리를 2층으로 데리고 가서 좀 챙겨주겠어? 프란츠는 식당으로 가는 길 알지? 여보, 당신은 나랑 가서 옷 갈아입어야죠. 날도 더운데 너무 흥분해서 우리 둘 다 완전히 난파선 꼴이에요."

흰 장미

여행자들은 기운을 차리고 총장 부인은 가장 좋은 드레스를 입으려고 씨름하는 동안, 조시는 신부들에게 줄 꽃을 꺾으려고 정원으로 달려갔다. 갑작스럽게 등장한 흥미로운 존재들에 조시는 완전히 매혹되어 버렸다. 조시의 머릿속에는 영웅적인 구출, 애정 어린 존경, 극적인 상황을 비롯해 사랑스러운 신부들이 베일을 쓸지 안 쓸지에 대한 궁금증도 가득해졌다. 조시는 흰 장미가 가득한 덤불 앞에서 신부들에게 줄 꽃다발에 가장 완벽하게 어울리는 꽃을 골라 모았다. 그러고는 팔에 묶어둔 리본으로 장식한 뒤, 새로운 가족들의 화장대에 놓을 생각이었다. 갑자기 발소리가 들리는 바람에 깜짝 놀라 고개를 들어보니, 데미가 팔짱을 끼고 고개를 숙인 채 깊은 생각에 잠겨서 길을 내려오고 있었다.

"소피 워클스를 생각하는구나?" 조시는 나뭇가지를 열

심히 잡아당기다가 가시가 박힌 엄지손가락을 빨면서, 뭔가 안다는 듯한 미소를 지으며 말했다.

"여기서 뭐 하는 거야, 이 개구쟁이야?" 데미는 백일몽을 방해받아 흠칫 놀라 물었다.

"'우리 신부들'에게 줄 꽃을 꺾었지. 오빠도 있으면 좋겠지?" '개구쟁이'라는 말에 장난기가 발동한 조시가 대답했다.

"신부 이야기야, 꽃 이야기야?" 데미는 침착하게 물었지만, 그 말에 색다른 흥미를 느낀 양 시선은 장미 덤불을 향해 있었다.

"둘 다. 오빠가 그중 하나를 갖게 되면, 내가 나머지 하나를 줄게."

"그랬으면 좋겠네!" 데미는 작은 꽃봉오리를 집어 들고 한숨을 쉬었다. 마음 따뜻한 조시는 오빠 기분을 금방 알아차렸다.

"그러면 오빤 왜 그렇게 안 하는 거야? 사람들이 행복해하는 모습을 보면 정말 사랑스러워. 오빠도 결혼할 생각만 있으면 지금이 좋은 때잖아. 언니는 곧 여길 떠날 텐데."

"누구 말이야?" 데미는 갑자기 얼굴을 붉히며 반쯤 핀 꽃봉오리를 잡아당겼고, 조시는 오빠가 당황하는 모습을 재밌어하며 말했다.

"시치미 떼지 마. 내가 앨리스 언니 얘기한다는 거 알잖아, 난 오빠가 좋아. 그래서 도와주고 싶어. 재미있는 일이기도 하고. 연인이니 결혼식이니 그런 거 전부 말이야. 그러니까 내 말 잘 듣고 용기 내서 오빠 입장을 밝혀. 앨리스 언니가 떠나기 전에 확답을 받아야지."

데미는 이 작은 소녀가 너무나 진지하게 충고를 하자 웃음이 나왔지만 그 말 자체는 마음에 들었다. 그래서 평소처럼 비웃지 않고 솔직하게 인정했다.

"참 친절하구나, 조시. 그렇게 똑똑하니까 묻겠는데, 네가 우아하게 표현했듯 어떻게 '입장을 밝히는' 게 좋을지 넌지시 얘기 좀 해주지 않을래?"

"뭐, 여러 가지 방법이 있잖아. 연극에서는 연인들이 무릎을 꿇어. 하지만 다리가 길면 어색하지. 테드는 무릎을 잘 못 꿇더라. 몇 시간을 연습시켰는데도 그래. 그러니까 오빠는 '나랑 결혼해!'라고 말하는 방법도 있어. 재밌고 편하게 일을 진행시키려면 그래도 괜찮겠지. 아니면 시를 써줄 수도 있어. 오빤 이미 그렇게 해봤잖아."

"난 앨리스를 정말 사랑해. 앨리스도 알 거야. 사랑한다고 말하고 싶지만 말을 꺼내려고 하면 당황하게 돼. 바보처럼 굴고 싶지는 않은데 말이야. 너라면 더 그럴듯한 방법을 알려주지 않을까 싶은데. 시도 많이 읽었고, 아주 낭만적인 아이잖아."

939

데미는 자기 상태를 명확하게 표현하려고 애썼지만, 사랑이 가져다준 달콤한 혼란으로 평소의 의연함과 자제력을 잃고 말았다. 그래서 앨리스가 한 단어로 대답할 수 있는 질문을 하려면 어떻게 하는 게 좋을지, 어린 동생에게 가르쳐 달라고 부탁하는 것이었다. 새 신부를 맞은 사촌들의 행복한 모습에 이제까지 생각한 모든 현명한 계획이나 더 오래 기다려보겠다는 결심은 날아가 버렸다. 크리스마스 연극 때 데미는 자기 사랑에 희망을 느꼈고, 오늘 앨리스의 연설을 듣자 그녀가 더 사랑스럽고 자랑스러웠다. 활짝 핀 신부들과 빛나는 신랑들을 보니 한시라도 빨리 앨리스에게 확답을 듣고 싶은 마음 뿐이었다. 데미는 항상 데이지에게 모든 걸 털어놓았지만, 이 일만은 달랐다. 데이지의 연애는 금지되어 있으니, 동생에게 자기 희망을 밝히지는 않으려는 오빠다운 안타까움이었다. 어머니는 데미가 칭찬하는 여자아이들에 대해 조금씩 꼬투리를 잡았지만 앨리스는 좋아했다. 그 사실을 아는 데미는 앨리스에 대한 사랑을 간직하면서 어머니에게는 곧 모든 것을 털어놓을 생각으로 혼자만의 비밀을 즐기고 있었다.

그런데 지금, 조시와 장미꽃 봉오리가 자신이 품은 사랑의 머뭇거림을 빨리 끝맺으라고 말하는 듯했다. 데미는 그물에 걸려 쥐의 도움을 받은 사자처럼 자신도 여동생의 도움을 받아야겠다고 생각을 바꿨다.

"편지를 써볼까 해." 데미가 천천히 말을 시작했다.

"좋아! 아주 사랑스러운 방법이야! 언니한테 아주 잘 어울리고 오빠한테도 그래. 오빠 시인이니까!" 조시가 펄쩍펄쩍 뛰면서 소리쳤다.

"무슨 소리야? 놀리지 마, 제발." 수줍은 연인 데미가 조시의 독설을 두려워하며 간절하게 애원했다.

"마리아 에지워스의 소설을 읽은 적이 있어. 한 남자가 애인에게 장미꽃 세 송이를 선물하지. 봉오리만 있는 것, 반쯤 핀 것, 그리고 활짝 핀 것 세 송이를 말이야. 여자가 어느 꽃을 골랐는지는 기억이 안 나지만 참 아름다운 방법이야. 앨리스 언니도 이 이야기 알아. 이 책을 읽을 때 같이 있었으니까. 그런 장미꽃이 여기 다 있잖아. 오빠 벌써 두 송이를 꺾었으니까 가장 예쁘게 핀 장미만 고르면 돼. 그럼 내가 묶어서 언니 방에 놓아둘게. 앨리스 언니는 데이지 언니하고 곧 옷을 갈아입으러 갈 테니까 그 전에 내가 잘 놔둘게."

신부의 덤불에 눈길을 둔 채 잠시 생각에 잠긴 데미는 이제까지 지어본 적 없는 미소를 얼굴에 떠올렸다. 그 미소에 저도 모르게 감동받은 조시는 한 젊은이를 그토록 행복하게 만들어주는 열정의 여명을 볼 권리가 없다는 듯 살짝 고개를 돌렸다.

"그렇게 해줘." 데미는 이렇게 한마디하며 활짝 핀 장미 한 송이를 꺾어 들었다.

이런 낭만적인 일에 참여하는 건 정말 매력적이라고 생각하며, 조시는 장미꽃 줄기를 우아한 활처럼 리본으로 묶어 마지막 꽃다발을 만족스럽게 완성했다. 그동안 데미는 카드를 적어 내려갔다.

사랑하는 앨리스, 너는 이 꽃들이 의미하는 바를 알겠지. 오늘밤에 꽃들 중 하나를, 아니면 모두를 달아줘. 그래서 나를 더 자랑스럽고 행복한 사람으로, 그리고 너를 더 사랑하는 사람으로 만들어주지 않겠니?

너만을 사랑하는 존

데미는 카드를 여동생에게 건네주며 말했다. 얼마나 중요한 임무인지 느끼게 해주는 목소리였다.

"널 믿어, 조시. 여기에 내 모든 게 달렸어. 네가 날 사랑한다면, 농담으로 받아들이지 말아줘."

조시는 자기 임무를 다하겠다는 약속의 의미로 오빠에게 입맞추며 대답을 대신했다. 그러고는 페르디난드(셰익스피어의 희곡 「템페스트」에 나오는 인물-옮긴이)처럼 장미 덤불 사이에서 꿈을 꾸는 데미를 두고 에리얼(『템페스트』속 공기의 요정―옮긴이)처럼 자리를 떠났다.

메리와 루드밀라는 조시에게 받은 꽃다발을 무척 마음에 들어 했다. 조시는 신부들의 몸단장을 맡은 하인처럼 이들의 짙은 머리카락, 밝은 머리카락에 꽃을 꽂아주면서 이들이 베일을 쓰지 않은 데 대한 실망감을 달랬다.

앨리스는 다른 사람의 도움 없이 혼자 옷을 갈아입었고 데이지는 어머니와 옆방에 있었기에, 앨리스가 작은 꽃다발을 받고 지은 기쁨의 미소와, 카드를 읽고 고민에 빠져 흘린 눈물, 붉어진 얼굴을 아무도 보지 못했다. 앨리스가 하고 싶은 대답은 의심의 여지가 없었다. 하지만 앨리스에게는 의무가 있었다. 집에 계신 병약한 어머니와 늙으신 아버지에게 앨리스가 필요했던 것이다. 4년 동안 성실히 공부만 한 앨리스는 이제 최선을 다해 부모님을 도와야 했다. 사랑은 참으로 달콤할 테고, 데미와 함께할 가정은 지상의 작은 천국 같으리라. 하지만 아직은 아니었다. 앨리스는 거울 앞에 앉아 자기 인생의 커다란 문제를 떠올리면서 활짝 핀 장미를 천천히 내려놓았다.

'기다려달라고 부탁하는 게 현명한 걸까? 약속이라도 해서 데미를 붙잡으면 어떨까? 내가 느끼는 사랑과 존경을 말로 전해도 될까? 아니다. 나 홀로 희생을 감수해 그 사람이라도 불확실한 희망의 고통에서 빠져나오게 해주는 게 더 관대한 일이겠지. 데미는 아직 젊어. 금방 잊어버릴 거야. 초조하게 기다리는 연인이 없어야 차라리 내 의무를 더 잘할 수 있어.' 눈물로 앞이 흐려진 앨리스는 데미가 가시를 떼어낸 장미 줄기에 손을 대고 있었다. 그러다가 반쯤 핀 꽃을 활짝 핀 장미 옆에 내려놓고는, 작은 꽃봉오리라도 달면 어떨까 생각해 보았다. 다른 꽃송이보다 빈약해 보였고 빛깔 옅은 봉오리였다. 하지만 진정한 사랑에서 우러나온 자기희생의 마음으로, 앨리스는 자신이 그 이상을 이어갈 수 없다면 작은 희망도 데미에게는 너무 벅찰 것 같다고 생각했다.

그녀가 매순간 점점 더 소중해지는 사랑의 상징을 서글프게 내려다보며 앉아 있는데, 옆방에서 이야기 소리가 들려왔다. 활짝 열린 창문, 얇은 칸막이, 막 해가 지기 시작한 초저녁의 고요함 덕분이었다. 데미에 대한 이야기였기 때문에 앨리스는 귀를 기울이지 않을 수 없었다.

"루드밀라가 진짜 독일 오드콜로뉴(화장수의 하나. 1709년 무렵에 독일의 쾰른에 사는 이탈리아 인이 만든 향수였다.-옮긴이)를 선물로 가져오다니 정말 기특하네! 이렇게 피곤한 날에 정말 필요한 선물이야. 존도 받았겠지? 그 아이가 좋아하는 거잖아."

"네, 엄마. 그런데 앨리스 연설이 끝나자마자 오빠가 벌떡 일어나는 거 보셨죠? 제가 붙잡지 않았으면 뛰어나갔을지도 몰라요, 그렇게 기뻐하고 자랑스러워하는 게 당연하죠. 저도 장갑이 망가질 정도로 박수를 쳤으니까요. 단상에 오른 여자를 보는 데 대한 반감도 잊어버릴 정도였다니까요. 앨리스는 처음 몇 분이 지나고 나서는 진지하게 연설에만 집중했어요. 정말 사랑스러운 모습이었죠."

"오빠가 무슨 얘기라도 했니?"

"아뇨. 하지만 왜 아무 말도 안 했는지는 알겠어요. 누굴 좋아한다는 이야길 하면 제가 힘들어할 거라 생각했겠죠. 전 괜찮은데 말이에요. 하지만 오빠 방식을 알아요. 기다리는 수밖에요. 모든 게 잘되길 바라면서요."

"물론 그래야지. 앨리스처럼 생각이 깊은 아가씨라면 우리 존을 거절할 순 없을 거야. 존이 부자도 아니고, 그렇게 될 일도 없겠지만……. 데이지, 네 오빠가 자기 돈으로 뭘 했는지 말해주고 싶어 참을 수가 없구나. 나도 어젯밤에야 얘길 들었어. 지금까지는 말할 틈도 없었네. 존이 가엾은 바턴을 병원에 보내고는 눈이 다 나을 때까지 입원하도록 돌봤다는구나. 돈이 꽤 많이 드는 일이었는데 말이다. 덕분에 바턴은 다시 일도 할 수 있고 나이 드신 부모님을 돌볼 수도 있겠지. 바턴은 아픈 데다 돈도 없어서 절망한 상태였는데 자존심 때문에 남에게 부탁할 수가 없었나 봐. 존이 그 사정을 알고 가진 돈 전부를 털어서 도와주었대. 물어보기 전까지는 엄마한 테까지 한마디도 안 했고."

앨리스는 가슴이 벅차올라 데이지가 뭐라고 대답했는지 듣지 못했다. 앨리스의 눈에 빛나는 미소, 그리고 작은 꽃봉오리를 가슴에 대는 결연한 몸짓으로 미루어 볼 때, 지금 앨리스가 느끼는 감정은 분명 행복이었다. 마치 이렇게 말하는 듯했다. "데미가 이런 좋은 일을 했다면 상을 받을 자격이 있어. 내가 그 상을 주어야만 해."

앨리스가 다시 귀를 기울이자 메그는 여전히 데미 이야기를 하고 있었다.

"그런 행동을 어리석고 무모하다고 말하는 사람도 있겠지. 존은 돈도 별로 없으니까. 하지만 내 생각에 그 아이의 첫 번째 투자는 안전하고 좋은 일이었다고 믿고 싶어. '가난한 사람에게 은혜를 베푸는 것은 주님께 꾸어드리는 것이니(구약성경 「잠언」 19장 17절―옮긴이)'라는 말씀도 있잖니. 정말 기쁘고 자랑스럽구나."

"오빠는 돈이 없어서 청혼을 안 하는 게 아닐까 싶어요. 오빤 아주 성실한 사람이라 준비가 충분히 될 때까지는 청혼하지 않을 거예요. 하지만 오빤 사랑이 전부라는 걸 잊고 있어요. 사랑이라는 점에서 오빤 부자잖아요. 전 잘 알아요. 어떤 여자라도 기꺼이 인정할걸요."

"맞다, 애야. 나도 그렇게 생각해. 난 우리 존과 함께 기꺼이 일하면서 기다릴 생각이야."

"앨리스도 그럴 거예요. 두 사람이 그런 사실을 발견해 나갔으면 좋겠어요. 하지만 앨리스는 부모님을 생각하는 마음이 큰 착한 아이예요. 자기만 행복해지는 건 원치 않을 것 같아요. 하지만 엄만 앨리스의 그런 면이 좋으시죠?"

"물론이지. 그렇게 착하고 훌륭한 아이는 다시 없을 테니까. 데미를 위해 내가 생각하던, 꼭 그런 아이야. 그렇게 사랑스럽고 용감한 아이를 잃고 싶진 않구나. 앨리스의 마음은 남편과 부모 모두를 품을 만큼 넓어. 물론 두 사람이 기다려야 한다고 같은 마음으로 생각한다면, 더 행복하게 기다릴 수 있을 거야.

"오빠가 선택한 사람이 마음에 드신다니 기뻐요, 엄마. 오빠 세상에서 가장 슬픈 실망을 겪지는 않겠네요."

데이지의 목소리는 여기서 끊어졌다. 갑자기 바스락거리는 소리가 났고 부드럽게 속삭이는 소리도 이어졌다. 데이지가 어머니의 팔에 안겨 위로받는 듯했다.

앨리스는 더는 들으려 하지 않고 창문을 닫았다. 죄책감이 느껴졌지만, 얼굴은 환하게 빛났다. 더 엿듣지 않고 멈췄지만, 자신이 알고 싶던 것 이상을 알게 되었던 것이다. 앨리스의 마음에 갑작스러운 변화가 찾아왔다. 자신이 부모님과 데미 모두를 품을 수 있다는 생각이 불현듯 들었다. 그리고 데미의 어머니와 여동생이 자기를 좋아한다는 사실도 새삼 깨달으며 데이지와 냇의 처지를 떠올렸다. 어머니에게 허락받지 못한 데이지와 눈총을 견뎌야 했던 냇을 생각했고, 오랜 기다림 끝에 영원히 헤어지지는 않을까 불안해 하는 이들의 마음도 헤아려 보았다. 이런 생각을 하자 앨리스는 자기앞의 모든 것이 너무도 생생해졌다. 자신의 신중함은 잔인해보였고, 자기희생은 감상적인 어리석음 같았으며 진실 이외의 모든 것은 연인에 대한 배신처럼 느껴졌다. 이런 생각을하면서 앨리스는 장미 세 송이 중에 완전히 핀 장미에 천천히 입맞춤을 하고는 옷 위, 눈에 잘 띄는 위치에 달았다. 그리고 엄숙한 목소리로 맹세하듯 혼잣말을 했다.

"난 존을 사랑해. 그를 사랑하며 열심히 살아가야지."

집으로 밀려드는 손님들의 물결에 동참하려고 아래층으로 내려갔을 때, 사려 깊은 그녀의 얼굴에 새롭게 더해진 생기는 연설로 받은 축하 덕분이라고 다들 당연하게 여겼다. 씩씩한 신사들이 다가가면 앨리스는 약간 불안해하는 듯했지만 누구도 행복한 가슴에 달아놓은 장미꽃의 의미를 알아차리지는 못했다. 그동안 데미는 존경받는 명사들에게 학교를 안내했고, 소크라테스, 피타고라스, 페스탈로치, 프뢰벨 등의 교육법에 대해 논하는 할아버지를 도왔다. 하지만 데미의 머리와 가슴은 온통 사랑, 장미꽃, 희망과 또 한편으로는 두려움으로 가득했다. 손님들이고 뭐고 다들 홍해 밑바닥에 가라앉아 버리기를 절실히 바란다고 해도 놀랄 일은 아니었다. 마침내 데미는 '영향력 있고 근엄하고 존경할 만한 귀빈들'을 플럼필드까지 무사히 이모부와 이모에게 인계했다. 바에르 부부는 엄숙하게 이들을 맞이했다. 교수는 모든 게 즐겁다는 얼굴이었고, 손님들과 악수를 나누던 조는 육중한 플로크 교수가 자신의 벨벳 드레스 옷자락을 밟고 있다는 안타까운 사실을 애써 모르는 척하며 순교자의 마음으로 인내하고 있었다.

데미는 안도의 긴 한숨을 내쉬고는 사랑하는 소녀를 찾으려고 주위를 두리번거렸다. 응접실, 강당, 서재에 가득한 하얀 드레스 속에서 특정한 천사를 찾으려면 대개는 한참 시간이 걸린다. 하지만 데미의 눈은—북극점을 가리키는 나침반의 바늘처럼—곧바로 강당 한구석을 향했다. 그곳에는 부드럽고 검은 머리카락을 왕관처럼 땋아 올린 소녀가 있었다. 데미는 그녀가 군중 속에 선 여왕 같다고 생각했다. 아, 앨리스는 가슴에 장미꽃을 달고 있었다. 이 얼마나 축복받은 광경인가! 방 반대편에서 이 모습을 본 데미는 황홀한 숨을 내쉬었고, 덕분에 페리 집안 아가씨의 곱슬머리가 갑작스러운 이 돌풍에 흔들릴 정도였다. 데미는 장미꽃을 제대로 보지 못했다. 레이스에 가려서 장미꽃이 활짝 피었는지 아닌지 는 알 수 없었다. 더 없는 행복이 하나씩 드러나서 다행이었 으리라. 그러지 않았더라면 데미는 자신의 우상을 향해 곧장 달려가 거기에 모인 사람들을 깜짝 놀라게 했을지도 모르니 말이다. 이번에는 코트 자락을 잡고 말려줄 데이지도 옆에 없 었다. 가슴 떨리는 순간에 데미는 무언가 물어보려는 뚱뚱한 부인에게 붙잡혔고, 성자 같은 인내심을 발휘해 유명 인사들 을 가리키면서 부인의 궁금증을 해결해 주어야 했다. 하지만 제대로 된 보상을 받지도 못했다. 정신이 딴 데 팔려 이따금 횡설수설하는 바람에, 그 부인은 친구에게 이렇게 속삭였던 것이다.

"여기 차린 음식에 술은 없는 줄 알았는데, 젊은 브룩 씨 는 분명 과음한 모양이네요. 꽤 신사적이긴 했지만 좀 취해 보였거든요."

과연 그랬다! 졸업식 만찬에 차린 어떤 음료보다 훨씬 더 신성한 술에 데미는 취해 있었다. 그는 노부인에게서 벗 어나자마자, 단 한 마디 말을 들으려고 기쁜 마음으로 앨리 스를 찾아 나섰다. 앨리스는 피아노 앞에 서서 무심코 악보 를 넘기며 여러 신사들과 이야기를 나누는 참이었다. 조바심 을 침착하게 숨긴 데미는 행복의 순간에 다가설 준비를 했다. 그리고 나이 든 사람들이 눈치껏 동년배들과 구석에 앉아 있지 않고 왜 그리도 젊은 사람들과 함께하려고 하는지 궁금해하며 근처를 맴돌았다. 문제의 사람들이 드디어 자리를 떠났다 싶더니, 이제는 성급한 젊은이 둘이 앨리스 히스에게 다가와 함께 파르나소스로 가서 춤을 추자고 하는 것이 아닌가? 그들은 스터피와 돌리였다. 데미는 당장 해치워 버리고 싶을 만큼 그 두 명이 미웠다. 하지만 곧 마음이 한결 누그러졌다. 앨리스에게 거절당한 뒤 그들이 이렇게 말했기 때문이다.

"너도 알겠지만 난 완전히 남녀 공학 지지자가 되었어. 그냥 여기서 학교를 다녔으면 좋았겠다고 생각할 정도야. 너 같은 여자애들하고 함께 있으면 공부를 할 만할 거야. 매력적인 여자애들을 보고 있자니 그리스어 공부까지도 하고 싶다니까." 배움이라는 성찬이 너무 무미건조해 어떤 소스라도 뿌리면 좋겠다고 생각하던 차에 새로운 소스를 발견한 듯 스터피가 말했다.

"정말 그래! 우리 남자들은 조심해야 돼. 그러지 않으면 명예란 명예는 모두 빼앗겨 버릴 테니까. 오늘 너 훌륭하더라. 무슨 마법처럼 우리를 사로잡았잖아. 그렇게 더웠는데도 말이지. 다른 사람이 연설했으면 난 진짜 참지 못했을 거야." 이렇게 말하는 돌리의 옷깃은 땀으로 엉망이 되었고, 멋지게 모양을 잡은 머리는 무너져 내렸으며, 장갑도 다 해져 있었다. 연설에 집중했음을 보여주는 모습이었다.

"모두에게는 자기가 잘하는 분야가 있어. 우리에게는 책을 맡겨줘. 야구, 보트, 춤, 연애 놀이 같은 건 너희한테 양보할 테니까. 너희들이 좋아하는 분야 같거든." 앨리스는 상냥하게 대답했다.

"아, 말이 너무 심한걸. 항상 공부만 할 수는 없잖아. 그리고 네가 말한 '분야' 중에서 뒤의 두 가지는 너희 숙녀들도 그렇게 싫어하는 것 같지 않고." 돌리는 이렇게 대답하면서, 스터피에게 '내가 앨리스를 꼼짝 못 하게 했지?'라는 눈짓을 보냈다.

"우리 중 몇 명은 1학년 때 그러기도 해. 그러다 시간이 지나면 그런 유치한 일을 관두게 되지. 너도 알잖아. 이제 그만 파르나소스로 가보지 그래?" 여학생들도 그렇다는 사실을 어쩔 수 없이 인정한 사실에 속이 쓰렸던 앨리스는 살짝 미소를 지으며 이들을 쫓아냈다.

"잘했어, 돌리. 이만 가자. 똑똑한 여자애들하고는 말싸움을 하지 않는 게 좋아. 말, 보병, 기마병 모두 참패할 테니까." 스터피는 이렇게 말하고는 천천히 걸음을 옮겼다. 소스를 너무 많이 먹은 모양이었다.

"정말 짜증 나네! 우리보다 나이가 많지도 않잖아. 여자애들은 남자보다 빨리 자라. 그러니 벌써부터 잘난 척하면서 할머니처럼 말하는 거라고." 돌리는 기분이 상해 투덜거렸다.

"어디 가서 먹을 거나 찾아보자. 말을 너무 많이 했는지 쓰러지겠어. 플로크 교수가 날 구석에 몰아놓고는 칸트니 헤겔이니 그런 걸로 머리를 온통 뒤죽박죽으로 만들어놨거든."

"난 도라 웨스트하고 춤을 추기로 약속했어. 어디 있는지 찾아봐야 돼. 그 앤 참 귀여워. 스텝만 잘 맞추면 다른 걸로는 잔소리를 안 한다니까."

둘은 팔짱을 낀 채 유유히 걸어갔고, 홀로 남은 앨리스는 사교 생활은 아무 매력도 없다는 듯 악보만 보았다. 다음 쪽을 넘기려고 고개를 숙였을 때, 피아노 뒤에서 애를 태우던 청년은 활짝 핀 장미꽃을 확인하고는 기쁨으로 할 말을 잃었다. 잠시 꽃을 응시하던 데미는 또 다른 훼방꾼이 나타나기 전에 서둘러 다가갔다.

"앨리스, 정말 믿어지지가 않아. 이해해 준거야? 뭐라고 감사해야 하지?" 데미는 이렇게 소곤거리며 함께 악보를 읽으려는 듯 몸을 굽혔다. 음표나 가사는 눈에 하나도 안 들어왔지만 말이다.

"쉿! 지금은 말고. 네 맘 이해했어. 나한테 그런 자격은 없는 것 같지만……. 우린 아직 어려서 좀 더 기다려야 해. 하지만 정말 뿌듯하고 행복해, 존!"

다정한 속삭임 뒤에 톰 뱅스가 소란스럽게 떠들며 끼어들지 않았다면, 무슨 일이 일어났을까? 상상만으로도 설레는 일이다.

"음악? 좋은 생각이야. 사람들도 줄어들었으니 우리 모두 기분 전환 좀 해야지. 오늘밤에 하도 무슨 '학'이니 무슨 '주의'니 토론하는 이야기를 들었더니 머리가 완전히 돌아버릴 지경이야. 그래, 이거야. 아름다운 노래지! 스코틀랜드 노래는 언제나 매력적이니까."

데미가 쏘아봤지만, 눈치 없는 톰은 알아차리지 못했다. 차오른 감정의 안전한 분출구가 될 수 있을 거라고 생각한 앨리스는 곧바로 앉아 노래를 불렀다. 노래로 자신이 할 수 있었던 말보다 더 좋은 대답을 전해주었다.

기다려야 하네.

가난하고 늙으신 고향의 부모님,

당신이 걱정하는 쇠약한 분들.

날 그리워하실 테지요,

내가 다신 돌아가지 못한다면.

곡식은 다 떨어지고 소는 세 마리뿐,

힘든 시간을 보내시네.

난 지금 떠날 수 없어요.

우린 잠시 기다려야 하네.

두 분이 아프실까 걱정돼요.

떨어져 있을 때면.

두 분은 천국에 갈 날을 이야기하지요.

내 마음 아프게.

그러니 지금 재촉하진 말아요.

그러지 말아요.

고향 부모님을 떠날 순 없어요.

우린 잠시 기다려야 하네.

1절이 채 끝나기도 전에 방은 매우 고요해졌다. 앨리스는 끝까지 부를 수 없겠다는 생각이 들어 2절을 건너뛰었다. 데미의 눈은 앨리스에게 가 있었다. 앨리스가 자신을 위해 노래를 불렀고 슬픈 민요로 대답을 대신했다는 사실을 안다고, 데미는 눈빛으로 말해주었다. 데미는 앨리스의 뜻을 받아들이며 행복한 미소를 지었다. 이를 본 앨리스의 가슴은 벅차올라 더는 노래를 부를 수 없었고, 덥다는 핑계를 대며 서둘러 자리에서 일어서야 했다.

"그래. 피곤한 것 같네. 나가서 좀 쉬자. 내 사랑." 데미는 믿음직스러운 태도로, 앨리스를 별이 반짝이는 밤하늘 아래로 이끌었다. 혼자 남은 톰은 두 사람이 나가는 모습을 바라보면서 눈앞에서 갑자기 섬광이 번뜩이기라도 한 듯 눈을 껌뻑거렸다.

"이런 맙소사! 데미 집사님이 지난여름부터 그렇게 앨리스한테 푹 빠져 있었으면서 나한테 아무 말 안 한 거였네!" 톰은 자신이 발견한 신나는 사실을 알리려고 허둥지둥 밖으로 나갔다.

두 사람이 정원에서 무슨 이야기를 나눴는지 정확하게는 알 수는 없다. 하지만 브룩 가족들은 그날 밤 아주 늦게까지 깨어 있었고, 호기심 어린 많은 눈들은 어머니와 여동생들에게 자신의 사랑 이야기를 전하며 축하받는 데미의 모습을 창문 너머로 보았으리라. 조시는 이 일에 대해서는 스스로에게 칭찬을 아끼지 않았고, 자기 덕분에 만남이 이루어졌다고 의기양양했다. 데이지는 자기 일처럼 크게 기뻐했고, 메그도 행복해했다. 데미는 방에 앉아「기다려야 하네」선율을 플루트로 즐겁게 연주했다. 연주를 들으며, 메그는 자신의 말을 잘 따른 딸을 끌어안고는 이렇게 말했다.

"냇이 집에 돌아올 때까지 기다리렴. 그땐 우리 착한 딸도 흰 장미를 달 수 있을 거야."

목숨을 건 희생

그 뒤로 이어진 여름날은 나이 든 사람들과 젊은 사람들 모두에게 풍족한 휴식과 즐거움을 가져다주었다. 손님들에게는 플럼필드 사람들 모두가 이곳 명예에 걸맞은 대접을 해주었다. 프란츠와 에밀이 헤르만 삼촌과 하디 선장의 일로 바쁘게 지내는 동안, 메리와 루드밀라는 많은 사람과 친구가 되었다. 두 사람은 매우 달랐지만 둘 다 훌륭하고 매력적인 아가씨들이었다. 메그와 데이지는 독일인 신부가 자신들 마음에 꼭 드는 살림꾼이라는 사실을 발견했다. 둘은 루드밀라에게 새로운 요리를 배우거나, 반년마다 하는 대청소와 함부르크에 있는 화려한 세탁소 이야기를 듣고 집안일하는 방법을 의논하며 즐거운 시간을 보냈다. 루드밀라는 자신이 아는 것들을 가르쳐주었을 뿐만 아니라 자신도 여러 가지를 배워 새롭고 유익한 아이디어를 금발 머릿속에 가득 담고 고향으로 돌아갔다.

메리는 다양한 재주가 있어서 누구와도 쉽게 어울렸다. 그녀는 분별 있고 침착한 성격이었다. 타고난 성격은 쾌활했지만, 최근에 조난을 겪고 구조된 경험 때문에 한층 성숙한 모습을 보여주기도 했다. 조는 에밀의 선택이 매우 만족스러웠다. 이런 진실하고 상냥한 키잡이라면 날씨가 맑든 폭풍우가 몰아치든 상관없이 안전하게 에밀을 항구로 데려다 주리라 생각했다. 한편 프란츠가 단지 편안하게 돈을 잘 버는 사람에 머물면서 만족하면 어쩌나 하는 걱정도 덜게 되었다. 프란츠가 음악을 사랑한다는 사실에 더해 차분한 루드밀라와의 결혼이 그의 바쁜 생활에 시를 불어넣으리라는 사실을 금방 알게 되었기 때문이다. 조는 프란츠와 에밀에 대해서 마음을 놓고 이들의 방문을 어머니처럼 진심으로 만족스럽게 즐길 수 있었다. 9월이 되어 헤어질 시간이 다가왔고, 아쉬운 마음이 더할 수 없을 정도였지만, 앞에 놓인 새로운 삶으로 항해해 가는 이들을 믿음직스럽게 바라보았다.

데미의 약혼은 가까운 친척에게만 알려주었다. 두 사람은 자신들이 아직 젊기 때문에, 서로 사랑하지만 당분간은 기다리겠다고 말했다. 이들의 행복한 사랑 앞에 시간이 멈춰 버린 듯 보였다. 꿈만 같던 한 주가 지난 뒤 두 사람은 용감하게 헤어졌다. 앨리스는 큰 시련 속에서도 자신을 지탱해 주고 격려해 줄 희망을 가슴에 품고 부모님이 계시는 고향으로 향했고, 데미는 모든 것을 가능하게 할 것만 같은 새로운 열정으로 가득 차 출판사로 떠났다.

데이지는 두 사람의 일을 무척 기뻐하며 미래에 대한 오빠의 계획을 지치지도 않고 들어주었다. 데이지 역시 희망찬 기대 덕분에 예전 모습을 찾았다. 친절한 미소와 말로 모두를 도와주는, 쾌활하고 밝은 데이지로 돌아온 것이다. 데이지가 집 안 여러 곳을 다니며 다시 노래를 부르는 모습을 보고, 어머니 메그는 우울해하던 딸을 위한 적절한 치료법을 찾았다고 생각했다. 사실 메그는 여전히 의심스럽고 두려웠지만, 이런 마음을 혼자만 간직하며 냇이 집으로 돌아왔을 때 물어볼 여러 가지 질문을 준비하고, 런던에서 오는 편지를 날카로운 눈빛으로 살폈다.

냇은 베르테르 시대를 지나 파우스트 시대를 조금 경험한 뒤 이 시기의 경험으로 메피스토펠레스(파우스트가 자신의 영혼을 판 악마-옮긴이), 블록스부르크(독일에 있는 산 이름-옮긴이), 마우어바흐 술집(라이프치히에 있는 술집. 괴테의 소설 『파우스트』에 등장한다.-옮긴이)도 알게 되었다고 자신의 마르게리트(『파우스트』의 여주인공 이름-옮긴이)에게 말하기도 했다. 지금은 빌헬름 마이스터로 지내며 인생의 위대한 거장들 밑에서 도제 생활을 하는 듯 보였다. 냇이 저지른 사소한 죄와 정직한 뉘우침을 알게 된 데이지는 독일에 사는 젊은이가 독일 정신에 사로잡히지 않기란 불가능하다고 생각하면서, 사랑과 철학이 뒤섞인 편지를 보며 미소만 지었다.

"그 아이 마음은 괜찮은 모양이야. 담배, 맥주, 철학이라는 안개 속에서 빠져나오면 머리도 금방 맑아지겠지. 영국에서 지내면서 냇의 상식이 다시 깨어나고, 어리석은 잘못도 바닷바람에 날아가게 될 거야." 냇이 바이올린 연주자로 크게 성장할 전망이 보여 조는 정말 흡족했다. 귀국이 내년 봄까지 미뤄진 것이 냇은 못내 아쉬워했지만, 그것은 그의 직업적 기량이 한 단계 올라섰음을 의미했다.

조시는 캐머런 씨와 해변 별장에서 한 달가량 함께 지냈다. 자신이 받게 된 교습에 열성적으로 장래성과 인내력을 보여준 조시는 캐머런 씨와 친구가 되었다. 이 우정은 앞으로 활발하게 활동할 조시에게 귀중한 자신이 되리라. 어린 조시의 본능은 옳았다. 머지않아 마치 집 안의 연극적 재능은, 고귀하고 사랑받는 배우를 배출하면서 꽃을 피우게 될 터였다.

톰과 도라는 평화롭게 결혼 제단을 향해 나아갔다. 뱅스 씨는 아들이 또다시 마음을 바꿔 새로운 직업을 알아본다고 할까 봐 두려워 이른 나이에 결혼하는 것을 찬성했다. 변덕스러운 톰을 단단히 붙잡아 놓을 일종의 닻으로 여긴 것이다. 앞에서 말했듯 이제 톰은 좋아하는 여성에게 냉대를 받는다고 불평할 일이 없어졌다. 도라는 누구보다 헌신적이며 톰을 숭배하는 짝이었기에, 그의 생활은 무척이나 즐거워졌다. 여기에 더해 늘 곤란한 일만 겪는 불운도 사라진 모양이었고, 자신이 선택한 일에서 재능을 발휘해 사업에 성공할 가능성도 높아 보였다.

"가을에 결혼해서 당분간 아버지와 살 생각이에요. 우리 대장도 점점 나이가 들고 있잖아요. 그래서 우리 부부가 아버지를 돌봐드려야 해요. 시간이 지나면 독립해서 사업을 하게 되겠죠." 요즘 톰은 자주 이렇게 말했고, 사람들은 대부분 미소로 화답했다. 말썽꾸러기 토미 뱅스가 '사업을 시작한다'니, 톰을 아는 모든 사람은 그 사실이 너무나 재미있지 않을 수 없었다.

여러 가지 일들이 이렇게 잘 풀리면서 올해 닥칠 시련은 끝났다고 생각했을 때였다. 조는 갑자기 새로운 소식을 받았다. 지금까지 댄에게서 엽서 몇 장이 왔고, 발송 주소는 모두 'M. 메이슨 댁'이라고 적혀 있었다. 댄은 이런 방법으로 답장을 받으면서 고향 소식을 듣고, 자신도 짧은 소식을 보내 정착이 늦어지는 일에 대한 사람들의 걱정을 잠재우곤 했다. 마지막 소식은 9월에 도착했고, '몬태나'에서 보낸 것이었다. 내용은 간단했다.

드디어 여기 도착했습니다. 광산 일을 다시 시도해 보려고
요. 하지만 오래 있지는 않을 거예요. 행운을 빌어주세요.
농장을 경영할 생각은 접었어요. 금방 계획을 말씀드릴게
요. 저는 바쁘고 <u>행복</u>하게 지내요.

D.K.

'행복'이라는 글자 아래 그은 밑줄이 무엇을 의미하는지
알았다면, 이 엽서가 정말 많은 이야기를 들려준다는 사실도
발견했으리라. 이제 댄은 감옥에서 풀려나 그토록 갈망하던
자유를 향해 나아가고 있었다. 우연히 옛 친구를 만나 광산
의 감독관으로 한동안 일하게 되었는데, 오랫동안 교도소 칫
솔 공장에 갇혀 있었던 터라 거친 광부들의 사회마저도 재미
있게 느껴졌고 근육을 쓰는 일도 즐거웠다. 그는 힘껏 돌을
골라내고 바위나 흙과 씨름했다. 하지만 오랜 교도소 생활이
댄의 훌륭한 체력에도 영향을 끼쳤는지 금세 피로해졌다. 댄
은 집에 갈 날을 고대하면서도 교도소의 흔적을 씻어내고 수
척한 모습을 없앨 때까지 일주일씩 몇 번을 미루었다. 그러
는 동안 감독관이나 광부 들과도 가까워졌다. 댄의 사정을
아는 사람은 아무도 없었고, 이 세상에 다시 자기 자리를 찾
았다는 사실이 고맙고 기뻤다. 하지만 자긍심은 별로 없었

고, 그저 어딘가에서 좋은 일을 해 과거를 지우겠다는 생각 뿐이었다.

10월 어느 날, 조는 책상을 대청소하고 있었다. 밖에는 비가 쏟아졌지만 집 안은 평화로웠다. 댄의 엽서가 눈에 띄자 조는 곰곰이 생각에 잠겼다가 '아이들의 편지'라는 이름표가 붙은 서랍에 조심스럽게 넣었다. 그리고 서명을 부탁하는 다른 팬레터 열한 통을 휴지통에 넣으면서 이렇게 혼잣말을 했다.

"다음 엽서가 올 때가 되었는데. 아니면 계획을 얘기해주러 직접 올지도 모르겠네. 그 아이는 한 해 동안 무얼 하고 지냈을까? 지금 어떻게 지내는지도 그렇고."

조의 마지막 소망은 한 시간도 안 되어 이루어졌다. 테드가 한 손에는 신문을, 다른 한 손에는 찌그러진 우산을 들고 뛰어 들어와, 흥분한 표정으로 이런 말을 단숨에 쏟아냈기 때문이다.

"광산에서 사고가 나서 스무 명이 생매장을 당했대요. 탈출구도 없고 광부 부인들은 통곡하는데, 물까지 차올랐다나 봐요. 그런데 댄 형이 오래된 수직 통로를 알고 있어서, 목숨을 걸고 나머지 광부들을 구출했대요. 여러 신문이 이 이야기로 가득해요. 난 형이 영웅이라는 걸 알고 있었어요. 댄형 만세!"

"뭐라고? 어디서? 언제? 누가? 그렇게 소리만 지르지 말고 그 신문 좀 이리 줘봐!" 조가 소리쳤다.

신문을 빼앗긴 테드는 어머니가 읽는 중에도 계속해서 끼어들었다. 무슨일이 일어났는지 알고 싶었던 로브도 따라 들어왔다. 광산 사고 자체는 종종 있던 일이었지만, 극한 상황에서 드러난 한 사람의 용기와 헌신은 사람들의 마음을 움직이고 감탄을 자아냈다. 기사는 사실을 정확하게 묘사하면서도 열정적인 느낌을 전해주었다. 자신의 목숨을 걸고 다른 사람들을 구한 용감한 남자 대니얼 킨의 이름은 그날 하루 많은 사람들의 입에 오르내렸다. 기사를 읽은 친구들의 얼굴도 자랑스러움으로 가득했다. 사고가 처음 일어나 다들 공포에 사로잡혔을 때, 광산으로 통하는 오래된 수직 통로를 기억해 낸 사람은 댄뿐이었다. 그곳은 막혀 있었지만 물이 불어나 익사하기 전에 빠져나오려면 그 길밖에 없었다. 댄은 혼자 밑으로 내려가면서, 다른 사람들에게는 자기가 안전하다고 확인할 때까지 뒤로 물러서 있으라고 말했다. 가련한 동료들이 살아남으려고 반대편에서 필사적으로 곡괭이질을 하는 소리가 들리자 그는 소리를 지르고 벽을 두드리며 탈출할 수 있는 장소를 알려주었다. 이렇게 구조대 선두에 선 댄은 영웅적으로 사람들을 구해냈다. 그런데 사람들을 올려 보내고 마지막으로 올라가다가 밧줄이 끊어지는 바람에 그는 추락했고, 겨우 생명은 건졌지만 중상을 입고 말았다. 부인들은 댄의 새까매진 얼굴과 피투성이가 된 손에 입을 맞췄고, 남자들은 감격한 얼굴로 댄을 병원으로 옮겨주었다. 광산주들은 댄이 살아나면 많은 보상을 해주겠다고 약속까지 했다!

"댄은 살아날 거야. 그래야만 해. 몸을 움직일 수 있게 되면 집으로 돌아와 간호를 받게 해야겠어. 아니, 내가 가서 데려와도 되겠다! 난 그 아이가 훌륭하고 용감한 일을 하리란 걸 항상 알았어. 위험한 일을 하다가 총에 맞거나 교수형을 당하지만 않는다면 말이야." 조는 몹시 흥분한 목소리였다.

"가서 데려오세요. 저도 함께 가게 해주시고요, 엄마. 같이 갈 사람이 있다면, 그건 바로 저예요. 댄 형은 절 많이 좋아했고, 저도 마찬가지였으니까요." 테드는 따라가고 싶어 애가 타는 모습이었다.

어머니가 뭐라고 대답하기도 전에 로리가 석간 신문을 휘두르며 들어왔다. 그는 테드 못지않게 허둥대며 외쳤다.

"신문 봤어, 조? 어떻게 생각해? 당장 이 용감한 아이를 보러 가야겠지?"

"그래야지. 그런데 기사 내용이 전부 사실이 아니고 헛소문일 수도 있잖아. 몇 시간 정도면 전혀 다른 소식이 전해질지도 몰라."

"데미한테 전화해서 알아낼 수 있는 건 다 알아내라고 했어. 기사가 사실이라면 바로 떠날 거야. 당연히 가야지. 댄이 몸을 움직일 수 있으면 집으로 데리고 올게. 움직일 수 없으면 거기 남아서 보살펴 줘야지. 댄은 잘 회복할 거야. 떨어져서 머리를 좀 부딪혔다고 죽을 아인 아니니까."

"저도 같이 가면 안 돼요? 정말 가고 싶어요. 이모부랑 같이 거기 가면 재미있을 거예요. 광산도 구경하고 댄 형도 보고, 그때 있었던 일을 전부 다 듣고요. 그리고 우리가 도와줄 수도 있잖아요. 저도 간호할 수 있어요. 나 간호 잘하지, 로브 형?" 테드가 간절한 목소리로 말했다.

"꽤 잘하긴 하지. 하지만 네가 가도록 어머니가 허락해 주지 않으시면, 대신 내가 가도 돼. 이모부만 괜찮으시면 말이야." 로브가 평소처럼 차분하게 대답했다. 쉽게 흥분하는 테드보다는 이 여행에 더 적합해 보이는 모습이었다.

"너희 둘 누구도 보내지 않을 거야. 우리 아들들은 집에서 멀리 떠나기만 하면 말썽을 일으키니까. 다른 사람을 묶어놓을 권리는 없지만, 너희들만은 내 시야에서 벗어나지 못하게 할 수는 있어. 그러지 않으면 무슨 일이 일어날지 모르니 말이다. 올해 같은 해는 이제까지 본 적도 없어. 난파에, 결혼에, 사람들이 밀려오고, 약혼까지……. 온갖 일들이 다 일어났잖아!" 조가 한탄 조로 외쳤다.

"남자아이와 여자아이를 함께 키우다 보면, 그런 일은 각오해야겠지, 조. 두 아이가 집을 떠나기 전까지 최악의 사태는 다 끝났으면 좋겠어. 그리고 두 아이가 떠나면 내가 네 옆에 있어줄게. 너한텐 세상 모든 지지와 위로가 필요할 테니까. 특히 테드가 일찍 집을 떠나게 되면 말이야." 로리는 조가 괴로워하는 모습이 재미있다는 듯 웃었다.

"이제는 더 놀랄 일도 없겠지. 그나저나 댄이 걱정이야. 누가 댄한테 가보는 게 좋겠어. 거긴 험한 곳이라 잘 간호해 줘야 할 테니까. 가엾게도 아주 심하게 부딪힌 모양이야."

"조금 있으면 데미한테 소식을 들을 수 있을 거야. 그러면 내가 바로 떠날게." 로리는 밝은 얼굴로 약속하고, 그 자리를 떠났다. 어머니의 반대가 확고하다는 사실을 깨달은 테드는 자기도 데리고 가달라고 이모부에게 조르기 위해 곧장 따라 나갔다.

잠시 뒤에 신문 기사가 사실이라고 밝혀지면서 이 사건에 사람들의 이목이 더 쏠렸다. 로리가 곧바로 출발했고, 테드는 하염없이 조르면서 시내까지 이모부를 따라갔다. 테드가 하루 종일 보이지 않자, 조는 차분하게 말했다.

"기분이 상했나 보네. 가지 못하게 했으니까. 톰이나 데미하고 같이 있겠지. 밤이 돼서 배가 고파지면 얌전히 돌아올 거야. 난 테드가 어떤 앤지 아니까."

하지만 조가 놀랄 일은 아직도 남아 있었다. 저녁이 되어도 테드가 돌아오지 않고 봤다는 사람도 없었다. 결국 바에르 교수가 잃어버린 아들을 찾아보려고 집을 막 나서려는 순간, 로리가 역에서 보낸 전보가 도착했다.

객차에서 테드 발견. 같이 가기로 함. 내일 연락하겠음.

T. 로런스

"테드는 어머니 생각보다 더 빨리 달아났네요. 걱정하지 마세요. 이모부가 잘 돌봐줄 테니까요. 그리고 댄도 테드를 보면 기뻐할 거예요." 로브가 말했다. 조는 그 자리에 털썩 앉아 막내아들이 거친 서부로 가고 있음을 실감하려고 애썼다.

"불효막심한 녀석 같으니라고! 돌아오면 제대로 혼쭐을 낼 거야. 로리도 이 일에선 한패라고. 두 악당은 지금 아주 신났겠지? 나도 같이 가야 했는데! 테디 그 녀석은 잠옷이나 웃옷도 가지고 가지 않았잖아. 우린 환자 둘을 간호하게 될 게 뻔해. 형편없는 급행열차는 툭하면 절벽으로 추락하거나 불에 타버리거나 충돌하잖아. 오! 우리 테드, 우리 소중한 아들. 어떻게 그렇게 내 품에서 멀리 떠날 수 있지?"

어머니 조는 걱정스러운 마음에 혼내주겠다는 생각도

잊어버렸다. 한편 속 편한 말썽꾼은 첫 번째 반란에 성공했다는 기쁨에 들떠 신나게 대륙을 횡단하고 있었다. 로리는 '테드가 집을 떠나면'이라는 자기 말을 듣고 몰래 도망칠 생각이 떠올랐다는 테드의 주장을 무척이나 재미있어하면서도 어깨가 무거워졌다. 로리는 객차 안에서 잠든 이 가출 소년을 발견한 순간부터 책임지겠다고 마음먹었다. 테드의 짐은 댄에게 줄 포도주 한 병과 자기가 쓸 구두솔뿐이었다. 조가 푸념한 대로 '두 악당'은 즐겁게 여행을 이어갔다. 얼마후, 두 사람으로부터 사과 편지 두 통이 도착했다. 조와 바에르 교수는 화가 나 있었지만, 댄 걱정에 책망하는 것도 잊어버릴 수밖에 없었다. 댄 상태가 무척 좋지 않아, 며칠 동안 두 사람의 얼굴도 알아보지 못했다는 내용도 있었던 것이다. 하지만 다행히도 댄은 점차 기력을 회복했고, 의식도 돌아왔다고 했다. 눈을 떴을 때 자기를 내려다보는 친숙한 얼굴을 발견한 댄이 기쁜 미소를 지으며 처음으로 한 말이 '안녕, 테드!'였다고 테드가 자랑스럽게 소식을 전하자, 모두가 이 못된 소년을 기꺼이 용서해 주었다.

"그 아이가 가서 다행이에요. 이제 그만 야단쳐야겠네요. 이제 댄에게 보낼 짐에 뭘 넣어야 하죠?" 조는 병원을 꽉 채울 만큼 많은 위문품을 보내면서 댄을 만나고 싶은 초조한 마음을 달랬다.

곧이어 반가운 소식이 들려오기 시작했다. 마침내 댄이 여행을 할 수 있을 정도로 회복되었다고 했다. 하지만 댄은 서둘러 집에 오고 싶어 하지는 않는 기색이고, 자신을 간호해 주는 사람들이 나누는 이야기를 싫증도 내지 않고 들을 뿐이라고 쓰여 있었다.

"댄이 좀 이상해졌어." 조에게 보낸 편지에 로리는 이렇게 적었다. "다친 일 때문만이 아니라 전에 무슨 일이 있었던 게 분명해. 무엇인지는 모르겠지만 네가 물어보는 게 좋겠어. 하지만 혼수상태에 있을 때 중얼거리던 소리로 미루어보자면, 댄이 지난 1년 동안 무슨 힘든 일을 겪은 게 아닌가 걱정이 되네. 댄은 열 살은 더 들어 보여. 하지만 더 성숙해졌고 차분해진 것 같기도 해. 우리한테 고마워하고 있고. 무언가 갈망하듯이 테드를 바라보는 눈빛은 애처로울 지경이야. 정말 그 애답지 않은 모습이지. 캔자스에서 한 일은 실패했다고만 하고 더는 말하지 않으려고 해. 그래서 적당한 때를 기다리면서 더 묻지 않고 있어. 이곳 사람들은 댄을 정말 좋아하고, 댄도 그런 반응이 싫지 않은 모양이야. 예전에는 감정을 내보이는 걸 경멸하기까지 했잖아. 그런데 지금은 다른 사람들에게 잘 보이고 싶어 한다는 생각이 들어. 애정과 존경을 얻으려고 노력하네. 내가 전부 틀렸을지도 몰라. 네가 금방 확인할 수 있겠지. 테드는 아주 잘 지내. 여행을 해서 정말 기분 좋았나 봐. 다음에 우리 가족이 유럽에 갈 때 애를 데려갈까 싶어.”

편지를 읽고 나서 조의 상상력은 한껏 뻗어나갔다. 조는 댄에게 닥칠 수 있는, 모든 알려진 죄악, 고통, 분쟁을 상상해 보았다. 지금은 너무 허약한 상태라 이런저런 질문을 하고 추궁하기는 힘들겠지만 가장 마음이 쓰이는 그 아이, ‘선동가’ 댄이 안전하게 집으로 돌아온다면 궁금한 일들을 꼭 알아보겠다고 다짐했다. 조는 댄에게 집으로 돌아와 달라고 부탁했고, 가장 가슴 뛰는 자신의 작품을 쓸 때보다 이 편지에 훨씬 오랜 시간을 들였다.

그 편지가 댄을 움직였다. 11월의 어느 날, 로리는 플럼필드의 문 앞에서 병색이 짙어 보이는 한 남자가 마차에서 내리도록 도와주었고, 조는 그 방랑자를 반갑게 맞았다. 함께 도착한 테드는 큼지막한 모자를 쓰고 커다란 구두를 신은 채 승리의 춤을 추듯 이리저리 뛰어다녔다.

“바로 2층으로 올라가서 쉬려무나. 이젠 내가 간호사야. 다른 사람과 이야기하기 전에 뭘 좀 먹어야겠다.” 조는 그토록 건강하던 아이가 머리도 짧게 깎고 여위고 수척해진, 그림자 같은 모습으로 나타나 얼마나 충격을 받았는지 내색하지 않으려고 애썼다.

댄은 기꺼이 이 말을 따랐다. 그리고 자신을 위해 방에 마련해 놓은 긴 의자에 누워, 어머니 품에 안긴 아픈 아이처럼 조용하게 주위를 둘러보았다. 새 간호사는 목구멍까지 차오른 질문을 꾹꾹 눌러 참으며 댄에게 음식을 먹이고 기운을 북돋워 주었다. 지치고 약해진 댄은 곧바로 잠이 들었다. 조는 슬그머니 방을 나와 '악당들'을 실컷 꾸짖고 야단도 쳤지만 격려와 칭찬도 해주었다.

"조, 댄이 뭔가 죄를 지어서 괴로워한다는 생각이 들어." 테드가 친구들에게 새로 산 구두를 보여주고 광부들의 삶과 기쁨에 대한 이야기를 해주려고 자리를 뜨자 로리가 말했다. "어떤 끔찍한 경험이 그 아이에게 되살아나면서 마음을 무너뜨린 거야. 우리가 도착했을 때 댄은 정말 제정신이 아니었지. 난 병상을 지키면서 그 아이가 괴로워하는 말을 누구보다 많이 들었어. 댄은 간수라든가 재판, 죽은 사람, 블레어니 메이슨이니 하는 말을 했지. 그리고 손을 내밀면서 자길 용서해 주겠는지 물었어. 한번은 너무 몸부림을 치기에 팔을 잡았더니, 금방 얌전해져서는 '수갑을 채우지 말아달라'고 애원하는 거야. 한밤중에 그 아이가 예전 플럼필드하고 네 이야기를 하면서 집에 가서 죽을 수 있게 해달라고 부탁하는 소리를 들었을 때는 정말 무서웠어."

"댄은 죽지 않을 거야. 하지만 그 아이가 저질렀을지도 모르는 무언가를 속죄하면서 살아야겠지. 그러니 이제 그런

어두운 이야기로 날 괴롭히지 말아줘, 로리. 댄이 십계명을 어겼다 해도 상관없어. 난 그 아이 편이 되어줄 테니까. 너도 그럴 거지? 우리가 댄을 자기 발로 서도록, 이제부터라도 좋은 사람이 되도록 도와주자. 난 저 가엾은 얼굴을 보기만 해도 댄이 완전히 망가지지 않았다는 걸 알아. 누구한테라도 한마디도 하지 마. 금방 무슨 일이 있었는지 알아낼 테니까."

조가 대답했다. 이제까지 들은 말에 가슴이 내려앉는 심정이었으면서도 댄에 대한 기대를 여전히 접지 않았다.

며칠 동안 댄은 가만히 쉬기만 했고, 사람들도 거의 만나지 않았다. 하지만 세심하게 보살펴 주는 이들과 밝은 집안 환경이 집에 돌아왔다는 안도감을 주었는지, 점차 댄은 예전 모습을 찾아가기 시작했다. 하지만 말을 너무 많이 하지 말라는 의사의 지시를 핑계 삼아 최근 경험에 대해서는 여전히 침묵을 지켰다. 모두가 댄을 보고 싶어 하는데도 예전 친구들 외에는 몸을 사렸고, 테드의 말처럼 '1센트도 보여주지 않았다'. 테드는 용감한 댄 형을 자랑하지 못해 몹시 실망했다.

"거기 있었다면 누구나 똑같이 했을 텐데, 왜 그렇게 난리를 피우는 거죠?" 영웅 댄이 물었다. 부러진 팔을 붕대로 고정해 둔 모습이 자랑스럽기보다는 부끄러운 기색이었다.

"하지만 네가 스무 명의 목숨을 구했으니 기쁘지 않니, 댄? 사랑하는 여인들 품으로 남편과 아들과 아버지를 돌려

보냈잖아?" 방문객 몇 명이 돌아간 뒤 둘이 남은 어느 날 저녁, 조가 물었다.

"물론 기뻤죠! 하긴 그래서 제가 이렇게 살아 있는 거니까요. 전 그렇게 믿어요. 맞아요. 대통령이나 세상의 무슨 거물이 되는 것보다 그런 일을 한 게 제게 더 뜻깊어요. 스무 명을 구했다는 생각이 얼마나 위안이 되는지 아무도 모를 거예요. 게다가 저는……." 댄은 말을 잇지 못했다. 분명히 어떤 강렬한 감정을 말하려고 했지만, 그것이 무엇인지 제대로 전할 수가 없는 모양이었다.

"너라면 그렇게 느꼈을 거라고 생각했어. 목숨을 걸고 다른 사람의 생명을 구하다니 정말 훌륭해. 넌 거의 목숨을 잃을 뻔했잖니." 예전처럼 댄이 머릿속에 떠오른 생각을 여과 없이 말하기를 기대하면서 조가 말했다.

"나 때문에 자기 목숨을 잃는 사람은 찾을 것이다(신약성경 「마태복음」 16장 25절−옮긴이).'" 댄은 방을 비추는 환한 불빛을 응시하면서 성경 구절을 중얼거렸다. 야윈 얼굴에 붉은 빛이 감돌았다.

댄의 입에서 나온 말에 조는 깜짝놀라며 말했다.

"내가 준 작은 책을 읽었구나. 약속을 지킨 거니?"

"책을 받고 좀 지난 뒤부터는 꽤 많이 읽었어요. 아직은 잘 모르지만 읽다 보면 더 잘 알게 되겠죠. 읽는다는 것 자체가 저한테는 대단한 일이에요."

"약속을 충분히 잘 지킨 거야. 오, 얘야. 어떻게 된 일인지 말해줘! 네 마음을 무거운 무언가가 짓누르고 있다는 걸 알아. 네가 짐을 덜어내도록 도와줄게."

"얘기를 하고 싶지만 어떤 일은 어머니도 용서 못 하실 거예요. 절 포기하시면 제가 견디지 못할까 봐 두려워요."

"어머니라는 존재는 무슨 일이든 용서할 수 있단다! 모두 다 말해보렴. 절대로 널 포기하지 않을 거야. 온 세상이 네게 등을 돌리더라도 말이야."

조는 댄의 크고 거친 손을 꼭 잡았다. 그리고 이 손길이 댄에게 말할 용기를 주기를 조용히 기다렸다. 댄은 손으로 머리를 감싸고는, 천천히 모든 것을 이야기했다. 마지막 말이 입을 떠날 때까지 그는 한 번도 고개를 들지 않았다.

"이제 다 아시겠죠. 살인자를 용서하실 수 있어요? 전과자를 집에 들이실 수 있나요?"

조는 아무 대답도 없이 짧게 깎은 댄의 머리를 가슴에 가만히 안았다. 눈물이 앞을 가려, 댄의 비통한 얼굴도 희미하게 보일 뿐이었다.

어떤 말보다 나은 대답이었다. 가엾은 댄은 아무 말 없이 감사를 전하며, 조를 꼭 안았다. 그는 어머니의 사랑을 느꼈다. 사랑을 갈구하는 모든 사람을 위로하고 깨끗하게 씻기며, 힘을 북돋는 신성한 선물을 말이다. 댄의 뺨이 맞닿아 있던 작은 모직 숄에 쓰디쓴 눈물 두세 방울이 스며들었다. 너무나도 오랫동안 딱딱한 베개만 닿던 댄의 얼굴에 얼마나 부드럽고 편안하게 느껴졌는지는 아무도 알지 못하리라. 몸과 마음이 겪은 고통으로 의지와 자존심 모두 꺾였지만, 그 순간 그는 무거운 짐을 내려놓았다. 편안한 느낌이 퍼져나갔다. 잠시 동안 댄은 조용히 기쁨을 만끽했다.

"가엾은 내 아들, 지난 한 해 동안 얼마나 괴로웠을까! 네가 새처럼 자유롭게 지낸다고 생각했는데. 왜 우리한테 아무 말도 안 했니, 댄? 도움을 받고 싶지 않았어? 친구들을 믿지 못한 거야?" 조는 계속 숙이고 있던 댄의 고개를 들어 올리고는, 커다랗고 퀭한 두 눈을 책망하듯 들여다보며 물었다. 댄이 솔직한 눈빛으로 마주 바라보았다.

"부끄러웠어요. 어머니께 충격을 주고 실망시키기 싫어서, 혼자 참아보려고 했어요. 제가 실망시켰다는 거 알아요. 어머니는 내보이지 않으려고 애쓰시지만요. 내색하셔도 괜찮아요. 그런 시선에도 익숙해져야 하니까요." 댄은 자기 고백을 듣고 가장 가까운 사람의 얼굴에 떠오른, 괴로움과 실망을 차마 볼 수가 없다는 듯 다시 고개를 숙였다.

"죄에 대해서는 충격을 받고 실망도 한 게 사실이야. 하지만 죄인이 회개하고 속죄하면서 앞으로 나아지려고 노력하는 모습은 기쁘고 자랑스러워. 고맙기까지 하고, 다른 사람에게는 몰라도 프리츠와 로리한테는 얘기해야 해. 우린 두 사람에 빚을 졌고, 두 사람도 나처럼 느낄 테니까." 조가 대답했다. 동정만 받기보다는 솔직하게 털어놓는 게 더 좋은 약이 된다는 조의 현명한 판단이었다.

"아, 그러고 싶지 않아요. 남자들은 여자들처럼 쉽게 용서해 주지 않아요. 하지만…… 옳은 일이긴 하죠. 그렇다면 어머니가 저 대신 두 분께 말씀해 주세요. 빨리 끝내고 싶어요. 로리 아저씨는 이미 알고 계실지도 몰라요. 제가 정신을 차리지 못하고 누워 있을 때 뭐라고 이야기한 것 같거든요. 그런데 그분은 전과 똑같이 친절하게 대해주셨어요. 두 분이 아시는 건 견딜 수 있지만…… 아, 테드하고 여자애들이 알게 되면 못 견딜 거예요!" 댄은 애원하는 얼굴로 조의 팔을 꼭 잡았다. 조는 오랜 친구 둘 외에는 아무도 알지 못할 거라고 댄을 안심시켰다. 흥분을 가라앉힌 댄은 갑작스럽게 공포에 사로잡혔던 것을 부끄러워하는 모습이었다.

"살인이 아니었어요. 정말이에요. 정당방위였다고요. 그놈이 먼저 총을 뽑아 들어서 때릴 수밖에 없었어요. 죽이려고 한 건 아니에요. 하지만 아무리 생각해도 제가 그렇게 나쁜 짓을 했는지 모르겠어요. 전 충분히 죗값을 치렀어요. 어린 소년들을 지옥으로 끌고 가는 나쁜 놈들은 세상에 없는 게 나아요. 무언가 끔찍한 게 제 안에 있다고 생각하시죠. 하지만 어쩔 수가 없어요. 전 몰래 숨어드는 코요테가 싫듯이, 불량배도 싫어요. 그런 녀석들한테는 총이라도 쏘고 싶을 지경이에요. 그놈이 절 죽였으면 더 좋았겠죠. 제 인생은 망가졌으니까요."

이렇게 말하는 댄의 얼굴에는 교도소의 모든 우울한 기운이 먹구름처럼 머무르는 듯했다. 곤경을 헤치고 살아 돌아왔지만, 평생 남을 상처를 입은 댄의 모습이 보여 조는 오싹한 마음이 들었다. 하지만 댄의 마음을 행복한 쪽으로 돌리고 싶어 조는 쾌활하게 말했다.

"아니, 그렇지 않아. 넌 이런 시련 덕분에 인생이 더 소중하다고 깨달았고 더 유용하게 써야 한다는 사실도 알게 된 거야. 지난 1년은 잃어버린 게 아니란다. 그 어떤 시기보다도 가장 큰 도움이 되었을 거야. 그렇게 생각하고 다시 시작하자. 우리도 도와줄게. 우린 이런 실패를 겪은 너를 더 믿게 될 거야. 누구나 잘못을 저지르게 마련이잖니."

"예전의 저로는 돌아갈 수 없어요. 지금은 예순 살쯤 된 것 같아요. 여기서 누렸던 일들 지금은 저와 아무 상관 없다고 느껴져요. 제가 제 발로 설 때까지만 여기서 지내고 싶어요. 그런 다음 여길 떠나 더는 귀찮게 굴지 않을게요." 댄은 힘없이 말했다.

"지금은 마음이 너무 약해져 있구나. 하지만 그런 건 금방 지나갈 거야. 얼마 지나지 않아 원주민들에게 선교를 하러 갈 수도 있겠지. 패기와 인내력, 자제력, 지식을 새롭게 얻어서 말이야. 선량한 목사님과 메리 메이슨 이야기를 더 해 줘. 그리고 네게 큰 도움이 된 설교를 해주신 부인 이야기도. 난 우리 가엾은 댄이 겪은 시련을 전부 다 알고 싶구나."

조의 부드러운 위로에 힘입은 댄은 밝아진 얼굴로 힘들었던 지난 한 해 동안의 이야기를 거침없이 털어놓았다. 무거운 짐을 내려놓으니 한결 가벼워진 모습이었다.

그 짐이 듣는 사람의 마음에 얼마나 무겁게 다가오는지 알았다면, 댄은 아무 이야기도 하지 못했으리라. 하지만 조는 댄을 위로하고 안정시키며 침대로 보낼 때까지 슬픔을 숨겼다. 그러고는 가슴이 미어지는 슬픔에 혼자서 눈물을 흘렸다. 이야기를 들은 프리츠와 로리도 크게 놀라며 조와 함께 마음 아파했다. 그러고 나서 세 사람은 기운을 차리고, 올해 일어난 최악의 '재앙'을 어떻게 해결할지 함께 의논했다.

아슬라우가의 기사

그 대화 이후 댄에게는 이상한 변화가 나타났다. 그의 마음 속에서 무거운 것이 빠져나간 듯했다. 가끔 예전의 충동적인 성격이 섬광처럼 나타나기도 했지만, 자신의 진정한 친구들에게 감사와 사랑과 존경을 표하려고 애썼다. 댄이 새롭게 보여주는 겸허함과 자신감을 친구들은 다정하게 받아들였다. 조에게 이야기를 들은 바에르 교수와 로리는 그 일에 대해서는 댄에게 한마디도 하지 않았고, 단지 그의 손을 꼭 잡고 연민 어린 시선을 보내며 힘을 주는 말을 짧게 건네기만 했다. 이렇게 두 신사는 댄에게 공감하며 평소보다 더 친절하게 대해 주었다. 댄이 용서받은 것은 의심할 여지가 없었다. 로리는 예전에 댄이 계획한 원주민 관련 사업을 돕기 위해 준비하고 있었다. 참된 교사인 바에르 교수는 무언가 하고 싶어서 참을 수 없어 하는 댄에게 할 일을 알려주었고, 댄이 스스로를 이해하도록 아버지처럼 도와주었다. 댄은 마치 자신의 진짜 아버지를 찾은 것 같다고 말하곤 했다. 남자아이들은 댄을 데리고 다니면서, 이런저런 장난을 치고 여러 가지 계획을 이야기하며 즐겁게 해주었다. 여자들은 어른이나 아이 모두 댄을 간호하고 기분을 맞춰주며 사소한 부탁이라도 들어주었기에 댄은 헌신적인 노예에 둘러싸인 술탄이라도 된 기분이었다.

하지만 댄은 '과잉보호'에 공포를 느끼는 성격이었기에 이런 친절이 부담스러웠다. 병을 앓아본 적이 거의 없었던 터라, 안정을 취하라는 의사의 지시를 자주 어기기도 했다. 그래서 다친 허리와 상처 난 머리가 괜찮아질 때까지 댄을 소파에서 벗어나지 않게 하려고 조는 모든 방법을 동원해야 했고, 여자아이들은 온갖 궁리를 짜내야만 했다. 데이지는 댄을 위해 요리를 했고, 낸은 약을 챙겨주었다. 조시는 오랜 시간 꼼짝 하지 못하는 댄을 달래려고 큰 소리로 책을 읽어주었다. 베스는 자기가 그린 그림이나 조각을 모두 가져와 댄을 즐겁게 해주었고, 댄의 특별한 부탁에 따라 예전에 댄에게 선물받은 버팔로 두상을 조각하기 시작했다. 댄은 이들과 함께하는 오후를 하루 중 가장 즐거워하는 듯했다. 옆 서재에서 바쁘게 일하던 조는 친절한 여성들이 만들어내는 아름다운 광경을 흐뭇하게 바라보았다. 여자아이들은 특유의 섬세함으로 댄의 기분을 좋게 해주려고 온 힘을 다했다. 댄이 즐거워할 때는 온 방에 웃음소리가 가득했고, 우울해 할 때는 경건한 침묵 속에서 책을 읽거나 일을 하면서 그의 기분이 다시 좋아지기를 기다렸다. 댄이 통증을 느낄 때마다 주위를 맴도는 이들을 댄은 '천사 무리' 같다고 했다. 조시는 '꼬마 엄마'라고 부르곤 했지만, 베스는 항상 '공주님'이라고 불렀다. 댄이 두 아이를 대하는 태도는 완전히 달랐다. 조시는 자기가 좋아하는 긴 희곡을 읽어주거나 규칙을 어길 때마다 엄마처럼 꾸중하는 등 소란을 떨어 댄을 초조하게 만들곤 했다. 반면 베스가 온화하게 돌봐주는 동안에는 피곤한 기색을 절대로 보이지 않았다. 베스 말이라면 아무리 사소해도 잘 따랐고, 베스가 있을 때는 기운을 내려고 애를 썼으며, 그녀의 작품에 항상 큰 관심을 보였다. 베스가 작업을 할 때는 누워서도 지치지 않고 그 모습을 바라보았다. 그러는 동안 조시는 댄이 듣지 않는 것도 모른 채 열심히 책을 읽어주곤 했다.

이 모습을 지켜본 조는 베스와 댄을 '우나와 사자(빅토리아 여왕 때 만든 영국 금화. 한쪽에는 여왕의 얼굴이, 다른 쪽에는 사자와 함께 걷는 여성의 모습이 새겨져 있다.–옮긴이)'라고 불렀다. 사자의 갈기는 짧게 깎여 있고 우나는 사자에게 굴레를 씌우려고 하지는 않았지만, 이 별명은 두 사람에게 썩 잘 어울렸다. 부인들은 맛있는 음식을 해주고 댄이 원하는 모든 걸 가져다주며 자신들의 몫을 다했다. 메그는 한편 집안일로 바빴고, 에이미는 봄에 떠날 유럽 여행을 준비하는 중이었으며, 조는 최근 여러 일들로 안타깝게도 책의 출간이 계속 지연되면서 벼랑 끝에 몰린 상태였다. 책상에 앉아 종이를 펴고 펜을 문 채 생각에 잠겨서 하늘에서 신성한 영감이 떨어지지 않을까 기다리던 조는 눈앞에 보이는 살아 있는 모델을 살피느라 소설 속 영웅들을 잊어버리곤 했다. 그러던 어느 날, 우연히 눈에 들어온 표정, 말, 몸짓을 통해 조는 누구도 눈치채지 못한 작은 로맨스를 발견했다.

두 방 사이 칸막이는 보통 한쪽으로 걷어두고 있어서 큰 내닫이창 안쪽의 아이들 모습이 잘 보였다. 한쪽에서는 회색 작업복을 입은 베스가 바쁘게 일하고 있었고, 다른 쪽에서는 조시가 책을 읽고 있었다. 그 사이에 있는 긴 소파에는 쿠션 사이로 얼굴을 내민 댄이, 로리가 선물해 준 다채로운 무늬의 동양풍 가운을 입고 누워 있었다. 댄은 '신경 쓰이는 거추장스러운 옷자락이 없는' 낡은 웃옷을 선호했지만, 여자아이들이 좋아한다는 이유로 이 옷을 입었던 것이다. 댄의 얼굴은 서재 쪽을 향했지만 조를 보는 것 같지는 않았다. 댄의 눈은 바로 앞에 있는 날씬한 소녀에게 쏠려 있었다. 금발 머리에 겨울 햇살이 비쳤고, 섬세한 손은 솜씨 있게 점토를 빚고 있었다. 소파 머리맡에는 작은 흔들 의자를 힘차게 흔드는 조시의 모습이 잠깐 보였다. 쉬지 않고 종알대며 책을 읽는 조시의 목소리가 방의 정적을 깨뜨리는 유일한 소리였다.

한 대상을 응시하는 커다란 눈 속 무언가가, 야위고 창백한 얼굴 때문에 그 어느 때보다 크고 검게 보이는 눈동자에 떠오른 무언가가 조를 사로잡았다. 이상한 생각이 들어그 눈빛의 변화를 지켜보았다. 댄은 조시가 들려주는 이야기에는 마음이 없는 게 분명했다. 그는 재미있거나 아슬아슬한대목에서 웃거나 탄성을 지르는 일을 잊어버리곤 했다. 이따금씩 그 눈은 조심스럽게 무언가를 생각하는 듯했다. 이를지켜보던 조는 두 아가씨가 그 위험한 눈빛을 알아차리지 못하는 게 천만다행이라고 생각했다. 두 아이가 뭐라고 말하는 순간 이런 눈빛은 사라져버리게 마련이었다. 손이나 머리를 짜증스럽게 흔들어대면서 숨기려 했지만, 그 눈은 때때로열망하는 불길로 가득했고 반항적인 빛이 서리기도 했다. 대부분은 어둡고 슬프고 괴로운 눈빛이었다. 마치 감옥 속에서 금지된 빛이나 기쁨을 보는 듯했다. 이런 표정이 너무 자주 나타나자 조는 걱정이 되기 시작했고, 어떤 쓰디쓴 기억이 그런 조용한 시간에 그림자를 드리우는지 댄에게 물어보고 싶은 마음이 간절해졌다. 자신이 저지른 죄와 이에 대한처벌이 댄의 마음을 무겁게 짓누른다는 사실을 알고 있었다.

하지만 댄은 젊고, 앞으로 많은 시간이 남아 있었다. 댄은 새로운 희망을 갖게 되고 교도소라는 날카로운 낙인을 씻어내리라. 남자아이들과 농담을 하거나 옛 친구들과 이야기를 할 때, 날씨가 좋은 날 마차를 타고 나가 즐거워할 때 댄은 괴로운 기억을 거의 잊은 듯 보였다. 어째서 순진하고 친절한 여자아이들과 함께 있을 때에만 어두운 그림자가 드리우는 걸까? 두 아이는 이를 보지 못한 모양이지만 말이다. 한 아이가 쳐다보거나 말을 걸면, 댄은 구름 속에서 태양이 나타나듯 금세 미소를 지으며 대답했다. 조는 계속해서 살펴보며 고민하다가, 자신이 두려워하고 있던 원인을 우연히 발견하게 되었다.

어느 날이었다. 누가 불렀는지 조시가 방에서 나가자, 작업에 지친 베스는 책 낭송을 더 듣고 싶으면 자기가 조시 대신 읽어주겠다고 제안했다.

"그렇게 해줘. 조시보다 네가 읽어주는 게 더 좋아. 조시는 책을 너무 빨리 읽어서 나 같은 바보는 머리가 금방 아파지거든. 조시한테는 말하지 말아줘."

앞의 책은 다 읽었기 때문에 베스는 미소를 지으며 새 책을 가지러 탁자 곁으로 갔다.

"댄은 성질 고약한 사람이 아니야. 다들 댄이 아주 착하고 참을성도 강하다고 생각해. 남자는 갇혀서 지내기 더 힘들다고 엄마가 그러셨어. 항상 자유롭게 살던 댄한테는 끔찍한 일일 거야."

베스가 책 제목을 읽느라 시선을 돌리지만 않았어도, 마지막 말에 상처를 입기라도 한 듯 몸을 움츠리는 댄을 보았을 것이다. 댄은 아무 대답도 하지 않았다. 하지만 조의 눈은 댄이 벌떡 일어나 언덕 위로 달려가고 싶어 하는 표정을 보았고, 그 이유를 이해했다. 댄은 자유를 동경하다 도저히 참을 수 없으면 언덕 위를 달리곤 했던 것이다. 조는 그래야 한다는 생각이 문득 들어, 바느질 바구니를 들고 이들에게 다가갔다. 댄이 전기를 가득 머금은 먹구름처럼 보여서, 전기가 통하지 않는 절연체가 필요할지도 몰랐다.

"우리 뭐 읽을까요, 이모? 댄은 아무 책이나 괜찮다고 해요. 이모는 댄이 뭘 좋아하는지 아시잖아요. 뭔가 차분하고 재미있으면서도 짧은 걸 골라주세요. 조시가 금방 돌아올 거예요." 여전히 방 가운데서 탁자 위의 책을 뒤적거리던 베스가 물었다.

조가 대답을 망설이는 사이, 댄은 베개 밑에서 낡아빠진 얇은 책을 꺼내 베스에게 건네며 말했다. "여기서 세 번째 이야기를 읽어줘. 짧고 아름답거든." 책을 펴자 바로 세 번째 이야기가 나왔다. 댄이 자주 읽은 모양이었다. 베스는 제목을 보고 미소를 지었다.

"어머, 댄. 이런 낭만적인 독일 이야기를 좋아할 줄은 몰 랐어. 싸움 장면도 있지만, 아주 감상적인 이야기잖아. 내 기 억이 맞는다면 말이야."

"나도 알아. 하지만 난 읽은 책이 거의 없고, 간단한 이야 기를 제일 좋아해. 이것 말곤 읽을 책이 없을 때도 있었고, 그 래서 책을 외울 정도로 읽었지. 전쟁을 벌이는 사람들과 천 사, 악마, 사랑스러운 아가씨들 이야기는 절대 질리지 않을 거야.『아슬라우가의 기사Aslauga's Knight』(1814년에 출간된 프 리드리히 하인리히 카를 푸케의 소설–옮긴이)를 읽어줘. 너도 좋 아할 거야. 에드발트는 내가 보기엔 너무 약하지만 프로다 (에드발트와 프로다는『아슬라우가의 기사』에 나오는 기사들의 이 름이다.–옮긴이)는 최고야. 그리고 금발 요정은 항상 널 생각 나게 해."

댄이 말하는 동안 조는 거울을 통해 댄을 볼 수 있는 곳 에 자리를 잡았다. 베스는 댄 앞쪽에 있는 큰 의자에 앉았다. 그리고는 풍성하고 부드러운 곱슬머리를 묶은 리본을 고쳐 매려고 양손을 들어 올리면서 말했다.

"아슬라우가의 머리카락이 내 머리카락처럼 엉망이진 않겠지? 내 머린 자꾸 흘러내리거든. 금방 되니까 잠깐만 기 다려줘."

"묶지 말고 그냥 둬. 윤기나는 머리카락이 보기 좋아. 너도 안 묶는 게 편할 테고. 그리고 그 모습이 이야기하고 딱 들어맞기도 해, 금발 꼬마 아가씨." 댄은 베스의 어릴 때 별명까지 부르며 부탁했다. 댄의 얼굴은 오랜만에 소년처럼 보였다.

베스는 웃으면서 예쁜 머리카락을 늘어뜨리고는 책을 읽기 시작했다. 어떤 칭찬이든 베스를 쑥스럽게 느꼈기에 얼굴을 살짝 가릴 수 있어 다행이라고 그녀는 생각했다. 댄은 열심히 귀를 기울였다. 바늘에서 거울로 종종 시선을 옮기던 조는 고개를 돌리지 않아도 댄을 볼 수 있었다. 단어 하나하나를 음미하는 댄의 모습이 눈에 들어왔다. 그의 얼굴은 놀라울 정도로 밝아지더니, 용감하고 아름다운 무언가에서 영감을 받은 듯 감동한 표정이 떠올랐다. 푸케의 작품인 『아슬라우가의 기사』는 시구르트의 아름다운 딸이자 요정인 아슬라우가의 기사 프로다에 대한 매력적인 이야기였다. 아슬라우가는 자신의 연인이 승리와 기쁨을 맞을 때뿐 아니라 위험과 시련에 처할 때에도 나타나 길잡이와 수호자가 되어준다. 그리고 용기, 고귀함, 진실로 프로다를 격려해, 전장에서 훌륭한 공을 세우도록 이끈다. 전투 중 위험에 처했을 때, 밤낮을 가리지 않고 빛을 내는 아슬라우가의 금빛 머리카락 덕분에 프로다는 승리한다. 그리고 세상을 떠난 뒤에는 자신을 기다리던 이 사랑스러운 요정에게 보상을 받는다.

댄이 이 이야기를 가장 좋아하리라고는 아무도 생각하

지 못했을 것이다. 조마저도 섬세한 묘사와 낭만적인 언어로 그려낸 이야기 속 교훈에 댄이 감동했다는 사실에 놀랐다. 조는 바위 속 금광처럼 댄 안에 숨어 있는 섬세한 감수성과 고결함을 떠올렸다. 꽃의 아름다운 색깔, 동물의 우아한 움직임, 여성의 상냥함과 남성의 용감함, 그리고 마음과 마음을 이어주는 다정한 유대감을 댄이 누구보다 빨리 느끼고 감탄하는 이유였다. 하지만 그는 어머니에게서 물려받은 취향과 소질을 어떻게 말로 표현해야 할지 몰라 제대로 드러내지 못했다. 고통을 겪으면서 댄의 강인한 열정은 한결 부드러워졌고, 댄을 둘러싼 이곳의 사랑과 연민의 분위기로 인해 그의 마음도 정화되고 따뜻해졌다. 그리고 마침내 자신이 오랫동안 방치하고 부정하던 마음의 양식을 갈망하게 된 것이다. 이런 변화는 감정을 숨기지 못하는 댄의 얼굴에 뚜렷하게 나타났다. 아무도 보지 못할 것이라 생각한 채, 자기 앞에 있는 순진하고 매력적인 소녀에게서 보이는 아름다움, 평화, 행복에 대한 동경을 그대로 드러내고 있었다.

이 슬픈 진실을 확인하자 조는, 이런 갈망이 얼마나 절망적인지 알기에 마음이 아팠다. 눈처럼 하얀 베스와 죄로 더러워진 댄은 빛과 어둠보다 멀리 떨어진 존재였다. 이런 댄의 꿈이 어린 소녀를 불안하게 만들지는 않았다. 베스는 아무것도 몰랐기 때문이다. 하지만 무언가 말하는 듯한 댄의 눈빛이 진실을 얼마나 오래 숨길 수 있을까. 사실이 드러나면 댄에게는 어떤 실망이, 베스에게는 어떤 당황스러움이 닥칠까. 자신이 만든 조각상처럼 차갑고 고귀하고 순수한 베스에게, 어린 여자아이다운 신중함으로 사랑에 대한 모든 생각을 조심스럽게 피하는 베스에게 말이다.

'우리 불쌍한 댄에게는 모든 일이 왜 이렇게 힘들까! 어떻게 내가 댄의 작은 꿈을 망쳐버리고, 댄이 사랑하고 갈망하는 아름다운 요정을 빼앗을 수 있겠어? 우리 아이들이 다들 무사히 정착하면 다시는 아이들을 돌보는 일을 하지 않을 거야. 댄이 겪은 이런 마음 아픈 일들을 더는 감당할 수가 없을 테니까.' 조는 이런 생각에 빠져 있느라, 테드의 웃옷 소매에 안감을 거꾸로 붙여버리고 말았다. 슬픔과 당혹감에 괴로웠던 것이다.

이야기는 금세 끝났다. 베스가 머리카락을 뒤로 넘기자 댄은 소년처럼 열중해서 물었다.

"이 이야기 괜찮지 않아?"

"응, 아주 아름다운 얘기야. 무슨 의미인지도 알겠어. 하지만 내가 제일 좋아하는 건 『운디네Undine』(1811년에 출간된 프리드리히 하인리히 카를 푸케의 소설-옮긴이)야."

"물론 그렇겠지. 그 이야긴 널 닮았거든. 백합이니 진주니 영혼이니 순수한 물 같은 것들이 나오니 말이야. 난 신트람 이야기를 제일 좋아했어. 그런데 내가 거기, 그러니까 내가 언제 운이 좀 안 좋았을 때 이 기사 이야기를 더 좋아하게 되었지. 나한테 참 좋았거든. 재미도 있고 뭔가 영적인 의미도 있잖아."

댄이 '영적'인 무언가가 좋다고 하자, 베스는 놀란 마음에 파란 눈을 동그랗게 떴다. 하지만 금방 고개만 끄덕이며 이렇게 말했다. "책 속 짧은 시 몇 편은 아주 아름다워서 노래로 부를 수도 있을 정도야."

댄이 웃었다. "난 해가 질 때면 가끔씩 마지막 시에 내 맘대로 곡을 붙여서 부르곤 했어."

천상의 노래를 들으라.
너의 흐릿한 눈을
순수한 생명의 빛에 두어라.
축복받을지어다, 아슬라우가의 기사여!

"지금 댄한테는 이 시가 더 잘 어울려." 댄을 즐겁게 하는 게 기뻤던 베스는 부드러운 목소리로 자기가 좋아하는 시를 읽기 시작했다.

빨리 치유되어라, 영웅의 상처여.

오 기사여, 더 강해져라!
명성과 생명을 위한
명예로운 전투여
오, 너무 오래 지체하지 못하리!

"난 영웅이 아니야. 그렇게 될 수도 없고. '명성과 생명'도 그렇게 중요하지 않아. 그냥 신문이나 읽어줄래? 머리를 다치니까 진짜 바보가 됐나 봐."

댄의 목소리는 부드러웠지만, 얼굴에서는 이제 빛이 사라져버렸다. 부드러운 베개가 가시투성이라도 되는 듯 불안해하는 모습이었다. 댄의 기분이 변하자 베스는 조용히 책을 내려놓고 신문을 집어 들고는, 댄이 좋아할 만한 내용을 찾으며 기사를 훑어보았다.

"금융 시장은 관심 없겠지. 음악계 소식도 그렇고. 살인 사건 기사가 있네. 이런 거 좋아했잖아. 읽어줄까? 한 남자가 다른……"

"그만!"

단 한 단어였지만 조는 가슴이 내려앉아 거울에 비친 댄의 얼굴을 볼 엄두도 내지 못했다. 댄은 한 손을 눈에 얹고 가만히 누워 있었다. 베스가 미술계 소식을 즐겁게 읽어주어도 한 마디도 귀에 들어오지 않는 모양이었다. 아주 소중한 무언가를 훔친 도둑이 된 듯한 기분이 들어서 조는 슬쩍 서재로 돌아갔다. 얼마 지나지 않아 베스가 와서 댄이 막 잠들었다고 말해주었다.

조는 붉은 저녁놀 속에서 한 시간 내내 진지하게 고민한 끝에, 베스를 집으로 돌려보내 되도록 댄 옆에 오지 못하게 해야겠다고 생각하고 있었다. 그때 옆방에서 무슨 소리가 들려 가보았더니 잠든 척을 하는 줄로만 알았던 댄이 주먹 쥔 손을 가슴에 올려놓은 채 무거운 숨소리를 내며 깊이 잠들어 있었다. 조는 그 어느 때보다도 댄이 가여운 마음이 들었다. 그녀는 댄 옆에 있는 작은 의자에 앉아 복잡하게 얽힌 문제를 해결할 방법을 고민했다. 그러던 중 댄이 몸을 뒤척여 목에 걸고 있던 지갑 끈이 끊어지면서 지갑이 바닥에 툭 떨어졌다.

조는 지갑을 집어 들었다. 댄이 깨어나지 않자 조는 빛바랜 노란색 풀을 촘촘하게 엮어 끈을 단 그 지갑을 보면서 그 안에 어떤 아름다운 물건이 들었을지 떠올려보았다.

"가엾은 아이의 비밀을 더는 캐내지 말아야지. 끈을 다시 이어서 제자리에 놓자. 내가 부적을 보았다는 사실을 댄이 모르게 해야겠어."

조가 혼잣말을 하면서 작은 지갑을 댄 옆에 올려 두려는 순간, 뭔가가 조의 무릎으로 떨어졌다. 종이로 감싼 사진이었다. 아래쪽에는 '나의 아슬라우가'라고 적혀 있었다. 순간 조는 자기 사진이 아닐까 생각했다. 아이들은 모두 조의 사진을 갖고 있었기 때문이다. 얇은 종이가 벗겨지고, 어느 즐거웠던 여름날에 데미가 찍은 베스의 사진이 드러났다. 더는 의심의 여지가 없었다. 한숨을 쉬면서 사진을 지갑에 다시 집어넣고, 댄의 품에 살짝 놓으려고 댄에게 몸을 굽히던 조는 댄이 자기를 물끄러미 보고 있음을 알아차렸다. 표정이 풍부한 댄이지만, 지금처럼 이상한 표정은 처음이이라 조는 놀라지 않을 수 없었다.

"네 손이 미끄러지면서 이게 떨어졌어. 다시 올려두려던 참이었지." 조가 설명했다. 장난을 치다 들킨 말썽꾸러기 아이가 된 기분이었다.

"사진 보셨어요?"

"그래."

"제가 얼마나 바보 같은지 아셨겠네요?"

"그래, 댄. 너무 슬프구나……."

"제 걱정은 하지 않으셔도 돼요. 괜찮아요. 알게 되셔서 기뻐요. 말씀드릴 생각은 아니었지만요. 물론 저 혼자 간직한 터무니없는 생각이었을 뿐이에요. 아무 일도 없을 거예요. 어떻게 될 거라고 생각한 적도 없고요. 그래요! 작은 천사하고는 아무 일도 없을 거예요. 제게 그 아인 그냥 아름답고 달콤한 꿈이에요."

댄의 표정과 말투에 나타난 조용한 체념 때문에 조는 더 가슴이 아팠고, 연민 가득한 얼굴로 이렇게 말할 수밖에 없었다.

"정말 힘들었겠구나, 댄. 하지만 다른 방법이 없겠지. 넌 현명하고 용감하니까 우리만 아는 비밀로 하려는 거겠지."

"그렇게 할 거라 맹세해요! 말 한마디, 표정 하나도 조심할게요. 다른 사람들은 짐작도 하지 못할 거예요. 그런데 다른 사람을 괴롭히지만 않는다면 저주받은 곳에서 저를 미치지 않게 해준 아름다운 환상으로부터 위로를 받아도 상관없지 않을까요?"

댄의 얼굴은 간절해 보였다. 그리고 누구에게도 뺏기지 않으려는 듯 낡고 작은 지갑을 품속 깊이 집어넣었다. 조언이나 위로를 해주기 전에 모든 걸 알아야 한다고 생각한 조는 나직이 말했다.

"잘 간직해 두렴. 그리고 네 '환상'에 대해 모두 말해줘. 네 비밀을 우연히 알게 되었으니, 어떻게 시작된 일인지, 그리고 네가 견뎌내려면 어떻게 도와야 하는지 알고 싶구나."

"아마 웃으시겠지만 상관없어요. 선생님은 항상 우리 비밀을 알아내고는 격려해 주셨으니 괜찮겠죠. 전 책을 그렇게 좋아하지는 않았잖아요. 그런데 교도소에서 악마가 절 괴롭혔을 때 뭔가를 해야만 했어요. 안 그러면 완전히 미칠 지경이었거든요. 그래서 선생님이 주신 책 두 권을 다 읽었어요. 하나는 제가 이해할 수 있는 책이 아니었어요. 선한 목사님이 그 책을 어떻게 읽는지 가르쳐주기 전까지는요. 하지만 다른 책은, 그러니까 바로 이 책은 절 위로해 주었죠. 정말이에요. 아주 재미있고, 시처럼 아름다웠어요. 이 책에 있는 이야기가 전부 좋았지만, 『신트람』을 가장 많이 읽었어요. 여기 너덜너덜해진 걸 보세요! 그러다 이 『아슬라우가의 기사』도 읽게 되었죠. 제 인생에서 행복하던 어느 날에 잘 어울리는 이야기였어요. 여기서 보낸 지난여름 말이에요.”

댄은 말을 잠시 우물거리다가, 긴 한숨을 쉬고는 계속 이야기했다. 한 소녀와 사진 한 장, 그리고 이 책의 동화로 엮어나간 작은 로맨스를 그대로 드러내 보이는 댄은 너무 고통스러워 보였다. 더구나 이런 마음을 키워나간 교도소라는 어두운 곳은 댄이 베아트리체를 발견하기 전까지 단테의 지옥처럼 끔찍한 장소였다.

“잠을 잘 수가 없어서 뭐든지 생각해야 했어요. 그래서 저를 스스로 폴코(『신트람』에 나오는 기사. 신트람은 폴코 같은 기사가 되고 싶어 한다.-옮긴이)라고 생각하면서, 벽에 비치는 햇살, 간수가 들고 있는 등불, 새벽에 드러나는 빛을 아슬라우가의 빛나는 머릿결이라고 상상했어요. 제가 갇힌 독방에서는 하늘을 조금 볼 수가 있었죠. 어떤 때는 별이 하나 보였는데, 정말 바보 같다는 걸 알면서도 그 별을 보면 베스가 떠올라 세상에서 가장 아름다운 장면이라고 생각했어요. 그런 환상 덕분에 저는 그곳에서 버틸 수 있었어요. 정말로 진실한 의미를 가졌죠. 지금도 놓아버릴 수가 없어요. 빛나는 머릿결, 흰 드레스, 별 같은 눈동자, 사랑스럽고 조심스러운 몸짓……. 베스의 모든 것은 제게 하늘의 달처럼 높은 곳에 있죠. 그걸 빼앗아가지는 마세요! 그냥 제 환상일 뿐이니까요. 하지만 인간은 무언가를 사랑할 수밖에 없으니까, 절 좋아해 주는 불쌍한 보통 소녀보다는 베스 같은 요정을 사랑하는 게 더 나아요."

댄의 목소리에 담긴 조용한 절망감은 너무나 애처로웠지만, 어디에도 희망은 없었기에 조는 아무 말도 하지 못했다. 조는 댄의 말이 옳다고 느꼈다. 이 불운한 사랑은 댄이 만날 수도 있는 어떤 사랑보다 훨씬 더 댄을 행복하게 해주고 정화시킬 수 있다고 생각했다. 댄과 결혼하고 싶은 여자는 없으리라. 아버지처럼 되느니 무덤에 가는 그날까지 댄은 혼자 사는 편이 차라리 낫지 않을까. 조는 댄의 아버지를 잘생겼지만 제멋대로인 위험한 사람이라고, 여러 여성을 비탄에 잠기게 한 남자라고 생각했다.

"그래, 댄. 순결한 환상이 널 돕고 위로해 준다면, 계속 간직하는 게 현명하겠지. 정말로 널 더 행복하게 해줄 수 있는 누군가를 만날 때까지는 말이야. 너한테 희망을 줄 수 있으면 좋겠지만 그 사랑스러운 아이는 아버지의 눈에 넣어도 아프지 않고, 어머니가 진심으로 자랑하는 존재라는 걸 우리 모두 알잖니. 아무리 완벽한 남자를 찾아낸다고 해도 로리와 에이미는 그 사람이 소중한 딸의 합당한 상대라고는 절대로 생각하지 않을 거야. 그러니 베스는 높이 빛나는 별로 남겨두도록 해라. 너를 이끌어주고 천국을 믿게 해주는 존재로 말이야." 조는 더 이상 말을 잇지 못했다. 댄의 눈에 아른거리는 희미한 희망을 깨뜨리자니 너무 가혹하게 느껴졌고, 댄의 힘들었던 삶과 외로운 미래를 생각하니 어떤 조언도 할 수가 없었던 것이다. 아마도 여기까지가 조가 할 수 있는 가장 현명한 행동이었으리라. 댄은 조의 따뜻한 배려로 실연의 아픔을 위로받으며 불가피한 상황을 의연하게 받아들였다. 그리고 모든 행복의 가능성을 포기하는 자신의 진실한 노력에 대해서도 이야기할 수 있었다.

두 사람은 황혼 속에서 길고 진지한 대화를 나누었다. 두 번째 비밀은 첫 번째 비밀보다 두 사람을 더 가깝게 묶어주었다. 그 속에는 죄나 부끄러움이 없었다. 악인들까지도 성자와 영웅으로 만들어줄 고통과 인내만 있을 뿐이었다. 한참을 그렇게 이야기하다가, 종소리가 울리자 두 사람은 일어섰다. 빛나는 노을도 어느새 사라졌고, 겨울 하늘에는 커다란 별 하나가 눈 덮인 세상 위에서 잔잔하고도 선명하게 빛나고 있었다. 조는 잠시 창가에 서 있다가 밝은 목소리로 말했다.

"샛별이 얼마나 아름다운지 여기 와서 보렴. 네가 좋아하는 별이잖아." 예전과 비교하면 마치 유령 같은 모습인 댄에게 조는 부드럽게 덧붙였다. "얘야. 그 사랑스러운 아이가 널 받아줄 수는 없다 해도, 여기에는 옛 친구가 항상 있다는 사실을 기억해야 한다. 널 사랑하고 믿고 기도하는 친구가 말이야."

이번에 조는 실망하지 않았다. 댄이 조를 껴안았고, 조는 그동안의 많은 걱정과 근심에 대한 보상을 받게 된 것이다. 댄이 말했다. '선동가'를 불구덩이에서 구하려는 조의 노력이 헛되지 않았음을 보여주는 목소리였다.

"절대로 잊을 수 없어요. 베스는 제 영혼을 구해줬고 감히 하늘을 우러러 이렇게 말할 수 있게 해줬는걸요. '하느님, 베스를 축복하소서!'라고요."

마지막 등장

"정말 화약고 안에서 사는 기분이야. 다음에는 또 뭐가 터질지 모르겠어." 파르나소스로 가는 언덕을 힘겹게 올라가면서 조가 혼잣말을 했다. 젊은 간호사 중에서도 가장 매력적인 베스는 대리석 신들에게 돌아가는 게 좋겠다고 에이미에게 말하러 가는 길이었다. 베스가 플럼필드에 남는다면, 댄의 영혼을 구원한 그녀는 자기도 모르는 사이에 이미 상처 입은 우리의 영웅에게 또 다른 상처를 줄 수도 있었다. 조는 어떤 비밀도 말하지 않았다. 한마디 암시만으로 충분했다. 베스를 값비싼 진주를 지키듯 보호하던 에이미는 딸을 위험에서 벗어나게 할 간단한 방법을 금방 생각해 냈다. 댄의 일을 처리하러 대신 워싱턴에 갈 예정이던 로리는, 가족과 함께 가면 어떻겠냐는 에이미의 제안을 아무 의심 없이 기쁘게 받아들였다. 그 음모는 훌륭하게 성공했고, 조는 반역자가 된 듯한 기분으로 집에 돌아왔다. 조는 폭발을 각오했지만, 댄은 조용히 받아들였다. 댄이 어떤 희망도 품지 않았다는 사실은 너무나 명백했다. 에이미는 조가 틀림없이 낭만적인 상상을 했던 모양이라고 느낄 정도였다. 하지만 베스가 작별 인사를 하러 갔을 때 댄이 어떤 얼굴이었는지 보았다면, 어머니 에이미의 눈은 아무것도 눈치채지 못한 딸보다는 훨씬 더 많은 것을 보았으리라. 조는 댄이 속마음을 들키지는 않을까 조마조마했다. 하지만 혹독하게 자제력을 훈련한 댄은 힘든 순간을 의연하게 벗어났다. 그는 베스의 두 손을 잡고 진심을 다해 이렇게만 말했다. "잘 가, 공주님. 앞으로 다시 못 만나도 옛 친구 댄을 기억해 줘."

베스는 댄이 겪은 고난과 지금 그의 얼굴에 보이는 애틋한 표정에 마음이 흔들려 어느 때보다도 다정하게 대답했다. "물론이야. 우리 모두 댄을 얼마나 자랑스럽게 생각하는데. 하느님께서 댄이 하는 일을 축복해 주시고 안전하게 집으로 다시 보내주실 거야!" 베스는 애정을 가득 담은 얼굴로 댄을 올려다보았다. 잃어버린 모든 것이 눈앞에 생생하게 떠오르자, 댄은 목멘 소리로 "안녕!"이라고 말하면서 자신도 모르게 '사랑스러운 금빛 머리'를 두 손으로 잡고 입을 맞췄다. 그러고는 서둘러 자기 방으로 돌아갔다. 다시 교도소 독방에 갇힌 기분이었고, 이제는 자신을 위로해 줄 푸른 하늘 한 조각도 보이지 않았다.

댄의 갑작스러운 행동에 베스는 멈칫했다. 이 입맞춤에는 예전과 다른 무언가가 있음을 예리한 본능으로 알아차렸던 것이다. 그녀는 얼굴을 붉히며 곤혹스러운 눈빛으로 댄의 뒷모습을 바라보았다. 조는 이 모습을 보고 베스가 어떤 질문을 하기에 앞서 서둘러 말했다.

"댄을 용서해줘, 베스. 댄은 큰 어려움을 겪었잖니. 그래서 옛 친구들과 헤어지면서 마음이 약해진 거야. 이제 거친 세상으로 떠나면 다시 돌아오지 못할지도 모르잖아."

"광산에서 추락해서 죽을 뻔한 일요?" 아무것도 모르는 얼굴로 베스가 물었다.

"아니, 더 큰 힘든 일이 있었어. 하지만 더는 말해줄 수가 없구나. 댄이 용감하게 극복해 냈다는 이야기만 해줄게. 그러니 너도 나처럼 댄을 믿고 존중해 줘야 한단다."

"사랑하는 누군가를 잃었나 보네요. 불쌍한 댄! 우리가 댄에게 친절하게 대해줘야겠어요."

베스는 아무것도 묻지 않았다. 자신이 찾은 답에 만족하는 모양이었다. 하지만 그 말은 사실이었기에, 조는 맞는다고 고개를 끄덕이면서 베스를 집으로 보냈다. 베스는 자신이 댄에게서 본 큰 변화는 사랑하는 누군가를 잃은 슬픔 때문이고, 그래서 작년에 무슨 일이 있었는지 거의 말하지 않게 되었다고 믿는 눈치였다.

하지만 테드는 베스처럼 쉽게 납득하지 못했다. 이상할 만큼 과묵한 댄의 모습에 테드는 실망했다. 조는 테드에게 댄의 몸이 완전히 좋아질 때까지 귀찮게 하지 말라고 주의를 주었지만, 헤어질 날이 다가오면서 테드는 댄이 겪은 모험이 어땠는지 만족스러운 설명을 듣고 싶어 했다. 댄이 열병에 시달리면서 홀린 이야기로 짐작해 볼 때, 가슴 뛰는 모험을 한 게 틀림없다고 테드는 확신했던 것이다. 그래서 어느 날, 주위에 다른 사람이 없음을 확인한 테드 선생은 자처해서 환자를 위로하는 척 이야기를 시작했다.

"이보게나, 청년. 내가 책 읽어주는 게 싫다면 자네 이야기를 해도 된다네. 캔자스하고 농장하고…… 다른 것들 말일세. 몬태나 일은 내 잘 알지. 그런데 자넨 그전 일은 다 잊어버린 모양일세. 힘을 내게. 어디 이야기 좀 들어봄세." 느닷없는 테드의 말에 생각에 잠겨 있던 댄은 정신이 들었다.

"아니, 잊어버리진 않았어. 나 말고 다른 사람들한테는 재미없는 이야기라서 그래. 농장은 가지 못했어. 그냥 포기한 거야." 댄은 천천히 말했다.

"왜?"

"다른 할 일이 있었으니까."

"어떤 일?"

"글쎄, 칫솔 만드는 일도 있었지."

"놀리지 마. 진짜 뭔데?"

"정말로 칫솔을 만들었어."

"왜?"

"나쁜 일을 하지 않으려고. 그게 가장 중요한 이유였어."

"음, 형은 이상한 일을 많이 했지만, 그중에서도 이게 가장 이상한걸." 테드는 댄의 대답에 실망한 모양이었다. 하지만 아직 포기할 생각은 없었기에 다시 묻기 시작했다.

"어떤 나쁜 일 말이야, 형?"

"신경 쓰지 마. 애들은 몰라도 돼."

"무지하게 알고 싶단 말이야. 난 형하고 가장 친하고, 형을 한없이 좋아하니까. 항상 그랬어. 그러니까 이야기 좀 해 줘. 곤란한 이야기라도 괜찮아. 어디 알리기 싫으면 입을 꼭 다물고 있을게."

"정말?" 댄은 테드를 바라보았다. 갑자기 진실을 알게 되면 이 어린애 같은 얼굴이 어떻게 변할지 궁금해하며 물었다.

"형이 그러라고 하면 내 목이라도 걸고 맹세할 수 있어. 틀림없이 아주 재미있는 이야기겠지. 듣고 싶어서 가만히 있을 수가 없다고."

"아이처럼 호기심이 많네. 조시랑 베스도 나한테 뭘 물어보지는 않았는데, 넌 걔네보다 더하구나."

"걔네는 싸움 얘기 안 좋아해. 광산 사업이나 영웅 이야기들은 좋아하지만 말이야. 난 형이 한 일이 정말 자랑스러워. 그런데 형의 눈을 보면 그전에 무슨 일이 있었던 것 같아. 블레어하고 메이슨이 누군지, 누가 때렸고 누가 도망갔는지, 뭐 그런 이야기들이 정말 궁금해 죽겠어."

"뭐?" 댄이 펄쩍 뛰자, 테드는 깜짝 놀라며 대답했다.

"형이 자고 있을 때, 그 사람들 이름을 부르면서 중얼거리곤 했어. 그래서 로리 이모부는 이상하게 생각했지. 나도 그렇고. 하지만 형이 기억나지 않거나 생각하고 싶지 않으면, 얘기 안 해줘도 돼."

"내가 또 무슨 말을 했어? 참 이상하지. 사람이 정신을 잃으면 쓸데없는 말을 지껄인다니까."

"내가 들은 건 그게 다야. 근데 재미있는 이야기가 아닌가 싶어서, 그냥 지금 한번 말해봤어. 형 기억이 조금이라도 다시 돌아오지 않을까 싶었거든." 그 순간 댄이 얼굴을 무섭게 찌푸려서, 테드는 아주 조심스럽게 말했다.

테드의 말에 댄은 찡그린 얼굴을 폈다. 그리고 답답함에 몸을 배배 꼬는 이 아이의 호기심을 가라앉혀야겠다고 생각했다. 동문서답식 말장난으로 반쯤만 사실을 이야기해 테드를 즐겁게 해주기로 마음먹은 것이다.

"블레어는 객차에서 마주친 남자애였어. 메이슨은 그러

니까, 내가 머문 병원 같은 곳에서 만난 불쌍한 사람이었고. 블레어는 자기 형들이 있는 곳으로 도망갔어. 그리고 메이슨이 맞았다는 이야기를 내가 한 모양인데, 그 사람은 거기서 죽었으니까 그런 말을 한 거야. 이제 됐어?"

"아니, 되긴 뭐가 돼. 블레어는 왜 도망간 거야? 그리고 그 남자는 누가 때린건데? 어디선가 싸움이 벌어진 거잖아. 맞지?"

"그래!"

"무슨 일이 일어났는지 알겠어."

"이 못된 녀석! 어디 네 생각을 들어보자. 재미있겠는데?" 댄은 느긋한 척하며 말했다.

자기 생각을 마음대로 말해도 좋다고 허락하자, 신이 난 테드는 수수께끼에 대해 소년다운 해답을 펼쳐 보였다. 테드는 형이 그러는 데에는 분명히 무슨 이유가 있으리라고 생각하면서, 그동안 답을 속으로 품고만 있었다.

"내가 생각한 게 맞는다고 해도, 형이 침묵을 지키겠다고 맹세한 거면 말하지 않아도 돼. 형 얼굴만 봐도 알 수 있으니까. 그리고 아무한테도 말하지 않을게. 그럼 내 말이 맞는지 들어봐. 거기 있는 사람들은 나쁜 일을 하잖아. 근데 형도 그 사람들 일에 말려든 거야. 우편 열차 강도나 케이케이케이단(남북 전쟁 후에 미국 남부의 여러 주에서 조직된 극우 성향의 백인 비밀 결사-옮긴이)이나 그런 건 아니었겠지만 개척민을 지키거나, 불량배를 내쫓거나 하기 위해 몇 명을 총으로 쏘았을 수는 있을 거야. 정당방위로 그래야 할 때도 있으니까. 아하! 역시 그러네. 이제 알겠어. 말 안 해도 돼. 형 눈이 반짝거리는 것만 봐도 아니까. 주먹도 꽉 쥐었고." 테드는 만족한 듯 껑충껑충 뛰었다.

"똑똑한 녀석. 계속해 봐, 그러다 엉뚱한 생각은 하지 말고." 댄은 테드가 마구잡이로 쏟아내는 몇 마디 말에 묘하게 홀가분함을 느끼면서 말했다. 맞는 말은 인정해 주고 싶었지만, 감히 그렇게 할 엄두는 내지 못했다. 자신이 저지른 죄를 고백할 수도 있었다. 하지만 그에 따른 처벌은 말해주고 싶지 않았다. 수치심은 여전히 그의 마음속에 강하게 남아 있었다.

"이제 알아낼 수 있어. 날 오래 속일 순 없을걸." 테드가 말을 시작했다. 자신만만한 표정에 댄은 실소가 터져 나왔다.

"마음의 짐을 내려놓으면 형도 안심이 되지 않을까? 이제 다 털어놔 봐. 형이 말하지 않겠다고 맹세한 게 아니라면 말이야."

"맹세했어."

"그래? 그럼 얘기 안 해줘도 돼." 테드는 실망한 기색이었지만, 곧바로 세상 물정에 통달했다는 듯 말했다. "괜찮아.

이해해. 명예가 걸려 있고, 죽을 때까지 침묵을 지키고, 뭐 그런 거잖아. 형이 병원에서 친구 편을 들어줬다니 참 기뻐. 그런데 형은 몇 사람이나 죽게 했어?"

"한 사람뿐이야."

"물론 나쁜 놈이겠지?"

"정말 나쁜 녀석이었어."

"그렇게 무서운 얼굴 하지 마, 형. 나는 형을 비난 안 하니까. 그렇게 피에 굶주린 나쁜 놈이라면 나도 망설이지 않고 쏴 죽였을걸. 그래서 형이 어딘가에게 조용히 숨어 있었던 거구나."

"꽤 오랫동안 아주 조용히 있었어."

"결국 무사히 빠져나와 광산으로 간 거고, 거기서 아주 용감한 일을 한 거네. 진짜 재미있고 끝내주는 이야기야. 알게 돼서 기뻐. 그래도 절대 소문내지 않을 거야."

"다른 사람한테 말하지 않도록 조심해 줘. 테드, 네가 사람을 죽이면 그 일로 괴로워할까? 물론 그 사람이 나쁜 놈이었을지라도 말이야."

소년은 입을 열어 "아니, 전혀."라고 말하려고 했지만, 그렇게 하지는 못했다. 댄의 얼굴에 떠오른 무언가를 보고 마음을 바꿨기 때문이다. "글쎄, 전쟁 중에 해야 하는 일이었거나 정당방위였다면, 괴로워하지 않을 거라고 생각해. 하지만 화가 나서 사람을 때린 거라면, 굉장히 후회할 것 같아. 그 사람 영혼이 나타날까 봐 걱정도 되고 후회가 몰려올 수도 있겠지. 형은 괜찮지? 정당한 싸움이었으니까, 그렇지?"

"응, 난 좋은 편에 있었어. 하지만 거기서 벗어났으면 더 좋았을 거야. 여자들은 우리처럼 생각하지 않아서, 그런 말을 들으면 겁먹은 얼굴이 되니까. 그게 더 힘들어. 하지만 뭐 상관없어."

"여자들한테는 말하지 마. 괜한 걱정을 안겨줄 필요는 없잖아." 테드는 여자와 관련한 일에는 자신이 정통한 사람이라도 되는 양 고개를 끄덕이며 말했다.

"그럴 생각이야. 너도 그렇게 해줘. 엉뚱한 상상을 하게 만들고 싶지는 않으니까. 자, 이제 너만 좋다면, 책을 읽어줘도 돼." 두 사람은 여기서 대화를 끝냈고, 테드는 그 뒤로 세상 이치를 다 깨친 듯한 얼굴을 하고 다녔다.

그로부터 몇 주 동안 출발이 지체되자 댄은 초조해했다. 마침내 신임장이 준비되자 댄은 서둘렀다. 열심히 일하면서 덧없는 사랑을 잊으려는 마음이었고, 또한 자신을 위해 살 수 없다면 남을 위해 살고 싶었다.

어느 쌀쌀한 3월 아침, 우리의 신트람은 말과 개를 이끌고 길을 떠났다. 하늘의 도움과 인간의 연민이 없었다면 댄을 정복했을지도 모를 적과 다시 맞서기 위해서였다.

"아! 인생은 이별로 채워진 모양이야. 그리고 나이가 들수록 헤어지는 게 더 힘들어지네." 일주일 뒤, 조는 파르나소스의 넓은 응접실에 앉아 한숨을 쉬며 말했다. 집으로 오는 여행자들을 맞이하려고 가족들이 모여 있던 날이었다.

"만남도 있잖아, 언니. 우리가 여기 있는 것처럼 말이야. 냇도 드디어 돌아오는 길이야. 어머니가 늘 말씀하셨듯이 먹구름 속 밝은 면을 봐야 해. 그리고 거기서 위로를 얻고." 에이미가 대답했다. 자신의 양 근처에서 어슬렁거리는 늑대가 더 이상 보이지 않아 은근히 안심한 눈치였다.

"요즘엔 너무 걱정스러워서 자꾸 투덜거리게 돼. 너희들을 다시 보지도 않고 떠난 댄은 도대체 무슨 생각이었을까? 현명한 일이기는 했지만……. 황야로 가버리기 전에 고향 집 사람들 얼굴을 한 번만 더 봐도 좋았을 텐데." 조는 서운해하며 말했다.

"그걸로 됐지 뭐. 우리는 편지와 그 아이에게 필요하다고 생각되는 걸 다 놔두고 그 애가 오기 전에 살짝 빠져나왔어. 베스도 마음이 놓였던 모양이고. 나도 그랬어." 에이미는 하얀 이마 위 근심 어린 주름을 매만지고는 사촌들 사이에서 행복하게 웃는 딸을 향해 미소를 지었다.

조는 고개를 저었다. 먹구름 속 밝은 면을 찾기 힘들다고 말하는 것 같았다. 그때, 로리가 뭔가 기쁜 일이 있는 듯 밝은 얼굴로 들어왔다.

"새로운 그림이 도착했습니다, 음악실 쪽을 봐주세요. 안데르센 동화에서 따온 '어느 바이올린 연주자'라는 제목을 붙였습니다. 여러분은 어떤 제목을 붙이시겠습니까?"

그러면서 로리는 넓은 문을 열어젖혔다. 그곳에서는 한 손에 바이올린을 든 젊은이가 웃고 있었다. 그림의 제목은 의심할 여지 없이 들어맞았다. 모두가 "냇! 냇!" 하고 외치며 벌떡 일어났다. 하지만 냇에게 가장 먼저 다다른 사람은 데이지였다. 그녀는 평소의 침착함은 온데간데없이 냇에게 매달려 흐느껴 울었다. 놀라움과 기쁨이 너무나 커서 평소처럼 차분할 수가 없었던 것이다. 눈물 젖은 따뜻한 포옹은 모든 것을 해결해 주었다. 메그가 딸을 냇의 품에서 떼어놓고 냇을 안아주었다. 데미는 형제처럼 다정하게 냇과 악수를 했고, 조시는 맥베스의 세 마녀가 한 사람이 된 듯한 모습으로 이들 주위에서 춤을 추며 특유의 비극적인 말투로 외쳤다.

"옛날 그 멋진 '쩍쩍이', 지금은 제2 바이올린 주자. 제1 바이올린 자리까지 올라가겠지. 만세, 모두 만세!"

조시의 말에 모두가 크게 웃으며 떠들썩하고 즐거운 분위기가 되었다. 언제나처럼 질문과 대답이 바삐 이어지는 가운데, 남자아이들은 냇의 금발 턱수염과 이국적인 옷에, 여자아이들은 달라진 외모에 찬사를 보냈다. 영국의 맛있는 소고기와 맥주 덕분에 냇의 얼굴에는 혈색이 돌았고, 그를 집으로 신속하게 보내준 바닷바람이 생기를 더해주었다. 어른들은 냇의 촉망받는 앞길을 기뻐해 주었다. 모두가 바이올린 연주를 듣고 싶어 했음은 물론이었다. 이야기도 지쳤을 무렵, 냇은 가족들을 위해 기꺼이 최고의 연주를 들려주었다. 정열적이면서도 침착한 연주는 수줍은 성격의 냇을 딴사람처럼 보이게 했다. 더 훌륭한 건 음악적 발전이었다. 신랄한 비평가들마저 놀라워할 실력이었다. 바이올린이 말없이 불러주는 아름다운 노래가 끝나자, 냇은 행복하고 만족스러운 표정으로 옛 친구들을 둘러보며 말했다.

"이제 여러분 모두가 기억하시는 곡을 연주해 드릴까 합니다. 여러분은 저만큼 이 곡을 좋아하지 않을 수도 있겠지만요." 냇은 올레 불 같은 자세로 서서, 플럼필드에 처음 왔던 밤 모두에게 연주해 준 거리의 선율을 연주했다. 물론 모두가 그 곡을 기억하고 있었다. 그리고 애조를 띤 목소리로 다같이 따라 부르기 시작했다. 냇의 마음을 그대로 표현해 주는 노래였다.

내 마음은 슬프고 지쳤소,
돌아다니는 곳마다.
옛 농장을 그리워하오,

집에 있는 가족들도.

"이젠 정말 기분이 좋아요." 노래가 끝나고 다 같이 언덕 길을 내려가면서 조가 바에르 교수에게 말했다. "우리 아이 들 중에는 실패한 경우도 있지만, 이 아이는 성공할 거예요. 참을성 있게 기다린 데이지는 마침내 행복한 아가씨가 되었 고요. 냇은 당신 작품이에요, 프리츠. 진심으로 축하해요."

"아, 씨를 뿌리고 좋은 땅에 떨어졌다고 믿는 것 말고는 우리가 할 수 있는 게 없겠죠. 씨는 내가 뿌렸는지 모르지만, 당신은 새가 날아와 그 씨를 쪼아 먹지 못하게 지켜주었어 요. 로리는 물을 넉넉히 주었고요. 수확을 함께 나눕시다. 설 령 수확이 적더라도 진심으로 기뻐하자고요."

"우리 가엾은 댄을 생각하면 씨앗이 돌밭에 떨어진 게 아닌가 했어요. 하지만 그 아이가 다른 아이들 모두를 뛰어 넘어 인생의 진정한 성공을 거둘 수도 있다고 생각해요. 그 런 일이 생긴다면 얼마나 좋을까요? 회개하는 죄인 한 사람 이 여러 성인들의 존재보다 훨씬 더 기쁨을 주니까요." 조는 행복하게 거니는 흰 양 무리를 바로 앞에 두고서도 검은 양 한 마리를 꼭 안고 있었다.

마치 집안의 역사가는 이제 강한 유혹을 받고 있다. 지진이 일어나 깊은 땅속에 플럼필드와 주변 지역이 깊이 묻혀 버려, 어떤 위대한 고고학자도 흔적 하나 찾을 수 없다고 말하는 것으로 이야기를 끝내고 싶다는 유혹 말이다. 하지만 과장된 결말은 관대한 독자들에게도 큰 충격을 줄 수도 있으니, 이를 자제하고 "그래서 다들 어떻게 되었나요?"라는 질문이 나오기 전에 다들 결혼해서 행복하게 살았다는 사실을 간단하게 언급하고자 한다. 남자아이들은 자신들에게 주어진 여러 소명에 따라 살았으며 여자아이들도 마찬가지였다. 베스와 조시는 예술가로서의 경력을 이어가며 명성을 얻었고 시간이 흘러 자신에게 어울리는 짝을 찾았다. 낸은 쾌활하고 독립적인 독신 여성으로 바쁘게 지냈고, 고통받는 자매들과 아이들을 위해 평생을 바쳤다. 참다운 여성의 일 속에서 변치 않는 행복을 발견한 것이다. 댄은 결혼을 하지는 않고 자신이 좋아하는 사람들 속에서 용감하게 가치 있는 삶을 살았다. 그러던 중 그들을 지키다가 총을 맞았고, 자신이 그토록 사랑하던 푸른 들판 위에서 금빛 머리카락 한 줌을 가슴에 묻고 조용히 잠들었다. 그때 댄이 지은 미소는 아슬라우가의 기사가 마지막 전투를 끝내고 마침내 얻은 안식처럼 보였다. 스터피는 시의원이 되었지만, 어느 연회 뒤에 뇌졸중으로 쓰러져 갑작스럽게 세상을 떠났다. 돌리는 사교계 인사로 이름을 날리다가 전 재산을 탕진한 뒤에 고급 양복점에서 자신의 천직을 발견했다. 데미는 출판사의 공동 경영인이 되어 간판에 자신의 이름을 걸고서 활동했고, 로브는 로런스 대학 교수가 되었다. 그런데 두 사람의 성공도 테드 앞에서는 빛을 잃었다. 테드는 유명한 목사가 되어 어머니의 놀라움과 기쁨이 되었기 때문이다. 많은 사람들이 결혼을 했고 몇몇은 세상을 떠났다. 그리고 모두 자신들의 목적에 따라 최선의 삶을 살았다. 이제 음악을 멈추고 조명을 끄면서, 마치 가족 이야기의 막을 영원히 내리기로 하자.

Little Women

- **이름** 루이자 메이 올컷Louisa May Alcott

- **출생일** 1832년 11월 29일, 미국 펜실베이니아주 저먼타운

- **사망일** 1888년 3월 6일, 매사추세츠주 보스턴

- **국적** 미국

- **거주지** 매사추세츠주 콩코드 마을과 보스턴에서 성장기를 보냈다. 가족들은 가난 때문에 이사를 자주 다녔다. 가족 소유지(루이자 메이 올컷이 묻힌 곳)는 콩코드에 있다.

루이자 메이 올컷은 어떤 사람이었을까?

루이자는 어렸을 때부터 책을 열심히 읽고 글도 곧잘 썼다. 아버지가 뉴잉글랜드 초월주의 운동가(자연의 영향력과 경험에 바탕을 둔 직관적 지식의 가치를 믿는 사람들)여서 어려서부터 철학자와 작가 들 사이에서 자랐는데, 이런 환경은 그녀에게 지속적인 영향을 미쳤다. 하지만 조용히 책만 읽는 소녀는 아니었다. 조 마치처럼 말괄량이였고 젊은 여성에게 사회가 기대하는 품위에 격하게 저항했다. 조 마치처럼 걸핏하면 화를 내는 성질을 다스리려 평생 노력했다.

　　루이자는 여성의 권리 향상을 강력히 주장했으며 평생 결혼

하지 않았다. 결혼을 하게 되면 어쩔 수 없이 자신의 경력을 희생해야 하는데 그렇게 살고 싶지 않았다. 다만 가족에게 충실한 편이어서 여동생 메이가 사망하자 그 딸을 입양했다. 조카딸의 이름도 루이자 메이여서 '루루'라는 별명으로 불렸다.

　간호사로 종군하는 동안 장티푸스에 걸려 고생을 했다. 수은이 함유된 약으로 장티푸스를 치료했지만 수은 중독이 되는 바람에 남은 건강이 좋지 않았다. 하지만 워낙 굳건한 성격이라 몸이 편치 않은데도 불구하고 늘 열심히 집필 활동을 했다.

루이자 메이 올컷은 어디서 성장기를 보냈을까?

매사추세츠주 콩코드 마을에서 들판을 돌아다니고 상상의 날개를 펼치며 성장기를 보냈다. 하지만 가난했던 그녀와 가족들은 일자리를 찾아 이곳저곳 돌아다니며 살아야 했다.

루이자 메이 올컷은 책을 쓰는 일 외에 또 무엇을 했을까?

가난한 집안 형편 때문에(아버지가 극단적인 초월주의자였던 탓에 가족들의 고생이 심했다) 루이자는 어렸을 때부터 돈을 벌어 생계에 보태야 했다. 젊은 시절에는 신문과 잡지에 선정적인 단편소설을 싣기도 했다. 가정교사, 학교 교사, 재봉사, 가정부로도 일을 한 경력이 있다. 여성이라 남북전쟁에 참전해 싸울 수 없다는 사실에 실망한 루이자는 1862년 워싱턴 D.C. 조지타운에 6주간 머물며 간호사로 종군하기도 했다. 하지만 그 기간 동안 안타깝게도 장티푸스에 걸리고 말았다.

여성의 권리 향상을 강력하게 주장한 루이자는 여성 참정권의 열렬한 지지자였고 콩코드 마을의 학교 위원회 선거 투표에 등록한 최초의 여성이었다.

1860년대에 『작은 아씨들』이 출간됐을 때 사람들의 반응은 어땠을까?

원래 이 작품은 잡지에 연재됐는데 연재가 시작되자마자 성인층과 어린이층 모두에게 큰 사랑을 받았다. 다들 이 가족 드라마의 다음 회차를 목 빠지게 기다렸다. 1868년에 출간된 단행본 『작은 아씨들』은 미국 소설 최초로 아동 명작으로 선정됐다. 1869년에 출간된 후속작 『작은 아씨들 제2부』는 그 후 수차례에 걸쳐 『작은 아씨들』과 합본으로 출간됐다. 제2부는 『작은 아씨들』의 마지막 장('문제를 해결한 마치 대고모')으로부터 3년 후의 이야기를 다루는데, 팬들이 『작은 아씨들』 이야기의 핵심이라 여기는 등장인물과 사건들이 그대로 이어진다.

루이자 메이 올컷은 어디에서 『작은 아씨들』에 대한 아이디어를 얻었을까?

간호사로 종군한 경험을 바탕으로 쓴 『병원 스케치Hospital Sketches』(1863년 출간)와 성인 소설 『무즈Moods』(1864년 출간)는 좋은 평가를 받았지만 루이자는 아직 작가로서 큰 성공을 거두지 못했다. 그러던 어느 날 노련한 출판업자의 제안으로 동화를 써 보기 시작했다. 처음에는 별로 열의가 없었는데 문득 생각해보니 자신의 가족(루이자는 네 자매 중 둘째이며 동생 리지가 20대 초반에 사망했다)을 소재로 흥미로운 가족 이야기를 쓸 수 있을 것 같았다. 루이자는 가족들과 함께 살았던 콩코드 마을의 '과수원 집Orchard House'에서 『작은 아씨들』을 집필하면서 마치 자매들의 인생을 작품에 풀어냈다. 『작은 아씨들』은 완전히 사실에 기반을 두지는 않지만 부분적으로 자서전적인 면을 갖고 있다.

루이자 메이 올컷은 『작은 아씨들』 외에 어떤 작품들을 썼을까?

루이자는 다작을 한 작가였다. A. M. 버나드라는 필명으로 '돈벌이를 위한 글'(이기적이고 제멋대로인 주인공들이 등장하는 멜로드라마적 이야기)을 수없이 썼고 본명으로는 『무즈』(어린 시절 보고 자란 철학자들 중 한 명인 헨리 데이비드 소로에 대한 사랑을 바탕으로 한 이야기)와 『병원 스케치』를 썼다. 『작은 아씨들』로 큰 호평을 받은 후

성인 소설은 두 권밖에 쓰지 않았다. (그중 한 권은 익명으로 출간.) 루이자는 『작은 아씨들 제2부』, 조가 플럼필드에서 소년들을 위한 학교를 운영하는 이야기를 담은 『작은 신사들Little Men』, 조의 학교 남학생들이 겪는 모험담을 담은 『조의 아이들Jo's Boys』 외에 10여 권의 동화를 쓰면서 죽는 날까지 열정적으로 활동했다.

영화화된 『작은 아씨들』

작은 아씨들 (1933년)

감독: 조지 쿠커

◆ 캐서린 햅번이 조 마치 역할을 맡았다. (아카데미상을 네 번 수상한) 은막의 대스타 캐서린 햅번은 본래 말괄량이에 운동을 좋아했고, 실제로 본인 소유의 드레스나 치마가 한 벌도 없었다고 한다.

◆ 조지 쿠커는 아카데미 감독상 후보에 올랐다. 그는 이 작품으로 감독상을 받지는 못했지만 책의 내용을 영화로 가장 잘 각색한 작가들이 각색상을 받았다.

◆ 캐서린 햅번은 조 마치 역할로 1934년 베니스 국제 영화제에서 골든 메달 여우주연상을 받았다. 「작은 아씨들」은 최고상인 무솔리니컵 후보에 올랐지만 그해 무솔리니컵은 「아란의 사람들Man of Aran」에게 돌아갔다.

◆ 1933년 「작은 아씨들」의 제작자들이 미국에서 가장 오래된 영화상인 포토플레이 영화상을 수상했다.

◆ 당시 영화광들은 「작은 아씨들」 영화는 루이자 메이 올컷의 명작 소설을 고스란히 영상으로 옮겨놓았다고 보았다.

작은 아씨들 (1949년)

감독: 머빈 르로이

◆ 준 앨리슨이 조 마치 역할을 맡았다. 브로드웨이 뮤지컬에 출연한 후

MGM 스튜디오에 발탁돼 「작은 아씨들」에서 조 마치 역할로 출연한 앨리슨은 1940년대 미국에서 이름만 대면 누구나 알 정도로 유명해졌고 다수의 영화에 출연했다.

◆ 엘리자베스 테일러가 에이미 역할을 맡았다. 테일러는 할리우드의 역대급 스타 중 한 명이다. 수차례 아카데미상 후보에 올랐고 두 번 수상했다. 대단한 미모와 일곱 명의 남편을 둔 것으로 유명하다. 리처드 버튼과는 두 번 결혼했다가 두 번 이혼했다.

◆ 1933년 작 「작은 아씨들」로 1934년 아카데미 각색상을 받은 빅터 히어만과 새라 Y. 메이슨이 1949 「작은 아씨들」의 각색을 맡았다.

◆ 1949년 작 「작은 아씨들」은 1950년 아카데미 촬영상 후보에 올랐고 아카데미 미술상을 수상했다.

◆ 당시 MGM 스튜디오에서 만든 영화들 중 가장 아름다운 의상을 선보인 영화 중 하나로 꼽힌다.

작은 아씨들 (1994년)

감독: 질리안 암스트롱

◆ 당대 최고 배우들이 캐스팅됐다. 조 마치 역은 위노나 라이더, 어린 에이미 마치 역은 커스틴 던스트(성인이 된 에이미 마치 역은 다른 여배우가 맡음), 베스 마치 역은 클레어 데인즈, 어머니 역할은 수잔 서랜든, 로리 역할은 크리스챤 베일이 맡았다.

◆ 아카데미상 3개 부문—여우주연상(위노나 라이더), 의상상, 음악상—에 후보로 올랐으나 수상은 하지 못했다.

◆ 1933년 작이나 1949년 작만큼 엄청난 호평은 아니었지만 1994년 작

「작은 아씨들」도 좋은 평가를 받았다. 암스트롱은 고전에 새로운 생명력을 불어넣었다는 평가를 받았고 배우들도 좋은 연기를 보여 준 것으로 인정받았다.

작은 아씨들(2020년)

감독: 그레타 거윅

- ◆ 16년 만에 돌아온 영화 「작은 아씨들」 역시 쟁쟁한 할리우드 배우들이 캐스팅됐다. 조 마치 역은 시얼샤 로넌, 메그 역은 엠마 왓슨, 에이미 역은 플로렌스 퓨, 베스 역은 엘리자 스캔런, 로리 역할은 티모시 샬라메가 맡았다.
- ◆ 92회 미국 아카데미 시상식과 73회 영국 아카데미 시상식에서 각각 의상상을, 25회 크리틱스 초이스 시상식에서 각색상, 54회 전미 비평가 협회상에서 감독상, 마치 부인 역할의 로라 던이 여우조연상을 수상했다.
- ◆ 감독 그레타 거윅은 조 마치에 초점을 맞추어 저자 루이자 메이 올컷의 이야기가 영화 속에 스며들게 각색했다고 말했다. 북미에서는 출연진의 열연과 감독의 영리하고 세심한 각색이 돋보인다고 평가받았다. 일반 관객에게도 호평을 얻은 이 영화는 미국 타임지가 선정한 2019년 최고의 영화 10편 중 하나가 되었다.

◆ **낸**

엄마가 돌아가신 후로 제멋대로 자라는 게 안타까워 조가 학교로 데려온다. 활달하고 힘이 넘치는 아이로, 남자아이들이 할 수 있는 것은 무엇이든 같이 하면서 지지 않으려고 한다. 똑똑하고 자기주장이 강하면서도 자신이 가진 것을 나눠주는 것을 좋아해 '몽땅 쥐'라는 별명으로 불린다.

◆ **냇**

길거리를 떠돌며 바이올린 연주를 하던 냇은 아버지를 여의고 어느 지하실에서 슬프게 울다가 로리에게 발견되었다. 조와 바에르 교수의 정성 어린 보살핌과 친구들의 따뜻한 환대로 냇의 다친 마음은 점차 회복된다. 로리의 후원으로 독일로 유학을 떠나, 그곳에서 음악적 성취를 이룬다.

◆ **네드**

덩치는 크지만, 행동은 가볍고 늘 소리를 질러대는 '덜렁이'. 잘난 척이 심하지만 실제로 보여주는 건 거의 없었고, 남의 비밀을 떠벌리고 다니는 걸 좋아한다. 작은 아이들은 괴롭히고 큰 아이들에게는 아첨을 하는 비겁한 면이 있다.

◆ **댄**

냇이 거리의 악사이던 시절, 냇에게 잘 대해준 인연으로 플럼필드로 오게 된 아이. 돌봐줄 어른 하나 없이 거칠게 자란 탓에 어른들에게 반항적이고 퉁명스러운 태도를 보이지만, 자신보다 어리고 약한 아이들은 본능적으로 보호한다. 길들지 않는 자유로운 영혼이면서도 누구보다 순수하고 고결한 내면을 갖고 있다. 잘못된 행동을 해 학교에서 쫓겨나기도 하지만, 바에르 교수의 인내와 조의 각별한 사랑, 아이들의 변함 없는 우정으로 인해 서서히 변화한다.

◆ **데미**

메그, 존 부부의 쌍둥이 남매 중 하나. '집사님'이라는 별명으로 불릴 정도로 차분하고 양심적인 아이로, 진지하면서도 쾌활하다. 책을 좋아하고 늘 공상에 잠겨 있던 아이였지만, 플럼필드의 아이들과 어울리면서 사회성이 발달하고 건강해진다. 아버지 존을 잃는 아픔을 겪지만 의연하게 견디며 더욱 성숙해진 모습으로 성장한다.

◆ **데이지**

밝고 온순하며 사랑스러운 아이로, 데미와 떼려야 뗄 수 없는 사이로 서로 아끼며 우애를 자랑한다. 메그의 가정적인 면을 닮아 인형 가족을 돌보거나 바느질, 요리를 좋아한다. 냇이 어려움에 처할 때마다 곁을 떠나지 않고 지켜준다.

◆ **돌리**

심하게 말을 더듬는 아이였지만 바에르 교수의 인내심 있는 지도로 점점 나아진다. 청년이 되어 조지와 함께 하버드에 진학하는데, 치기 어린 허영심과 겉멋 때문에 조시와 다투거나 조에게 훈계를 듣기도 한다.

◆ **딕**

자신의 굽은 등을 고민스러워하는 연약한 아이. 바에르 교수가 배려하고 용기를 북돋워 강한 내면을 갖게 되지만 일찍 세상을 떠난다.

◆ **로브**

조와 바에르의 첫째 아들로, 성실하고 조용하며 부드러우면서도 용감하다. 조가 '우리 딸'이라고 부를 정도로 온화하고 차분한 성품으로, 자유분방한 동생 테드를 진정시키는 어린 양 역할을 한다.

◆ **베스**

'금발 꼬마 아가씨'로 불리며 플럼필드 아이들의 숭배를 받다시피 하는 요정 같은 아이. 부모에게 물려받은 예술적 재능을 꽃피우며 아름다운 여성으로 자란다. 댄이 몰래 사랑하지만 베스는 이 사실을 끝까지 알지 못한다.

◆ **빌리**

원래 특출하게 머리가 좋은 아이였지만, 아버지가 지나치게 공부를 시키는 바람에 열병에 걸려 허약한 아이가 되어버리고 만다. 바에르 교수가 무한한 인내심으로 본래의 총명함을 되찾아주려고 노력하지만 결국 어린 나이에 세상을 떠난다.

◆ **잭**

영리하지만 약삭빠른 면이 있는 아이로, 아이 같지 않은 영악함과 타산적인 모습이 있다. 성인이 되어서는 아버지와 함께 사업을 하면서 오직 부자가 될 일념으로 불타오른다.

◆ **조시**

데미, 데이지의 동생으로 온갖 장난과 기이한 행동을 즐겨 하는 말괄량이다. 연극을 향한 열정이 넘쳐 언제나 연극 톤으로 말하기를 좋아하는데, 에이미 이모와 함께 여름 휴가를 갔다가 유명 여배우 캐머런 씨를 만나 배우의 꿈이 한층 성숙해진다.

◆ **조지**

'스터피'라는 별명으로 불린다. 응석받이로 자라 뚱뚱하고 게으르다. 플럼필드에 온 뒤로는 규칙적인 생활을 하면서 나아지지만, 대학에 가서도 너무 많이 먹는 버릇은 고치지 못한다.

◆ **테드**

어린 양 같은 로브와 함께 있을 때 '사자'라고 불린다. 긴 팔다리로 끊임없이 움직이는 그는 조의 변덕, 열망, 장난기를 물려받았다. 어린 시절부터 유난히 댄을 좋아하고 따르며, 댄도 테드를 막냇동생처럼 아낀다. 영특하면서도 천방지축이라 조는 늘 테드의 장래를 걱정한다.

◆ **토미 뱅스**

『작은 아씨들』 2부 마지막 부분에서 조가 말한 '구제 불능 토미 뱅스'의 그 토미로, 플럼필드 최고의 말썽꾸러기. 하지만 마음씨가 착하고 순수해서 미워할 수 없는 아이다. 낸을 짝사랑하며 의학 공부까지 따라 하지만 낸에게 무시만 당하다가, 결국에는 자신만 사랑하고 아껴주는 돌리를 만나 행복해진다.

◆ **프란츠**

바에르의 외조카로 에밀의 형이다. 키가 크고 덩치도 좋은 금발 소년으로, 플럼필드 학교의 맏이 격이다. 책을 즐겨 읽고 음악을 좋아하며 친절하고 상냥한 성격으로, 모든 일에 조의 오른팔 역할을 한다.

옮긴이 김재용, 오수원

김재용은 서강대학교에서 철학을 공부한 뒤 같은 대학 대학원에서 석사학위를 받았다. 현재 중·고등 대안학교 교사이자 클래식 전문 음악 평론가로, 클래식 음악 방송 작가와 진행자로 활동하고 있다. 저서로는 『통으로 읽는 논어』 등이 있고, 『1일 1클래식 1기쁨』, 『거장 신화』 등을 번역했다.

오수원은 서강대학교에서 영어영문학을 공부한 뒤 같은 대학 대학원에서 석사학위를 받았다. '번역인'이라는 번역 공동체에서 활동하면서 다양한 분야의 영미권 양서를 우리말로 옮기고 있다. 『문장의 일』, 『처음 읽는 바다 세계사』, 『현대 과학·종교 논쟁』, 『포스트 캐피털리즘』 등을 번역했다.

조의 아이들 _『작은 아씨들』 완결판, 3·4부 합본

펴낸날 초판 1쇄 2020년 9월 10일

　　　　초판 3쇄 2020년 12월 10일

지은이 루이자 메이 올컷

옮긴이 김재용, 오수원

펴낸이 이주애, 홍영완

편집 백은영, 오경은, 양혜영, 장종철, 김송은

마케팅 김태윤, 김소연

디자인 김주연, 박아형

경영지원 박소현

도움 교정 김소원, 고홍준

펴낸곳 (주)윌북　출판등록 제2006-000017호　주소 10881 경기도 파주시 회동길 337-20

전자우편 willbooks@naver.com　전화 031-955-3777　팩스 031-955-3778

블로그 blog.naver.com/willbooks　포스트 post.naver.com/willbooks

트위터 @onwillbooks　인스타그램 @willbooks_pub

ISBN 979-11-5581-299-0 (04840)　(CIP제어번호: CIP2020032828)

　　　979-11-5581-300-3 (세트)

- 책값은 뒤표지에 있습니다.　• 잘못 만들어진 책은 구입하신 서점에서 바꿔드립니다.
- 이 책의 본문은 아리따 글꼴을 사용하여 디자인되었습니다.

◆ 루이자 메이 올컷 시리즈 ◆

1, 2부 합본
작은 아씨들

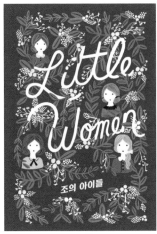

3, 4부 합본
조의 아이들

영어로 만나는 조의 명문장
조의 말

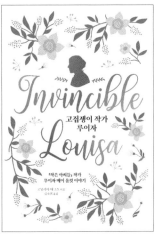

작은 아씨들의 탄생이 있기까지
고집쟁이 작가 루이자

작은 아씨들
The Complete Series

작은 아씨들 × 조의 아이들

◆ 걸 클래식 컬렉션 ◆

작은 아씨들 × 빨강 머리 앤 × 작은 공주 세라 × 하이디